Nuova Narrativa Newton

663

Prima edizione: febbraio 2016
© 2016 Newton Compton editori s.r.l.
Roma, Casella postale 6214

ISBN 978-88-541-8852-5

www.newtoncompton.com
www.andreafrediani.it

Realizzazione a cura di Corpotre, Roma
Stampato nel febbraio 2016 da Puntoweb s.r.l., Ariccia (Roma)
su carta prodotta con cellulose senza cloro gas provenienti da foreste
controllate, nel rispetto delle normative ambientali vigenti

Andrea Frediani

Roma Caput Mundi

L'ultimo pretoriano

Newton Compton editori

I

Margum, Pannonia, 285 d.C.

Foglie rosse, come in autunno?

Sesto Martiniano trovò strano che l'albero più vicino a lui presentasse sfumature rossicce tra le sue fronde. Ma poi, evitando un nuovo affondo dell'avversario con un agile spostamento del corpo, gli parve ancor più strano che una recluta alla sua prima battaglia trovasse il tempo e il sangue freddo di notare l'aspetto della vegetazione.

Schizzi di sangue... Ecco perché d'improvviso, in piena estate, gli alberi si tingevano dei colori che precedono la stagione seguente, si disse, accostando lo scudo a quello del compagno a fianco, per serrare i ranghi e resistere alla pressione avversaria. Zampillava sangue sopra gli elmi dei combattenti, che si affrontavano per il dominio dell'impero, com'era accaduto tante volte nel corso degli anni precedenti. Non orde barbariche assetate di bottino, che pure premevano lungo i confini, non eserciti stranieri dalle armi inconsuete, ma uomini che, di diverso da lui avevano solo il simbolo delle rispettive legioni.

In un altro periodo della storia di Roma avrebbero combattuto fianco a fianco contro un nemico comune.

Ma in un'altra era, forse. Martiniano rammentava i racconti di suo padre senatore, e di suo nonno, anch'egli tra i padri coscritti: pure loro avevano combattuto contro romani, in un'epoca in cui le guerre civili e i cambi di regime erano all'ordine del giorno. Venti imperatori in meno di cinquant'anni, e tutti saliti al potere con la forza delle armi: qualcosa non andava, nell'impero.

Martiniano si chiese se il suo sovrano, Carino, valesse il sacrificio che lui stava compiendo con i suoi commilitoni: se anche avesse vinto quella battaglia contro il nuovo pretendente al trono, Diocle, quanto tempo sarebbe trascorso prima che un nuovo aspirante alla corona o una congiura di palazzo lo eliminassero? E a cosa sarebbero valsi tutti quei morti che vedeva intorno a sé in ambo gli schieramenti? A spianare forse la strada ai barbari, che alla successiva invasione avrebbero trovato le frontiere ancor più sguarnite...

Si rese conto di pensare troppo: un buon viatico per farsi ammazzare, si disse mentre il centurione gli urlava di spingere più forte con lo scudo, contro la barriera di spade, lance e scudi nemici. Un soldato non avrebbe dovuto permettere alle proprie riflessioni di condizionare l'azione: macchine per uccidere, dovevano essere; così gli avevano insegnato durante l'addestramento quadrimestrale, che aveva da poco ultimato. Vedeva le reclute lungo la sua linea molto più determinate di lui, e non se ne stupiva: provenivano tutte dal volgo, ragazzi abituati ad agire, più che a pensare. Ma lui... anni di studio sugli autori classici, la bella vita come figlio di un senatore nell'Urbe, tra divertimenti e terme, non lo avevano certo predisposto alla dura esistenza del soldato, ai rischi di uno scontro campale. Ci teneva alla pelle, lui! Troppo, per combattere con convinzione.

Eppure, a breve sarebbe diventato tribuno, come tutti i figli di senatori. Non poteva permettersi di mostrare paura, né incapacità. In futuro, avrebbe dovuto costituire un esempio per gli uomini sotto il suo comando. Quando lo spintone di un avversario lo sbilanciò, rischiando di farlo cadere a terra, calpestato dai suoi stessi commilitoni, decise che non avrebbe mai fatto sfigurare suo padre e il buon nome della sua illustre famiglia. Era un figlio di Roma, si disse, erede di un'illustre tradizione, e mai e poi mai si sarebbe dimostrato un vigliacco sul campo di battaglia.

Lanciò un urlo d'incoraggiamento, per se stesso più che per i compagni, e protese la lancia in avanti, cercando le parti non protette del soldato che ondeggiava di fronte a lui. La pressione era enorme, davanti e dietro: il giovane sentiva risuonare nelle orecchie le urla dei combattenti, gli urti di armi e corazze contro il suo elmo gli rimbombavano in testa, dozzine di ammaccature si materializzavano sul suo corpo, il sudore lo investiva con zaffate acri e il suo olfatto riconobbe anche l'odore penetrante di feci e urina. Qualcuno, a quanto pareva, aveva più paura di lui.

Niente da fare: la sua lancia non centrava il bersaglio. Ripeté gli affondi più volte, ma ora un compagno lo spintonava facendogli perdere la base d'appoggio, ora il nemico veniva scostato dai commilitoni. Non era così che aveva immaginato una battaglia; pensava di dover mettere alla prova la sua abilità con le armi in duello, e invece era solo una caotica mischia nella quale a stento si distinguevano gli amici dai nemici, e i colpi venivano sferrati alla rinfusa; i soldati stramazzavano a terra uccisi o feriti, ma non sempre i loro carnefici avevano preso di mira proprio loro. Altri barcollavano ricoperti di sangue, ostacolando i compagni più attivi, che finivano per usarli come scudo contro gli affondi nemici.

Ci cascò anche lui. Martiniano mancò il suo vero bersaglio e infilzò la sua prima vittima, ma non poté gioirne. L'uomo era già mezzo morto prima che lui lo colpisse, non era caduto a terra solo perché gli spazi ristretti non glielo avevano consentito. Il giovane cercò di estrarre la lancia, ma fu ostacolato dalla pressione dei compagni. Frattanto, un nemico era riuscito a fare un passo verso di lui e a puntarlo con la propria lancia. Martiniano si vide spacciato, alla mercé del legionario. Cercò di opporre lo scudo, ma si accorse che ruotando il busto avrebbe esposto il fianco scoperto a un altro avversario che lo incalzava. Si risolse ad abbandonare la presa della lancia e a estrarre la spada dal fodero. Fu l'istinto di sopravvivenza a permettergli di deviare l'affondo dell'asta nemica con la lama, con movimento dal basso in alto.

L'altro si sbilanciò facendo ancora un passo in avanti e Martiniano se lo ritrovò a poche spanne, il collo quasi sotto il proprio naso. La spada era ancora sollevata, e fu l'addestramento appreso nei mesi precedenti a suggerire al suo braccio di calare il fendente di ritorno proprio su quel bersaglio esposto. La lama affondò nella stoffa del fazzoletto avvolto appena più in basso del paranuca; la stoffa mutò la sua tonalità di rosso, divenendo più scura. Martiniano fu investito da un potente schizzo di sangue, che finì sui suoi occhi, impedendogli di vedere. Proprio in quell'istante sentì una stretta allo stomaco, di paura per quell'attimo d'impotenza, e di trionfo per aver ucciso il suo primo avversario.

Sentì il sapore ferroso del sangue in bocca. Si era morso la lingua o era quello della sua vittima? Non gli importò. Parò un debole colpo nemico con lo scudo e fece per menare un nuovo fendente con la spada, ma l'avversario fu scaraventato indietro dalla pressione degli uomini dell'imperatore. Tutta la fila antagonista arretrò di uno o due passi, e nello spostamento molti persero l'equilibrio e caddero a terra. Il centurione gridò di avanzare, e la sua linea occupò lo spazio lasciato libero dai legionari di Diocle, avventandosi su quelli meno in grado di difendersi. Martiniano sferrò un calcio a un soldato che cercava di rialzarsi, poi lo infilzò con la punta della spada prima che si rialzasse. Si meravigliò di quanto fosse facile togliere la vita a un uomo. Solo per un istante, però. Riprese a mulinare la spada, guardandosi intorno per capire se davvero lo scontro avesse avuto una svolta. Tuttavia, la mischia era troppo serrata, e non gli permetteva di vedere oltre gli elmi e le creste degli uomini più vicini a lui. In quel limitato settore in cui operava, era chiaro che l'armata imperiale stava prevalendo. Ma non era detto che fosse così anche altrove.

Sperò che i comandanti avessero una visuale più ampia della sua.

«Stiamo vincendo», dichiarò il governatore della Dalmazia, Costanzo Cloro, osservando dalla sua postazione in collina, in sella al suo cavallo, il campo di battaglia che si estendeva lungo il fiume Margo.

«Così parrebbe», ammise Galerio, uno dei più alti ufficiali dello stato maggiore dell'imperatore Carino.

I due, circondati dalle loro guardie del corpo, osservavano i movimenti del settore centrale dell'esercito imperiale, di cui erano al comando. Ma godevano anche di una visione d'insieme dello scontro, dall'ala sinistra a quella destra, dove si trovava l'imperatore Carino. Le due armate brulicavano nella pianura sottostante, ondeggiando avanti e indietro, ma quella avversaria stava lentamente cedendo terreno verso il fiume; ancora un po', pensò Costanzo, e molti dei ribelli ci sarebbero finiti dentro.

«Quel Diocle non ci sa fare», continuò il governatore, scuotendo la testa. «Tanta fatica per convincere quell'idiota di Carino ad assottigliare il centro, col pretesto di allargare la fronte, e poi quello non ne approfitta…».

«Te l'avevo detto che non ci sarebbe riuscito», sottolineò Galerio. «Non si può sfondare una linea se non si aumenta la profondità delle file incrementando la forza d'urto. E quel Diocle si è incaponito contro la nostra destra solo perché c'è l'imperatore, senza rendersi conto che proprio perché c'è Carino è la più presidiata».

«È chiaro che ha affrontato la battaglia pensando solo all'imperatore: morto lui, d'altra parte, l'impero è suo», dichiarò Costanzo.

«Ma gli sta andando male. Quindi, tocca a noi».

«Sei sicuro? Non vogliamo aspettare ancora un po'? Potrebbe ancora farcela…», insisté Costanzo.

«E rischiare di fargli perdere la battaglia? Non erano questi gli accordi, mi pare», obiettò Galerio.

«Ma ricordi cosa ha specificato il suo emissario? Che gli serviva una vittoria netta, per ottenere il prestigio necessario a unificare l'impero sotto il suo scettro. Noi saremmo dovuti intervenire solo in caso di difficoltà…».

«Appunto. Mi pare che sia *decisamente* in difficoltà».

«Già», annuì dopo qualche esitazione Costanzo, che guardò di nuovo, sconsolato, il campo di battaglia. L'attacco dell'ala sinistra di Diocle si era infranto contro la robusta falange della destra di Carino, e ora i varchi degli assalitori si erano scompaginati, aprendo la strada a un contrattacco. Scosse la testa, si rassegnò, spronò il cavallo e, seguito dal commilitone e dalle loro guardie del corpo, iniziò a galoppare verso il fianco dell'armata imperiale.

Avrebbe voluto evitarlo. Per quanto Carino fosse un incapace, e molti lo considerassero un tiranno, era pur sempre il suo imperatore; per giunta, era anche il figlio di Caro, l'uomo che lo aveva tenuto in palmo di mano e gli aveva conferito il governatorato della Dalmazia. Non fosse altro che per la memoria del padre, Costanzo avrebbe voluto sottrarsi all'ingrato compito in cui lo aveva coinvolto Galerio. Ma si rendeva anche conto che qualunque imperatore fosse succeduto a Carino, sarebbe stato meglio di lui, e più stimato; finché fosse stato sul trono, i suoi soprusi e la sua insipienza non avrebbero fatto altro che provocare rivolte e colpi di Stato, offrendo ai barbari nuove opportunità di varcare i confini. E lui, che amministrava proprio una provincia di frontiera come la Dalmazia, aveva bisogno di concentrare le sue forze contro le minacce esterne, senza dover ogni mese decidere con quale partito schierarsi nell'ennesima guerra civile.

E poi, la corona era ormai alla mercé di chiunque: se si fosse mostrato un solido difensore dell'impero, forse avrebbe potuto aspirare anche lui al trono, un giorno o l'altro. Sapeva che anche Galerio coltivava quell'ambizione, e che un giorno si sarebbe dovuto scontrare con lui per un trono.

Ma per il momento, si disse, dovevano solo occuparsi di consegnare l'impero al pretendente più adatto. E Diocle, godendo dell'appoggio dei territori orientali, pareva esserlo. Giunsero in prossimità della collina dove si trovavano l'imperatore e le sue guardie del corpo. Quando iniziarono a risalire il pendio al galoppo, a Costanzo prese a battere forte il cuore. E se non ci fossero riusciti? Carino aveva voluto che alla campagna contro Diocle si aggregassero le famiglie dei suoi collaboratori principali, che aveva stipato nella vicina città di Margum; l'aveva fatto, come d'abitudine, per tenerli in ostaggio: era consapevole di non essere amato e stava ben attento a procurarsi delle garanzie; ma anche per continuare a divertirsi con le spose o le figlie dei suoi sudditi, di cui era noto che insidiasse la virtù, per pura libidine o anche solo per affermare il proprio potere su chiunque. E a Margum c'era quindi anche la concubina di Costanzo, Elena, con il loro bambino Costantino; sarebbero state le prime vittime della rappresaglia imperiale, se il loro tentativo fosse fallito.

Bisognava che riuscisse, dunque. Vedendoli arrivare al galoppo, le guardie del corpo di Carino si schierarono istintivamente a protezione dell'imperatore. Tutte, tranne una. Costanzo incontrò lo sguardo di Licinio, il giovane ufficiale che ardeva dal desiderio di potersi vendicare del suo padrone, e gli fece un cenno d'assenso. Poi fissò Galerio, che annuì a sua volta.

«Che fate qui? La situazione è sotto controllo, sia qui che nel vostro settore», li accolse spocchioso l'imperatore, quando furono abbastanza vicini da udirlo al di sopra del fragore della battaglia poco distante. Carino li fissò con diffidenza, sforzandosi di dare alla sua figura poco marziale un contegno da sovrano; il naso lungo e appuntito, la folta barba e la fronte spaziosa lo facevano invece apparire per quel satiro che tutti avevano imparato a conoscere.

Il loro complice Licinio, la faccia squadrata e il corpo tozzo, mise la mano sul pomello della spada ancora nel fodero. Il suo cavallo era un passo indietro rispetto agli altri, schierati tra l'imperatore e i nuovi arrivati.

«Mio signore, nessuno pensa che tu sia degno dell'impero», dichiarò Costanzo. «Neppure le tue stesse guardie del corpo, di cui hai violato le mogli». Era il segnale per Licinio.

L'ufficiale estrasse la spada senza che i suoi commilitoni se ne accorgessero.

Carino parve disorientato alle parole di Costanzo. La replica gli morì in bocca, il suo viso rimase paralizzato in un'espressione indignata, quando la lama di Licinio penetrò appena sotto la sua ascella. Intanto le guardie del corpo del governatore e di Galerio, adeguatamente istruite, avanzavano tendendo le lance in avanti. Quelle dell'imperatore, sorprese, tardarono a reagire, e quando sentirono il rantolo di Carino, che si accasciava sulla sella, non seppero se avanzare verso Galerio e Costanzo o sul compagno traditore.

«Così muoiono i tiranni!», gridò Licinio con tutto il fiato che aveva in gola.

«Sì, così muoiono i tiranni, uomini di Carino», gli fece eco Galerio. Fece un cenno a uno dei suoi, che diede di sprone e partì al galoppo verso la pianura dove si combatteva. «Tra poco i nostri sapranno della morte di questo idiota», riprese, rivolgendosi alle guardie del corpo del sovrano ucciso. «E chiunque sia tanto stupido da rimanere attaccato alla sua memoria, sarà spazzato via in un istante. È Diocle il solo imperatore rimasto, e a lui dobbiamo tutti obbedienza. Il nostro nuovo sovrano saprà ricompensare chi non lo ha ostacolato».

Le guardie parvero dubbiose. Si guardarono l'una con l'altra, poi alcune fissarono Licinio. Sferrò sprezzante un calcio all'agonizzante Carino, che si dimenava debolmente per terra, cercando di estrarsi la spada. Poi sputò su di lui, gliela tolse e, sorprendendo Costanzo, la prese per la lama insanguinata offrendola a un commilitone. Quello lo guardò perplesso.

«Scegli su chi usarla, amico», disse il giovane ufficiale.

L'uomo esitò qualche istante. Poi scese da cavallo, afferrò l'arma per il manico, fissò Licinio, quindi l'imperatore, che farfugliava parole incomprensibili, e avanzò di un passo. Si pose tra il compagno e Carino, mentre le altre guardie erano ancora indecise se guardarsi dai soldati del governatore o assistere all'imminente spettacolo.

Durò un attimo. Il soldato sollevò il braccio. Licinio rimase impassibile, i piccoli occhi porcini spiritati, divenuti improvvisamente grandi. Ma la spada si diresse su Carino, calando di punta sul collo, dal quale emerse subito dopo un gorgogliante fiotto di sangue.

Le altre guardie imperiali annuirono al gesto del compagno. Licinio gli pose una mano sulla spalla. Costanzo guardò Galerio e tirò un sospiro di sollievo.

Era finita.

L'ordine di attacco morì in bocca a Osio. I suoi uomini erano pronti a lanciarsi sulle schiere di Carino, in attesa solo del suo segnale, quando vide i soldati delle prime file dell'ala destra imperiale gettare le armi e arrendersi.

E non gli piacque affatto.

«Cos'è successo?», chiese al suo attendente. «Va' subito al comando di settore a informarti!». Poi cavalcò verso una postazione più elevata, per rendersi conto personalmente della situazione. Raggiunta una modesta altura appena alle spalle dell'unità di cui era responsabile, provò a osservare il campo di battaglia fin dove il suo sguardo lo consentiva.

L'intera ala destra nemica si era arresa; proprio quella all'interno della quale si trovava l'imperatore. I soldati si muovevano a braccia alzate verso l'ala sinistra di Diocle, affidata a Massimiano, capo di stato maggiore del comandante supremo. Osio era solo uno dei legati di legione cui era affidata la prima linea, ma aveva intenzione di giocare nello scontro un ruolo molto più decisivo di quanto il suo grado gli consentisse.

A favore di Carino.

Notò che al centro si combatteva ancora accanitamente, mentre non era in grado di seguire i movimenti delle truppe nell'ala opposta. Qualunque cosa fosse accaduta nel settore dell'imperatore, non ne era ancora giunta notizia altrove. Forse c'era ancora tempo per rimediare al collasso di Carino a destra. Le cose sembravano andare bene, fino a quel momento: era riuscito a farsi affidare la prima linea e aveva condotto le sue schiere a un attacco prematuro, consentendo agli uomini di Carino di mantenere la posizione e di prepararsi al contrattacco. Nessuno, nello stato maggiore, avrebbe potuto accusarlo d'incompetenza o malafede: si era limitato a interpretare alla lettera gli ordini. Semmai, avrebbero potuto tacciarlo di scarsa fantasia, ma non si trattava di accuse tali da mettere a rischio la sua testa. Non avrebbe fatto carriera agli ordini di Diocle, ma non gli importava: lui puntava a farla sotto l'imperatore legittimo.

Anzi, secondo gli accordi con Carino, lo avrebbe affiancato in Oriente, come secondo imperatore legittimo, al posto di Diocle, che si era fatto eleggere dai suoi soldati subito dopo la morte del fratello di Carino, Numeriano.

Perché no, d'altra parte? Diocle era solo un rozzo soldato proveniente dai ranghi più bassi, dal popolo e da un oscuro paesino danubiano. Lui, invece, aveva alle spalle un'illustre famiglia iberica, perciò aveva di certo più diritto del suo comandante supremo a una corona. Era proprio quell'ambizione che lo aveva mosso a prendere in segreto contatti, mesi prima, con uno stretto collaboratore di Carino, Minervio, per offrirgli su un piatto d'argento la vittoria nell'imminente e inevitabile battaglia campale tra i due contendenti. Poi aveva brigato per entrare nelle grazie dei principali subalterni di Diocle, e soprattutto di Massimiano, il suo braccio destro, di cui era diventato quasi intimo, rendendosi indispensabile esecutore di tutte le sue disposizioni. Aveva compreso da tempo che i potenti premiavano più i collaboratori fedeli che quelli bravi, e aveva badato bene ad assecondarlo in ogni occasione, sebbene fosse solo un rozzo soldato, perfino più di Diocle, dalla mente primitiva e dai primitivi bisogni. Grazie al suo accorto atteggiamento, aveva potuto ritrovarsi al posto giusto nel momento giusto, e sarebbe stato in grado di regalare con discrezione la vittoria a Carino, reclamando il giusto premio.

Se solo all'improvviso gli uomini dell'imperatore non si fossero arresi.

«L'imperatore è caduto», gli urlò il suo attendente, arrivato al galoppo presso di lui. «Pare che lo abbiano ucciso i suoi stessi uomini! E non appena la notizia si è diffusa, le sue truppe hanno iniziato a consegnarsi a Diocle!».

Osio fu sul punto di lanciare un'imprecazione, prima di rendersi conto che, agli occhi dei suoi, avrebbe dovuto mostrarsi esultante. Si costrinse a levare in alto il pugno in segno di trionfo, abbozzò un sorriso forzato e ordinò all'uomo di comunicare ai centurioni che raccogliessero la resa dei soldati di Carino a mano a mano che gettavano le armi.

Lui aveva ben altri problemi, in quel momento.

Riprese a osservare il campo di battaglia. Anche al centro cominciava a cessare la resistenza di alcune unità. La notizia della morte di Carino stava raggiungendo rapidamente le file di ogni settore dell'esercito imperiale. Troppo rapidamente. Doveva far presto. Tirò le redini del suo cavallo e galoppò alla volta della postazione di Massimiano, che trovò impegnato a parlare con Diocle. I due erano vecchi compagni d'armi, quasi inseparabili, ma le rispettive posizioni erano rese chiare dalla superiore intelligenza del secondo: Massimiano sembrava consapevole di essere meno capace dell'amico, e pareva accettare serenamente la sua subordinazione. E se Diocle, alto e imponente ma dai tratti belluini, sembrava già poco adatto a rappresentare la maestà imperiale, Massimiano sarebbe stato il più improbabile dei sovrani, col suo fisico tozzo e sgraziato, la faccia larga da lottatore, che lo facevano apparire la guardia del corpo del prossimo imperatore, piuttosto che un suo pari.

«Chiedo la tua attenzione, signore», dichiarò Osio, cercando di farsi notare da Massimiano che, udita la sua voce, fece qualche passo verso di lui.

«Hai visto? La giornata è nostra», lo accolse il generale. «Ma lo sapevamo già, che avremmo vinto, in un modo o nell'altro…».

Osio rimase sorpreso. «Che intendi, signore?».

«Avevamo preso provvedimenti, nel caso non fossimo riusciti a prevalere in combattimento. Diciamo che… sapevamo che Carino si era fatto parecchi nemici, nel suo stato maggiore. E ci hanno dato una mano…».

L'iberico rimase a bocca aperta. C'era stata gente, quindi, che si era accordata con Diocle e Massimiano così come aveva fatto lui con Carino. Poteva solo sperare che i suoi contatti con Minervio fossero noti al solo ministro. *Doveva* essere così: un comandante supremo non ama far sapere di aver vinto grazie ad artifici.

A maggior ragione, era necessario far presto. Recuperò rapidamente il suo sangue freddo. «Signore», replicò, «non è possibile che qualcuno del Senato ne approfitti per eleggere un nuovo imperatore? Se Carino si era fatto dei nemici, di certo stavano già tramando per sostituirlo, e magari dentro le mura di Margum hanno già eletto il sostituto. In fin dei conti, hanno ancora gran parte dell'esercito integro…».

Massimiano lo fissò riflettendo. «Dovremmo affrettarci a entrare a Margum…», disse infine.

«Proprio così», sottolineò Osio, soddisfatto che il superiore gli stesse aprendo la strada. «Se lo ritieni opportuno, marcio subito sulla città e mi faccio aprire le porte. Quando tu e l'imperatore sopraggiungerete, troverete tutto sistemato. Sai che puoi fidarti di me».

Massimiano ci pensò su ancora qualche istante, poi annuì. «Si può fare. Aspetta, lo dico all'imperatore», rispose, spostandosi verso Diocle. Confabulò con lui e, quando Osio vide il sovrano annuire, tirò un sospiro di sollievo. Era ancora in tempo per celare il suo tradimento.

Massimiano tornò da lui. «L'imperatore ha detto che va bene», gli riferì. «Ma portati dietro anche una legione dell'esercito di Carino, sce-

16

gliendola tra quelle che si sono già arrese. Ti apriranno più facilmente le porte».

Poteva andar peggio, si disse Osio, che annuì, ripartì a cavallo e raggiunse la sua unità. Il campo di battaglia si estendeva costeggiando un ampio tratto del fiume. Da lontano poteva vedere alcuni dei settori più lontani dove ancora fervevano i combattimenti. Diramò gli ordini di marcia e quelli per aggregare una legione nemica alla sua, incitò i suoi subalterni a far presto e infine si pose in testa alla colonna che si incamminò verso la vicina città.

Era certo di trovarvi dentro Minervio. Era un componente della corte imperiale, non un combattente, e di sicuro era rimasto al riparo entro le mura di Margum, insieme a tutti gli altri ministri, al personale di corte e alle famiglie dei generali che notoriamente Carino teneva in ostaggio. E a mano a mano che si avvicinava alle mura, prendeva forma nella sua testa il piano per evitare di essere accusato di assassinio. Si disse, sorridendo compiaciuto della propria astuzia, che gli autori di un omicidio non sempre la fanno franca; quelli di una strage sì.

Minervina sentì i grandi dire che l'esercito imperiale stava perdendo. Si diceva addirittura che l'imperatore fosse morto. Non le dispiacque: quel Carino le era parso sempre odioso; ogni volta che sua madre lo vedeva voltava la testa dall'altra parte, assumendo un'espressione di disgusto e, le sembrava, di vergogna. Il padre, invece, lo seguiva sempre come un cagnolino, in atteggiamento untuoso, e badava a compiacerlo in ogni modo, senza prendersela troppo se l'imperatore arrivava a trattarlo come una pezza da piedi davanti a tutti.

Dal suo punto di vista, chiunque lo avesse ammazzato aveva fatto bene. Carino aveva fatto arrabbiare in qualche modo sua madre e umiliato continuamente suo padre; inoltre, i genitori litigavano spesso a causa sua. Per una bambina di tredici anni, abbastanza per detestare un uomo. Anche se si trattava dell'imperatore in persona.

Ma il problema vero era che i soldati su cui faceva affidamento suo padre stavano perdendo. Minervio era agitato, ma non terrorizzato come sua figlia avrebbe supposto. Si sarebbe aspettato che desse ordini alla servitù per preparare la fuga, e invece aveva radunato gli altri funzionari di corte e i senatori, e li stava istruendo su come ricevere e assecondare i vincitori, una volta entrati in città. Pareva ansioso di organizzare una specie di comitato di benvenuto, e la moglie lo fissava con un'espressione di disgusto, scuotendo la testa.

Minervina non riusciva a capire cosa dividesse i genitori e perché la madre disapprovasse il comportamento del padre; lei amava entrambi, e avrebbe solo voluto che andassero d'accordo. Invece coglievano ogni pretesto per litigare. Come in quel momento, per esempio. Minervio voleva che uscissero dal palazzo e raggiungessero gli spalti. La madre si rifiutava.

«Ma non la smetterai mai di prostrarti davanti ai potenti? Non hai un po' di dignità?», protestava la donna. «Sei stato il più stretto collaboratore dell'imperatore, come puoi pretendere di essere credibile agli occhi di Diocle?»

«Hanno bisogno di funzionari esperti, in Occidente», replicava il padre, «è nel loro interesse far uso della mia esperienza, e ho intenzione di convincere il nuovo imperatore che non può fare a meno di me. Non vedo cosa ci sia di male nel voler salvare la pelle e rendere allo stesso tempo un servigio all'impero».

«Mi fai schifo».

«E che m'importa? Credi di essere migliore di me? Non ti sei forse prostrata anche tu a Carino?».

La donna lo fulminò con lo sguardo. Minervina pensò che se la madre avesse guardato lei così, si sarebbe messa a piangere. «Sono stata costretta, come tutte. E tu non hai detto o fatto nulla…», sibilò a denti stretti.

«Volevi veder saltare la mia testa? Ci tenevi così tanto?». Minervina li aveva sentiti mille volte fare quelle allusioni, ma non ne capiva il significato. «Adesso basta: andiamogli incontro!», concluse perentoriamente il padre.

La donna scosse la testa con una smorfia, ma infine si adeguò. La bambina ne avrebbe fatto volentieri a meno. Avrebbe preferito rimanere nel palazzo, magari a giocare con gli altri figli più giovani dei generali impegnati in battaglia con l'imperatore. Tra i bambini, in particolare, ce n'era uno da cui era affascinata. Era un bambino vivace, di gran lunga il più determinato di tutti, tanto da essere capace di imporsi anche su quelli più grandi di lui.

«Costantino!», esclamò Minervina quando lo incontrò per le scale.

Usciva anche lui con la madre Elena, concubina del governatore della Dalmazia Costanzo Cloro, dalle stanze in cui l'imperatore desiderava che aspettassero le famiglie dei suoi collaboratori. «Dove stai andando?», gli chiese. Il bambino aveva una luce negli occhi che lasciava trasparire una ferrea volontà, qualunque cosa avesse deciso di fare in quel momento.

«Stanno arrivando i soldati e voglio vederli almeno dagli spalti, dato che non posso vedere direttamente la battaglia», dichiarò solennemente, mentre la madre alzava gli occhi al cielo, rassegnata.

I due si unirono al corteo di dignitari guidato da Minervio, che percorse la strada finché non giunse all'altezza della porta d'ingresso principale. Il ministro salì sugli spalti, e nel suo seguito solo Costantino si mosse per seguirlo. La madre cercò debolmente di trattenerlo, ma il bambino si divincolò con decisione e guadagnò la rampa d'accesso, dove due soldati gli sbarrarono la strada incrociando le lance. Ma Costantino non si diede per vinto, si abbassò carponi e rotolò attraverso la sezione bassa della X, sfuggendo poi al loro tentativo di presa e raggiungendo Minervio. Il padre di Minervina se lo ritrovò sorpreso al proprio fianco, ma si limitò a sorridere e lo lasciò fare.

Tutti rimasero a ridosso della porta, in trepidante attesa. Da lontano giungevano gli echi della battaglia, ma in breve Minervina iniziò a udire la ritmica marcia di calzari chiodati e un rombo cadenzato di zoccoli, sempre più prossimi alle mura. La tensione crebbe tra gli astanti. Anche il padre, notò la bambina, serrò i pugni, tradendo un evidente nervosismo.

Solo Costantino rimaneva impassibile, a osservare con un interesse quasi professionale quella che doveva essere una colonna di legionari e cavalieri in avvicinamento alla città. Minervio, invece, si sbracciava per attirare l'attenzione dei soldati. Quando furono a portata della sua voce, Minervina lo sentì levare grida di benvenuto e informarsi su chi guidava la colonna, profondendosi in una lunga serie di apprezzamenti nei confronti del vincitore. Il ministro diede ordine di aprire le porte, ma Costantino lo tirò per la manica e scosse il capo con un cenno di diniego. Quindi il bambino scese la rampa e raggiunse le guardie all'ingresso, gridando: «Non aprite, non aprite! I primi delle unità di testa hanno i pugni serrati sulle aste delle lance! Non è sicuro!».

I soldati lo spinsero via, e Minervio lo guardò infastidito. I pesanti battenti si aprirono con un cigolio inquietante, che Minervina percepì

19

immediatamente come un oscuro presagio di morte. D'improvviso si ritrovò investita degli stessi timori che avevano assalito il suo amichetto Costantino.

Solo lei, però. Guardandosi intorno vide che tutti, il personale di corte, i semplici abitanti della città, le famiglie dei generali parevano tranquilli, confortati dalla sicurezza di Minervio, e si assiepavano ai lati della strada, mossi dalla curiosità di assistere in prima fila all'ingresso trionfale dell'esercito vincitore. D'istinto, la ragazzina fece qualche passo indietro, mentre la madre cercava di prenderla per mano e condurla più vicino all'entrata. La donna la guardò meravigliata, e lei scosse la testa: un senso di angoscia la pervadeva. Frattanto, notò che Costantino afferrava la madre per il braccio e cercava di trascinarla via. Elena lo guardava meravigliata e faceva resistenza, ma alla fine nulla poté contro la ferrea volontà del bambino, che riuscì per lo meno a tenerla a debita distanza dall'ingresso.

E finalmente, dalla porta irruppe la testa della colonna, a capo della quale c'era quello che doveva essere un grande generale, con elmo piumato, ampio mantello, corazza intarsiata, su un imponente cavallo bianco. Era circondato da guerrieri dallo sguardo truce e dall'aspetto selvaggio, vestiti di pelli e curiosi copricapi, e con armi inusuali. Forse erano loro ad aver spaventato Costantino, si disse Minervina.

Il generale si qualificò col nome di Osio, inviato dallo stato maggiore dell'imperatore Diocle a prendere possesso della città. Dopo aver interrogato Minervio sul suo nome e il suo ruolo, si fece indicare tutti i ministri e il personale di corte, che intanto si erano assiepati dietro il padre di Minervina. Il senatore Claudio Martiniano, che Minervina conosceva come un buon amico della sua famiglia, avanzò verso di lui per invitarlo a scendere da cavallo e a seguirli al palazzo per il passaggio di consegne.

Osio lo fissò a lungo, poi un lampo crudele gli guizzò negli occhi. Alzò il braccio, e uno dei guerrieri accanto a lui scagliò l'arma contro Martiniano da pochi passi di distanza, centrandolo in pieno petto, con una violenza tale che la punta fuoriuscì dalla schiena. E mentre il senatore crollava a terra in un irreale silenzio, sollevando una nuvoletta di polvere, un altro guerriero estrasse dal fodero una curiosa spada ricurva, spronò il cavallo ad avanzare di qualche passo, fu addosso a Minervio e l'aggredì con un fendente, che gli spiccò in un istante la testa dal collo. Inorridita, Minervina la vide rotolare verso di sé sulla terra battuta della strada come una palla da gioco. Le venne da pensare che il padre volesse darle un estremo saluto protendendosi verso di lei con ciò che gli rimaneva, mentre il suo corpo decapitato crollava lentamente su se stesso. Si aggrappò istintivamente alla madre, sentendola rigida come il marmo e senza trovarvi alcun conforto. Immediatamente, gli occhi le si velarono di lacrime e lo stomaco si contrasse in una morsa serrata.

Solo allora, mentre i guerrieri di Osio si sparpagliavano in tutte le direzioni mietendo fendenti con lame sempre più rosse, sempre più gocciolanti, i presenti iniziarono a urlare.

E a scappare.

Tafferugli. In città stava accadendo qualcosa d'imprevisto, si disse Sesto Martiniano poco dopo essersi arrestato con la sua unità a breve distanza dalle mura di Margum. La giovane recluta occupava la posizione di coda della colonna, e non poteva vedere cosa stava accadendo; a varcare l'ingresso era stata solo l'unità di testa della legione di Diocle, mentre quella che era stata di Carino prima di arrendersi era stata lasciata di riserva. Le porte erano state aperte pacificamente, dopo qualche scambio di cortesie, e a rigor di logica, nulla sarebbe dovuto accadere; sembrava solo un banale passaggio di consegne. Invece, dall'interno della città si udivano grida terribili, di spavento e di dolore.

Di morte.

Si meravigliò che qualcuno avesse osato resistere. Ormai il risultato della battaglia era scontato, l'imperatore era caduto, e Diocle aveva in pugno l'impero; se i soldati di Carino si erano arresi, non c'era ragione che non lo facessero i civili, fossero pure gli alti dignitari compromessi con l'esecrato regime del sovrano ucciso. In fin dei conti, quell'Osio che era venuto a prelevare la sua unità, aveva dichiarato di aver bisogno di una legione dello sconfitto per dimostrare agli abitanti di Margum di non avere intenzioni ostili.

Ma una volta aperte le porte, le cose non erano andate come previsto, era chiaro. E adesso, Martiniano temeva per suo padre, che era tra i personaggi più in vista tra quelli lasciati dall'imperatore in città.

Uscì dai ranghi e raggiunse il suo legato. «Generale, cosa sta succedendo?», gli chiese.

L'uomo lo guardò in tralice, scandalizzato che un soldato semplice, per giunta una recluta tanto giovane, osasse rivolgerglisi direttamente. Poi si rese conto di avere davanti il figlio di un senatore influente e si diede un contegno. «Non lo so. Anzi, sto cercando di capirlo. Ho mandato una staffetta a informarsi», rispose.

«Forse dovremmo avvicinarci alla porta», azzardò Martiniano.

«Abbiamo ricevuto il preciso comando di rimanere di riserva. Fino a nuovo ordine...», replicò asciutto il comandante.

«Ma quale nuovo ordine? Non vedi che sta succedendo qualcosa? *Dobbiamo* intervenire!», scoppiò il giovane.

Il generale divenne rosso in faccia. «Se pensi che essere un figlio di un senatore ti dia il diritto...», ribatté. Ma proprio in quel momento sopraggiunse la staffetta che aveva inviato a ridosso delle mura. Entrambi rivolsero al soldato la propria attenzione.

«Legato, pare che i dignitari di corte avessero eletto un nuovo imperatore al posto di Carino e si stessero preparando ad aggredire la colonna; Osio sta giustiziando tutti quelli che hanno partecipato al complotto. Ma ci stanno finendo di mezzo anche gli abitanti...», disse l'uomo.

Martiniano rimase allibito. Se era vero, il padre non c'entrava per niente. Oppure gli aveva taciuto le sue intenzioni. Ma gli parve strano: Claudio Martiniano era sempre stato un politico prudente, e non poteva in alcun modo aver promosso un'elezione che non aveva alcun sostegno né possibilità di sopravvivere alla vittoria di Diocle.

A pensarci bene, si disse, nessuno poteva essere tanto pazzo da allestire una congiura così ridicola. Quindi quell'Osio si era costruito un pretesto per fare quel che gli pareva.

«Non è possibile. Dobbiamo andare dentro a fermare il massacro!», protestò col legato.

«Non ci penso affatto. Se la sbrighino loro questa grana!», fu la stolida risposta del generale.

Martiniano non si contenne e arrivò ad afferrarlo per il bordo della tunica, strillandogli in faccia. «In mezzo ai tafferugli potrebbe finire anche il senatore Claudio Martiniano! Sarebbe spiacevole, per te, se venisse a sapere che non hai fatto nulla per aiutarlo!».

La velata minaccia parve ottenere qualche effetto. Le relazioni personali con i potenti contavano più di qualsiasi ruolo o circostanza, nell'impero. Il legato sbuffò. «Come vuoi, per Mitra!», disse infine. «Centurione, prendi la tua unità e andate a presidiare la città anche voi!», gridò, rivolgendosi al diretto superiore di Martiniano.

La giovane recluta affiancò subito l'ufficiale in testa alla centuria che percorse tutta la colonna a passo rapido, finché non giunse all'altezza del portone. I battenti erano socchiusi, e presidiati; nello spazio in mezzo s'intravedevano figure guizzanti, a cavallo e a piedi, lame che volteggiavano, lance che sfrecciavano. Esortò il centurione a irrompere all'interno: «Dobbiamo provare a mantenere l'ordine! Sbrighiamoci!», gridò, e l'ufficiale non si fece pregare: probabilmente, anche lui aveva qualche amico, o addirittura una concubina, dentro la città.

Spintonarono i soldati a guardia dei battenti, poi l'ufficiale ordinò ai suoi soldati di allargare un po' lo spazio tra i battenti e varcò l'ingresso, immediatamente seguito da Martiniano e da un pugno di uomini. Lo spettacolo che il giovane si trovò di fronte lo lasciò esterrefatto. Lungo la strada e ai lati giacevano decine di cadaveri, molti dei quali decapitati. Pochi avevano un'armatura: la gran parte erano civili. Vide donne che piangevano sui corpi di uomini, i feriti trascinarsi per terra lasciando scie di sangue, bambini che vagavano in lacrime tra i morti, chiamando i genitori, donne che cercavano i propri figli, mentre i barbari mercenari in forza all'esercito di Diocle volteggiavano da un capo all'altro della strada per stringere in un cerchio chiunque si trovasse nei paraggi.

E quell'Osio se ne stava in disparte, circondato dai suoi guerrieri, a contemplare con apparente soddisfazione la carneficina, senza darsi la pena di interromperla, nonostante ci stessero andando di mezzo donne e bambini. Stava utilizzando i suoi barbari per compiere la mattanza: non avrebbe trovato alcun romano disposto a farlo.

Suo padre. Doveva cercare suo padre. Sentì il centurione gridare all'unità di compattare i ranghi e serrare le file, poi di creare un cordone per salvaguardare i civili dalle scorribande dei barbari, ma lui lo ignorò e si mise a rivoltare i corpi che indossavano gli indumenti più pregiati. Cercò la fascia laticlavia da senatore sulla toga di ogni cadavere, sospirando di sollievo ogni volta che ne verificava l'assenza. Dovette evitare un paio di volte gli zoccoli dei cavalieri barbari, che continuavano a scorrazzare in lungo e in largo, ignorati dal loro comandante. C'era ancora qualche dignitario che cercava di sfuggire alle loro spade. Ma Claudio Martiniano non era neppure tra quelli.

Il giovane cominciò a sperare che il padre si fosse riparato nel palazzo in tempo, quando la sua attenzione fu attirata da una bambina bionda che piangeva accasciata su due cadaveri. Spinto da un naturale istinto di protezione, non poté fare a meno di avvicinarsi. Il cadavere maschile su cui era riversa la bambina era quello di un alto dignitario privo di testa, e pochi passi più in là giaceva il corpo di una donna. Quella bambina doveva essere la figlia di un pezzo grosso; magari proprio del presunto usurpatore. La guardò meglio: no, non era poi così giovane. Era una ragazzina, forse sui tredici, quattordici anni, ed era bellissima. Gli occhi azzurri, profondi e vivaci, non riuscivano ad apparire spenti neppure velati dalle lacrime.

«Vieni via. Qui è pericoloso», cercò di prenderle la mano chinandosi su di lei. Proprio in quel momento, un cavaliere sfrecciò accanto a loro, e gli zoccoli sfiorarono la testa della fanciulla. Istintivamente, lei si gettò tra le braccia di Martiniano e scoppiò in un pianto ancor più dirotto.

«Come ti chiami?», le chiese il giovane, che prese ad accarezzarle gli splendidi capelli, sciolti lungo le spalle dopo aver perso l'elaborata acconciatura caratteristica delle donne della sua classe sociale.

«Mi… Minervina», rispose singhiozzando la ragazzina, permettendo a Martiniano di capire di chi era figlia. Minervio era amico di suo padre, ed ebbe una stretta allo stomaco.

«Io sono Sesto Martiniano», le rispose cercando di non lasciar trasparire la propria agitazione. «Sono il figlio di Claudio Martiniano. Ti ricordi di lui? È amico di tuo padre…». Intanto la teneva abbracciata e la sollevava, per portarla dietro il cordone di soldati della sua unità.

La ragazzina continuò a singhiozzare. Fatto qualche passo, si arrestò e indicò con mano tremante un cadavere a breve distanza da quelli dei genitori. Martiniano non l'aveva notato solo perché era troppo vicino a Minervina, che aveva attirato la sua attenzione.

Vide che aveva la fascia laticlavia.

II

Londra, Britannia, 296

Da quando si era svegliata, Minervina continuava a fissare, seduta sul letto, la lettera. *Quella lettera*. Il documento che aveva condannato suo padre, rivelandone le brame di potere. Erano undici anni che spesso, nei momenti in cui rimaneva sola, la tirava fuori dalla madia e la scrutava, cercando di scorgervi tracce del genitore che aveva perduto quando era una bambina. L'aveva chiesta a Osio, il suo ex tutore, che l'aveva sottratta alla documentazione ufficiale per compiacerla e le aveva permesso di tenerla. E lei, da molto tempo ormai, ne aveva imparato a memoria il contenuto, senza riuscire a riconoscere nell'autore dello scritto – un uomo spregiudicato e ambizioso che brigava per farsi imperatore al posto di Carino – il pavido e prudente padre che ricordava di aver conosciuto. E ancora oggi, che era una donna sposata e a sua volta moglie di un imperatore, non si capacitava che l'avesse scritta Minervio. Ma Osio sosteneva che era stato un traditore, e Osio era sempre stato buono con lei.

Non c'era ragione perché mentisse, d'altra parte. Si era preso cura di lei dopo il massacro in cui avevano trovato la morte i suoi genitori, l'aveva accudita, cresciuta, aveva pensato alla sua educazione, l'aveva resa una matrona colta e desiderata da molti dei rampolli dell'aristocrazia provinciale. Senza di lui sarebbe stata solo una trovatella, senza famiglia e senza denaro, dopo la confisca del patrimonio di Minervio come traditore. Non avrebbe avuto altri parenti da cui andare, e se non fosse stato per lui, che l'aveva presa sotto la sua protezione a Margum, sarebbe finita schiava, probabilmente; oppure, nella migliore delle ipotesi, a sfornare figli per qualche rozzo bifolco danubiano.

E invece, grazie a lui adesso era addirittura *imperatrice*.

Osio, infatti, le aveva perfino procurato un marito, che i casi della vita avevano voluto ascendesse alla massima carica dello Stato. Ancora non ci credeva: era successo da pochi giorni, eppure Minervina stentava a comportarsi diversamente da come aveva fatto in precedenza. Il suo consorte, Alletto, le aveva detto – e Osio le aveva confermato – che i sovrani dovevano mantenere un atteggiamento distaccato verso i loro sudditi, mantenere l'immobilità il più a lungo possibile e, semmai, muoversi molto lentamente, evitando scatti, scandendo le parole, mantenendo sempre una posizione più elevata rispetto a qualunque interlocutore ed evitando di fissarlo negli occhi; così faceva Diocleziano, l'augusto anziano, e a quell'atteggiamento si erano conformati tutti gli altri sovrani, in quel complicato sistema di governo, che chiamavano tetrarchico, instaurato da un triennio, per difendere l'impero dalle invasioni dei barbari: in Oriente l'augusto Diocleziano con un imperatore subordinato, il cesare Galerio, in Occidente l'augusto Massimiano con il suo cesare, Costanzo Cloro. Quattro sovrani, cui se n'erano aggiunti altri due, eletti dai soldati: Domizio Domiziano in Egitto, e, a suo tempo, Carausio in Britannia.

C'era lo zampino di Osio in tutta quella faccenda, Minervina ne era sicura. Alletto non aveva mai manifestato propositi tanto ambiziosi, in precedenza, ritenendosi soddisfatto del proprio ruolo di ministro delle finanze dell'imperatore Carausio, che gli consentiva di arricchirsi a dismisura senza esporsi troppo al biasimo dei tetrarchi, considerati dai più i soli sovrani ufficiali dell'impero.

Ma Carausio, le avevano spiegato Alletto e Osio, si era rivelato un incapace, facendosi soffiare la Gallia intera dal cesare Costanzo Cloro, e i soldati avevano voluto la sua morte. Alletto era il personaggio di maggior prestigio sull'isola e Osio gli aveva chiesto di rivestire la porpora per poter trattare con Massimiano e Costanzo Cloro, con l'obiettivo di ottenere quel riconoscimento ufficiale che il predecessore non aveva mai avuto. Lei aveva obiettato che forse sarebbe stato pericoloso: in fin dei conti, tutti gli imperatori morivano di morte violenta, almeno negli ultimi decenni. Ma Alletto l'aveva rassicurata: non c'era alcun rischio che Costanzo o Massimiano raggiungessero la Britannia. Avevano i loro guai sul continente, con i barbari che premevano lungo i confini, e se in nove anni di regime di Carausio non erano riusciti neppure a tentare un'invasione della Britannia, non c'era ragione che lo facessero in futuro. Se anche non lo avessero riconosciuto come imperatore aggiunto, aveva concluso, non avrebbero potuto impedirgli di esercitare le sue funzioni.

Minervina ripose la lettera nella madia. Era tempo di lasciarsi alle spalle i brutti ricordi e di guardare avanti: sebbene la porzione d'impero amministrata da suo marito fosse risibile, come moglie di un sovrano avrebbe avuto molte responsabilità, ed era tempo di concentrarsi sul suo nuovo ruolo. Per fortuna, c'era Osio a consigliarla. Osio non l'aveva mai abbandonata, portandola con sé ovunque, dapprima in Gallia, dove aveva accompagnato Massimiano dopo la vittoria di Diocleziano a Margum, poi in Britannia, dove aveva visto nuove opportunità di carriera con Carausio. Sei anni prima l'aveva fatta sposare con Alletto, allora oscuro senatore britanno, e la scelta si era rivelata un buon partito: la sua carriera era stata rapida e prestigiosa, e lei non aveva avuto nulla di cui lamentarsi. Alletto era ben più anziano di lei e i figli non erano venuti, ma l'aveva sempre trattata con rispetto. Minervina percepiva che doveva esserci qualcosa di più tra un uomo e una donna, il suo corpo glielo suggeriva quando, dopo i rapporti con il marito, le restava un senso di inappagamento che soddisfaceva da sola; ma, al contrario di altre matrone, non era ricorsa a schiavi o gladiatori per appagare le proprie brame; Alletto la amava, e si sarebbe sentita in colpa se avesse accolto un altro uomo nel proprio letto.

E poi, temeva di deludere Osio.

A maggior ragione sarebbe stata irreprensibile adesso, da imperatrice. Ce n'erano altre cinque, di imperatrici, ma lei era pur sempre una delle principali matrone di Roma, una di quelle su cui erano puntati gli sguardi di tutti. La gente avrebbe stabilito chi era la più bella, la più elegante, la più generosa, e lei era intenzionata a dimostrarsi all'altezza delle aspettative, se non di vincere la competizione. E avrebbe collaborato con il marito perché ottenesse un riconoscimento ufficiale, perché potessero un giorno permettersi di affacciarsi fuori dalla Britannia e tornare nella città che dava il nome all'impero.

Nessuno considerava più Roma la capitale, e meno ancora il centro del mondo. Era la sede principale di Massimiano, ma non l'unica, e il sovrano più importante, Diocleziano, risiedeva a Nicomedia, Costanzo Cloro in Gallia e Galerio a Tessalonica. Poi c'erano Domizio Domiziano ad Alessandria e lo stesso Alletto a Londra. Ma lei non l'aveva mai dimenticata: lì aveva vissuto i suoi primi tredici anni e sognava di tornarvi, un giorno, almeno per una visita, a respirare la caotica atmosfera cui si era abituata da bambina, le vie multicolori, l'imponenza di edifici con una storia plurisecolare alle spalle, le antiche rovine che le parlavano di gesta epiche, di uomini straordinari, di lutti, gioie, e di eventi e delibere che avevano deciso il destino del mondo per un migliaio d'anni.

Roma, poi, era anche il centro della religione che più la attraeva tra le tante che circolavano nell'impero. I cristiani sembravano infatti averla scelta come loro capitale, anche se altre sedi metropolitane le contende-vano il primato. Nato come un credo per poveri, il cristianesimo stava estendendosi anche alle classi più elevate, e Minervina aveva avuto modo di parlarne spesso con altre matrone senza prevenzioni. Osio, che pure non sembrava possedere una spiccata sensibilità religiosa, sosteneva che la sua forza motrice le avrebbe consentito di soppiantare in breve tempo tutte le altre religioni, e non aveva mai frenato il suo desiderio di approfondirne la conoscenza. Il marito, da parte sua, credeva fermamente negli antichi dèi tradizionali, che avevano accompagnato Roma nella sua ascesa, mentre Carausio e il suo avversario Costanzo Cloro erano seguaci del Sole invitto, un'entità indefinibile e troppo astratta, ai suoi occhi, che lei non comprendeva. Molto più chiara e accessibile alla sua mente era l'immagine del Dio cristiano, che aveva mandato il proprio figlio sulla terra a immolarsi per raccogliere su di sé tutti i peccati del mondo e redimere l'umanità, permettendole di accedere al regno dei cieli alla fine dei tempi.

I cristiani erano più buoni degli altri: questo aveva notato, approfon-dendo la loro religione. Facevano la carità ai bisognosi, si aiutavano l'un l'altro, si erano fatti martirizzare, in passato, sotto imperatori particolarmente intolleranti, senza mostrarsi sediziosi e senza reagire in altro modo che tributando le lodi al loro dio; soprattutto, predicavano il perdono, "porgevano l'altra guancia" a chi faceva loro del male. Per lei era sufficiente a elevarli al di sopra di chi credesse in dèi punitivi e vendicativi. Sì, era la religione che faceva per lei, e le dispiaceva che lì in Britannia ben pochi la professassero.

La donna si riscosse dai propri pensieri e decise che fosse ora di vestirsi; il sole si era già levato in cielo da un pezzo. Stava per alzarsi dal letto quando sentì del trambusto in casa. Subito dopo, suo marito irruppe nel cubicolo. D'improvviso, le parve molto più vecchio dei suoi cin-quant'anni.

«Dobbiamo salutarci, mia cara. Costanzo Cloro è salpato dalle coste galliche. Siamo costretti a fronteggiare un'invasione», annunciò con voce rotta dallo sconforto.

E a Minervina crollò il mondo addosso.

Non appena Sesto Martiniano mise piede nell'acqua che bagnava il litorale della Britannia meridionale, una freccia gli lambì l'elmo, sibilando come un serpente ansioso di iniettargli il proprio veleno. E subito capì che sarebbe stata dura, nonostante tutto.

Il prefetto del pretorio Asclepiodoto, che comandava la metà della flotta in cui si trovava Sesto, non si era aspettato di sbarcare indisturbato. Alletto aveva le sue spie sul continente, e non era pensabile che non fosse pronto ad affrontare l'invasione, che il cesare Costanzo Cloro aveva preparato a lungo. Proprio per questo i comandanti avevano deliberato di dividere la flotta e di sbarcare in due punti diversi dell'isola; se non altro l'usurpatore, una volta conosciute le mosse del nemico, sarebbe stato costretto a disperdere le sue truppe, per presidiare i possibili punti di approdo. Così, Asclepiodoto aveva puntato verso sud, Costanzo a nord.

Un'altra freccia centrò nell'occhio il compagno più vicino, facendolo crollare su di lui con un urlo straziante. Martiniano perse per un istante l'equilibrio e dovette appoggiare il ginocchio sul fondale, poi si alzò di nuovo in piedi. Si guardò intorno per vedere se gli infermieri erano a portata di mano, poi sostenne il soldato che annaspava nell'acqua con il volto trasformato in una maschera di sangue. Attese un momento, finché non arrivarono a soccorrerlo, poi riprese ad avanzare. Dopo qualche passo raggiunse la spiaggia, ringraziando gli dèi di poter finalmente correre senza essere frenato dall'acqua, rendendosi forse un bersaglio meno facile per gli avversari.

Una volta più vicino alle difese nemiche, cercò di capire meglio che cosa lo attendeva. Gli uomini di Alletto si erano disposti dietro una linea di massi, tronchi d'albero e arbusti, ammassati in modo frettoloso per creare una sorta di barriera. Per quanto l'usurpatore fosse informato dell'impresa di Costanzo, non aveva fatto in tempo a realizzare di meglio. Gli invasori, incoraggiati da quelle modeste difese, correvano entusiasti, lasciandosi dietro gli ufficiali, a dispetto della pioggia sempre più fitta di frecce, rotta talvolta dalla caduta dei massi lanciati dalle catapulte.

Il tratto da coprire era ampio e scoperto, però. Gli arcieri di Alletto avrebbero potuto togliersi numerose soddisfazioni, prima di consentire agli invasori di assalire la barriera. Fosse stato un ufficiale superiore, Martiniano avrebbe ordinato agli uomini di formare testuggini, invece di attaccare alla rinfusa, come barbari, man mano che raggiungevano la spiaggia. Ma non era un ufficiale. La morte del padre a Margum, undici anni prima, lo aveva privato di un autorevole protettore, e le proteste che aveva rivolto al suo assassino, il legato Osio, gli erano valse l'anonimato tra i ranghi per anni, finché il suo riconosciuto valore in successive campagne non gli aveva procurato almeno il grado di optio.

Non gli rimase che assecondare lo spirito combattivo dei componenti della sua unità e correre ancor più veloce per non rimanere indietro. Ma quando fu avanzato di qualche altro passo, notò sabbia molto smossa nella zona antistante alla barriera e capì che gli avversari non si erano limitati a realizzare in fretta e furia il solo sbarramento. Urlò ai suoi uomini di stare attenti, proprio nel momento in cui uno di quelli più vicini al nemico scomparve d'improvviso sotto il terreno. Quelli dietro si bloccarono, diventando un immediato bersaglio per gli arcieri, che ne abbatterono due. In breve altri soldati sembrarono essere inghiottiti dal terreno, mentre i compagni frenavano per non fare la stessa fine; e chi non aveva la prontezza per opporre lo scudo al tiro nemico, si ritrovava con un dardo in gola senza neppure averlo visto arrivare.

«A terra!», gridò Martiniano quando arrivò all'altezza delle prime buche. Si sdraiò subito dopo, appena in tempo per evitare una freccia, che gli sibilò proprio sopra la testa, e strisciò fino all'orlo, guardandovi dentro: un soldato penzolava nel vuoto, sospeso su un palo appuntito che lo aveva passato da parte a parte, protendendo la sua punta insanguinata e disseminata di viscere verso il viso dell'optio.

Frecce gli sfiorarono ancora la punta dell'elmo. Dietro di lui, urla di dolore: i dardi avevano trovato comunque un bersaglio. Al suo fianco, una recluta terrorizzata si calò nella buca per evitare di fare la stessa fine. No, era intollerabile: attirò la sua attenzione e gli intimò di risalire, indicandogli la prima linea con l'espressione più truce che era in grado di assumere. Il soldato si accorse solo allora della presenza di un ufficiale e parve vergognarsi di essersi dimostrato un codardo proprio sotto i suoi occhi. Con l'atteggiamento di un condannato a morte, risalì le pareti e, dopo aver proceduto per un po' carponi lungo il bordo, prese coraggio alzandosi in piedi.

Martiniano lo esortò a seguirlo e insieme ripresero l'avanzata. Davanti a loro, le buche scoperte dalla caduta di un legionario si alternavano ai cadaveri trafitti sul terreno, o ai feriti che si trascinavano con delle frecce in corpo per mettersi al riparo dal dardo fatale. La recluta si spaventò di nuovo, nel vedere lo scempio dei suoi compagni tutt'intorno, e iniziò a rallentare vagando alla rinfusa. Martiniano non poté biasimarlo: anche a lui, che era nell'esercito da anni, non era mai capitato di esporsi tanto apertamente al pericolo, avanzando in campo aperto contro un avversario impalpabile, senza il sostegno dei commilitoni al fianco, come accadeva di solito nelle battaglie con i legionari schierati spalla a spalla. E provava anche lui una sensazione di abbandono, di condanna, come se dovesse andare incontro a un drappello incaricato della sua esecuzione. Far parte di una falange coesa da cui ci si sentiva istintivamente protetti, adesso se ne rendeva conto, era il solo modo per controllare la paura.

Si avvicinò al ragazzo. Quella recluta, in fin dei conti, gli faceva tenerezza. Ma un istante prima che potesse afferrarlo per un braccio, un'enorme massa scura se lo portò via senza un suono. Guardò nella direzione in cui era sparito, e vide il masso di una catapulta a pochi passi dietro di lui, con ciò che rimaneva della recluta, ridotta a poltiglia sanguinolenta, schiacciata sul terreno sotto il suo peso.

Sentì qualcuno piangere. Un altro giovane soldato era crollato in ginocchio appena oltre il masso, e si disperava, le mani sull'elmo. Un altro masso cadde a breve distanza da loro, e un istante dopo un uomo crollò a terra senza una gamba. Si guardava incredulo la coscia tranciata senza capire come fosse accaduto. Frattanto, urla d'incitamento si affiancavano a quelle di dolore: con i loro bastoni i centurioni esortavano i soldati ad avanzare, ma non c'era più alcuna parvenza di compattezza. Ciascuno correva in base al coraggio di cui disponeva, più che alle proprie forze, e gli ufficiali non erano in grado di tenere vicini uomini della stessa unità.

Martiniano si rese presto conto dei danni che quel caos provocava nelle file del prefetto del pretorio. I più rapidi e determinati arrivarono troppo isolati di fronte alla barriera, e finirono facile preda del nemico, cui bastava protendere le lance oltre la protezione per trovare un bersaglio. La triste fine di quei coraggiosi fece perdere istantaneamente convinzione a quelli che li seguivano. Gli altri rallentarono, e i difensori ebbero tutto l'agio di prendere la mira; in breve una raffica di frecce falciò chiunque non avesse avuto il buon senso di continuare a correre.

Martiniano iniziò a disperare che l'operazione di sbarco potesse avere buon esito. Non aveva modo di sapere quanti soldati Alletto avesse piazzato dietro gli sbarramenti, ma sembrava che fosse sufficiente un pugno di uomini per respingere l'esercito d'invasione. Si augurò che le cose stessero andando meglio al cesare più a nord. Poi si risolse a far valere il suo grado, urlando a chiunque fosse nei paraggi di costituire una colonna con gli scudi protesi in avanti e di ricominciare ad avanzare su due file, per offrire una minor ampiezza di bersaglio al nemico e guadagnare una maggiore forza per lo sfondamento. Prese per le braccia o per la tunica tutti quelli che gli capitarono a portata di mano e cercò di schierarli, ma le frecce continuavano a sibilare tra i ranghi e nessuno se la sentiva di mantenere la posizione; in un attimo, inoltre, perse almeno tre uomini, implacabilmente colpiti dagli arcieri di Alletto. Alla fine fu costretto a rinunciare, imprecando per la frustrazione: a quel punto, non vedeva in quale altro modo gli uomini del prefetto potessero giungere a contatto col nemico. Ma doveva compiere il proprio dovere: trasse un profondo sospiro e si preparò a coprire l'ultimo tratto che lo separava dalla barriera.

Poi sentì squillare le trombe alle sue spalle. Si voltò e notò dei soldati avanzare in colonna, a passo sostenuto pur mantenendo i ranghi stretti e gli scudi accostati; era la guardia di Asclepiodoto.

I pretoriani.

Quando vide arrivare il cesare Galerio con il suo esercito, Costantino fu certo che i due imperatori, con le loro forze finalmente riunite, avrebbero espugnato Alessandria. Diocleziano, come si faceva chiamare Diocle dall'epoca della sua ascesa al trono, fece cenno a lui e a tutti i componenti del suo stato maggiore di avanzare al suo fianco. Il giovane figlio di Costanzo Cloro fece trottare il proprio cavallo e si costrinse a fermarsi a fianco di Licinio, l'ufficiale più detestabile tra i collaboratori dell'imperatore. Poi prese a scrutare l'orizzonte, vedendo formarsi sempre più distinte le sagome dei soldati, con il cesare a capo della colonna.

E notò che era una ben magra colonna, quella che procedeva lungo la riva del mare andando loro incontro.

«Saranno un paio di migliaia di uomini. E che ce ne facciamo?», disse Licinio rivolgendosi all'ufficiale posto oltre Costantino, un uomo di nome Severo: non si rivolgeva mai a lui, non lo degnava neppure di uno sguardo. Viceversa, Severo sembrava aver preso il giovane in simpatia.

«Forse l'augusto non ha voluto sguarnire il confine con l'impero persiano. Con la disfatta appena subita a Callinico dal cesare Galerio, spostare truppe in Egitto avrebbe dato al nemico l'opportunità di invadere la Siria», ipotizzò Severo, rivolgendosi anche a Costantino.

«E allora, tanto valeva che il cesare se ne stesse lì. Anche se, a giudicare dai risultati, non avrebbe fatto granché...», rispose Licinio stringendosi nelle spalle.

Erano le stesse domande che si stava ponendo Costantino. La ribellione in Egitto era scoppiata proprio durante il tentativo d'invasione dei persiani in Siria, che Galerio aveva provato a bloccare rimediando però una secca sconfitta, mentre Costanzo Cloro cercava di porre fine all'usurpazione in Britannia. A quanto pareva, quattro imperatori non bastavano a scongiurare la minaccia di ribellioni: la terra dei faraoni aveva incoronato un tale di nome Lucio Domizio Domiziano, e da otto mesi Diocleziano conduceva una campagna lungo il Nilo per ricondurre all'obbedienza le città ribelli. Le aveva riconquistate e distrutte a una a una, ma la capitale resisteva a dispetto dell'accerchiamento e del taglio degli acquedotti. E intanto il caldo d'inizio estate cominciava a mietere le prime vittime tra le truppe assedianti.

Se Alessandria non fosse caduta entro poche settimane, Diocleziano sarebbe dovuto tornare nella sua capitale, Nicomedia, con la coda tra le gambe, e il suo prestigio ne avrebbe risentito. E se il prestigio dell'augusto più autorevole era minato, lo era tutta la tetrarchia: Costantino si rendeva conto che, in quel caso, gli usurpatori sarebbero fioccati con frequenza ancora maggiore e il sistema ideato da Diocleziano sarebbe collassato. Aveva già pensato Galerio, con la sua sconfitta, a dare un duro colpo al collegio imperiale; un altro fallimento avrebbe rappresentato il colpo di grazia, anche perché l'esito dell'impresa di Costanzo Cloro in Occidente era tutt'altro che scontato.

Si chiese, come spesso faceva, se un giorno avrebbe fatto parte della tetrarchia: non era che il figlio bastardo dell'attuale cesare d'Occidente, ma contava di fare strada e conquistarsi la fiducia di Diocleziano, così come avevano fatto suo padre, Massimiano e lo stesso Galerio. Sapeva di essere all'altezza, e non vedeva l'ora di dimostrarlo: far parte dello stato maggiore imperiale appena ventenne, in quanto figlio di Costanzo, gliene dava l'opportunità; ma era anche consapevole di essere con l'imperatore come tacito ostaggio, affinché al cesare non passasse per la testa di travalicare il proprio ruolo, che doveva essere sempre subalterno a quello degli augusti.

Costantino si chiese anche come mai Diocleziano avesse voluto incontrare il cesare a un miglio di distanza da Alessandria. Aveva trovato curioso che l'imperatore più importante si degnasse di andare incontro a quello subordinato. Ma quando iniziò a distinguere i tratti tozzi e massicci del cesare, si disse che presto avrebbe scoperto il motivo dello strano comportamento dell'imperatore.

Galerio procedeva a capo chino, mentre Diocleziano stava ritto in sella e lo fissava senza dire una parola. Il cesare eludeva il suo sguardo, e la sua espressione era ben lungi dall'essere quella sicura e distaccata tipica di un sovrano; Costantino ricordò a se stesso di non apparire mai così in pubblico, quando e se fosse diventato imperatore. Trovò tuttavia strano quell'atteggiamento dimesso, da parte di un uomo che godeva fama di grande coraggio; doveva essere condizionato dalla vergogna seguita alla sua sconfitta. Quando giunse al cospetto di Diocleziano, Galerio levò il braccio in segno di saluto. «Ave, augusto Gaio Aurelio Valerio Diocleziano. Sono lieto di potermi congratulare con te per il felice andamento della campagna, e onorato che tu mi voglia accanto a te per espugnare la capitale», dichiarò ad alta voce, a beneficio degli astanti.

Diocleziano attese qualche istante prima di rispondere. «Ave, cesare Gaio Galerio Valerio Massimiano. Noi, invece, non possiamo congratularci con te per l'esito della tua, di campagna. T'invitiamo inoltre a scendere da cavallo, quando parli al tuo signore», disse freddamente.

L'aria si fece di colpo pesante. Anche Costantino si sentì disorientato. Diocleziano era venuto lì con il suo stato maggiore e la scorta, mentre Galerio aveva un paio di migliaia di uomini al seguito. Provocarlo poteva essere azzardato. Il cesare non si mosse, infatti, e la sua espressione si fece più dura.

«Ti abbiamo ordinato di scendere da cavallo, cesare», ribadì Diocleziano a voce più bassa per farsi udire solo dal suo stato maggiore. «Fa' quel che ti diciamo e torneremo a essere colleghi e parenti come se nulla fosse successo. Attaccare battaglia in inferiorità numerica è da idioti, e c'è costato molti preziosi soldati. Non farci pensare di aver dato nostra figlia a un idiota… e non pensare che lo siamo noi, reputandoci privi dei mezzi per costringerti a eseguire i nostri ordini».

Galerio fremette per lo sdegno, ma evitò di rispondere a tono; si guardò intorno, indirizzò uno sguardo interrogativo alle navi ormeggiate nell'antistante tratto di mare e, dopo qualche altro istante di esitazione, scese di sella.

«Bene! Ora possiamo andare, finalmente. Seguici, figlio mio. In marcia!», proclamò Diocleziano, iniziando a trottare verso il proprio campo davanti ad Alessandria. Galerio dovette seguirlo appena dietro la coda dell'animale, circondato dalle guardie del corpo dell'imperatore, mentre anche il suo esercito si metteva in movimento. Poco dopo, dalle navi si udì uno squillo di tromba e subito una pioggia di dardi si abbatté poco oltre alla riva, non distante dalla colonna di Galerio.

«Visto? L'imperatore ha voluto dimostrare al cesare di averlo in pugno», commentò Severo con Costantino.

«E io che pensavo che fossimo solo noi…», disse il giovane.

«Anch'io, ma non mi sono preoccupato», annuì Severo. «Diocleziano non è un incauto come Galerio e non sarebbe mai venuto a questo incontro senza premunirsi. Ed ecco spiegata anche la scelta dell'augusto di voler incontrare il cesare a un miglio dalla città. Voleva umiliarlo pubblicamente facendogli percorrere a piedi, dietro di lui, la distanza…».

«Ma perché farlo in pubblico? So che Diocleziano tiene all'armonia tra i tetrarchi. Far vedere che sono in disaccordo potrebbe non essere vantaggioso», s'interrogò Costantino.

«È vantaggioso, invece. In questo modo, rimarca davanti a tutti che lui non c'entra niente con l'iniziativa fallimentare del genero, e che l'imperatore è lui; Galerio è solo un aiutante che deve attendere il suo turno per subentrargli, e lo farà solo se ne sarà degno. Ora la gente, e soprattutto i soldati sanno che non ci sono favoritismi, neppure in presenza di un rapporto di parentela. Quindi concluderanno che il sistema funziona: un subordinato dell'imperatore ha sbagliato e sta pagando».

Costantino rifletté a lungo, durante il tragitto. La tetrarchia era una presa in giro, alla fine. C'era un solo imperatore, com'era sempre stato;

la differenza era che i suoi principali subalterni, invece di chiamarsi "prefetti del pretorio", si chiamavano augusti o cesari, e avevano delle zone di pertinenza. Anche Massimiano, infatti, pur essendo un pari di Diocleziano, era tenuto a rispettare le sue disposizioni.

Ma era giusto così, concluse: se non ci fosse stata una gerarchia, se tutti fossero stati davvero dei sovrani, la guerra civile sarebbe stata inevitabile. Presto o tardi, infatti, qualcuno avrebbe voluto estendere il proprio settore di competenza a scapito di un altro, come era stato per i triumvirati tre secoli prima, e avrebbe tentato di eliminare i colleghi: così aveva fatto Ottaviano con Antonio, e ancor prima loro due ai danni di Lepido; per non parlare del precedente conflitto tra Cesare e Pompeo. I governi collegiali erano una sciocchezza, e la decadenza della repubblica lo testimoniava ampiamente: se mai fosse riuscito a diventare un tetrarca, non avrebbe mai smesso di puntare a essere il primo, perché solo il primo contava.

Il caldo era opprimente. Il giovane non poté fare a meno di fissare sempre più spesso Galerio, a mano a mano che si avvicinavano alla città. Il cesare, giunto in equipaggiamento completo, con tanto di armatura, elmo e mantello sopra la dalmatica e i pantaloni, sudava copiosamente, e i suoi passi si facevano via via più strascicati. Ma Diocleziano non si voltava mai, né modificava il ritmo del trotto del suo cavallo: sembrava intenzionato a lasciare il genero sotto la canicola il più a lungo possibile. E non aumentò la velocità né lo fece salire in sella neppure quando una staffetta gli disse che i difensori avevano approfittato della sua assenza per fare una sortita.

«Che razza di uomo! Che sangue freddo! Così si comporta un imperatore! Non si ammorbidisce neppure di fronte a un vincolo di parentela...», esclamò, rivolgendosi a Severo. Doveva tenere a mente la lezione, per quando fosse toccato a lui, aggiunse, badando bene a tenere il pensiero per sé.

III

Dicevano tutti che erano dei soldati da parata. Che prendevano lo stipendio a sbafo, senza fare nulla di più che svolgere compiti di polizia in città, prendendosela con ubriachi e prostitute, civili inermi che spesso avevano l'unico torto di capitargli sotto tiro. Quando i pretoriani avanzarono dalla spiaggia verso le postazioni nemiche, tutti gli altri soldati si aprirono a ventaglio e li fecero passare, osservandoli con un misto di curiosità e di astio. Perfino Martiniano seguì con attenzione la loro marcia. Prendevano molti più soldi di un legionario, ma di rado venivano impiegati in campagne contro veri nemici. Gli imperatori se ne portavano dietro pochi, durante una campagna militare, e solo per utilizzarli come guardie del corpo a tutela della loro sicurezza, senza metterli a rischio in prima linea.

La decisione del prefetto del pretorio di valersene come cuneo per sfondare le difese avversarie, come sembrava fossero intenzionati a fare, costituiva una vera sorpresa per Martiniano, così come per qualunque altro componente dell'esercito d'invasione. E l'optio era certo che molti, tra i suoi commilitoni, stessero tifando contro di loro, augurandosi un fiasco.

I privilegi del corpo pretoriano avevano sempre suscitato malumori nella truppa, la loro presunta inefficienza bellica molta ironia; durante la traversata dal continente nessuno aveva mai manifestato l'intenzione di familiarizzare con loro, né loro avevano fatto nulla per mostrarsi affabili con gli altri. Sembravano guardare gli altri soldati dall'alto in basso, e anche se si sapeva che alcuni di essi provenivano dai ranghi dell'esercito regolare, pareva che una volta diventati pretoriani non volessero avere più nulla a che spartire con i loro ex compagni.

A Martiniano non importava poi tanto come si comportavano o come la pensassero. L'unica cosa che contava era che si mostrassero dei validi combattenti. E a quanto sembrava, stava per verificare se valevano i soldi che lo Stato spendeva per loro.

A vederli, davano un'impressione di potenza ed efficienza, si disse; non a caso, nonostante la diffidenza generale, tutti si fermarono affascinati a seguire la loro avanzata, quasi senza più curarsi dei minacciosi proietti provenienti dalle linee nemiche. Marciavano compatti in linea di quattro, lance protese in avanti, semiacquattati dietro i loro scudi ovali, risplendenti nelle loro corazze a scaglie bronzee, i semplici elmi conici a quattro spicchi con i paraguance, pantaloni, dalmatica e scarpe chiuse. I loro ufficiali li dirigevano con sicurezza, accompagnandoli appena fuori dai ranghi, maestosi nei loro mantelli ricchi di decori, le corazze anatomiche e gli elmi avvolgenti con paranaso e ampie paragnatidi, tempestati di intarsi e pietre colorate, gli pterugi di cuoio bianco che scendevano lungo le braccia e le cosce.

"Fossi un nemico, avrei paura", pensò Martiniano; e infatti, gli parve che le raffiche dalle postazioni di Alletto fossero diminuite d'intensità: forse molti avversari non potevano fare a meno di rimanere impressionati da quel serpente dorato appena emerso dalle acque come se lo avesse mandato Nettuno in persona.

La verità, rifletté, era che tutti facevano mostra di disprezzarli perché li invidiavano. Tutti avrebbero voluto far parte di quel corpo scelto. Anche lui, ammise con se stesso. E non perché se la passassero bene, né perché stavano accanto ai potenti e all'imperatore; ma per la tradizione che vantavano, per lo spirito di corpo e il peso che avevano nell'impero. Quasi non c'era da stupirsi se guardavano gli altri soldati con tanta spocchia: la loro immensa e prestigiosa storia, antica quanto l'impero, seppur ricca di atti disdicevoli, corruzione e tradimenti, glielo consentiva.

I pretoriani furono costretti a sparpagliarsi, quando giunsero nel settore costellato di buche, che ciascun soldato dovette aggirare. Ma badarono bene di rimanere in gruppi di tre o quattro, per costituire una barriera con gli scudi e opporsi ai dardi che, nel frattempo, avevano ripreso a piovere con continuità. Cadde un pretoriano, poi un altro, ma il grosso avanzava senza esitazioni, senza farsi neppure rallentare dal bersagliamento nemico, che a ogni passo rendeva gli scudi sempre più irti di aculei.

Martiniano si rese conto che ora tutte le difese nemiche erano concentrate sui pretoriani. «Forza! Attacchiamo sul fianco!», urlò ai legionari più vicini, che continuavano a osservare i movimenti della guardia senza proseguire l'assalto. Dovette prenderne e spingerne avanti alcuni perché anche gli altri si muovessero, mentre nel frattempo anche gli altri ufficiali e sottufficiali si davano da fare per rinnovare l'attacco.

Per il primo tratto poté approfittare della concentrazione del tiro sui pretoriani, per avanzare indisturbato. Poi, ormai a breve distanza dalla barriera, le frecce tornarono a sibilare intorno a lui, e a mietere vittime al suo fianco. Ma questo significava che, al tempo stesso, la pressione sui pretoriani era alleggerita, ed era quel che contava. Loro erano riusciti a costituire una formazione, quindi a loro spettava lo sfondamento, ed era giusto che gli altri si sacrificassero per farli arrivare all'urto con slancio ed effettivi a sufficienza. Sentì risuonare il proprio scudo dell'impatto di una freccia, la cui punta vide affiorare oltre il legno, lambendo l'impugnatura e il suo avambraccio. Un soldato al suo fianco fu sbalzato all'indietro da un dardo che l'aveva centrato al collo. Un altro si ritrovò con il piede inchiodato al terreno da una freccia. Martiniano continuò a esortare i suoi ad avanzare: se non altro – gridò per incoraggiarli – non rischiavano più di essere investiti dai massi delle catapulte.

Vide il suo centurione, suo diretto superiore, cercare di costituire un raggruppamento a cuneo con una decina di soldati. Trovò che fosse una buona idea e cercò di fare altrettanto, ordinando ai suoi di schierarsi con gli scudi protesi in avanti, lui in testa, due uomini in seconda linea, tre in terza, quattro in quarta. Decise di partire all'assalto della postazione nemica contemporaneamente al centurione, ma quando si voltò verso il suo superiore, vide che la formazione si era dissolta: quattro uomini giacevano a terra trafitti dalle frecce, gli altri si stavano disperdendo. E tra quelli a terra c'era anche l'ufficiale.

Adesso era lui il comandante della centuria. Rimase solo un istante a riflettere sulla circostanza. Stava per dare l'ordine di attacco, quando udì un boato al suo fianco. Spostò lo sguardo e vide che i pretoriani erano appena piombati sulla barriera. In un istante si creò un intreccio di lance protese da ambo le parti. Le aste ghermivano bersagli al di sopra dell'ammasso di pietre, tronchi e arbusti che separava gli assalitori dai difensori. Ma alcuni pretoriani si abbassavano e spingevano con tutto il peso del corpo sulla barriera, cercando di scalzarla. Corpi inanimati si ammassarono su entrambi i lati, urla selvagge risuonarono nell'assembramento di truppe che si era creato in corrispondenza del tentativo di sfondamento.

A Martiniano parve di vedere aprirsi un varco. Sì, si disse quando vide un paio di pretoriani al di là della barriera. C'era una breccia. Ma i due valorosi scomparvero subito in una selva di lance. Presto subentrarono altri, ma anche loro furono ricacciati indietro. Nel frattempo, i difensori si affannavano a rimettere i massi al loro posto per chiudere il varco. I pretoriani accentuarono la pressione, ma intanto i ribelli erano accorsi in numero sempre maggiore nel settore minacciato, e più tempo passava più diventata difficile per gli assalitori ottenere lo sfondamento. Eppure riuscirono ad aprire un'altra breccia, stavolta più ampia, nella quale s'insinuarono in parecchi, ma solo per ritrovarsi circondati da un numero soverchiante di nemici.

Martiniano decise di approfittare del suo nuovo ruolo di comandante e gridò: «Tutti alla breccia! Aiutiamo quei valorosi!». L'unico modo per sfondare era far confluire più uomini possibile in quel punto. Alcuni esitarono, probabilmente indispettiti dal dover aiutare gli odiati pretoriani. Ma quando Martiniano si mosse, quasi tutti lo seguirono. L'optio corse parallelamente alla barriera, tenendo lo scudo di fianco per difendersi dai dardi, e giunse per primo a contatto con la colonna pretoriana. Prese a spingere sulla schiena del soldato davanti, e presto avvertì anche la pressione alle spalle. Sollevò lo scudo per difendersi dalle punte di lancia che saettavano nella sua direzione, giusto in tempo per parare vari affondi, poi alzò il braccio destro e cercò anche lui di colpire qualche avversario al di sopra degli elmi dei commilitoni che lo precedevano.

La ressa era asfissiante. Sentiva gomiti nello sterno, ginocchia contro le cosce; il respiro ansimante dei compagni gli risuonava nelle orecchie, così come le loro urla d'incitamento, mentre il suo olfatto veniva investito dal familiare odore del sangue. Si sentì ricoperto di lividi ovunque, poi si ritrovò in apnea, soffocato dalla calca che quasi lo stritolava, impedendogli qualsiasi movimento. La testa gli pulsava fino a farlo impazzire; avrebbe voluto togliersi l'elmo per liberarsi le tempie, ma non era in grado di muovere le braccia: quello destro era rimasto sospeso sopra le spalle dell'uomo che lo precedeva, e sentiva i suoi muscoli sempre più rigidi; quello sinistro era schiacciato sul petto dallo scudo, il cui bordo gli tagliava il naso o il mento.

Poi sentì un cedimento improvviso. La massa di pretoriani nel suo settore si riversò in avanti, e molti persero l'equilibrio finendo a terra oltre la barriera. Martiniano si ritrovò carponi, addosso a un compagno sdraiato e con un altro che gli era rovinato sulle spalle.

Tutti alla mercé delle lance nemiche.

Costantino era ben determinato a ricevere i complimenti dell'imperatore prima della fine della giornata. Desiderava ardentemente guadagnarsi la stima di quell'uomo straordinario, per convincerlo a prenderlo in considerazione come successore di suo padre, certo, ma anche perché ne aveva una grande stima, adesso più che mai. Dopo aver pubblicamente umiliato il suo genero e cesare Galerio, costringendolo a seguirlo a piedi per un miglio, Diocleziano lo aveva congedato invitandolo a tornarsene immediatamente in Siria a provvedere alla difesa della provincia, senza neppure farlo partecipare allo scontro che si preannunciava appena fuori le mura di Alessandria, a seguito della sortita degli assediati.

In sostanza, lo aveva fatto venire da così lontano, solo per punirlo e ricordargli chi era a comandare. Un vero capo, un vero imperatore, e lo aveva confermato ordinando molto opportunamente un immediato contrattacco alle proprie truppe, con l'ordine perentorio di approfittare dello sbilanciamento nemico per tentare di penetrare la città: era ora di finirla, aveva gridato, con quell'assedio interminabile. Poi aveva asse gnato a Licinio la colonna aggirante, che aveva il compito di tagliare la strada agli scorridori mentre il resto dell'esercito ne rallentava la ritirata impegnandoli frontalmente.

A dispetto dell'antipatia che nutriva per l'ufficiale, Costantino era ben lieto di trovarsi con Licinio: se mai qualcuno degli assedianti avesse avuto la possibilità d'irrompere entro le mura, erano proprio loro. Le truppe egiziane si erano spinte ai margini della palude e, approfittando dello sbandamento imperiale causato dall'assenza di Diocleziano, avevano abbattuto i trinceramenti nemici fendendone lo schieramento in due. Ma il ritorno dell'imperatore aveva indotto gli assedianti a una reazione, e i romani avevano finito per chiudersi sugli assalitori, impedendo loro di distruggere le macchine d'assedio e costringendoli al ripiegamento. Frattanto Licinio e la sua colonna compivano un giro largo, passando attraverso la palude per avvicinare da oriente la porta da cui erano usciti gli egiziani.

Ma Costantino si accorse che non era così facile raggiungere l'obiettivo prima del nemico. Avevano sottovalutato lo scacchiere, che non favoriva certo la rapidità di movimento. Da quando era entrato nella palude, si sentiva come una mosca invischiata nella tela di un ragno. Aveva l'impressione che i piedi gli pesassero come dopo una lunga marcia, e i fetidi miasmi che emanava l'acqua putrida mista a fango e sabbia gli toglievano il respiro. Guardandosi intorno, si rese conto che anche gli altri soldati subivano come lui le insidie degli acquitrini, e il loro slancio si era presto arrestato. Ben presto capì che la manovra era destinata a fallire, mentre Licinio continuava ostinatamente ad avanzare, imprecando contro i soldati che arrancavano maggiormente.

Quando poi vide i primi egiziani avvicinarsi alla porta, che si apriva davanti a loro, temette di aver perso l'occasione di dimostrare il proprio valore e provò a muovere le gambe con maggior forza. Guadagnò posizioni e raggiunse presto la prima fila, affiancando Licinio, che lo aveva volutamente collocato nelle retrovie. L'ufficiale lo guardò infastidito, ma non disse nulla, tornando a urlare agli attardati di rimettersi al passo. In breve i nemici presero ad accalcarsi davanti all'ingresso, dando così agli imperiali il tempo di raggiungerli. Non c'era più modo di tagliar loro la strada, ma potevano tentare di entrare insieme alla calca. Costantino si lanciò all'attacco con tutto l'impeto che aveva, nonostante la melma sotto i piedi, e si ritrovò a piombare sulla schiena di un fuggitivo, che mandò a sbattere contro un compagno, riducendolo alla sua mercé: gli fu facile, poi, sferrare un fendente con la spada che aveva in mano, e liberarsi dell'avversario. Ma subito ne trovò un altro, e un altro ancora: i soldati nemici si erano resi conto della minaccia sul loro fianco e avevano reagito creando un cordone di combattenti che ripiegava senza dare la schiena al nemico.

Scambiò fendenti e affondi guadagnando terreno a fatica. D'altra parte, gli egiziani erano più interessati a salvare la pelle dentro le mura che a immolarsi per compagni che avevano il solo merito di aver corso più rapidamente di loro. D'improvviso si accorse di essere sulla soglia, e con lo scudo prese a spingere per varcarla insieme agli avversari. Non fece neppure caso a quanti commilitoni gli si fossero affiancati: spintonava e si faceva forza sulle gambe per rimanere in piedi, stritolato dalla pressione che esercitava come da quella che subiva alle spalle.

Poi qualcuno da dentro decise che bisognava chiudere i battenti, anche se ciò comportava lasciare fuori soldati della guarnigione. La pressione si fece più intensa e a spingere non furono solo gli attaccanti, ma anche i fuggitivi che non avevano alcuna intenzione di rimanere fuori. Per qualche istante si smise di duellare: i soldati di ambo le parti erano uniti dal comune intento di avanzare a dispetto dei tentativi dei difensori di bloccarli. Ma durò poco, perché la spinta di chi era ancora all'esterno o sulla soglia prevalse in breve tempo, e l'irruzione fu come un torrente che usciva dagli argini: i battenti rimasero aperti e chi era appena dietro la soglia fu investito da un'onda d'urto devastante, che fendette la folla e permise agli assalitori di raggiungere in un attimo gli edifici più vicini alle mura.

Licinio diramò l'ordine di sferrare l'offensiva finale contro la guarnigione. Chiamò a sé quanti più uomini poteva per puntare al Quartiere dei Palazzi, sul Porto Grande, dove riteneva fosse asserragliato l'usurpatore Domizio Domiziano. Eppure Costantino era certo che fosse un errore: non era Domizio Domiziano il promotore della rivolta, bensì Achilleo, il suo generale: la sommossa non avrebbe avuto termine finché lui non fosse stato messo in condizione di non nuocere. Si guardò intorno, avanzò verso un soldato egiziano che aveva gettato a terra le armi e gli chiese: «Dov'è Achilleo?».

Quello esitò qualche istante, e Costantino gli puntò la spada alla gola. «Non te lo ripeterò», aggiunse con sguardo truce.

«Al Serapeum, per la difesa avanzata. Ma a questo punto si starà ritirando, per non essere tagliato fuori dai porti e poter fuggire su una nave», si affrettò a rispondere il prigioniero.

Costantino fece mente locale. Aveva studiato la mappa della città insieme all'intero stato maggiore, e ciò che affermava il soldato era logico: il tempio di Serapide era a ridosso delle mura meridionali, ed era ammissibile che il comandante supremo coordinasse le difese da quella postazione, così come lo era che un civile come Domizio Domiziano se ne stesse al sicuro verso il porto. Richiamò l'attenzione di tutti i soldati che poté, ignorando gli ordini di Licinio e facendo pesare il suo ruolo di componente dello stato maggiore imperiale. Molti esitarono, altri videro in lui solo un ragazzino e lo ignorarono, altri ancora accorsero direttamente verso Licinio; ma il fattore tempo era essenziale, e il giovane decise di agire quando ebbe a disposizione una ventina di uomini tra legionari e ausiliari.

Li esortò a seguirlo verso il Serapeum, sperando di trovarvi ancora asserragliato il generale. Non c'era bisogno di cercare l'edificio: si stagliava oltre la sommità delle mura, subito al di là, imponente su una grande piattaforma che poteva trasformarlo da tempio in solida roccaforte. Una volta che gli fu vicino, Costantino si chiese come avrebbe potuto stanare il nemico in quel caposaldo, tanto più inespugnabile per chi disponeva solo di un pugno di uomini. Correva voce che gli egiziani aspettassero l'arrivo dei persiani in loro soccorso, e forse, se avessero tenuto duro, avrebbero consentito ai loro presunti alleati di raggiungerli.

Costantino pensò al fuoco. Forse, appiccando un incendio avrebbe costretto l'avversario alla resa. Si mise a girare intorno al tempio per trovare un varco dove stipare la legna, che intanto ordinò a tre uomini di andare a cercare. Ma quando giunse davanti alla parte posteriore, vide uscire da una porticina un piccolo gruppo di uomini.

Era quella la chiave. Che tra di loro ci fosse Achilleo che scappava, o che il generale fosse ancora dentro, era lì che doveva puntare.

Contò solo quattro soldati dietro di sé; altri li aveva lasciati davanti al settore frontale.

Dovevano bastare.

Martiniano pensò che doveva capitare, prima o poi. Aveva partecipato a diverse battaglie, nella sua decennale carriera di soldato, e mai come in quel momento si era sentito spacciato: a terra, in un groviglio di corpi di compagni contusi che gli inchiodavano le braccia.

E dozzine di lance e spade che incombevano su di loro.

Le punte e le lame iniziarono ad affondare. Martiniano sentì risuonare nell'orecchio un grido strozzato e gorgogliante di un compagno con cui si trovava faccia a faccia sul terreno: un'asta gli era penetrata nel collo, rendendo allucinata la sua espressione. Uno spruzzo di sangue caldo investì il giovane, che cercò di rotolare oltre: sarebbe potuto capitare a lui, se il carnefice avesse deciso di sferrare il colpo solo una spanna più in là. Andò a sbattere con la schiena e dovette rimanere dov'era. Cercò allora di rialzarsi, ma dalla vita in giù era bloccato da un altro soldato, a sua volta pressato da altri. Una botta terribile gli arrivò sull'elmo: qualcuno lo aveva scalciato. Gli parve di veder volteggiare una lancia proprio sopra di sé e s'immaginò subito nei Campi Elisi. Cercò ancora di spostarsi, ma si rese conto che non ce l'avrebbe mai fatta: era stordito, ammaccato, pressato. Poi vide l'arma conficcarsi nello sterno del soldato che gli era addosso. Subito dopo sentì bruciare la coscia, e si accorse che la punta aveva trapassato il pretoriano e inciso le sue carni.

Provò a liberarsi del cadavere, ma un corpo senza vita pesa di più di uno vivo. Però riuscì a muovere il braccio e a estrarre la spada dal fodero. Cercò di fare leva tra sé e il corpo, ma improvvisamente una punta di lancia gli arrivò sul petto. La corazza la deviò facendola finire sul terreno. Martiniano sferrò un colpo istintivo di traverso, tranciando l'asta. L'uomo che la impugnava perse l'appoggio e gli cadde addosso con violenza. Il peso del suo equipaggiamento quasi soffocò il giovane, che però si affrettò a bloccarlo con l'avambraccio, serrandogli il collo. Il soldato ansimò, scalciò, cercò di afferrargli il braccio e poi di estrarre la spada dal fodero, quindi richiamò l'attenzione di un commilitone in piedi. Quest'ultimo studiò Martiniano cercando di colpirlo con la lancia, ma la sagoma del compagno glielo impediva. Allora il giovane provò a ruotare sul fianco, esponendo la schiena. Il soldato non esitò ad approfittare dell'occasione e affondò la lancia, ma un attimo prima Martiniano ruotò di nuovo e tornò supino, offrendo il corpo del suo prigioniero all'arma. La punta trapassò il soldato in pieno viso, e il giovane poté finalmente spostare l'avversario, il cui corpo spinse addosso ai piedi dell'uomo che lo aveva ucciso. Questi perse l'equilibrio e non fece in tempo a parare il fendente di spada di Martiniano, che gli tranciò un braccio.

Ricoperto di sangue altrui, il giovane riuscì finalmente ad alzarsi in piedi. Subito un soldato gli finì addosso, ma non riuscì a capire se fosse amico o nemico. Lo mandò a sbattere contro un altro che, proprio in quel momento, si trasformava in un busto senza testa a seguito di un fendente ben assestato. Provò a rendersi conto di quel che accadeva intorno a lui. I pretoriani sembravano aver preso possesso della zona immediatamente oltre la barriera, grazie anche all'aiuto dei suoi uomini. Frattanto, attraverso la breccia sempre più larga si riversavano altri soldati dell'esercito imperiale. Ormai era un corpo a corpo su una linea molto estesa, chiaro segno che altri varchi si erano aperti nella muraglia. Gli uomini di Alletto cercavano di formare una linea di scudi per respingere la pressione e riorganizzare le loro fila subito dietro, ma sempre più avversari gli erano addosso, infrangendo ogni loro tentativo di mantenere la formazione.

Martiniano raccolse lo scudo di un cadavere e lo usò per aprirsi un varco, sferrando colpi violenti con il braccio sinistro, mentre con il destro menava fendenti con la spada per allontanare da sé le punte delle lance che fuoriuscivano dalla barriera di scudi. Era come avanzare in una fitta boscaglia di cui bisognava recidere gli arbusti ovunque. Spingeva ed era a sua volta sospinto, e riceveva continue pressioni e botte sui punti dove già si erano formati lividi. Si sentiva ricoperto di sudore, di bava e di sangue, di polvere e di fango, il suo corpo pieno di lacerazioni e contusioni era teso in ogni muscolo, la vista parzialmente annebbiata dallo sforzo, dallo stordimento e dalle gocce salate che gli colavano lungo la fronte. Sferrava colpi quasi alla cieca, verso figure indistinte davanti a lui, con la sola consapevolezza di doversi far largo tra quelle sagome.

L'uomo di fronte non riuscì a reggere l'ennesimo spintone con lo scudo. Arretrò di un paio di passi, si sbilanciò, e Martiniano fu pronto ad approfittare dell'occasione per abbatterlo, raggiungendolo alla gola con la punta della spada. Nell'estrarre la lama dalla carne viva, d'istinto sferrò un fendente a destra, bloccando la traiettoria di una lancia protesa verso di lui. Poi si ritrovò tra le linee avversarie, ma non era il solo, e fu quello a salvarlo. Dei commilitoni impedirono a due soldati di avventarsi sul suo fianco scoperto, affrontandoli nel corpo a corpo, e il giovane poté fronteggiare un nuovo nemico, che gli si parò davanti brandendo una lancia. Evitò un affondo scartando col busto, poi tentò di tagliare l'asta mentre quello la riportava indietro. Ma mancò il bersaglio e l'altro ci riprovò. Stavolta Martiniano si protesse con lo scudo, che però all'impatto con la punta lo sbilanciò. L'avversario lo incalzò cercando di sorprenderlo mentre aveva ancora la guardia aperta. Il giovane lo schivò ancora, e la lancia passò a un dito dal torace, tra il busto e il braccio destro. Martiniano strinse il braccio alla propria corazza e bloccò l'asta mentre l'altro la ritraeva per caricare un nuovo affondo. Diede uno strattone e attirò in avanti il nemico, cui sferrò un colpo con lo scudo che lo stordì ponendolo alla sua mercé; finirlo con la spada in un solo fendente fu un gioco.

Adesso aveva spazio davanti a sé. I soldati di Alletto cominciavano a ripiegare alla rinfusa, sebbene la loro non si potesse ancora definire una rotta. I pretoriani che erano riusciti a liberarsi dei rispettivi avversari avanzavano a piccoli gruppi, debellando le sacche di resistenza, mentre ancora oltre, quelli che sembravano i capi dei ribelli cercavano di allestire un'ulteriore linea difensiva tra gli alberi. Bisognava impedirlo. Si voltò e chiamò a raccolta i soldati più vicini. I pretoriani non badarono a lui, ma i legionari riconobbero il suo grado e si misero ai suoi ordini. Ne radunò una ventina e puntò verso una modesta altura che si intravvedeva tra i tronchi degli alberi, dove sembrava aver trovato posizione lo stato maggiore di Alletto. Era il punto meglio presidiato, con il più ampio numero di uomini alla base, ma era lì che si doveva sfondare se si voleva porre fine alla battaglia e renderla risolutiva.

Altri uomini si unirono al suo gruppo quando capirono cosa aveva intenzione di fare. Il prestigio dell'uccisione o della cattura di Alletto faceva gola a tutti. Martiniano notò che i pretoriani avevano pensato bene di emularlo, ma per conto loro. Formarono con rapida efficienza una colonna poco distante dalla sua e a quel punto la manovra si trasformò in una competizione tra le due formazioni. Quando il giovane optio diede l'ordine di caricare, i pretoriani fecero altrettanto, e due cunei partirono all'attacco verso lo stesso settore. Martiniano gridò ai suoi di mostrare che non erano da meno della guardia imperiale, e incrementò la corsa per arrivare prima all'impatto. Ma dovette constatare che la sua unità improvvisata si sfilacciava, mentre quella pretoriana, probabilmente una formazione già collaudata, non perdeva coesione pur mantenendo un'andatura ragguardevole.

Arrivarono a ridosso della linea nemica quasi nello stesso istante. Poco prima dell'impatto, Martiniano guardò in alto, sulla collina che lo sovrastava. C'erano diversi cavalieri franchi e alemanni intorno a un uomo con indumenti e mantello color porpora, senza dubbio Alletto. Ma c'era anche un romano, accanto a lui, con equipaggiamento da alto ufficiale. La sua sagoma grassoccia lo rendeva piuttosto ridicolo. Stava a cavallo in un modo strano ma che gli pareva familiare, rigido come un palo, come se si trovasse a disagio. Aveva visto solo un uomo stare in sella in quel modo, molti anni prima, e con quella stazza assai poco marziale.

Si ricordò chi fosse proprio mentre piombava addosso ai soldati nemici, nello stesso momento in cui lo facevano i pretoriani.

Osio, l'assassino di suo padre.

«Com'è stato possibile?», si domandò ad alta voce Alletto, osservando i soldati nemici tentare di raggiungere l'altura su cui si era attestato.

«I pretoriani... sono stati loro a sfondare. Se non fosse stato per quelli, avremmo ricacciato in mare i soldati dell'imperatore», dichiarò Osio, guardando con attenzione l'uomo che aveva indotto a indossare la porpora, chiedendosi se non avesse fatto di nuovo una scelta perdente. Come tanti anni prima, quando aveva tradito Diocleziano per Carino. Aveva sperato di crearsi un regno indipendente in Britannia manovrando Alletto, ma forse avrebbe fatto meglio a consegnare l'isola a Costanzo Cloro in cambio di una carica importante; e poi, chissà: l'impero era tanto grande e, di quei tempi, una corona non la si negava a nessuno...

Be', forse era ancora in tempo, si disse.

Cercò di capire quante probabilità avessero i soldati nemici di sfondare anche l'ultima linea di difesa. Gli invasori erano piombati addosso alle sue truppe di slancio, con un boato devastante che era risuonato fin sulla sommità della collina, e avevano ingaggiato una serrata mischia dalla quale era difficile stabilire chi sarebbe emerso vincitore. Dalla sua posizione, poteva vedere il brulicare dei soldati impegnati in un feroce corpo a corpo, nel quale lame di spade e punte di lancia saettavano sopra gli elmi tingendosi di rosso a ogni istante, scudi cozzavano gli uni contro gli altri in un'aritmica e selvaggia percussione, corazze e dalmatiche si imbrattavano di fango, polvere e sangue rendendo i legionari dei due eserciti sempre più simili a fantocci di argilla. Tutti, tranne i pretoriani: con le loro armature squamate, i loro ranghi sempre compatti e la forza d'urto di cui erano capaci, svettavano sul resto dei combattenti come semidèi scesi in terra a partecipare al conflitto tra gli uomini.

E come semidèi, facevano pendere la bilancia dalla parte che avevano scelto di sostenere.

Se ne rese conto all'improvviso, vedendo arretrare i suoi sotto la spinta dei soldati del pretorio. Il settore dove operavano stava manifestando segni di cedimento: nessuno degli ufficiali che ne avevano la responsabilità si stava dimostrando in grado di allestire una linea di difesa appena decente. Presto o tardi le truppe britanne avrebbero ceduto.

Se ne accorse anche Alletto. «Mandiamo parte della riserva laggiù. Non possiamo permettere che sfondino, altrimenti prenderanno alle spalle gli altri legionari schierati sui fianchi», disse l'imperatore.

Quell'uomo era una causa persa, si disse Osio. «E poi? Come la difendi, la tua capitale, se non hai più riserve? Conservale se le cose si mettono male davvero», rispose deciso. Non aveva senso ritardare l'inevitabile: se Alletto era destinato alla sconfitta, tanto valeva favorirla e ricavarne qualche vantaggio personale.

Ma nonostante l'imperatore fosse un civile, del tutto a digiuno di faccende militari, aveva sufficiente buon senso per capire che immettere truppe fresche nello scontro poteva cambiarne l'esito. «E vuoi che perda tutto adesso, quando posso ancora vincere? No, dobbiamo rinforzare la linea. *Ora*», insisté.

Osio tenne il punto. «Puoi vincere lo stesso», replicò, «se invece di impiegare la riserva arretrata, sposti forze dall'ala destra, che non pare correre rischi, verso il centro. Vedrai che li ricacciamo in mare».

Alletto sembrò ponderare la faccenda, più che altro per far vedere che non accettava supinamente il suggerimento del suo generale. Ma era consapevole di non essere un soldato, e la soggezione che nutriva nei confronti di Osio finì per convincerlo. «E sia. Da' l'ordine», disse infine, poco convinto.

Osio diede le disposizioni necessarie, e in breve una colonna abbandonò il fianco destro per posizionarsi di fronte ai pretoriani. Erano troppo poche per opporsi alla furia di quei valorosi soldati, ma abbastanza per sguarnire l'ala e porla alla mercé del nemico, che fino a quel momento era parso in difficoltà in quel settore. Poi, rimase ad attendere gli inevitabili sviluppi.

Al centro, la spinta dei pretoriani rallentò, ma solo per poco. Presto la loro superiore organizzazione consentì agli uomini di Asclepiodoto di guadagnare di nuovo spazio. Dall'alto, parevano un aratro che fendeva il terreno, aprendo un varco nello schieramento nemico. I soldati britanni, investiti dalla loro violenta pressione, finirono per ostacolarsi a vicenda e ammassarsi ai piedi della collina, con sempre meno spazio a disposizione per combattere, divenendo una facile preda delle lance nemiche.

Sulla destra, poi, le cose volsero subito al peggio. La sottrazione di unità diede coraggio agli avversari, che rinnovarono la loro spinta trovando un'opposizione indebolita. Asclepiodoto notò che quello era diventato un potenziale punto di sfondamento e vi mandò altre truppe, che accentuarono la pressione. I soldati di Alletto finirono per essere travolti, sbilanciati, calpestati, e le difese cedettero. Chi poté si diede alla fuga, su per il pendio della collina o verso il mare o i boschi, ma molti non fecero che pochi passi, prima di finire trafitti alla schiena dalle lance nemiche. Lo sfondamento gettò nel panico larghi strati dello schieramento britanno. Al centro, i pretoriani approfittarono dello scoramento nemico e si aprirono un varco, che in pochi istanti divenne uno spazio abbastanza ampio da permettere loro di risalire la collina.

«Siamo sconfitti!», iniziò a gridare Alletto, non appena si rese conto del disastro. «Adesso non ci rimane che ripiegare su Londra!». Osio vide dal suo sguardo d'odio che ce l'aveva con lui, e che avrebbe voluto gridargli in faccia ogni genere di insulto, accusarlo di inettitudine, arrestarlo, magari; forse perfino scagliarsi contro di lui e ammazzarlo... Ma non ne aveva il coraggio.

Ma avrebbe potuto acquisirlo. Conveniva agire presto, prima che si trincerasse a Londra obbligando Costanzo Cloro a un lungo e rischioso assedio. Anche perché, si disse osservando i soldati nemici avanzare verso di loro, in breve si sarebbero trovati circondati.

Fece cenno al comandante delle sue dieci guardie del corpo di far marciare l'intero drappello subito dietro di lui. «Alletto», dichiarò ad alta voce avvicinandosi all'imperatore, «*Tu* sei sconfitto. Non io. Io non lo sarò mai». E prima che l'imperatore o le sue guardie, impegnati soprattutto a seguire l'avanzata nemica lungo il pendio, potessero rendersi conto delle sue intenzioni, sfoderò la spada e con un colpo netto aprì uno squarcio nel collo dell'uomo, dal quale esplose una nuvola di sangue scuro che investì il muso del suo cavallo.

La testa di Alletto ciondolò per qualche istante sul busto, la bocca gorgogliante e gli occhi spalancati in un'espressione di stupore, poi fu il corpo a barcollare sulla sella, prima di rovesciarsi lungo il fianco del cavallo e crollare a terra. Le sue guardie del corpo rimasero disorientate quel tanto che bastò ai soldati di Osio per circondarle e obbligarle ad abbassare le armi.

50

«Stacca la testa a questo imbecille e dammela», ordinò il generale a uno dei suoi subalterni. Sarebbe stata il pegno della sua salvezza. Radunò il suo stato maggiore, facendo disarmare quelli che si dimostravano più contrariati dall'uccisione di Alletto, poi cercò con lo sguardo qualche alto ufficiale nemico cui offrire la resa e il prezioso cimelio, e mosse verso la colonna di pretoriani che stava risalendo la collina. Sarebbe stato più prestigioso arrendersi a loro, piuttosto che all'esercito regolare. Ma un'altra colonna di forte entità, che avanzava da destra, si frappose tra la sua posizione e gli uomini di Asclepiodoto. Alla sua testa c'era un optio. *Soltanto un optio.* Ma non aveva scelta, ormai: se non si fosse arreso, si disse, avrebbe dovuto sostenere un combattimento dall'incerto esito. Osio imprecò e si rassegnò a offrire la resa a quel sottufficiale, che lo raggiunse di corsa. Aveva ancora fiato, nonostante l'ascesa dalla pianura.

«Oggi è il tuo giorno fortunato, optio», esordì Osio non appena l'uomo gli fu di fronte. «Probabilmente diventerai centurione prima di stasera, se non tribuno. Questa è la testa di Alletto e io sono…».

«Tu sei Osio, l'assassino di mio padre», lo interruppe l'optio, con un lampo d'odio negli occhi. «E la battaglia non è ancora finita», aggiunse, sollevando in alto la spada per esortare i suoi uomini ad attaccare.

IV

Fuochi iniziavano a guizzare tra i profili degli edifici di Alessandria. Le fiamme e il fumo rendevano l'aria densa e irrespirabile, aumentando il calore del sole egiziano che Costantino aveva dovuto sopportare, come tutti i combattenti, fin dal primo mattino di quella giornata ricca di eventi, dall'umiliazione di Galerio alla caduta della città. E non era finita.

C'era da catturare Achilleo.

Forse lo aveva davanti agli occhi. Fissò il gruppo di dieci uomini che usciva da una porticina secondaria del Serapeum, e ordinò ai quattro soldati che erano con lui di tenersi nascosti: non dovevano spaventarli finché non erano certi di poterli bloccare. Come fare, in quattro contro dieci, era un problema che si sarebbe posto al momento. Rimase acquattato dietro l'angolo di un edificio e li guardò scendere le scale che dal podio del tempio portavano in strada. Attese che gli dessero le spalle, poi fece cenno ai suoi uomini di stargli accanto, uscì dal nascondiglio e li seguì. Frattanto, sempre più soldati di Diocleziano si ammassavano intorno al Serapeum; probabilmente, si disse Costantino, altri erano venuti a sapere della presenza di Achilleo nell'edificio, oppure lo consideravano solo uno dei posti più proficui da predare.

Non gli rimaneva che sperare che Achilleo fosse tra quei fuggitivi; in caso contrario, avrebbe dovuto accantonare ogni proposito di gloria, per quel giorno.

Gli egiziani prendevano vicoli stretti e defilati, per non farsi notare dagli assedianti ormai disseminati in tutta la città, ed era chiaro che la loro meta fosse il porto. Questo, pensò Costantino, deponeva a favore della presenza di Achilleo nel drappello: se fosse rimasto nell'edificio, infatti, non avrebbe permesso che alcuni difensori se ne andassero.

Quando entrarono in un vicolo al termine del quale c'era una strozzatura, decise di agire. Aumentò la cadenza dei passi e piombò addosso agli ultimi della fila. Lui e i suoi uomini ne trafissero alla schiena cinque tutti insieme, poi Costantino estrasse la spada dal corpo della sua vittima e colpì anche un soldato poco più avanti, che crollò a terra ferito alla coscia. I superstiti cercarono di scappare, ma i suoi uomini ne raggiunsero due e li bloccarono, puntandogli le spade alla gola. I primi due della fila, però si sottrassero alla morsa. Costantino ebbe un gesto di stizza, e subito chiese all'uomo che aveva ferito se Achilleo fosse tra loro. Non tollerò neppure un istante di esitazione: prima che quello rispondesse, gli affondò la punta della spada nella ferita che gli aveva provocato alla coscia, facendolo urlare di dolore.

«Il generale… è più avanti…», biascicò l'uomo. Costantino lo costrinse a guardare quelli che avevano bloccato; il soldato lì fissò e poi fece un cenno di diniego. Il giovane imprecò, quindi ordinò ai suoi di lasciar perdere i prigionieri e di seguirlo oltre la strozzatura del vicolo. Proseguirono ancora correndo, e presto rividero i due fuggitivi. Ma ormai avevano accumulato vantaggio su di loro, e Costantino temette di non riuscire più a raggiungerli prima del porto. I due li videro e aumentarono il passo. La cavalcata del mattino sotto il sole cocente e la battaglia del pomeriggio lo avevano provato, ma Costantino strinse i denti e proseguì la sua corsa nonostante la vista gli si fosse annebbiata, e il respiro corto gli serrasse la gola. Quando vide gli edifici tutt'intorno diradarsi e aprirsi davanti a lui gli ampi spazi che precedevano i moli, fu preso dallo sgomento. Decine di imbarcazioni vi erano attraccate, pronte a prendere il largo cariche di profughi. Le acque basse dei due porti di Alessandria, ricche di scogli affioranti e di secche, impedivano alle grosse navi della flotta imperiale di avvicinarsi e di porre il blocco alla città dal mare, pertanto c'erano buone probabilità che Achilleo riuscisse a sottrarsi alla cattura, qualora fosse salpato.

Soprattutto, alla cattura *da parte sua*.

Vide i due uomini raggiungere la selva di sfollati che cercava di salire sulle imbarcazioni. Temette di perderlo di vista, e per un attimo in effetti scomparve nella calca; ma poi vide la folla aprirsi: dei due soldati che aveva seguito, uno spingeva via la gente con protervia, e i cittadini si scansavano con deferenza, mentre l'altro soldato, più giovane, gli apriva la strada.

Non poteva che essere un pezzo grosso, se per lui era tanto facile passare avanti agli altri che lottavano per salvarsi la vita. Riprese a correre nella sua direzione e raggiunse la folla. La gente si spaventò nel vedere Costantino e i suoi uomini. Alcuni si sparpagliarono, affrettandosi a raggiungere un'altra parte del molo, altri si costituirono in una linea bloccando gli aggressori, e alcuni tirarono fuori spade o armi di fortuna, randelli, asce, pietre o vanghe. Costantino prese a mulinare la spada, e così fecero i suoi uomini; ma per il momento non affondò i colpi: non voleva fare del male ai civili, a meno che non vi fosse costretto.

Un sasso lo colpì sull'elmo, lasciandolo per qualche istante intontito. Non appena riprese il pieno controllo di sé, udì un grido strozzato al suo fianco, e vide uno dei suoi soldati contemplare incredulo il proprio braccio a terra, troncato di netto da un fendente di spada. Costantino sentì l'ira montare dentro di sé, e i suoi fendenti si fecero letali. Raggiunsero facce, braccia, busti, sollevando spruzzi di sangue che lo inondarono ovunque. In pochi istanti molti si dileguarono, e l'unico ostacolo tra il giovane e Achilleo fu la catasta di morti e feriti che le spade di Costantino e dei suoi tre soldati crearono lungo il molo. Il generale egiziano li guardò sconvolto, e cercò ancora di farsi strada tra le donne e i bambini che si assiepavano a ridosso della nave più vicina.

Tra le numerose grida di terrore se ne udì una di diverso tenore: «Ma perché devo morire per un generale che scappa invece di fare il suo mestiere e difendermi?».

Subito una voce gli fece eco. «Proprio così! Prendetevelo, se volete: meglio lui che me!».

Achilleo spinse in acqua una donna con un bambino in braccio, poi scaraventò a terra un vecchio, e cercò di aggrapparsi alla scala che conduceva alla prua della nave. Ma due uomini e una donna lo tirarono giù e cercarono di spingerlo verso Costantino.

«Se te lo consegniamo ci lascerai partire in pace?», chiese un uomo al giovane.

«Puoi contarci», rispose Costantino, fremente. Allora anche quello si precipitò verso Achilleo, che nel frattempo aveva menato un fendente verso uno degli uomini che cercavano di trattenerlo, aprendogli uno squarcio nel ventre. L'uomo crollò a terra reggendosi le viscere, ma altri tre subentrarono al suo posto e immobilizzarono il generale. Achilleo cercò di divincolarsi, scalciò, insultò i suoi stessi concittadini; poi, all'improvviso dovette ricordarsi di essere un personaggio di rango e assunse un comportamento più consono al suo ruolo, rimanendo impassibile, petto in fuori e mento in alto. Costantino, tuttavia, lo trovò ridicolo. Ma non perse troppo tempo a valutarlo: era ansioso di portarlo da Diocleziano.

Afferrò il braccio del prigioniero e, facendosi largo tra la folla, lo trascinò via facendo a ritroso la strada che aveva percorso fino al porto. Scortato dai suoi, procedette verso sud senza lasciarsi distrarre dalle scene di violenza che, lo sapeva bene, seguivano alla conquista di una città: soprattutto quando gli assedianti avevano dovuto penare otto mesi per espugnarla. Martoriati dal sole cocente, dalle zanzare della contigua palude e dalla carenza di rifornimenti dovuta alle incursioni dei popoli del deserto, i legionari sfogavano le loro frustrazioni non solo sui soldati, che si fossero arresi o meno, ma anche sui civili che non avevano avuto la prontezza di raggiungere subito il molo. Probabilmente, si disse, l'imperatore aveva dato ordine di impartire una lezione esemplare ai ribelli, e non aveva posto freni ai suoi uomini; Diocleziano non gli era mai parso un uomo crudele.

Chiese ad alcuni commilitoni appena usciti da una casa aristocratica con un ricco bottino dove si trovasse l'imperatore; gli riferirono che era appena fuori le mura, in attesa di entrare non appena la situazione in città si fosse normalizzata. Superò il Serapeum e giunse alla porta da cui era entrato, ormai presidiata da sentinelle imperiali, la varcò e puntò senza indugio verso Diocleziano, la sua scorta e parte dello stato maggiore: erano schierati con le più splendenti uniformi per sfilare lungo le vie della città dopo un'entrata trionfale, come si conveniva a un sovrano e a un conquistatore che aveva schiacciato una ribellione. Avvicinandosi, notò che era arrivato anche Licinio, appena dietro un uomo che se ne stava inginocchiato a capo chino davanti all'imperatore.

Non ebbe bisogno di farsi dire chi fosse. L'ufficiale aveva catturato Domizio Domiziano. Pensò di dover attendere il proprio turno, nel rispetto di un superiore, ma poi decise che Licinio non aveva fatto nulla per meritarsi la sua simpatia, e avanzò verso Diocleziano, cercando di attirare con discrezione la sua attenzione, o almeno quella del suo segretario. Ma poiché l'imperatore teneva lo sguardo fisso sul ribelle, che stava senza dubbio facendo ammenda, fu il secondo a notarlo e a muoversi verso di lui.

«Il momento è solenne, giovanotto. Licinio ci ha portato l'usurpatore. Torna a divertirti in città procurandoti la tua parte di bottino e non osare più disturbare l'imperatore», disse seccato l'ometto, con un tono autoritario che mal si accordava con la sua figura dimessa.

«Io ho qualcosa di meglio dell'usurpatore», rispose Costantino con un sorriso, indicando con un cenno del mento il suo prigioniero.

L'uomo fissò Achilleo. «Di meglio può esserci solo…».

Costantino annuì prima ancora che ne pronunciasse il nome.

Il segretario squadrò ancora il generale, diffidente. Poi sembrò convincersi. «Aspetta qui», dichiarò, e si spostò verso Diocleziano, sussurrandogli qualcosa all'orecchio. Solo allora l'imperatore sembrò accorgersi di Costantino, e con cenno del capo appena percettibile lo invitò ad avvicinarsi.

«A quanto pare, oggi il giovane figlio del nostro cesare si è distinto più di ogni altro», dichiarò con solennità. E subito dopo, Costantino si sentì investire da uno sguardo di puro odio da parte di Licinio.

Fremendo di rabbia, Sesto Martiniano si scagliò contro Osio, sospinto da tutte le frustrazioni che aveva accumulato in quei lunghi anni, da quando il loro incontro gli aveva cambiato la vita. Il generale lasciò cadere la testa di Alletto e si ritrasse, stupefatto. Il giovane menò un primo fendente per vendicare la morte del padre, un secondo per la sua carriera andata in malora a causa di quell'uomo, un terzo per il massacro che Osio aveva provocato a Margum. E poi di nuovo, uno per il padre, uno per la sua carriera, uno per il massacro di undici anni prima…

Ma andarono tutti a vuoto.

Osio aveva fatto scartare più volte il cavallo, evitando tutti i suoi colpi, che Sesto portava dal basso in maniera scomposta, prevedibile, disperata. Nel frattempo, a mano a mano che sopraggiungevano gli uomini dell'optio, i due gruppi di soldati iniziavano a ingaggiare scontri quasi individuali. Il giovane si rese conto che le sue emozioni stavano prevalendo sull'esperienza accumulata in anni di vita militare, e si fermò un istante a recuperare il controllo di sé. Non avrebbe sconfitto un avversario a cavallo senza fare attenzione e senza ricorrere a tutta la sua abilità.

Per altro, Osio non sembrava intenzionato ad affrontarlo. A giudicare dal suo comportamento elusivo, pareva solo cercare il modo di svincolarsi. «Voi, allargatevi sulle ali e chiudeteli da tergo!», Sesto si affrettò a ordinare ai suoi uomini sui fianchi, che iniziarono ad aprirsi a ventaglio. Sentì Osio ordinare a sua volta la ritirata. Il generale cercò di farsi largo tra i suoi stessi uomini per portarsi nelle retrovie dell'unità che lo circondava: un centinaio di personaggi tra guardie del corpo barbariche, alti ufficiali, soldati semplici e perfino civili di alto rango, secondo il consueto costume degli imperatori di farsi accompagnare dai loro senatori per controllarne le mosse. Un'usanza che era costata la vita al padre.

Sesto si fece anch'egli largo nella mischia per stargli alle costole, ma lo scontro si era fatto serrato e non era più possibile scegliersi l'avversario. Specie se l'avversario voleva sottrarsi al combattimento. Badò soprattutto a spingere con lo scudo, per liberarsi degli oppositori, ma spade e lance spuntavano da tutte le parti, cozzando contro la sua corazza, abbattendosi sul suo elmo, bloccando la sua avanzata, mentre osservava stizzito l'assassino di suo padre mettere una distanza sempre maggiore tra sé e lui.

Emise urla di frustrazione e fendette lo spazio intorno a sé roteando la spada, incitando i suoi a spingere con lui. Vedendo il loro comandante sottrarsi allo scontro, gli uomini che erano stati di Alletto si fecero via via meno determinati, e la loro resistenza si sgretolò rapidamente. Interi reparti gettarono le armi e alzarono le braccia, altri si diedero alla fuga dando le spalle al nemico, altri ancora proseguirono il combattimento, ma solo per provare a ripiegare in buon ordine. Non appena Sesto vide aprirsi un varco davanti a sé, si precipitò oltre e iniziò a ridiscendere il pendio della collina sul versante opposto, cercando con lo sguardo il suo antagonista.

Impiegò del tempo per trovarlo: la vista gli si era appannata per lo sforzo e per l'ira, e tutt'intorno i combattenti correvano in ogni direzione, chi per fuggire, chi per inseguire. Quando riuscì a distinguerlo, capì che stava per perderlo. A valle, era schierata la riserva di Alletto, che Osio stava per raggiungere, ed era troppo consistente per sperare di spuntarla con i pochi uomini che si era portato dietro. Si guardò ancora intorno, e notò un cavaliere franco attardatosi per proteggere la fuga di Osio. Si era lanciato al galoppo per raggiungere il suo comandante ma aveva un braccio squarciato. Sesto raccolse una lancia abbandonata, corse incontro all'avversario mettendosi sulla sua traiettoria, attese che gli arrivasse addosso, si scansò e usò l'arma per sbalzare di sella il barbaro, frapponendo l'asta tra lui e il collo della bestia.

L'uomo, intorpidito dalla ferita, non riuscì a reagire e finì per terra. Subito dopo il cavallo s'imbizzarrì ma, non appena poggiò tutte e quattro le zampe a terra, Sesto ne afferrò le redini e gli balzò sul dorso. Impiegò solo un istante a trovare confidenza con la cavalcatura. Quindi diede di sprone e lanciò l'animale al galoppo verso la figura sempre più indistinta di Osio, puntando a raggiungerlo prima che l'uomo giungesse a contatto con la riserva. Il generale era attorniato da tre guardie del corpo, ma Sesto giudicò che la sua rabbia a lungo covata gli avrebbe consentito di avere facilmente la meglio su di lui.

Incitò il cavallo senza sosta e si accorse di stare guadagnando terreno. Ormai era la punta più avanzata dell'esercito imperiale, esposto al rischio di finire circondato dal nemico, ma non gli importava. Teneva lo sguardo fisso su Osio, l'uomo che aveva cambiato la sua vita; del resto non gli importava. Quando giunse a pochi passi di distanza dal suo obiettivo, il cuore gli si aprì alla speranza di poterlo raggiungere: la riserva si manteneva ferma in attesa di ordini, ed era ancora una forma indistinta nella pianura. Poi Osio, sentendo gli zoccoli di un inseguitore dietro di sé, si voltò e si accorse di lui; allora confabulò con le guardie del corpo e due di esse si fermarono, rivolgendo le proprie lance contro il giovane.

«Codardo!», esclamò disperato Sesto. «Vieni a combattere, invece di scappare!». Ma Osio lo guardò con un perfido sorriso e riprese a cavalcare verso la riserva. Il giovane s'impose di superare lo scoramento e si lanciò contro i due barbari, senza nessun altro piano che sfondare la loro linea e proseguire raggiungendo il generale. Si acquattò lungo il collo del cavallo e puntò il ristretto spazio tra i due, il che però lo costrinse a guardarsi da entrambe le lance. Quando giunse a contatto, seguì il suo istinto: spostò il corpo lungo il lato destro dell'animale, per evitare l'arma dell'avversario a sinistra, protese il braccio con la spada e fu attento a scegliere bene il momento dell'impatto; quindi sferrò un fendente che tranciò l'asta del cavaliere a destra, un attimo prima che la punta arrivasse a colpirlo.

Si convinse di avercela fatta, quando si ritrovò proprio in mezzo ai due guerrieri e con Osio a pochi passi da lui. Ma il cavallo del barbaro di sinistra scartò all'improvviso, opponendo il dorso alle zampe ante-

riori della cavalcatura di Sesto, che si dovette bloccare. I due animali si
scontrarono e il franco si sbilanciò, cadendo di sella. Stizzito, il romano
si affrettò a rivolgersi all'altro nemico, che aveva già gettato la lancia,
ormai inutilizzabile, e sguainato la spada. Ne parò un fendente, poi un
altro, e con uno sguardo rivolto a Osio, che gli sfuggiva di nuovo, passò
al contrattacco, sferrando un colpo contro la schiena dell'avversario.
Frattanto, l'altro barbaro si rialzava da terra. Sesto lo notò con la coda
dell'occhio, fece ruotare il cavallo affinché l'antagonista diretto si frap-
ponesse tra lui e il compagno, quindi riprese a tempestarlo di colpi,
finché non lo sorprese alla coscia, che trafisse in profondità provocando
la caduta da cavallo del barbaro.

L'altro ne approfittò per balzare subito in sella al posto del commilitone,
ma non fece in tempo a stabilizzarsi che la lama di Sesto lo raggiunse alla
gola, trapassandola da parte a parte. Il giovane emise un grido di trionfo,
che però gli morì in gola non appena si rese conto che Osio era sparito,
risucchiato dallo schieramento nemico che si apprestava alla ritirata. Lo
notò mentre si sbracciava per dare ordini, ed ebbe l'impulso di spronare
il cavallo verso quei soldati, ma l'istinto di sopravvivenza ebbe il soprav-
vento e lo spinse a bloccarsi. Se fosse sopravvissuto, avrebbe permesso
a se stesso di ottenere vendetta in un momento più favorevole. Vide i
legionari nemici iniziare il ripiegamento in buon ordine, e giurò che, non
appena avesse ricevuto l'ordine e i rinforzi, li avrebbe inseguiti fino a
Londra, dove avevano sicuramente intenzione di trincerarsi.

Era colui che aveva recuperato la testa dell'usurpatore, per tutti gli dèi!
Il prefetto del pretorio e l'imperatore non gli avrebbero negato nulla.

«Gli esploratori avevano visto giusto», dichiarò Severo agli ufficiali che
lo accompagnavano. «Dal fuoco che vedo levarsi nel villaggio, li abbiamo presi con le mani nel sacco. Procediamo». Poi invitò Costantino a
galoppare al suo fianco, e insieme, dopo aver fatto squillare le trombe,
condussero la colonna all'attacco dell'abitato che avevano usato come
esca per attirare i blemmi in un'imboscata.

Mentre cavalcava con il viso sferzato dalla sabbia sospinta dal vento
del deserto, il giovane si chiese se quella campagna ai confini dell'Egitto, contro tribù primitive, avrebbe mai potuto dare una spinta alla sua
carriera. Se solo Diocleziano, dopo la caduta di Alessandria, lo avesse

spedito da Galerio contro i persiani, allora sì che avrebbe potuto combattere sul palcoscenico principale... Invece, aveva deciso di mandarlo a farsi le ossa con Severo, per debellare una volta per tutte la provincia egiziana dal flagello delle incursioni dei popoli del deserto. E che razza di benemerenze avrebbe potuto guadagnarsi nel deserto, al limite estremo del mondo conosciuto?

La cattura di Achilleo gli era valsa la notorietà presso le truppe e la stima degli altri ufficiali, oltre che l'attenzione dell'imperatore. Adesso non era più solo un semplice rampollo raccomandato perché figlio di un cesare, ma un ufficiale premiato da Diocleziano in persona, che per ricompensarlo gli aveva assegnato il ruolo di secondo in comando nella pur modesta campagna contro i blemmi. Se non altro, si era detto per consolarsi, con Severo, suo diretto superiore, aveva un rapporto eccellente; se gli fosse capitato di stare di nuovo sotto Licinio, sarebbe stata una punizione, non un premio.

Piombarono sul villaggio da quattro direzioni diverse, per circondare i razziatori. Avevano avuto tutto il tempo per organizzarsi: lo stesso Costantino aveva ideato il piano. L'abitato era stato in tempi recenti uno di quelli che i blemmi avevano preso di mira più spesso, e il giovane aveva suggerito a Severo di far pervenire ingenti vettovagliamenti ai disastrati abitanti per compensarli delle vessazioni subite. In fin dei conti, uno dei motivi che avevano indotto gli egiziani a ribellarsi all'autorità dell'imperatore era proprio la scarsa tutela che Roma esercitava sulle frontiere da quelle parti, esponendo i suoi sudditi ai pericoli provenienti dal deserto. Comunque, era certo che i briganti sarebbero venuti a sapere dell'ingente bottino stipato in quel villaggio e non avrebbero tardato ad aggredirlo; pertanto aveva indotto Severo ad accamparsi lì nei pressi, per attendere al varco il nemico.

Il suo comandante lo aveva riempito di lodi accogliendo con entusiasmo il suo progetto, e adesso lo faceva cavalcare al suo fianco. Era un brav'uomo, Severo, e a Costantino spiaceva che non fosse nelle grazie dell'imperatore quanto Licinio. Se quella campagna poteva avere uno scopo, per lui, era aiutare l'amico a guadagnarsi una maggiore attenzione da parte di Diocleziano.

L'irruzione tra i poveri edifici di paglia e fango delle quattro colonne romane fu pressoché simultanea e sorprese completamente i blemmi, che non si erano neppure preoccupati di lasciare delle sentinelle ai margini dell'abitato. Impegnati nel saccheggio e nella distruzione, non sentirono arrivare i soldati se non quando fu troppo tardi per reagire. I cavalieri ausiliari romani irruppero al galoppo e spiccarono teste con una facilità disarmante, mentre la fanteria rastrellava passo dopo passo qualunque guerriero entrasse nel suo raggio d'azione. I blemmi non ebbero neppure il tempo di incoccare le frecce ai loro archi, e il loro equipaggiamento leggero, privo di qualunque arma difensiva, non consentì loro di opporre alcuna resistenza ai legionari.

Costantino trovò cadaveri di civili per strada, o appesi alle porte d'ingresso delle loro abitazioni con le frecce da cui erano stati trafitti, oppure arrostiti dal fuoco che aveva bruciato gli edifici, ed ebbe una morsa allo stomaco per la consapevolezza di essere stato la causa di quel massacro. Ma altri civili salvati dall'intervento delle colonne legionarie gli vennero incontro e ringraziarono commossi lui e Severo. Si disse che molti di loro sarebbero morti comunque, se le razzie fossero proseguite, e la sua coscienza smise di tormentarlo. La sua strategia per annientare i blemmi, d'altra parte, era solo al primo stadio. Severo gli fece un cenno di assenso col capo e, come erano d'accordo, il giovane diede ordine che portassero i prigionieri al loro cospetto.

«Queste cose non sono roba che dovrebbe fare un comandante. Pensaci tu, ragazzo mio», disse Severo quando i soldati portarono un gruppo di blemmi, e si spostò scomparendo alla vista del giovane.

Costantino aveva sperato che il generale assegnasse il compito di boia a qualcun altro, e non aveva pensato a come comportarsi in quel frangente. Faceva parte del suo piano estorcere informazioni ai prigionieri per proseguire la campagna, ma aveva sempre dato per scontato di non doversene occupare. Disorientato, rifletté per qualche istante sulla natura del potere cui aspirava. Se avesse trovato ripugnante costringere con ogni mezzo un selvaggio a permettergli di salvare la popolazione di una provincia di Roma, di certo non sarebbe stato tagliato per ascendere alle alte vette cui si sentiva destinato. Quindi, decise subito che non avrebbe deluso Severo. Tuttavia non si sentiva un aguzzino, e chiamò a sé uno degli anziani del villaggio, un vecchio con la pelle cotta dal sole che fissava con odio i prigionieri: probabilmente li aveva visti razziare e uccidere per decenni la sua gente.

«Vecchio, secondo te cosa dovremmo fare a questi qui per costringerli a rivelare il loro quartier generale?», gli chiese.

L'uomo si guardò intorno, osservando la desolazione e lo scempio causato dall'incursione, poi tornò a fissare i prigionieri. Infine volse di nuovo gli occhi socchiusi verso Costantino. «Fa' a loro quel che hanno fatto alla mia gente».

Il giovane annuì. «Diglielo, allora, cosa faremo a tutti se non ce lo riveleranno». Poi, mentre il vecchio eseguiva il suo comando, chiamò gli arcieri siriani, e ordinò ad alcuni legionari di issare sui muri e sulle porte dei caseggiati più vicini una decina di blemmi. Infine comandò agli arcieri di trafiggere i libici di frecce sufficienti a lasciarli in piedi, quando i legionari avessero smesso di sostenerli. E appena gli orientali iniziarono a tirare, nessun soldato tra quelli che sostenevano per le braccia i prigionieri si mosse: l'abilità dei siriani era rinomata, e non c'era da temere che, a così breve distanza, sbagliassero a centrare il bersaglio.

Nell'arco di pochi istanti i dieci blemmi furono inchiodati alle abitazioni, con i dardi conficcati nell'intersezione tra braccia e spalle, a sostenerli e a provocare loro una morte lenta e dolorosa. «Digli che chiunque voglia parlare verrà tirato giù. Altrimenti, cerchiamo un altro spazio e ce ne lavoriamo altri dieci», ordinò Costantino al vecchio, che si affrettò a tradurre ad alta voce, perché sentissero sia quelli torturati, che quelli in procinto di esserlo.

Dovettero appenderne trentacinque prima che qualcuno si decidesse a parlare.

«L'imperatore è morto!».

«Era ora!».

«Siamo stati sconfitti!».

«E ora chi ci difenderà?».

«Era un idiota!».

«No, era una persona nobile!».

«Come è morto? L'ha giustiziato l'imperatore Costanzo Cloro?»

«È caduto in battaglia?»

«No, l'ha ammazzato a tradimento il suo generale Osio!».

«Non è vero, l'hanno visto cadere alla testa delle sue truppe!».

«È stato il generale, vi dico!».

«E ora? I soldati di Costanzo Cloro metteranno la città al sacco!».

«No, Osio ci difenderà! Tratterà la resa!».

«Ma se Osio l'ha ucciso, è perché lui vuole farsi imperatore al suo posto!».

«Non l'ha ucciso, ti dico!».

«L'ha ucciso, sì, ma perché voleva arrendersi!».

«No, l'ha ammazzato proprio perché non voleva arrendersi e ci avrebbe fatto massacrare tutti, pur di resistere a oltranza!».

Minervina fremeva a ogni parola che udiva dalle guardie del corpo del marito rimaste a presidiare il suo palazzo di Londra. Da oltre un'ora si affacciava alla finestra e rientrava, per poi riaffacciarsi di nuovo, in preda all'ansia per quello che poteva essere accaduto a suo marito.

A quanto pareva, era morto, ma ciò che rendeva inverosimile tutta la faccenda erano le illazioni dei soldati, che lasciavano intendere come a ucciderlo fosse stato proprio Osio. Osio, il suo protettore, il suo mentore, l'uomo buono e premuroso che si era sempre preso cura di lei. Le aveva scelto il marito, figuriamoci se glielo avrebbe anche ammazzato!

Quindi, se non poteva essere stato lui a ucciderlo, forse non era neppure morto… Minervina si scoprì agitata, preoccupata, dispiaciuta. Ma non disperata. E si chiese come mai. Solo l'idea che suo marito fosse morto avrebbe dovuto gettarla nella più cupa disperazione, nello sconforto più totale. Invece si sentiva più in ansia per la propria sorte che per quella del consorte. Se era morto, cosa ne sarebbe stato di lei?

Ma forse ci avrebbe pensato Osio, come aveva sempre fatto, del resto.

Tornò a prestare attenzione a ciò che dicevano le guardie, che nel frattempo erano subissate di domande dai cittadini, radunatisi tutt'intorno al palazzo per avere notizie. Agli occhi della gente comune, avere una sorta di uniforme significava rappresentare l'autorità, e quindi essere informati di più e prima degli altri.

«Ma insomma, l'ha ucciso Osio oppure qualcun altro?»

«Basta chiederglielo, a Osio. È arrivato, finalmente, con i resti del suo esercito!».

Minervina ebbe un sussulto. Avrebbe voluto precipitarsi fuori di casa per chiedere a chi aveva parlato se il suo ex tutore era arrivato da solo o con Alletto. Ma aveva paura. C'era qualcuno che inveiva contro suo marito, e temeva che se la sarebbero presa anche con lei. Le guardie, tutto sommato, erano poche, rispetto alle persone che si stavano radunando davanti all'edificio più importante della città.

Ma era l'imperatrice, e starsene tappata in casa non avrebbe comunque giovato alla sua reputazione. Doveva farsi forza e uscire a testa alta tra i suoi sudditi; doveva essere lei a tranquillizzarli, non i suoi soldati. Chiamò la sua ancella e, senza badare al suo sbalordimento, le chiese di darle la stola, di accompagnarla fuori e di far chiamare i portatori di lettiga: se davvero Osio stava entrando in città, gli sarebbe andata incontro come era giusto che facesse una sovrana nei confronti del suo più importante generale. E poco importava che regnasse solo su un'isola, una piccola porzione di un impero enormemente più vasto governato da monarchi ben più potenti e legittimi; lì era lei l'imperatrice, e come tale si sarebbe comportata.

Il custode le aprì la porta d'ingresso e Minervina cercò di varcare la soglia con piglio sicuro e passo deciso, sperando che nessuno notasse il tremore che la pervadeva. Prese coraggio notando che molti erano ammutoliti nel vederla: in diverse circostanze era apparsa in pubblico col marito, ed evidentemente la gente si ricordava di lei.

«Ecco la puttana del tiranno!». Un grido la gelò, facendole provare l'impulso di rientrare subito in casa. Le guardie si strinsero intorno a lei, puntando le lance contro la folla, e Minervina si fece forza, cercando di ignorare gli insulti. La consolava udire anche grida di apprezzamento. Sperava che la popolazione si ricordasse quanto si era prodigata per gli indigenti.

«È una brava donna! Meritava un marito migliore!».

«Ha fatto tanta beneficenza. Ho sfamato la mia famiglia per settimane, con quello che mi ha dato!».

«A me non ha dato nulla! Ma qualcosa da lei me lo sarei preso volentieri! Se non altro è bella!».

«Grazie, signora, per tutto quello che hai fatto per noi. Sei molto meglio di tuo marito e di tutti quelli che vi circondavano!».

Quando vide uscire dalla porta di servizio gli schiavi portantini con la lettiga, Minervina tirò un profondo sospiro e salì sul mezzo, mentre la folla si teneva a debita distanza, messa in soggezione dalle armi dei soldati. Dei venti armati schierati davanti al palazzo ne prelevò la metà perché le facessero da scorta, quindi si fece indicare da quale porta era entrato Osio e si avviò a incontrarlo. Durante il percorso, sbirciando dalle tendine, vide che alcuni di quelli che si erano assembrati davanti al palazzo imperiale la seguivano, additandola agli altri passanti. Alcuni fissavano la sua lettiga con diffidenza, altri con evidente odio, e l'impatto improvviso che sentì accanto al viso, con il repentino rigonfiamento della tenda, le fece capire che qualcuno aveva preso coraggio e tirato una pietra nella sua direzione, a dispetto della presenza dei soldati. Non si azzardò a rimettere la testa fuori.

Gli ausiliari si innervosirono e puntarono le lance contro la gente, minacciando di usarle se l'episodio si fosse verificato di nuovo. Il monito ottenne il suo effetto: il resto del tragitto verso le mura risultò abbastanza tranquillo; i cittadini più facinorosi si limitarono a schiamazzi e borbottii, mentre la gran parte della gente incontrata dal convoglio salutava con rispetto l'imperatrice. Quando sentì i portantini fermarsi, Minervina rimise la testa fuori e vide una colonna di armati procedere verso di lei, con l'alto profilo delle mura alle spalle.

Li scrutò per cercare Osio ed eventualmente Alletto. Riconobbe il generale, accanto al quale non c'era il marito, il che pareva confermare le voci della sua morte. Ma quel che più la colpì furono le condizioni dei soldati e dei guerrieri che seguivano il suo mentore. Se pure non le avessero detto che erano stati sconfitti, lo avrebbe capito dal loro aspetto. Molti di loro erano laceri, feriti, camminavano zoppicando sorretti dai compagni, avevano bende insanguinate in testa al posto degli elmi, erano privi di armi e arrancavano a testa bassa, oppure camminavano con lo sguardo fisso e assente di fronte a sé, con l'umiliazione negli occhi.

Tra i pochi che marciavano ancora impettiti, con le tuniche sgargianti e ricoperte di pelli, i capelli annodati sulla sommità della testa e le loro grosse asce, Minervina notò i mercenari franchi che Alletto aveva reclutato in Gallia. Procedevano compatti, guardandosi intorno con espressione perfida, e trovavano perfino il tempo e il modo di divertirsi spaventando con versacci e gesti osceni le donne e i bambini che li fissavano con un misto di curiosità e timore.

Minervina ritenne opportuno scendere dalla lettiga. Ma non avanzò oltre, ordinando a uno dei soldati di riferire a Osio che intendeva parlargli. Il generale ne fu informato, quindi si staccò dalla colonna e andò a conferire con lei. Scese deferentemente da cavallo e chinò il capo al suo cospetto. «Mia signora, mi duole doverti informare che tuo marito è morto in battaglia contro gli invasori, e che le cose non sono andate come auspicavamo», dichiarò con appena più di un sussurro.

Minervina cercò di non scomporsi. «Sento dire…», esitò, timorosa di contrariarlo, «che lo hai ucciso tu».

Osio alzò il capo e la fissò negli occhi, facendole pesare con quello sguardo tutta l'autorità che ancora esercitava su di lei. Attese per un tempo che alla ragazza parve eterno, prima di rispondere. «Ho dovuto, mia signora. Ci avrebbe fatti massacrare tutti, e io, una volta constatata la sconfitta, invece di assecondare la sua idea di gettarci tutti allo sbaraglio mi sono premurato di salvare più vite possibili, per poter avere ancora un deterrente da opporre all'imperatore per trattare una resa onorevole», concluse con tono deciso.

Minervina si fece coraggio e azzardò. «Per le strade si sente dire… che lo hai fatto per diventare imperatore tu stesso…».

Un guizzo che alla ragazza parve di crudeltà attraversò lo sguardo di Osio. «Mi vedi forse con la porpora?».

Dovette ammettere che aveva ragione. Lo scrutò, cercando di convincersi che aveva agito in buona fede.

«Ascolta, Minervina», Osio assunse un tono mellifluo. «Tuo marito non è mai stato un soldato, e sul campo di battaglia ha cercato di sfogare le sue frustrazioni con un attacco insensato, che avevo il dovere di impedire. Se avessimo perso tutti i soldati, chi avrebbe difeso Londra dalle orde degli ausiliari di Costanzo Cloro? I tuoi sudditi sarebbero finiti sotto le loro spade, le donne sarebbero state stuprate, i bambini seviziati, la città saccheggiata e distrutta, e tu stessa saresti finita preda delle loro bramosie».

Minervina si era già convinta e stava quasi per ringraziarlo, quando sentì un urlo straziante di donna. Guardò alle spalle di Osio e vide una ragazza mettersi le mani nei capelli terrorizzata, mentre uno dei franchi estraeva la propria spada dal ventre di quello che doveva essere suo padre. Contemporaneamente, gli altri barbari si sparpagliavano abbattendo i soldati più vicini, troppo malridotti per opporsi, e irrompendo tra la folla, che si disperdeva in cerca di scampo, lasciandosi dietro cadaveri e feriti.

Osio la guardò, sgomento. «Vieni!», le disse infine, facendola salire sulla lettiga con sé. «Corriamo a palazzo. Lì non oseranno assalirci».

Minervina non ne era tanto convinta: se quei barbari avevano deciso di approfittare dello sbandamento dell'esercito britanno per razziare la città, il palazzo imperiale sarebbe stato uno dei loro obiettivi più probabili. Ma non osò dirlo.

«È quella. La Grande Barriera», disse la guida, indicando un altopiano di roccia calcarea e arenaria che si estendeva a perdita d'occhio davanti a loro, stagliandosi ben al di sopra del livello del deserto.

Costantino fissò a lungo, in silenzio, quello che doveva essere il quartier generale dei blemmi, poi guardò Severo, accanto al quale procedeva. Il comandante della spedizione, prostrato dalla lunga marcia, dal caldo asfissiante e dalla penuria di acqua e cibo, come tutti i soldati che li seguivano, si era improvvisamente rivitalizzato: la vista dell'obiettivo gli aveva fatto tornare lo spirito marziale. Non aveva esitato a esclamare: «Attacchiamoli subito. Sono solo dei selvaggi, e non vale la pena sprecare altro tempo in questi posti dimenticati dagli dèi e dagli uomini».

Costantino si voltò a guardare la lunga colonna alle loro spalle. I legionari e gli ausiliari, sferzati per giorni dal vento proveniente dal sud, che aveva depositato sulla loro pelle e sull'equipaggiamento la sabbia sollevata dai loro calzari, si erano trasformati in statue grigiastre. Quasi non si distinguevano più i soldati semplici dagli ufficiali, un reparto da un altro; perfino le insegne che svettavano sopra la calca avevano perso i loro colori originali e assunto sagome curiose e irriconoscibili. I soldati camminavano trascinando i piedi nella sabbia, alcuni arrancando sui pendii più scoscesi delle dune, altri, vinti dalla fatica, incespicando e rotolando negli avvallamenti, dai quali si rialzavano solo con l'aiuto dei camerati. La gran parte, contravvenendo agli ordini del generale, marciava senza l'elmo in testa, con il capo avvolto dal fazzoletto usato solitamente intorno al collo, che si erano messi sui capelli dopo averlo inzuppato nella poca acqua di cui disponevano. Quelli nelle condizioni più brillanti non camminavano più, ma barcollavano, con l'espressione abbattuta e lo sguardo assente di chi ha la mente ottenebrata dal lungo sforzo.

«Hai per caso dato un'occhiata alle condizioni dei tuoi uomini, Severo?», azzardò Costantino. «Se li fai combattere senza farli riposare almeno stanotte, rischi una sconfitta cocente quanto questo sole».

Il generale fece un gesto di noncuranza con la mano. «Il nemico è inconsistente», pontificò. «Non hai visto come sono fuggiti davanti a noi i loro reparti negli avamposti? Dobbiamo aggredirli subito, altrimenti si sparpaglieranno su quell'altopiano e saremo costretti a un rastrellamento che potrebbe durare mesi. E l'imperatore si aspetta che noi risolviamo il problema subito. Ha bisogno di ripulire la provincia da ogni minaccia, per restituire agli egiziani la fiducia in Roma».

«Crasso ragionò nello stesso modo, a Carre, e sappiamo come è finita...», ribatté il giovane.

«Caro ragazzo, *quelli erano persiani*!», replicò il generale. «Come puoi paragonare guerrieri con un'illustre tradizione militare alle spalle a questi primitivi?»

«Saranno anche primitivi, ma combatteranno sul loro terreno e sapendo che stiamo arrivando. Di certo sono preparati a riceverci».

«E con cosa? Con le loro frecce di canna? Dammi retta, quelli non sono abituati a combattere in scontri frontali, e non faranno altro che scappare. Sta a noi impedirglielo. Quindi attaccheremo subito e taglieremo loro le vie di fuga, se davvero ci aspettano ai margini dell'altopiano».

Subito dopo, diede ordine che la colonna si dividesse in tre sezioni. «Tu, Costantino, guiderai la colonna di destra», disse al giovane, sorprendendolo alquanto. «Mi aspetto che attacchi sul fianco i blemmi mentre noi li terremo impegnati frontalmente, impedendogli di sottrarsi al nostro assalto. Sono certo che tuo padre mi ringrazierà per averti dato l'opportunità di distinguerti».

Nonostante disapprovasse l'iniziativa del generale, che trovava inopportuna e intempestiva, Costantino si sentì suo malgrado eccitato alla prospettiva di poter condurre, a soli vent'anni, un'azione decisiva al comando di una colonna di almeno cinquemila uomini. Ma provò anche un moto di delusione: a quanto pareva, Severo non gli affidava quel compito perché lo reputava in gamba, ma per ingraziarsi suo padre.

I soldati formarono i ranghi di battaglia stancamente, e molti dovettero essere pungolati dai bastoni degli ufficiali per mettersi in posizione. Alcuni si accasciavano sulla sabbia per la disperazione, altri lanciavano grida di protesta, approfittando della calca per nascondersi agli occhi dei comandanti. Costantino scrutò il cielo: il sole era ancora alto, e i suoi implacabili e tentacolari raggi sembravano vegliare su quel misterioso altopiano, lanciando fasci accecanti contro l'esercito romano in avanzata, come un'arma letale di cui i blemmi disponevano per tenere i nemici lontani dalla loro roccaforte.

Non aveva molta esperienza, si disse, ma Severo, che invece ne aveva, avrebbe dovuto sapere che non si attacca controsole.

Gli uomini impiegarono molto più del consueto per disporsi in formazione. Costantino pretese che con lui venissero almeno due prigionieri blemmi, tra quelli risparmiati perché li conducessero alla loro roccaforte. Era certo che gli sarebbero stati utili. Diede il segnale di avanzata, mettendosi alla testa della colonna e allontanandosi dall'altopiano per evitare che le sentinelle nemiche vedessero il suo movimento. Quando giunse a una distanza che ritenne sufficiente per passare inosservato, riprese a marciare verso l'obiettivo; gli uomini rimasti con Severo erano ormai dei piccoli puntini in lontananza, che il sole rendeva fiammeggianti.

Iniziò a scrutare con attenzione l'altura per capire quanto fosse presidiata e dove accedere con maggiore agio. Secondo le convinzioni del suo comandante, la gran parte dei blemmi sarebbe dovuta convergere verso la colonna principale, ovvero quella centrale condotta da Severo stesso. Man mano che si avvicinava alle pendici dell'altopiano, iniziò a vedere alcune sagome appostate ai margini della sommità. Ma non era certo che si trattasse di uomini.

Quando fu a portata di un tiro di freccia, li vide più distintamente. E li videro anche i soldati. Tra le file dell'armata si levarono grida di terrore, e i ranghi iniziarono a rompersi. Contagiati dal panico, i cavalli si imbizzarrirono. Costantino temeva che potesse accadere, anche se sperava che le leggende sui blemmi non avessero alcun fondamento reale.

E non lo avevano. Non potevano avere alcun fondamento. Era ben deciso a dimostrarlo alla truppa per recuperarne il controllo.

Spronò il cavallo, di cui a stento riusciva a tenere le redini, e lo lanciò al trotto tra le file scompaginate dei legionari. Raggiunse i due prigionieri blemmi e richiamò l'attenzione dell'egiziano che si era portato dietro come interprete. Poi gridò agli ufficiali più vicini: «Dite ai vostri che quelli lassù non hanno nulla di inumano! Sono uomini come noi! Ora ve lo dimostrerò!».

Lo ripeté più volte, ma le sue parole erano coperte da quelle dei legionari terrorizzati. «Camminano senza testa!». «No, hanno la testa, ma sul petto!». «Quello che dicevano era vero! Sono dei mostri!». «No, sono per metà animali, per metà uomini!». «Sono privi di testa!».

Costantino guardò ancora verso l'altopiano. Ne contò almeno una ventina. Una difesa risibile, che i suoi avrebbero spazzato via in un momento. *Se non fossero stati tanto spaventati dall'aspetto del nemico*. Almeno la metà dei barbari sembravano priva di testa, pur stando in piedi e muovendosi come qualsiasi essere umano.

Glielo avevano detto, che i blemmi sapevano far sparire la testa, ma si era convinto che fosse solo una leggenda diffusa da quei predoni per spaventare le loro vittime. Ciò nonostante aveva preso le sue contromisure, sperando che funzionassero. Fece condurre i prigionieri e l'interprete davanti alla prima linea, verso l'altopiano, affinché tutti i soldati vedessero. Poi intimò all'interprete di tradurre ai due blemmi: «Di' loro che, se vogliono salvare la testa, devono muoverla come sanno fare quelli lassù».

Dopo che l'egiziano ebbe parlato, i due si guardarono perplessi, con un'espressione sorpresa, come se non capissero. Costantino sorrise sprezzante, sicuro che stessero facendo finta di non sapere. Si avvicinò a uno dei due, estrasse la spada dal fodero e, con un improvviso colpo in orizzontale, gli recise di netto la testa, che rotolò proprio ai piedi dell'altro. Poi attese guardando in tralice il superstite, limitandosi a sperare di aver ucciso il più determinato. Frattanto, notò che i soldati delle prime file si erano fermati a fissare la scena.

Il predone parve disorientato. Costantino prese a far volteggiare la spada; male che andasse, si disse, i legionari avrebbero pensato che ammazzarli era facile, anche se potevano sembrare demoni. Ma lui intendeva dimostrare che non lo erano, e sperò che il barbaro lo aiutasse. Si avvicinò all'uomo librando la spada con la perizia che gli derivava da un duro, tenace e costante allenamento. Il blemmo sollevò le braccia facendo segno di aspettare, chiuse gli occhi, trasse un profondo sospiro e iniziò a fare movimenti col collo, stirandolo più volte, finché Costantino non assistette a uno spettacolo cui i suoi occhi stentarono a credere. Le prime file dell'armata ammutolirono, e in breve tempo tutti i soldati tacquero, discutendo, semmai, per guadagnare i posti migliori e assistere all'incredibile scena.

In pochi istanti, il collo del predone sembrò allungarsi, permettendogli di abbassare la testa fino ad adagiarla riversa sul petto. Poi, con un ulteriore sforzo che sembrò costargli molto, l'uomo ritirò su il capo e lo pose con la faccia davanti a Costantino, fissandolo con occhi imploranti. Adesso sembrava davvero che la testa fosse poggiata sul petto, come adagiata su una mensolina che spuntava tra i pettorali.

Per il giovane fu abbastanza. In quel momento, non gli interessava sapere come riuscisse a farlo. «Visto?», gridò ai soldati. «È un uomo normale, che riesce a fare questa cosa mostruosa e totalmente inutile grazie a un lungo allenamento. Nulla che i soldati romani non possano spazzare via in un attimo!». Ordinò agli ufficiali di ricostituire i ranghi, e i legionari aderirono con entusiasmo, ansiosi, ormai, di cancellare con una decisa carica il panico precedente.

Quando Costantino ordinò l'attacco, non si voltò neppure indietro: era certo che tutti lo seguissero.

V

Costanzo Cloro era furente. Con se stesso, con i suoi soldati, e con il Sole invitto, che stavolta non lo aveva affatto aiutato. Fu tentato, come spesso gli era capitato da quando era sbarcato su quell'isola che appariva maledetta, di offrire un sacrificio agli dèi tradizionali, ma temette di perdere definitivamente il favore del suo dio, che forse lo stava solo mettendo alla prova. Gli era parso che le divinità che avevano accompagnato l'ascesa di Roma nel passato non fossero più in grado di garantire la sua sopravvivenza, se da secoli l'impero era scosso da invasioni barbariche e guerre civili; fin da giovane, quindi, aveva aderito con convinzione al culto più diffuso nelle zone danubiane di frontiera, soprattutto tra i soldati che ancora veneravano la memoria del più grande imperatore vissuto nell'ultimo secolo: Aureliano, il primo sostenitore ufficiale della religione del Sole invitto.

Costanzo aveva conosciuto Aureliano da semplice recluta, e solo poche settimane prima che cadesse vittima di un complotto ordito dai suoi ufficiali, ventitré anni prima. Era rimasto impressionato dalla sua forza interiore e dalla sua determinazione, dalla sua capacità di tenere unito un impero che stava andando in frantumi, e aveva concluso che solo una divinità potente potesse conferire a un uomo la fiducia in se stesso per affrontare delle responsabilità che, altrimenti, lo avrebbero schiacciato o anche solo corrotto. Aureliano era rimasto un uomo inflessibile e integerrimo fino all'ultimo, e Costanzo ne aveva fatto il proprio modello, sperando di riuscire sempre a coniugare la propria ambizione con l'equilibrio e la costanza di quell'uomo straordinario. E faceva affidamento sul sostegno del Sole invitto per riuscirvi: un culto monoteistico faceva convogliare tutta la forza della preghiera su un solo dio, pertanto sembrava più produttivo e logico di un culto politeista, in cui erano tanti dèi a contendersi la venerazione degli uomini.

E stavolta, il suo equilibrio era stato messo davvero a dura prova dai rovesci di fortuna che gli erano capitati fin dall'inizio dell'invasione.

S'inginocchiò davanti all'immagine in rilievo che portava sempre con sé. Un giovane senza barba, con i raggi del sole che si irradiavano dalla sua testa insieme a un'aureola, e iniziò a pregare. Fin da quando Diocleziano lo aveva creato cesare, era stato tentato di imitare Aureliano indossando una corona di raggi, ma poi aveva temuto di offendere l'imperatore e aveva deciso di attendere almeno di diventare augusto.

Ricordò a quel giovane che sembrava fissarlo con severità le prove subite dall'inizio della campagna. La tempesta che aveva disperso la sua flotta, costringendola a sbarchi di fortuna lungo la costa britanna; la grande fatica e il tempo perso per radunare tutti i vascelli e fare la conta di quelli perduti, durante il rastrellamento di un ampio tratto di mare lungo l'isola; le difficoltà affrontate contro i britanni, che con gli arrivi scaglionati dell'esercito d'invasione avevano avuto tutto l'agio di prepararsi ad affrontarlo, respingendo di volta in volta ogni contingente e impedendogli per giorni di costituire delle teste di ponte; lo scoramento degli uomini, che si erano ormai convinti di aver intrapreso una campagna sotto una cattiva stella e non mostravano la determinazione che avrebbero dovuto possedere; ma soprattutto, i successi del suo prefetto del pretorio Asclepiodoto, che aveva avuto ben più fortuna, era sbarcato in forze più a sud e, dalle ultime notizie ricevute, aveva ingaggiato subito una battaglia con il grosso delle forze nemiche condotte dall'usurpatore in persona. Un suo successo avrebbe fatto apparire l'imperatore un incapace, al confronto, mettendolo profondamente in imbarazzo.

Chiese al dio che lo ripagasse della devozione dimostrata fino ad allora, e iniziasse una buona volta a favorirlo. E così come Aureliano aveva edificato un tempio a Roma in suo onore, promise che altrettanto avrebbe fatto lui nella sua capitale, Treviri.

Non appena si alzò, il suo attendente si avvicinò per comunicargli che una colonna di soldati era giunta da sud per dargli notizia dell'esito dello scontro. E dalla sua espressione soddisfatta, era chiaro che Asclepiodoto aveva vinto. Era ciò che temeva, tuttavia comunicò al sottoposto di farne entrare il comandante. Se il prefetto fosse stato sconfitto, avrebbe potuto subentrare e sistemare le cose, facendo risaltare il proprio ruolo;

ma dopo una vittoria, cosa gli rimaneva da fare per darsi lustro? Sperò che il successo non fosse definitivo, almeno.

Poco dopo, entrò nel suo padiglione un optio piuttosto giovane con l'espressione determinata e i tratti nobili, che lasciavano intendere la sua estrazione aristocratica e un'attitudine al comando ben più radicata del grado che ricopriva.

«Cesare, mi chiamo Sesto Martiniano e sono qui per comunicarti che il prefetto del pretorio Asclepiodoto ha ottenuto un pieno successo sulle truppe ribelli», disse il sottufficiale. Aveva in mano una sacca, da cui estrasse una testa. «La prova del nostro successo è la testa dell'usurpatore Alletto, che ho sottratto personalmente al comandante delle forze nemiche, Osio, e che il prefetto mi ha ordinato di donarti. Asclepiodoto, inoltre, attende le tue disposizioni su come procedere per debellare le truppe residue del nemico, che Osio ha condotto a Londra».

Costanzo annuì. A quanto pareva, c'era ancora qualcosa da fare. E Asclepiodoto si era ben comportato, fermandosi ad attendere ordini invece di inseguire il nemico fino alla capitale. A quanto pareva, aveva ben riposto in lui la sua fiducia: il prefetto aveva il buon senso di non tentare neppure di metterlo in ombra. «Di quanti soldati dispone adesso Osio?», chiese, iniziando a elaborare piani per assediare la capitale ribelle.

«Non sappiamo quanti ne avesse lasciati a Londra, ma l'ho visto io stesso abbandonare il campo di battaglia con la riserva, che a occhio e croce doveva ammontare a seimila uomini. Ma almeno un migliaio li abbiamo rastrellati nell'inseguimento del giorno stesso, prima che calasse il buio, e comunque molti erano ridotti male», rispose Martiniano.

L'imperatore valutò la situazione. «Quindi non sappiamo cosa troveremo. Forse ci aspetta un duro assedio, quindi la vittoria del prefetto è servita a poco…», disse, pentendosi subito dopo della sua meschinità.

Il sottufficiale non sembrò farci troppo caso. «Non necessariamente, cesare», ribatté con convinzione. «Se mi permetti, credo che se decidessi di inviare subito una piccola colonna di soldati su Londra, si potrebbe tentare un'infiltrazione prima ancora che Osio ne organizzi le difese. Si aspetta che davanti alle mura arrivi entro qualche giorno il grosso dell'esercito imperiale, quindi un drappello che giungesse nottetempo entro domani lo coglierebbe del tutto impreparato, e potrebbe infiltrarsi aprendo le porte a te e alla tua armata».

74

Sì, si disse Costanzo, l'uomo che aveva davanti valeva decisamente di più del grado che ricopriva. Dopo qualche istante di riflessione, dichiarò: «La tua è una buona idea. Disporremo l'invio immediato di una colonna di un paio di centinaia di uomini alla volta di Londra».

Martiniano si schiarì la voce. «Ehm… Dai a me questo onore, cesare. A me e alla mia colonna», disse. «Siamo pronti a marciare su Londra e siamo centosettanta. Se vuoi, dammi una trentina dei tuoi soldati più fidati, e ti assicuro che, come ti ho portato la testa di Alletto, ti porterò anche quella di Osio».

«Avete marciato fin qui dal sud. Avrete necessità di riposare e non possiamo permetterci di perdere tempo, come tu hai giustamente osservato», obiettò Costanzo, sempre più ammirato dall'optio.

«Ti posso assicurare che le nostre capacità di resistenza sono fuori discussione. Prometti ai miei uomini dei premi, che daresti comunque a chiunque entri per primo in città, e conquisteranno la capitale in tuo nome».

L'espressione "in tuo nome" convinse definitivamente Costanzo di poter fare completo affidamento sull'uomo che gli era di fronte. «E sia, dunque. Ti vediamo molto motivato, Sesto Martiniano», disse infine.

«Più di quanto tu creda, cesare. Ho motivi personali per procurarmi la testa di Osio», rispose il sottufficiale, con un'espressione sollevata.

«C'è qualcosa che non va», commentò Sesto Martiniano dopo aver scrutato a lungo il profilo delle mura di Londra. Stava calando il buio, quando il giovane e la sua colonna erano giunti in vista della città; Sesto si era fermato a debita distanza per valutare la situazione ed esporre ai suoi il piano che aveva in mente. Ma quanto vedeva metteva in dubbio qualunque progetto avesse preparato lungo la marcia. Il primo elemento che gli saltò agli occhi furono le volute di fumo che si alzavano sopra le merlature; guardando meglio, scorse bagliori di fuoco più in basso. C'erano degli incendi.

Poi, notò che sugli spalti non c'era nessuno. Erano del tutto sguarniti. E con la prospettiva di subire da un momento all'altro l'assalto delle truppe dell'imperatore, la circostanza aveva dell'incredibile.

«Ci deve essere parecchia maretta, lì dentro», commentò il suo vice, dando voce agli stessi pensieri di Sesto.

«Cosa di cui noi approfitteremo subito», rispose l'optio. Che si trattasse di regolamenti di conti dopo la morte dell'usurpatore, di un tentativo finito male di prenderne il posto, di una lotta tra sostenitori di Alletto e di Costanzo Cloro, per loro era comunque l'occasione di entrare in città in modo più facile di quanto avesse previsto, vendicandosi così di Osio e, al tempo stesso, guadagnandosi ulteriori benemerenze per dare una scossa decisiva alla sua carriera.

Mentre ordinava ai suoi di scendere da cavallo e avanzare con i rampini, ringraziò gli dèi per l'opportunità che gli avevano dato. Se era lì davanti alle mura di Londra, con la possibilità di realizzare i propri obiettivi, lo doveva solo alle ragioni politiche che avevano impedito ad Asclepiodoto di fare la cosa più logica e razionale: avanzare sulla capitale subito dopo la vittoria, sfruttando lo sbandamento dell'esercito nemico. Costanzo Cloro aveva formalmente approvato il comportamento del prefetto, ma era un soldato troppo esperto per non sapere che quella era la strategia peggiore possibile. Tuttavia, se Asclepiodoto fosse avanzato su Londra, in un modo o nell'altro l'imperatore gli avrebbe fatto pagare di non aver ceduto a lui l'onore di conquistare la città. Spesso, le ragioni politiche applicate alla guerra avevano provocato disastri, e stava a lui, adesso, evitare che accadesse. Costanzo doveva avere la città, e lui la sua vendetta.

I rampini arpionarono la sommità delle mura orientali in più punti, permettendo ai soldati di salire indisturbati. Sesto fu tra i primi a raggiungere gli spalti, che come aveva previsto trovò privi di sentinelle. E mentre gli altri componenti della sua colonna lo imitavano, si mise a scrutare in basso. Ebbe conferma dello scoppio di diversi incendi, ma quel che gli premeva capire era il perché. Ordinò ai suoi di scendere e acquattarsi lungo la base del muro, per rendersi meno visibili, e continuò a studiare la città. Le vie che era in grado di vedere, quelle più prossime alle mura e su cui si estendevano i bagliori del fuoco, sembravano deserte. Ma si udivano urla in lontananza. Urla di terrore e urla ferine.

Concluse che non poteva capire nulla senza addentrarsi nel cuore dell'abitato. Scese dagli spalti ed esortò gli uomini a seguirlo, disponendoli in formazione quadrata per essere pronti ad affrontare una minaccia da qualunque parte provenisse. Mossero verso ovest puntando al palazzo del governatore, che Alletto aveva scelto come sede del governo. Sesto non era mai stato a Londra, ma nel praetorium dell'imperatore aveva studiato la mappa della città e presumeva di sapere dove andare. Sapendo che l'edificio era a ridosso del Tamigi, decise di procedere costeggiando il fiume. Presto iniziarono a incontrare le prime tracce di esseri umani. Ma si trattava di cadaveri, che giacevano lungo la strada con squarci di arma da taglio lungo il corpo. Erano vecchi, giovani e anche donne, queste ultime spesso denudate e chiaramente violate, prima di essere uccise. Ogni tanto trovava suppellettili abbandonate per strada, come se qualcuno avesse provato a trascinarle fuori dalle abitazioni ma poi non ce l'avesse fatta a portarle via. C'erano anche monili disseminati sul selciato, come se fossero stati persi da qualcuno che andava di fretta.

Era in corso un saccheggio, evidentemente. A opera di chi, non poteva saperlo.

Le grida si fecero sempre più frequenti e vicine. Sesto vide guizzare nell'oscurità, poco avanti a lui, la sagoma massiccia di quello che, grazie alla sua grande e caratteristica ascia, riconobbe come un guerriero franco. Il guerriero vide la colonna romana e scappò, urlando parole incomprensibili. Sesto fece aumentare il passo ai suoi uomini per inseguirlo, ma il barbaro si era già dileguato oltre il profilo degli edifici più vicini. I romani continuarono a marciare, favoriti dalla luce delle fiamme come da quella della luna, che si rifrangeva nelle acque scure del Tamigi, finché non giunsero di fronte a un ampio complesso di caseggiati che spiccava su quelli tutt'intorno. Martiniano capì di essere arrivato non solo dalla sua mole, ma anche dalla scena che gli si parò di fronte.

Il palazzo era stretto d'assedio da una banda di franchi.

Valutò in fretta la situazione. Contò a occhio almeno un centinaio di barbari, che avevano dato fuoco a un'ala dell'edificio, nell'evidente tentativo di stanare chi vi si era asserragliato. Dalle finestre, alcuni arcieri tiravano sugli assalitori, costringendoli a tenersi lontani dall'ingresso. I predoni, dal canto loro, erano circondati da carri stipati del bottino saccheggiato nel resto della città, ma era chiaro che si aspettavano di trovarne di più nel palazzo, e sfogavano la loro frustrazione sui malcapitati che avevano fatto prigionieri, sperando di spaventare così gli occupanti dell'edificio. Il giovane ebbe il tempo di notare un uomo appeso a testa in giù, per quelli che sembravano i suoi tendini, a una forca improvvisata con tre pali; lo stavano torturando con ferri roventi, allo stesso modo di un altro disteso a terra, bloccato alle cosce e agli avambracci da spade infisse nel terreno dopo avergli trapassato gli arti.

Ne intravide altri trattati in quel modo, prima che i franchi si accorgessero di lui e dei suoi uomini e reagissero dandosi alla fuga. Ma non poteva permettersi di lasciare tutti quei barbari liberi di scorrazzare per la città. Erano i mercenari reclutati in Gallia da Alletto, e quegli sbandati avrebbero costituito una minaccia per l'arrivo dell'imperatore. Se avevano approfittato della sconfitta patita dal loro esercito per darsi al saccheggio, avrebbero continuato a razziare anche nelle settimane successive. A lui spettava il compito di normalizzare la situazione, rastrellando i barbari e mettendoli in condizione di non nuocere, prima dell'arrivo di Costanzo Cloro, che l'indomani mattina sarebbe giunto davanti alle mura aspettandosi di trovare una città liberata da ogni pericolo.

Ma dentro al palazzo doveva esserci Osio, e la sua brama di vendetta reclamava la priorità. Prese con sé una scorta di trenta uomini perché lo accompagnassero all'interno, e ordinò agli altri di inseguire i franchi e sterminarne quanti più possibile. I pochi superstiti non avrebbero fatto più paura a nessuno. Infine, assegnò a pochi uomini l'ingrato incarico di liberare i prigionieri dalle loro sofferenze.

Dalle finestre del palazzo gli occupanti lo acclamarono, manifestando il loro entusiasmo per il suo provvidenziale arrivo. Sesto stava per entrare quando vide uscire dalla porta d'ingresso proprio Osio, sorridente e con espressione sollevata, seguito da un gruppo di senatori. Il generale si rabbuiò solo quando lo riconobbe, si fermò perplesso, poi sembrò assumere di nuovo la sua sicurezza e riprese ad avanzare verso di lui con decisione.

«Stavolta, spero che accetterai la mia resa, optio», esordì il generale. «Né penso che potresti fare altrimenti».

«Al contrario. Non vedo cosa m'impedisca di farti la pelle, bastardo», sibilò a bassa voce, per non farsi udire dalla scorta e dai senatori.

«Il fatto che, se mi uccidi, l'imperatore non saprà mai dove è nascosto il tesoro di Alletto, che serviva a pagare questi mercenari da cui sei venuto a salvarci».

«Direi che non hai nessun tesoro, se quei barbari hanno deciso di procurarsi da soli un compenso per i loro dubbi servigi», rispose asciutto, più che altro per perdere tempo. La risposta di Osio lo aveva disorientato.

«Ce l'ho eccome, optio», replicò il generale, facendo pesare la loro differenza di autorità. «Ma i franchi devono aver pensato che un imperatore morto non paga più, quindi si sono procurati un compenso a modo loro, senza preoccuparsi di chiedermi che intenzioni avevo…».

Sesto tacque per qualche istante, sempre più confuso.

«Solo io so dov'è, te lo assicuro. L'ho nascosto insieme ad Alletto, e i soldati che ci hanno aiutato a farlo sono caduti in battaglia: li abbiamo intenzionalmente spediti in prima fila, nel caso venissero loro strane idee dopo lo scontro…».

Il giovane era incerto se credergli o meno. Ma se c'era anche solo una possibilità che quel tesoro esistesse, l'imperatore non avrebbe apprezzato l'eliminazione della sola persona che ne conoscesse l'ubicazione.

«Tu sei Sesto Martiniano, vero?». Una voce di donna richiamò la sua attenzione. Quella che vide uscire dall'ingresso dell'edificio principale era la creatura più incantevole che avesse mai visto. E lo conosceva. E stava andando verso di lui con un radioso sorriso.

Riuscì ad annuire goffamente, rapito dal suo incedere leggiadro e aggraziato. E a mano a mano che la donna si avvicinava, poté distinguere lineamenti di un viso che mai avrebbero potuto stufarlo o solo infastidirlo.

E seppe che l'avrebbe amata per sempre.

«Optio, ti presento l'imperatrice… ehm, dovrei dire la *ex* imperatrice, o forse la moglie dell'usurpatore, Minervina, vedova di Alletto», dichiarò con solennità Osio.

Minervina… *Quella* Minervina! A Sesto tornarono in mente le immagini di Margum di undici anni prima. Quella bella e dolce bambina era diventata una magnifica donna.

«A quanto pare, hai l'abitudine di salvarmi, Sesto Martiniano», disse Minervina non appena gli fu davanti, rinnovando quel sorriso franco e quasi infantile da cui si sentì stregato. I suoi occhi, azzurri come il mare in una giornata di pieno sole, i capelli biondi come spighe di grano pronte per la mietitura, e il suo corpo esile ma statuario, come l'effige di una dea, lo rapirono all'istante.

E si dimenticò di Osio e della sua vendetta.

Ormai Costantino non provava più alcuna soggezione per l'imperatore. Quell'immobilità, le sue poche parole scandite, il sontuoso cerimoniale che lo contornava ogni volta che riceveva i suoi subalterni non lo intimidivano affatto, anzi era consapevole che si trattava di un atteggiamento volto solo a rimarcare la distanza tra sé e i suoi sudditi, quasi a volersi porre a metà strada tra l'uomo e un dio, per farsi intangibile e inavvicinabile. Tutto sommato, gli pareva una soluzione ragionevole, considerando la facilità con cui, nei decenni precedenti, i sovrani erano stati rovesciati o, peggio ancora, trucidati da gente che, evidentemente, li riteneva uomini talmente comuni da non avere alcun rispetto nei loro confronti.

Diocleziano aveva voluto ricevere il giovane e Severo nella sua residenza di Nicomedia senza costringerli a fare loro troppa anticamera, non appena erano tornati dall'Egitto dopo aver represso le ultime minacce provenienti dal deserto. Ammesso che tre giorni non fossero da considerare un'anticamera troppo lunga; i segretari particolari dell'imperatore gli avevano detto che c'era gente di rango in attesa da oltre un mese.

Ma loro erano i trionfatori sui blemmi! Certo, Diocleziano avrebbe accolto più volentieri un vincitore dei persiani, e di sicuro sarebbe stato più contento di sapere che gli usurpatori britanni erano stati sconfitti; ma una provincia importante per l'impero era stata ricondotta all'ordine, e un po' era anche merito di Costantino. I soldati, in realtà, ritenevano che fosse esclusivamente merito suo, e lo avevano acclamato sul campo dopo la vittoria sull'altopiano, levandolo sugli scudi alla maniera barbarica. Il suo espediente aveva dimostrato che i blemmi erano solo dei comuni guerrieri dotati di arco e frecce, e di nessun altro potere soprannaturale, spingendo gli imperiali a irrompere sulla roccaforte nemica sul fianco e a travolgerne facilmente le difese. La loro azione era stata provvidenziale, ovviando al disastro che aveva investito l'armata frontale di Severo, dove il comandante non aveva saputo porre rimedio al panico che aveva preso i soldati alla vista dei mostruosi avversari. La colonna di Costantino aveva spinto il nemico verso lo stesso Severo e l'altro contingente, che avevano così avuto il tempo di riorganizzare le file e completare l'accerchiamento.

Il comandante si era prodigato in lodi sperticate nei suoi confronti, assecondando l'umore della truppa, senza manifestare alcun fastidio per come erano andate le cose. Di certo, si era detto Costantino, fosse stato in lui sarebbe stato infastidito, nel vedersi esporre al ridicolo da un pivello. Eppure, Severo sembrava sinceramente contento di avergli permesso di mettersi in mostra, anzi si diceva orgoglioso di aver intuito per primo le sue potenzialità, assegnandogli un incarico tanto importante. Così era stato tra i più entusiasti nel festeggiarlo e celebrare la sua impresa, promettendogli che ne avrebbe parlato diffusamente a Diocleziano.

Era davvero un brav'uomo, continuava a ripetersi Costantino mentre attendevano nella sala d'aspetto, osservando il suo comandante. Non certo come Licinio, che non solo non gli avrebbe permesso di assumere un comando, ma avrebbe anzi fatto di tutto per oscurarlo. Non che Licinio fosse tanto diverso da tutti gli ufficiali che gravitavano intorno all'imperatore; erano tutti rosi dall'ambizione, e disposti a qualunque nefandezza pur di salire nella scala gerarchica, consapevoli che quelli erano tempi in cui anche un soldato semplice, di umili natali, come lo erano appunto i due imperatori al pari di molti loro predecessori, poteva raggiungere il trono del più potente impero conosciuto.

D'altra parte, si rendeva conto di non essere diverso. Si sentiva consumare dall'ambizione fin da quando era bambino, e l'ascesa del padre aveva incrementato le sue aspirazioni. Né le aveva spente il matrimonio che Costanzo Cloro aveva contratto con la figlia di Massimiano, con la nascita di figli legittimi. Ma sapeva di avere una determinazione superiore a chiunque altro, e al momento opportuno avrebbe fatto valere il suo ruolo di primogenito, avvantaggiandosi sulla più giovane età dei suoi fratellastri. E di certo, non temeva neppure Severo, per il quale era arrivato a provare perfino affetto e, dopo la figuraccia in Egitto, anche tenerezza. Di sicuro, quell'uomo non era tra quanti potevano aspirare al trono: troppo affabile, troppo accomodante, troppo buono d'animo. Quelli erano tempi in cui il potere non lo si regalava a nessuno: l'ultima dinastia, quella dei Severi, in cui i figli incapaci avevano ereditato la corona del padre, si era estinta quasi un secolo prima. Il potere, adesso e da decenni, bisognava conquistarselo con le unghie e con i denti, e il generale sotto cui aveva militato in Egitto poteva aspirare a essere un diligente subalterno, tutt'al più. Quando fosse diventato cesare, decise Costantino, lo avrebbe scelto come collaboratore; almeno, ne avrebbe avuto uno della cui lealtà poteva essere certo.

Quando l'usciere fece cenno a Severo che l'imperatore poteva riceverlo, il generale si alzò quasi di scatto. «Ti chiamerò non appena inizierò a parlare di te», gli disse, lasciandolo sul posto. Costantino s'infastidì non poco: Severo gli aveva promesso che avrebbe fatto in modo che entrassero insieme, e così gli era parso che si fosse messo d'accordo col segretario. Andò da quest'ultimo, che si era seduto dietro una scrivania, il viso incurvato in mezzo a pile di documenti, e gli chiese: «Ma non era previsto che entrassimo insieme?».

L'uomo, un individuo con un doppio mento che sfiorava la superficie del tavolo, lo guardò infastidito per un istante, rispondendo dopo essere tornato a scorrere i suoi documenti. «Non mi risulta».

Costantino avrebbe voluto ribattere, ma tacque, sentendosi addosso gli occhi delle altre persone presenti nella sala: alcuni erano senatori, che era previsto l'imperatore ricevesse dopo Severo.

A quanto pareva, il suo amato generale lo aveva preso in giro: nonostante le sue promesse, non aveva mai avuto l'intenzione di farlo entrare con lui. Il suo stato d'animo virò in un teso nervosismo, che lo indusse a passeggiare avanti e indietro nella grande sala, spingendo dopo qualche istante uno dei custodi a richiamarlo all'ordine, invitandolo a sedere al suo posto. Si costrinse a sistemarsi sulla panca dove si era messo in precedenza, ma sussultò a ogni rumore, sperando ogni volta che si trattasse della porta della sala delle udienze che si apriva, per far entrare anche lui. Ma il tempo trascorreva e la porta rimaneva chiusa. Che diavolo aspettava Severo a chiamarlo? Batté il piede per terra, tamburellò con le mani sulla superficie della panca, sbuffò, ma ciò non lo aiutava a far passare il tempo più velocemente. Gli parve che fosse passata un'eternità, quando la porta si socchiuse e il generale fece finalmente capolino.

Costantino ebbe un tuffo al cuore, aspettandosi che lo chiamasse dentro. Invece, Severo avanzò verso di lui con espressione soddisfatta.

«Ma perché non mi fai entrare?», gli chiese il giovane, alzandosi in piedi.

«Non sono io a decidere chi entra e chi esce, caro ragazzo», rispose Severo sorridendo.

Improvvisamente, quel "caro ragazzo" lo fece sentire umiliato. «Non sono un ragazzo, sono l'uomo che ti ha permesso di farti bello davanti all'imperatore, con la sua vittoria», rispose stizzito.

«La vittoria è mia, come ha riconosciuto l'imperatore», specificò Severo, cambiando improvvisamente espressione. Il suo sguardo si fece di ghiaccio, la mascella s'indurì. «Tu dovresti solo ringraziarmi per averti permesso, alla tua giovane età, di comandare un'unità».

«Sono un tribuno, ed era perfettamente legittimo che rivestissi un comando subalterno», protestò Costantino.

«Sei un tribuno solo perché sei un raccomandato di buona famiglia. Non ti sei fatto da solo, come me che vengo dalla gavetta e dal popolo», sibilò Severo, badando a non dare troppo nell'occhio.

«Sono un tribuno perché ad Alessandria mi sono comportato da valoroso, più di te!», proruppe il giovane, provocando uno sguardo di biasimo da parte di tutti i presenti.

Severo lo guardò disgustato. «Ringrazia gli dèi che alla sua domanda su come ti sei comportato nella campagna abbia risposto "dignitosamente". Ti saresti meritato una nota di biasimo, per la tua spocchia. È grazie a me se adesso l'imperatore ti manda da Galerio, sul fronte persiano, come desideravi». E se ne andò a passo deciso.

Costantino rimase a fissarlo allontanarsi. "Dignitosamente"... Lui che gli aveva permesso di guadagnarsi chissà quante benemerenze, con le sue imprese. Gliele aveva taciute, quel vigliacco...

Giurò a se stesso che non si sarebbe mai più fidato di nessuno. Severo era come Licinio, come tutti gli altri.

Come lui.

Minervina era felice.

Eppure, avrebbe dovuto essere angosciata come mai nella sua vita. Aveva perso il marito. Aveva perso il suo ruolo di imperatrice. Aveva perso la vita agiata che aveva condotto fino ad allora. Era in attesa di conoscere il giudizio dell'imperatore nei suoi confronti, e non era affatto scontato che fosse clemente con chi aveva sostenuto un usurpatore.

Eppure era felice.

Il merito era tutto di Sesto Martiniano. E non solo perché l'aveva rassicurata, nel breve colloquio che avevano avuto a quattr'occhi, di aver acquisito un certo ascendente presso Costanzo Cloro, di cui si sarebbe valso per procurarle un futuro più che dignitoso. Pure Osio le aveva detto di essere intenzionato a inserire nella trattativa per la propria salvezza anche la sua, e di avere validi motivi per pensare di riuscire a ottenerla.

No, era felice perché aveva scoperto che quel giovane che l'aveva protetta undici anni prima, e al quale aveva pensato tanto spesso negli anni successivi, tanto da poterlo riconoscere anche da lontano dopo tanto tempo, provava per lei gli stessi, intensi sentimenti.

Si erano detti con gli guardi, i sorrisi e mezze parole più di quanto avessero fatto lei e il marito in anni di matrimonio. E adesso non vedeva l'ora di trovarsi di nuovo a tu per tu con lui. Ma ora era il momento di affrontare il giudizio dell'imperatore, che la attendeva nella sala delle udienze, sul trono su cui si era assiso Alletto fino a pochi giorni prima. Osio si era raccomandato con lei di mostrarsi deferente e pentita. Al resto avrebbe pensato lui, diceva.

Fu solo quando fu davanti alla porta della sala, scortata da due guardie dell'imperatore, che si rese davvero conto di trovarsi in uno dei momenti più determinanti della sua vita, e un leggero tremore iniziò a pervaderla ovunque, mentre lo stomaco le si contraeva. I battenti si aprirono e in fondo alla stanza vide l'uomo che aveva provocato la morte del marito, ma verso il quale non nutriva alcun astio. Si avvicinò a capo chino, sbirciando però verso la maestosa figura che rappresentava il potere in quella parte d'impero. Costanzo era immobile sul trono, con lo sguardo fisso di fronte a sé, e nonostante fosse seduto appariva molto più imponente di Alletto quando era in piedi. La sua espressione glaciale era alimentata dal colorito pallido della pelle, che gli era valso il soprannome di "Cloro". Emanava autorevolezza più di qualunque altra persona avesse mai incontrato, e ciò aumentò la sua tensione. Solo quando notò che Osio era al fianco dell'imperatore, ai piedi del podio, e Sesto tra i presenti, sul lato opposto, tornò a tranquillizzarsi. Lo sguardo profondo del giovane, le labbra increspate in un lieve ma rassicurante sorriso, le fecero provare un brivido lungo la schiena e le diedero nuovo coraggio per affrontare il confronto con il sovrano.

Costanzo Cloro stava esibendo tutta la sua regalità, per mettere subito in chiaro ai maggiorenti dell'isola, tutti presenti in quella sala, che era lui a rappresentare l'impero, ora. Indossava un diadema tempestato di diamanti in testa, e una dalmatica dorata riccamente intarsiata, sopra un paio di pantaloni gialli. Era avvolto in un mantello color porpora e teneva in una mano lo scettro, nell'altra un globo. Minervina pensò che Alletto non aveva mai rimarcato il proprio ruolo con tanta solennità, e forse per questo non molti lo avevano preso del tutto sul serio.

Il cerimoniere presentò l'imperatore con una serie di titoli e attributi altisonanti, che Minervina non ascoltò per la gran parte. Si stava rendendo conto che Aletto aveva solo giocato a fare l'imperatore: quello che aveva davanti era un sovrano vero.

«Il nostro buon amico Osio, qui», esordì Costanzo, indicando il suo tutore, «ci dice che sei una brava ragazza, Minervina, trascinata in eventi più grandi di te tuo malgrado. Hai una tua opinione al riguardo?».

Minervina si sentì un po' indispettita che non la si ritenesse in grado di farsi un'opinione su una faccenda tanto grossa come un'usurpazione. In fin dei conti, era stata imperatrice per un breve periodo, e aveva dovuto affrontare responsabilità sconosciute a quasi tutte le donne dell'impero. Ma doveva fare buon viso a cattivo gioco: evidentemente, Osio l'aveva fatta passare a bella posta per una sciocchina inconsapevole di ciò che le accadeva intorno. «Posso solo risponderti, mio signore, che una moglie deve sempre obbedire al marito», rispose, «ed evitare di occuparsi di politica, che è una faccenda da uomini. Io ho creduto di far bene svolgendo il mio ruolo a beneficio degli indigenti. Per il resto, ho sempre sperato che mio marito, così come aveva intenzione di fare, trovasse un accordo con le persone come te, che avevano e hanno responsabilità ben maggiori dell'amministrazione di una sola isola. Non volevo che diventasse un ribelle, agli occhi dello Stato».

Costanzo annuì con solennità. «Proprio noi che abbiamo immense responsabilità, non possiamo abbassarci a stipulare accordi con chi si ribella alla nostra autorità. Tuo marito sarebbe stato facilmente investito del governatorato della Britannia, se si fosse messo a nostra disposizione, invece di seguire le orme del ribelle Postumo. Ma tu non hai colpe per ciò che è successo, quindi hai diritto a una seconda possibilità. Osio ci dice che a Roma hai dei parenti, pertanto sarà nostra cura mandarti là, affinché pensino loro a maritarti con persone che non possano condurti su una cattiva strada come il tuo precedente consorte».

Minervina chinò il capo in cenno di ringraziamento e si abbassò fin quasi a inginocchiarsi per accommiatarsi, ma uno degli addetti al cerimoniale le fece segno di accomodarsi con gli altri presenti ai lati della sala: a quanto pareva, nessuno usciva dal locale prima che lo facesse l'imperatore.

Con sua grande sorpresa, subito dopo il cerimoniere chiamò il nome di Sesto Martiniano, che si spostò dopo averle lanciato un rapido sguardo davanti a Costanzo. «Sesto Martiniano», dichiarò l'imperatore senza cambiare espressione, «sia durante la battaglia contro l'usurpatore, sia in occasione dell'occupazione della capitale della provincia, ti sei comportato con valore e saggezza, meritandoti il grado di tribuno e la corona vallaria. Riteniamo tuttavia che questi non siano premi sufficienti per ricompensare le tue imprese e restituire al tuo illustre lignaggio la posizione che merita. C'è qualcosa che desideri che il tuo imperatore ti doni?».

Sesto si schiarì la voce e parlò con fierezza, con rispetto ma senza soggezione. Minervina si sentì orgogliosa di lui, come se fosse già il suo uomo. «Mio signore, tu mi onori ben oltre i miei meriti», disse il giovane. «Ti sono grato della stima che mi dimostri e farò di tutto per esserne degno. Quel che desidero è servirti ancor meglio, e ciò posso farlo in un corpo che, da sempre, si occupa della persona del sovrano. Sono rimasto ammirato, durante la battaglia, dalla grande organizzazione e dal valore indomito dimostrato dai soldati del prefetto Asclepiodoto. Diventare un pretoriano sarebbe per me la realizzazione di un sogno, e mi consentirebbe di tornare a Roma, dove ho mio padre e la mia famiglia». Sesto concluse il discorso lanciando di nuovo un fugace sguardo verso Minervina, e la ragazza capì che lo stava facendo anche per starle vicino.

E sperò che i suoi zii e l'imperatore le consentissero di sposarlo.

VI

Una guerra nella guerra. Da quando era sul fronte persiano, Costantino si era reso conto di dover combattere non solo contro gli eserciti del re dei re sassanide, ma anche contro i suoi stessi rivali nella lotta alla successione. E anche adesso, che scrutava l'orizzonte in cerca del nemico persiano, doveva guardarsi le spalle per evitare che qualcuno gli giocasse un brutto tiro.

Si trovava nel mezzo del nulla, ed era solo colpa sua. Aveva scelto lui di guidare il drappello in avanscoperta, per dimostrare all'imperatore Galerio che lui era più coraggioso e intraprendente degli altri, ma non solo; l'aveva proposto anche per sottrarsi ai giochi di corte all'ombra del sovrano, che proseguivano e diventavano ancor più insidiosi durante una campagna: nel suo acquartieramento, aveva sempre la sensazione che qualche sicario potesse colpirlo nel sonno, e preferiva svolgere il suo ruolo di soldato a tutti gli effetti, piuttosto che stare attaccato all'imperatore nel suo quartier generale, solo per farsi notare e parlar male degli altri ufficiali dello stato maggiore. Il suo obiettivo era conquistarsi sul campo il merito di succedere a suo padre Costanzo, mettendo a tacere a suon d'imprese le malelingue che, nonostante le sue gesta in Egitto, lo definivano sempre un privilegiato.

Soprattutto Licinio si dava tanto da fare per screditarlo, ma adesso ci si era messo anche Severo, col quale si era consumata la rottura dopo le bugie che il generale aveva detto al termine della campagna contro i blemmi. Così gli era toccato fare fronte comune con un personaggio davvero sgradevole, ma nella sua stessa situazione: Massimino Daia, nipote di Galerio, anch'egli considerato un figlio di papà. Ma Massimino militava sotto il diretto comando di suo zio, e nessuno osava spingersi a danneggiarlo sul serio; mentre lui non aveva alcuna forma di tutela, col padre all'altro capo dell'impero e la consapevolezza di essere solo un ostaggio nelle mani degli imperatori orientali. Se gli fosse capitato qualcosa, neppure a Diocleziano sarebbe importato; anzi, probabilmente la sua morte avrebbe tolto molte castagne dal fuoco al sovrano, oltre a far gioire gli ufficiali che, come Licinio e Severo, non potevano vantare ascendenze di rilievo.

«Io ne ho abbastanza. Fa caldo e la riserva d'acqua è scarsa. Direi di tornare», gli disse Massimino, che si era aggregato al drappello solo per non sfigurare di fronte a lui.

«Arriviamo fino a quei rilievi laggiù», rispose Costantino, indicando delle modeste alture a breve distanza da loro. «Da lì avremo una buona visuale di quel che segue, e potremo dire di aver coperto una vasta porzione di territorio oltre frontiera».

«Uff… A quest'ora, se i sassanidi avevano davvero intenzione di invaderci, li avremmo già incontrati», si lamentò Massimino.

«Non è detto», rispose Costantino. «Aspettano il cesare lontano dalle sue linee di rifornimento, come l'altra volta, quando lo hanno sconfitto. Ma tuo zio stavolta riserverà loro una bella sorpresa».

Massimino sbuffò ancora, al ricordo del disastro subìto dall'imperatore, che a Galerio era costato l'umiliazione inflittagli da Diocleziano davanti alle mura di Alessandria. «Più avanti andiamo, più rischia di finire come l'altra volta. Potevamo aspettarli entro i nostri confini…».

«Non ci avrebbero invaso. Sono a ridosso delle frontiere per stanarci e sconfiggerci di nuovo sul campo. Non combatterebbero, altrimenti; e al cesare serve una franca vittoria campale, per recuperare prestigio, presso gli augusti come davanti al re dei re», spiegò pazientemente. Massimino non gli piaceva: si ubriacava con facilità, era pigro e poco interessato alle faccende di Stato come a quelle militari. Inoltre, era crudele anche quando non ve n'era bisogno, e sembrava provare piacere nell'umiliare le persone di rango inferiore. Ma era il solo alleato su cui potesse fare un minimo di affidamento in una corte e in un'armata di serpenti, e cercava di non mostrargli il disprezzo che nutriva nei suoi confronti.

«Ma fa caldo. I nostri soldati arriveranno stanchi allo scontro», si lamentò ancora Massimino.

Costantino fece una smorfia, ma non rispose. Come poteva la gente paragonarlo a un individuo simile?, si disse. Poi si concentrò sulla delicata operazione di cui loro erano la punta più avanzata. Ed esposta.

Su un punto quel piantagrane aveva ragione: faceva caldo. Lui si era portato dietro solo cavalleria leggera, ma immaginava come potesse patire la calura il grosso dell'esercito, condotto da Galerio in persona: i legionari camminavano ormai da ore nel deserto che si apriva oltre i confini della Siria, e ogni passo li rendeva sempre più stanchi, più lenti, meno reattivi, ovvero più vulnerabili all'attacco nemico. Era quello che voleva il re sassanide, ovviamente, e Galerio gli aveva lasciato credere di poter cadere di nuovo nella trappola.

Il cesare anelava alla rivalsa, e non aveva dato retta a chi gli aveva suggerito di starsene buono e di non mettere ancora a repentaglio non solo la propria vita, ma anche il suo rapporto con Diocleziano, che non gli avrebbe perdonato una seconda sconfitta. Ma Galerio voleva dimostrare a chi lo aveva nominato imperatore cadetto di meritarsi quel ruolo, e aveva preso tutte le precauzioni per limitare i rischi. Ma più ci si avvicinava al cuore dell'impero sassanide, e più la sua strategia rischiava di essere vanificata. E più ci si spingeva lontano dalla frontiera, più Costantino e i suoi uomini, da drappello in avanscoperta si trasformavano in un'esca.

Doveva limitarsi a sperare che le colonne che lo seguivano avessero proceduto a passo sufficientemente spedito da non farsi distanziare troppo. E augurarsi che gli addetti alla logistica avessero tenuto in debito conto l'azione del caldo, e si fossero portati dietro scorte d'acqua adeguate. Avanzò verso le alture davanti a lui e, improvvisamente, avvertì tutto il peso delle estreme condizioni atmosferiche: sentì il sudore colargli lungo le tempie e inzuppargli la dalmatica, la corazza soffocargli il petto, le armi e lo scudo pesargli come macigni, l'elmo stringergli il capo come una tenaglia. Fino ad allora, era stato talmente compreso nel suo ruolo da non averci fatto caso.

Intuì che era un segnale: qualcosa stava per accadere. E percepì la presenza dei persiani un istante prima di vederli comparire sulla sommità della cresta. Seppe così di essere fatto per la guerra: aveva l'istinto naturale del soldato, più di ogni altro suo superiore con un maggior numero di anni di esperienza sulle spalle.

Ne individuò qualche decina, in sella ai loro robusti cavalli, le lunghissime lance scintillanti al sole come alberi spogli sulla cima dell'altura.

«Ci sono. Li abbiamo visti, e ora possiamo tornare indietro». La voce querula di Massimino interruppe le sue riflessioni sul da farsi.

«Niente affatto. Dobbiamo vedere anche *quanti* sono», replicò, spronando il cavallo e invitando col braccio levato gli altri a fare altrettanto.

«Tu sei pazzo. Io torno da mio zio», rispose Massimino.

«Fallo pure, e segnala questa posizione. Quando tornerò io, dirò anche quanti sono e il cesare potrà regolarsi meglio», ribatté.

L'altro esitò, indeciso se rimanere e dare prova dello stesso coraggio di Costantino, o ripiegare mostrando però all'imperatore di essere meno determinato di lui. Alla fine optò per la ritirata, spronò il cavallo e si portò via la sua scorta. Costantino rimase con la metà degli uomini del drappello, che esortò a risalire il pendio con lui. Contava sul fatto che anche per i sassanidi si trattasse solo di una pattuglia avanzata, e che non avrebbero attaccato. Si avvicinò ai nemici, che nel vederlo avanzare sparirono in silenzio dietro la cresta della collina. Si fece più cauto, tirando le briglie e forzando la sua bestia a rallentare. Il terreno pietroso stava cedendo il passo a rocce sempre più ampie, attraverso le quali era più difficile farsi strada.

Quando giunse sulla sommità, si ritrovò nel mezzo di formazioni rocciose che creavano dei fortini naturali, con anfratti, caverne e forre ovunque. Scese di sella e s'issò su un masso più alto degli altri, per vedere dall'altra parte. E quando si alzò, si ritrovò di fronte a uno spettacolo che mai si sarebbe immaginato di vedere.

Sotto di lui, a perdita d'occhio, si estendeva un manto scuro. Strizzò gli occhi per capire di cosa si trattava, poi chiamò a sé uno dei soldati più vicini, un veterano della battaglia persa da Galerio quattro anni prima, che lo raggiunse. «Sembrano pelli. Un'enorme distesa di pelli…», gli disse.

Il soldato annuì. «Sono proprio pelli, tribuno. Hanno eretto dei padiglioni di pelle non solo per ripararsi dal sole, ma soprattutto per celare il riflesso delle loro armi. Volevano proprio farci una sorpresina. E lì in mezzo c'è un padiglione più alto e grande degli altri: senza dubbio è il re».

«E ne ha parecchi con sé. Ma non abbastanza da prevalere su entrambi i nostri contingenti. Torniamo indietro, adesso».

Il veterano ridiscese dal masso, ma Costantino lo fermò. «Aspetta! Vedo qualcos'altro, più oltre. Ma è distante».

«Di cosa si tratta?»

«Non lo so. Potrebbero essere altre truppe, o semplice vegetazione».

Sentì uno scalpiccio tra le rocce. Uno scintillio tradì la presenza dei soldati che aveva individuato in precedenza.

Si guardò intorno, studiò la conformazione dello scacchiere e prese la decisione: se fosse scappato obbligando qualcun altro a sacrificarsi, il suo comportamento avrebbe avuto un pessimo effetto sulla truppa, la sola che lo sostenesse, per il momento. Doveva rischiare in prima persona. «Tu, soldato, corri dal cesare ad avvertirlo e prenditi questi cinque uomini», ordinò, indicando alcuni soldati. «Digli che c'è il re dei re e ha con sé… diciamo sette, ottomila uomini. Può adottare la tattica stabilita. Voi, scendente da cavallo e venite qui!», aggiunse, rivolgendosi al gruppo, non più di una decina di uomini, più vicini a lui.

Il soldato lo guardò perplesso. Ma lo scalpiccio si fece più vicino, finché non comparve, a pochi passi da loro, un drappello di cavalieri nemici.

«Ho detto andate, tu e gli altri. Io ho da fare qui», ordinò.

Il soldato chinò il capo in segno di assenso, fece cenno agli altri di seguirlo e ridiscese il pendio. Costantino levò il braccio e gridò: «Venite con me!». Quindi si spostò verso una formazione rocciosa particolarmente ripida che aveva notato poco prima, dando una rapida occhiata agli inseguitori. Come aveva previsto, avevano rallentato, indecisi se seguire il drappello in fuga o il suo. Sperò che scegliessero lui come obiettivo, permettendo così al veterano di avvertire l'imperatore, e intanto iniziò a inerpicarsi sulla roccaforte naturale che aveva scelto. Quando giunse in cima, constatò soddisfatto che era il posto ideale per asserragliarsi e studiare le posizioni nemiche. Gli inseguitori si fermarono ai piedi della scarpata con gesti di stizza, rendendosi conto che non sarebbe stato facile stanare i romani.

Adesso, si disse il giovane tribuno, restava solo da vedere quanto avrebbe impiegato Galerio ad arrivare.

O i persiani in pianura a muoversi.

Minervina guardò con un misto di compassione e ribrezzo l'uomo sciancato al quale il diacono Silvestro stava consegnando della farina e del denaro. Gli mancavano più denti di quanti ne avesse, e fu certa che fosse molto più giovane dell'età che dimostrava: il bambino molto piccolo che la moglie portava in braccio dimostrava che non poteva averlo avuto da vecchio quale sembrava.

Allungò il collo e guardò alle spalle dell'indigente famiglia giunta al cospetto del vescovo Marcellino per prima. Un'umanità derelitta faceva la coda dentro e fuori dall'agape, ciascuno in attesa di ricevere la sua parte di carità, che la comunità cristiana di Roma metteva a disposizione dei poveri. Secondo quel che le aveva detto Silvestro, c'erano ragazzi orfani, vedove rimaste senza sostentamento dopo la morte del marito, giovani figli di carcerati, ammalati o menomati: gente di infima condizione, con cui lei non aveva mai avuto a che fare.

«Sei spaventata?», le chiese il diacono, intuendo i suoi pensieri, o forse solo interpretando la sua espressione; Minervina temette di non essere riuscita a celare il proprio disgusto.

«Un po', sì. Non sono pericolosi?», le venne spontaneo rispondere. Ma se ne pentì subito. Amava essere frivola, ma detestava dare l'idea di apparire stupida.

Silvestro congedò l'uomo sciancato e, prima di rivolgersi al successivo questuante, la guardò con un sorriso condiscendente. Era un uomo buono, Minervina ne era consapevole, pertanto tendeva a dare molto peso alle sue parole. «Guardati intorno, Minervina», le spiegò. «Anche tra noi dell'agape ci sono persone di bassa condizione sociale, a fianco di gente di alta nobiltà come te. Per noi cristiani non esistono differenze tra un ricco e un povero, perché siamo un cuore solo e un'anima sola, protesi verso Dio, come si legge negli Atti degli Apostoli. "La moltitudine di coloro che erano venuti alla fede aveva un cuore solo e un'anima sola e nessuno diceva sua proprietà quello che gli apparteneva, ma ogni cosa era tra loro comune". Per questo ciascun buon cristiano si preoccupa dei suoi confratelli. Si legge: "Tutti coloro che erano diventati credenti stavano insieme e tenevano ogni cosa in comune; chi aveva proprietà e sostanze le vendeva e ne faceva parte a tutti, secondo il bisogno di ciascuno"».

Il diacono la esortò a passarle un nuovo sacco di farina, che l'uomo di fronte a loro attendeva con manifesta ansia. Minervina lo diede a Silvestro, che lo consegnò al plebeo. Questi si fece il segno della croce, si produsse in un inchino e si affrettò ad andarsene, cedendo il posto a una donna che doveva avere pressappoco l'età di Minervina, anche se la sua condizione la faceva apparire più anziana. Se la immaginò truccata con la stessa cura che riservava a se stessa, abbigliata con stoffe di pregio, i capelli acconciati come si conveniva a una matrona romana, e la pelle levigata grazie agli unguenti che lei usava. E infine ringraziò i cristiani per averle fatto capire, già dopo un incontro in uno dei loro luoghi di ritrovo, come gli esseri umani fossero tutti uguali, e solo le circostanze fortuite della nascita li avessero resi diversi.

Si biasimò per aver mostrato sempre tanto distacco nei confronti del volgo. Non ne aveva alcun diritto. Erano stati solo più sfortunati di lei; ammesso che si potesse considerare fortunata una donna che, a neanche trent'anni, aveva perso padre e madre, il primo marito poco dopo essersi sposata, ed era stata costretta poi a sposare un uomo che non amava e che era tanto più vecchio, senza neppure avere la consolazione di un figlio.

Erano anche questi i motivi che l'avevano spinta ad avvicinarsi ai cristiani; non aveva nient'altro, proprio come quegli indigenti che si erano rivolti a Dio per avere una forma di consolazione e di speranza, in una vita di stenti e di angoscia. Scrutava quei poveretti, ridotti pelle e ossa dalla carenza di cibo e da un'esistenza malsana, rendendosi conto che la sua inappetenza, prodotta dalla tristezza e dalla disillusione, l'aveva resa come loro: più truccata e acconciata, meglio vestita, ma gracile e deperita proprio come le donne che vedeva davanti a sé.

La rendeva vitale solo la curiosità per quella religione che stava facendo sempre più proseliti, caratterizzandosi per una bontà di propositi che non riusciva più a scorgere nella venerazione per gli antichi dèi, ormai incapaci, le sembrava, di fornire nobili motivazioni agli uomini della sua epoca. Gli augusti si professavano molto vicini agli dèi dei loro padri, e se Diocleziano aveva assunto esplicitamente il nome di "Giovio", associandosi al padre degli dèi, il suo collega Massimiano, che proprio a Roma risiedeva, aveva preso quello di "Erculeo"; ma nei loro editti non si parlava di aiutare gli altri, di salvare l'umanità, di sacrificio, come nella religione cristiana, bensì solo di ordine e concordia, in nome di una cieca obbedienza agli imperatori. Un messaggio arido, che non le era mai bastato: gli dèi, si diceva, avrebbero dovuto rendere gli uomini migliori, non schiavi.

E il marito l'aveva lasciata fare. Le aveva perfino consentito di portare con sé del denaro da donare alla cassa comune gestita dal vescovo Marcellino. Non si era sognato neppure lontanamente di accompagnarla, e aveva considerato la sua iniziativa con una certa sufficienza, perfino con disprezzo, apostrofando i cristiani come bislacchi parassiti che rischiavano di mandare in malora l'impero. Le aveva parlato di un tale centurione, di nome Marcello, che due anni prima, in Africa, in occasione dell'anniversario dell'assunzione dei titoli di Giovio ed Erculeo da parte degli augusti, si era rifiutato di proseguire il servizio militare, per non rompere il giuramento che lo legava a Cristo; e di un veterano di nome Tipasio, che aveva rifiutato il donativo alle truppe perché le monete avevano in effige gli imperatori raffigurati come dèi.

Ma suo marito ragionava da ex militare qual era, e Minervina non poteva condividere il suo scetticismo. Ed era stata contenta che non l'avesse accompagnata nelle future occasioni di partecipare alle agapi, dove vedeva un modo per fare qualcosa che non la legasse necessariamente a lui. Gli era sempre stata sottomessa, così come prevedeva il suo ruolo, e aveva cercato in tutti i modi di dargli un erede, che però non era venuto; sentiva proprio il bisogno di avere un po' di libertà, e l'avevano colpita le prime parole che le aveva detto Silvestro quando lo aveva conosciuto: «Credere in Cristo rende libero anche l'ultimo degli schiavi». E lei desiderava liberarsi dai vincoli che quell'ingombrante matrimonio le aveva imposto, sommandosi agli obblighi a cui era tenuta in quanto figlia di un uomo giudicato ribelle e giustiziato, ex consorte di un usurpatore del trono, e in quanto donna. Non che detestasse suo marito: ne aveva stima, anzi, come ne aveva sempre avuta prima ancora di doverlo sposare, ma non c'era nulla, nel loro matrimonio, che la rendesse felice, o che le permettesse di sognare, se non per evadere con la fantasia. Si sentiva anzi prigioniera come quei poveri di fronte a lei. Così, aveva accolto con gratitudine l'invito di Silvestro a seguirla in un'agape, partecipando in prima persona alla distribuzione del sostentamento agli indigenti.

Il vescovo Marcellino impose il silenzio, e tutti si voltarono verso di lui, un uomo venerabile e apparentemente mite, con una lunga barba bianca e in testa solo un anello di capelli canuti. Era accanto a un altare improvvisato nell'atrio dell'elegante domus in cui si teneva l'incontro, e al suo fianco si trovava il padrone di casa, un facoltoso mercante che aveva fatto affari anche col marito di Minervina. «Miei cari», esordì il prelato quando ebbe ottenuto l'attenzione di tutti, «mi fa piacere vedere che la nostra comunità si arricchisce ogni giorno di fratelli e sorelle in Cristo, che decidono di mettere il loro tempo e le loro sostanze a disposizione del prossimo meno fortunato di loro, a dimostrazione di un amore che procurerà loro la salvezza nel regno dei cieli. Scriveva san Paolo nella Lettera ai Corinzi: "Il forte si prenda cura del debole e il debole rispetti il forte. Il ricco soccorra il povero e il povero renda grazie a Dio per avergli dato chi supplisca alla sua indigenza…"».

Un rumore di stivali chiodati risuonò improvvisamente nel vestibolo. «Ecco, appunto, il debole rispetti il forte», dichiarò un giovane dall'aria altera che avanzava verso il vescovo facendosi largo a spintoni tra la povera gente in attesa. Lo seguiva un drappello di soldati, con un tribuno in alta uniforme ed elmo crestato in prima fila.

In mezzo ai mormorii della gente, Minervina riconobbe nel giovane Massenzio, il figlio dell'augusto Massimiano. Ma chi più la colpì fu l'ufficiale al suo fianco, nel quale riconobbe l'uomo che credeva di amare.

Sesto Martiniano.

Era la prima volta che Costantino li vedeva da vicino. Ma non si sognava neppure di fermarsi a studiarli: era troppo impegnato a difendersi dal loro attacco. I persiani, che si trattasse di parti o di sassanidi, avevano rappresentato da sempre uno spauracchio, per i romani, fin dall'atroce disfatta di Crasso a Carre oltre tre secoli e mezzo prima: chiunque volesse formarsi un'esperienza bellica di prestigio, desiderava affrontarli, prima o poi, e Costantino aveva finalmente la possibilità di combattere con loro; sfortunatamente, però, non si accingeva a farlo tra i ranghi di un'intera armata, protetto dagli scudi dei compagni, ma da solo, con un pugno di uomini, in mezzo a rocce che formavano una roccaforte naturale, circondato da un esercito sterminato.

Cercò di capire come avrebbe potuto respingere gli assalti nemici. Disponeva di una decina di lance, tante quante i suoi soldati, ma non lunghe come quelle dei persiani, e delle spade. Non gli rimaneva che fare affidamento sulle numerose pietre che aveva a disposizione sotto i piedi. Ma prima o poi sarebbero finite anche quelle. Intanto ordinò ai soldati di prenderne in mano un paio ciascuno. Osservò i sassanidi risalire il pendio lungo la sola via d'accesso disponibile; alle spalle dei romani, infatti, c'era un'impervia cresta, impossibile da scalare. I nemici erano appena il doppio di loro e facevano tutti parte della cavalleria leggera; privi di corazza, indossavano come sola protezione elmi conici, e alcuni

95

disponevano di archi. Giunti a breve distanza dai romani, gli arcieri si fermarono e incoccarono le frecce.

«Al riparo! Immediatamente!», urlò Costantino ai suoi, che si acquattarono dietro le rocce. Subito dopo, una raffica di dardi investì la postazione. Il giovane li sentì sibilare sopra di sé o sbattere contro i massi che lo proteggevano. In un istante, gli avversari furono pronti a scagliare di nuovo, e ancora una volta i loro tiri andarono a vuoto. Ma subito dopo ripeterono l'operazione e Costantino, dalla sua ristretta visuale nell'interstizio tra un masso e un altro, vide che stavano coprendo l'avanzata di una quindicina di lancieri.

Attese che i sassanidi si avvicinassero fino al punto in cui i loro commilitoni non potevano più scagliare frecce senza evitare di colpirli. Poi si alzò e gridò: «Pietre!». Diede l'esempio sporgendosi appena oltre la sommità della roccia e lanciando il sasso contro la sagoma del guerriero più vicino, che centrò in pieno petto. L'uomo barcollò, perse l'equilibrio e cadde all'indietro, scivolando lungo il terreno ghiaioso. Si fermò contro uno spuntone di roccia, contro cui andò a sbattere il capo e, nonostante fosse protetto dall'elmo, restò inerte; se morto o svenuto, Costantino non avrebbe saputo dirlo.

Immediatamente dopo furono lanciate le altre pietre. Alcune andarono a vuoto, ma ogni soldato colpito, seppur di striscio, perse l'equilibrio sul terreno insidioso e cadde. «Ancora!», esclamò Costantino, intenzionato ad approfittare dei bersagli tramortiti e immobili. La nuova pioggia di proietti si abbatté sugli uomini a terra. Due non si rialzarono, ma gli altri ripresero a salire, mentre una nuova raffica di frecce ne sosteneva l'avanzata. Subito dopo, anche gli arcieri si lanciarono in avanti per fronteggiare l'assalto.

Costantino raccolse i sassi più vicini e riprese a tirarli, subito imitato dai compagni. I guerrieri persiani, abituati a usare la lancia a due mani, erano privi di scudi, e molti dovettero subire ancora l'impatto dei proietti. Il tribuno osò sporgersi con maggior sicurezza, consapevole che le lance nemiche non fossero fatte per essere scagliate. Tuttavia, quando i nemici giunsero a ridosso della barriera, dovette ritrarsi per evitare i loro affondi. Le punte maligne delle lunghe aste lignee s'insinuarono sopra e in mezzo alle rocce, e uno dei soldati romani fu troppo lento per sottrarsi al colpo, che lo raggiunse allo stinco. Crollò a terra con un grido strozzato, si trascinò indietro e lasciò libero il suo settore, dove il suo feritore poté avvicinarsi e iniziare a scavalcare la roccia. Costantino vi si precipitò e il nemico, nel vederlo, affondò di nuovo la lancia. Il tribuno si scansò con un movimento repentino del busto, afferrò l'asta e diede un violento strattone, che strappò l'arma dalle mani del persiano. Questi, sbilanciato, cadde ai suoi piedi, e Costantino utilizzò la stessa lancia che gli aveva sottratto per inchiodarlo al terreno, con un affondo in verticale che lo trafisse in mezzo alle scapole.

Nel frattempo, il soldato zoppo si era rialzato e lo aveva raggiunto. «Posso farcela, tribuno», gli disse. Costantino lo guardò perplesso, ma quando una nuova lancia s'insinuò al loro fianco, l'uomo fu pronto a calare la spada sull'asta con un colpo secco, spezzandola in due e rendendola inservibile. Costantino annuì compiaciuto e recuperò la propria posizione, appena in tempo per aiutare un compagno contro l'assalto di due guerrieri avversari. I persiani si arrampicarono sulla sommità della barriera rocciosa, rendendosi così vulnerabili alla lancia del romano, che ne centrò uno in pieno viso, bucandogli un occhio. L'uomo emise un grido straziato di dolore, si portò le mani al viso e crollò addosso al commilitone, che si sbilanciò esponendosi a sua volta alla spada di Costantino, cui bastò sferrare un fendente per recidergli un braccio.

Il tribuno si guardò intorno. Lungo la barriera, i suoi sembravano avere il controllo della situazione. Almeno sei cadaveri giacevano sulle rocce o subito ai piedi, ed erano tutti nemici. Altri tre si trascinavano feriti lungo il pendio. A quel punto, gli altri iniziarono a ripiegare, consapevoli di non avere alcuna speranza di espugnare il caposaldo. Andarono a sistemarsi a debita distanza, ma una parte prese la via della pianura. Senza dubbio, si disse Costantino, per andare a reperire rinforzi. Era chiaro che la loro postazione poteva essere conquistata solo con una schiacciante superiorità numerica.

Ma il giovane non aveva intenzione di limitarsi a subire la pressione nemica. Era rimasto lì per un preciso motivo. Ordinò ai suoi di tenere d'occhio gli avversari e si spostò a ridosso della cresta che lo sovrastava. Poi iniziò a scalarla, inerpicandosi lungo la roccia. Quando arrivò in cima, era ricoperto di tagli e abrasioni. S'issò in piedi e contemplò la pianura sottostante. L'esercito nemico aveva iniziato a muoversi, ma sempre sotto la copertura delle pelli. Una parte stava risalendo il pendio, un'altra aggirava l'altura, e il re dei re era con la prima colonna. Era chiaro che intendevano sorprendere l'armata di Galerio con una manovra a tenaglia: frontalmente con le truppe in basso, sul fianco con quelle che si accingevano ad appostarsi sopra la collina rocciosa.

Ma quello che lo preoccupava era la macchia scura che avevano notato in precedenza verso l'orizzonte. Gli parve che si stesse avvicinando, il che escludeva che si trattasse di vegetazione. Poi guardò dalla parte opposta e vide approssimarsi l'armata romana. Anche quella, sullo sfondo, era seguita da un'altra macchia scura.

E all'improvviso, gli fu tutto chiaro. Galerio aveva pensato di sorprendere il nemico facendosi seguire da una riserva, che sarebbe dovuta intervenire quando i persiani ritenevano di avere in pugno gli avversari; era la presenza della riserva che avrebbe dovuto fare la differenza, rispetto alla precedente sconfitta.

Il problema era che il re dei re aveva avuto la stessa pensata. Anche lui aveva tenuto a debita distanza un ulteriore contingente, pronto a subentrare al momento opportuno.

In quel momento sentì, appena sotto di sé, nitriti di cavalli e scalpiccio e urla. Guardò oltre il drappello dei suoi uomini e vide che risaliva il pendio, verso la sua postazione, un distaccamento di decine, forse centinaia di guerrieri, anche in armamento pesante. Avevano deciso di dedicarsi a lui e ai suoi uomini subito, dunque.

Stavolta, le difese non avrebbero retto. Ma non importava più, ormai; quel che importava, era avvertire Galerio che lo attendeva un'imboscata.

Doveva trovare il modo di andare via di lì, subito. Prima che lo bloccassero del tutto.

Ma proprio in quel momento, con un urlo corale, i soldati nemici si lanciarono all'attacco del suo caposaldo.

VII

«Questa, secondo me, è sedizione», dichiarò Massenzio con un sorriso malizioso, rivolgendosi con tono mellifluo al vescovo Marcellino. Sesto Martiniano represse a stento un gesto d'insofferenza: quando aveva chiesto agli imperatori di entrare a far parte del corpo dei pretoriani, non aveva immaginato di finire a fare da balia alle bravate del figlio dell'augusto. Ma era esplicito desiderio di Massimiano che un ufficiale e una piccola scorta accompagnassero Massenzio ovunque andasse e lo proteggessero perfino dai guai che gli procurava il suo carattere esuberante. E poiché si trattava di un compito ingrato e detestato da tutti, il prefetto del pretorio lo aveva assegnato a lui, che era il tribuno con la minore anzianità di servizio.

Massenzio non era un cattivo ragazzo, Martiniano ne era convinto. Solo, aveva una concezione spropositata della sua regalità, e aveva preso molto sul serio il titolo di Erculeo che si era attribuito il padre, ascrivendolo anche a se stesso in quanto della stessa stirpe. Dava per scontato di poter aspirare a essere il prossimo cesare, ma non faceva nulla di concreto per prepararsi all'evenienza, e Martiniano era certo che Massimiano, e soprattutto Diocleziano, lo avessero notato: i due imperatori erano gente che si era fatta da sé, e per la tetrarchia che avevano escogitato pretendevano uomini in gamba e con esperienza militare alle spalle. Dubitava che, quando fosse arrivato il momento, avrebbero scelto lui come erede. Ma il ragazzo, giunto a poco più di vent'anni senza aver mai ricoperto alcuna carica che non fosse meramente onorifica, non se ne preoccupava.

«Da quando in qua, principe, dar da mangiare ai bisognosi è sedizione?», rispose il vescovo, con un leggero tremolio nella voce.

«Da quando i soldi accumulati per queste donazioni sono sottratti all'erario, per esempio. O da quando non si fanno sacrifici all'imperatore prima di dare inizio a una cerimonia», rispose Massenzio, estraendo la strada e provocando un vistoso brivido in Marcellino, che si irrigidì. La lama passò lentamente sul sacco di farina tenuto da una donna, che si squarciò riversando il contenuto sull'elegante pavimento a mosaico della domus. La donna fece uno scatto all'indietro, e Sesto ne notò solo allora i lineamenti.

Lei.

Sentì una stretta allo stomaco per l'emozione, e le parole dei protagonisti della scena da allora gli giunsero soffuse, come se provenissero da una stanza al di là del muro.

«Perdonami, principe», insisté il vescovo. «Ma questo denaro proviene da libere donazioni di cittadini che contribuiscono già in modo significativo all'erario. E questa è una distribuzione caritatevole, non una messa o una qualsiasi altra cerimonia; quindi non è necessario compiere un sacrificio all'imperatore più di quanto lo sia farlo prima di una lezione del magister a scuola».

Massenzio abbandonò il suo sorriso beffardo e assunse un'espressione contrariata. Visibilmente imbarazzato per essersi reso conto di non avere argomenti, si schiarì la voce e infine rispose: «Se anche fosse, visto che sei in mia presenza pretendo che tu faccia un sacrificio in onore degli imperatori. Varrà per tutte le volte che, mi dicono, non li fate prima di una delle vostre cerimonie».

«Ma non abbiamo l'obbligo di celebrarli, questi sacrifici», rispose di nuovo prontamente Marcellino.

«La legge li prescrive», insisté Massenzio.

«Vorrà dire che li faremo la prossima volta che celebreremo messa», tentò di rabbonirlo il vescovo.

«*Adesso. Li pretendo adesso.* Voglio vedervi pregare per la salute di mio padre, come farebbe ogni buon cittadino romano», replicò stizzito il giovane principe.

La fronte di Marcellino divenne madida di sudore. Il vescovo tacque per qualche istante, guardando i suoi fedeli. Nel frattempo, molti poveri avevano abbandonato la fila e si erano discretamente dileguati oltre il vestibolo. Altri rimanevano immobili, impietriti dalla paura.

Sesto ebbe timore per Minervina. «Principe, sono certo che se concordiamo una data in cui potrai presenziare a una loro funzione, ti accoglieranno con un sacrificio al tuo divino padre, affinché tu possa verificare il loro rispetto per le istituzioni», azzardò rivolgendosi a Massenzio. «L'augusto non desidera disordini, e di certo non ha nulla contro i donativi ai poveri».

Massenzio lo guardò come se si accorgesse di lui per la prima volta. Corrugò la fronte e sembrò riflettere, poi fissò con sguardo torvo i presenti. Si batté la lama di piatto sul palmo della mano sinistra, sbuffò e infine dichiarò. «Non m'interessa presenziare a una delle cerimonie di questi dementi. Ci andrai tu, tribuno, e mi riferirai il loro comportamento, visto che hai fatto questa proposta. Ora andiamocene via, lontano da questa feccia».

A Sesto non rimase che annuire. E mentre Massenzio si voltava per andarsene, fece cenno ai soldati di accompagnarlo. «Io rimango a prendere accordi per la data, principe», disse al giovane. Poi, quando Massenzio fu uscito, si avvicinò a Marcellino. «So che celebrate le vostre cerimonie di domenica. Sarò qui la prossima, a quest'ora. E per favore, vedete di dimostrarmi che siete dei sudditi rispettosi dell'imperatore».

Il vescovo annuì e Sesto aggiunse: «Bene. Visto che siamo d'accordo, permettimi adesso di scambiare due parole con quella signora. Vorrei presentare i miei rispetti al suo illustre marito. Voi riprendete pure le vostre distribuzioni». Quindi si spostò verso Minervina, e la invitò a seguirlo dal lato dell'atrio opposto a quello dove era radunata la gente.

«Sembra che gli dèi ci abbiano offerto un'occasione per parlarci finalmente, mia signora», le sussurrò in modo che gli altri non sentissero.

Lei lo guardò in tralice. Eppure quegli occhi, di un azzurro chiaro e intenso lo fecero trasalire. «Mi sarei aspettata che lo facessi molto tempo fa, tribuno. Ma forse eri troppo impegnato ad assecondare le tue ambizioni di carriera...», rispose con un broncio che a Sesto parve delizioso.

«Avrei voluto, credimi. Più di ogni altra cosa. Non c'è stato giorno che non ti abbia pensato, da quando ti ho visto, in Britannia, tre anni fa», replicò. «Ma sei stata promessa in sposa a quell'uomo prima che io potessi prendere qualsiasi iniziativa».

«Potevi chiedere all'imperatore. Se ti fossi proposto come marito anche tu, l'augusto avrebbe potuto valutare la tua offerta. In quel momento non ti avrebbe rifiutato nulla». Il suo tono era dolce, a dispetto delle sue parole aspre. Non sembrava che quella donna fosse capace di essere sgradevole.

«Di fronte all'offerta di tuo marito, non avrei potuto competere. È un uomo che ottiene sempre quello che vuole, e conta ben più di me e della mia famiglia. Io sono il figlio di un traditore, o presunto tale. Proprio come te».

Minervina tacque, evitando di incrociare il suo sguardo. La vide serrare le labbra, e desiderò baciarla più che mai. «Per me non è cambiato nulla», disse infine la donna.

Era una proposta? Sesto si sentì pervadere dall'emozione. La sola idea di poter avere tra le braccia una ragazza così bella, capace di unire la dolcezza alla sensualità come nessun'altra, lo fece fremere di eccitazione. La sua natura maschile lo spingeva violentemente ad approfittare della circostanza. Ma il suo orgoglio lo frenò all'istante.

«Per me sì», rispose lui, dando alle sue parole molta più enfasi di quanto avrebbe voluto. «Sei sposata, ora. Porta i miei rispetti a tuo marito e digli che non ho dimenticato». Poi mise a tacere le sue pulsioni e si voltò, incamminandosi verso l'uscita.

E mentre si faceva strada tra la gente, si biasimò per essere stato tanto stupido e aver permesso al suo orgoglio di ottenebrare la sua mente, inducendolo a dimenticare, per un istante, che era la moglie di Osio.

L'assassino di suo padre.

Portarsela a letto sarebbe stata una sorta di vendetta, nell'impossibilità, per il momento, di punirlo come avrebbe meritato.

Ma la verità, ammise con se stesso, era che non l'avrebbe fatto come dispetto a Osio, bensì perché lo desiderava più di ogni altra cosa al mondo. Era stata la sua coscienza a rifiutare, non il suo orgoglio. Non voleva macchiare un sentimento tanto puro, come quello che aveva provato fin dal primo momento che l'aveva vista ormai donna, con meschini istinti di rivalsa.

Stavolta poteva lasciarli lì, i suoi uomini, senza il rischio di apparire un codardo. Costantino era consapevole di rischiare ancora più di loro, abbandonando il caposaldo dentro al quale si erano trincerati. I suoi soldati, almeno, avrebbero avuto la possibilità di resistere dietro le rocce alla marea umana che si apprestava ad attraversare l'altura; lui, invece, si sarebbe avventurato da solo in una pianura brulicante di persiani, per avvertire l'imperatore della trappola in cui stava per cadere.

Ammesso che fosse riuscito ad arrivare a valle tutto intero.

Dalla parte di fronte al punto in cui erano asserragliati i suoi uomini non poteva scendere: il nemico ne stava occupando il pendio in tutta la sua estensione. Gli rimaneva solo il versante più ripido, verso il quale era salito per scrutare meglio l'orizzonte. Ma se la sua orografia lo aveva garantito dal rischio di essere assalito alle spalle, lo stesso motivo rendeva la discesa un'impresa ai limiti dell'impossibile.

Ma andava fatto, a ogni costo. Comunicò la sua decisione al soldato che lo aveva seguito rimanendo poco più in basso, in attesa dei suoi ordini. Costantino si fece lanciare il suo scudo e lo congedò, augurandogli buona fortuna. Poi prese a fissare il baratro. In basso non c'era nessuno: tutti i persiani erano o sopra l'altura o, per la gran parte, dal lato opposto, dove più facili erano i collegamenti tra i due tronconi in cui si era diviso l'esercito del re dei re. Con una corda legata a uno degli spuntoni di roccia della cresta, sarebbe disceso con relativa sicurezza, ma senza poteva solo provare a scivolare giù, sperando che qualche masso disseminato sul terreno non lo squarciasse. Era troppo ripido perché potesse anche solo immaginare di scendere camminando o correndo.

L'unica possibilità era usare lo scudo.

Esitò ancora. Gli pareva una follia. Le probabilità che si sfracellasse erano molto più alte di quelle di sopravvivenza. E se anche se la fosse cavata, sarebbe stato in grado di correre verso l'imperatore per avvisarlo, o sarebbe stato così malconcio da trasformarsi in una facile preda per gli eventuali inseguitori persiani? Capì che doveva buttarsi e basta. Camminò fino al ciglio, oltre il quale si apriva qualcosa di simile a uno strapiombo, e cercò d'individuare una traiettoria che gli consentisse, per quanto possibile, di evitare le rocce affioranti dal terreno. Dopo averne stabilita una, poggiò lo scudo a terra e vi si sedette sopra, poi estrasse la spada dal fodero. Quindi si spinse giù adagio, evitando di prendere velocità con la spada, che puntò in terra davanti a sé usandola come freno. Con l'altra mano tenne attaccato lo scudo al proprio fondoschiena.

Fin da subito si accorse che non solo frenare era impossibile, ma che se insisteva a incidere il terreno rischiava di capovolgersi. Sentì il vento caldo del deserto sferzargli il viso, mentre prendeva sempre più velocità. Il cuore prese a pulsargli nel petto con forza, i battiti accelerarono, mentre lo stomaco gli si contraeva. I sobbalzi si facevano a ogni istante più violenti, mentre un bruciore sempre più intenso alla mano sinistra, che teneva il bordo dello scudo, gli fece capire quanto spesso il dorso stesse strusciando il terreno. Dall'alto, il tratto da percorrere gli era parso breve, e aveva sperato di non fare in tempo a prendere velocità, prima di arrivare a valle. Ma si rese conto di essere diventato una saetta quasi subito, a dispetto dei suoi tentativi di evitarlo. Ormai non riusciva più a controllare né la traiettoria, né la sua stabilità sullo scudo.

Si vide sulla direttrice di uno spuntone di roccia, prossimo a schiantarsi. Dovette pensare in una frazione di secondo a come evitarlo. Un istante prima, abbandonò lo scudo e si tuffò di lato. Si schiantò violentemente sul terreno pietroso, sentendosi come aggredito da mille pugni lungo tutto il corpo. Rotolò nella polvere, subendo colpi su colpi, senza più capire dove si trovasse e in quale posizione. La testa gli girava vorticosamente, e solo la presenza dell'elmo gli evitò di subire contraccolpi fatali; ciò nonostante, sentì le tempie pulsare all'impazzata, e il rivestimento di cuoio interno non fu sufficiente a ripararlo dagli impatti continui del metallo contro terreno e sassi.

Quando si fermò, non fu certo di essere del tutto cosciente. Non c'era parte del corpo che non gli dolesse, e il suo primo pensiero fu che non ce l'avrebbe fatta a rialzarsi. Poi si rese conto che non aveva più né spada né scudo. Chiunque sarebbe stato in grado di farlo fuori in un istante. Non si era mai sentito tanto impotente e fu assalito da un timor panico. Si guardò intorno, ma la vista era annebbiata e il dolore lo induceva a contorcersi e a strizzare gli occhi. Si costrinse a mettersi almeno seduto, e solo allora si rese conto che la mano sinistra era letteralmente maciullata. Dovette sostenersi solo col braccio destro, lungo il quale grondava copioso il sangue, fuoriuscito da numerosi tagli.

Quando la vista tornò a schiarirsi, non gli parve di notare persiani intorno o nelle vicinanze. Invece vide delinearsi il profilo dell'armata imperiale, che si stava avvicinando a lui. Galerio era pericolosamente prossimo all'altura, dove sarebbe stato sorpreso da ben tre colonne nemiche. Si sforzò per rialzarsi, ma sentì subito che le gambe gli cedevano. Le osservò, costatando che i pantaloni erano laceri e insanguinati, ma non gli parve di avere nulla di rotto. L'armatura lo aveva protetto da eventuali lesioni a costole e vertebre, il dio Apollo da fratture agli arti. Eppure, i dolori erano quasi insostenibili, e le contusioni si facevano sentire non appena sottoponeva i muscoli a uno sforzo. Si sentiva come se fosse emerso da una rissa in cui aveva avuto la peggio, ma non era intenzionato a mandare all'aria l'impero, la sua carriera e la sua stessa vita per non essere riuscito a vincere il dolore. Ben altre sfide avrebbe dovuto vincere, nella vita, per conseguire gli obiettivi che si era prefissato.

Emise un ruggito e si alzò in piedi. Pur barcollando, riuscì a fare un passo avanti, poi un altro e un altro ancora, finché il dolore non divenne un compagno di viaggio naturale. A mano a mano la sua andatura aumentava, ma solo dopo quella che gli parve un'eternità riuscì a tenere un passo di marcia quasi soddisfacente. Tuttavia non era abbastanza. Doveva correre, se voleva avere qualche speranza di rendersi utile. Provò ad aumentare la cadenza, ma i suoi piedi si trascinavano sul terreno, urtando nel pietrame disseminato sotto le sue scarpe chiodate. Si diede la forza per andare oltre i propri limiti immaginandosi su un trono, al pari di Diocleziano, e decise che per nulla al mondo avrebbe rinunciato a rendere realtà quell'immagine. E come per magia, le sue gambe iniziarono a macinare terreno.

Ma più correva, più la vista gli si appannava per lo sforzo. Temette di svenire da un momento all'altro. Intravedeva le sagome sempre più grandi dei romani, ma era tutto sfumato, confuso, e per qualche istante non fu più tanto sicuro che si trattasse di commilitoni. Si sentì soffocare e un attimo dopo si ritrovò braccia e ginocchia a terra, carponi. La mano sinistra non resse e tutto il suo corpo crollò nella polvere. Inseguì di nuovo l'immagine della sua regalità futura. Si rialzò facendo forza proprio sul palmo maciullato, per sconfiggere con una scossa di vitalità il suo bisogno di abbandonarsi all'incoscienza. Fece qualche altro passo e crollò di nuovo. Si rialzò ancora, trascinandosi in avanti. D'improvviso si sentì sostenere da una stretta vigorosa.

«Principe, cosa è successo? Stai bene?». La voce gli giunse come un'eco lontana, e impiegò del tempo per distinguere le parole.

Vide davanti a sé un centurione, mentre due soldati lo sostenevano. «L'imperatore… Devo parlare subito con lui», mormorò.

«Non temere, gli uomini che hai mandato ad avvisarci sono arrivati e ci hanno già informato. Sappiamo dei persiani», rispose l'ufficiale. «Ci stiamo schierando a battaglia, infatti».

«No… non sapete tutto… Devo parlare con l'imperatore», insisté.

«L'imperatore è al centro, lontano da qui. Di' pure a me, Costantino. Il cesare ha affidato a me quest'ala».

Costantino vide avvicinarsi Licinio. Sentì subito le forze tornare dentro di sé e si liberò con uno strattone del sostegno dei due soldati: non voleva farsi vedere debole da un rivale. Poi represse a stento un gesto di stizza. Avrebbe preferito mettersi in mostra con Galerio, piuttosto che passare attraverso uno dei suoi più infidi subalterni. Ma non aveva scelta: non c'era tempo da perdere. «I persiani stanno usando la nostra stessa strategia. Le due colonne all'altezza di quest'altura non solo le sole. Hanno una riserva poco distante», dichiarò.

Licinio lo guardò con diffidenza in silenzio, poi scosse la testa. «Tu vaneggi. E nelle tue condizioni, non mi stupisce. Mettetelo a riposo nelle retrovie», comandò al centurione, poi si voltò per andarsene, si fermò e si rivolse di nuovo ai subalterni. «Anzi, mettetelo agli arresti: ha abbandonato i suoi compagni, questo codardo», ordinò, allontanandosi poi definitivamente.

"Verrà?", continuava a chiedersi Minervina, rigirandosi sul divanetto dove aveva scelto di attendere l'uomo che non aveva smesso un istante di essere presente nei suoi pensieri, dal giorno in cui lo aveva incontrato all'agape, una settimana prima. Più trascorreva il tempo dell'attesa, più quel che aveva fatto le sembrava sempre assurdo e inconcepibile, per una come lei: mandare un messaggio a un uomo con cui aveva scambiato solo poche parole in precedenza, inviargli una proposta per un incontro clandestino, escogitare una scusa per giustificare la sua uscita serale di casa mentre il marito era fuori città, esponendosi al rischio di ritrovarsi sola con lui in un edificio di periferia. Aveva affittato l'appartamento per una sera sola, tenendo all'oscuro perfino la propria ancella, contattando ai mercati di Traiano un'ostessa che, le avevano detto i suoi schiavi una volta, aveva investito i propri denari in immobili. Sperava che la solidarietà femminile non la tradisse, e l'aveva pagata anche più del valore dell'affitto, per comprare anche la sua discrezione.

E tutto, per un uomo che probabilmente non sarebbe neppure venuto. Almeno questo l'autorizzava a pensare il comportamento di lui all'agape. Ma Minervina contava invece su quel che le era parso li legasse fin dal primo momento, in Britannia, tanti anni prima; non si era mai sentita guardata in quel modo, con due occhi che la avvolgevano come in un abbraccio e la facevano sentire protetta e rassicurata. Aveva creduto di leggere di nuovo quello sguardo, una settimana prima, e glielo aveva scritto, nel messaggio che aveva inviato al Castro Pretorio, sperando di smuovere il suo animo che si era mostrato irremovibile, in quell'occasione.

Ma ora cominciava a nutrire dubbi. Che follia era quella? Non sarebbe venuto, e lei si sarebbe umiliata davanti a lui. Anzi, forse non solo davanti a lui: magari Sesto aveva mostrato la sua lettera a tutti i camerati, e l'aveva svergognata. Oppure sarebbe venuto e le avrebbe fatto del male; in fin dei conti, non aveva lasciato detto a nessuno dov'era veramente, e l'edificio non aveva neppure un custode: se le fosse capitato qualcosa, nessuno avrebbe potuto accusare Sesto; e se fosse scomparsa, nessuno avrebbe saputo dove cercarla.

Aveva fatto una sciocchezza colossale. Si alzò dal triclinio, decisa ad andarsene prima che fosse troppo tardi. Ma poi le venne in mente che i portantini del trasporto pubblico che aveva assunto per l'occasione, per non coinvolgere gli schiavi domestici, se ne erano andati; aveva ordinato loro di tornare poco dopo l'alba, perché non voleva che avessero motivo di sparlare, se avessero visto arrivare Sesto. Le voci correvano veloci, a Roma, e sia lei che Martiniano, un tribuno pretoriano, erano personaggi pubblici.

Improvvisamente iniziò ad avere più paura che lui arrivasse davvero. Sola, con un estraneo, che aveva per giunta dei motivi di risentimento verso suo marito e avrebbe potuto farle del male per nuocere a Osio Non lo aveva considerato. Decise che rischiava di meno tentando di raggiungere casa sua da sola, nonostante tutto. Corse verso la porta d'ingresso, la aprì e vide che era già scuro. Le strade tutt'intorno erano buie, il cielo velato da una coltre di nubi che irretiva la luce delle stelle e della luna. Quella non era una delle vie principali, che la gente e i carri autorizzati a varcare le mura solo dopo il tramonto percorrevano di notte facendosi accompagnare dalle torce; e Minervina era consapevole che la gente ricca si avventurava in strada nelle ore notturne solo con una scorta armata, mentre i poveri non vi si avventuravano affatto. Non c'era niente di più facile che rimanere vittime di grassatori.

Eppure doveva tentare: forse aveva più possibilità di cavarsela così, che rimanendo in casa alla mercé di un uomo che aveva più motivi per odiarla che per amarla.

Trasse un profondo sospiro, strinse i pugni e si mosse in avanti, quando d'improvviso un'ombra si materializzò davanti a lei, bloccandole la strada. Minervina lanciò un urlo e fece per rientrare in casa d'istinto, ma quello la afferrò per le braccia, mormorandole qualcosa che le sue grida non le permisero di capire. Sferrò un calcio verso le gambe dello sconosciuto, che ebbe un sussulto ma non mollò la presa.

«Minervina! Mi-ner-vi-na! Sono io, Sesto Martiniano!».

Impiegò ancora qualche istante per rendersi conto che l'uomo la stava chiamando per nome. Si bloccò e lo fissò finalmente in viso.

Era lui.

Ed ebbe ancor più paura.

Costantino non si dava pace. Non solo l'esercito di Galerio rischiava una disfatta di proporzioni immani, che si sarebbe ancora potuta evitare, ma lui sarebbe passato addirittura per un codardo. E tutto per colpa di Licinio. Se mai fosse riuscito a diventare imperatore, gliel'avrebbe fatta pagare. Il problema era che, per come si erano messe le cose, molto presto non sarebbe diventato altro che un cadavere, se non ucciso dai persiani vincitori, giustiziato dagli stessi romani per vigliaccheria.

Il corpo gli doleva in ogni punto, ma si sentiva perfino pronto a combattere, se glielo avessero permesso. Tuttavia c'erano guardie ovunque, che lo sorvegliavano a vista. Lo avevano messo tra le salmerie, lontano dalla prima linea, appena dietro un'asperità rocciosa di modesta altezza, ma sufficiente a celare al nemico la riserva, schierata appena oltre; non avrebbe potuto raggiungere Galerio senza farsi strada con la forza. La sua unica speranza era parlare con qualche pezzo grosso, che lo tirasse fuori dai guai e gli permettesse di cambiare il corso della battaglia, ormai segnato in modo nefasto dalla dissennata decisione di Licinio. Ma non aveva nessuno a cui rivolgersi: in una corte dove tutti potevano aspirare alla successione imperiale, tutti i pezzi grossi lo consideravano un potenziale rivale, e non lo avrebbero aiutato affatto. Rimpiangeva di non poter servire sotto suo padre; qualunque incomprensione fosse sorta con gli altri alti ufficiali, avrebbe sempre potuto appellarsi a lui, che lo avrebbe trattato sempre con un occhio di riguardo. Perché mai lo avevano separato da Costanzo, costringendolo a militare sotto gli altri imperatori, mentre Massimino Daia poteva servire sotto il proprio zio?

Pensare al nipote di Galerio gli fece venire un'idea. Chiamò la sentinella più vicina: «Tu! Fa' venire qui il tribuno Massimino Daia. Voglio parlare con lui, subito!», con tutta l'autorità di cui era capace.

L'uomo lo guardò con fastidio, poi si girò dall'altra parte.

«Sto parlando con te!», insisté. «Lo sai chi sono? Non dare per scontato che il figlio del cesare Costanzo venga punito, amico. E un domani potrei ricordarmi di chi mi ha ostacolato…».

L'uomo sbuffò, poi assunse un'espressione imbarazzata. Fissò i compagni, che si voltarono a loro volta, non volendo avere nulla a che fare con una decisione così delicata. Probabilmente, si disse Costantino, furono contenti che non l'avesse chiesto a loro.

«Viceversa, se ne esco bene, per te ci sarà una grande ricompensa. Mio padre saprà essere molto generoso…», aggiunse, per incoraggiarlo. Una minaccia, rifletté, è più efficace se accompagnata da una blandizia. Avrebbe dovuto tenerlo a mente anche per il futuro, per ottenere dai subalterni il massimo impegno.

Lo sentì giustificarsi col commilitone dicendo che, in fin dei conti, doveva solo far sapere al nipote dell'imperatore che Costantino era agli arresti e desiderava parlargli. Il giovane lo vide allontanarsi e parlare con un altro soldato che bighellonava nei pressi, poi tornare al suo posto. Attese impaziente: ogni istante era prezioso, per evitare la catastrofe. Intanto, poteva osservare in lontananza le truppe schierarsi su tre colonne, mentre la riserva prendeva posizione appena dietro di lui. Studiò con interesse lo schieramento romano, notando che l'imperatore aveva allestito un'ala destra più consistente di quella opposta, aggiungendovi la cavalleria. Era chiaro il suo intento, si disse, di prendere il nemico in una morsa tra la fronte e il fianco, per bloccarlo fino all'arrivo della riserva. Ma Galerio non sapeva che il suo stesso fianco sarebbe stato presto investito dalla riserva persiana, di cui ignorava l'esistenza.

«In che guaio ti sei cacciato?». La voce di Massimino Daia interruppe le sue riflessioni.

«*In che guaio si è cacciato l'imperatore*, vorrai dire», fu pronto a rispondere. Non appena il tribuno gli fu vicino, gli raccontò cosa aveva visto.

«E quell'imbecille di Licinio non ha dato ascolto alle tue parole?», chiese incredulo Daia.

«Mi ha sempre detestato, e ne ha approfittato per umiliarmi».

«Lo so. Detesta anche me, suppongo per lo stesso motivo: ai suoi occhi non ho altro merito che essere il nipote dell'imperatore», ammise Daia.

Costantino, almeno su questo, tendeva a essere d'accordo con Licinio, ma era disperatamente alla ricerca di un alleato, e si guardò bene dall'esprimere la propria opinione. Disse invece: «Allora dovremo fare fronte comune contro di lui. Fammi liberare e andiamo insieme da tuo zio ad avvertirlo del pericolo».

«E dei guai in cui Licinio, per fare dispetto a te, ha ficcato il nostro imperatore».

«*E dei guai in cui Licinio, per fare dispetto a me, ha ficcato il nostro imperatore*», ripeté Costantino.

Massimino rimase qualche istante in silenzio. Costantino fu certo che stesse valutando l'opportunità di andare da solo da Galerio a metterlo in guardia, prendendosi tutto il merito dell'operazione; in fin dei conti, anche se per poco, il nipote dell'imperatore era stato in avanscoperta con lui, e avrebbe potuto rifilare qualche menzogna allo zio. Non c'era di fidarsi di lui come non c'era da fidarsi di Licinio, e probabilmente stava valutando di quale rivale gli conveniva liberarsi prima. Costantino doveva augurarsi che il giovane temesse Licinio più di quanto temesse lui.

«Guardie, io vado via con il figlio del cesare Costanzo. Lasciateci passare», disse infine, provocando un vistoso sospiro di sollievo in Costantino.

Le sentinelle esitarono, guardandosi l'una con l'altra. Una disse: «Ma… il tribuno è agli arresti».

«Per ordine di un legato, non dell'imperatore. Io vengo a nome del cesare Galerio e me ne assumo la responsabilità».

I soldati esitarono ancora, ma poi si aprirono, permettendo a Massimino e Costantino di passare. I due salirono a cavallo e galopparono fino alla prima linea, ma proprio allora sentirono le trombe suonare il segnale d'attacco.

Le truppe iniziarono a marciare verso il nemico. La battaglia era cominciata.

Sesto non seppe cosa pensare. Lei lo aveva riconosciuto, eppure era ancora recalcitrante. «Minervina, sono io. Mi hai chiamato tu qui. Ho con me il tuo biglietto», le sussurrò con il tono più dolce di cui era capace.

La donna lo guardò con espressione spaventata. Sesto cercò di rassicurarla con lo sguardo, cercando di trasmetterle tutto ciò che aveva provato quando l'aveva vista per la prima volta, come lei le aveva riferito nella lettera. Si sforzò di farle capire con un sorriso e con gli occhi fissi su di lei che faceva già parte di lui.

Funzionò. La donna parve rilassarsi, i tratti del viso si ammorbidirono. «Tu… non mi faresti mai del male, vero?», mormorò con un tono da bambina che a Sesto fece venire i brividi per la tenerezza.

«Sarebbe come farne a me stesso», le rispose, lasciandole un braccio e portando la mano alla guancia della donna, sulla quale indugiò qualche istante, accarezzandone la pelle levigata. Minervina si appoggiò sul suo palmo, chiudendo gli occhi e accennando un sorriso. Le lasciò anche l'altro braccio, ma lei glielo riprese e gli strinse la mano. Abbandonò ogni remora: era la moglie di Osio, ma prima ancora era la donna che aveva amato fin dal primo istante in cui l'aveva vista. Lei abbassò il viso, imbarazzata, lui spostò la mano dalla gota al mento, che le sollevò con delicatezza. Cercò il suo sguardo e lo trovò, caldo e avvolgente, ma nello stesso tempo innocente e candido. In un istante, quasi senza accorgersene, le due bocche furono più vicine, e le labbra si fusero in un bacio che coronava quattro anni di sospiri.

La cinse a sé, accorgendosi solo in quel momento di quanto fosse magra. Sentì le sue costole premere sullo sterno, e fu impressionato dalla prominenza delle anche, che sembravano quasi fuoriuscire dal sottile strato di carne che le rivestiva. Sentì perfino il suo cuore battere, come se nulla lo proteggesse se non il vestito. Ma si fece rapire dalle labbra che si avviluppavano alle sue con disperazione, permettendogli di gustare un respiro, un alito e un sapore che gli fecero desiderare di vivere in un mondo fatto di quelle sensazioni. Era tutto così delicato e naturale che non gli parve di baciare un'altra persona, ma qualcuno cui fosse abituato fin dalla nascita, un altro se stesso.

D'improvviso, Sesto si rese conto che erano ancora davanti all'uscio, con la porta aperta. Si staccò da lei a fatica, la sollevò in braccio e la condusse dentro. Minervina lo lasciò fare, anzi gli mise le braccia intorno al collo e reclinò la testa sul petto. Il pretoriano percorse il corridoio che gli permise di accedere a una sala con un modesto e limitato arredamento. La adagiò su un triclinio di fattura dozzinale e con buchi nei cuscini, e si sedette accanto a lei. Poi riprese a baciarla, lasciando scorrere le sue mani sul

collo lungo e affusolato, accarezzandole le spalle eleganti, e poi scendendo sul petto, appena accennato ma con i capezzoli turgidi e prominenti.
Lei sospirò con una voce roca che non avrebbe mai immaginato potesse
avere; da bambina, si era improvvisamente trasformata in una donna.
Decise allora che sarebbe andato avanti finché lei non lo avesse fermato.

Si slacciò il mantello e, vedendo che lei lo scrutava con un misto di
curiosità, ammirazione e desiderio, proseguì con la dalmatica, rimanendo a torso nudo. Poi si sedette di nuovo accanto a lei e riprese ad
accarezzarla lungo tutto il corpo. Si soffermò in mezzo alle gambe, ma
lei, imbarazzata, perfino impaurita, gli parve, arretrò. Lui le sorrise e riprese ad accarezzarle il seno, poi la baciò, dapprima delicatamente, quasi
sfiorandole le labbra e la lingua, poi in modo più focoso, provocandole
nuovi ansimi. E più le labbra di lei lo avviluppavano, più desiderava
rimanervi attaccato. Sentì la propria bocca fondersi completamente con
la sua, si sentì divorato da una forza inimmaginabile, in quella donna
tanto minuta. Riuscì a staccarsi con grande fatica, ma solo per provare
a toglierle la stola. Lo lasciò fare docilmente, e allora Sesto le slacciò la
cintura della tunica e le sfilò anche quella.

Minervina s'irrigidì, imbarazzata. Sesto la osservò, stupendosi della sua
magrezza. Le gambe erano lunghe ma filiformi, quasi ridotte al semplice
osso avvolto di pelle. Le vertebre erano perfettamente visibili e le spalle,
pur ampie, erano ossute e un profondo solco si delineava sotto ciascun
tricipite. Il ventre era completamente piatto, le braccia sottili e lunghe.
In un attimo lo avvolse, attirandolo a sé come per impedirgli di scru-
tarla. Sesto riprese a baciarla, sul collo, lungo le spalle, sul petto, poi si
staccò per fissarla di nuovo. La sua pelle sembrava trasparente, come
una pergamena molto sottile.

Sentì di non essere capace di reagire come avrebbe desiderato. All'altezza del bacino, non sentiva il calore che si aspettava di provare. Era
eccitato, la bramava, ma era anche disorientato da quel corpo che gli
pareva quello di una bambina. Ed emozionato anche dalla forza dei
propri sentimenti per quella donna che sembrava in tutto e per tutto
una fanciulla spaesata e ingenua, bisognosa di protezione e di tenerezza.

«Non… non ti piaccio?», intuì lei, parlando con una voce più infantile
che mai.

Sesto le accarezzò il viso. Come faceva a spiegarglielo? Gli piaceva moltissimo, la trovava la grazia personificata, ma non gli sembrava una donna: era qualcosa di profondamente diverso da ciò cui era abituato e che si sarebbe aspettato. «Certo che mi piaci», le rispose invece. «Talmente tanto che sono sicuro di trovarti ancora più bella sotto ciò che ti è rimasto addosso». Poi le slacciò la fascia pettorale. Lei si coprì istintivamente, ma lui le scostò le braccia dolcemente, guardò i suoi seni quasi inesistenti, ammirando tuttavia i due lunghi capezzoli che si stagliavano sul petto piatto; chinò il capo e iniziò a baciarli, passandovi la lingua intorno.

Minervina si ritrasse istintivamente, ma dopo pochi istanti si abbandonò lasciandosi rapire dal piacere, ansimando e afferrandogli la nuca, che spinse verso di sé. Sesto fu tentato di prenderle la mano e di porgliela sul proprio pube, ma lo sentiva ancora inerte e rinunciò. Tuttavia fece scendere la sua mano, ma prima che potesse premere tra le sue gambe, Minervina lo bloccò. Sesto le accarezzò il braccio e risalì verso il seno, che sfiorò con i polpastrelli, giocando con la sua aureola. Quindi, quando vide che si era di nuovo rilassata, scese di nuovo e le afferrò il lembo del perizoma iniziando a sfilarglielo, e infilando l'altra mano tra le natiche. Sentì un gluteo morbido e accogliente, nel quale affondavano i suoi polpastrelli, e provò finalmente un brivido. Lei si lasciò sfilare l'indumento, ma poi serrò le gambe non appena la mano di Sesto cercò il suo sesso.

L'uomo provò a far danzare le dita lungo le cosce, sperando di trovare un varco, ma la donna continuò a mantenersi rigida. Le sussurrò che non doveva aver paura, ma sentiva di averne lui stesso; se perché si trovava di fronte un corpo che non comprendeva e lo disorientava, o perché l'emozione per un incontro tanto atteso e desiderato lo paralizzava, o ancora, perché era abituato a donne più disinvolte, non sapeva dirlo.

Provò a scuoterla e a scuotersi, alzandosi e togliendosi i pantaloni. Dopo un attimo di esitazione, si sfilò anche il perizoma, quindi si stese ancora accanto a lei. La abbracciò e si toccò il membro, sentendolo crescere appena. Allora prese coraggio, le afferrò la mano e la guidò su di sé. Lei lo assecondò, ma mosse le dita impacciata, stringendo debolmente il sesso. Lui sovrappose la propria mano alla sua e ne accompagnò il movimento. Intanto, con l'altra mano cercava dolcemente di aprirle le gambe. Quando alla fine ci riuscì la sentì contratta. Che anche Minervina sentisse l'intensità del momento?

Desiderò più che mai fondersi con lei, e quando sentì il proprio membro sufficientemente turgido, si alzò e la fece sdraiare sul divanetto, pronto a entrarle dentro. La contemplò e, ancora una volta, rimase impressionato dalla sua magrezza. La circonferenza della vita e soprattutto dei fianchi era stretta in modo impressionante. Sembrava una persona che fosse stata lasciata a morire di fame, quasi sofferente. Stimolò in lui un istinto di protezione che in parte spense l'eccitazione. Quando si chinò su di lei, sapeva già che non ce l'avrebbe fatta a penetrarla.

Minervina si predispose a riceverlo con un'espressione tesa, quasi spaventata, le membra rigide. Lui le si appoggiò addosso, sentendo il contatto con le anche sporgenti, ma appena il suo membro fu tra le gambe semiaperte della donna, perse la debole consistenza che era riuscito ad assumere. Sesto se lo toccò, lo spinse addosso a lei, ma sentiva di essere bloccato, ormai, e si rimise a sedere, imbarazzato e deluso. Ma non poteva darlo a vedere, e le prese il braccio tirandola su, per farla sedere al suo fianco. La abbracciò e riprese ad accarezzarla teneramente.

«Posso… fare qualcosa per aiutarti?», disse lei sommessamente, protendendo con timidezza la mano verso il suo membro sconfitto.

Sesto fece un sorriso amaro. «Non ti preoccupare. Non dipende da te. Sei bellissima», le rispose per rassicurarla.

«Forse sì. A quanto pare, faccio questo effetto la prima volta. È capitato anche ai miei mariti».

Per Sesto non fu affatto di consolazione. Non seppe cosa dire e preferì baciarla, ritrovando quella straordinaria sensazione che aveva provato finché le loro labbra erano state unite. Non si staccarono, e pian piano le labbra smisero di muoversi, rimanendo poggiate le une alle altre. Sesto tenne gli occhi chiusi, sentendosi assalire dalla sonnolenza. Sentì che il respiro di lei era aumentato d'intensità e si lasciò trascinare in un dolce dormiveglia, che presto si trasformò in un sonno profondo.

Quando si risvegliò, gli parve che un leggero chiarore filtrasse dalla finestra. L'alba si stava avvicinando. Si ritrovò per terra, sulla stola che aveva tolto a Minervina la sera prima. La donna dormiva sdraiata accanto a lui, accoccolata lungo il suo fianco, e Sesto percepì il tepore del suo respiro, il calore delle sue membra, scoprendo con stupore che il proprio corpo, avvinghiato a quello della donna, si adattava perfettamente all'esile figura di lei, come se insieme formassero un'entità compiuta.

E si sentì terribilmente eccitato.

VIII

Era troppo tardi per evitare la battaglia: romani e persiani stavano per venire a contatto. Costantino iniziò a pensare a una strategia alternativa. Insieme a Massimino Daia raggiunse Galerio, che cavalcava sul fianco interno dell'ala destra, inconsapevolmente esposto all'attacco della riserva nemica.

Raggiunsero l'imperatore superando numerosi ranghi di soldati e lo affiancarono. Si era disposto con le guardie del corpo e il suo stato maggiore su una protuberanza del terreno, e i legionari sfrecciavano intorno a lui. Massimino si fece riconoscere dai guerrieri che lo zio aveva accanto e gli si avvicinò. «Cesare, è possibile che sia una trappola!», gridò, attirando la sua attenzione.

Costantino s'irrigidì. No, ne era sicuro, non era solo "possibile". L'imperatore gli prestò ascolto. «Il nostro valoroso Costantino si è spinto in avanscoperta più avanti di me, e ha visto coi suoi occhi una riserva persiana a debita distanza dal corpo principale, proprio come abbiamo fatto noi. Lo ha riferito subito al legato Licinio, che però non gli ha creduto e lo ha messo agli arresti», proseguì Massimino.

Licinio, che era al fianco del cesare, fulminò con lo sguardo il nipote di Galerio e Costantino. «Quell'uomo è arrivato qui in condizioni pietose. Stava vaneggiando, chiaramente. E l'ho messo agli arresti perché ha abbandonato gli uomini di cui era responsabile», protestò.

«Certe decisioni dovremmo essere noi a prenderle, legato», precisò glaciale Galerio. «Non stiamo parlando di un tribuno qualunque». Stavolta fu l'imperatore a guardare in tralice Licinio. «Comunque, sei ridotto male, Costantino. In effetti, potresti esserti confuso, nelle tue condizioni…».

Costantino si sentì assalire dall'esasperazione. «Ma cosa mi mandate a fare in avanscoperta se poi non credete a quello che vi dico?», rispose stizzito, pentendosi subito dopo. «Perdonami, cesare, ma l'ho vista veramente, la riserva. È accaduto prima che mi riducessi così. I persiani sono molti di più di quelli che sembrano, e se farai intervenire la tua riserva per accerchiare l'esercito nemico, sappi che non sarà l'ultimo contingente a intervenire sul campo di battaglia. Il rischio di accerchiamento lo correremo noi».

Galerio si mise a riflettere, in silenzio. «Anche ammettendo che sia vero, cosa potremmo fare? Non possiamo ritirarci senza perdere in prestigio. E ormai sarebbe troppo tardi», ammise, guardando sconsolato le sue truppe avanzare verso il nemico. La prima raffica di dardi sassanidi raggiunse le prime file, conficcandosi negli scudi prontamente opposti dai soldati romani, ma facendo anche qualche vittima.

«Io non credo sia vero. Per me il "principe" se l'è sognata, la riserva», intervenne Licinio, calcando in modo dispregiativo sul titolo di Costantino.

«Potresti attendere che loro immettano nello scontro la loro riserva, ammesso che esista, e solo dopo lanciare la tua, cesare», aggiunse Severo. Era chiaro, comprese Costantino, che Licinio e Severo aveva ormai fatto fronte comune; ma era altrettanto chiaro che si sarebbero traditi a vicenda, ove si fosse reso necessario.

Proprio come lui e Massimino Daia.

«Io credo di avere un'idea migliore, se posso permettermi», dichiarò Costantino, che nel frattempo aveva elaborato il suo piano.

Tutti lo fissarono e il giovane si rincuorò. Erano confusi, non sapevano proprio che pesci prendere e magari l'imperatore sarebbe stato più ricettivo a un suggerimento sensato, che gli permettesse di salvare la faccia. Con suo grande stupore, attesero che parlasse. Costantino si schiarì la voce: «È vero, è troppo tardi per impedire la battaglia, ma non lo è per sospenderla prima di arrivare a un risultato decisivo, per l'uno o per l'altro».

Tutti lo guardarono senza capire. Ma lui si rivolse solo a Galerio. «La nostra e la loro riserva rendono lo scontro molto incerto. A seconda di chi la farà intervenire dopo, ciascuno dei due eserciti potrebbe subire una disfatta. Se lo facciamo capire al gran re, potrebbe essere indotto a trattare. Cesare, manda una piccola delegazione dal re Narsete per spiegargli che abbiamo visto la loro riserva e che ne abbiamo una anche noi. Mi offro volontario per andare. Sono certo di poterlo convincere.

Sospendendo lo scontro quando siete ancora in parità, il tuo prestigio ne risulterebbe non solo intatto, ma addirittura accresciuto: potresti tornare entro i confini dell'impero vantando di aver arginato l'invasione, e la faresti passare per una vittoria, per giunta quasi incruenta, mantenendo gli effettivi necessari per fronteggiarne altre in futuro».

Licinio sbuffò, Severo sorrise, Massimino Daia assunse un'espressione perplessa. Ma Costantino continuò a fissare Galerio. Il giovane sapeva che l'imperatore temeva di incorrere in un nuovo disastro più ancora di quanto anelasse alla vittoria; Diocleziano non gli avrebbe perdonato una nuova sconfitta.

«È ridicolo: vuoi mettere l'intera campagna nelle mani di questo ragazzino, cesare?», intervenne Licinio.

«Secondo me abbiamo tutte le possibilità per vincere. Mi pare assurdo rinunciarci così», aggiunse Severo.

«Ammesso poi che il re dei re accetti», chiosò Massimino Daia.

«Mandare una delegazione sarebbe un segno di debolezza. Il re persiano ne trarrà fiducia e ci schiaccerà», continuò Licinio.

«Non sappiamo neppure se questo ragazzo dice la verità. Magari non c'è alcuna riserva sassanide e facendo intervenire la nostra otterrai la tua più grande vittoria, cesare», proseguì Severo.

Massimino Daia stava per dire di nuovo la sua, quando Galerio lo fermò con un perentorio gesto della mano. «Vale la pena tentare», dichiarò con un tono di voce che non ammetteva repliche. «Se sei in grado di cavalcare, viste le tue condizioni, cambiati e prenditi parte della nostra scorta, Costantino, e va' dal re dei re aggirando il campo di battaglia e con un segnale di pace. Non concedere nulla, però: vogliamo solo che tu lo convinca a tornarsene indietro accontentandosi di aver sfoggiato la sua potenza. Tra tre ore, se non tornerai con buone nuove o se Narsete non sospenderà le ostilità, faremo avanzare la riserva».

Costantino avrebbe voluto indirizzare uno sguardo di trionfo agli altri ufficiali dello stato maggiore, ma ritenne di non dover fomentare le già accese rivalità tra di loro e tenne un profilo basso. «Sono onorato della tua considerazione, cesare, e farò di tutto per meritarmela. Sono pronto a partire subito», si limitò a rispondere, poi chinò il capo in segno di deferenza e si accinse ad andare a cambiare rapidamente il suo equipaggiamento malandato.

«Ancora una cosa, tribuno», lo richiamò Galerio. «Licinio, vogliamo che tu vada con lui», aggiunse, gelando sia il giovane che l'altro generale.

Minervina era ancora in dormiveglia, quando sentì la mano di Sesto afferrare lievemente la sua e porgliela su quello che, dopo qualche istante di confusione, si rese conto essere un membro eretto. Aprì lentamente gli occhi e vide che mancava poco all'alba, ma invece di essere assalita dall'ansia del rientro a casa, si sorprese vogliosa di rituffarsi nell'intimità con l'uomo che giaceva al suo fianco.

Sentì un fremito percorrerle la schiena e un intenso calore pervaderla in mezzo alle gambe, e fu avvolta non solo dall'eccitazione, ma anche dall'emozione per essersi svegliata accanto a un uomo che trovava speciale. Aveva avuto un sonno agitato, dopo essersi addormentata con il dubbio che Sesto non l'avesse trovata né attraente né sensuale. Le era parso sincero, quando le aveva spiegato che non dipendeva da lei, ma il corpo non mentiva, e temeva che tutto ciò che aveva immaginato potesse accadere tra loro, rimanesse solo un prodotto della sua fantasia.

Afferrò con decisione il pene, perché sentiva che Sesto lo voleva e perché lo desiderava anche lei. Mosse subito velocemente la mano e provò il bisogno di toccarsi. Ma Sesto la anticipò, infilandole la mano in mezzo alle gambe. Le sue dita frugarono dentro di lei con perizia, cercarono con discrezione il punto di maggior piacere e lo trovarono subito. Minervina emise un sospiro roco e inarcò il bacino, come per andare incontro alla mano dell'uomo e invitarlo a penetrarla ancora di più. Sesto intuì il suo desiderio; a giudicare da come pulsava il suo sesso, era pervaso dalla stessa bramosia. Avrebbe voluto chiedergli di possederla subito, senza altri preliminari, ma ancora una volta lui sembrò interpretare i suoi desideri, le mise un braccio intorno alla vita e la sospinse sopra di sé.

Minervina non si fece pregare e lo assecondò. Lo sentì entrarle senza frizioni né forzature, e penetrarla, finché non lo percepì in tutta la sua erezione. Il calore da cui era assalita fino a poco prima si tramutò in un fuoco ardente, e le parve che un fiume di lava la attraversasse ovunque. Sesto mosse il bacino e lei fece altrettanto. Come per magia, trovarono subito un sincronismo che le permise di provare immediatamente una forma di piacere molto vicina al culmine. Non seppe più controllarsi e aumentò la velocità, mentre sentiva le mani di Sesto stringerle i seni e i capezzoli, provocandole nuovi e inediti brividi. Si accorse di non controllare più le reazioni del suo corpo e si lasciò andare del tutto, sentendo esplodere dentro di sé delle contrazioni di un'intensità mai provata in precedenza.

Si fermò, e lui la assecondò. Ma dopo pochi istanti, le venne voglia di ricominciare. In passato, di rado aveva fatto in tempo a raggiungere il culmine del piacere prima che ci arrivassero i suoi mariti, e mai con quella potenza. Lo trovò incredibile, e riprese a muoversi. Guardò in viso Sesto e notò la sua espressione sorpresa e divertita. Si sentì quasi in dovere di giustificarsi: «Non... non l'ho mai fatto così», mormorò, senza poter fare a meno di aumentare la velocità dei suoi movimenti. Lui le accarezzò il viso, con un gesto dolce e sensuale al tempo stesso, come dolce e sensuale era il suo modo di assecondare i movimenti che lei compiva per inseguire il piacere.

Sentì le sue mani accarezzare e stringerle le natiche, i polpastrelli scorrerle lungo la schiena, poi spostarsi ancora sul viso, seguendo i suoi lineamenti, come se non volessero perdersi neppure uno spicchio del suo corpo. Si sentì importante come mai in precedenza e, di nuovo, con una rapidità che la sorprese, quel calore che provava si trasformò in un fuoco e poi in un'esplosione devastante. Si chinò su di lui, incredula per quel che le stava accadendo, gli sorrise e vide che anche lui era meravigliato. Si baciarono, poi l'uomo la strinse a sé e ripresero a muoversi, stavolta attaccati l'uno all'altro, petto contro petto. Il contatto della sua bocca e il suo respiro le fecero provare contrazioni ancora più forti all'altezza del bacino, e ancora una volta, dopo breve tempo, raggiunse l'estasi.

Raggiungere tante volte l'apice in così breve tempo: non aveva mai immaginato potesse accadere. Aveva avuto più orgasmi in quei pochi istanti che in un anno intero con suo marito, o con il precedente. Volle andare alla scoperta del suo corpo, e trovò Sesto ancora pronto a farle trarre tutto il piacere possibile dalla loro fusione. E proprio allora si rese conto che erano davvero fusi in un unico essere. Il suo membro faceva parte di lei, non era più un corpo estraneo, e le pareva di poterne fare un uso eterno, come se il piacere potesse rimanere costante per tutta la sua vita.

Venne ancora, e poi ancora, prima che lui la prendesse sotto le braccia e la adagiasse supina, per poi mettersi sopra di lei e riprendere a penetrarla. Minervina fu avvolta dal peso di Sesto, ma si sentì protetta e deliziata, non soffocata come le era accaduto quando aveva fatto l'amore con i suoi mariti. Lui le accarezzava il viso mentre la prendeva, la baciava ovunque sul viso, continuando ad accompagnare la dolcezza alla sensualità. Era tutto perfetto, ed era magnifico essere pervasi da quell'atmosfera irreale, nel silenzio dell'alba. I due amanti sembravano aver stipulato un tacito accordo per non dire una parola e lasciar parlare le immense sensazioni che li stavano legando.

La pressione sul bacino la indusse a venire di nuovo. Sesto aveva già capito i suoi tempi, e rallentò appena pochi istanti che le servivano ad assaporare quell'ennesima acme, poi riprese a muoversi, spostando le braccia lungo il suo corpo, fino a infilare le mani sotto le natiche. Le strinse con vigore, provocandole degli spasmi. Lei lo abbracciò premendolo ancora di più contro di sé, e a sua volta spostò le mani sui suoi glutei. Quel fuoco ardente tornò ancora una volta, ma lui non si fermò. Aumentò il ritmo e i suoi sospiri si fecero più forti. Minervina capì cosa stava per accadere e rinunciò volentieri al suo istante di quiete per assecondare il piacere dell'uomo, che in breve si trasmise anche a lei. E quando lui raggiunse l'orgasmo, alla donna accadde lo stesso.

Sesto si abbandonò completamente su di lei e Minervina avvertì per la prima volta il suo peso. Ma prima ancora che le mancasse il respiro, l'uomo si scostò mettendosi al suo fianco, e cercò la sua bocca, che baciò con un'intensità ancora maggiore che in precedenza.

Ne fu piacevolmente meravigliata. Era la prima volta che un uomo la cercava subito dopo aver raggiunto l'apice del proprio piacere. Non era finita con l'orgasmo, per Sesto. Lei era davvero importante, per lui.

E adesso? Si chiese guardandolo negli occhi mentre si sfioravano la punta del naso.

Mentre Costantino si avvicinava all'ala estrema dello schieramento nemico, rifletté sui motivi che avevano indotto Galerio a lasciarlo andare e a farlo accompagnare da Licinio. L'imperatore era consapevole dell'antipatia che il generale nutriva nei suoi confronti, e voleva essere certo che lo sorvegliasse a dovere, e che gli riferisse una versione dei fatti alternativa a quella che gli avrebbe raccontato lui.

Se fossero sopravvissuti.

Il cesare, infatti, doveva aver accolto con favore la sua disponibilità al sacrificio. Galerio non aveva particolari ragioni per tenerlo in vita: in fin dei conti, era un personaggio scomodo, il figlio di un tetrarca che non aveva mai fatto mistero delle proprie ambizioni, e che un giorno, succedendo al padre, avrebbe potuto dar luogo a una dinastia, ovvero, proprio ciò che il sistema tetrarchico tentava di escludere. La sua presenza era sempre stata motivo d'imbarazzo alla corte di Diocleziano, e non era da escludere che l'augusto avesse detto a Galerio di sentirsi libero di esporlo al pericolo. Una morte a corte sarebbe stata motivo di scontro diplomatico con Costanzo Cloro, ma una in battaglia era più facilmente giustificabile.

Adesso che vedeva avanzare verso di sé un drappello di cavalieri corazzati, non si sentiva più tanto sicuro di aver fatto la scelta giusta. Controllò che il drappo bianco in cima alla lancia di una delle sue guardie fosse bene in vista, scambiò uno sguardo con Licinio, la cui espressione era furente, e si dispose ad affrontare il proprio destino. Non poté fare a meno di sussultare, quando i cavalieri gli si avvicinarono e lo circondarono. I loro effettivi li surclassavano di almeno cinque volte, e le loro armature squamate, che rivestivano tutto il corpo dei soldati e gran parte di quello dei cavalli, splendevano al sole emettendo fasci di luce, che li facevano apparire come esseri soprannaturali discesi dal cielo. Gli ampi elmi e la sciarpa di cotta di maglia, che ricopriva quasi l'intero viso, conferivano loro un aspetto ancor più inquietante; era la prima volta che vedeva da vicino dei cavalieri catafratti, e pensò che spesso avessero vinto delle battaglie senza bisogno di usare le loro lunghissime lance impugnate a due mani, ma semplicemente terrorizzando i nemici col loro maestoso e mostruoso incedere.

«Voi… disertori?», disse quello che sembrava il comandante, in un incerto latino.

Costantino sapeva che lungo la frontiera c'era un transito frequente, in ambo i sensi, di soldati che sceglievano di passare sul fronte opposto, e non si stupì della domanda. Aveva contato proprio su quell'equivoco per evitare il rischio di essere bersagliato dagli arcieri non appena avesse messo piede nel raggio di gittata delle frecce avversarie.

Licinio rispose indignato: «Ma guarda se adesso mi tocca pure passare per…».

Costantino lo interruppe con un perentorio gesto del braccio. «No, non siamo disertori. Siamo venuti per conto del cesare Galerio a parlare col re dei re Narsete. Io sono il principe Costantino, il figlio del cesare Costanzo Cloro», dichiarò con solennità, sperando che la sua altisonante presentazione lo garantisse da brutti scherzi.

L'uomo tacque e rimase immobile qualche istante, squadrandolo e valutando le sue parole. Alla fine disse: «Consegnate tutte le armi e seguitemi». Un carretto fino ad allora nascosto dalla massiccia mole dei cavalieri comparve all'improvviso e quattro uomini si avvicinarono ai romani; evidentemente, si disse il giovane, era un sistema collaudato proprio per i disertori. Costantino si affrettò a sfilarsi il balteo che reggeva il fodero con la spada e gli altri fecero altrettanto, consegnando anche le lance e gli scudi. Solo Licinio oppose resistenza, esitando finché le lance dei catafratti non furono rivolte contro di lui.

"Quest'imbecille rischia di mandare a monte tutto", pensò Costantino fulminandolo con lo sguardo, mentre si avviavano verso lo schieramento principale dei sassanidi. Licinio ricambiò con un'espressione di puro odio, e il giovane fu certo che, da allora in poi, avrebbe dovuto guardarsi le spalle da un rivale dal dente tanto avvelenato. Sempre che fosse emerso vivo da quell'avventura, beninteso.

La battaglia era ancora alle prime schermaglie, i cavalieri-arcieri sassanidi si avvicinavano alle prime file romane e scagliavano le loro frecce per scompaginarne i ranghi; poi tornavano a ridosso delle proprie truppe, prima che la cavalleria e la fanteria ausiliaria imperiali, incaricate di fare da schermo alle legioni, gli impedissero di ripiegare. Alcuni campioni, inoltre, cavalcavano verso le file romane invocando una singolar tenzone con avversari degni di loro. Costantino sperò che il re dei re fosse sufficientemente incuriosito dalla sua presenza da concedergli subito udienza; in caso contrario, non avrebbe avuto alcuna possibilità di impedire lo scontro.

Passando tra i corridoi che separavano un'unità dall'altra, lo colpì l'estrema varietà dei popoli e degli armamenti presenti nell'esercito persiano, riflesso di un impero sterminato, che andava dalla Mesopotamia fin quasi all'India. Per la gran parte erano soldati senza armatura, con lance ed elmi conici, larga tunica decorata con motivi zoomorfi, come aquile e draghi, o sole e luna, e pantaloni a sbuffo infilati negli stivali; ma c'erano anche reparti di arcieri con strani occhi a mandorla e carnagione olivastra, lunghi pastrani imbottiti addosso e copricapi di pelle e pelliccia, corsetti lamellari, archi in spalla e faretre alla vita. I nobili e i comandanti, tutti a cavallo, si distinguevano soprattutto per l'armamento pesante e per i curiosi copricapi; alcuni sembravano dei palloni incastrati in una corona, altri ancora degli uccelli appollaiati sulla testa.

Sopra gli elmi dei soldati svettavano numerosi stendardi, alcuni delle semplici e sottili banderuole, altri, pannelli rettangolari appesi a un palo. Poi ne vide uno particolarmente imponente: una striscia di cuoio lunga almeno, calcolò, quattro uomini distesi in orizzontale e larga tre, con disegni gialli, rossi e viola, su cui campeggiavano gemme e perle e da cui pendevano strisce colorate. Intorno all'insegna, cinque individui che parevano sacerdoti inneggiavano presumibilmente al loro dio.

Finalmente giunsero a ridosso della postazione del re dei re. Narsete era assiso su un trono posto sulla sommità dell'altura su cui Costantino era stato poco prima; era contornato dalle sue guardie del corpo e da bandiere, e da un nugolo di carri appena ai piedi della collina, da cui Costantino vide scendere e salire delle donne. Il comandante del drappello che aveva preso in consegna i romani scambiò alcune parole con quello che sembrava un ufficiale della guardia; questi marciò verso la postazione del sovrano scomparendo tra la selva di gente che vi stazionava intorno, per poi ricomparire parecchio tempo dopo ed esortare i nuovi arrivati a salire.

«Avrei preferito morire sul campo di battaglia, dannato idiota, piuttosto che scannato come un maiale tra questi barbari», sibilò Licinio mentre riprendevano a muoversi. «Vorrei sopravvivere solo per potermi vendicare».

Costantino gli rivolse una rapida occhiata, prima di tornare a concentrarsi sull'oggetto della sua missione. «Sono sicuro che ne avrai l'occasione. E lo sono altrettanto, però, che te la farò pagare cara, se ci proverai», replicò.

Il loro diverbio s'interruppe quando furono al cospetto di Narsete. E mentre l'araldo, in un passabile latino enunciava la lunga fila di titoli del sovrano, Costantino ne approfittò per studiare l'uomo che aveva di fronte. Narsete stava seduto sul suo trono dorato, avvolto in una casacca viola che lasciava intravedere una corazza squamata su una tunica e pantaloni bianchi bordati di arancione. Un ampio pennacchio a sbuffo coronava un copricapo di pelle, che aveva una sorta di alette ai lati, una copertura di cuoio come paranuca e una fascetta che ricopriva mento e gote, come due paraguance uniti. Sul suo viso, segnato da un'espressione di curiosità e disprezzo per i nuovi arrivati, campeggiavano occhi scuri e profondamente truccati, e un paio di baffi ampi che lo tagliavano quasi a metà.

Sembrava un uomo intelligente. Forse c'era la possibilità di farlo ragionare.

L'araldo e traduttore dichiarò che Narsete salutava il viceimperatore dei romani infedeli, e chiedeva cosa lo spingesse a voler parlamentare a battaglia già in corso. Forse, diceva, il timore di subire una nuova sconfitta?

Licinio stava per intervenire, ma ancora una volta Costantino lo fermò. «Sono io il personaggio di alto rango qui, non scordartelo. Il re dei re si riterrà insultato, se sarai tu a parlargli. Vuoi rimetterci subito la testa?», sibilò.

Il generale sbuffò ma tacque. Costantino poté finalmente parlare. «Gran re, il mio signore Galerio non teme tanto la sconfitta, quanto un inutile spargimento di sangue. Abbiamo visto la tua riserva, ma forse tu non hai visto la nostra. Se proseguissimo la battaglia, il rischio di un massacro senza vinti né vincitori sarebbe più alto della tua speranza di vittoria».

Attese che il traduttore riferisse le sue parole a Narsete, che le valutò e scambiò delle battute con i suoi cortigiani e con gli altri dignitari intorno a lui. Toccò di nuovo al traduttore: «Il principe dei credenti pensa che tu abbia visto la nostra riserva, perché sa del drappello in avanscoperta su quest'altura, di cui non è sopravvissuto nessuno, naturalmente; ma ritiene anche che tu menta, affermando che il tuo cesare ne abbia una anche lui. Da qui noi non vediamo nulla, e a breve scateneremo l'attacco in forze».

«Ebbene, non potete vedere nulla – mentre io vedo benissimo la vostra riserva anche adesso – perché ho riferito che da qui si vede la pianura antistante, e il cesare ha preso le sue contromisure: la nostra riserva è molto consistente, e al momento si trova dietro quelle rocce laggiù», specificò, indicando gli speroni rocciosi dietro ai quali erano state accatastate le salmerie e i malati, e dove aveva trascorso il suo breve periodo di detenzione.

Li vide discutere ancora, dopo la nuova traduzione. Poi l'araldo tradusse: «Anche se fosse, Ahura Mazda vuole che il combattimento prosegua fino all'estremo sacrificio dei credenti. La Sua protezione consentirà al mio signore di vincere ancora una volta».

Praticamente, si disse Costantino, gli aveva dato la stessa risposta di Galerio: era una questione di puro prestigio, ormai, ma ammantata da motivi religiosi. «Forse. O forse no», replicò. «E in ogni caso, a quale prezzo? Non sarebbe meglio, per il tuo signore, tornare nella propria capitale, con un esercito ancora integro per poter fronteggiare eventuali rivolte, e il prestigio acquisito dall'aver costretto il cesare dell'impero romano a venire a patti con lui, con la semplice esibizione della propria forza? Romani e persiani hanno stipulato tante tregue, in passato; perché non stavolta, che ci sono tutte le condizioni? Un comandante saggio forza la situazione se è sicuro di avere un pieno vantaggio da sfruttare, non quando deve affrontare tante incognite...».

Vi fu un nuovo conciliabolo. «Il mio signore ha bisogno di vedere la vostra riserva, per crederti», disse infine il traduttore.

«Se fossi col mio cesare, gli chiederei di mostrartela, grande sovrano», replicò Costantino. «Ma sono qui con te, a dimostrazione della sua buona volontà, e non potrai vederla che quando sarà troppo tardi. Per tutti».

Le discussioni si fecero piuttosto accese. Poi il traduttore dichiarò: «Il mio signore accetta di trattenere l'esercito finché il tuo non mostrerà che ciò che dici è vero, facendo avanzare la riserva. Voi tornerete dunque dagli infedeli, e noi tra poco sospenderemo le operazioni per una tregua; se entro tre ore non vedremo nulla, sarà di nuovo battaglia».

Costantino annuì soddisfatto. Sebbene fosse fiducioso nella riuscita della propria missione, non aveva creduto che potesse essere così facile. Guardò Licinio con un'espressione di trionfo, ricevendone in cambio una d'insofferenza. Poi attese di essere congedato. Non c'era tempo da perdere. «Ma le trattative presuppongono lo scambio di ostaggi», aggiunse l'araldo. «Quindi tu, principe, rimarrai qui con noi. Il signore dei credenti, invece, manderà uno dei suoi nipoti dal tuo imperatore non appena vedrà coi suoi occhi la vostra riserva».

Costantino guardò Licinio con sgomento. E stavolta fu il generale a mostrargli un'espressione di trionfo.

«Cosa c'è?», chiese Osio alla moglie, indispettito dalla sua improvvisa ritrosia. Erano già tre volte che, a ogni suo tentativo di baciarla sulle labbra,

Minervina gli offriva la guancia, irrigidendosi come mai in precedenza. Cercò di non dare troppo a vedere il proprio fastidio, ma allo stesso tempo desiderava farle capire che aveva notato il suo atteggiamento e che gli dispiaceva non essere trattato con il rispetto che meritava.

«Non c'è nulla che non vada, marito mio», rispose Minervina con noncuranza, guardando altrove.

«Non direi, mia cara», replicò lui, provando ad adottare un tono condiscendente. «Non sembri molto contenta che io sia tornato. Non mi aspetto delle feste, ma almeno un'accoglienza degna di tal nome...».

Lei rispose continuando a non guardarlo negli occhi. «Hai ragione. Sono un po' stanca, questi giorni. Forse non sto bene. Dovrei mettermi a letto».

«Ho fatto qualcosa per meritarmi il tuo biasimo?», le chiese. «Forse avresti preferito che non andassi via?»

«Non pensarlo neanche!», rispose lei, ravvivandosi improvvisamente. «Sei sempre impeccabile e ringrazio chiunque vegli su di noi perché ti prendi cura di me. Sono davvero stanca, e vorrei riposare. Tutto qui».

Osio cercò di approfittare del riferimento agli dèi da parte di sua moglie per fare conversazione. «Come va la tua frequentazione di quei cristiani? Ti giova andare alle loro funzioni?». A quanto gli pareva, decisamente sì: in poco tempo era rifiorita, aveva ripreso a mangiare per lo meno oltre la soglia della sopravvivenza e, pur rimanendo più magra della media, non c'era più nulla che le mancasse per giudicare il suo corpo perfetto.

Minervina infatti s'illuminò. «Sicuro che mi giova. Gioverebbe a chiunque, vedere gente che si pone come obiettivo quello di aiutare gli altri. Sono un esempio che chiunque dovrebbe seguire: il mondo sarebbe privo di malvagità. Mi fa stare bene potermi rendere utile e aiutare gli altri, e stare con loro mi permette di conoscere tante persone buone che mi danno il buon esempio».

«Ma tu *sei* buona. Non faresti male a una mosca».

«Stando con loro, mi sono accorta che ero solo inoffensiva, non buona. Una persona buona pensa agli altri, soprattutto rispetta tutti, perfino chi le fa del male».

Osio avrebbe voluto risponderle che rispettano chi gli fa del male solo gli sciocchi che rinunciano a usare i doni datigli dagli dèi, non i buoni, ma tacque. Minervina era sempre stata un'ingenua, e lui non aveva alcuna intenzione di cambiarla: se i cristiani consolidavano la sua indole, a lui stava bene; sarebbe stata sempre più dedita a suo marito e anche più succube, e lui non avrebbe corso il rischio di perderla nonostante la grande differenza di età, la mancanza di amore e la sua bellezza, che la rendeva sicuramente oggetto delle brame di potenziali amanti ben più focosi di lui. Gli piaceva che si dicesse che era sposato con una delle donne più belle di Roma, e non l'avrebbe ripudiata neppure se non fosse riuscita a dargli un erede.

«E allora continua pure a frequentarli» disse infine, «se pensi che ti facciano diventare una persona migliore. Per me, comunque, sei già la migliore così. Adesso va' pure, se devi riposare. Vorrà dire che mi terrai un po' di compagnia quando ti sentirai meglio».

Avrebbe voluto aggiungere che desiderava accompagnarla nel suo cubicolo. Ma la sentiva distante, e non osò forzarla. Non voleva dispiacerle in alcun modo, e si rassegnò all'idea di non poter esercitare i suoi diritti di marito.

«Sarà mio piacere farlo», rispose compita Minervina, con un sorriso forzato, ma anche sorpresa per la sua condiscendenza verso i cristiani, fino ad allora mai manifestata. Poi si dileguò dal tablino, lasciandolo solo. E pensare, si disse Osio, che era passato da casa appositamente per salutarla e giacere un po' con lei, nella speranza mai accantonata, dopo tre anni, di poter unire al piacere di possederla quello di generare finalmente un figlio. Le aveva sempre voluto bene come a una figlia, fin da quando le aveva iniziato a fare da tutore, dopo la guerra civile, e quel sentimento non era venuto meno col matrimonio. L'aveva sempre rispettata e non le aveva fatto mancare nulla, e la donna, che di certo non lo amava ma lo aveva in grande stima, si era sempre comportata con gratitudine, adeguandosi con rassegnazione al ruolo che la vita aveva scelto per lei. Per questo, lo stupiva l'atteggiamento freddo che mostrava adesso nei suoi confronti.

Si strinse nelle spalle e decise di considerarlo solo un episodio passeggero, concentrandosi su ciò che aveva in mente di fare. Da qualche tempo, le frequentazioni della moglie e quel poco che sapeva sui cristiani gli avevano fatto venire un'idea per risollevare le sorti delle sue ambizioni, temporaneamente sopite dopo aver scelto il partito sbagliato in Britannia. Era stato abile a salvarsi dal disastro e a negoziare non solo la sua salvezza, ma anche la sua nomina a senatore e il matrimonio con Minervina, salvaguardando anche tutte le proprie sostanze; ma non poteva accontentarsi di essere solo uno dei tanti padri coscritti di Roma che vivacchiavano da secoli all'ombra degli imperatori senza contare più nulla, almeno politicamente, in una città che, ormai, era divenuta la periferia dell'impero. Il suo, se ne rendeva conto ben più dei suoi colleghi, era un titolo meramente onorifico; a loro bastava oziare nei loro svaghi e nei vuoti culti per la tradizione, trastullandosi in attività marginali con i loro spropositati patrimoni; neppure premevano più per essere coinvolti nelle decisioni del sovrano che, avendo altri tre omologhi, si rivolgeva a loro prima di prendere una decisione importante, e non al Senato, come era stato in passato. Ogni riunione collegiale, ormai, era del tutto formale: le deliberazioni venivano prese a un più alto livello, ovvero nel collegio tetrarchico o da un singolo imperatore con i suoi cortigiani.

No, non si sarebbe rassegnato a una vita simile. Era nato per comandare, lui, per influenzare il destino del mondo. Gli dèi non gli avrebbero dato la forza e la determinazione per fare ciò che era necessario, in ogni circostanza e senza farsi alcuno scrupolo, se non per puntare ad alti traguardi. Erano caratteristiche da re, quelle, essenziali per chiunque avesse somme responsabilità su interi popoli: qualcuno le faceva confluire tutte sotto l'unica definizione di "spietatezza", ma lui preferiva chiamarle "realismo". In ogni caso, sapeva di esserne dotato e ciò faceva di lui la persona adatta a raggiungere il vertice dello Stato.

A qualsiasi costo.

Uscì di casa poco prima dell'orario previsto per l'appuntamento con i vertici della chiesa cristiana a Roma. Erano loro la chiave per realizzare i suoi scopi. Il cristianesimo era una forza in ascesa, con potenzialità più evidenti non solo dei vecchi dèi, logori e venerati da tutti in forma ormai blanda, conformista e superficiale, ma anche dei più recenti culti monoteistici, come Mitra e il Sole invitto, che proponevano formule troppo elitarie, comprensibili solo a limitati strati della popolazione. Il mitraismo, poi, era riservato ai soli uomini, e per Osio non aveva speranze di sopravvivenza a lungo termine.

Ma il cristianesimo, quella sì che era una bella trovata! Era così efficace che non si sarebbe stupito se presto gli imperatori lo avessero giudicato un pericolo per la coesione dell'impero e lo avessero combattuto, aprendo una nuova fase di intolleranza, come quella di mezzo secolo prima sotto l'imperatore Decio. Il credo cristiano, proprio come aveva detto suo moglie, si presentava come la religione della bontà e della generosità verso il prossimo, quindi poteva giustificare qualunque atto in suo nome. Si sposava alla perfezione con la sua mancanza di scrupoli, autorizzando lui e chiunque lo professasse ad adottare qualunque mezzo, lecito o meno, per realizzare i propri fini sotto la sua copertura. Chi avrebbe mai potuto dire che un'impresa motivata da bontà e generosità fosse condannabile? Dietro una spinta tanto nobile, si poteva giustificare qualunque nefandezza. Pertanto, la fede dei cristiani poteva rappresentare un comodo alibi per chi, come lui, mirava al potere assoluto. Quel Cristo, a quanto sembrava, si era sacrificato per farsi carico di tutti i peccati del mondo e redimere così l'umanità, salvandola. Allo stesso modo, lui poteva proporre sacrifici o far credere di essere in grado di farne, per promuovere la diffusione di bontà e generosità nel mondo.

Un'idea geniale, quella del sacrificio, chiunque l'avesse avuta; chi afferma di sacrificarsi, si diceva Osio, può far pesare il proprio gesto agli altri e farli sentire in colpa; anzi, può addirittura spingerli a emularlo. Si poteva perfino creare un esercito sterminato di derelitti che non avevano nulla da perdere ed erano quindi disposti a sacrificarsi per un mondo migliore, sulla terra o dovunque il loro dio volesse mandarli dopo. Ecco perché quella religione aveva tanta presa sulla povera gente: dava loro una possibilità di riscatto dalla vita grama che conducevano. Ma era efficace anche con i ricchi, che faceva sentire migliori inducendoli alla generosità. Osio si era letto frettolosamente i loro testi, ma la produzione di volumi giudicati sacri dai cristiani era talmente copiosa e talvolta contraddittoria, che si era stufato ben presto di documentarsi. Ma aveva colto la sostanza del messaggio, che gli era parso trasparire soprattutto nelle parole di Saulo di Tarso, un cittadino romano che loro chiamavano Paolo.

Quel che gli sembrava importante, in quel credo, non erano tanto le motivazioni ideali e strettamente religiose, quando i risvolti pratici che potevano avere sulla mente delle persone. Le altre religioni non facevano sentire la gente migliore; la rassicuravano, tutt'al più, inducendola a credere di avere la fiducia e la protezione degli dèi, o di coloro che si trovavano vicino agli dèi, come gli imperatori. Ma il cristianesimo era in grado di far sentire un uomo vicino al dio, addirittura *in comunione* con il dio, e questo gli pareva un messaggio di una potenza inaudita: poteva rendere felici anche persone che non aveva alcuna ragione di esserlo, e quindi le rendeva estremamente manovrabili.

Se non fosse esistita una religione così, avrebbe potuto inventarsela, per valersi di un efficace strumento di conquista del potere.

Giunse davanti a un'elegante domus sull'Esquilino, che il proprietario aveva messo a disposizione dei cristiani per celebrare le loro funzioni. Aveva appuntamento con Marcellino, il capo della comunità, che aveva contattato pochi giorni prima tramite il fratello senatore del vescovo; con lui aveva avuto solo una breve conversazione, fingendosi interessato al suo credo e ansioso di approfondirne la conoscenza, e aveva avuto l'impressione di un individuo facilmente gestibile. Uno schiavo lo introdusse nel tablino, dove il vegliardo lo accolse circondato da altri tre uomini. Indossavano vesti cerimoniali, e a stento Osio represse un sorriso; ai loro occhi, lui rappresentava senza dubbio una vacca da mungere, un ricco senatore da introdurre nella setta per indurlo a donare parte delle sue sostanze alla comunità e ai poveri. Dovevano aver considerato il denaro che versava loro occasionalmente Minervina un antipasto, e puntavano al bersaglio grosso.

Ma lui non si sarebbe fatto fregare come gli altri suoi colleghi che ci erano caduti. Lui aveva altre idee.

IX

Pur nella sgradevole situazione in cui si era ficcato, Costantino fu molto contento che gli avessero assegnato una schiava per soddisfare *tutte* le sue esigenze. Gli avevano spiegato che era una delle ancelle dell'harem di Narsete e che, fino a quando le trattative non si fossero concluse, si sarebbe occupata della sua persona. Fissò la ragazza mentre si alzava dal letto, nuda, e gli andava a prendere un bicchiere d'acqua così come le aveva chiesto. Era giovane e piacevole d'aspetto, sebbene piuttosto tarchiata, e gli era piaciuto giacere con lei. Ma quel che più apprezzava di quella donna era che parlava il greco, e ciò gli permetteva di acquisire preziose informazioni senza far uso di altre persone. L'interprete gli aveva detto che il re aveva scelto lei proprio perché conosceva una lingua che potessero parlare entrambi. In realtà, gli avevano offerto anche un ragazzo, ma il giovane aveva cortesemente declinato.

«Sei davvero una donna molto bella», esagerò, contemplandola. «Si vede dal tuo portamento che non sei nata schiava». Si chiamava Farah, ed era stata catturata da piccola durante una delle scorrerie persiane lungo i confini della Siria. Era stata dunque una libera cittadina dell'impero romano, anche di buona famiglia, prima di finire nelle mani dei sassanidi e, proprio per il suo grado di cultura ed educazione, era stata destinata a servire nell'harem del gran re.

Farah sorrise, imbarazzata, e Costantino si rese conto che aveva particolarmente gradito il complimento. Non dovevano essere stati in molti a fargliene, in un harem ricco delle donne più belle dello sterminato regno sassanide, dove lei passava del tutto inosservata perfino agli occhi delle guardie del corpo, degli eunuchi e della schiavitù. «Sei troppo generoso, mio signore. So bene di non valere molto», si schernì.

«Non direi. Non mi stupirei se un bel giorno il re, o uno dei suoi figli, ti notasse e ti aggiungesse alla lista delle sue spose», continuò a blandirla.

«Tu ami scherzare, mio signore», rispose arrossendo la ragazza, che tornò da lui con l'acqua. Costantino si mise a sedere sulle lenzuola, prese il bicchiere, bevve un po' d'acqua e il resto la gettò sul modesto seno della schiava, poi si gettò su di lei e la asciugò con la bocca. La ragazza si coprì il volto con le mani, turbata, e lui le cinse la vita portandola sopra di sé. Ricominciarono a fare l'amore, e stavolta lei fu molto più partecipe che in precedenza. Subito dopo, accostatasi ansimante al suo fianco, lo guardò con espressione estasiata.

«È distante da qui la vostra capitale, Ctesifonte?», le chiese Costantino accarezzandole i fianchi.

«Non molto», rispose la ragazza, stupendosi della domanda.

«Il re ha lasciato molte truppe a presidiarla?», la incalzò.

«Mah... Non so... Come sempre, suppongo».

«Come al solito? Vuoi dire che per questa spedizione non ha prelevato soldati dalla capitale?». Quella stupida non sapeva un bel niente, si disse spazientito Costantino.

«Hai ragione. So di un grosso contingente che è stato prelevato dalla guarnigione di Ctesifonte... Perché?».

Il giovane le rivolse un sorriso rassicurante e la baciò dolcemente. «Non importa. È solo la curiosità tipica di un soldato. Volevo solo conoscere le vostre abitudini», le sussurrò.

La ragazza mise un finto broncio. «Non sono le "mie" abitudini, signore», precisò. «Io sono stata catturata dai sassanidi, e sebbene sia con loro fin da bambina, sono stata e mi considero ancora una cittadina di Roma».

«E ti piacerebbe tornarci, nell'impero?», le chiese lui.

Il volto della ragazza s'illuminò. «Certo! Mi compreresti e mi porteresti via?».

In quel momento, Costantino udì delle grida fuori dal suo padiglione. Cavalli al galoppo fecero vibrare il pavimento, sbuffarono e nitrirono mentre la gente tutt'intorno si agitava e correva da una parte all'altra. «Cosa succede?», chiese alla ragazza.

La schiava cercò di ascoltare le parole gridate dagli uomini all'esterno. Si concentrò qualche istante, poi aprì la bocca per parlare. Ma due soldati e un dignitario irruppero nella tenda. Il personaggio di rango, che Costantino aveva già visto accanto al re in precedenza, lo avvicinò deciso. «Principe, a quanto pare i tuoi amici non tengono in grande

132

considerazione la tua persona. Ci stanno attaccando durante la tregua stabilita per le trattative».

Costantino fu sgomento. E si sentì perduto. Era la conferma che Galerio lo considerava sacrificabile, e perciò anche Diocleziano. Senza dubbio, era stato Licinio a convincere l'imperatore. Per un istante, considerò la possibilità di scappare: osservò le due guardie e il loro armamento, e scartò l'idea come impraticabile. Ma decise che preferiva morire nel tentativo, piuttosto che finire scannato con qualche orribile tortura, come era certo che sarebbe accaduto di lì a poco.

«Non t'indigna sapere che una persona del tuo valore viene tenuta in così scarsa considerazione a corte? Non vorresti fargliela pagare?», aggiunse il dignitario.

Costantino intravide uno spiraglio. «Certo che sono indignato. Ho creduto davvero che ci fossero le condizioni per un armistizio. E mi sono esposto in prima persona perché venisse stipulato», rispose, senza alcun bisogno di mentire.

«Ti credo, principe. È per questo che pensiamo che tu abbia tutte le ragioni per volerti vendicare. Te l'hanno fatta davvero sporca. Pertanto, il nostro signore e sovrano ha deciso di lasciarti un ragionevole periodo di tempo perché tu decida di unirti a noi e di mettere la tua conoscenza dell'impero a disposizione dei nostri generali, per colpirlo dove è più vulnerabile».

Il giovane non volle credere alle proprie orecchie. «Ringrazia calorosamente il tuo signore per la generosa opportunità che mi sta concedendo. Assicuralo che prenderò in seria considerazione la sua offerta e presto gli farò sapere cosa ho deciso», rispose, lasciando che il nobile si congedasse senza aggiungere altro.

Un rinnegato... Era questo che volevano fare di lui. Non sarebbe stata né la prima né l'ultima volta che un romano di rango si univa ai persiani e faceva la guerra al suo stesso popolo: Quinto Labieno, poco dopo la morte di Giulio Cesare, era stato il principale dei luogotenenti del figlio del re durante l'invasione della Siria. E lui avrebbe avuto tutte le ragioni per emularlo, adesso.

Ma lui era Costantino, figlio del cesare Costanzo Cloro. Era destinato a dominare l'impero. E non avrebbe svergognato il padre, né se stesso, con un tradimento.

Ma adesso aveva guadagnato un po' di tempo. Guardò la schiava e le sorrise, fissandola intensamente negli occhi.

Il fragore della battaglia. Costantino lo udiva vicino a sé e bramava di farne parte, di esserne protagonista. Il suo istinto di soldato quasi prevaleva su quello di sopravvivenza, facendogli accantonare il timore per la propria sorte da prigioniero. Cercava di capire cosa stesse accadendo e chi stesse prevalendo, quale tattica avesse scelto Galerio e come avesse reagito Narsete. Ma non c'era modo di saperlo, se non attraverso le parole della gente intorno a lui, che però non poteva capire, senza la presenza di Farah.

Nel campo persiano era il caos. Soldati e civili correvano da una parte e dall'altra, smontavano tende, radunavano cavalli e bestie da soma, incolonnavano carri, raccoglievano vettovaglie. Costantino si era visto prelevare dal proprio padiglione e aggregare a un gruppo di civili di rango scortati da guerrieri. Poco distante da lui un altro gruppo, ma di sole donne, si accingeva a salire su alcuni carri. Ne dedusse che fossero le mogli e le concubine del re, e tra loro doveva esserci la schiava che aveva allietato le sue poche ore trascorse in quel campo.

Lo spinsero, esortandolo a salire su un carro. Li assecondò sperando, da una posizione appena più elevata, di poter vedere oltre le teste delle persone che gli erano intorno. Una volta sul mezzo, guardò nella direzione dalla quale sentiva provenire i rumori del combattimento. Ma gli zoccoli di migliaia di cavalli e le scarpe chiodate di decine di migliaia di combattenti avevano sollevato una gigantesca nuvola di polvere, che creava una cortina lungo la pianura, velando lo scenario di guerra. Era come se un tornado si fosse scatenato a poche centinaia di passi da Costantino, che percepiva l'angoscia della gente, incapace di capire l'andamento dello scontro.

Si chiese dove fosse il re, se in battaglia o nelle retrovie, già in ripiegamento. Di sicuro l'attacco romano aveva sorpreso i persiani, che dovevano aver tardato a reagire, se non si sentivano in grado di difendere il campo e si affrettavano a smobilitarlo. Si trattava anche di capire che ruolo avrebbero giocato le riserve e quante possibilità avevano realmente gli uomini di Galerio di raccogliere la vittoria con l'azzardo che avevano tentato.

Poi, un torrente di armati a cavallo uscì dalla nube.

Erano lanciati al galoppo e, sulle prime, Costantino non capì se fossero persiani in fuga o romani all'attacco del campo. Non appena la voce si diffuse, tutt'intorno a lui la gente si paralizzò, e le operazioni di sgombero, invece di velocizzarsi, si bloccarono. I cavalieri si avvicinarono sempre di più, sagome minacciose ribollenti sulla sabbia del deserto, e il giovane comprese prima degli altri che erano uomini dell'imperatore. Avevano sfondato il fronte o aggirato il fianco nemico, e si rincuorò per il loro imminente arrivo; ma poi si rese conto che erano troppo pochi per prevalere sui tanti armati ancora al campo, e temette di essere tra i primi a subire le conseguenze dell'ira dei persiani. Si guardò intorno per trovare il modo di sottrarsi ai guerrieri che lo sorvegliavano, ma erano in troppi, e inoltre, per centinaia di passi c'erano solo persiani, nelle vicinanze.

Piombò dal cielo all'improvviso. Un macigno grande quanto un cinghiale produsse un tonfo che fece risuonare il terreno, pochi passi davanti a lui. Le catapulte erano entrate in azione. I civili iniziarono a urlare, e il panico s'impadronì in un istante di ciò che rimaneva dell'accampamento. Poi ne arrivò un altro, e stavolta il frastuono fu devastante: aveva centrato uno dei carri davanti a lui. In mezzo a travi spezzate, Costantino vide un bue stramazzato a terra con il dorso squarciato, e due uomini immobili in una pozza di sangue, con il busto e gli arti disposti in modo innaturale. Altre due persone si trascinavano sul terreno e tra il legname, contuse e in stato confusionale.

I guerrieri intorno a lui si sparpagliarono istintivamente. Quando cadde un'altra pietra, tranciando in due un asino e rimbalzando contro un gruppo di schiavi impegnati a raccogliere masserizie, nessuno badò più al prigioniero. Costantino cercò con lo sguardo un cavallo, con l'obiettivo di riunirsi alla colonna di cavalieri ausiliari dell'imperatore non appena fossero piombati sul campo. Ma avevano tutti un uomo in sella. Avrebbe dovuto disarcionarlo, quando all'improvviso il suo carro si mosse; il conducente aveva scelto proprio quel momento per decidersi a partire. Nello stesso istante, un masso cadde proprio davanti al cavaliere più vicino. Il cavallo s'imbizzarrì, sbalzando di sella il soldato. Costantino non esitò, si buttò a terra e si gettò sull'animale, cercando di afferrarne le redini. Ma il persiano si rialzò e il giovane dovette affrontarlo. L'uomo sguainò la spada minaccioso, mentre tutt'intorno la gente scappava e il carro partiva senza di lui.

Costantino si trovò impotente davanti all'avversario, e cercò di mettere il cavallo tra sé e il persiano. Ma l'uomo lo inseguì e brandì la lama contro di lui. D'improvviso però si accasciò a terra, gli occhi spalancati per la sorpresa. Dietro il guerriero emerse la figura di Farah, con un pugnale insanguinato in mano. Costantino la guardò con gratitudine, e lei disse: «Mi porterai con te, vero?»

«Ma certo. Lo avrei fatto anche se non mi avessi salvato la vita», rispose lui.

Lei gli fece cenno di seguirlo, mentre intanto due soldati li avevano visti e sembravano indecisi se bloccarli o scappare. Infine decisero di muovere verso di loro, ma intanto Costantino e la ragazza avevano iniziato a correre. Passarono attraverso un nugolo di gente che fuggiva, ma il giovane vide che i due non demordevano. Spinsero, sgomitarono, sbatterono ovunque, finché la schiava non lo portò a ridosso della carovana delle concubine. La ragazza salì su un carro, facendosi largo tra le donne, invitandolo a salire a sua volta. Costantino rimase per un istante perplesso; si voltò e vide i due soldati farsi largo tra la folla. Ciò fu sufficiente a indurlo a montare. Le donne, tutte vestite con indumenti sfarzosi, lo squadrarono con astio, mentre i due soldati si arrestarono a pochi passi di distanza, cercandolo con lo sguardo, disorientati.

Una delle donne gridò per attirare la loro attenzione, ma un attimo dopo crollò sul fondo del carro, ai piedi delle altre concubine. Farah brandì di nuovo il pugnale, minacciando le altre e facendo loro cenno di tacere con l'altra mano. Una delle concubine, che si trovava appena dietro di lei, la aggredì dandole un pugno sulla nuca. La ragazza barcollò per un istante, poi sferrò istintivamente un colpo col pugnale, che andò a vuoto. Subito dopo un'altra donna le si avvicinò e le graffiò il viso con le unghie. Un fiotto di sangue le uscì da una guancia. Un'altra ancora le sferrò un calcio, facendole perdere l'appoggio su una gamba. La schiava perse l'equilibrio e un altro calcio la costrinse in ginocchio. Le arrivò una ginocchiata in faccia, da dietro qualcuno le tirò i capelli, mentre urla feroci salivano tutt'intorno a lei.

In breve il suo viso si ridusse a una maschera di sangue. Crollò a terra, lanciando uno sguardo a Costantino, che la fissò con compatimento; era stato tutto troppo rapido e lui non poteva fare nulla, ormai. Quando vide che le donne prendevano violentemente a calci la testa ormai esanime di

Farah e, nel frattempo, lo osservavano minacciose, spinse via le più vicine e si gettò sul coltello che la ragazza stringeva ancora nel pugno. Glielo strappò di mano e lo brandì contro le concubine, che si ritrassero. Poi si voltò per vedere a che punto fosse la cavalcata dei suoi commilitoni.

Se li ritrovò davanti all'improvviso, mentre molti civili e soldati persiani intorno a loro alzavano le mani in segno di resa.

«Bene bene… Guarda un po' cosa abbiamo qua. Parrebbero le concubine del re», esclamò il loro ufficiale fissando i carri pieni di donne.

Costantino riconobbe Severo e si fece avanti. «E non solo, Severo. Il cesare ti ringrazierà per aver salvato il figlio di un tetrarca», dichiarò con uno sguardo di sfida.

«Illustre senatore, per me è un onore e un vero piacere ricevere la tua visita. Sono profondamente colpito che una persona della tua levatura si dimostri anche di tale sensibilità d'animo da essere ricettivo al messaggio di Cristo», esordì il vescovo Marcellino. «Costoro sono i diaconi Silvestro ed Eusebio, e il presbitero Milziade, che si sobbarcano di tutti gli oneri che la mia età non mi consente più di assumere. Il Verbo di Nostro Signore è un fardello troppo gravoso per le fragili spalle di un povero vecchio».

"Discorsi dissennati", pensò Osio mentre veniva fatto accomodare. Li squadrò tutti con rapide occhiate, cercando di capire con chi aveva a che fare. Si vantava di saper giudicare gli uomini al primo sguardo e, soprattutto, di saper riconoscere sia quelli come lui che le loro vittime. Gli parve che l'uomo chiamato Milziade fosse della sua stessa pasta: probabilmente era entrato nella setta per ambizione. Magari loro due avevano gli stessi obiettivi pratici, e avrebbero potuto intendersi. Sperò comunque di non essere di fronte a gente intransigente ed esaltata: gli servivano persone elastiche, capaci di combinare gli ideali con i propri interessi personali.

«Caro Marcellino, vorrei che mi considerassi più un mediatore tra il potere di Cesare, come dite voi, e il potere di Dio. Sono convinto che non ci sia ragione perché le due anime dell'impero, la vostra bontà e la potenza dello Stato, non possano coesistere e anzi fondersi, e vorrei farmi carico di ogni sforzo perché ciò accada», rispose, misurando le parole.

Se Marcellino rimase sorpreso dalla sua introduzione, non lo diede a vedere. Osio avrebbe voluto parlar chiaro, ma c'era sempre il rischio di urtare la suscettibilità di quei devoti. Era meglio arrivarci per gradi. «Molte sono le strade che conducono a Cristo. Io non voglio certo indicare quella che dovrai seguire tu per raggiungerlo», rispose il vescovo.

«Sì, ma… chiarisci meglio il concetto, senatore, se non ti dispiace», aggiunse Milziade. Osio fu soddisfatto di sé; aveva visto giusto: quell'uomo era il più dotato di senso pratico.

«La vostra è senza dubbio la religione che più unisce tutte le categorie sociali, quindi penso che il fine ultimo dei cristiani debba essere quello di fare proseliti finché tutto l'impero sarà composto da seguaci della vostra fede, giusto?», ribatté.

«Be', Cristo stesso esortava i suoi discepoli a diffondere la sua parola. Rientra nella nostra missione fare proseliti», dichiarò Eusebio.

«Già. Questo vostro credo ha una capacità di attrazione straordinaria, secondo me. Più di ogni altra religione, perché fornisce un sogno ai suoi aderenti».

«Ma non è un sogno. È la realtà. È la parola del Signore», lo interruppe Eusebio, con un tono secco che fece capire subito a Osio di avere di fronte un integralista con cui era inutile confrontarsi.

«Mi sono espresso male», si scusò. «Devi perdonarmi, diacono, ma non sono ancora pratico della vostra religione. Volevo dire… che è di conforto e consolazione a chiunque abbia bisogno di una speranza. E, in fin dei conti, tutti abbiamo bisogno di una speranza, dal più disgraziato plebeo all'imperatore. Cosa sarebbe la vita senza la speranza?»

«Sembri farne un fatto strumentale. Non mi piace. La parola del Signore indica la via da seguire per la salvezza e la vita eterna, non una consolazione», insisté Eusebio, e tutti i presenti annuirono.

Forse si era spinto troppo in là. Ma ormai non poteva più tornare indietro. «Come ho detto, non comprendo ancora del tutto la vostra fede. Ma come ha dichiarato il vescovo, ognuno ha una sua via per raggiungere il Signore, no? E cosa c'è di male se mi avvicino a lui considerandolo un conforto? Col tempo ne comprenderò il più intimo messaggio. E, se ci pensi, Eusebio, lo stesso potrebbe valere per un pover'uomo che non sa come sfamare la propria famiglia, per il bottegaio finito in rovina, per un generale sconfitto in guerra o un imperatore che incontri difficoltà nell'amministrazione dello Stato».

«Per te non importa che sia vero. L'importante è che renda felici, giusto?», intervenne Silvestro.

«Sarebbe già un risultato. La gente contenta è gente più disposta a fare del bene. Se la felicità è l'anticamera dell'incontro con Dio, è sempre meglio che avvicinarsi a Cristo soffrendo o nuocendo agli altri», argomentò. Si sentiva sotto assedio, ma doveva tenere duro.

«I nostri confratelli sono stati vittime di frequenti persecuzioni, in passato. I nostri martiri non sono andati incontro a Dio in letizia», specificò Silvestro.

«Certo, hanno compiuto un sacrificio, ma mi risulta che lo abbiano fatto felici di immolarsi per il loro dio. Come dicevo, anche nei momenti peggiori, il cristiano sente Dio vicino a sé e non teme nulla. La vostra religione conferisce coraggio, felicità e bontà: cosa si potrebbe desiderare di più da una fede?»

«Dimentichi la salvezza. Fornisce la salvezza, che è la cosa più importante», precisò Eusebio.

«Be', suppongo che siate abituati a dissertare con le persone in grado di farlo, per spiegare la vostra fede», disse, per allentare un po' la tensione, mentre uno schiavo entrava nella sala e offriva ai convenuti una cesta di frutta. «Io sono un profano, ansioso di imparare, ma anche di rendermi utile con le mie capacità. Mia moglie è una persona buona, che saprà senz'altro aiutarvi con i poveri, ma io vorrei aiutarvi con i ricchi».

«Perché dovresti farlo?», chiese Milziade.

«Perché credo che la vostra sia una fede vincente e che sia il futuro dell'impero romano. Offre troppo di più rispetto alle altre, e perfino a quella dei nostri padri e antenati. Col tempo, i convertiti diventeranno una marea inarrestabile, ma ci vorranno decenni, forse secoli, e probabilmente non sarà un processo indolore, che potrebbe pregiudicare la stabilità dell'impero e consegnarlo ai barbari, sempre più pressanti lungo le frontiere».

«E tu cosa suggerisci, invece?», chiese Milziade.

«Sarebbe più facile se si scegliessero dei personaggi chiave da convertire. Protagonisti della vita politica, uomini importanti… magari gli stessi imperatori o i loro più stretti collaboratori. Se i sovrani diventassero cristiani, i loro sudditi si adeguerebbero, presto o tardi. In ogni caso, i monarchi emanerebbero legislazioni favorevoli a voi. Se mi deste il vostro sostegno, potrei parlare a nome vostro all'augusto e provare a guadagnarmi la sua fiducia. Presto o tardi, Massimiano sarebbe costretto a riconoscere l'importanza dei cristiani, e così farebbero gli altri imperatori. E forse uno dei futuri cesari potrebbe essere addirittura cristiano!», azzardò.

«O magari, contando sul nostro supporto, potresti essere tu uno dei prossimi cesari», lo interruppe Eusebio.

Osio rimase di sasso, di fronte all'interpretazione del diacono, che rifletteva in effetti il suo fine ultimo. Ma si finse sorpreso e indignato. «Ma cosa dici? Il mio obiettivo è esclusivamente la pace e la coesione nell'impero. E credo che la vostra fede sia l'unico strumento in grado di assicurarla davvero, sul lungo termine. Ma bisogna puntare in alto, non alla povera gente che non ha nulla da offrire. Bisogna convertire chi può fare davvero qualcosa per il vostro Cristo!».

I quattro sacerdoti si guardarono l'un l'altro, e presto un accenno di sorriso si delineò sui loro visi. Marcellino lo fissò con aria di compatimento, poi gli disse: «Mi stupisce, caro senatore, che tu non ti sia reso conto di quanto impermeabili a una dottrina come la nostra possano essere personaggi come principi, cortigiani e imperatori: loro hanno il dovere di preservare la tradizione, e avversano qualunque novità...».

«Senza contare», aggiunse Silvestro, «che vi sono stati diversi episodi di obiettori di coscienza, negli ultimi anni. Diversi soldati cristiani si sono rifiutati di imbracciare le armi e uccidere altri esseri umani, e qualcuno non ha voluto rendere omaggio alle immagini dei sovrani».

«Se c'è qualcuno che ha motivo di avercela con noi, sono proprio gli imperatori, quindi», specificò Eusebio.

«Ma non è vero che i sovrani non sono aperti ai nuovi culti!», protestò Osio, che si sentì assalire dallo sgomento per aver perso il controllo della situazione. «Il cesare Costanzo Cloro è un convinto seguace del Sole invitto, come lo era il grande Aureliano. E le obiezioni di coscienza nell'esercito sono state solo casi sporadici».

«Ma quando il culto cristiano si estenderà, vedrai che molti più soldati si rifiuteranno di combattere o di riconoscere le immagini degli imperatori», spiegò Marcellino.

«Ma non è stato Paolo a dire: "Date a Cesare quel che è di Cesare, e a Dio quel che è di Dio?" Questo vuol dire che si può essere buoni cristiani e al contempo leali sudditi degli imperatori. Ciascun cittadino dell'impero deve compiere il suo dovere, e se è un soldato, ciò prevede l'uccisione dei nemici di Roma», si difese.

«Un cristiano deve fare ciò che gli detta la propria coscienza», ribatté Eusebio. «Paolo si riferiva al pagamento delle tasse, da buon cittadino romano qual era. Ma per quanto riguarda gli omicidi, è un'altra faccenda. Non si può essere soldati e cristiani allo stesso tempo».

«Non credo che ci si possa permettere di porgere l'altra guancia al barbaro che assale te e la tua famiglia. Non è bontà, questa, è stupidità, è ignavia. I nostri padri hanno conquistato ed esteso l'impero, noi lo difendiamo», protestò ancora Osio.

«Sarà la volontà del Signore a determinare il nostro destino», dichiarò Eusebio.

«Ma certo! E se non si troverà nessuno disposto a combattere, vorrà dire che faremo un esercito di mercenari barbari idolatri, in futuro. Almeno vorrete trovare i soldi per ingaggiare mercenari, se non avete il coraggio di affrontare i nemici, oppure lascerete che i barbari arrivino fin qui a derubare, stuprare e uccidere i vostri congiunti?», replicò Osio, disperato e furente. Erano davvero una manica di idioti. In mano a gente simile il cristianesimo si sarebbe dissolto in breve tempo, invece di prosperare come avrebbe potuto. Eppure, da quel che gli era parso di capire, quel loro Paolo sembrava un tipo spregiudicato, ed era stato grazie alla sua mancanza di scrupoli che quella religione era sopravvissuta e si era consolidata per i secoli successivi. Ci voleva uno così anche adesso…

«Le tue motivazioni non sono limpide, senatore», intervenne Marcellino. «Se vorrai essere con noi per nessun altro motivo se non quello di salvarti, sarai sempre ben accetto. Ma non cercare Cristo solo per appagare le tue ambizioni. Non è uno strumento nelle mani degli avidi».

Osio si sentì umiliato e offeso. Aveva offerto loro il suo aiuto, e gli avevano risposto con disprezzo. Si alzò e disse: «Se vuoi scusarmi, vescovo, preferisco lasciarvi a riflettere sulle mie parole. Col tempo capirete quanto fossero sagge e quanti guai vi avrebbero evitato. Ma al momento, è evidente che non le prendete sul serio». Poi non attese neppure il loro commiato e uscì dalla stanza.

Ma non senza notare, con la coda dell'occhio, che Milziade gli faceva un cenno di assenso.

Se non altro, uno di quei quattro imbecilli mostrava un po' di buon senso. Forse, se quell'uomo fosse riuscito a contare di più nella gerarchia della chiesa, loro due avrebbero potuto intendersi.

Quando Costantino giunse al cospetto dell'imperatore nel suo quartier generale, era appena sceso il buio e le ostilità sul campo di battaglia erano state sospese. Lo trovò furioso e, dopo avergli dato solo un rapido sguardo, Galerio si rivolse a Massimino Daia, che era davanti a lui. «Come sarebbe, "non hanno voluto combattere"?»

«Proprio così, cesare», rispose imbarazzato il nipote, sotto lo sguardo incuriosito di Licinio, Severo e degli altri ufficiali dello stato maggiore. Alcuni di loro si accorsero della presenza di Costantino, ma nessuno gli fece qualcosa di più di un rapido cenno di saluto col capo: avevano sperato che almeno un rivale fosse stato tolto di mezzo ed erano evidentemente delusi. «Non ho potuto chiudere la tenaglia solo per colpa di quei codardi; altrimenti, oltre all'harem del re adesso avremmo in mano una buona parte del suo esercito».

«Le tue sembrano solo giustificazioni per la tua incapacità», rispose secco Galerio che, se non altro, sembrava in grado di trattare il nipote con obiettività.

«Consentimi di dirti che non merito le tue accuse, cesare», protestò Massimino, guardandosi intorno in cerca di un sostegno che non trovò; qualunque cosa fosse successa, si disse Costantino, gli altri godevano nel vederlo umiliato dallo zio. «Tutti i miei ufficiali ancora fedeli alle tradizioni, a Roma e a te, signore, hanno potuto vedere con i loro occhi che i cristiani si sono rifiutati di combattere. Sono arrivati in prima linea per far vedere, secondo loro, che non sono dei vigliacchi, poi hanno gettato le armi, dicendo che la loro religione non gli consente di uccidere il prossimo».

«Ma saranno stati pochissimi, nella legione di cui avevi il comando...», intervenne con perfidia Licinio.

«Almeno un terzo», replicò deciso Massimino. «E alcuni di loro erano ufficiali. Quella maledetta peste deve essersi propagata, da quando siamo partiti; qualcuno di loro deve aver fatto proseliti, in queste settimane. Ma a quel punto, l'unità della legione era minata, e anche chi era disposto ad attaccare ha avuto paura di non farcela. Ho provato a esortare almeno i soldati più inclini a ricompattarsi, ma la fiducia era venuta meno e non c'è stato niente da fare. Sarei andato incontro a un disastro, se mi fossi portato dietro i pochi disposti a farlo con convinzione».

L'imperatore rifletté. «Ci è stato detto che è accaduto anche in un altro reparto. Ma erano in pochi e non hanno influenzato le operazioni», disse. «Questa rischia di diventare davvero una peste. Finora si erano limitati a non partecipare attivamente ai sacrifici prima della battaglia, e avevamo lasciato correre. Ma ora è troppo. Portateci uno degli ufficiali ammutinati», aggiunse. Prontamente, un attendente uscì dalla tenda per ottemperare all'ordine.

Costantino ritenne che fosse venuto il suo momento. Si fece avanti cercando di attirare l'attenzione di Galerio, ma senza intervenire. L'imperatore lo squadrò di nuovo. «Te la sei cavata... Ne siamo lieti, Costantino», si limitò a dire.

«Per pura fortuna, immagino. Anzi, con l'aiuto degli dèi, più probabilmente», rispose prudentemente.

«E anche dell'esercito, che ti è venuto a salvare», precisò Severo.

«Mi chiedo, tuttavia, se posso», riprese il giovane, «come mai tu sia stato indotto ad attaccare mentre ero in ostaggio durante la fase concordata delle trattative. Pensavo di averti convinto che la cosa migliore fosse accordarsi con il re Narsete».

«Non dobbiamo rendere conto ai nostri ufficiali della nostra politica. Le circostanze cambiano, e Licinio, tornato dall'ambasceria, ci ha descritto la disposizione dell'esercito nemico convincendoci che sarebbe stata una buona occasione per cogliere una decisiva vittoria».

«Non avevo dubbi che fosse stato Licinio a convincerti, cesare», rispose Costantino guardando in tralice il generale, che gli restituì uno sguardo di puro disprezzo. «Tuttavia, non mi pare che questa vittoria sia arrivata. Né arriverà domani, nonostante la conquista del campo nemico. Il loro esercito, a quanto ho capito, è ancora sufficientemente integro e la riserva inutilizzata. Rischiamo la sconfitta quanto loro. A meno che...».

«A meno che?», gli fece eco Galerio.

«A meno che non approfittiamo del fatto che Narsete ha sguarnito la sua capitale Ctesifonte per soffiargliela. Lo teniamo ancorato qui con una parte dell'esercito, e con l'altra ci precipitiamo lì. A quel punto sì che potremo condurre le trattative da una posizione di vantaggio, e per te sarà un trionfo. Se partissimo subito, nel cuore della notte, non potrebbero far nulla per impedirci l'assalto alla città...», suggerì.

Galerio lo fissò senza parlare. Licinio intervenne: «Che sciocchezza! Rischieremmo di subire due sconfitte, qui e davanti alla città, dividendo l'esercito!».

«No, se qui ci limitiamo a una difesa attiva e verso la capitale mandiamo un numero sufficiente di armati. Non ci sarà bisogno di più di tre legioni: non troveranno troppi soldati in città», rispose deciso Costantino.

«E tu come lo sai?», chiese Galerio.

«Ho preso informazioni mentre ero lì. E ho avuto la possibilità di farlo in modo molto più preciso di Licinio», sottolineò. Avrebbe voluto aggiungere che i persiani gli avevano perfino proposto di tradire l'impero, per lo sgarbo che aveva subìto, ma scelse di non dire più nulla che potesse indisporre o accusare l'imperatore. Era in equilibrio su una corda sottile.

In quel momento, l'attendente rientrò con un uomo, che presentò come il centurione Massimo. L'attenzione di Galerio si spostò sul nuovo arrivato. «Ebbene, a quanto pare, dobbiamo a te e a quelli come te la nostra mancata vittoria, oggi», lo accolse. «Sei dunque un ribelle?».

Massimo rifletté qualche istante prima di rispondere, facendo aumentare la tensione nella tenda. «Non sono un ribelle, cesare», dichiarò. «Sono un fedele suddito dell'impero e un tuo leale sostenitore. Ma non posso compiere gesti contrari a quelli che mi ha insegnato il mio Dio».

«Direi che se il tuo dio ti suggerisce di non uccidere, hai scelto il mestiere sbagliato», commentò secco l'imperatore.

«Forse. O forse no», replicò il centurione. «Magari potrei uccidere, se i persiani ci aggredissero entro i nostri confini, ma di certo farei di tutto per evitarlo, prima; e non intendo farlo attaccandoli nel loro territorio, o per vendicarmi di una loro incursione», spiegò.

«Se tutti ragionassero così, non avremmo più un nostro territorio da difendere e saremmo alla mercé di qualunque barbaro voglia conquistarci e imporci le sue usanze. E non crediamo che ti lascerebbero in pace a celebrare riti per il tuo dio», rispose Galerio. «In ogni caso, non sta a te giudicare la strategia dell'alto comando. Se stabiliamo che per difenderci dobbiamo anticipare il loro attacco, che certamente sarebbe avvenuto, chi sei tu per giudicarci o parlare di vendetta? Sono gli dèi a sostenere il nostro operato, pertanto siamo nella convinzione di agire sempre nel giusto».

«Cesare, esiste un unico Dio, di cui Cristo sceso in terra è il figlio. Gli altri presunti dèi sono solo una creazione degli uomini, oppure dei demoni perversi che li confondono inducendoli a compiere gesti malvagi», replicò deciso il centurione, con un coraggio e una determinazione che Costantino non poté fare a meno di ammirare.

Mormorii d'indignazione si sollevarono tra i presenti. Galerio si alzò dalla sedia e andò verso Massimo, urlandogli in faccia: «E non ti consideri un ribelle? Sei un uomo pericoloso, centurione, e come te tutti quelli che seguono il tuo folle credo! Negate gli dèi, e tutto ciò che rappresentano, e insultate il vostro imperatore che è interprete della loro volontà! La vostra peste rischia di mettere in pericolo tutto ciò che Roma ha acquisito nel corso dei secoli, e va estirpata! Che sia giustiziato, insieme a tutti i suoi correligionari, per insubordinazione, blasfemia e lesa maestà!», aggiunse Poi si rivolse ai suoi ufficiali. «Anzi, chi di voi vuole dare l'esempio e punire come merita questo folle?».

Licinio e Severo avanzarono all'unisono sguainando la spada. Fu quella di Licinio a calare per prima sul collo del centurione, spiccandogli parte della testa dal collo e provocando un'esplosione di sangue che investì perfino Galerio.

L'imperatore non si mostrò turbato. «Costantino, crediamo che il tuo piano possa funzionare», gli disse. «Sia dato ordine a tre legioni di partire subito per Ctesifonte sul Tigri con la flotta. Andrai con loro, ma vogliamo che il comando sia assunto da Licinio; così avrai l'opportunità, generale, di mettere a frutto il tuo desiderio di cogliere subito una vittoria decisiva, che ci ha spinto a violare la tregua e a mancare la parola data. Un gesto così sgradevole, che inficia il nostro onore, può essere appianato solo da un trionfo, quindi vedi di procurarcelo! Noi arriveremo col resto dell'esercito via terra, ma per allora dovrete essere dentro la città, altrimenti Narsete ci stringerà tra la sua armata e le mura, e saremo spacciati».

Licinio annuì, incupito, guardando Costantino con un astio sempre maggiore. Il giovane, da parte sua, fu felice di poter partecipare finalmente a un'operazione decisiva. Ma non riusciva a togliersi dalla mente l'atteggiamento fiero del centurione che giaceva in una pozza di sangue ai suoi piedi. Era un pazzo, indubbiamente: se i cristiani fossero stati tutti come lui, l'impero sarebbe crollato subito. Ma per fortuna non lo erano; aveva sentito dire di molti di loro che non ritenevano affatto inconciliabile la loro religione col mestiere di soldato.

E con soldati dotati di una determinazione del genere, se li si fosse convinti a combattere in nome del loro dio, si poteva andare lontano.

«Non riesco più a farlo, con lui. Da quando lo abbiamo fatto noi». Minervina si era raggomitolata in posizione fetale accanto a Martiniano, che la teneva abbracciata dopo l'ennesima, rapida scalata al piacere. Sesto sapeva che quel riposo sarebbe durato solo pochi istanti, e si stupì che lei gli parlasse. Non lo faceva mai, né quando facevano l'amore né nei rari momenti di riposo in cui si limitavano ad assaporarsi a vicenda.

«Sta protestando?», si limitò a chiederle, accarezzando il suo esile corpo nudo.

«In modo blando. Ma temo che prima o poi diventerà più aggressivo. Soprattutto perché non ha rinunciato a cercare un erede, credo», rispose lei.

«Non ti ama?».

Minervina rifletté qualche istante. «Mi vuole molto bene, ne sono certa, ma non credo si tratti veramente di amore. Almeno, non quello che sembra esserci tra noi».

«Dubito che molte persone abbiano mai avuto occasione di provare anche solo una volta nella vita quello che è capitato a noi», specificò Sesto.

Lei lo baciò. «Hai ragione. Non riesco a immaginare che possa essere più bello, ogni volta. Poi, la volta successiva scopro che può esserlo ancora di più», disse con un sorriso.

Ripresero a baciarsi avidamente, e subito le mani scivolarono sui rispettivi sessi, scoprendoli già pronti. Sesto la spinse dolcemente sopra di sé e lei afferrò rapida il suo membro, prendendo a muoversi con frenesia. Minervina venne poco dopo, ma come al solito, in pochi istanti era di nuovo pronta, con la stessa voracità, la stessa voce roca, mentre Sesto si deliziava stringendole ora i seni, ora i fianchi. Si stupiva ogni volta della resistenza della donna in quella posizione, che la costringeva a far forza sulle caviglie. Gliel'aveva suggerita qualche tempo prima per scherzo, e lei l'aveva voluta subito provare. Da allora, si erano accorti che permetteva a entrambi di provare il piacere più intenso, ed era quella su cui indugiavano di più.

Sesto pensò per l'ennesima volta, mentre la osservava raggiungere ancora

146

il culmine del piacere e poi riprendere, che fosse straordinaria. Faceva apparire goffe e passive tutte le altre donne che aveva conosciuto, perfino le meretrici con cui era stato occasionalmente quando era in guerra. E si stava convincendo sempre di più che con un'altra, ormai, si sarebbe annoiato. Minervina pareva non stancarsi mai di provare piacere, né di farglielo provare, era generosa e insaziabile al tempo stesso, e il suo sesso era talmente accogliente che lo trovava sempre pronto, umido, liscio e decontratto. Non c'era alcuna opposizione fisica tra loro, sembravano fatti per fondersi, come se i loro corpi si fossero modellati l'uno sull'altro fin dalla prima volta.

Ed erano capaci di andare avanti per ore, con un ardore che Sesto non aveva mai provato in precedenza. Ed era sicuro che fosse lo stesso per lei. Bastava che si avvicinassero e succedeva sempre qualcosa di entusiasmante; perfino dopo averlo già fatto tante volte. Per lui stava diventando una dipendenza permetterle di godere, e più la vedeva raggiungere i suoi memorabili orgasmi, più desiderava provocarli di nuovo. Si frequentavano da poche settimane, ma erano affiatati come se avessero fatto l'amore fin da ragazzini. E in quel breve periodo, Sesto aveva visto la sua amante fiorire, rassodarsi, sviluppare un corpo ancor più tornito, aggraziato, e sprigionare una sensualità che lo aveva totalmente avvinto. Ma rimaneva più che mai una bambina, sempre ansiosa di raggiungere il piacere, e questo le conferiva anche una dolcezza naturale che, combinata alla sua libidine, la rendeva unica, esplosiva, capace di stregarlo a ogni istante.

Il loro unico limite erano i rispettivi vincoli. Lui, come ufficiale dei pretoriani doveva passare molto tempo al Castro Pretorio o scortare l'imperatore e la sua famiglia nei suoi spostamenti; lei, donna sposata, non poteva assentarsi troppo spesso e troppo a lungo. Sesto era convinto che, se fossero stati insieme, non si sarebbero mai stancati di fare l'amore, tale era l'esplosione di sensi quando erano vicini. L'olfatto, il gusto, il tatto, la vista e perfino l'udito erano sollecitati di continuo, quando era in presenza di Minervina, in un modo che mai avrebbe creduto possibile. Quando lei si accasciò su di lui, finalmente bisognosa di riprendere fiato, decise di manifestarle i suoi pensieri.

«Sai, credo che non ci stancheremmo mai di stare insieme», le sussurrò.

«È vero. Qualunque cosa ci leghi, non fa altro che crescere, indipendentemente da ciò che facciamo noi», rispose lei.

«E tu che farai, quando tuo marito ne avrà abbastanza dei tuoi rifiuti?»

«Cosa vuoi che faccia? Dimmelo tu».

«Sai bene quanto lo odio. E dovresti odiarlo pure tu: è responsabile della morte dei tuoi genitori quanto dei miei. Una parte di me vorrebbe che continuassi a farlo soffrire».

Lei si alzò a sedere. «Sai bene che non mi piace sentirti parlare così. È sempre stato buono con me. Quel che ha fatto, è stato per necessità di Stato».

«No, per pura e sfrenata ambizione. Un giorno capirai di che pasta è fatto», le rispose stizzito lui.

«Non dire così. Sei ingiusto. Perfino ora è buono e paziente con me, e non lo merito di certo», replicò lei, altrettanto piccata.

Minervina si sdraiò di nuovo, ma stavolta allontanandosi da Sesto. Rimasero in silenzio a lungo, ciascuno guardando il soffitto, poi, all'improvviso, lei lo abbracciò. «Non discutiamo. Non ne abbiamo motivo. E poi mi fa male», gli sussurrò, e lui la accarezzò con dolcezza. Si baciarono con sempre maggiore ardore, e le mani di lui si infilarono ovunque: gli sembrava trascorsa una vita da quando l'aveva considerata una donna incompiuta, troppo magra per piacergli davvero. Adesso trovava il suo corpo perfetto, e le altre donne addirittura goffe; le sue dita non riuscivano mai a staccarsi dal suo corpo, e ciò che all'inizio aveva trovato troppo minuto, adesso gli pareva delizioso e inebriante. Nulla lo urtava del suo corpo, né l'avrebbe cambiata in nessuna parte; non c'era mai stato un momento in cui i suoi sapori e odori gli avevano dato fastidio, o aveva trovato sgraziato un suo movimento.

Fu lui a staccarsi, nonostante gli costasse. Lei, tra le sue braccia, non si accorgeva più di nulla. «Ricordi che devi andare dai tuoi amichetti cristiani? Non vogliamo che tuo marito sospetti qualcosa», le disse.

Lei annuì. «Lo dici in modo derisorio... Sono bravissime persone che mi aiutano a essere migliore e a scoprire il significato della vita».

«Io lo sto scoprendo con te, il significato della vita», replicò lui, mentre Minervina si alzava e iniziava a vestirsi. «Se non fosse per il fatto che ci fanno comodo e ti forniscono un alibi, ogni volta che vieni da me, li giudicherei dei pazzi». Spesso, per vedersi, Minervina faceva dire che andava alle riunioni dei cristiani, e talvolta ci andava davvero, per rendere più credibile la bugia, dopo essere stata in una delle case della famiglia di Sesto.

«Dei pazzi? Ti assicuro che, dopo averli conosciuti, comincio a giudicare pazzo chiunque non segua i loro sani principi», replicò la donna.

«Ah già, quelle sciocchezze sul "porgi l'altra guancia" e roba del genere», commentò sprezzante Sesto, contemplando il suo magnifico corpo mentre si vestiva. «Ma tu credi veramente che quel Cristo sia risorto dopo il supplizio della croce? Non lo ha visto solo qualche povero diavolo della loro setta? Non ti pare una baggianata colossale?».

Minervina non rispose subito, e Sesto temette di aver esagerato. In fin dei conti, lei teneva a quelle sciocchezze, e lui avrebbe dovuto rispettare le sue convinzioni.

«Dovresti venire, una volta, per capire veramente ciò in cui credono», rispose gelida.

Sesto si alzò dal letto e si avvicinò, abbracciandola e baciandola sul collo. «Mi dispiace», si scusò. «Sono stato educato ai valori degli dèi tradizionali, e già mi sembravano eresie i culti del Sole invitto e di Iside, figuriamoci questo dei cristiani, che mi appare ancor più distante da ciò in cui crede la mia famiglia da secoli. Mi pare che credere in qualcosa di diverso dagli dèi che hanno portato Roma al culmine della potenza sia come tradire Roma stessa».

«Io non tradisco nessuno, cercando di essere più buona. Sì, dovresti venire, una volta, se ciò non desse adito a chiacchiere».

Sesto avrebbe voluto, se non altro per accontentarla e farle capire quanto fosse importante per lui. «Mi piacerebbe. Ma sono un ufficiale pretoriano, e si farebbe un gran parlare della mia presenza in quelle riunioni che, come sai, non sono viste proprio di buon occhio dall'imperatore. Sai, quei casi di soldati che si sono rifiutati...».

«Sì, lo so, e non posso chiedertelo, hai ragione», lo interruppe lei, restituendogli il bacio. «Potrebbe pregiudicare la tua carriera».

Sesto ebbe l'impressione che glielo dicesse con sarcasmo, ma preferì evitare polemiche. Per lui era sempre troppo poco il tempo che trascorrevano insieme, e non intendeva passarlo a discutere. La abbracciò di nuovo, lasciando che i sensi stemperassero la tensione di quel momento. Come aveva fatto lei poco prima, quando avevano toccato l'argomento relativo a suo marito.

E funzionò ancora una volta.

X

«Dobbiamo essere dentro prima di domani. Domani i persiani del gran re potrebbero essere già qui», dichiarò Licinio dopo aver squadrato per l'ennesima volta le mura di Ctesifonte, da quando, solo poche ore prima, la sua colonna era giunta davanti alla città. «Andiamo subito all'attacco! I soldati hanno viaggiato in barca, pertanto non sono stanchi. Approfittiamone prima che si organizzino!».

«E come intendi procedere, legato?», domandò asciutto Costantino, che si trovava al suo fianco; i due, insieme agli altri alti ufficiali, erano su un rialzamento sulla riva opposta del Tigri, appena fuori dalle rovine di Seleucia, la precedente capitale dell'impero partico.

«Semplice. Tutti in colonna, con le scale, concentrandoci sulla porta principale. Raggiungiamo gli spalti facendo prevalere il nostro numero ed entriamo. Poi salutiamo dalle merlature Narsete, quando arriva, e gli facciamo notare che alle sue spalle c'è l'imperatore».

«Perdonami, generale», obiettò Costantino. «Ma se attacchiamo in un solo punto, concentreranno tutte le loro forze in quel solo settore e ci respingeranno: anche se sono di meno, possono pur sempre contare sulle mura e sulle loro macchine da lancio».

«Non c'è tempo per tattiche alternative o più sofisticate», rispose piccato Licinio. «E comunque, la superiorità numerica paga sempre. Se ci respingeranno, vorrà dire che, a dispetto di quel che ci hai detto, dentro c'erano ancora troppi difensori per tre legioni. E l'imperatore dovrà sapere che con la tua idiozia hai compromesso questa campagna…».

Costantino pensò che fosse stata l'idiozia di Licinio a complicarla, e che adesso rischiava di comprometterla del tutto con la sua ottusità. Non poteva lasciarglielo fare. «Non perderemmo tempo, se dividessi la tua armata in tre colonne: ogni legione potrebbe attaccare un punto diverso delle mura, no?», protestò. «E loro sarebbero costretti a dividere le già magre forze di cui dispongono: nessun settore sarebbe sufficientemente presidiato e in uno o nell'altro riusciremmo a entrare».

«Sciocchezze!», replicò il generale. «Nessuna delle tre colonne avrebbe sufficiente potenza per sfondare. No. Si attacca tutti insieme!».

«Allora dammi almeno mezza legione», propose. «Simulerò un attacco da tergo, facendo accorrere contro di me parte dei difensori, consentendoti così di assalire le mura dalla parte opposta col grosso dell'armata. Tu terrai fino all'ultimo l'esercito nascosto da questa parte del Tigri, poi attaccherai».

Licinio stava per aprire la bocca e replicare ancora, ma poi si fermò a riflettere. «E sia», disse infine. «Prenditi un migliaio di uomini, naviga fino alla punta meridionale della città e assali le mura. Noi attaccheremo da settentrione».

Costantino si stupì della facilità con cui Licinio aveva cambiato idea e si fece sospettoso. Ma non aveva alternative. Lo seccava non poco favorire la vittoria di un uomo che aveva brigato per farlo uccidere dai persiani e che mirava al trono come lui; ma se non fossero riusciti nel compito assegnato loro da Galerio, sarebbe stato lui il primo a rimetterci, e avrebbe potuto anche arrivare a pentirsi di non aver assecondato le proposte dei persiani, o di non essere rimasto in mano loro.

Fece radunare dai centurioni le unità che Licinio gli aveva permesso di portare con sé e riprese a discendere il corso del Tigri per un breve tratto. Dalle mura i persiani lo osservavano, senza dubbio chiedendosi quante altre truppe avesse trasportato il resto della flotta che avevano visto attraccare, e cercando di capire se il suo fosse il corpo principale o una semplice colonna diversiva. Il giovane, consapevole di rischiare di fare da bersaglio dei loro proietti, si tenne a ridosso della riva opposta e sbarcò a debita distanza dalla gittata dei loro archi. Studiò la disposizione dei difensori sugli spalti e cercò un sistema per esercitare pressione senza perdere troppi uomini, nell'attesa che Licinio sferrasse il suo assalto.

Divise quindi i soldati in dieci colonne, alla testa delle quali pose le rispettive scale di cui disponeva. Ordinò a ciascun contingente di disporsi a cinquanta passi dal più vicino: non troppo prossimi da concentrare l'assalto su uno spazio troppo limitato e facile da difendere, non troppo lontani da non isolarsi gli uni dagli altri senza potersi prestare reciproco soccorso. E mentre completava lo schieramento, vide gli spalti assieparsi di soldati nemici; se non altro, adesso poteva essere certo che la sua azione stesse attirando la guarnigione nel settore davanti a lui.

Levò il braccio e i centurioni fischiarono l'attacco. Per un istante, provò un brivido di fronte alla consapevolezza di essere solo alla sua seconda azione da comandante, seppur subalterno, dopo quella in Egitto anni prima; e riuscì anche ad apprezzare l'ironia di doverlo proprio a Licinio. Partì di corsa insieme ai suoi uomini, alla testa della colonna all'ala destra, e in quello stesso istante vide massi schizzare da oltre le merlature, compiere una traiettoria spiovente e atterrare poco davanti alle file più interne. I proietti rotolarono lungo il terreno, passando tra una colonna e l'altra.

Per la maggior parte.

Uno falciò la testa di una fila, abbattendo il soldato che portava la scala e quelli subito dietro. Ma una volta che la pietra ebbe esaurito il suo slancio, i superstiti ripresero la scala e continuarono a correre. Quando partì la seconda scarica, i romani erano già oltre, e i massi atterrarono alle loro spalle; ma adesso c'era un secondo ostacolo da superare, prima di raggiungere la base delle mura.

Un sibilo, poi subito un altro gli confermarono che era iniziata l'azione degli arcieri. Urlò di mantenersi in fila, un soldato dietro l'altro, e di tenere gli scudi davanti al corpo, per offrire meno bersagli ai tiratori, e i centurioni fecero altrettanto. Udì più volte l'impatto del ferro contro il legno, e talvolta urla di dolore, ma dalla sua posizione poté vedere che tutte le colonne continuavano ad avanzare, sebbene non fossero più alla stessa altezza. Adesso era sufficientemente vicino agli spalti da poter distinguere con chiarezza le figure che attendevano di ghermirlo non appena avesse provato a salire. Intanto i dardi continuavano a bersagliare lui e i suoi uomini.

Poco prima di entrare in una fascia di terreno troppo vicina alle mura perché gli arcieri potessero tirare, l'uomo di testa della colonna accanto alla sua fu centrato al collo. Portava la scala e l'impatto catapultò all'indietro lui e l'attrezzo, facendo compiere quasi una giravolta al soldato, che atterrò di schiena sul compagno che lo seguiva. La scala si abbatté su quest'ultimo, che incespicò e crollò a terra. Il legionario alle sue spalle gli finì sopra, e così quello che lo seguiva. In un istante si creò una catasta di romani, su cui gli arcieri ebbero tutto l'agio di riversare i loro tiri.

«Non vi fermate! Non vi fermate!», gridò Costantino, esortando gli altri a non lasciarsi condizionare dal destino della sfortunata colonna. Poi, quando arrivarono finalmente a ridosso delle mura, strappò la scala di mano al soldato della sua fila e la poggiò egli stesso addosso alla barriera. Prima di montare sul primo piolo, si disse che avrebbe scoperto di lì a poco se gli dèi avevano deciso che fosse predestinato a grandi traguardi.

Salì badando a tenere sempre lo scudo sopra la testa, e quando fu quasi in cima, un forte impatto gli fece vibrare il braccio. Riconobbe il suono di una lama contro il legno; afferrò saldamente la scala con la mano sotto lo scudo e con l'altra iniziò a menare fendenti alla cieca. Sentì abbattersi altri colpi su di sé, vacillò sui pioli, si accucciò sotto lo scudo e si diede una spinta per salire ancora, finché non intravide la sagoma di almeno due uomini sporgersi oltre il parapetto. Era arrivato all'altezza degli spalti.

Parò un colpo proveniente dal soldato alla sua sinistra e, in equilibrio precario sulla scala, sferrò un affondo a quello di destra. Era privo di corazza e Costantino lo centrò mortalmente al busto. Estrasse la lama, si aggrappò al parapetto con la mano protetta dallo scudo, si diede lo slancio e con un salto lo scavalcò, parando un altro colpo, prima di menare un fendente orizzontale che scavò un solco nel fianco dell'avversario. Un fiotto caldo di sangue lo investì sul braccio.

Senza più antagonisti diretti nelle vicinanze, si guardò intorno per un istante. Altra gente sugli spalti stava venendo verso di lui, ma intanto altri suoi uomini potevano scavalcare le merlature, alle sue spalle e da altre scale. E all'interno della città, altri soldati affluivano verso il settore minacciato.

A quel punto sarebbe dovuto entrare in azione Licinio.

Ma non sentiva alcun squillo di trombe, dall'altra parte.

Maledetto Licinio... Costantino vide avanzare verso di sé e i suoi uomini, giunti sugli spalti di Ctesifonte, più soldati di quanti avrebbe potuto fronteggiarne. Convergevano da ogni punto della città verso i romani, e non c'era bisogno di essere dei veggenti per prevedere che presto li avrebbero respinti. Quelli che non fossero stati uccisi lì sul posto o buttati già dalle mura.

Si chiese se dovesse ordinare la ritirata, prima di veder massacrare tutti i suoi soldati. Trovava assurdo essere riuscito a irrompere con un pugno di uomini nella capitale persiana, un merito che solo pochi romani si erano conquistati, per doverne fuggire subito dopo o essere ucciso, solo perché Licinio non aveva neppure provato a mettere in atto la prevista manovra a tenaglia. Ma non avrebbe mai potuto ripiegare: avrebbe fatto vergognare suo padre Costanzo Cloro, e sarebbe stato ricordato solo per la sua vergognosa fuga. Non aveva alternative: doveva resistere fino alla morte, e sperare che Licinio si decidesse a muoversi.

Chiamò a raccolta i suoi, facendo in modo che presidiassero un settore omogeneo degli spalti, per darsi manforte a vicenda e assicurare, a quanti ancora stavano scalando le mura, un accesso sicuro per incrementare i suoi effettivi. Adesso però i persiani stavano sopraggiungendo non solo da sotto, sciamando tra gli edifici fino a costituire delle colonne di attacco, ma anche dagli altri settori degli spalti: i nemici arrivavano da tre direzioni diverse.

Fece schierare i suoi a mezzaluna, scudi e lance protesi in avanti, i lati addossati alle merlature. Intanto, a mano a mano che i suoi giungevano sugli spalti, li disponeva subito alle spalle di quelli in prima fila, creando una compatta e serrata formazione di fanti pesanti, che i persiani armati alla leggera avrebbero avuto difficoltà a scardinare. Molti nemici però si fermarono, e lasciarono che fossero gli arcieri ad aprire loro la strada. Costantino ordinò ai suoi di inginocchiarsi, tutti quanti, e di acquattarsi dietro gli scudi. Fecero appena in tempo: una pioggia di dardi si abbatté sui romani, provocando un intenso ticchettio sugli scudi, che in breve si riempirono di aculei. Qualcuno fu colpito, soprattutto tra quanti erano ancora impegnati a scavalcare le merlature, rovinando addosso agli altri e minando la compattezza della formazione.

Per fortuna, notò Costantino, gli arcieri erano pochi, e dopo alcune raffiche con scarso esito rinunciarono agli archi e sguainarono le spade, per unirsi all'assalto dei commilitoni. «Alzatevi! Lance protese in avanti!», urlò il giovane tribuno, levando il braccio con la spada insanguinata. I soldati ubbidirono e si fecero trovare pronti quando i primi persiani giunsero all'urto.

Il primo assalto nemico fu facilmente respinto. Sugli spalti ai lati, c'era spazio solo per un paio di assalitori alla volta, e i persiani s'immolarono sulle lance romane senza neppure arrivare al corpo a corpo. Di fronte, i difensori della città dovevano risalire le rampe d'accesso e arrivavano

154

alla spicciolata, senza disporre della compattezza necessaria per scardinare la linea romana. Al secondo assalto, i persiani si fecero più accorti. Sui fianchi e davanti, i più rapidi si fermarono ad attendere l'arrivo dei commilitoni alle spalle, e solo allora si gettarono sulla linea romana, sospingendosi a vicenda per acquisire forza d'urto. Costantino ebbe la sensazione di essere investito da una frana, e solo la barriera costituita dal parapetto impedì ai romani di arretrare. Ma già al primo impatto diversi persiani rimasero trafitti dalle lance dei legionari, che ne usarono i corpi senza vita o in preda agli spasmi precedenti la morte per spingere via i compagni sopraggiunti appena dopo di loro, facendone precipitare qualcuno di sotto, sui tetti delle case più vicine.

Ma alcuni persiani riuscirono a recidere le aste dei romani, guadagnandosi la possibilità di incunearsi tra gli scudi nemici, finendo però stritolati tra i corpi corazzati dei legionari. Costantino dovette dapprima resistere all'impatto, irrigidendo i muscoli dietro lo scudo, poi spingere con lo scudo stesso e menare fendenti con la spada, senza avere un'idea chiara di chi stesse colpendo. Sentì di aver provocato urla di dolore, e vide le figure che si agitavano davanti a lui perdere l'equilibrio e scomparire oltre il bordo degli spalti; ma subito se ne presentarono altre, ombre minacciose con lame scintillanti che guizzavano davanti ai suoi occhi annebbiati dallo sforzo.

Vide crollare accanto a sé un legionario, che ostacolò un compagno con la sua caduta, aprendogli la guardia ed esponendolo all'affondo di un nemico che brandiva la spada. In un istante, due romani erano morti e i persiani davanti a lui si spostarono per insinuarsi nel varco che si era creato. Costantino ne approfittò per trapassare il costato di un avversario distratto dall'invitante prospettiva, poi arretrò per chiudere lo spazio, esortando i soldati più vicini a imitarlo. In breve, la barriera si era riformata, ma era chiaro ormai che non avrebbe potuto resistere a lungo, sotto la pressione sempre più incalzante dei nemici. A ogni momento cadeva un romano e un compagno dalla seconda fila subentrava in sostituzione, ma adesso gli uomini del tribuno erano saliti quasi tutti sugli spalti, e presto non ci sarebbero più stati ricambi sufficienti a tappare le falle apertesi in prima linea.

Quando due legionari, travolti dalla pressione nemica, finirono a terra e furono calpestati dai loro stessi compagni, Costantino capì che era finita.

Si aprì un varco impossibile da chiudere, e i persiani vi si riversarono in forze. La presenza dei due uomini a terra, che si dibattevano per sopravvivere, rese precario l'equilibrio dei primi attaccanti e permise ai romani di trafiggerli, ma gli altri premevano e le punte delle loro spade cominciavano a raggiungere i legionari più vicini. Il tribuno provò a spingere in avanti con lo scudo, ma non riuscì ad avanzare di una spanna.

Almeno finché non udì il suono delle trombe.

I persiani si paralizzarono. I romani si esaltarono. In pochi istanti, caddero uccisi numerosi sassanidi, altri arretrarono spontaneamente, altri ancora si voltarono d'istinto offrendo la schiena ai legionari, che ne disposero a loro piacimento. La resistenza dei difensori venne improvvisamente meno, e la guarnigione si sparpagliò ovunque, cercando di abbandonare gli spalti anche a costo di buttarsi di sotto. A quel punto, ciascuno pensava solo a se stesso, e a nulla servivano le grida dei pochi ufficiali, che cercavano di richiamare all'ordine la soldataglia. Ma in breve i fuggitivi finirono proprio nelle mani dei romani che avevano appena scalato le mura dalla parte opposta, stringendo i nemici in una tenaglia.

Costantino tirò il fiato e se ne stette a osservare gli imperiali prendere possesso della capitale del regno sassanide. Fin troppo tardi, per i suoi gusti. L'aveva scampata bella, e si ripromise di farlo notare a Licinio, che sembrava essersela presa decisamente comoda. Notò il generale arrivare in lontananza, attraversando quella che sembrava la strada principale dell'abitato. Quando furono abbastanza vicini da poter distinguere i rispettivi lineamenti, Licinio lo notò e per un istante assunse un'espressione contrariata, prima di alzare la mano in segno di saluto. E Costantino capì.

Rumore di un esercito in avvicinamento. Inconfondibile, sebbene il buio della notte non permettesse di distinguerlo.

Ma soprattutto, non permetteva di distinguere quale armata fosse.

Romani o persiani? Galerio o Narsete? Costantino fu certo che ogni veterano in grado di percepire quei rumori si stesse facendo le stesse domande. E lo stesso valeva per Licinio, poco distante da lui, proteso sulle merlature in ascolto. Da quando avevano conquistato Ctesifonte, i due comandanti non si erano quasi rivolti parola; il generale si era limitato a dare disposizioni ai suoi subalterni per far sorvegliare i prigionieri e la popolazione civile, ma anche per preparare una difesa con le macchine belliche rinvenute sugli spalti e distribuendo equamente gli uomini in ogni settore. Costantino aveva solo annuito, senza commenti e senza rinfacciargli il suo ritardo. Neppure quando, giunto a contatto con i superstiti della colonna del tribuno, Licinio aveva dichiarato: «Grazie a voi prodi, abbiamo prevalso con facilità. Rinunciando ad attaccare presto, li ho indotti a credere che il vostro fosse l'unico contingente di attacco e hanno finito per convergere tutti su di voi; dopo, è stato un gioco da ragazzi entrare. Se ci avessi provato presto, sarebbero morti molti più romani, e forse inutilmente, poiché forse neppure avremmo conquistato la città!».

Tra la truppa era volato solo un anonimo: «Vallo a dire a tutti quelli che sono crepati mentre ti aspettavano!», cui Licinio non aveva badato. Per il resto, tutti erano esaltati per essere stati protagonisti della conquista della capitale persiana, un evento di cui si sarebbe parlato per secoli. Poi però, col calare delle tenebre, era subentrata nella truppa la tensione per ciò che sarebbe potuto accadere. Non era arrivata alcuna notizia di Galerio, e non si poteva sapere se avesse incontrato difficoltà nell'inoltrarsi in territorio sassanide; né era dato sapere quanto velocemente era ripiegato il re persiano: se fosse arrivato con troppo vantaggio sui romani, non avrebbe avuto troppe difficoltà, con lo schiacciante numero di armati a disposizione, a riconquistare la città.

Costantino sentì i soldati svegli sugli spalti mormorare. Nel silenzio della notte e del deserto, il vento portava il ritmico battito dei calzari sulle carreggiate, l'eco di qualche nitrito o sbuffo di cavallo, il suono prolungato delle ruote dei carri sull'acciottolato. Per quanto accorti fossero gli ufficiali nel tenere l'armata silente, in quel contesto era la natura ad amplificarne anche i suoni più marginali, che altrove e di giorno nessuno avrebbe notato, a quella distanza. Comprese quanto i soldati fossero turbati: avevano appena penato per conquistare una città nella quale, con tutta probabilità, sarebbero morti per difenderla. La loro impresa aveva un senso d'inutilità che avrebbe sgretolato il morale perfino del soldato più motivato.

Costantino non aveva fatto il proprio turno di riposo, nonostante lo sforzo profuso durante l'assalto del giorno. Ma se doveva essere la sua ultima notte, intendeva passarla da sveglio, si era detto. Mancava poco all'alba, ormai; un flebile chiarore si diffondeva nel cielo, facendo gradualmente scomparire le stelle che avevano impedito a quella notte di essere del tutto oscura. E intanto, i rumori si facevano sempre più distinti, intensi, risuonando tutt'intorno e dando la sensazione che la città fosse circondata.

Ma presto, forse, lo sarebbe stata davvero.

Adesso Costantino sentiva le preghiere dei suoi uomini. C'era chi si rivolgeva agli dèi tradizionali, chi a Mitra, chi al Sole invitto, chi alla Grande Madre Cibele, chi a Iside e Osiride, chi ai misteri eleusini o a quelli dionisiaci, chi ai propri lari, é perfino i cristiani intonavano litanie al loro Cristo. Lui si chiese se e chi avrebbe dovuto pregare: si era sempre considerato una persona dalla religiosità tiepida, e mai gli era capitato di rivolgersi a un qualsiasi dio nei momenti critici. Era convinto che l'uomo fosse artefice del proprio destino, e si limitava solo a sperare che gli dèi, chiunque fossero, vedessero in lui un uomo degno della loro fiducia.

Gli dèi tradizionali gli erano sempre parsi così terreni da indurlo a pensare che fossero un parto dell'uomo e una manifestazione dei suoi bisogni. Quello di suo padre, il Sole invitto, un'entità talmente astratta da non avere alcun legame col mondo degli uomini. Gli altri, non li conosceva a sufficienza per esprimere un giudizio; ma era probabile che, se non esistevano quelli, non esistessero neppure questi. Il suo dio, aveva concluso per il momento – senza escludere, per il futuro, di approfondire l'argomento e pervenire a nuove convinzioni –, era il demone interiore che lo spingeva a credere in se stesso e a perseverare con determinazione nel raggiungimento delle proprie alte mete.

Sperò di poterle raggiungere davvero, quando vide emergere dal buio sempre meno intenso una pattuglia di cavalieri. Aguzzò lo sguardo, ma qualcuno prima di lui esclamò che erano ausiliari romani. Un grande sospiro di sollievo e perfino qualche urlo di acclamazione nei confronti del cesare Galerio si levò dagli spalti. I cavalieri comunicarono a gesti facendosi riconoscere e chiedendo conferma del nome delle unità presenti nella città. Costantino ignorò Licinio e scese verso la porta, dove trovò quasi tutti i più alti ufficiali. Quando i battenti si aprirono, Licinio si fece avanti per spiegare chiaramente ai cavalieri che era lui il capo, e pertanto l'uomo cui dovevano rivolgersi.

«Salute, legato», esclamò il primo della colonna, scendendo di sella con agilità. Costatino riconobbe Severo. «Vengo a portarti notizie del cesare, che sperava davvero di trovarti già qui dentro», dichiarò ad alta voce. «Abbiamo visto gli spalti presidiati da sentinelle romane e non abbiamo esitato ad avvicinarci. Ti confesso che avevamo timore di trovare la città ancora in mano sassanide».

«Lo stesso timore che avevamo noi nel vedere apparire i persiani, al posto vostro», rispose secco Licinio. «Dimmi, Severo. Dov'è l'imperatore?»

«Il cesare è qui vicino, legato», rispose Severo guardando diffidente Costantino. «Mi ha chiesto di formare una pattuglia da mandare in avanscoperta, e io ho preferito venire a rendermi conto personalmente della situazione». Cosa non avrebbe fatto, pensò Costantino, per mettersi in mostra. E non poteva biasimare Severo, o perfino Licinio, per la loro ambizione, che era pari alla sua. Li biasimava per le scorrettezze di cui avevano dato ripetutamente prova. Lui era uno che giocava pulito, se non altro.

«Se era vicino, perché non ci ha portato aiuto quest'oggi?». Lo incalzò Licinio.

Severo allargò le braccia. «Durante la marcia, che le due armate opposte hanno fatto secondo tragitti quasi paralleli, ci sono stati degli abboccamenti, soprattutto, devo dire, grazie al fatto che l'harem di Narsete è finito nelle mani di Galerio», spiegò. «I messi inviati dai sovrani si sono visti su un'isola in mezzo a un fiume, e alla fine è stato stabilito che avrebbero lasciato al fato la risoluzione delle loro dispute. Gli accordi erano che se aveste preso Ctesifonte entro questa notte appena trascorsa, il re sassanide si sarebbe dichiarato disposto a riconoscere uno stato di uguaglianza tra i due imperi e a trattare la pace sulla base di questo presupposto; in caso contrario, ci saremmo dovuti ritirare al di là del confine senza ulteriori scontri, ma lasciandovi nelle loro mani. Ora, grazie alla vostra impresa, tratteremo da una posizione di vantaggio e finché avremo l'harem e la capitale del re potremo spingere per ottenere almeno una parte della Mesopotamia e il riconoscimento del vassallaggio dell'Armenia. Credo proprio che l'imperatore vi sarà molto grato…».

Costantino e Licinio si guardarono e, per una volta, il giovane tribuno fu certo che stessero pensando la stessa cosa. Galerio poteva anche essere loro grato, ma intanto aveva preso decisioni senza neppure informarli ed era pronto a sacrificarli senza esitazione.

Erano solo carne da macello, alla fine.

XI

Per l'ennesima volta in quel pomeriggio, Sesto Martiniano sentì la zona pubica inondarsi di un calore liquido, e si sentì più che mai di appartenere a Minervina. Con la voce resa roca dall'emozione e dal piacere, le chiese di farlo ancora, e lei aumentò di nuovo la cadenza mentre lo dominava, danzando sul suo pene eretto. Di lì a poco, Sesto provò di nuovo la stessa sensazione. Le lenzuola e il materasso erano bagnate di lei, ovunque si vedeva traccia della sua presenza, l'aria era impregnata dell'aroma che si sprigionava dal suo sesso... Era come se Minervina fosse capace di plasmare il mondo circostante, quando faceva l'amore, e ogni volta che provava il massimo piacere era come se lo trascinasse sempre più in quella dimensione magica, dove tutto sapeva di lei, tutto *era* lei.

«Sono passati oltre due anni, da quando abbiamo cominciato... eppure ogni volta è più bello, più intenso», mormorò Sesto quando lei si accasciò su di lui per riprendere fiato. Intanto, le accarezzava i capelli e cercava il suo respiro, per farsi investire e cullare dal gradevole odore che emanava dalla sua bocca. Neppure per un istante voleva uscire da quella delizia per i sensi che era il suo corpo, sempre più avido delle sensazioni che sapeva dargli.

«Sì... è così... non smetterei mai», rispose lei ansimante.

«E allora non smettere».

Minervina non attese un attimo per soddisfarlo. Si alzò di nuovo, ostentando i suoi piccoli seni appuntiti, e riprese a muoversi veloce, frenetica, violenta, con l'insospettabile potenza di cui era capace. Diventò di nuovo la belva in cui si trasformava quando godeva, puro istinto animale, e Sesto la seguiva, liberando anche lui i suoi più bassi istinti, come mai gli era capitato con nessun'altra donna. Ma nessun'altra donna aveva quegli immensi poteri di cui era dotata Minervina. Sembrava nata per fare l'amore; ogni parte del suo corpo sembrava concepita per provare e dare piacere. I suoi pertugi erano morbidi ed elastici, il suo nettare così copioso da uscire a fiotti, come l'eiaculazione di un uomo, la frequenza dei suoi orgasmi continua, la sua resistenza estrema, il suo coinvolgimento totale, il suo abbandono al godimento, assoluto.

E ogni volta era più intenso. Quando pensava di non poter raggiungere un'estasi superiore, veniva puntualmente smentito da un incontro più focoso del precedente. Era certo che non sarebbe mai finita. Quel che c'era tra loro non faceva che alimentarsi; mai un passo indietro nel desiderio, mai un passo indietro nella sintonia, quando erano insieme.

Quando erano insieme.

Trovava ingiusto che non fosse ufficialmente la sua donna. Che poi fosse sposata col suo peggior nemico, non faceva che rendere più amara la situazione. L'attenzione nel preparare i loro incontri, per evitare di essere scoperti, limitava enormemente la loro frequentazione, condizionava la loro spontaneità e talvolta rendeva frustrante la relazione, nella quale il sesso aveva un ruolo rilevante. Ma non era il solo elemento a legarli. Sesto trovava delizioso vedere il mondo attraverso gli occhi di Minervina. Erano gli occhi di una bambina, che si entusiasmava per un nonnulla e di fronte a ogni nuova scoperta: lo stesso entusiasmo che metteva nel fare l'amore.

Suo marito non aveva mosso un dito per farla crescere. Probabilmente aveva trovato comodo farla rimanere tanto infantile e ingenua, per impedirle di rendersi conto della sua natura crudele e ambiziosa. Quelle rare volte che ne parlavano, infatti, Minervina parlava sempre bene di Osio, e non c'era nulla che Sesto potesse dire per convincerla del contrario. Così, il pretoriano lasciava cadere il discorso, preferendo godersi i momenti che riuscivano a trascorrere insieme, sempre troppo fugaci rispetto a quanto avrebbe desiderato.

Quando fu lui a raggiungere il culmine del piacere, non fece altro che rinnovare l'estasi provata più volte in precedenza. Trovava talmente spettacolari gli orgasmi della sua compagna da riuscire quasi a provarli egli stesso, come se l'intensità di lei gli si trasmettesse in modo del tutto naturale. Nel corso degli anni, infatti, si era verificato un processo di fusione tale che Sesto non aveva quasi più bisogno di raggiungere l'orgasmo per provare il massimo del piacere: lo sentiva attraverso lei e ne era appagato.

Si abbandonarono l'uno accanto all'altra, ma poco dopo sentirono il bisogno di abbracciarsi e avvinghiarsi, scambiandosi teneri baci. Rimasero avviluppati per un po', in dormiveglia, fino a quando Sesto non riprese ad accarezzarla.

«Sono una donna felice, Sesto», disse Minervina. «Sì, non ho avuto figli. Ma ho un marito buono, amo te e sono ricambiata, e Cristo mi sta avvolgendo col suo amore».

«Dovrei essere geloso?», rispose sorridendo Sesto. «Credevo di essere io quello che ti sta avvolgendo col suo amore».

Lei fece un finto broncio e gli diede un buffetto sulla tempia. «Non essere irriverente!», protestò. «Vorrei tanto che tu trovassi il modo di venire una buona volta a una delle nostre funzioni, così ti renderesti conto di quanta bontà e rettitudine vi sia negli insegnamenti di Nostro Signore».

«Ci verrei per farti piacere, dolce tesoro. Ma se si venisse a sapere, adesso più che mai non sarebbe visto di buon occhio dai miei superiori. I cristiani sono considerati una minaccia nell'esercito, e soprattutto tra i pretoriani. Siamo i soldati più vicini all'imperatore, e sarebbe inqualificabile se uno di noi s'interessasse a un credo che non solo spinge un uomo a non impugnare le armi, ma nega anche la sacralità del sovrano e i nostri veri dèi».

«Ma non sono veri. Sono solo proiezioni dei nostri bisogni. Dio, invece, è amore».

«E l'amore non è forse un nostro bisogno?», obiettò Sesto. «Quindi non vedo perché dovrebbe contrapporsi agli dèi che hanno permesso a Roma di prosperare. Potrebbe benissimo coesistere con essi».

Minervina si mise a sedere, mostrando il suo corpo esile ma regale. «Ma Dio è il solo dio. Come può coesistere con ciò che non esiste?»

«Direi che il vostro dio è molto intollerante. Nessuno dei nostri dèi pretende di essere l'unico. Così ciascun uomo può venerare il dio di cui ha bisogno o quello che preferisce».

«Ma voi adorate pezzi di marmo. Semplici idoli che non possono fare nulla per voi».

«Perché, il vostro dio può fare qualcosa per voi? Mio padre mi raccontava di aver visto i cristiani divorati dalle belve sotto il regno di Decio, e non sembrava che il vostro dio si preoccupasse molto della loro sorte».

Minervina si staccò e iniziò a vestirsi, lasciando trapelare un certo fastidio. «Chi non conosce il nostro credo non può capire. Dio ci salva. Ci dona la vita eterna nel regno dei cieli, che è quella che veramente conta; questa è solo una vita di passaggio. Per i giusti che si sacrificano per la loro fede c'è la salvezza alla fine dei tempi».

«Bella consolazione», ironizzò Sesto. «Preferisco campare in questa vita certa, che morire per poter vivere una vita eterna che nessuno può dimostrare».

«Il sacrificio non è solo la morte! È una vita retta, consacrata a Dio, facendo del bene al prossimo e rispettando le leggi del Signore».

«Non bisogna per forza credere nel vostro dio per condurre una vita retta e secondo giusti principi. Io credo di essere un uomo onesto e…».

«*Tu uccidi*», precisò lei, guardandolo severa.

«Se necessario. E non ne traggo piacere. È solo il mio mestiere».

«Ma commetti un peccato mortale», spiegò lei. «Non potresti mai raggiungere la grazia. Io anche vivo nel peccato, d'altronde: commetto adulterio con te, tradendo mio marito. Ma il mio amore per te mi sembra una cosa meravigliosa, e non posso credere che Dio lo biasimi. Tuttavia devo mondarmi dai miei peccati. È per questo che presto mi farò battezzare».

Sesto ne fu sgomento. Aveva sentito dire che il battesimo sanciva ufficialmente l'entrata di un cristiano nella comunità dei fedeli. In qualche modo, percepiva che questo li avrebbe allontanati.

«Mi sembra una sciocchezza», protestò. «Tira una brutta aria, per voi cristiani, non lo hai sentito? In qualche provincia i governatori hanno confiscato i beni di qualcuno dei tuoi correligionari, con la scusa che non avevano fatto sacrifici agli imperatori. E in un paio di casi li hanno fatti uccidere. E gli augusti non hanno torto loro un capello. Non vorrei che si arrivasse a quello che è accaduto mezzo secolo fa». Si avvicinò a lei prima che andasse via e la strinse a sé, baciandola sul collo, per stemperare la tensione che si stava creando da quando avevano affrontato quell'argomento. Ma lei s'irrigidì.

«Sono certa che non accadrà nulla. Mezzo secolo non è passato invano. E poi, Dio ci proteggerà», disse lei con un sorriso forzato, staccandosi e avviandosi verso la porta.

Sesto si augurò che non li proteggesse come aveva fatto con i loro correligionari, tanto sfortunati da vivere sotto il regno di Decio.

Osio ricevette impaziente la visita del liberto che aveva inviato a seguire la moglie. Lo aveva atteso a lungo, nervosamente, nel tablino dell'abitazione appena fuori città, in cui si era traferito per due giorni facendo credere a Minervina di essere partito. Da molto tempo era certo della presenza, nella sua vita, di qualcuno che assorbiva la sua attenzione e la sottraeva all'affetto che gli doveva. Quando lei aveva iniziato a negarsi ai suoi doveri coniugali, aveva pazientemente sperato che fosse una fase passeggera e aveva tollerato la sua freddezza; poi, quando Minervina aveva continuato a ignorare i suoi approcci, si era convinto che, come molte matrone romane, si fosse fatta un amante più giovane di lui, e si era limitato ad attendere che le passasse l'infatuazione. Ma non le era passata, pertanto aveva dedotto che non si trattasse di un semplice amante, ma di una relazione seria e profonda.

Non aveva osato redarguirla né punirla, e neppure aveva mai affrontato l'argomento, nelle loro conversazioni. Più Minervina lo ignorava, più lui si rendeva conto di aver consolidato negli anni, per lei, un sentimento vero, concreto, forse il solo sentimento d'amore che avesse mai nutrito nella sua vita. Si chiedeva come fosse potuto accadere: forse era a causa della natura della donna, tanto mite e ingenua, che induceva a proteggerla; forse era un latente senso di colpa per aver causato la morte dei suoi genitori. O forse perché lei era la sola a vederlo come una persona buona e generosa, lui che non riusciva a farsi amare da nessuno e che tutti temevano, per la sua indole spregiudicata e priva di scrupoli.

L'amava, sì, e se c'era una debole speranza di essere almeno in parte contraccambiato, Osio temeva che con una scenata o impedendole di fare i suoi comodi l'avrebbe persa per sempre. E non voleva che accadesse. Minervina gli era necessaria, più di ogni altro essere umano, per avere una migliore opinione di se stesso. E non avrebbe mai fatto nulla per spiacerle. Già da bambino i suoi genitori si erano sentiti in dovere di esortarlo spesso a mostrare più umanità verso i suoi coetanei, a essere meno prevaricatore, calcolatore. E crescendo non era mai riuscito a farsi degli amici; chiunque provasse ad avvicinarlo, prima o poi se ne andava disgustato o anche solo infastidito dal suo egoismo. Ma a lui non importava: era certo di essere nato per comandare, e chi comanda non ha bisogno di amici, si diceva; anzi, non deve averne, per non lasciarsi condizionare di fronte a decisioni importanti. Fin da ragazzo aveva messo in conto di non dare troppo peso ai sentimenti. Minervina era il suo punto debole, e ne era consapevole. Ma era altrettanto consapevole che, nel perseguire le proprie ambizioni, non si sarebbe mai fatto condizionare né da lei, né dai pusillanimi insegnamenti cristiani che l'aveva spinta a seguire.

«Allora?», chiese al suo collaboratore non appena questi si sedette davanti al suo scrittoio.

«È come pensavi, dominus», confermò il liberto. «La signora si incontra con un uomo in una casa a ridosso delle mura oltre l'Esquilino, vicino ai giardini dei Licinii».

«Conosci l'uomo?», gli chiese Osio, che sentì montare dentro di sé la rabbia.

«Sì. Prima di tornare da te ho assunto informazioni. L'edificio in cui si sono incontrati è una delle sue proprietà».

«È un uomo benestante, quindi».

«E importante. Un tribuno pretoriano, d'illustre famiglia».

Osio attese che gli dicesse il nome. Tamburellò sul tavolo con le dita e lo fissò con sguardo minaccioso.

«Si chiama Sesto Martiniano, dominus», disse infine l'uomo.

Osio sussultò. Ma emise anche un sospiro di sollievo. Congedò il liberto con un cenno della mano e si mise a riflettere. Sesto Martiniano... era già la terza volta che le loro strade s'incrociavano, e senza dubbio, in questa circostanza non era una coincidenza. A Margum aveva ucciso suo padre, e in Britannia era sfuggito per un pelo alla sua vendetta, durante la battaglia lungo la costa. E adesso, quel farabutto insidiava sua moglie: c'era da essere certi che lo stesse facendo solo per un desiderio di rivalsa. L'amore non c'entrava nulla, e questo lo rassicurava. Se anche Minervina si fosse innamorata, di sicuro il tribuno la stava solo usando per umiliare lui.

Questo rendeva le cose più facili. Ma non per Martiniano. Lui l'avrebbe pagata cara, per aver violato una sua proprietà.

«Hai saputo dello scandalo tra i pretoriani, cara? No... certo che no... Come potresti? Hanno già insabbiato tutto. Io ne sono venuto a conoscenza solo grazie alle mie amicizie». Minervina alzò lo sguardo dal piatto nell'udire le parole di Osio, sentendo palpitare il cuore alla menzione del corpo cui apparteneva Sesto. E la conversazione durante la cena assunse per lei, improvvisamente, un motivo d'interesse.

«Uno scandalo? Di che si tratta?», chiese incuriosita. Del lavoro di Sesto sapeva ben poco; nei loro incontri fugaci non gradiva parlare di faccende militari, che la turbavano per la loro stretta connessione con la morte e il male. Ma uno scandalo era tutt'altra cosa.

«Ebbene, un tribuno pretoriano è andato in un lupanare con una matrona che, poi, si è scoperto essere la sua amante abituale», proseguì il marito. «Non ne conosco il nome, ma si tratta di una donna di alto lignaggio. Be', costui, non pago di godere delle grazie della signora, l'ha corrotta al punto di farla partecipare con lui a orge con le meretrici del posto, con cui si accompagnava molto spesso».

Minervina si sentì scossa, ma si accorse che il suo turbamento derivava anche dall'eccitazione; s'immaginò, per un istante, al posto di quella matrona, ma respinse subito l'idea, inorridita. «E perché c'è stato uno scandalo? Suppongo che, nel privato, i pretoriani non siano tutti integerrimi», chiese.

«Vero. Ma in questo caso c'è stato un incidente», precisò Osio. «Il tribuno e la sua signora si sono ubriacati, hanno urtato un braciere e fatto incendiare le suppellettili. Insomma, hanno dovuto chiamare i vigili e tutta la storia è venuta fuori. Il prefetto del pretorio ha dovuto pagare i danni e il suo ufficiale si è preso una bella reprimenda... Per la matrona, poi, è stato umiliante: il marito non l'ha presa bene, come puoi immaginare».

Minervina soffocò a stento un sorriso. Che figura! Ecco un argomento di cui avrebbe potuto parlare nel prossimo incontro con Sesto. E magari avrebbe anche potuto chiedergli chi era il suo collega.

«Poveraccio, questo Sesto Martiniano... Puttaniere e ubriacone. Bella nomea si sarà fatto tra i suoi commilitoni. Adesso nessun subalterno lo prenderà più sul serio», aggiunse Osio.

«Come hai detto?». A Minervina parve di non aver sentito bene.

«Ho detto che questo Sesto Martiniano non si sarà fatto molti estimatori, con la sua condotta...».

«Sesto Martiniano?», ripeté allibita.

«Si chiama così, a quanto ho saputo, sì».

Minervina sentì le forze abbandonarla. Una morsa le strinse la gola e la vista le si annebbiò, mentre le tempie pulsavano e tutto sembrava girare intorno a lei. «Scusa... io... non mi sento bene. Devo andare a letto».

Si alzò dal triclinio aiutata da Osio. «Saranno state le cozze, mia cara. Forse non erano troppo fresche. Farò frustare il cuoco. Una buona dormita ti farà tornare in forma», sentì dire il marito, che poi aggiunse, rivolgendosi alla schiava che aveva appena messo in tavola l'ultima portata: «Tu, portala a letto!».

Minervina si sostenne alla ragazza finché non giunsero nel suo cubicolo, dove la schiava la spogliò per metterle la tunica per la notte. In uno stato di torpore, si lasciò adagiare sul letto dove, rimasta sola, prese a rimuginare sul racconto di Osio. Aveva detto proprio Sesto Martiniano. *Il suo Sesto.* Aveva un'altra amante. La tradiva abitualmente, dunque. Non poteva crederci: le aveva detto sempre che non sarebbe più riuscito a divertirsi con un'altra donna, dopo essere stato con lei. Di non provare più interesse per nessun'altra. Le era parso che ciò che li legava escludesse qualunque pulsione verso altre persone. Per questo non era più riuscita a farsi toccare da Osio, da quando aveva iniziato la relazione con Sesto.

Le lacrime le sgorgarono copiose, inzuppando il cuscino. La tradiva, chissà da quando. E scoprì anche, con stupore, che una parte di sé lo detestava per non aver coinvolto lei in quelle orge con le prostitute, invece di quella matrona. Sesto aveva sempre detto che lei era fatta per l'amore, era fatta per il sesso… che le sue capacità, le sue caratteristiche fisiche e la sua resistenza, il suo atteggiamento totalmente disinibito durante l'intimità facevano di lei una dea del piacere. E poi, nella palestra del piacere portava un'altra?

Allora diceva così a tutte. Chissà quante altre amanti aveva. Oppure era solo quella la vera amante, forse perfino il suo vero amore, e lei era solo un passatempo divertente… Poi le venne in mente quello che aveva sospettato all'inizio: un pensiero che la passione sprigionata dai loro incontri aveva spazzato via.

Sesto se la portava a letto solo perché odiava Osio.

Non gli importava nulla di lei. L'aveva sempre presa in giro. Non poteva che essere così. Senza volerlo, suo marito le aveva aperto gli occhi. Caro, vecchio Osio… che l'aveva sopportata pazientemente, senza mai protestare di fronte ai torti che lei gli aveva inflitto, negandosi ai propri doveri di moglie. E tutto per un uomo che voleva addirittura la sua morte. *Lei aveva aiutato un nemico di suo marito a fargli del male…* Non se lo sarebbe mai perdonata.

Il battesimo giungeva proprio al momento giusto. L'avrebbe mondata dei suoi terribili peccati. Non era un caso che Sesto volesse impedirglielo: non era un uomo buono, e non poteva capire il valore di quell'atto. Si era sempre sentita in colpa per la sua relazione con lui, non solo perché tradiva la fiducia di una persona comprensiva come Osio, ma anche perché negava i precetti stessi di Cristo, rendendosi una pessima cristiana. Si era sempre giustificata con il puro sentimento che provavano l'uno per l'altra, ma se Sesto era solo un profittatore con intenzioni malevole nei confronti di suo marito, lei si era resa complice delle sue nefandezze, peccando inesorabilmente.

D'improvviso, però, l'idea di rinunciare a Sesto la atterrì. Il suo amante assecondava alla perfezione il suo lato oscuro, che aveva scoperto di avere da quanto quell'uomo aveva portato alla luce le sue più intime pulsioni. Era come se fosse stato lui a svelare la sua vera natura. Con chi altri avrebbe potuto mostrare ciò di cui solo una meretrice sarebbe stata capace? L'idea di tornare alla banale intimità con un uomo, come era stato con Osio, la faceva inorridire, e inoltre la spaventava l'idea di rinunciare del tutto a un amante che sembrava averla sempre compresa più di ogni altro, l'aveva fatta sentire importante come donna, e non per il ruolo di moglie che svolgeva.

Si chiese se il suo corpo avrebbe reagito con Osio o con qualsiasi altro come aveva fatto con Sesto. Tutti quei doni che aveva scoperto di possedere, e che tanto facevano la gioia sua e del suo compagno di intimità, senza di lui sarebbero scomparsi, oppure sarebbero rimasti? Nel secondo caso, Osio avrebbe ritrovato una donna diversa, forse ne sarebbe stato perfino inorridito, e avrebbe almeno sospettato che in tutto il periodo in cui si era negata a lui, la moglie avesse conosciuto in profondità i piaceri del sesso…

Temette di essere dipendente da Sesto, per il piacere, e quindi di essere destinata a desiderarlo per sempre. Ma non poteva continuare a frequentarlo senza condannarsi alla dannazione eterna, vivendo nel peccato e con un peccatore pervicace, che per giunta non la amava neppure…

Ma la sua determinazione era sempre stata carente. Sperò solo che Cristo la aiutasse e le desse la forza per resistere alle tentazioni.

XII

«Vicina è la fine del mondo e l'ultimo giorno, e il giudizio del Dio immortale. Inesorabile sarà il castigo che colpirà Roma; giungerà un tempo di orrore e sventura. Che tu sia maledetta, italica terra, grande, barbarica nazione». L'irruzione di Galerio nella sala delle udienze fece sobbalzare Diocleziano, che nell'udire quelle parole inquietanti, pronunciate dal suo genero e cesare, abbandonò la sua abituale immobilità sul trono. I generali, gli alti ufficiali e Costantino, riunitisi per pianificare delle modifiche alla pace stipulata quattro anni prima con l'impero sassanide, capirono subito di cosa stesse parlando l'altro imperatore: era il chiodo fisso di Galerio, e con quell'esordio c'era da giurare che avrebbe portato la riunione su argomenti di tutt'altro genere, rispetto a quelli militari e politici all'ordine del giorno.

«Non solo ti presenti in ritardo a questo vertice, cesare», lo accolse stizzito Diocleziano, «ma ti permetti di aggredirci con queste parole farneticanti?».

Galerio prese posto sulla sola sedia ancora vuota, sistemando accanto a sé una pila di documenti. «Queste parole "farneticanti", come tu giustamente le definisci, non sono nostre ma di un testo cristiano», specificò. «Come vedi, non fanno mistero di voler distruggere tutto ciò che hai costruito e di volerci tutti morti. E tu consenti perfino la presenza di uno dei loro edifici di culto, una chiesa, come la chiamano, proprio qui a Nicomedia, di fronte al tuo palazzo!».

Diocleziano fece una smorfia, mentre un mormorio si levava tra gli astanti. Anche per Costantino, parole così infuocate non erano una novità: aveva avuto modo di verificare il fanatismo di alcune frange estreme di cristiani per le vie della città, quando se le davano di santa ragione per motivi che gli rimanevano oscuri.

«Sì, siamo a conoscenza delle loro profezie sulla rovina di Roma, la

169

fine del mondo e l'avvento del regno del loro dio», ammise l'augusto. «Ma in fin dei conti non fanno male che a se stessi. Sappiamo dove vuoi arrivare, figlio mio, ma ricordati che il nostro dovere è mantenere l'ordine pubblico e preservare gli equilibri sociali; perseguitare i cristiani minerebbe la solidità dello Stato, tanto faticosamente raggiunta. Ormai molti dei loro esponenti occupano posti di responsabilità nell'impero…».

«È proprio perché abbiamo il dovere di preservare gli equilibri che abbiamo restaurato dopo decenni di guerre civili, che dobbiamo impedire che si scateni un altro conflitto; dobbiamo colpirli e spuntare le loro armi prima che siano loro a colpire noi!», insisté Galerio. «Ma come puoi conciliare la restaurazione dell'antico ordine e il rispetto per gli dèi con l'esistenza di questi miscredenti?»

«È la ragion di Stato, figlio mio. Siamo costretti a compromessi con loro. Quello che fanno nella sfera privata non c'interessa; l'importante è che in pubblico si comportino da esemplari cittadini romani».

«E secondo te sono cittadini esemplari quelli che non sacrificano al genio dell'imperatore, non bruciano l'incenso, negano l'esistenza degli dèi e si rifiutano di prestare servizio militare?».

Diocleziano tacque, dando modo a Galerio d'incalzarlo. La discussione stava mettendo in imbarazzo tutti i presenti, e Costantino, come gli altri, non poté fare altro che cambiare posizione sulla sua sedia. «Secondo questo Ippolito», riprese il cesare, leggendo uno dei suoi documenti, «l'impero romano sarebbe la quarta bestia di Daniele, qualunque cosa significhi. Ci paragona a un animale con i denti di ferro e le unghie d'ottone, e asserisce che il nostro imperatore si fa adorare come un Anticristo. Visto, ti considerano un "Anticristo", cioè un nemico del loro dio, che chiamano Cristo. Tu non li consideri nemici, ma loro sì! E senti questo Tertulliano, secondo il quale l'impero è un nemico da combattere, pur senza armi e rivolte, in modo passivo ma altrettanto dannoso: "La defezione di così tanti cittadini in ogni lontano angolo della terra basterebbe a far crollare il vostro impero… Cerchereste invano i vostri sudditi e i nemici alle porte sarebbero più numerosi della vostra stessa popolazione"».

Le sue letture spinsero qualcuno dei presenti a fare commenti. Licinio dichiarò: «Per gli dèi, a quanto pare basterebbe una parola dei loro capi, e tutti i cristiani si rifiuterebbero di servirti, dunque. Come potresti aver

170

cura dello Stato, augusto? E io, come potrei svolgere il compito che mi hai assegnato?»

«Quel che è certo», aggiunse Massimino Daia, «è che ormai sono uno Stato nello Stato, con loro usanze e costumi. Se hai restaurato l'impero, augusto, è stato perché sei stato tanto devoto da mantenere il favore degli dèi. E hai spinto anche i tuoi sudditi alla devozione, incoraggiando il recupero delle tradizioni religiose che hanno reso grande Roma. Ma questi cristiani neppure li riconoscono, gli dèi».

«Questi folli arroganti pretendono che prima di un oscuro falegname morto sulla croce ai tempi di Tiberio non sia mai esistito alcun dio! Cosa può esserci di più offensivo?», intervenne ancora Galerio.

«Sono dei parassiti che pretendono tutti i diritti dei cittadini romani senza adempiere agli obblighi religiosi che questo comporta», precisò Severo.

«E come dovremmo fare, allora?», replicò in tono quasi intimidito Diocleziano, che sembrava subire l'aggressività del genero. Costantino si accorse che era invecchiato, e che dimostrava tutti i suoi sessant'anni; erano lontani i tempi in cui aveva umiliato il cesare davanti ad Alessandria. Adesso i ruoli sembravano essersi invertiti.

«Fosse per me, li ucciderei tutti», rispose deciso Galerio. «Ma come tu giustamente sostieni, ormai sono troppi. Quindi io dico: spaventiamoli, dichiarando illecita la loro religione. Obblighiamoli a consegnarci questi libri osceni, a sospendere i loro riti, a celebrare sacrifici, mandando a morte chiunque non rispetti le disposizioni. Vedrai che in breve tempo, almeno formalmente, non ci sarà più un cristiano sulla faccia della terra».

«Sei molto ottimista. Non ci risulta che la persecuzione di Decio e Valeriano abbia sortito questo effetto», rispose Diocleziano. «Pare che cerchino la morte in nome della loro fede: lo chiamano martirio, e ne vanno fieri. Cosa si può fare con esaltati del genere, se non trovare un d'accordo?».

«Cosa si può fare con esaltati del genere, se non sterminare chiunque non obbedisca ai nostri decreti?», gli fece il verso Galerio. «Con i fanatici non si discute: è inutile».

«Sterminarli? Ci priveremmo di una buona parte dei nostri sudditi, con evidenti riflessi sulle tasse e sulle difese delle frontiere», obiettò l'imperatore. «Però qualcosa bisogna pur farla, te lo riconosciamo. Potremmo imporre loro i sacrifici agli dèi e dimostrare la lealtà all'imperatore, e la consegna dei testi che considerano sacri, minacciando la prigione, non la morte. I personaggi di rango che si sono fatti cristiani sono capaci di compromessi, e sapranno orientare la plebe», ipotizzò Diocleziano.

«Tu ti sei troppo ammorbidito. La morte, ci vuole, non la prigione. Bruciamoli vivi!», gridò Galerio, con una luce sinistra negli occhi.

Finalmente Diocleziano parve indignato dal comportamento irrispettoso del genero. Si alzò dal trono e disse seccamente: «Vieni subito con noi». Lo condusse nella stanza adiacente, dove Galerio lo seguì con aria per nulla dimessa; la porta si chiuse, e da allora i presenti udirono solo un chiacchiericcio indistinto dai toni sempre più accesi. Costantino osservò le espressioni degli altri, per capirne l'orientamento. Era il più giovane e si guardava bene dal parlare, rendendosi conto che la sua presenza era a malapena tollerata e la sua posizione invidiata. La sua politica, ormai, consisteva nel cercare di tenere un profilo basso a corte finché non gli si fosse presentata l'occasione per emergere. Diocleziano non voleva altri cortigiani che gli gravitavano intorno con manifesta piaggeria, nel perenne tentativo di guadagnarsi le sue attenzioni e i suoi favori.

«Galerio ha ragione. Quella è gente con cui non si ragiona. Sono ben felici di morire per il loro dio e negano tutti gli dèi altrui. Si è mai vista una simile intolleranza?», dichiarò Licinio.

«Io sono d'accordo anche sul fatto che Diocleziano si sta rammollendo. Dovrebbe essere Galerio l'augusto, qui in Oriente», specificò Severo, gettando un occhio a Massimino Daia. Era chiaro che volessero tutti guadagnarsi il favore dell'astro in ascesa: la vittoria sulla Persia aveva accresciuto il suo prestigio, e speravano che Massimino riferisse i loro commenti allo zio. Non si rendevano conto che Massimino, come tutti, pensava soprattutto a se stesso, e si sarebbe guardato bene dal favorire dei diretti concorrenti al trono.

In ogni caso, se Galerio voleva una persecuzione, tutti avrebbero spinto per la persecuzione, pur di assecondarlo. E poco importava che si trattasse di una soluzione assolutamente sproporzionata al problema rappresentato dai cristiani. Per Costantino, quegli individui erano solo la più efficiente e diffusa delle sette, più o meno monoteistiche, che cercavano di compensare la manifesta latitanza degli dèi tradizionali nel dare risposte al disagio interiore di cui soffriva la maggior parte degli uomini; la ricerca di un dio supremo, superiore agli altri – che potevano essere divinità subalterne o addirittura non esistere affatto – era un processo che gli appariva ineluttabile e inarrestabile, nell'animo dei suoi contemporanei. Suo padre Costanzo lo aveva compiuto, trovando una sua dimensione spirituale nel Sole invitto, divinità suprema ma non esclusiva.

Quanto poi alla prossima fine dei tempi, probabilmente non ci credevano neppure loro. Poteva essere solo un modo per spingere gli altri ad aderire al loro credo, nella prospettiva di salvarsi. Era una religione potente, quella cristiana, con una struttura organizzata, e dubitava che qualunque soluzione escogitata dagli imperatori ne avrebbe avuto ragione. Si chiese cosa ne pensasse suo padre e rimpianse di non essere a corte con lui. Ma se voleva che Diocleziano lo tenesse in considerazione per l'eventuale successione, adesso che si avvicinava l'avvicendamento al vertice dell'impero, era a Nicomedia che doveva stare.

In quel covo di vipere.

«Era ora che questo decreto arrivasse», dichiarò Massenzio, dopo che il padre gli ebbe passato il rescritto imperiale emanato da Diocleziano. «Penso che non avrai esitazioni a sottoscriverlo, giusto?», aggiunse, rivolgendosi a Massimiano.

L'imperatore si grattò la testa, annuendo mentre rifletteva. Cambiò posizione sul trono, al centro della sala delle udienze nel suo palazzo sul Palatino, e dopo alcuni istanti di silenzio rispose: «Il nostro augusto collega ha perfettamente ragione. I cristiani ricordano davvero troppo da vicino i manichei, col loro integralismo: nessun altro dio, a parte il loro, è così inconciliabile con le credenze, le tradizioni e i costumi che noi quattro sovrani ci siamo proposti di restaurare. Nessuno come loro mina la stabilità e la coesione dell'impero».

«È preoccupante che uno di quei fanatici sia arrivato addirittura a dar fuoco a un tempio, e proprio a Nicomedia, nella capitale di Diocleziano e davanti ai suoi occhi. Chissà cosa potrebbero fare qui a Roma, che senza dubbio per loro è il simbolo di tutto ciò che negano», insistette Massenzio. «Per giunta, so che è proprio qui che hanno fondato una comunità che si ritiene superiore a tutte le altre, e il loro sacerdote principale, il cosiddetto vescovo, vanterebbe una superiorità sui suoi colleghi delle altre sedi, sulla base del fatto che un tale Pietro, morto a Roma ai tempi dell'imperatore Nerone, era stato investito da quel Cristo del ruolo di capo della loro chiesa. Ma a quanto so, molti contestano questa superiorità e spesso litigano tra loro».

«Ecco, anche questa forte litigiosità tra comunità, e per delle sfumature, a quanto ne so, non giova alla stabilità dell'impero», commentò Massimiano. «Spesso gli amministratori delle città sono dovuti intervenire per sedare scontri di piazza tra opposte fazioni cristiane. Basterebbe questo a metterli fuorilegge: nessun altro credo ha mai dato tanti problemi all'impero».

«Per non parlare di quelli che minano la coesione dell'esercito rifiutandosi di combattere. È accaduto diverse volte, soprattutto in Oriente. Hanno quasi compromesso la campagna persiana di Galerio», intervenne uno dei cortigiani presenti.

Sesto Martiniano, presente nella sala come responsabile della scorta, non poteva che concordare. Massenzio aveva un carattere irascibile, ma una mente lucida e una piena consapevolezza delle necessità di un impero. I cristiani rappresentavano una minaccia, e se li avessero lasciati fare, presto avrebbero privato Roma delle difese necessarie a sostenere la pressione barbarica lungo i confini; ma non solo: avrebbero, come aveva giustamente osservato il cortigiano, reso le città invivibili con le loro eterne dispute. Trovava una vera disdetta che Minervina avesse aderito a quella sciagurata setta, tanto più ora che farne parte poteva diventare estremamente pericoloso. Era molto curioso di sapere cosa prevedeva il rescritto imperiale, ma Massimiano e Massenzio non avevano ancora informato gli astanti dei dettagli del suo contenuto.

«Né possiamo continuare a ignorare il fatto che siano gli unici cittadini di Roma a rifiutarsi di sacrificare in onore degli imperatori», dichiarò Massimiano. «Questa è sovversione!».

«Vedono i tetrarchi come una diretta emanazione di quegli dèi che loro considerano demoni, oppure inesistenti», spiegò Massenzio. «Quindi, padre, ti considerano un mistificatore. Definiscono te e l'augusto Diocleziano come Anticristo, in contrapposizione al loro dio, Cristo. Mi stupisce che non abbiano ancora attentato alla vostra vita».

«Di sicuro lo faranno, prima o poi. Bisogna colpire prima che lo facciano loro. Dobbiamo incrementare le misure di sicurezza», rispose Massimiano, turbato.

174

«Sono una vera e propria peste», ammise Massenzio. «Eppure, se non fossero tanto minacciosi, si potrebbe perfino riderne. Ho letto attentamente Porfirio, che ne fa un'analisi approfondita. L'insegnamento di quel Cristo richiede una fede irrazionale, dice il dotto studioso; una pretesa assurda per chiunque sia abituato a pensare e abbia una cultura. Quindi va bene per i poveracci che non hanno nulla da perdere e si augurano che il mondo finisca presto, come predice la loro gente, in favore di una vita migliore nell'aldilà. Mi stupisce che certi uomini colti e facoltosi abbiano aderito al cristianesimo: forse lo fanno solo per superare qualche delusione umana, o per sentirsi fintamente più buoni; apparentemente, infatti, quel Cristo insegnava ad aiutare i più deboli e ad amare tutti, perfino i nemici».

«E che dice Porfirio sui loro riti?», chiese incuriosito l'imperatore, che non era certo noto per la sua cultura.

«Ah!», esclamò il figlio, chiaramente compiaciuto che glielo chiedesse. «Porfirio cita uno dei loro testi sacri, di un tale Giovanni, che in un passo dice testualmente: "Se non mangerete la carne del figlio dell'uomo…" Parole bestiali, per lui, che non hanno riscontro neppure tra i popoli più selvaggi. Ci si stupisce che si rifiutino di uccidere il nemico in battaglia ma che non esitino a scannarsi tra loro… Ma tanto poi si battezzano, dicono. Con l'acqua si mondano di tutti i peccati, e questo non può che essere un incentivo a coltivare nuovi vizi e scelleratezze».

«Io so che quel Cristo sarebbe risorto. Ma lo avrebbero visto solo alcune donne sconosciute…», disse la sua un altro cortigiano.

«Guarda caso», commentò sprezzante Massenzio, «proprio quello che fa notare Porfirio. Perché non apparire a Pilato, a Erode, o ancor meglio al Senato romano? Avrebbe dovuto scegliere una cornice più degna e credibile per la sua apparizione… così avrebbe risparmiato un mucchio di persecuzioni ai suoi seguaci e convinto tutti del suo potere divino, e ogni dubbio sulla sua missione sarebbe caduto. Ma la verità è che non aveva alcun potere divino: basta leggere i loro testi sacri per trovare conferma dell'opinione di Porfirio, che fa notare come avesse paura di gettarsi dal pinnacolo del tempio, non avesse alcun potere sui demoni, fallisse davanti ai sommi sacerdoti e al procuratore Pilato. Insomma, sono proprio i loro testi a descrivere la sua passione e il suo presunto sacrificio sulla croce come indegni di un essere divino. Visto che gli autori di quei libri hanno palesemente inventato i fatti, potevano almeno inventarli meglio ed essere più convincenti!», sbuffò.

«Perfino quel Pietro appare come assolutamente inadeguato al suo incarico», proseguì. «Pensate che rinnega Cristo più volte e si fa mettere sotto da un altro seguace, tale Paolo, o Saulo, un cittadino romano di Tarso: questi è proprio un essere spregevole: Porfirio lo giudica ingrato, doppio, bugiardo, sempre in contraddizione con se stesso, sempre intento a correggere quanto precedentemente affermato. Dopo essere stato egli stesso un persecutore dei cristiani, si è messo a predicare l'imminente fine del mondo e la resurrezione dei morti; ma dalla sua epoca sono trascorsi quasi tre secoli e non è successo nulla di tutto questo».

«Potremmo però dire che sono i cristiani stessi a minacciare di provocare la fine del mondo. *Del nostro mondo*», specificò Massimiano, impressionato dallo sfogo del figlio. «Questi loro testi sacri sono davvero pericolosi: fa bene Diocleziano a pretenderne la consegna».

«Il fatto stesso che nulla sia successo di quel che hanno predetto i loro profeti dovrebbe indurre questi fanatici ad abbandonare questo folle credo e a riabbracciare la fede dei loro e nostri padri», aggiunse Massenzio. «Gli dèi hanno predetto la grandezza di Roma e ne hanno favorito l'ascesa. Inoltre sono tolleranti e non hanno mai avversato i romani che si sono dedicati ad altri culti: il cesare Costanzo Cloro è un noto seguace del Sole invitto e nella sua carriera ha senz'altro goduto di un favore divino. I cristiani, invece, disprezzano chiunque non appartenga al loro credo: se avessero campo libero, bandirebbero senz'altro tutte le altre religioni. Se considerate che sono capaci di massacrarsi tra loro per sfumature nell'ambito della stessa religione…».

«Già… Noi romani abbiamo scatenato guerre per i più svariati motivi, ma mai per la religione», ammise il padre. «Loro lo farebbero eccome, se occupassero una posizione dominante nell'impero! Estirpare questa piaga prima che cresca ulteriormente è il dovere di ogni buon governante. Pertanto firmiamo volentieri questo decreto, che renderemo operativo senz'altro prima della celebrazione del ventennale del nostro governo qui a Roma, nel prossimo autunno».

Massenzio scrutò il testo. «Uhm… Destituzione ed esilio per chiunque non consegni i testi sacri e si rifiuti di sacrificare agli imperatori… Speriamo che sia una minaccia sufficiente a ricondurli a più miti consigli».

Ecco, adesso Sesto sapeva quali misure avrebbe adottato lo Stato contro i cristiani. Doveva assolutamente far ragionare Minervina. Si ripropose di contattarla alla sua prima libera uscita, con la speranza, almeno, che accettasse di vederlo: ultimamente, la donna era stata piuttosto fredda nei suoi confronti, e da qualche settimana evitava addirittura di incontrarlo. Aveva atteso che lei sentisse la sua mancanza, ma a quanto pareva sapeva resistere benissimo senza di lui. E se ne era stupito: non pensava che sarebbe mai potuto accadere, e non riteneva di aver fatto nulla che potesse ferirla. Probabilmente, aveva concluso, era stata quella dannata setta ad allontanarla da lui, facendola sentire in colpa per il suo adulterio. O forse erano state le discussioni sull'argomento, e le profonde differenze tra i loro punti di vista. Ebbene, adesso avrebbe scoperto cos'era accaduto. E avrebbe fatto di tutto per salvarla dalla follia in cui si era cacciata.

Osio aveva le idee chiare. Quando gli annunciarono che l'imperatore poteva riceverlo, dopo ore di anticamera a palazzo, trasse un profondo sospiro e si alzò deciso dalla sedia, consapevole che si stava giocando il proprio futuro. Nel corso degli anni, Massimiano era diventato lo spauracchio del Senato: nessun altro dei quattro tetrarchi aveva eliminato tanti maggiorenti quanto lui. Aveva fatto uccidere numerosi senatori, con l'accusa di tradimento, ma si diceva che il solo motivo che lo spingeva a giustiziarli era la prospettiva di incamerare i loro beni. In ogni caso, era un individuo da affrontare con cautela, ed esporsi come Osio intendeva fare poteva procurargli guai. Ma se non altro poteva essere certo che l'augusto non lo avrebbe ucciso per il suo patrimonio, uno dei più modesti, almeno per il momento, nell'illustre consesso; solo questo gli dava il coraggio di abbandonare il basso profilo che aveva mantenuto fino ad allora e sfidare la sorte, per ascendere alle alte cariche che bramava fin da ragazzo.

Entrando nella sala delle udienze, dove vide l'imperatore assiso sul trono con il figlio Massenzio accanto, gli cadde l'occhio su Sesto Martiniano, e fu indispettito dalla sua presenza. Non aveva alcuna intenzione di rivelare i suoi progetti a uno dei suoi peggiori nemici; e dal modo in cui lo guardava il tribuno pretoriano, era chiaro che non vedeva l'ora di approfittare di un suo passo falso. Dopo che il cerimoniere di corte ebbe fatto le presentazioni, sciorinando la nomenclatura di rito, osò chiedere:

«Ciò di cui ti sono venuto a parlare, augusto, non deve essere udito da orecchie indiscrete. Ti chiedo pertanto di poterti parlare a tu per tu. Si tratta di una faccenda che riguarda la sicurezza dello Stato».

Massimiano assunse un'espressione diffidente, guardò il figlio, che allargò le braccia con un gesto di noncuranza, infine annuì, esortando il cerimoniere a uscire con le guardie. Solo Massenzio non si mosse. Osio lanciò un'occhiata velenosa a Sesto, che si ritirò a denti stretti. Quando furono soli, l'imperatore disse: «Ebbene, senatore Osio: cosa devi dirci di tanto importante? Hai notizia di un'ennesima cospirazione?».

Era lecito che lo pensasse. Se un senatore chiedeva un'udienza privata con l'imperatore, di solito era per denunciare qualche rivale politico e godere della sua rovina. «Non sono brutte notizie quelle che ti porto, augusto, ma buone. Voglio proporti un progetto per rafforzare il tuo potere e rendere più saldo e coeso il territorio sotto la tua giurisdizione».

«Ah sì? E tu che vantaggio ne trarresti?», intervenne subito Massenzio, con un'espressione divertita.

«La soddisfazione della vostra gratitudine, innanzitutto; e poi, ovviamente, un vantaggio personale in termini d'incarichi e ricchezze, che cercherei di guadagnarmi con la mia fedeltà e la mia efficienza».

«E sentiamo: come intendi guadagnarteli, questi incarichi?», chiese incuriosito Massimiano.

«Facendo leva sui cristiani», precisò, decidendo che era tempo di rompere gli indugi. «Premetto che non sono cristiano, ma proprio per questo non mi farò scrupolo di sfruttare le loro insulse credenze per trarre tutto il vantaggio possibile a favore della corona. A te, augusto, serve qualcuno che si ponga come interlocutore tra lo Stato e questi fanatici, che vivono al di fuori delle istituzioni e della nostra società, minacciando l'ordine sociale. Saprai bene che il loro capo qui a Roma sovrintende tutte le chiese d'Occidente. Ebbene, ho contatti all'interno della comunità che mi potrebbero permettere di favorire l'ascesa di un personaggio compiacente, che potrebbe indirizzare il favore dei cristiani verso la tua regale persona e la tua famiglia…».

L'imperatore e suo figlio rimasero a fissarlo in silenzio, l'espressione imperturbabile. Si sentì autorizzato a continuare. «Mi spiego meglio: questi individui hanno una determinazione e una convinzione superiore a tutti gli altri, nessuno può negarlo. Se tramite il nostro uomo riuscissimo a convincerli che i sovrani, e in particolare tu, mio signore, agiscono nel loro interesse e li tutelano, potrebbero essere dei funzionari e degli amministratori solerti e zelanti. Ricevono un mucchio di donazioni, e se facciamo in modo che sia tu ad amministrare i lasciti a loro favore, potresti trovare una nuova fonte d'incremento dell'erario, cui attingere per le tue iniziative. Avresti un esercito di fedelissimi al tuo servizio, se li scegliessi come alleati. Ed è qui che entro in gioco io: sarei il garante di quest'alleanza, il tuo fiduciario presso di loro e il tuo tramite. E poiché non sono cristiano, non potrai mai temere che faccia i loro interessi, ma quelli tuoi e degli dèi che noi tutti veneriamo e rispettiamo».

Ancora una volta, Massimiano e Massenzio si guardarono senza parlare. Dopo un tempo che a Osio parve incredibilmente lungo, il figlio sbottò in una crassa risata, che subito contagiò il padre. In breve, i due presero a sbellicarsi, lasciando interdetto il loro postulante. Con le lacrime agli occhi e tenendosi lo stomaco, l'augusto sembrò, a dispetto del suo ruolo, il vecchio e rozzo soldato ubriacone che sarebbe rimasto se non fosse diventato il più stretto sodale di Diocleziano. Quando riuscì infine ad articolare qualche parola, gli disse: «Questa è la situazione più comica che ci sia capitata da quando siamo sul trono… Solo per questo non ti facciamo giustiziare, povero idiota…».

Osio non ebbe il coraggio di chiedergliene il motivo. Fu Massenzio a intervenire, asciugandosi a sua volta le lacrime per il gran ridere, «Abbiamo appena congedato il messo che ci ha portato un editto dell'augusto Diocleziano, imbecille… Tra poco entrerà in vigore una legge che persegue ogni cristiano che non consegni i suoi libri sacri, celebri ancora i suoi riti e non sacrifichi agli dèi».

Osio dovette lasciare che quelle parole sedimentassero nella sua mente, per essere certo di averle udite. Una nuova persecuzione… e proprio nel momento in cui lui proponeva all'imperatore di fare affidamento sui cristiani. Si rese conto di quanto fosse andato vicino all'essere giustiziato. Ma se pure gli era andata bene, ne sarebbe uscito con la fama da imbecille, e senza dubbio sovrano e principe avrebbero raccontato a chiunque della sua inopportuna proposta. Era finito, politicamente, anche se aveva salvato la testa. Nessuno lo avrebbe più preso sul serio. A meno che….

A meno che non rovesciasse la situazione a proprio favore.

«Ebbene... puoi ancora sfruttare le mie conoscenze a tuo favore, augusto», disse, mentre ancora imperatore e principe sussultavano per i residui di risa.

«Vediamo in quale altro modo puoi farci ridere. Ti stai davvero guadagnando un incarico: quello di buffone di corte», disse Massenzio, suscitando un nuovo scoppio d'ilarità nel padre.

Osio cercò di soffocare l'umiliazione, pensando alla vendetta che avrebbe tratto su quei due biechi personaggi che godevano a ostentare disprezzo nei suoi confronti. Era venuto per aiutarli, e ora era ben deciso a provocare la loro rovina. Continuò a parlare: «Se dovete perseguitare i cristiani, io sono la persona di cui vi potete avvalere per farlo con maggiore efficacia. Vi prenderanno in giro, quando gli chiederete di consegnare i libri sacri, dandovi volumi che per loro non significano nulla. Vi mentiranno quando vi diranno che hanno rinunciato ai loro riti, e perfino quando bruceranno incenso, prima di ricoprirvi d'insulti, non appena avranno la certezza che non li udirete. Io potrò indicarvi e denunciare tutti quelli che faranno finta di ottemperare alle vostre disposizioni, potrò scovare i nascondigli dei testi che non vi hanno consegnato, potrò esercitare pressioni sui loro sacerdoti perché facciano rigare dritta la comunità. Vi serve uno come me: e se pensate che io sia un buffone, guardate il mio curriculum militare e gli incarichi che ho svolto dalla guerra civile da Margum in poi. Vi chiedo solo, in cambio, che mia moglie sia tutelata, pur essendo una cristiana. Tutto il resto me lo darete se mi dimostrerò capace di mantenere le mie promesse».

Massimiano smise di ridere e lo studiò. Anche Massenzio assunse un'espressione seria e prese a valutare le sue parole. Prima ancora che parlassero, fu certo che una spia facesse loro troppo comodo per rinunciarvi.

Adesso si trattava di lavorarsi il cristiano che aveva scelto come contatto. E di convincere Minervina a non esporsi troppo.

XIII

Minervina si fermò davanti all'uscio della casa in cui Sesto le aveva dato appuntamento ed esitò a bussare. Ancora una volta, fu tentata di tornare indietro, così come era stata sul punto di fare ripetutamente durante il tragitto in lettiga. Da quando Osio le aveva rivelato in quale abisso di abiezione fosse precipitato il suo amante, si era forzata a non rispondere ai suoi messaggi e si era imposta di non vederlo. Le era costato infinitamente. Le era sembrato innaturale tenersi lontano da lui, rifiutarlo, come rinunciare a mangiare o a bere. Il suo corpo aveva protestato, le aveva fatto provare sensazioni di straniamento, quasi di sofferenza, talvolta, con un fuoco che la divorava dall'interno tra le gambe.

Si era decisa, all'ennesimo tentativo di contatto da parte di Martiniano, solo perché lui le aveva scritto che era questione di vita o di morte. E tuttavia esitava ancora, combattuta tra il grande desiderio di rivederlo, di ritrovarsi di nuovo tra le sue braccia, e il disgusto per ciò che aveva sentito dire di lui. Prima di diventare cristiana, forse sarebbe arrivato addirittura a perdonarlo, ma adesso, frequentare un uomo del genere sarebbe stato del tutto contrario ai valori che Silvestro le aveva trasmesso.

Ma perché il suo corpo le diceva il contrario? Le pulsioni che provava verso di lui la facevano vergognare di se stessa, e la facevano sentire sporca; ma i sentimenti che aveva sempre nutrito nei suoi confronti le sembravano talmente puri e sinceri che il Signore non avrebbe potuto che approvarli. Se Cristo era amore, si diceva, era nel giusto; ma se i cristiani condannavano l'adulterio, stava sbagliando, e di molto, per giunta, con un uomo tanto immorale. Il suo dilemma la dilaniava e avrebbe voluto parlarne con Silvestro; ma non osava, sia per paura di perdere la sua stima, sia perché non avrebbe mai avuto il coraggio di parlare di quelle faccende a un altro uomo.

Si risolse a bussare, con l'animo in tempesta e il cuore che le batteva quasi come la prima volta che si era data appuntamento con Sesto. L'uomo le andò ad aprire personalmente pochi istanti dopo, e il suo bel volto si illuminò in un ampio e franco sorriso. Le fu difficile pensare che si trattasse della stessa persona di cui le aveva parlato Osio.

«Minervina, finalmente sei venuta!», disse Sesto, invitandola a entrare. «Mi sei mancata, dolce signora».

Lei entrò, indecisa se assecondare il suo entusiasmo. Avrebbe voluto dirgli che lui non le era mancato affatto, ma lo avrebbe fatto solo per non dargli soddisfazione: in realtà, le era mancato eccome. Ma sebbene il suo corpo la spingesse a gettarglisi addosso, era ben decisa a mantenere un contegno distaccato. In fin dei conti, era lì solo per sapere cosa Sesto intendesse per "questioni di vita o di morte".

L'uomo apparve deluso che lei non gli rispondesse come si era aspettato. Ciononostante, non appena Minervina ebbe varcato la soglia, chiuse la porta, la cinse delicatamente alla vita e avvicinò il viso a suo, cercando la sua bocca. La donna si ritrasse istintivamente, ma senza decisione, e Sesto la cercò ancora, finché le labbra non s'intrecciarono in quella deliziosa fusione che conosceva fin troppo bene. E a dispetto di quel che pensava di lui, si sentì subito avvolta dal tepore che provava ogni volta che lo baciava. Come sempre, le parve che i suoi piedi si sollevassero da terra, e le sembrò di volare insieme a lui in un posto che sulla terra non esisteva.

Ma non doveva cedere.

Quando si staccarono, non seppe dire quanto tempo fosse passato. Sicuramente più di quanto avesse previsto. «Be', se non altro, mi pare che la magia tra noi sia rimasta la stessa», disse lui, facendole strada verso il triclinio, dove la invitò a sedere su uno dei divanetti. «A maggior ragione, quindi, mi stupisco della tua freddezza. Magari adesso mi spiegherai cosa sta succedendo».

Eccolo, il momento che più temeva. Minervina sapeva che avrebbe dovuto parlargli, dargli modo di spiegarle; in fin dei conti, per tutto ciò che c'era stato tra loro e che, lo aveva appena verificato, c'era più che mai, sarebbe stato giusto concedergli una possibilità; ma era terribilmente in imbarazzo, si vergognava delle cose che Osio le aveva confidato, e non riusciva a trovare un modo per esporle o per accusarlo.

«Ti ho fatto qualcosa, Minervina?». Sesto voleva sapere.

«No… Non mi hai fatto nulla», riuscì solo a dire.

«Lo sai, vero, che non farei mai nulla che ti faccia soffrire, vero?».

Lei annuì, ma ebbe l'impressione di averlo fatto con scarsa convinzione. Non a caso, Sesto la incalzò. «Sono quei cristiani, vero? I loro insegnamenti ti fanno vivere male questa relazione, non è così?», le chiese.

Minervina vide una via d'uscita. Dopo un lungo silenzio, rispose: «Non posso convivere con questo senso di colpa. Quello che stiamo facendo è ingiusto».

Sesto quasi non le lasciò il tempo di finire. Si alzò dal proprio divanetto, si sedette accanto a lei e la cinse di nuovo, stavolta con più forza, baciandola senza che lei opponesse resistenza. La donna sentì le sue mani premerle sul seno, poi scendere lungo i fianchi, mentre la sua bocca avida le avvolgeva le labbra facendola sentire sua. Provò brividi intensi e un calore liquido tra le gambe. Si accorse che la sua mano era andata d'istinto sul pube di Sesto, sentendolo indurirsi in pochi istanti.

«Ti sembra ingiusto quello che proviamo?», le sussurrò lui all'orecchio, accompagnando le parole con profondi e rochi sospiri.

«N-no», riuscì appena a dire, prima di sussultare al contatto della mano di Martiniano con il suo centro del piacere. Sentì il compagno frugarle dentro, con la sua abituale capacità di premere e insinuarsi nei punti e nei modi che le provocavano estasi, e subito si abbandonò a un rapido orgasmo. Sesto attese solo qualche istante: conosceva fin troppo bene il suo corpo e le sue reazioni, e riprese a darle piacere nello stesso momento in cui lei era di nuovo pronta a provarlo. Non avrebbe mai trovato un altro uomo così, si disse, abbandonandosi del tutto. Si lasciò sfilare i vestiti, poi s'inginocchiò, ansiosa di dargli a sua volta piacere, gli sollevò la tunica e gli spostò il perizoma, quindi iniziò a baciare il suo membro con il famelico istinto che lo faceva impazzire. Trascorse poco tempo prima che lui la sollevasse e la adagiasse su di sé, accompagnandola nel movimento ritmico che portava entrambi a navigare nel mare dell'oblio.

Quando infine si staccarono, ansanti e appagati, Minervina aveva perso il conto delle volte in cui aveva raggiunto il culmine del piacere. E si sentiva bene. Si adagiò sul divanetto accanto a lui, cullandosi nella sensazione di benessere e sicurezza che le provocava il contatto di Sesto. E solo allora si rese conto che era venuta da lui con ben altri propositi.

«Vuoi permettere ai cristiani di toglierti tutto questo?», le disse l'amante guardandola con tenerezza, gli occhi vicini ai suoi tanto da permettere alle ciglia di sfiorarsi.

«Non parlare di loro come se fossero una cosa estranea a me. Io *sono* cristiana», rispose. «E non sono una buona cristiana, purtroppo. Vorrei avere più forza di volontà. Spero che il battesimo me ne dia a sufficienza da rendermi capace di resistere alle tentazioni».

Sesto si alzò reggendosi sul gomito e la guardò incredulo. «Quella ridicola cerimonia in cui t'immergono nell'acqua? E dopo, pensi di chiudere del tutto il nostro rapporto? Sono solo una tentazione, per te?».

Anche lei si alzò a sedere. «Ti ho detto già una volta di non parlare con disprezzo del mio credo e dei suoi riti. Il battesimo è un momento fondamentale per un cristiano!».

«Te lo ripeto», insisté lui. «Intendi chiudere con me, dopo questo battesimo?»

«Sì», replicò lei, trattenendo a stento le lacrime.

Sesto fece un gesto di stizza, battendo la mano sul bordo del triclinio. «Essere cristiana ti porta dunque a rinnegare l'amore? Non vi vantate forse di professare la religione dell'amore verso il prossimo? Mi pare un vero paradosso…».

«Io amo, infatti. Amo Cristo, e quindi amo tutti. Cristo è amore. Ma il mio amore deve andare nella direzione che i sacri vincoli m'impongono», precisò. «A ogni modo, mi avevi chiamato per parlarmi di una questione di vita o di morte…», aggiunse, per uscire dal vicolo cieco in cui l'inoppugnabile logica di Sesto l'aveva infilata.

Sesto sbuffò. «Ha a che fare proprio con questo. I tuoi cristiani non solo ti stanno privando della cosa più bella che ti sia capitata nella vita, ovvero il nostro amore, ma anche della vita stessa!».

Minervina lo fissò inquieta. «Che vuoi dire?»

«Che se desideri diventare una martire, il tuo momento sta per arrivare. Temo che stia per iniziare una nuova persecuzione, come quella di mezzo secolo fa».

«È un timore senza fondamento, il tuo. I cristiani sono una realtà, ormai, che nessuno oserà più toccare: siamo troppi. Non è più come ai tempi di Decio».

«Questo dimostra quanto vivi fuori dalla realtà. Le avvisaglie c'erano tutte, invece: avete esasperato i sovrani, e loro hanno deciso di farvi rigare dritto. Sta per entrare in vigore un editto che persegue qualunque cristiano si professi tale, non sacrifichi agli imperatori e non consegni i vostri libri sacri. Chi occupa posti di responsabilità sarà destituito, gli altri esiliati, e non escludo che contro i più fanatici si proceda con condanne a morte».

Minervina sbuffò. «Lo dici solo per indurmi a rinunciare alla mia fede. Pensi che sia un ostacolo per te. Mi vuoi tutta per te e non pensi alla mia salvezza».

«È proprio alla tua salvezza che penso!», s'indignò lui. «E non a quella spirituale, come fate voi, ma a quella fisica. Ero presente, quando l'augusto Massimiano ha firmato il decreto di Diocleziano. Presto diverrà operativo, e c'è da essere certi che qui a Roma saranno particolarmente severi, dato che tra poco gli augusti vi celebreranno i loro Vicennalia».

La donna scrutò nell'espressione di Sesto per capire quanto fosse serio. E capì che non scherzava. Un tremore la pervase ovunque, e lo stomaco le si torse in una morsa di terrore. Rifletté su ciò che l'aspettava. Si figurò esiliata in qualche oscuro posto ai confini del mondo, lontana dal suo grande amore. Ma pensò anche al conforto che le aveva dato conoscere Cristo.

«Allora? Ti decidi a mollare quei pazzi?», la incalzò Sesto.

Poco prima aveva chiesto al Signore di darle la forza per resistere alle tentazioni. Adesso doveva chiedergli di donarle una forza ancor più potente, che le consentisse di resistere alla paura del dolore e della morte, se necessario. Si apprestava a diventare un soldato di Cristo, facendosi battezzare: sarebbe stato un gesto da pusillanime rinunciarvi per paura delle conseguenze sulla sua forma fisica, se la prospettiva era quella della salvezza eterna.

«In tutta la mia vita non ho mai affrontato prove che forgiassero il mio carattere», rispose convinta. «E mi sono fatta mettere i piedi in testa da tutti. Sarà il battesimo a darmi la forza che mi manca per affrontare le prove che mi attendono, quali esse siano. E sarà il Signore a decidere il mio destino», aggiunse, ricominciando a vestirsi senza dare peso all'espressione allibita del suo amante.

«Una persecuzione?». Milziade rimase attonito all'annuncio di Osio. Si accasciò sulla sedia, fissandolo incredulo, ma il senatore non intendeva permettergli di rinunciare a lottare; senza di lui non avrebbe mai recuperato l'onore perduto davanti all'imperatore.

«Ormai conosco bene le tue ambizioni, Milziade. Ed è tempo di metterle in atto insieme», lo esortò.

Il presbitero allargò le braccia. «E come? Finiranno per massacrarci, come ai tempi di Decio… E adesso l'impero è più organizzato di allora, grazie a Diocleziano».

«Ma voi cristiani siete molti di più, e avete gente vostra in ruoli di prestigio. Avete risorse, ricchezze, un'organizzazione capillare. Saprete resistere, con i giusti accorgimenti».

«Mi bruceranno vivo, o mi manderanno nel Colosseo con le belve feroci…», continuò a lamentarsi Milziade.

Osio ebbe un moto d'impazienza: aveva creduto di individuare nel presbitero un uomo privo di scrupoli come lui, e invece si trovava di fronte un pusillanime. Lo strattonò e gli urlò in faccia: «Dammi retta e tu ne uscirai più forte di prima, idiota! Volevi essere vescovo? Questo editto ti dà la possibilità di sbarazzarti dei tuoi avversari e di diventarlo più facilmente!».

Milziade lo guardò perplesso, poi si staccò e si ricompose. Apparentemente, aveva recuperato il suo sangue freddo. «E come pensi che potrei riuscirci, da morto o da esiliato?», gli chiese.

«Semplice. Consegnerai i testi sacri che vi chiederanno, ti farai vedere zelante nel segnalare dove sono nascosti i libri che il vescovo si rifiuterà di consegnare… E poi, con discrezione, mi indicherai i più fanatici. Che magari potrebbero essere i tuoi diretti rivali per la carica che insegui… Marcellino è vecchio, e presto tirerà le cuoia».

Il presbitero fece una smorfia. «Senza dubbio saranno in parecchi quelli che cederanno, di fronte alla prospettiva di una condanna, e consegneranno i libri o cominceranno a fare sacrifici ai vostri dèi e agli imperatori… Ma come pretendi che mi eleggano vescovo se non mi mostro intransigente? Mi disprezzeranno…».

«Ti disprezzeranno solo i fanatici che non accetteranno le disposizioni imperiali», gli spiegò. «Ma quelli si metteranno fuori gioco da soli, perché lo Stato li condannerà e ti spianerà la strada. Non sono forse i sacerdoti a eleggerti? Ebbene, nel vostro collegio, dopo le epurazioni dell'imperatore, rimarranno solo quelli che si sono dimostrati disponibili al compromesso. E tu sarai il loro capo. Inoltre, se saprai assicurare all'imperatore che la tua comunità è capace di ottemperare ai doveri di ogni buon cittadino, vedrai che sarà lui stesso, tramite me, a sostenerti nella tua ascesa; gli farà comodo un vescovo che lo ascolti…».

Milziade si mise a riflettere. E presto gli brillarono gli occhi. Osio fu sicuro che stesse valutando e apprezzando le invitanti prospettive che gli si aprivano.

«Non dire nulla, per ora, ai tuoi correligionari», gli suggerì. «Quando l'editto sarà reso pubblico, tu sarai preparato ad affrontarlo, gli altri no; e ti dimostrerai il più saldo, di fronte a una faccenda che terrorizzerà tutti i cristiani, guadagnando consenso e mostrandoti la guida ideale per la tua comunità».

«Mi pare un'idea eccellente, Osio», rispose convinto il presbitero. «Hai ragione: questa storia rappresenta per me una grande opportunità. In fin dei conti, se l'editto è così morbido come dici, prevedendo al massimo l'esilio per i sacerdoti che non collaborano, non ho nulla da temere; anzi, ho tutto da guadagnare, perché ho sempre sostenuto la necessità di collaborare con le autorità. È gente come Eusebio e Silvestro, oltre che Marcellino, a non dare a Cesare quel che è di Cesare…».

«E allora, sarà contro di loro che dovrai concentrare i tuoi sforzi», replicò Osio, salutandolo. Uscì dalla casa del sacerdote molto soddisfatto di sé; in un paio d'ore, aveva trasformato un'apparente sconfitta in una vittoria. Né avrebbe dimenticato quanto avevano riso di lui Massimiano e Massenzio: entravano di diritto nella sua lista di personaggi di cui vendicarsi, al pari di Sesto Martiniano, d'ora in poi.

Ebbe voglia di festeggiare e si diresse alla volta dell'Esquilino, dove sapeva di trovare un paio di morbide braccia disposte ad abbracciarlo, e delle orecchie pronte ad ascoltarlo. Come sempre, da quando Minervina si negava ai suoi doveri coniugali. Giunse davanti all'elegante abitazione in cui risiedeva la sua amante e bussò. Gli andò ad aprire uno schiavo, che lo riconobbe e lo invitò a entrare, facendolo accomodare nel triclinio. Osio ingannò il tempo osservando l'elegante fattura dei mosaici alle pareti e il mobilio di pregio; come sempre, trovò ironico e perfino ingiusto che la donna possedesse una casa più prestigiosa della sua. Ma il ricco appannaggio che le aveva messo a disposizione il cesare Costanzo Cloro le consentiva di fare una vita più che agiata; non male per una che, gli aveva confessato una volta, da ragazza faceva la locandiera in una cittadina di frontiera lungo il Danubio.

La donna comparve sulla soglia della stanza, vestita della sola tunica e con i capelli acconciati in maniera approssimativa. Il trucco, più pesante che mai, nascondeva le rughe profonde che solcavano il suo volto sfiorito, cancellando però quell'espressione decisa e maliziosa che lo aveva colpito fin dalla prima volta che l'aveva incontrata, durante un pranzo dato da un senatore. Squadrò il suo corpo tozzo ma provocante, grazie a movenze e sguardi che aveva fatto proprio fin da giovane, compiacendo i viandanti che si fermavano nella sua locanda; nonostante l'età avanzata, la donna sapeva ancora come affascinare gli uomini; almeno quelli della sua età o più anziani, e Osio iniziò a pregustare quello che lo attendeva. Non era amore, almeno per lui, ma solo un ripiego rispetto ai desideri che Minervina gli suscitava senza soddisfarli più.

Per lei, invece, era amore. «Lo sai, vero, che queste sorprese mi rendono sempre felice», esordì Elena. «La mia vita, ormai, si concentra nei pochi momenti in cui vieni a farmi visita…».

Osio si sentì in imbarazzo. L'aveva scelta come amante, lusingata, blandita per un motivo ben preciso che rientrava nei suoi piani più ambiziosi. Poi, aveva scoperto che stare con lei era anche piacevole. Lei lo faceva sentire importante come Minervina non faceva più da anni. «E tu lo sai, Elena, che hai un fascino e una sensualità senza tempo?», rispose.

Lei sorrise amara. «Se è un modo delicato per dirmi che sono vecchia, lo so da me», poi si avvicinò all'uomo e lo strinse a sé con vigore. Sembrava non spaventarla mai nulla: era solida, determinata e sicura come nessun'altra donna. La considerava più un'amica che un'amante: era intelligente, sapeva ascoltare e parlare, e sarebbe stata una degna imperatrice, se Costanzo Cloro non fosse stato costretto a disfarsene per sposare la figlia dell'augusto Massimiano. E lei non sembrava essersela presa con il cesare, di cui non gli parlava mai male: da persona di buon senso qual era, era consapevole di aver avuto dalla vita, grazie all'incontro con quel soldato dal futuro radioso, molto più di quanto le aveva riservato la ventura di nascere da un'oscura famiglia di provincia.

«Non sarei qui se ti considerassi ve…», provò a dire per giustificarsi. Ma lei non lo lasciò finire e lo baciò con veemenza, ben decisa a dimostrargli che il suo spirito era sempre giovane. D'altra parte, si disse prima di lasciarsi trascinare dal turbine del desiderio, meglio un'amante stagionata ma attiva che una donna giovane e bella ma scostante. E a Elena, la fede cristiana, cui aveva aderito anche lei prima ancora di Minervina, non impediva di lasciarsi andare come una meretrice in un lupanare.

Gli montò sopra come Minervina non aveva mai fatto, e come sempre gli piacque così tanto che tutto fu troppo breve. Di solito, riusciva a provare un piacere prolungato solo quando trovava il tempo di fermarsi per un secondo amplesso; nel primo non riusciva mai a trattenersi. Si sdraiarono l'uno accanto all'altra ansanti, e Osio sentì Elena fremere. Sapeva che avrebbe dovuto aiutarla a raggiungere a sua volta il massimo piacere, ma non intendeva rovinare quel senso di rilassatezza che provava dopo l'orgasmo, e come sempre lasciò che ci pensasse da sola.

Quando anche lei si sentì appagata, si guardarono a lungo in silenzio, sorridendo. Osio avrebbe voluto parlarle di tutto ciò che gli era successo quel giorno, ma non riteneva che la loro amicizia dovesse spingersi a tanto, perciò riprese i suoi consueti sfoghi su Minervina. «Peccato che tu abbia un'età in cui non puoi più avere figli. Dubito che Minervina me ne darà, ormai. A proposito: sai che ho scoperto che si vede ancora col suo amante, nonostante le abbia fatto credere di avere a che fare con un puttaniere?»

«Deve essere proprio innamorata…», commentò Elena. Gli parve infastidita, ma non vi badò.

«Può darsi. Il che mi obbliga a misure più radicali. Comunque, c'è stato un raffreddamento nei loro rapporti, perché si vedono con minor frequenza e per un tempo più breve».

«E allora è una relazione che andrà a morire. Mi chiedo se continuerai a venire da me, quando lei tornerà da te…».

«*Se tornerà completamente da me*, vedremo… Penso che mi mancheresti comunque…».

«Lo sai chi torna da me, invece? Mio figlio Costantino», disse Elena, cambiando radicalmente discorso. «Mi ha scritto che sarà a Roma con i tetrarchi per celebrare i Vicennalia. Sai che non lo vedo da oltre dieci anni?».

Osio tirò un ideale sospiro di sollievo. Proprio quello che sperava: le cose sembravano mettersi proprio bene. «Me lo farai conoscere, vero?

So che si è particolarmente distinto in Oriente contro i persiani. Sarebbe un onore, per me, incontrare un così valoroso soldato».

«Lo farò senz'altro. Sono così fiera di lui…», rispose entusiasta Elena, rendendolo felice. Dopo gli eventi di quel giorno, Costantino non sarebbe stato solo un prezioso alleato per realizzare i suoi fini, ma anche un utile strumento per portare a termine la sua vendetta contro Massimiano e Massenzio.

XIV

Roma, novembre 303

Costanzo Cloro contemplò la lunga teoria di carri che si avvicinava alle porte di Roma, davanti alle quali attendeva da giorni l'arrivo di Diocleziano perché si desse inizio alle manifestazioni per celebrare il ventennale di governo dei due augusti. Scrutò tra gli ufficiali a cavallo in testa alla colonna, cercando di individuare Costantino. Non vedeva il figlio da quando era poco più che un bambino ed ebbe qualche difficoltà nel riconoscerlo, nella pletora di cortigiani e funzionari che attorniavano l'augusto Diocleziano. Decise pertanto di attendere che fosse Costantino ad avvicinarlo, cosa che, non aveva dubbi, sarebbe avvenuta quanto prima: sapeva che si era distinto in Oriente, ed era consapevole della sua ambizione, che aveva percepito fin da quando lo aveva dovuto lasciare, da ragazzino, nelle mani di Diocleziano. Era il primo prezzo che aveva dovuto pagare per essere diventato cesare, ma non l'unico; l'altro, altrettanto doloroso, era stato l'abbandono della donna con cui lo aveva generato, Elena, che aveva sinceramente amato.

Guardò sua moglie, Flavia Massimiana Teodora, la figlia dell'augusto Massimiano che aveva dovuto sposare in seguito agli accordi imperiali: era bella e dolce, ma avrebbe preferito avere accanto il carattere volitivo e la bellezza più esotica di Elena. Avrebbe voluto che Teodora non lo accompagnasse, ma la circostanza era troppo importante perché uno dei tetrarchi si presentasse a Roma senza consorte e progenie. E lui poteva vantarne una molto numerosa. Per questo temeva l'incontro con Costantino: un imperatore era tenuto a dare precedenza a un figlio legittimo, e il figlio di Elena era a tutti gli effetti un bastardo.

Fece in modo che le sue guardie del corpo fendessero la folla di cortigiani e gli permettessero di avanzare, per rendere omaggio all'augusto al quale doveva la sua nomina a cesare. Entrambi dovevano attendere

191

che si celebrasse il trionfo, prima di fare il loro ingresso a Roma, proprio come nei tempi antichi. Con Massimiano, Costanzo si era incontrato pochi giorni prima, non appena era giunto nei pressi dell'Urbe, ma era consapevole che il proprio destino dipendeva da Diocleziano: al supremo reggente dell'impero spettava prendere le decisioni sul futuro assetto costituzionale di quel complicato sistema di governo che egli stesso aveva elaborato.

Quando giunse vicino all'imperatore, rimase impressionato da quanti solchi il tempo avesse scavato sul suo volto. Era proprio vecchio, e se aveva davvero intenzione di mantenere fede ai suoi propositi, quello era il momento di fare spazio ai cesari: le celebrazioni dei suoi vent'anni di regno, insieme al decennale dei due cesari, lui e Galerio, sembrava proprio l'occasione giusta per dare l'annuncio dell'avvicendamento; aveva sondato il terreno con il suocero, ma l'altro augusto non aveva lasciato trapelare nulla: probabilmente, si era detto, neppure lui conosceva l'orientamento del collega.

Nell'inchinarsi davanti a Diocleziano in segno di deferenza, notò che accanto all'augusto c'era Galerio. Allora era vero quel che si diceva: l'imperatore subiva sempre di più l'influenza del genero. Guardò il collega con diffidenza, ricevendone un'occhiata altrettanto scostante. Le sue riflessioni furono interrotte da un uomo che con fare untuoso si qualificò come cerimoniere. Fu lui a spiegargli come si sarebbe svolto il corteo trionfale del giorno dopo, quali posizioni avrebbero occupato i quattro regnanti e cosa avrebbero dovuto fare. Lo ascoltò distrattamente: i suoi collaboratori gli avrebbero ricordato le procedure poco prima della partenza del corteo, non gli andava di perdere tempo con banali dettagli, in quel momento. Era consapevole che si trattava di un evento storico: per la prima volta dopo un decennio, e probabilmente per l'ultima, i tetrarchi si trovavano riuniti nello stesso luogo, e non un luogo qualunque: a Roma, la città in nome della quale esisteva l'impero, ma che lui e gli stessi Diocleziano e Galerio non avevano mai visto. Era ansioso di varcare le porte dell'Urbe e di vedere in nome di cosa aveva combattuto per decenni, oltre che per la propria ambizione.

«Non ti fa effetto, Costanzo, aver regnato più a lungo della gran parte degli imperatori romani che ti hanno preceduto negli ultimi cento anni?». La voce sgradevole di Galerio interruppe le sue riflessioni.

«Un po' sì, in effetti. Ma dovrebbe fare ancor più effetto a Diocleziano e Massimiano sapere che nessun imperatore, dai tempi di Marco Aurelio, ha regnato tanto a lungo quanto loro», rispose. «E stiamo parlando di centoventi anni fa».

«Si direbbe che abbiamo finalmente reso stabile un'istituzione destinata a non essere più tale...».

«Si direbbe, sì», replicò, poco desideroso di fare conversazione con Galerio.

«E dovremmo continuare così», proseguì il collega. «Mi risulta, invece, che tu non ti stia dando da fare per preservare il nostro governo».

«Non diremmo proprio», replicò piccato Costanzo. «Le infiltrazioni di franchi e alemanni lungo il Reno sono diventate insignificanti, negli ultimi tempi, dopo le spedizioni che abbiamo condotto nei loro territori. E in Britannia gli scoti non rappresentano più un problema. Non ci risulta si possa dire lo stesso delle frontiere affidate alle tue cure. Quante incursioni barbariche hai avuto quest'anno?».

Galerio sbuffò. «Intendevamo che non ti stai dando da fare contro il nemico interno, ben più pericoloso. Corre voce che tu non faccia applicare le disposizioni dell'editto degli augusti contro i cristiani...».

Adesso fu Costanzo a sbuffare. «Noi le facciamo applicare, ma con moderazione e raziocinio, evitando inutili tensioni o possibili ribellioni. Quel che sappiamo noi, invece, è che tu vai ben oltre le disposizioni imperiali e commini spesso condanne a morte. Non è quello che prevede l'editto...».

«L'editto va perfezionato, e ci stiamo lavorando», ribatté Galerio. «Le misure che abbiamo preso sono insufficienti, e talvolta qualche esempio più deciso serve a ottenere maggiori risultati. Sapessi quanti di quei libri sconci abbiamo scovato, giustiziando le persone giuste e mettendo paura ai loro confratelli! Altrove, abbiamo saputo, i loro vescovi hanno consegnato ai funzionari dei libri medici, facendoli passar per sacri, e sai perché? Perché non avevano paura delle conseguenze!».

Non era un discorso che aveva voglia di affrontare, e sperò di trovare un pretesto per sottrarsi a quella fastidiosa conversazione. Per lui i cristiani non avevano fatto nulla di male, e trovava inutile costringerli a manifestare esteriormente un'adesione al regime con sacrifici che non avevano alcun desiderio di fare, e che intimamente avrebbero rinnegato. La fede era una questione personale, e si guardava bene dall'interferire in quella altrui. Né voleva che per una politica ottusa i suoi territori fossero minati da sommosse e ribellioni, che avrebbero messo a rischio la tenuta delle difese contro i barbari che premevano sempre lungo i confini. Quando vide un giovane dal collo taurino venire verso di lui, sperò che fosse Costantino.

Quando il giovane lo salutò con un sorriso, fu certo che fosse lui e non esitò a dire al suo interlocutore: «E ora, cesare, se vuoi scusarci, c'è nostro figlio, che non vediamo da quando era ragazzo. Siamo ansiosi di abbracciarlo e parlargli, come puoi ben immaginare».

Galerio lo guardò con una diffidenza che rasentava il disprezzo. «Il nostro ruolo sta per cambiare, cesare, e dobbiamo trovare una politica comune *su tutto*; altrimenti saremo due imperi diversi, e potremmo diventare perfino rivali. Cerca di tenerlo a mente, amico mio, prima di mandare in malora tutto ciò che il tuo benefattore ha costruito in questi ultimi vent'anni… Abbiamo reso l'impero coeso, e non vogliamo che torni a essere disgregato, vero?», disse con un tono vagamente intimidatorio, prima di allontanarsi.

«Padre! Per me è una grande emozione e una gioia immensa rivederti!», esclamò Costantino andando incontro a Costanzo Cloro. Salvo poi fermarsi un istante prima di abbracciarlo, di fronte alle lance puntate su di lui dalle guardie del corpo del cesare.

Costanzo fece cenno ai soldati di abbassare le armi. Tese la mano e il figlio gliela strinse. «Non potremmo essere più felici, adesso che, in occasione delle celebrazioni per i nostri Decennalia, ritroviamo anche il nostro figlio maggiore», disse l'imperatore.

«Ricorrono anche i dieci anni da quando ci siamo visti l'ultima volta…», non poté fare a meno di dire Costantino con una punta di amarezza.

«È la ragion di Stato, figlio mio», si giustificò Costanzo. «Comunque, adesso non saresti il privilegiato figlio di un cesare, se non ti avessimo fatto crescere all'ombra del più grande imperatore dai tempi di Traiano, dal quale avrai sicuramente avuto occasione di imparare più cose che da noi».

«Hai fatto grandi cose anche tu, lungo la frontiera, padre, in questi anni. Di sicuro avrei avuto modo di trarre preziosi insegnamenti anche da te», puntualizzò Costantino. Per quanto consapevole che il padre non avrebbe potuto fare altrimenti, e fosse certo che, al posto suo, avrebbe fatto la stessa cosa, non era mai riuscito a perdonarlo. Si era sempre portato dietro un senso di abbandono che, accanto all'ammirazione e allo spirito di emulazione per il genitore, gli generava anche dell'astio.

«Ma abbiamo combattuto dei barbari, tutto sommato», dichiarò il padre. «Tu, invece, ti sei fatto le ossa addirittura con i persiani, e con grande valore, ci dicono. Ci hai reso fieri di te, figlio mio».

«Spero di averti reso tanto fiero da perorare la mia causa per la successione, dunque. Presto sarai augusto, no?»

«Ehm». Costanzo manifestò un evidente imbarazzo. «Diocleziano non si è ancora pronunciato in proposito...».

«Ma Massimino Daia ha ottime possibilità, e solo perché è nipote di Galerio. Ti assicuro che non ha mai compiuto nulla di valoroso o rilevante. Se un nipote diventa il vice dello zio, perché un figlio non dovrebbe esserlo del padre?»

«Per ora non è previsto alcun avvicendamento. Quando sarà il momento, si vedrà», tagliò corto Costanzo, che poi cercò di cambiare discorso. «Vieni, Costantino, vogliamo farti conoscere i tuoi fratelli e sorelle. Ne hai tanti, sai?». Lo afferrò per un braccio e lo portò di fronte a una donna circondata da cinque bambini. Il più grande non poteva avere più di nove anni, il più piccolo era ancora tra le braccia della domestica.

«Costei è nostra moglie, la figlia dell'augusto Massimiano, Teodora», spiegò il cesare, «e queste cinque deliziose creature sono i tuoi due fratelli Flavio Costanzo e Flavio Dalmazio, e le tue sorelle Anastasia, Eutropia e Costanza»..

Costantino squadrò i marmocchi senza entusiasmo. «Fratellastri e sorellastre», specificò. Ma erano pur sempre del suo stesso sangue, almeno per metà, e si risolse a sorridergli. Aveva imparato da tempo, vivendo alla corte di Diocleziano, che negli ambienti dove contava solo il potere, le uniche persone di cui ci si potesse minimamente fidare erano i parenti. S'inginocchiò davanti al più grande. «Scommetto che tu sei Flavio Costanzo. Dimmi un po': cosa vorresti fare da grande?», gli chiese.

«L'imperatore come mio padre, naturalmente. E guidare gli eserciti alla vittoria!», rispose deciso il bambino.

Costantino si alzò e gli pose una mano sulla spalla. «È un'aspirazione che hanno in tanti, di questi tempi...», ironizzò. Poi si riavvicinò di nuovo al padre. «Che tu sappia, affronterete l'argomento della successione durante queste feste?».

Costanzo allargò le braccia, esasperato. «Non lo sappiamo, davvero. Diocleziano non ci ha anticipato nulla».

«Ma è lecito pensare che lo farà. Quando mai vi ricapiterà di trovarvi tutti e quattro nello stesso posto per poterne discutere e individuare i candidati?», insisté il giovane.

«Evidentemente, pur vivendo con Diocleziano, non hai capito che è solo lui a decidere. Quando arriverà il momento, si limiterà a comunicarci la sua volontà».

Costantino non si diede per vinto. Non poteva accettare l'idea che essere figlio di un cesare non servisse a niente. «Vivendo con Diocleziano, ho corso molti rischi proprio perché gli altri mi vedono come un probabile candidato», insisté. «Ed è una corte nella quale mi hai spedito tu. Mi aspetto almeno che tu affronti l'argomento, in questi giorni in cui hai l'augusto a portata di mano. E che tu lo faccia con tuo suocero, soprattutto; sono certo che spetterà anche a lui la decisione».

«Se ce ne darà la possibilità, lo faremo. Puoi starne certo», cercò di rassicurarlo il padre. «Ma fin dall'inizio Diocleziano aveva detto che l'istituto della tetrarchia non prevedeva la successione di padre in figlio, e dubitiamo che abbia cambiato idea».

Il giovane perse la pazienza. «E quindi, se uno si dimostra più abile di quel mucchio di idioti dello stato maggiore che gli leccano il culo è comunque condannato a non ereditare quanto gli spetta di diritto solo perché ha avuto la sfortuna di nascere figlio di un cesare?», gridò stizzito. «La tetrarchia, per quanto ne so, è stata creata per garantire all'impero la guida degli uomini migliori; ma se essere figlio di un cesare non è un requisito per essere eletti cesari, non dovrebbe esserlo neppure per *non* essere eletti cesari!». Il suo sfogo ad alta voce spaventò i bambini, e la più piccola scoppiò a piangere.

Costanzo si guardò intorno. «Ci stai mettendo in imbarazzo, figlio mio», disse facendogli segno con le mani di abbassare la voce. «Credi che non desideriamo noi stessi che sia il sangue del nostro sangue a supportarci nell'impero? Ma questo creerebbe un evidente sbilanciamento, che gli altri non potrebbero accettare. E Diocleziano è sempre stato un uomo giusto. Quindi, te lo dico chiaramente, sarà molto difficile che accada».

Costantino stava per replicare, ma decise di voltarsi e andarsene, mostrandosi offeso. Giudicò quella conversazione inaccettabile: essere figlio di un imperatore non poteva rendere le cose più difficili. Per secoli le aveva semplificate, piuttosto. Non poteva capitare proprio a lui, che meritava l'impero ben oltre i suoi vincoli di sangue. Ma poi gli venne in mente che c'era un'altra persona nella sua stessa situazione. Decise che gli avrebbe parlato.

XV

Costantino sapeva che avrebbe dovuto concentrarsi sulla cerimonia trionfale, ma non poteva fare a meno di studiare e ammirare i luoghi nei quali sfilava il corteo di cui faceva parte. Gli parve incredibile non aver mai visto l'Urbe in precedenza, ma d'altra parte neanche l'imperatore supremo Diocleziano era mai stato nella città in sessant'anni, e si era perfino fatto pregare per celebrarvi il trionfo, dopo averlo iniziato a preparare nella sua capitale, Nicomedia.

Eppure, Roma meritava qualunque dono le venisse fatto; già quando era arrivato davanti alle sue mura, lungo la via Flaminia, Costantino si era reso conto che in nessun'altra città un trionfo avrebbe avuto tanto significato come nell'Urbe. La cinta muraria eretta dall'imperatore Aureliano solo trent'anni prima troneggiava imponente sulla campagna circostante, dando l'impressione di essere uno scrigno contenente ogni sorta di tesoro. Lo lasciava presagire anche quello che aveva visto non appena si era unito al corteo sulla via Trionfale, prendendo posto tra lo stato maggiore di Diocleziano, vicino a Licinio, Severo e Massimino Daia, tra gli altri. Gli avevano spiegato che la magnifica costruzione alla sua sinistra era la Naumachia vaticana, uno stadio ricolmo d'acqua che era stato teatro di tante battaglie navali simulate, con gladiatori e prigionieri di guerra tra i combattenti, all'epoca in cui le finanze dello Stato potevano consentire agli imperatori spese tanto folli. L'aveva costruita due secoli prima Traiano, che ne aveva fatto uso in occasione del suo trionfo.

Appena meno grandioso era il Gaianum, un circo più piccolo che, si diceva, Caligola era solito usare per esercitarsi nelle corse delle quadrighe, poi tenutesi nello stadio intitolato a lui dalla parte opposta della strada. Costantino aveva potuto ammirarne l'ampio profilo alla sua sinistra, ma lo aveva fissato per pochi istanti, finendo per concentrare l'attenzione sull'altra parte, dove campeggiava il mausoleo dell'imperatore Adriano. Sormontato da una statua dell'imperatore su una quadriga, posta su un'edicola a sua volta collocata su un corpo cilindrico coronato tutt'intorno da statue e sostenuto da un basamento quadrato, l'edificio lo aveva impressionato più di ogni altro avesse visto fino ad allora. E si era convinto all'istante che chiunque avesse aspirazioni di governo e di potere, nel vedere un monumento del genere, avrebbe desiderato averne uno suo, per essere ricordato in eterno.

Eusebio terminò la lettura delle Sacre Scritture e diede le ultime istruzioni liturgiche. Tutto era pronto, finalmente. L'evento atteso da due anni era in procinto di compiersi. Minervina si sentiva emozionata, e per un istante le dispiacque non avere accanto a sé Sesto. Sesto, non Osio. Ma fu solo un istante: si vergognò di sporcare il momento di maggiore purezza della sua vita col desiderio per un uomo che credeva ancora negli idoli e nei demoni, e che l'aveva presa in giro e umiliata con la sua dissolutezza. Se ancora lo frequentava, era solo perché il loro legame fisico ed emotivo era talmente forte da non consentirle di scioglierlo tanto facilmente.

Cercò di accantonare la schiavitù dei sensi, che la perseguitava perfino in quel momento solenne, e si concentrò sulla cerimonia. Osservò le altre persone in procinto di ricevere il battesimo e cercò di assumere il loro stesso contegno umile e dimesso, come era giusto per penitenti che si accingevano a chiedere a Dio di mondarli dei loro peccati. Il diacono Eusebio, che presiedeva la cerimonia, controllava il livello dell'acqua nella fonte battesimale ricavata nell'impluvio dell'elegante domus, dove si teneva la cerimonia. Il religioso scrutò severo i battezzandi e, quando incrociò il suo sguardo, Minervina abbassò il capo, sentendosi sporca e indegna. Subito dopo cercò conforto negli occhi comprensivi del suo mallevatore, il diacono Silvestro, che la ricambiò con un sorriso d'incoraggiamento. A breve sarebbe toccato a lui.

Eusebio passò a interrogare l'uomo che garantiva per un'altra battezzanda, e Minervina ascoltò con attenzione le domande, ringraziando il cielo che dovesse essere lui a rispondere: in alcuni casi lei avrebbe dovuto mentire, o almeno celare la verità, e probabilmente quegli uomini pii e così vicini a Dio se ne sarebbero accorti. Si rese conto che tutto ciò che in lei strideva con i precetti professati dai cristiani dipendeva dal suo rapporto con Sesto, e si biasimò per non essere capace di chiudere. Ma forse il battesimo le avrebbe trasmesso la forza di farlo, una buona volta.

Quando Eusebio pronunciò il suo nome, ebbe un sussulto, e quando il diacono si rivolse a Silvestro, un impercettibile sospiro di sollievo. L'officiante disse: «Dunque, Silvestro, tu che hai seguito questa donna nel suo percorso verso Cristo, sai dirci se si è rivolta a Lui con la costanza e l'intensità che ci si aspetta da chi lo cerca davvero?»

«Lo ha fatto», rispose Silvestro.

«Ha rispettato le pratiche penitenziali prescritte dal percorso che l'ha portata a questo fausto giorno di rinascita, ha mantenuto il digiuno e ripetuto le orazioni?»

«Lo ha fatto».

«Ha ascoltato con attenzione la lettura del Vangelo nelle occasioni in cui ha partecipato alle funzioni?»

«Lo ha fatto».

«Quali opere buone ha svolto per dimostrarsi una brava cristiana, rispettosa dei precetti del Signore e dei suoi insegnamenti?»

«Minervina ha fatto visita a un ammalato almeno ogni tre giorni, da due anni a questa parte, recandogli conforto con tutta la dedizione possibile: ho visto io stesso questa pia donna lavare un povero vecchio che non poteva più alzarsi dal letto, applicare erbe mediche sulle ferite purulente di un bambino feritosi per strada, portare cibo alle famiglie indigenti, consolare una vedova afflitta per la recente perdita del marito, e parlare di Cristo a chi ne è ancora lontano o ne ignora il messaggio».

«È sposata, questa donna?». Minervina deglutì. Stavano arrivando le domande scomode.

«Sì, è sposata».

«Ed è una moglie fedele, dedita al marito e ai figli, rispettosa e gentile verso gli schiavi?».

Silvestro non esitò. «È fedele e dedita al marito, e molto umana con gli schiavi, ma non ha figli, sebbene mi abbia detto di averci provato a lungo. Non possiamo sapere la causa della sua sterilità, ma se il Signore ha stabilito che ella abbia più tempo per dedicarsi ai figli degli altri, agli orfani e agli infermi, sia fatta la sua volontà».

Eusebio annuì gravemente, e Minervina sentì un peso scivolare via dalle spalle.

Costantino non avrebbe mai creduto di rimanere tanto scosso di fronte alla maestosità e alla magnificenza del luogo dove era nato tutto, della città che aveva dato i natali a molti degli eroi che lo avevano preceduto e ispirato. Non appena ebbe varcato la Porta di Nerone, che immetteva la via Trionfale all'interno delle mura, la sua impressione si moltiplicò. Aveva sempre pensato di dover assistere al desolante spettacolo di una città in declino, con templi diroccati e pascoli per mucche e pecore, dove un tempo c'erano edifici popolari; invece, una volta nel Campo di Marte, gli si parò davanti agli occhi uno scenario multicolore: accanto ad ampie aree in cui sembrava di essere ancora in campagna, sorgevano altri edifici che celebravano la gloria dell'impero e dei suoi protagonisti passati. E non poté biasimare i romani, se si consideravano ancora i figli di Furio Camillo, Scipione Africano, Giulio Cesare, Augusto, ed erano gelosi dei loro privilegi; né i fautori della religione tradizionale, che potevano a buon diritto vantarsi della protezione divina di cui avevano beneficiato la città e i suoi abitanti per un millennio. Si sentì subito investito dall'atmosfera magica di quel luogo in cui si respirava grandezza, e più che mai desiderò diventare parte di quella schiera di eroi di cui poteva vedere testimonianze ovunque.

Sentì dire da uno degli ufficiali che il circo alla sua destra, appena dopo la porta, era il Trigarium di Cesare; il dittatore l'aveva fatto costruire per le corse delle trighe. Ma non fece in tempo a osservarne nel dettaglio le fattezze, che già, alla sua sinistra, apparve maestoso quello che doveva essere il Circo alessandrino, ovvero il vecchio stadio costruito da Domiziano e ristrutturato da Alessandro Severo. Spettacolare nella sua lunghezza, l'edificio sarebbe stato di lì a poco gremito di gente ansiosa di assistere alle corse in onore degli imperatori. Ma già in quel momento la corte esterna era gremita di persone radunatesi presso la porta per assistere all'entrata del corteo trionfale.

Lo stesso avveniva dalla parte opposta, sulla sponda del Tevere, dove la gente agitava le braccia e lanciava fiori all'indirizzo dei quattro imperatori, che procedevano appena davanti al giovane tribuno, ciascuno su una quadriga tirata da cavalli bianchi. I due augusti erano affiancati, rivesti d'indumenti color porpora, Diocleziano con il viso celato da una maschera rossa a somiglianza di Giove, uno scettro in una mano e un globo nell'altra, Massimiano con una clava al posto dello scettro per mostrare il suo legame con Ercole. Dietro di loro venivano i due cesari, Galerio e Costanzo Cloro, con la corona d'alloro in testa e la toga tempestata di stelle sopra una tunica bordata di porpora. Accanto a ciascun tetrarca uno schiavo, sul carro, gli reggeva sopra la testa una corona d'oro. Gli imperatori se ne stavano immobili come statue, guardando fisso davanti a sé, apparentemente imperturbabili di fronte al tripudio di folla che li circondava. Dovevano sembrare dèi, agli occhi del volgo, o almeno un'emanazione della potenza divina che aveva permesso a Roma di salire a vette inimmaginabili per Romolo e i primi re che l'avevano fondata e plasmata.

Diocleziano aveva scatenato la sua offensiva, Costantino se ne rese conto vedendo quanto consenso si stesse guadagnando con quella messinscena: la gente lo adorava, inneggiava al suo nome più che a quello degli altri tetrarchi. Era il restauratore, proprio come Augusto tre secoli prima. Mentre colpiva i cristiani, considerati una seria minaccia a tutti i valori che cercava di ripristinare nella loro purezza originaria, nello stesso tempo sfoggiava di fronte al mondo tutta la potenza di cui l'impero era stato capace grazie al rispetto per gli dèi e per la tradizione.

Ciò nonostante, Costantino rimaneva convinto che non fossero gli dèi a forgiare il destino degli uomini, ma gli uomini stessi. Qualunque fosse il dio che avessero scelto di adorare.

«Questa è una riunione non autorizzata. Chi è il responsabile?», dichiarò Sesto Martiniano irrompendo, alla testa di un drappello di pretoriani, nella domus che gli aveva segnalato il funzionario di corte. Il vescovo Marcellino, un vecchio con la barba e un lungo abito talare con i paramenti si fece avanti, sforzandosi di mostrare un atteggiamento fiero; ma Sesto aveva accumulato sufficiente esperienza, soprattutto in battaglia, da capire che stava solo cercando di celare la propria paura.

«Se cerchi qualcuno che possa rappresentare queste persone che vedi qui presenti, quello sono io, tribuno», disse il prelato con voce tremolante. Se per il timore o per l'età, Sesto non avrebbe saputo dirlo.

Il tribuno si guardò meglio intorno. Nell'atrio c'erano almeno una decina di persone vestite con la sola tunica vicino all'impluvio, altrettante dietro di loro, e tre sacerdoti con in mano ampolle accanto a un altare, sulla cui superficie erano poggiati una croce e un paio di libri: probabilmente quelli che era venuto a sequestrare. Rimase sorpreso dalla relativa calma che regnava tra quei cristiani: aveva pensato che la sua irruzione avrebbe provocato il panico, invece si stringevano gli uni agli altri e lo guardavano, conservando un contegno più che dignitoso, anche se i più erano visibilmente turbati.

Trasse un profondo sospiro di sollievo nel costatare che Minervina non era tra loro.

La donna sapeva che in quei giorni avrebbe dovuto battezzarsi, ma ignorava quando sarebbe avvenuto; o forse, semplicemente, non voleva farglielo sapere.

«State violando l'editto imperiale che proibisce la celebrazione di questi riti basati su questi testi blasfemi», disse rivolgendosi a tutti i presenti e indicando i volumi poggiati sull'altare. «Tu, vecchio, sei il responsabile?», chiese al vescovo.

«Il mio nome è Marcellino, tribuno, e rispondo io per tutti di quella che tu consideri una violazione della legge», replicò saldo l'uomo.

«Ebbene, allora sarai tu a consegnarmi quei libri che consideri sacri. E dopo, brucerete l'incenso a favore degli imperatori davanti ai miei occhi».

Il prelato esitò, poi rispose. «Per noi questi libri hanno un valore immenso. I Vangeli sono la parola di Dio. Non te li consegnerò. Ma se vuoi un gesto formale di rispetto verso gli imperatori, bruceremo l'incenso, per dimostrare che non siamo dei sovversivi».

«Non mi basta. Quei libri avvelenano le menti dei cittadini romani e vanno bruciati. Pertanto, consegnami non solo quelli che vedo, ma anche quelli che conservate nascosti», insisté. I soldati sottolinearono le sue parole battendo l'estremità posteriore delle loro lance sul pavimento.

I cristiani ebbero appena qualche sussulto. E il loro vescovo ne trasse ulteriore coraggio. «Non lo faremo. Puoi usare la forza per prenderti quelli che vedi, ma per gli altri, non c'è niente che tu possa fare, tribuno». Alle sue parole, i cristiani si schierarono tutti intorno all'altare, creando una cortina difensiva che fece sorridere Sesto.

«Posso fare molto, invece», replicò. «Con i quattro imperatori in città, che hanno bisogno di tutto il sostegno e il favore possibile dagli dèi, sono autorizzato ad andare oltre i termini prescritti dall'editto. Tu, Marcellino, verrai con me nel Carcere Mamertino e sarai sottoposto subito a tortura, mentre i miei soldati rimarranno qui a tenere in ostaggio i tuoi correligionari. Se non sarai tu a parlare, tornerò a prelevare uno dei tuoi assistenti e, di seguito, uno dei presenti, finché qualcuno non mi dirà quello che voglio sapere».

Vide il vecchio tremare, finalmente. Tuttavia. Marcellino sospirò, chiuse gli occhi e fece un cenno di diniego. «Se il Signore vuole che c'immoliamo in suo nome, non mi tirerò certo indietro: è la mia missione».

Sesto sbuffò. «Ma insomma! A cosa ti servirà? Qualcuno parlerà e questi libri andranno persi comunque, per voi! Sono solo parole e pergamena, per gli dèi! Io non voglio ricorrere alle maniere forti, maledizione, ma se non lo farò io lo farà qualcun altro, e sarà molto più feroce di me. Potrebbe anche uccidervi e non gli succederebbe niente. Non buttate via le vostre vite per dei libri!».

Il vecchio sembrò riflettere. Uno dei suoi assistenti lo avvicinò e gli sussurrò qualcosa all'orecchio. Marcellino fece ancora cenni di diniego e poi disse, a voce più alta. «Eusebio non lo vorrebbe, e avrebbe ragione!».

«Eusebio non è qui, e il vescovo sei tu. So che tu ti faresti martirizzare, e anch'io... ma loro?», disse il suo assistente, indicando gli altri cristiani. «Abbiamo il diritto di decidere delle loro vite? Loro credono in Dio ma non gli hanno consacrato la vita, come noi».

Ecco un uomo ragionevole, pensò Sesto. Peccato che fosse cristiano. «Ma ai tempi di Decio, i nostri correligionari non si sono piegati...», continuò a protestare Marcellino. Ma si vedeva che era combattuto.

«I tempi sono cambiati. Questo adesso è un impero più stabile, nel quale vale la pena vivere», insisté il suo assistente.

«Ma io sono il vescovo. Il successore di Pietro...».

«Appunto. Hai il dovere di proteggere il tuo gregge. E poi, sai bene che anche Pietro ha battuto in ritirata, quando è stato necessario. Non avrebbe potuto continuare il suo apostolato, altrimenti».

Quel tipo sapeva essere davvero persuasivo, si disse Sesto. Alcuni dei cristiani presenti annuirono, ma qualcuno fece una smorfia di disprezzo. Qualunque fosse stata la decisione del vescovo, dopo avrebbero litigato tra loro. Quella gente non andava mai d'accordo su niente.

«E sia, allora. Ma sia chiaro che lo faccio per loro», disse Marcellino indicando i suoi fedeli. Ma uno di loro gridò: «Non lo fai certo per me, vigliacco! Fossi stato io il vescovo, mi sarei sacrificato e basta, perché questo sarebbe il mio dovere!».

Un altro tentò di zittirlo mettendogli la mano davanti alla bocca, e altre persone lo biasimarono per la sua uscita. «Fa' tu», disse infine, sconfortato, Marcellino, chiedendo al suo assistente di provvedere alla consegna. Si avvicinò all'altare e, mentre i fedeli si allontanavano, prese i libri consegnandoli a uno dei soldati di Sesto. Poi si avvicinò al tribuno dicendogli. «Io mi chiamo Milziade. Vieni con me».

Sesto lo seguì verso il tablino, dove il sacerdote raggiunse una madia, che aprì mostrandogli i numerosi volumi che vi erano contenuti. «Questi sono tutti i libri che puoi trovare qui, tribuno», disse. «E siccome io non voglio guai con lo Stato, e mi considero un cittadino romano a tutti gli effetti, pur essendo convintamente cristiano, voglio aiutarti e indicarti un altro posto dove troverai testi sacri e una cerimonia in corso come quella che hai interrotto. Va' subito nella domus di Manio Quintilio sull'Aventino e li coglierai sul fatto. Sono certo che saranno ragionevoli quanto noi».

Sesto si stupì dell'atteggiamento collaborativo del religioso. Aveva sempre reputato i cristiani ottusi e intolleranti. «Questa... cerimonia che ho interrotto... è un battesimo, vero?», chiese. Al cenno di assenso dell'interlocutore, ebbe un sussulto allo stomaco: c'era ancora la sgradevole possibilità che vi sorprendesse anche Minervina.

E si augurò che lì fossero davvero altrettanto ragionevoli.

Il teatro, la curia e il portico di Pompeo Magno... Costantino non riusciva proprio a sentirsi parte del corteo con il quale sfilava. Era completamente soggiogato dalle memorie che i monumenti intorno a lui evocavano. Osservò il complesso di edifici costruiti in nome del grande rivale di Cesare, il pluritrionfatore che aveva compiuto ben quattro volte il suo stesso tragitto; vide affiorare la curia dove era stato ucciso Giulio Cesare, la casa e i giardini che avevano ospitato Marco Antonio, con il magnifico porticato che delimitava l'area fino alla cavea del teatro. Aveva sempre sognato di visitare lo storico complesso, e si ripropose di farlo nei giorni successivi.

Ormai, ovunque si voltasse, oltre alla gente sempre più numerosa vedeva testimonianze di un illustre passato. Dalla parte opposta della strada gli indicarono il tempio di Marte, poco oltre notò il teatro di Balbo, ma rimase affascinato dal portico d'Ottavia: in mezzo alle sue colonne intravide almeno due templi e alcune statue bronzee, che sapeva essere state realizzate da Lisippo, il grande scultore di Alessandro Magno, sulle imprese del grande re macedone. Si meravigliò che fosse tutto ancora in condizioni eccellenti. Un ufficiale gli disse che avevano avuto numerosi restauri, l'ultimo dei quali meno di un secolo prima ad opera dell'imperatore Settimio Severo.

Davanti a lui si stagliava l'incombente profilo del Campidoglio, meta ultima del corteo, sul quale si stagliava il tetto del tempio di Giove. Ai suoi piedi si meravigliò di vedere un anfiteatro che reputò essere il Colosseo, prima che gli spiegassero che si trattava del teatro di Marcello. Gli vennero i brividi, nell'immaginare che Augusto aveva dedicato quell'edificio al nipote prescelto come erede dell'impero ma morto giovanissimo. E solo allora si accorse di essere giunto all'altezza della celebre isola in mezzo al Tevere. Lo pervase l'emozione di trovarsi al centro del mondo, e per un istante si abbandonò al sogno di essere in futuro egli stesso *il* centro del mondo.

Passò attraverso i fori come stordito. Riconobbe in una statua il padre, Costanzo Cloro, affiancato a quelle degli altri tre tetrarchi, tutti sovrastati da un'effige ancora più grande di Giove. Adesso c'era gente a perdita d'occhio, che produceva un assordante clamore. Templi e basiliche non si contavano, né fece più caso ai commenti dei più informati, pressati da domande continue sull'identità, la funzione e la storia dei monumenti e delle strutture che li contornavano. Riusciva solo a pensare che un giorno sarebbe stato il padrone di tutto ciò che vedeva, o sarebbe morto nel tentativo di diventarlo.

Non riusciva a concepire nulla di meno per sé: non avrebbe mai tollerato di dividere l'impero con altri, come aveva fatto Diocleziano. Augusto, in fin dei conti, si era rifiutato di spartirlo con Marco Antonio, e così aveva fatto la fortuna dell'impero. Ambiva a diventare cesare, e poi augusto; ma non si sarebbe fermato prima di diventare imperatore unico. Era l'unico modo per garantire la sopravvivenza di Roma, troppo a lungo dilaniata da guerre civili per pensare che potesse rimanere stabile con più di un sovrano in grado di dire la sua. Se la tetrarchia aveva funzionato fino ad allora, era stato solo grazie all'enorme prestigio di Diocleziano rispetto ai collaboratori che si era scelto; ma una volta uscito di scena lui, solo gli stolti potevano pensare che quell'astruso sistema gli sarebbe sopravvissuto.

Lo fecero fermare proprio sotto l'arco che il Senato aveva appena eretto in onore di Diocleziano per il suo trionfo. Il suono delle trombe si sovrappose alle urla di acclamazione della calca che annunciavano l'ascesa sul Campidoglio dei due augusti, per il sacrificio di rito. Costantino scese da cavallo per raggiungere a piedi la Via Sacra, che avrebbe dovuto risalire con i pochi eletti autorizzati a seguire gli imperatori. Davanti a lui si era ammassata la lunga teoria di carri che avevano esibito le raffigurazioni delle vittorie dei tetrarchi. Una carta geografica su un pannello enorme mostrava le conquiste operate dal collegio imperiale durante i vent'anni di Diocleziano al potere. Le guardie del corpo lo protessero dalla folla mentre passava accanto a un cartellone sul quale Costantino riconobbe l'harem di Narsete e la città di Ctesifonte; poi si ritrovò sotto un altro cartello che raccontava le vittorie di suo padre contro gli alemanni sul Reno, e si chiese quali raffigurazioni avrebbero illustrato il suo futuro trionfo, di quali territori e su quale popolo.

E quando iniziò a risalire la Via Sacra, si guardò indietro e vide i senatori rimasti ai piedi del colle, e dietro di loro i soldati che avevano sfilato.

Era già più importante di tutti loro. Un giorno sarebbe stato davanti a tutti.

Eusebio fece agli altri garanti dei battezzandi le stesse domande che aveva posto a Silvestro, poi annunciò che era giunto il momento dell'esorcismo. Giunse le mani e disse: «Signore Gesù Cristo, Verbo di Dio Padre e Signore dell'universo, tu hai dato agli Apostoli il potere di scacciare i demoni nel tuo nome e di vincere ogni assalto del nemico; Dio santo, fra tutte le meraviglie che hai operato hai dato anche il comando di mettere in fuga i demoni; Dio forte, che nella tua potenza invincibile hai abbattuto Satana come folgore dal cielo: con timore e tremore ti supplico di infondere in me la tua forza perché, saldo nella fede, possa combattere lo spirito maligno che tormenta questa tua creatura, tu che verrai a giudicare i vivi e i morti e il mondo con il fuoco. Amen».

Tutti i presenti gli fecero eco con un amen corale.

Quindi si avvicinò alla fonte battesimale, ne prelevò acqua con le mani a coppa e la lasciò ricadere dentro, dicendo: «O Dio, per salvare tutti gli uomini hai racchiuso nella realtà dell'acqua i segni più grandi della tua grazia. Ascolta la nostra preghiera e infondi in quest'acqua la tua benedizione, perché, assunta a servizio dei tuoi misteri, sia portatrice dell'efficacia della tua grazia per mettere in fuga i demoni e debellare le malattie. Tutto ciò che con essa verrà asperso sia liberato da ogni influsso del Maligno; nelle dimore dei tuoi fedeli non abiti più lo spirito del male e sia allontanata ogni sua insidia. Grazie all'invocazione del tuo santo nome, possano i tuoi fedeli uscire illesi da ogni assalto del nemico. Per Cristo nostro Signore».

Di nuovo un amen corale.

Gli assistenti, a destra e a sinistra del sacerdote, con gli oli consacrati in mano, fecero cenno ai battezzanti di togliersi i vestiti. Minervina si tolse la palla, i bracciali e la collana, quindi si sciolse i capelli e rimase solo con la tunica, come tutti gli altri, mettendosi in fila insieme alle donne, raggruppatesi dietro gli uomini. Attese il suo turno pregando, per cacciare via tutti i pensieri che non avrebbe dovuto avere, e chiedendo al Signore di aiutarla a resistere alle tentazioni.

Giunto il suo turno, si trovò faccia a faccia con Eusebio che, mentre gli assistenti le indicavano di rivolgersi verso occidente, la esortò a pronunciare la formula di rito: «Io rinuncio a te, o Satana, e a tutte le tue pompe e a tutte le tue opere». Subito dopo, il diacono le unse la fronte con l'olio dell'esorcismo, mentre pronunciava le parole «Ogni spirito cattivo si allontani da te!». Quindi Eusebio la prese per un braccio e la condusse verso la fonte battesimale. Una volta davanti alla tinozza, uno degli assistenti la invitò a entrare insieme a lui. Eusebio si avvicinò a lei, le mise una mano sulla testa e dichiarò: «Credi in Dio, padre onnipotente?»

«Credo», rispose Minervina, mentre il diacono le faceva scorrere un rivolo d'acqua sul capo.

«Credi in Gesù Cristo, Figlio di Dio, che è nato di Spirito Santo da Maria Vergine, che fu crocifisso sotto Ponzio Pilato, che morì e fu sepolto, che il terzo giorno è risorto vivo dai morti, è asceso al cielo e siede alla destra del Padre, che ritornerà a giudicare i vivi e i morti?»

«Credo».

«Credi nello Spirito Santo, nella Santa Chiesa e nella resurrezione della carne?»

«Credo».

Eusebio si fece passare l'olio dell'azione di grazie e le unse di nuovo la fronte dicendo: «Ti ungo con l'olio santo nel nome di Gesù Cristo». L'assistente la invitò a uscire dalla tinozza. Il diacono officiante le si avvicinò ancora, mormorando una preghiera. «O Signore, invoco la discesa della grazia di Dio su questa pia donna, affinché Ti serva secondo la Tua volontà». Le unse ancora una volta la fronte con l'olio, tracciando un segno della croce, e la baciò dicendo: «Il Signore sia con te», e Minervina rispose, come era stata istruita: «E con il tuo spirito». Infine il diacono si allontanò da lei e andò a dedicarsi alla battezzanda successiva.

Minervina frenò a stento la sua gioia e quasi corse verso Silvestro. «Adesso sei battezzata», le disse il suo amico diacono. «Ora sei pronta per la tua prima eucarestia, figliola».

E la donna, felice, non vide l'ora di mangiare e bere finalmente il corpo e il sangue di Cristo, per ricevere la forza di volontà che cercava disperatamente per non peccare più.

«Quando tuoni, o signore della luce,
davanti a te tremano
quanti dèi nel cielo
t'udirono tuonare (non c'è un punto, qui?)
O Giove Ottimo Massimo, padre onnipotente, re di tutti gli dèi, Laziale, folgoratore, tuonante, Fidio, festoso, ospitale, capitolino, arcano, o qualsiasi altro nome tu voglia, facendoti quest'offerta, prego con buone preghiere
Che tu sia propizio a me, all'altro augusto e ai due cesari,
al popolo di Roma e di tutto l'impero che abbiamo restaurato sotto i tuoi auspici.
Ti offro questi sacrifici e tu siimi propizio nella mia opera.
Tu che hai innalzato questa mole dell'impero romano ai più alti fastigi del mondo, ti scongiuro e ti invoco, a nome di questo popolo: guarda, salva e proteggi questo stato di prosperità, questa Pace, questi imperatori; a loro destina dei successori le cui spalle siano in grado di sostenere il dominio del mondo tanto validamente, quanto sentiamo che sono state le nostre e asseconda, se sono pii, i propositi dei cittadini e rendili vani, se sono empi.

Possa questa mia offerta darti conforto».

Al termine della preghiera a Giove, Diocleziano, il capo velato dalla toga, levò le braccia al cielo e offrì il coltello al sacerdote. Questi mormorò una preghiera aggiuntiva e sferrò un colpo deciso al collo del toro semi-addormentato che, tenuto fermo da due inservienti, stazionava davanti all'altare allestito davanti alla scalinata del tempio di Giove Capitolino. La bestia si agitò appena, mentre sulla sua testa si apriva un profondo squarcio dal quale zampillò un flusso violento di sangue, e dopo aver barcollato per qualche istante stramazzò al suolo con un pesante tonfo. Un coro di applausi si sollevò tutt'intorno dai cortigiani, gli ufficiali, i sacerdoti e i senatori ammessi sulla sommità del Campidoglio, in una splendida cornice nella quale il colore roseo del tramonto tra le nubi faceva da cappello ai tetti dei maestosi edifici religiosi che coronavano la vetta.

Costantino osservò il padre, immobile e compreso nel proprio ruolo, in attesa del suo turno per il sacrificio. Sarebbe stato l'ultimo, dopo l'altro augusto e Galerio, tutti immobili come statue nelle loro vesti trionfali. Dietro di loro, una schiera di assistenti ai sacrifici sorvegliava una lunga teoria di tori, pecore, capre, maiali dipinti e inghirlandati per essere offerti agli dèi. E sotto il colle e lungo le sue pendici, sulle Scale Gemonie e sui tetti degli edifici ai piedi dell'altura, la gente era assiepata in attesa del responso della conclusione del rito. Si sentivano dal basso grida che acclamavano Diocleziano, ma non Massimiano, che si diceva avesse usato il pugno di ferro su Roma, né i cesari, percepiti probabilmente come figure di secondo piano. E si udivano anche urla contro i cristiani, indicati da alcuni come nemici dello Stato, da altri come empi.

La discriminazione nei loro confronti stava iniziando a fare effetto, a quanto pareva. Fino ad allora, la gente li aveva lasciati fare, senza considerarli troppo diversi da chiunque altro; ma adesso che lo Stato li perseguiva, divenivano improvvisamente, agli occhi di molti, degli individui da condannare senza appello. Sentì qualcuno invocarne la damnatio ad bestias, altri pretendere che fossero bruciati vivi; da quel che sapeva, cose del genere erano avvenute solo nei territori amministrati da Galerio, mentre si diceva che nella parte di impero di pertinenza di Costanzo Cloro i cristiani potessero continuare a celebrare indisturbati i loro riti: i due estremi di una legge che poteva essere interpretata a proprio piacimento da ciascun tetrarca. A quanto pareva, solo i due augusti la stavano rispettando alla lettera, limitandosi a condannare all'esilio e alla destituzione chi disubbidiva.

Fosse stato lui a governare una parte d'impero, si disse, avrebbe fatto come il padre. I cristiani erano una forza da blandire e coltivare, semmai, non da discriminare o, peggio ancora, da perseguitare. Per quanto lo riguardava, rifiutarsi di sacrificare all'imperatore o negare l'esistenza degli dèi tradizionali, se ciò non implicava anche qualche atto concreto di ribellione, non rappresentava un crimine.

Tornò a rivolgere la propria attenzione a Diocleziano. L'imperatore, dopo aver terminato il proprio sacrificio, si era avvicinato a Massimiano e stava confabulando col collega, che appariva contrariato. Alla fine l'augusto di Roma annuì con una smorfia e accompagnò il collega davanti all'altare. Diocleziano levò di nuovo le braccia al cielo e dichiarò: «O Giove Ottimo Massimo, padre onnipotente, re di tutti gli dèi, Laziale, folgoratore, tuonante, Fidio, festoso, ospitale, capitolino, arcano, o qualsiasi altro nome tu voglia, mi impegno con tutto me stesso a rispettare l'insediamento del tuo nuovo discendente e del discendente di Ercole, così come previsto dalla legge, e ad abbandonare insieme al mio collega, quando giungerà il momento, il potere imperiale che tu mi hai generosamente conferito e permesso di conservare, per mantenere Roma sempre al sicuro dai suoi nemici e prospera come si conviene a un grande impero».

Le parole di Diocleziano provocarono le reazioni più disparate tra il suo stato maggiore. Costantino si sentì fremere dall'eccitazione: un annuncio del genere era nell'aria, ma nessuno poteva essere certo che lo facesse davvero. Vide suo padre e Galerio venire per un istante meno alla loro imperturbabilità e annuire l'uno, fare un ghigno di soddisfazione l'altro, mentre i possibili pretendenti al ruolo di cesare si guardavano a vicenda con aria di sfida, come a sancire ufficialmente l'inizio della lotta per la successione. Costantino si sentì addosso gli occhi di Licinio, Severo e Massimino Daia, e di tanti altri che ritenevano di avere una possibilità di successo in quella spietata corsa al potere.

Ma subito, e quasi nello stesso momento, tutti rivolsero la propria attenzione a Massimiano, che Diocleziano osservava severo, evidentemente aspettandosi che pronunciasse lo stesso, solenne impegno. Il collega esitò ancora, si morse le labbra, spostò il peso del corpo da una gamba all'altra, tenendo tutti in sospeso. Costantino si chiese cosa sarebbe potuto accadere se si fosse rifiutato. Destituzione? Processo per tradimento? Guerra civile? Crollo della tetrarchia? Di sicuro c'era una falla di fondo nel sistema di governo creato da Diocleziano: l'ambizione personale degli uomini di potere, che rifugge ogni disciplina.

Quando finalmente Massimiano si rivolse ad alta voce a Giove Ottimo Massimo, tutti tirarono un sospiro di sollievo.

Sesto Martiniano squadrò l'elegante domus verso cui l'aveva indirizzato Milziade. Tutto sembrava tranquillo. Il custode stazionava davanti all'entrata nella sua postazione, e non c'era alcuna lettiga parcheggiata di fronte alla facciata. Ma ovviamente i cristiani non dovevano dare nell'occhio: la legge non diceva esplicitamente che le loro riunioni erano proibite, ma quei pazzi stavano ben attenti a non attirare l'attenzione, consapevoli che lo Stato li avrebbe comunque accusati di riunirsi senza sacrificare agli dèi e agli imperatori. Secondo il suo prefetto del pretorio Asclepiodoto, poi, tenere quelle riunioni mentre i tetrarchi sfilavano per la città, senza tributare per le vie di Roma il dovuto omaggio ai sovrani, era un affronto voluto e intenzionale, che andava perseguito.

Fece cenno ai suoi di seguirlo e si avvicinò al custode. «Nel nome dell'augusto Massimiano, apri questa porta e facci entrare», ordinò perentorio.

«Ma… Il padrone sta riposando… È anziano… e malato», biascicò lo schiavo.

«Facci entrare, ho detto, o sfondiamo la porta», ribadì con sguardo truce. «È scandaloso che un senatore non sia presente alla parata… E sospetto».

«Ma solo perché è malato», insisté il custode. «Altrimenti sarebbe venuto. È un leale suddito dell'imperatore».

«Questo saremo noi a deciderlo. Apri».

«Lasciate almeno che lo avverta della vostra visita».

"Ma certo, per poter nascondere tutti i libri", si disse il tribuno. Sesto fece un deciso cenno di diniego e lo schiavo si risolse ad aprire il portone. Il tribuno irruppe nel vestibolo in testa agli altri pretoriani. Giunse nell'atrio e non trovò nessuno. Poi una schiava comparve su una delle porte d'accesso al resto della casa, lasciando cadere il cesto della

212

biancheria che aveva in braccio per lo spavento. Dovevano essere radunati nel tablino, si disse Sesto, che procedette nella direzione in cui presumeva di trovarlo. Ma quando irruppe nello studio lo trovò vuoto. Provò col triclinio: magari avevano scelto la sala da pranzo... Ma anche quell'ambiente risultò disabitato.

«Che volete?». Una donna di mezza età dall'aspetto poco curato, senza trucco né acconciatura ai capelli, e con la sola tunica, venne loro incontro con fare altero. «Come osate irrompere qui dentro? Non sapete di chi è questa proprietà privata?»

«Lo sappiamo benissimo. Ed è per questo che siamo qui. Dove si tiene la riunione?»

«Quale riunione?», chiese la donna, sorpresa.

«Lo sai benissimo. Quella di voi cristiani».

La matrona s'indignò. «Ma come ti permetti? Noi non siamo cristiani e qui non ne troverai, di quella gente lì», rispose sprezzante.

Sesto rimase disorientato. Di solito i cristiani non negavano; anzi, andavano fieri di sbandierare la loro appartenenza a quella strana religione. «Ho notizia che qui sia in corso una cerimonia cristiana. Quindi devo perquisire tutta la casa, se non mi aiuti tu, domina».

«Qui c'è solo una persona che sta male, tribuno, ovvero mio marito».

«Lo vedremo. Mi scuserai se lo verifico. Devo rendere conto a gente molto in alto».

«Non ti preoccupare: anche mio marito può rivolgersi a gente molto in alto. *Ma molto, molto in alto*», replicò la donna, per nulla intimidita.

Meno sicuro di sé, Sesto diede ordine ai suoi di perlustrare il resto della casa, poi disse alla donna: «Portami da tuo marito».

«Non è in grado di ricevere nessuno».

«Non è una visita di cortesia, questa».

La donna scosse la testa, poi gli fece un brusco cenno di seguirla. Giunsero davanti a un cubicolo con la porta accostata, nel quale la matrona entrò. Sesto la imitò e subito si sentì lacrimare gli occhi per l'aria chiusa e viziata, caratterizzata da un forte odore che mischiava l'incenso a qualcosa di molto sgradevole. Notò fumi bruciare, e non certo per sacrificare agli imperatori.

«Abbiamo dovuto diffondere qualche essenza per attenuare la puzza», gli confermò la donna.

Sesto si avvicinò al letto e vide la testa di un uomo molto anziano affiorare dalle coperte. Vicino al letto, una bacinella e delle pezze, una delle quali era posta sulla fronte dell'uomo. La moglie gli si sedette accanto e la tolse, rivelando una pelle tutta maculata e in alcuni tratti quasi inesistente.

«Si sta spellando ovunque», spiegò la matrona. «In alcuni tratti la sua è praticamente carne viva. E non controlla più le funzioni corporali».

Sesto distolse lo sguardo, impressionato e imbarazzato. Tuttavia, non doveva lasciarsi influenzare: poteva darsi che il senatore, in punto di morte, volesse guadagnarsi la salvezza predicata dai cristiani dando loro modo di celebrare in casa sua le cerimonie. Ma reputò inutile parlare col vecchio, e uscì dalla stanza tornando nell'atrio, nell'attesa di ricevere il rapporto dai suoi uomini. Ma non dovette aspettare molto: poco dopo, si ritrovarono tutti intorno all'impluvio; e ogni soldato gli confermò la stessa cosa: non c'era alcuna riunione, né l'ispezione della biblioteca nel tablino aveva rivelato alcunché di proibito. C'era andato il suo optio, che sapeva leggere e scrivere, e non aveva dubbi.

«Avete controllato anche le madie?»

«Tutto quanto, tribuno. Non c'è nulla».

«Può darsi che ci sia una cripta qui sotto, da qualche parte», insisté. «Magari un tempo questa casa serviva come ritrovo per il culto di Mitra e c'è un mitreo che adesso hanno adibito a chiesa…».

«Lo escludo, signore», disse un soldato. «Abbiamo controllato tutte le vie di accesso alla casa».

Sesto si sentì confuso. Pareva proprio che lo avessero preso in giro. Poi comparve di nuovo la donna. «Ti serve altro, tribuno? Qual è il tuo nome?»

«Io… mi chiamo Sesto Martiniano, signora», balbettò. «E se ho sbagliato, ti chiedo di perdonarmi. Ho solo fatto il mio dovere».

«E lo hai fatto male. L'imperatore, che tiene molto alla salute e alla tranquillità di mio marito, riceverà una protesta formale per questa irruzione. Puoi giurarci, tribuno».

Sesto chinò il capo in un istintivo gesto di deferenza e di scuse. E se ne andò subito, con l'impressione di essere finito nei guai.

XVI

Costantino era ben consapevole che, dietro la facciata bonaria delle celebrazioni per i Vicennalia per gli augusti e dei Decennalia per i cesari, si stendeva una rete d'intrighi dei pretendenti alla successione degli imperatori. L'annuncio di Diocleziano, ancorché previsto, aveva scatenato anche tra il popolo, ma soprattutto a corte, una ridda di ipotesi sui possibili eredi, e la gente studiava l'atteggiamento degli augusti per capire a chi andasse il loro favore. Il grande banchetto offerto dai tetrarchi il giorno dopo il trionfo era una grande occasione per capire su chi poter contare nella corsa alla successione, e di quale sostegno o clientele godevano i suoi rivali. Ma soprattutto, era l'occasione per parlare finalmente con Massenzio, il solo che si trovasse grossomodo nella sua situazione.

Costantino si guardò intorno in cerca del figlio di Massimiano. Voleva parlargli prima che iniziassero le libagioni, durante le quali sarebbe stato vincolato al posto che l'etichetta gli avrebbe assegnato. La grande terrazza del palazzo dei Cesari sul Palatino era gremita, in attesa che i numerosissimi ospiti venissero chiamati a prendere posto nel triclinio. Nell'area sottostante, intanto, tra il colle e il Circo Massimo dove avevano appena terminato di svolgersi le corse delle quadrighe, il popolo si era assiepato intorno alle tavole imbandite per la circostanza, con cibi di ogni sorta che probabilmente i plebei non avrebbero mai più avuto occasione di mangiare nella vita. La strada e le pendici del monte erano ancora colme dei fiori, dei festoni e delle ghirlande usati per il trionfo del giorno prima, formando un tappeto multicolore di cui sembrava ammantata tutta Roma. Costantino restò per qualche istante rapito dallo scenario che gli si offriva dal Palatino: la città si presentava in tutta la sua magnificenza, e si chiese se avrebbe mai avuto la possibilità di viverci come sovrano e di abbellirla ulteriormente, con monumenti e opere pubbliche a suo nome.

Ma solo per un istante. Era lì per ragioni ben precise che riguardavano il suo futuro, non per ammirare il panorama.

«Quello che è successo è un episodio di una gravità assoluta».

«Me ne rendo conto, prefetto».

«No. Non credo che tu te ne renda conto. Avresti dovuto essere presente alla sfuriata che l'imperatore Massimiano mi ha fatto qualche ora fa. Non mi sono mai sentito tanto umiliato in vita mia. E la colpa è solo tua».

«Me ne dispiace, prefetto».

«Non sai ancora quanto, ti dispiacerà».

Sesto Martiniano teneva il capo chino da quando era entrato nel tablino del prefetto del pretorio Asclepiodoto. Nel ricevere la convocazione, aveva temuto che non fosse solo per fare rapporto sul servizio di polizia che aveva svolto il giorno del trionfo; in qualche modo, sapeva che le minacce di quella matrona non erano cadute nel vuoto. E infatti il prefetto lo aveva accolto pieno d'ira, e non aveva neppure voluto ascoltare i risultati delle sue irruzioni. Fin dal primo momento, l'unica cosa che sembrava importargli era stata la violazione di domicilio ai danni di un amico intimo dell'imperatore. Anche senza gli insulti e le critiche del suo comandante, Sesto si sarebbe sentito già abbastanza stupido, per essere stato tanto ingenuo da credere alle informazioni di Milziade senza neppure verificarle.

«Non hai niente da dire?», gli chiese il prefetto dopo qualche istante di tagliente silenzio.

Qualunque cosa avesse detto, non avrebbe fatto altro che peggiorare le cose. «Non ho scusanti, prefetto», si limitò a dire.

Asclepiodoto annuì, si alzò dalla sedia e, con le mani dietro la schiena, iniziò a passeggiare per la stanza. Sesto lo seguì con lo sguardo. «E pensare che eri il mio migliore tribuno. Su di te e su una tua fulgida carriera avrei messo le mani sul fuoco. Ma per fare carriera ci vuole anche un minimo di buon senso politico, e si direbbe che tu ne sia privo», disse con amarezza.

Sesto tacque.

«L'imperatore, se vuoi saperlo, mi ha suggerito di sbatterti fuori dal corpo dei pretoriani e mandarti ai confini dell'impero in qualche sperduta fortezza con un'unità di linea», proseguì il prefetto.

Sesto deglutì, avvertendo una morsa allo stomaco. Essere cacciato dal corpo pretoriano era il crollo di un sogno... e la prospettiva di finire lontano da Minervina insopportabile. La disperazione lo assalì: una sciocchezza e il capriccio di un vecchio offeso potevano cancellare in un istante tutte le imprese di cui si era reso protagonista per la maggior gloria di Roma e dei suoi imperatori.

Il prefetto aprì uno spiraglio. «Tuttavia, mi sono sforzato di fargli capire che sei un valido militare», aggiunse. «Un idiota, certo, ma un gran soldato. Gli ho ricordato quanto ti sei distinto sul campo, esortandolo a considerare quanto possa essere utile un combattente come te al nostro corpo....».

Dopo qualche istante di silenzio, a Sesto sarebbe venuto da dire: "Allora"? Il cuore gli batteva sempre più forte, era consapevole che in quel momento si stava decidendo il suo destino.

«Alla fine, insomma, si è convinto che degradarti sarebbe stato sufficiente. Torni a essere un soldato semplice, Sesto Martiniano», dichiarò Asclepiodoto. «Restituiscimi subito il tuo equipaggiamento e vatti a mettere agli ordini del centurione Marco Aquilio».

Sesto si portò le mani al viso. Già una volta era stato degradato, per colpa di Osio. Se suo padre fosse stato ancora vivo, si sarebbe vergognato di lui. Adesso doveva di nuovo ripartire da capo, per riportare la famiglia ai lustri che le competevano. Il prefetto lo congedò bruscamente e lui salutò, uscendo dal pretorio sconfortato e con l'animo grave. Era fiero di essere un tribuno pretoriano, e non riusciva a immaginare come sarebbe stata la sua vita, da allora in poi, come soldato semplice, a prendere ordini da quanti aveva comandato fino ad allora. Sperò almeno che i commilitoni avrebbero mostrato rispetto per un uomo che li aveva guidati con coraggio e giustizia.

E Minervina? Finché gli rimaneva lei, la sua vita non poteva dirsi distrutta. Se non altro, guardando il lato positivo, come gli aveva insegnato a fare lei... Avendo meno responsabilità avrebbe avuto più tempo per riconquistarla. Che Asclepiodoto fosse riuscito a convincere l'imperatore a non mandarlo via da Roma era stata una fortuna inestimabile, di cui non avrebbe mai ringraziato abbastanza il suo comandante.

Sì, era questo che doveva fare, adesso, per rendere la sua esistenza più accettabile e trarre i giusti stimoli per riprendersi i gradi perduti. Minervina sarebbe stata la sua priorità. La donna si stava allontanando, probabilmente per colpa di quei maledetti cristiani che erano stati anche la causa della sua umiliazione: per difendere i suoi correligionari, Milziade lo aveva intenzionalmente depistato. Ma ora avrebbe fatto capire alla sua amante che il loro amore trascendeva ogni divisione religiosa e ogni convenzione sociale.

Il loro vincolo era più sacro di qualunque credo. Finché c'era lei nella sua vita, poteva ritenersi fortunato.

Costantino scovò finalmente Massenzio. Era intento a parlare con un senatore. Decise di non perdere tempo e si avvicinò ai due. Il principe si accorse di lui e gli sorrise, ma con una diffidenza che al giovane non sfuggì. «Salute Massenzio», gli disse cercando di essere il più gioviale possibile. «Mi piacerebbe parlare con te di questioni d'interesse comune. Sono sicuro che ne abbiamo parecchie...».

Prima che Massenzio potesse rispondere, intervenne il senatore. «Principe, permettimi di presentarmi: mi chiamo Osio, e sarei onorato di avere uno scambio di vedute con te».

«Sono certo che non ne mancherà l'occasione», lo liquidò Costantino. «Ora, però, io e il principe abbiamo cose importanti da discutere, quindi, se vuoi scusarci...». Il senatore guardò disorientato Massenzio, che annuì, e non poté far altro che allontanarsi.

«Ebbene? Di cosa vorresti parlarmi, "grande eroe"?», esordì Massenzio con evidente sarcasmo.

A Costantino non risultava che il principe avesse mai partecipato a una campagna bellica; era chiaro che pativa il confronto con un altro rampollo dei tetrarchi che, invece, in guerra si era particolarmente distinto. Agli occhi dei due padri, entrambi sperimentati soldati, era proprio Massenzio l'anomalia. Si rese conto di doverci andare piano, con lui. «Suppongo che anche tu ti stia chiedendo chi sceglieranno tuo padre e Diocleziano per sostituire i cesari, quando loro avranno passato la mano...».

«Conosco attività più divertenti in cui impiegare il mio tempo ma... sì, diciamo che me lo sono chiesto. E magari l'ho chiesto a mio padre, anche», replicò guardingo Massenzio.

«Anch'io l'ho fatto col mio. Ma è un cesare, e non sa cosa passi per la testa degli augusti», rispose Costantino.

«Credo che neppure mio padre sappia cosa passa per la testa di Diocleziano al riguardo», ribatté Massenzio. «Saprai meglio di me, stando alla sua corte, che è lui a decidere, in realtà: una situazione che mio padre ha sempre mal digerito. Ma gli deve troppo per ribellarsi, o anche solo per protestare o provare a pretendere ciò che gli spetta di diritto, come augusto di pari grado».

«Quindi non sai nulla su eventuali successori?», lo incalzò Costantino. «Sei suo figlio, e presumo che stia pianificando di affidare il ruolo di cesare a te».

«Come ti ho detto, è troppo succube di Diocleziano per agire autonomamente», spiegò Massenzio. «Diocleziano non ritiene che io sia un soldato, quindi dubito che mi prenderà in considerazione. Mio padre tende ad assecondarlo e, alla fine, anche lui mi biasima per la mia mancanza di spirito marziale».

«Io lo spirito marziale ce l'ho», disse Costantino. «Ma temo che neppure io verrò preso in considerazione: non pare essere nello spirito della tetrarchia far succedere i figli ai padri. Anzi, sembra essere una discriminante».

«Già. È una questione di principio, per Diocleziano: l'impero ha raggiunto il suo massimo fulgore quando agli imperatori non sono mai succeduti i figli, tra Nerva e Marco Aurelio. Viceversa, le dinastie hanno portato solo guai».

«Personalmente, non mi riguarda cosa è successo in passato», commentò Costantino. «Io penso sia ingiusto essere escluso dalla successione solo perché si è figlio di un imperatore. E non accetto che venga scelto uno di natali più oscuri dei miei, o che magari si è dimostrato meno abile di me, solo perché non ha parentele con la casa imperiale. E tu sei nella mia stessa situazione, quindi dovremo unire le forze».

«Non direi che siamo nella stessa situazione», precisò Massenzio con spocchia. «Io sono figlio di un augusto, tu solo di un cesare. Avrei molto più diritto di te al trono, semmai».

Costantino soffocò a stento lo sdegno. «Ma io ho una reputazione militare che tu non hai», si lasciò scappare. «E potrebbe farti comodo avere un alleato del genere».

«La reputazione militare me la farò quando sarà il momento», precisò Massenzio. «Non voglio crescere come un soldato ignorante alla stregua di mio padre, che per tutta la vita ha pensato solo a combattere e adesso non ha la minima idea di come si governi».

Per qualche motivo, Costantino ritenne che la critica fosse rivolta anche a lui. Ma lasciò correre. Aveva bisogno di Massenzio. «Rifletti, amico mio», tornò a essere mellifluo. «Tu sei già a Roma, e quando tuo padre lascerà il trono, sarà sufficiente che tu rimanga dove sei e, col sostegno dei pretoriani, nessuno riuscirebbe a smuoverti da qui: neppure il cesare designato…».

«E tu in che modo potresti essermi utile?»

«Io mi trasferirei da mio padre, non appena i due augusti abdicheranno, e lo convincerei a sostenerti perché, così facendo, creerebbe un precedente e, nel suo stesso interesse, aprirebbe la strada alla successione al proprio figlio, cioè a me».

«Ma "amico mio"», gli rispose con sorriso beffardo Massenzio, «quando tuo padre morirà, gli altri suoi figli saranno grandi, e saranno quelli legittimi, con il sangue di due augusti; ammesso che voglia violare le norme imposte da Diocleziano, Costanzo non prenderà certo in considerazione per la successione un figlio bastardo».

Vi fu un istante di silenzio, nel quale i due principi si guardarono truci.

«Quindi, come vedi, non mi servi a nulla. Anzi, il tuo appoggio potrebbe perfino danneggiarmi… "amico mio"», aggiunse il figlio di Massimiano.

Bellissima. La visione di una splendida donna nella sezione di triclinio riservata alle mogli dei maggiorenti di Roma aveva distolto l'attenzione di Costantino per la gran parte del banchetto. Si era distratto più volte, astraendosi dalla conversazione per guardarla, soprattutto dopo aver notato che lei ricambiava i suoi sguardi. Più volte l'aveva colta a fissarlo mentre era voltato, inducendola ad abbassare gli occhi per l'imbarazzo non appena veniva colta sul fatto. I suoi occhi azzurri splendevano a tal punto che se ne distingueva il colore perfino da lontano, e i suoi capelli biondi spiccavano di luce viva, al confronto di quelli di tutte le altre commensali. Era molto magra, ma le spalle ampie ed eleganti le conferivano un aspetto regale. Avrebbe potuto essere la moglie di uno dei tetrarchi, per la maestosità della sua figura, ma non gli risultava che gli imperatori avessero consorti così belle. Così, aveva atteso con ansia la fine del pranzo per avvicinarla.

Lei si accorse che Costantino veniva nella sua direzione, e i suoi occhi si mossero ovunque, pur di non incrociare il suo sguardo. E quando lui le fu abbastanza vicino, fu assalito subito dal desiderio di possederla, sentendosi moltiplicare mille volte l'impulso che aveva provato fin dal momento in cui l'aveva individuata tra la folla. Gli capitava spesso, quando vedeva una donna che sollecitava i suoi sensi, di essere assalito dalla bramosia di farla sua, per puro desiderio di conquista o semplicemente perché, come principe ed eroe di guerra, *poteva*. E non aveva mai incontrato qualcuna che non fosse stata lusingata dalle sue attenzioni al punto di cedergli con facilità; perfino quando si trattava di donne di altri. Non temeva rifiuti, perché si era convinto che un uomo che aspirava all'impero e a grandi imprese non potesse avere timore di sfide così banali e inoffensive.

L'atteggiamento della donna, chiaramente turbata, gli fece capire che sarebbe stata sua in breve tempo. Doveva avere la sua stessa età, o forse appena qualche anno di più.

«Lo sai, vero, di essere la più bella tra le donne presenti a questa festa». Lo disse come una constatazione, non come una domanda.

Lei sorrise, sempre più imbarazzata, tanto che le guance le si fecero color porpora. I suoi magnifici occhi guizzarono solo per un attimo incontro ai suoi, prima di abbassarsi di nuovo, e Costantino fu tentato di ordinarle di fissarlo, per godere appieno della loro intensità. Intuì un profondo candore, in quella donna. Sì, sarebbe stato facile conquistarla.

«E sei anche la più dolce!».

Di nuovo, lei lo guardò di sfuggita.

«E la più sensuale…».

Si fece sempre più rossa e scosse il capo.

«E anche la più muta, direi», aggiunse ironicamente.

«Scusami, principe… È che non sono abituata a essere subissata di complimenti da un estraneo».

«Mi conosci, dunque».

«Chi non conosce Costantino, il figlio del cesare Costanzo Cloro, l'eroe della campagna persiana? Tutti abbiamo potuto ammirarti ieri nel corteo trionfale».

«Bene. Quindi tu conosci il mio nome, ma io non conosco il tuo…».

«Mi chiamo Minervina».

Aveva una voce divertente. Era piacevole sentirla parlare. «Ebbene, visto che ti pare un problema ricevere complimenti da un estraneo, e io ho intenzione di non smettere, facciamo in modo che io non sia più un estraneo, no?».

«E come intendi fare?».

«Conoscendoci meglio, naturalmente. La festa è quasi finita. Vogliamo andarcene dove alloggio?».

Lei si irrigidì. «Ma non mi hai neppure chiesto se sono sposata…», protestò. Debolmente, però. Ed era tutt'altro che indignata.

«È irrilevante, per me. Tra pochi giorni probabilmente dovrò partire, e non mi perdonerei di non aver passato tutto il tempo possibile con una creatura deliziosa come te. Sono certo che sarebbe il ricordo più bello che avrei di Roma, più ancora del trionfo cui ho partecipato».

«Ma io *sono* sposata». Lo disse con dispiacere. Quindi, poteva diventare irrilevante anche per lei.

«Questo potrebbe impedirti di sposarmi, non di vedermi per qualche giorno, se lo desideri davvero», la incalzò.

«E sono anche cristiana. Non mi vergogno di dirtelo. Voi della famiglia imperiale disprezzate i cristiani…».

«Io non li disprezzo affatto. Anzi, vedo in loro una forza interiore che è da ammirare, e che potrebbe giovare all'impero. Fosse per me, non li avrei discriminati. Ed è noto che mio padre è molto tollerante nei loro confronti», tenne a precisare, sicuro che sarebbe stato l'argomento decisivo.

Il bel viso della donna s'illuminò in un franco e sincero sorriso.

Sì, pensò: era l'argomento decisivo.

Osio avrebbe tanto desiderato andare dalla moglie. Soprattutto da quando aveva visto che Costantino aveva trovato con lei il tempo e la voglia di parlare che non aveva avuto con lui. Gli parve che Minervina ne fosse visibilmente attratta e, sebbene non gli facesse piacere dover constatare ancora una volta la sua civetteria, se non altro, si disse, significava che le sue attenzioni verso Martiniano stavano scemando: l'opera di discredito che aveva ordito contro di lui stava producendo i suoi effetti, e non dubitò che presto la vita dell'uomo che aspirava a ucciderlo sarebbe stata distrutta.

Si liberò di due cortigiani e mosse verso la coppia; adesso Costantino non aveva più scuse per sottrarsi ai suoi approcci. Ma proprio in quel momento, Massenzio gli si avvicinò. «Sembra che tu abbia fatto un buon lavoro, nei giorni scorsi e soprattutto ieri, Osio», gli disse.

Il figlio dell'augusto non era tipo che ci si potesse permettere di liquidare. Osio si rassegnò a parlare con lui, pur gettando un'occhiata sconsolata alla moglie e al suo palese corteggiatore. «Sei magnanimo, al solito, principe. Spero che anche l'augusto tuo padre abbia apprezzato le mie segnalazioni».

«Sì, stamattina si è voluto recare al deposito dove sono stati stipati tutti i libri che abbiamo sequestrato grazie ai tuoi infiltrati tra i cristiani e si è divertito a dargli fuoco personalmente. Tuttavia...».

«Tuttavia, mio signore?»

«Tuttavia, non tutte le segnalazioni dei tuoi uomini si sono rivelate giuste: ieri hanno fatto irruzione nella casa di un senatore che certo non si può definire cristiano, e che ha sempre sostenuto mio padre in Senato a spada tratta».

Osio sapeva che glielo avrebbe rimproverato. «Un episodio spiacevole e me ne dispiace, principe. Ma credo sia stata un'iniziativa personale del tribuno che aveva la responsabilità dell'operazione. Le mie fonti non hanno mai fatto il nome di Manio Quintilio. Le indicazioni che ho dato al prefetto, e puoi chiederlo a lui, non lo comprendevano».

Massenzio scoppiò in una sonora risata. «Lascia stare! Certo, il tribuno sarà punito, ma solo per far contento il senatore; in realtà, mio padre ha goduto nel sapere dell'umiliazione di quel viscido vecchio dall'atteggiamento servile!».

Osio tirò un sospiro di sollievo. Sapeva che il senatore era a stento sopportato dall'imperatore, nonostante fosse un suo sostenitore, e aveva calcolato il rischio. Milziade aveva svolto in modo convincente il suo lavoro; era un uomo su cui si poteva contare. Ma non poté fare a meno di notare come, ancora una volta, Massimiano e Massenzio traessero piacere dalle umiliazioni che infliggevano agli altri. Oh, sì che gliel'avrebbe fatta pagare...

«Sono lieto che i miei sforzi siano risultati utili allo Stato. E che abbiano compiaciuto il mio imperatore e il mio principe, cui va la mia più assoluta e incondizionata fedeltà e dedizione», si sentì in dovere di dichiarare.

Massenzio fissò su di lui uno sguardo acuto. «Sei un gran furbacchione, senatore. Io di te non mi fido, ma mio padre ritiene che il tuo opportunismo possa essere un vantaggio per lui. E l'imperatore è lui, per tua fortuna...».

Osio preferì tacere. Massimiano era un soldato rozzo e ignorante, più a suo agio sui campi di battaglia che in una corte, ed era facile manovrarlo. Ma Massenzio, sebbene indolente e codardo, non era affatto stupido, e lo teneva d'occhio. Contrariarlo avrebbe voluto dire cadere in disgrazia presso il padre, sul quale il giovane aveva evidentemente una certa influenza politica.

«Ti dimostrerò che ti sbagli, principe, e mi guadagnerò la tua fiducia», dichiarò solennemente, pensando intanto a come guadagnarsi quella di Costantino, che gli interessava molto di più.

Massenzio fece una smorfia di sufficienza e lo lasciò finalmente solo. Osio rivolse di nuovo lo sguardo in direzione di Costantino e Minervina, ma non li vide più. Li cercò ansiosamente e poi percorse tutta la sala sgusciando tra la gente, che si stava ancora alzando dai triclini. Non li vide da nessuna parte. Sentì montare dentro di sé la collera. Guardò fuori, nella terrazza, e provò a uscire. Ormai si era fatto quasi buio e il sole galleggiava rosso sull'orizzonte, disegnando le sagome scure dei colli e degli edifici davanti al Palatino. Infine notò i due conversare appoggiati alla balaustra che si affacciava sulla valle del Circo Massimo. Cercò di capire cosa ci fosse tra loro, ma non gli parve che facessero niente di diverso dalle tante persone che parlavano osservando il panorama lungo il parapetto a breve distanza da loro.

«Principe! Vedo che mia moglie ti sta intrattenendo con la sua piacevole conversazione», esordì avvicinandosi a loro. «Ed è questo che deve fare una brava moglie: aprire la strada al marito, che adesso le subentrerà».

Costantino lo guardò meravigliato, «Sei suo marito? Osio... giusto?»

«Vedo che hai buona memoria, principe. Adesso che hai parlato con una bella signora, sarai meglio disposto ad ascoltare le mie parole».

Costantino sorrise senza allegria. «Sarò meglio disposto domani, senatore. Credo sia arrivato per me il momento di andare», rispose. «Vieni in tarda mattinata da me e parleremo senz'altro. Saluto te e la tua deliziosa moglie e vado a far visita a mia madre, che non ho ancora visto, da quando sono arrivato». Fece un ampio sorriso a Minervina e si allontanò, lasciando Osio di sasso. Il senatore guardò severamente la moglie, che abbassò gli occhi, imbarazzata.

A quanto pareva, aveva appena distrutto un amante solo per consegnarla nella mani di un altro, ben più pericoloso.

XVII

Minervina diede un'ultima occhiata al messaggio di Sesto Martiniano, poi strappò la pergamena e la gettò via con ostentata noncuranza. Non era con lui che si sentiva in colpa per quello che stava per fare. Lo rammentò a se stessa più d'una volta, per convincersene definitivamente. No, doveva sentirsi in colpa verso Osio, sempre buono e tollerante con lei, ma soprattutto con Dio, di cui stava di nuovo violando i precetti nonostante fosse stata investita dalla sua grazia.

Si guardò ancora una volta allo specchio, per vedere se la sua ancella le avesse reso piena giustizia, fu soddisfatta di ciò che vide e finalmente uscì di casa. Montò sulla carrozza e, non appena il mezzo si mosse, le tornarono alla mente le volte in cui si era preparata per andare da Sesto, con la stessa trepidazione con cui affrontava adesso la sua nuova avventura. Di nuovo ricordò le parole accorate che aveva appena letto, la disperazione che traspariva dalle poche righe vergate da colui che aveva creduto l'amore della sua vita, e che ora sentiva tanto distante. Dal pretoriano, ormai, lo dividevano l'intolleranza che Sesto mostrava nei confronti della sua sensibilità religiosa, la sua condotta dissoluta e, soprattutto, la scoperta di non essere stata la sola per lui. E si stupì di non essersi neppure commossa apprendendo che fosse stato degradato e avesse rischiato punizioni ben peggiori per i suoi errori. In fin dei conti, se lo meritava, continuò a dirsi mentre procedeva verso l'abitazione di Costantino.

Dopo aver stabilito l'appuntamento con il principe, aveva trascorso la notte precedente a cercare di capire come le sue inarrestabili pulsioni potessero conciliarsi col messaggio del Signore. Sesto le aveva detto più volte che in lei c'era una potenza emotiva e sessuale che non poteva essere arginata, che in un modo o nell'altro doveva esplodere e che, una volta scoperta, l'avrebbe sempre condizionata. Forse era così: in fin dei conti, Sesto la conosceva e l'aveva capita meglio di chiunque altro, rendendola consapevole di ciò che lei neppure immaginava di avere; e si era stupita di come avesse potuto farne a meno fino ad allora: sembrava una parte così determinante della sua indole, della sua personalità, della sua natura, che ormai pareva non potesse più trovare un suo equilibrio se non liberandola. Era come una belva interiore che la divorava, se non le permetteva di pascersi con la passione che si sprigionava quando era a contatto con il suo amante.

Ebbene, stava per scoprire se Sesto era il solo uomo al mondo in grado di farla sentire così.

Si era risolta ad accettare le profferte di Costantino perché anche lui aveva scatenato un tumulto interiore che, lo aveva capito subito, non sarebbe riuscita a fermare da sola. L'aveva guardata in un modo che l'aveva turbata, le aveva parlato facendola sentire una regina. E in lei si era subito scatenato subito un desiderio inarrestabile di avere di più che semplici parole, puri sguardi. Il desiderio di sentirsi amata, che Sesto non poteva più soddisfare, si era riversato in un istante su di lui. Come il pretoriano, anche quell'uomo sprigionava sensualità e le dava sicurezza. Si sarebbe dovuta decidere a chiedere a Silvestro come potevano conciliarsi quelle sue pulsioni con la sensibilità cristiana.

Forse, dedicandosi ancora di più alla carità e alla preghiera, avrebbe potuto compensare la sua innata lussuria, e il Signore l'avrebbe perdonata. Non riusciva proprio a dominare i pensieri che le turbinavano nella mente, alimentando le sue sfrenate fantasie. A volte desiderava non aver mai conosciuto Sesto, che era stato capace di tirar fuori il suo lato oscuro; ma altre, come in quel momento, era contenta di aver trovato la chiave che le aveva spalancato le porte del piacere: per quanto si biasimasse per la proprio lussuria, non riusciva considerarla un peccato capitale come lo intendeva la Chiesa. Non uccideva nessuno, non faceva del male a nessuno – tranne, forse, a Osio, che comunque non era in grado di provare ciò che provavano lei e Martiniano – e in compenso manteneva il suo equilibrio, ormai minato dalla scoperta di avere un bisogno impellente di appagare il proprio corpo. Quando giunse davanti all'ingresso dell'abitazione di Costantino, non esitò a bussare, come invece aveva fatto la prima volta per Sesto. Uno schiavo la introdusse nel vestibolo, poi la guidò attraverso l'atrio e le fece segno di entrare in una stanza dalla porta socchiusa. Spinse appena il battente e vide Costantino disteso sul letto. Indossava solo il perizoma, che mostrava come fosse già pronto a soddisfare i loro desideri reciproci. Le sorrise fissandola negli occhi, poi abbassando lo sguardo lungo tutto il corpo, e lei si sentì spogliare. Capì che era quello che il principe voleva, e si stupì di non provare alcun imbarazzo a farlo. Prima ancora di avvicinarsi al letto, si tolse la stola, che fece cadere ostentatamente a terra, quindi la tunica, rimanendo anche lei in perizoma e fascia pettorale. Costantino fissò di nuovo lo sguardo sui due indumenti. Era un ordine, che lei desiderò assecondare. Felice di compiacerlo, se li tolse uno dopo l'altro. Costantino la osservò, e parve che gli piacesse molto ciò che vedeva. Quindi l'uomo si guardò il perizoma. Anche quello era un ordine.

Minervina si avvicinò finalmente al letto, gli s'inginocchiò accanto e glielo sfilò.

Poi Costantino non ebbe più bisogno di darle muti comandi. Sapeva bene ciò che doveva fare. Era lì per quello. Per essere la sua puttana.

Voleva essere la sua puttana.

E dopo pochi istanti seppe che sarebbe stato bellissimo anche con lui.

Costantino provò un forte senso di vergogna, quando la lettiga si fermò davanti alla casa della madre. Era andato a trovarla una sola volta, da quando era arrivato a Roma: il giorno dopo il trionfo. Poi non aveva più trovato il tempo, nonostante le avesse promesso di passare spesso. E ora che si accingeva a partire, tornava solo per salutarla, nella prospettiva di non rivederla per chissà quanto tempo; forse per sempre. Ma la verità era che aveva trascorso ogni momento libero con Minervina: quella era una donna in grado di far rilassare un uomo, accidenti! L'amante ideale: peccato doverla lasciare. Non fosse stata sposata, se la sarebbe portata dietro e ne avrebbe fatto la sua concubina.

Di sicuro neppure il padre era andato a trovare Elena: Costanzo si trovava a Roma con la moglie e i figli, e non sarebbe stato opportuno, neppure se ne avesse avuto voglia; e Costantino non era certo che ne avesse. Ma d'altra parte, non conosceva abbastanza il padre per valutare i suoi sentimenti.

Andò ad aprirgli la stessa Elena, chiaro segno che doveva essere in fervida attesa della sua visita da quando, il giorno prima, il figlio le aveva mandato il messaggio per avvisarla. La osservò sorridendole, ed ebbe un moto di gratitudine nei suoi confronti, per aver fatto in tempo a metterlo al mondo prima che il padre la abbandonasse per la ragion di Stato. Era ancora una bella donna, nonostante l'età, e si chiese se avesse degli amanti: era una matrona facoltosa, ormai, che poteva permettersene anche di giovani, e la sua nota relazione passata con un tetrarca la rendeva anche un buon partito come moglie o compagna per senatori o uomini altolocati. Non era colta e ben educata, certo, ma a chi importava, se gli imperatori stessi erano rozzi soldati quasi illetterati?

«Figlio mio, hai veramente un portamento regale. Non hai preso da tua madre…», lo accolse Elena, abbracciandolo prima ancora che varcasse la soglia.

«Non dire sciocchezze!», replicò il giovane. «Non avresti affatto sfigurato accanto a mio padre, da imperatrice; di certo, avresti fatto una figura migliore di quella Teodora, capace solo di sfornare figli uno dietro l'altro».

«Ecco, e stai bene attento che qualcuno di loro non ti soffi le cariche che ti competono come primogenito… Magari non diventerai imperatore, ma sono certa che sarai uno dei più grandi generali dell'impero», gli disse, conducendolo nell'atrio.

«Io spero di diventare imperatore, madre», specificò Costantino. «Non mi accontenterei di niente di meno. E da imperatore, sarò anche un grande generale».

«Da generale, potresti diventare imperatore solo promuovendo una guerra civile».

«Se sarà necessario…». Costantino allargò le braccia.

«Non è trapelato nulla?», chiese ansiosa Elena.

«Nulla. Diocleziano ha solo annunciato che gli augusti lasceranno il potere. Quando, non si sa».

«Eh… lasciare il potere è più facile a dirsi che a farsi. Chi ce l'ha se lo tiene ben stretto, anche quando si è impegnato a lasciarlo. Lo fece Silla, ed è il solo nella nostra storia che io ricordi; Cesare disse che era stato un folle e che lui non lo avrebbe mai fatto. E infatti lo hanno ucciso, pur di costringerlo a rinunciarci…». Una voce maschile li accolse nel tablino, dove Elena lo condusse. Costantino scrutò l'ospite di sua madre e il suo volto gli parve familiare. Ma non riuscì a ricordare dove lo avesse visto.

«Ti ricorderai certamente del senatore Osio, mio buon amico», disse

Elena, e Costantino si ricordò di averlo incontrato alla festa per il trionfo. Era il marito di Minervina.

«Sicuro che mi ricordo. Mi scuserai se non ho potuto riceverti, nelle scorse settimane. Sono stato molto impegnato; sai, con tutti e quattro gli imperatori presenti, ho dovuto presenziare a molte cerimonie…», disse per giustificarsi di non essersi mai fatto trovare, ogni volta che il senatore aveva richiesto un'udienza ai suoi segretari. In realtà, aveva deliberatamente scelto di passare tutto il suo tempo libero con Minervina, rifiutando d'incontrare i tanti postulanti, anche di alto lignaggio, che volevano incontrarlo per ingraziarselo, nel caso fosse diventato cesare, o solo perché intercedesse presso il padre riguardo le loro faccende personali. Di sicuro Osio era uno di loro, e fu infastidito di trovarlo perfino a casa della madre.

«E tu mi scuserai se ho approfittato della mia buona amica Elena per incontrarti prima che tu te ne vada da Roma», rispose prontamente Osio, «ma avevo proprio bisogno di parlarti, e non so se ci sarà altra occasione di farlo, in futuro».

Costantino guardò contrariato la madre, che invece gli sorrise annuendo. Che fosse qualcosa di più di un'amica, per il senatore? A ogni modo, non c'era verso di evitare quel seccatore, ormai. Costantino trasse un sospiro e si sedette su una delle sedie. Osio fece altrettanto. «Bene. Io vi lascio a parlare. Ci vediamo dopo, figlio mio», disse Elena, uscendo dalla stanza.

«Spero che ciò che mi vuoi dire valga il tempo che sottraggo a mia madre per salutarla come si conviene», esordì Costantino, senza fare alcuno sforzo per mettere a suo agio l'interlocutore.

Ma Osio non si scompose. «Hai ragione, principe, non dovrei sottrarre tempo a un figlio e una madre che si salutano. Ma Elena tiene a te oltre ogni misura, e sa che ciò che voglio proporti è anche per il tuo bene. Quindi si è prestata volentieri a organizzare questo incontro».

Ancora una volta, Costantino s'interrogò sulla natura del rapporto tra il senatore e la madre. «Lei sa cosa vuoi propormi?», gli chiese.

«A grandi linee», ammise Osio. «E ne è entusiasta. È convinta, come me, che la chiesa cristiana sia il futuro dell'impero, e che questa persecuzione sia solo un episodio da cui uscirà perfino consolidata. E anche lei, come me, ritiene che tu te ne possa avvantaggiare per la tua carriera».

«Tu sei cristiano? E anche lei?», lo incalzò Costantino.

«Non proprio», spiegò Osio. «Siamo entrambi simpatizzanti, ma di questi tempi è meglio non esporsi troppo. Diciamo che se lei vorrebbe farsi cristiana, e io le ho consigliato di aspettare, io mi limito a vedere nei cristiani un forte potenziale che potrebbe dare coesione all'impero. E un imperatore – o un aspirante imperatore – che, passata la tempesta, avesse il buon senso di favorirli, potrebbe contare sulla loro capillare struttura organizzativa, sulla loro solidarietà e sul loro appoggio. Il che farebbe di lui un personaggio più potente di quanto lo siano stati gli ultimi sovrani. E renderebbe più solide le aspirazioni di un pretendente al trono...».

Costantino si meravigliò che un altro romano avesse avuto le sue stesse intuizioni. Sì, quei cristiani erano una forza da valorizzare e da sfruttare; lo pensava dai tempi in cui aveva ammirato la loro determinazione nella campagna persiana. Improvvisamente, ai suoi occhi, Osio assunse un grosso interesse.

«Spiegami il tuo piano, dunque», disse, stando attento a non manifestare troppo entusiasmo: non intendeva rendergli la vita facile; almeno non finché Osio non avesse assecondato l'idea che gli era venuta proprio in quel momento.

Osio era ancora profondamente turbato dalla contproposta di Costantino, quando rientrò a casa. Avrebbe dovuto sentirsi sollevato, perfino contento, dell'opportunità che gli veniva offerta: aveva trovato in un colpo solo il referente cui appoggiarsi per realizzare la sua strategia, al modesto costo di liberarsi di ciò che, in realtà, aveva già perso da molto tempo. O che forse non aveva mai avuto davvero.

Eppure non si sentiva felice.

Ciò nonostante, doveva farlo. Se Minervina lo avesse amato, forse avrebbe opposto un diniego a Costantino; sì, per lei, per avere il suo amore, avrebbe rinunciato a realizzare le sue ambizioni. Ma lei non lo amava; lo considerava solo un simulacro del padre che aveva perso troppo presto. Gli voleva bene e lo considerava una persona buona, certo, e questo per Osio sarebbe stato già abbastanza, se non si fossero messi di mezzo altri uomini. Ma non era sufficiente per indurlo a rinunciare a tutto ciò per cui si era battuto una vita intera.

Tuttavia, quando entrò nel triclinio interrompendo la sua cena per parlarle, osservando il suo viso che si apriva in un dolce, tenero e caldo sorriso, sperò che lei rifiutasse quell'opportunità per rimanergli vicino.

«Moglie mia, come stai?», le chiese, sedendosi sul triclinio di fronte al suo.

«Sto bene, mio caro. E non smetterò mai di ringraziare il Signore per avermi donato un marito tanto paziente e comprensivo», rispose lei.

Sapevano entrambi a cosa si riferiva. Era una pantomima che proseguiva da quando era iniziata la relazione di Minervina con Costantino. Lui sapeva benissimo cosa faceva e dove andava quando si assentava, al di là dei pretesti formali che la donna si inventava per salvare le apparenze, e lei sapeva che lui sapeva. Era una sorta di tacito accordo che si era stabilito solo perché reputato temporaneo da entrambi: la permanenza di Costantino in città si sarebbe conclusa presto e tutto sarebbe tornato come prima. Anzi, per Osio molto meglio di prima, poiché aveva messo fuori gioco Sesto.

Ma era il momento di interrompere la farsa. «Stai bene anche perché sei felice con lui, adesso», disse Osio. Minervina si mostrò allibita, quasi indignata, e fece per parlare. Ma il marito, con un cenno della mano, la invitò a lasciarlo continuare. «Sì, so bene che ti sta rendendo felice. Basta guardarti, per capirlo. Il viso ti si era un po' spento, negli ultimi tempi, avevi perso quella luce che fa brillare anche le persone che ti sono accanto. Ma, a quanto pare, hai trovato qualcuno che è stato in grado di riaccenderla, mentre io non ci sono riuscito».

«Ma se sono felice lo devo anche a te», protestò lei. «Tu sei l'uomo che mi tiene a terra quando spira un vento forte, capace di travolgermi e portarmi via».

«Stavolta il vento ti porterà via, se lo vuoi», le disse.

Minervina lo guardò senza capire.

«Costantino tiene molto a te, ma questo credo che tu già lo sappia. Quel che non sai è che mi ha chiesto formalmente di lasciarti andare via con lui».

Minervina spalancò i suoi splendidi occhi. «Cosa ha fatto?», chiese con la voce tremante per l'emozione.

«Hai sentito bene. Vuole portarti con sé a Nicomedia».

Dopo un lungo silenzio, la donna disse con voce strozzata. «E tu… gli hai risposto come meritava, no?»

232

«Io… Io chiedo a te cosa vuoi fare, Minervina».

La moglie lo guardò stupita. «*Lo chiedi a me?* Ma sei mio marito!».

«Un marito solo di nome, e da tempo».

Lei abbassò lo sguardo, mortificata. «Io… devi darmi tempo».

«Ma non saresti felice, ormai l'ho capito», replicò lui. «Rimpiangeresti sempre la passione che hai avuto e che con me non puoi replicare».

«Ma lui non mi ha detto nulla».

«Si vede che non voleva illuderti. Prima voleva parlare con me, evidentemente. È un uomo che tiene a te e non voleva farti soffrire», le suggerì.

«Tu… stai parlando bene di un uomo che vuole approfittare del suo ruolo di principe per prendersi tua moglie».

«Se non fosse anche il tuo vero desiderio, mi sarei opposto. Ma so bene che lo è, nel tuo intimo. Io ti sono molto legato, Minervina, e voglio che tu sia felice. Se questo implica che tu lo sia con un altro uomo invece che con me, lo accetto con serenità», dichiarò solennemente. Non c'era bisogno di dirle dei vantaggi che ne avrebbe tratto e dell'accordo che avrebbe stipulato con Costantino, se la faccenda fosse andata in porto.

Lacrime sgorgarono dagli occhi di Minervina, rendendo lucido il suo viso.

«È un gesto di una nobiltà d'animo inaudita, quello che fai… Ma… la chiesa cristiana non approverebbe che io ti lasciassi», mormorò la donna tra i singhiozzi.

"La chiesa cristiana…", pensò Osio. Si preoccupava di più di ferire la sensibilità dei suoi amici cristiani che quella del marito… «Io credo invece che i cristiani sarebbero ben contenti se tu regolarizzassi la tua posizione, invece di vivere nel peccato», replicò.

Lei ci pensò un po' su e poi annuì. Infine si alzò dal divanetto, si avvicinò a lui e lo abbracciò, facendolo fremere di desiderio. «Sei la persona migliore che abbia mai conosciuto, mio caro Osio», gli disse.

E Osio si tenne strette quelle parole: sapeva bene che non le avrebbe sentite mai pronunciare da nessun altro. Neppure da Elena.

Costanzo Cloro ordinò alle sue guardie del corpo di rimanere a distanza e si avvicinò all'ingresso della domus da solo. I suoi soldati lo fissarono perplessi, mentre bussava alla porta: non si era mai visto che un imperatore si recasse personalmente in una casa privata, per giunta non di particolare pregio. Se non altro, il cesare girava in incognito e, se non fosse stato per la presenza delle sue quattro guardie, nessuno avrebbe fatto caso a lui più di quanto facessero i romani con qualsiasi senatore che se ne andasse in giro in città.

Gli andò ad aprire uno schiavo. «Di' alla tua padrona che c'è il padre di suo figlio». L'uomo spalancò la bocca per la sorpresa e lo fece subito entrare, chiedendogli poi di attendere nel vestibolo. Tornò dopo breve tempo facendolo accomodare nel triclinio.

Elena comparve dopo parecchio. L'imperatore si alzò in piedi, la scrutò in silenzio e notò che si era acconciata con molta cura, passandosi sul viso un trucco talmente pesante da rendere ingiudicabile la sua età.

Anche Elena stette a lungo in silenzio. Fu lei a romperlo. «Mi trovi molto invecchiata. Ti si legge in viso».

«Se fossi rimasto solo un generale, avrei voluto che tu invecchiassi accanto a me proprio nel modo in cui lo stai facendo. Rimanendo sempre bella», le disse. Ed era sincero.

«E invece hai una moglie giovane, oltre che bella, adesso che sei imperatore», rispose lei, tagliente, mettendosi a sedere.

«Ma che non mi ascolta e non sa consigliarmi come facevi tu», replicò sedendosi a sua volta di fronte a lei. Ed era vero: l'aveva rimpianta più volte, quando aveva sentito il bisogno di confidarsi con qualcuno. Non era mai stato certo che Teodora non riferisse tutto al padre, né che fosse in grado di capirlo fino in fondo, come aveva saputo fare Elena: al punto da non fare alcun dramma quando aveva dovuto lasciarla. Né aveva mai reclamato di più di quello che le passava per condurre un'esistenza più che dignitosa.

«Be', non si può avere tutto, no?», disse la donna.

«No, suppongo di no».

Di nuovo vi fu silenzio.

«Perché sei venuto, cesare?», gli chiese Elena.

«Per te sono Costanzo».

«Bene, Costanzo. Perché sei venuto a trovarmi, rischiando le chiacchiere della gente e uno scandalo a corte. Non certo per rinverdire i vecchi tempi o per un incontro romantico, oppure per…».

«Sto morendo, Elena», la interruppe l'imperatore.

La donna si bloccò. Senza sprecare parole con inutili esclamazioni, rimase in attesa di ulteriori spiegazioni. Gli era piaciuta tanto anche per questo, pensò Costanzo ammirandola.

«Non so quanto mi rimane: due, tre, cinque anni... Ma sono comunque condannato: nel mio corpo si accumula liquido nelle cavità e sotto la pelle», aggiunse l'imperatore.

Se lei era dispiaciuta, o perfino disperata, non lo dava a vedere. «È di dominio pubblico?», si limitò a chiedere.

«Lo sa solo il mio medico personale».

«E perché lo vieni a dire a me?», lo incalzò Elena.

«Perché non so cosa fare».

«Con Costantino, intendi?»

«Proprio così».

«È un giovane davvero in gamba», disse lei.

«E anche molto ambizioso», convenne lui.

«Meriterebbe di essere un imperatore. E lo sai».

«Può darsi. Ma è estremamente improbabile che Diocleziano lo scelga come cesare. Le sue regole ferree sulle parentele... E poi Galerio mi detesta; ed è lui, in questo momento, l'imperatore che più influenza Diocleziano».

«E tu non hai intenzione di rivelare la tua malattia, vero?»

«No. Rischierei di perdere peso politico; potrebbero addirittura sostituirmi subito, invece di farmi augusto, per garantire la stabilità dello Stato e della tetrarchia. E questo danneggerebbe anche Costantino, che perderebbe ogni speranza, anche in futuro, di diventare cesare».

Elena annuì, assumendo un'espressione pensierosa. Si alzò e iniziò a camminare per la stanza riflettendo. Infine gli chiese: «Quando prevedi che gli augusti lascino il potere?»

«Non è dato saperlo. La gente crede che siamo già tutti d'accordo e non intendiamo rivelarlo; ma la verità è che Diocleziano non ci ha detto nulla, e non abbiamo idea di quanto tempo ancora pensi di conservare il trono».

«Quindi, se lo tenesse ancora a lungo, tu potresti morire prima che lui abdichi...», commentò pragmaticamente Elena.

«Già».

«E questo taglierebbe fuori una volta per tutte Costantino, che resterebbe privo di appoggi».

Costanzo annuì.

«Allora, possiamo solo sperare che Diocleziano si decida a passare la mano. Senza la sua abdicazione non si può fare nulla», valutò Elena.

«Naturalmente. Ma anche con l'abdicazione, non ho modo di influire sulle sue decisioni e di favorire nostro figlio».

«Non è detto. Quando sarai augusto, avrai molto più potere, e potrai spianargli la strada per la successione, se non subito, in futuro».

«Ma sarò tenuto a rispettare le regole stabilite da Diocleziano», spiegò Costanzo. «Ciascuno dei tetrarchi è, per così dire, "sorvegliato" dagli altri tre. È per questo, in effetti, che Costantino è alla corte di Diocleziano: per vincolarmi ai patti, nel caso volessi sottrarmici. E poi, ho il tempo contato: probabilmente non avrò la possibilità di consolidare il mio potere al punto da favorire l'ascesa di Costantino».

«Ma proprio perché sai di dover morire presto, la tua unica preoccupazione dovrebbe essere quella di farti sostituire da tuo figlio. E che vadano in malora le regole!».

«Anche volendo, non vedo una soluzione...».

«Io sì, invece», dichiarò sicura Elena, avvicinandosi.

Sarebbe dovuta uscire, prima o poi, pensò Sesto Martiniano mentre si sgranchiva le membra contratte dal freddo di dicembre. Aveva deciso di appostarsi davanti a casa sua per parlarle, dopo aver atteso inutilmente che Minervina rispondesse alle sue lettere sempre più imploranti e disperate. Non la vedeva né la sentiva da prima del trionfo dei tetrarchi, e gli sembrava di impazzire; mai era passato tanto tempo senza contatti tra loro. Sesto temeva anche che le fosse successo qualcosa; era sempre stata così fragile... E poi c'era la faccenda delle ritorsioni contro i cristiani; poteva darsi che le avessero fatto qualcosa, per via della sua fede. O magari era stata colpa di quel battesimo, che le aveva imposto una specie di castità. Oppure, il marito l'aveva segregata in casa. Magari era venuto a sapere di loro due e stava facendo di tutto per spegnere ciò che c'era tra loro, oppure la trattava male solo perché era un uomo malvagio, come lui ben sapeva.

Era lei tutto quel che gli rimaneva, adesso. Una volta tornato soldato semplice, aveva perso il rispetto dei commilitoni che, come avevano invidiato la sua carriera in precedenza, ora disprezzavano la sua caduta. Il cospicuo patrimonio di famiglia gli era stato in parte confiscato, per pagare una multa che tacitasse le proteste del senatore di cui aveva violato la proprietà. Sesto non aveva neppure avuto la forza di scovare quel Milziade che gli aveva dato la falsa informazione, per fargli pagare il suo scherzo. E in una città che gioiva per essere tornata il centro del mondo grazie alla presenza di tutti gli imperatori, gli sembrava di essere l'unico uomo triste. E si sentiva solo, adesso che non aveva Minervina.

Aveva cominciato a bere da qualche giorno. Aveva iniziato subito dopo il suo primo messaggio senza risposta, era andato in una taverna e aveva cercato di combattere con il vino la delusione per un'attesa frustrata. E vi si era rifugiato dopo aver aspettato invano una replica al suo secondo messaggio. Da quel momento era ricorso al Falerno ogni giorno, perdendosi in serate senza senso né costrutto, accasciato sui tavoli con un bicchiere stretto nella mano, a vagheggiare, nei pochi momenti di lucidità e spesso ad alta voce, delle sue imprese passate di guerra e del grande amore che gli aveva rapito il cuore e stregato la mente. Talvolta si era risvegliato fuori dal locale con lividi e tagli, e con ricordi confusi di risse e colluttazioni. Altre volte aveva reagito con rabbia all'indifferenza di Minervina, finendo in un lupanare con una meretrice a caso, chiudendo gli occhi mentre la possedeva con violenza, e immaginando di farlo con lei. Ma ne usciva sempre insoddisfatto, senza aver provato neppure una piccola parte del piacere che era in grado di regalargli la sua amante.

I suoi superiori, gli stessi centurioni che prima era lui a comandare, lo avevano ripreso per i suoi ritardi, per le condizioni in cui si ripresentava in caserma, per la sua trasandatezza, e spesso lo avevano messo in punizione, negandogli la libera uscita o mettendolo di sentinella sulle mura del Castro Pretorio tutta la notte. E alla fine si era deciso. Si era dato una ripulita, aveva atteso di essere del tutto sobrio e si era piazzato davanti a casa di lei, per capire una volta per tutte cosa fosse successo. C'erano dei problemi tra loro, certo, ma non al punto da giustificare il silenzio totale della donna.

Era appostato all'angolo dell'edificio di fronte alla domus di Osio e Minervina, quando vide la porta aprirsi e la donna uscire in compagnia degli schiavi portantini. Rimase per qualche istante a contemplarla, e la trovò più bella che mai. Anzi, era radiosa; sembrava perfino felice come non la vedeva da lungo tempo. I suoi occhi spiccavano da lontano, fulgidi nel loro azzurro abbagliante, il suo portamento era sempre aggraziato e maestoso. Minervina rimase sulla soglia mentre i suoi servitori andavano nella rimessa a prendere la lettiga. A rischio di farsi vedere dal marito, che poteva essere poco oltre l'uscio, Sesto decise di avvicinarsi.

Lei lo notò e mutò espressione. Il sorriso che aveva sul viso le si spense, poi si guardò intorno, e Sesto ebbe l'impressione che fosse quasi in cerca di aiuto.

«Minervina, ho bisogno di parlarti!», esclamò, continuando ad avvicinarsi a lei finché non la raggiunse. Minervina sembrò tentata di rientrare in casa. Evitava di guardarlo in faccia e sembrava in profondo imbarazzo.

«Questo non è il momento, Sesto», rispose infine.

«E quando lo è? Non rispondi alle mie lettere!».

Proprio allora, i servitori rispuntarono fuori. Ma non avevano una lettiga; conducevano un carro, su cui erano ammassate delle masserizie. Sesto lo osservò e notò che si trattava in gran parte di indumenti di Minervina, e di una serie di bauli che, presumibilmente, contenevano i suoi effetti personali.

«Ma... stai partendo?».

Minervina chinò la testa senza rispondere.

«Senza dirmi nulla? Senza rispondere alle mie lettere?».

Ancora silenzio.

«Ma che ti ho fatto?».

La donna continuò a tacere.

«Ma dove vai?»

«A cominciare una nuova vita», replicò finalmente.

I servitori si avvicinarono. «Questo soldato ti sta importunando, domina?», chiese uno di loro.

Lei scosse la testa e, con un gesto della mano, li fece allontanare. «Datemi solo un attimo», aggiunse.

«Sesto, troppe cose ci dividono. Davvero troppe», disse rivolgendosi al pretoriano.

«Ma almeno altrettante ci uniscono!», replicò lui, avvicinando il proprio viso al suo. Lei si ritrasse con un moto di disgusto; forse, si disse l'uomo, il suo alito tradiva ancora la presenza del vino che aveva ingerito fino alla sera prima.

«Non sono abbastanza». Gli parve che lei lo guardasse con compatimento.

«Sono stati quei cristiani, vero? Ti hanno convinto che il nostro amore non è puro… Lo sapevo: l'adesione a quella follia ti porterà solo guai…».

«Io non lo credo affatto. Mi ha portato tanta gioia, invece».

«È per questo che sei felice, quindi? Per merito loro?».

Minervina esitò un istante. «Certo».

«Non c'è un altro uomo? Oltre a tuo marito, intendo».

Lei esitò ancora. «No. Nessuno».

«E allora perché vuoi rinunciare a me? Credevo che il nostro legame fosse unico e insostituibile. Io so che non posso più fare a meno di te; come puoi riuscirci, tu?», la incalzò. Era consapevole di aver assunto un tono supplichevole che non gli avrebbe giovato in nulla, anzi, che lo squalificava ancor più ai suoi occhi; ma non poteva farci nulla.

«Hai fatto delle cose…. Ho capito che non sono sufficiente, per te. Che non sono abbastanza importante. Che mi hai preso in giro», provò a spiegare lei. Tirò un lungo sospiro, come se le fosse costato tanto dirlo.

Sesto rimase allibito. «Cosa? Ma se da quando stiamo insieme non ho mai neppure guardato un'altra donna! Ti ho sempre considerato la mia più assoluta priorità!», protestò, rendendosi sempre più conto di quanto si fosse acuita la distanza tra loro.

«Non è così, a quanto so. E poi, non capisci di cosa ho bisogno. Disprezzi ciò in cui credo e quello che mi fa stare bene».

«Su questo ti chiedo scusa, Minervina. Se dovessi perderti per non aver dato sufficiente importanza alla tua fede, non potrei mai perdonarmelo. Ma a te ho dato tutta l'attenzione possibile, te lo posso assicurare!».

Lei abbassò di nuovo la testa, senza replicare. Sesto si accorse che le stavano sgorgando delle lacrime.

Le prese le braccia, dimentico del posto in cui si trovavano. «Vuoi dirmi in cosa ti ho ferito? E perché ti avrei preso in giro? Tu sei stata l'unica per me, in questi anni».

«Non è vero», rispose lei, senza alzare la testa.

«Lo è eccome!». Cercò di sollevarle il mento con un dito, ma lei offrì resistenza. Poi Minervina si scansò, sottraendosi alla sua stretta, che si stava facendo sempre più serrata.

A quel punto intervennero di nuovo i portatori. «Sei sicura di non avere bisogno di noi, domina?»

«È arrivato il momento di andare», disse lei. Due degli schiavi le si affiancarono e la scortarono fino al carro, aiutandola a salire. Sesto la seguì a rispettosa distanza. «Non mi dai la possibilità di rimediare a qualunque cosa ti abbia fatto? Non so neppure di cosa mi accusi… per me è un incubo…», disse querulo.

«Io non ti accuso di niente, Sesto. È solo che… siamo diversi, ecco tutto. Io voglio un uomo che mi ami alla follia, tu diverse donne con cui spassartela. Abbiamo diversi bisogni, ed è giusto che ora ciascuno vada per la sua strada», dichiarò Minervina, che poi fece cenno al conducente di partire.

«Ma non è vero! Siamo uguali! Davvero! Anche io voglio solo una donna! *Anzi, solo te*! Ma chi ti ha detto cose simili? Possibile che il tuo cuore non ti suggerisca la verità?».

La donna non rispose. Si voltò e di lei Sesto poté vedere solo la chioma bionda che ondeggiava lungo le spalle, finché non scomparve dietro l'angolo del successivo edificio.

Solo allora il soldato crollò in ginocchio, nella polvere della strada, e non si forzò più a trattenere le lacrime.

Aveva proprio perso tutto, adesso.

XVIII

Nicomedia, Bitinia, 1° maggio 305

Dopo la morte del suo primo marito, Alletto, Minervina non avrebbe mai immaginato di poter fare di nuovo parte di un corteo imperiale al fianco di uno dei protagonisti. Costantino non era ancora imperatore, ma era lecito presumere che, quando avessero completato il tragitto fino alla collina dove si trovava la statua di Giove, il suo uomo sarebbe stato finalmente insignito del ruolo di cesare.

Rivolse lo sguardo alla nutrice che la seguiva da presso, per assicurarsi che Crispo stesse bene. La donna guardò nella culla, la dondolò appena con un colpetto, e le sorrise tranquilla. Poi Minervina non poté fare a meno di allungare il collo e contemplare la meraviglia che aveva partorito meno di un anno prima, raggiungendo il colmo della felicità: era riuscita dove con Osio aveva fallito, dando un erede all'uomo che amava, e a Costantino la possibilità di proseguire la propria stirpe, che la sua concezione regale della famiglia considerava necessario per convalidare le proprie ambizioni.

Si era stupita, allora, che Costantino non l'avesse sposata. Stavano bene insieme, sebbene il suo uomo le concedesse molta meno attenzione di quanta gliene desse Osio, e soprattutto Sesto. Ma Costantino, si sapeva, era nella fase più delicata della sua esistenza, e per lui la priorità era il raggiungimento di quel potere che, come figlio di un tetrarca, considerava gli spettasse di diritto. Da quando Diocleziano si era ammalato ed era parsa sempre più imminente la sua abdicazione, il figlio di Costanzo Cloro non aveva fatto altro che trascorrere il proprio tempo tra i soldati e a corte, per contrastare l'influenza dei suoi rivali nella corsa al trono e guadagnarsi benemerenze e considerazione presso la truppa. L'aveva anche lasciata sola per tre mesi, subito dopo la nascita di Crispo, per andare a combattere per Galerio contro i sarmati, e anche in quella circostanza si era distinto come il tribuno più valoroso e intraprendente.

Era fiera di lui, ma si rendeva conto che Costantino aveva troppi impegni, troppa pressione, per amarla come aveva fatto Sesto. Martiniano era solo un tribuno pretoriano, il suo nuovo compagno si avviava invece a essere uno dei punti di riferimento dell'impero. Ma rimpiangeva, talvolta, quei momenti di assoluta complicità che aveva condiviso con Martiniano, quegli incontri clandestini e fugaci durante i quali esistevano soltanto loro, come se il mondo s'inchinasse al loro amore. Ma era stata solo un'illusione, e probabilmente anche allora Sesto pensava alla sua altra donna e alle meretrici con cui si accompagnava. Questo le faceva accettare con minore amarezza la partecipazione sempre più scarsa di Costantino ai loro frettolosi istanti d'intimità: il suo uomo non riusciva mai ad abbandonarsi del tutto al piacere che lei gli offriva, e spesso il suo sguardo si perdeva in un punto indistinto, tradendo la sua attenzione verso strategie e tattiche cui pensava di continuo, perfino tra le sue braccia. Talvolta, aveva perfino interrotto bruscamente un rapporto intimo per alzarsi e precipitarsi fuori dalla stanza, a comunicare ai collaboratori chissà quale idea avesse appena partorito la sua mente per guadagnarsi la fiducia di Diocleziano.

Anche in quello, non era come Sesto, che nulla poteva distogliere dal suo amplesso.

Ma lo amava ed era certa di essere riamata. Ogni essere umano ama a modo suo, si diceva di continuo, e Sesto l'aveva viziata, impedendole di giudicare con obiettività i sentimenti di un uomo come Costantino, che aveva altre priorità e vincoli a non finire. Le mancava anche la sensibilità di Martiniano, sempre pronto a cogliere le sfumature del suo umore e a provvedere ai suoi bisogni, mentre Costantino neppure si accorgeva del disagio che talvolta provava nel sentirsi trascurata. Ma la furia con cui si avventava su di lei, senza i preliminari e l'abbandono alla percezione dei sensi, che tanto aveva apprezzato nel precedente amante, testimoniava comunque una passione sfrenata nei suoi confronti, e un desiderio che non era mai venuto meno. Era consapevole che, d'ora in poi, da concubina di un imperatore, avrebbe corso il rischio di vedersi trascurare ancora di più, ma era altrettanto sicura di potersi dimostrare tanto matura da accettarlo.

Se il suo destino era essere la compagna di un imperatore, come con Alletto, lo sarebbe stata in modo inappuntabile. La fede in Cristo, che non le era mai venuta a mancare, l'avrebbe aiutata ad accettare con serenità il suo destino e tutti gli obblighi che esso comportava, amando l'uomo da cui aveva avuto il privilegio di essere scelta, con la dedizione di una moglie, anche se lui avesse scelto di non sposarla mai.

Fissò anche Costantino. Era circondato dalle sue guardie del corpo, e seguiva da presso Diocleziano e Galerio, in testa al corteo che si snodava per tre miglia, dalle porte della città alla collina dove i due imperatori si sarebbero avvicendati al potere supremo. Minervina si trovava poco oltre la testa della colonna. La sua presenza tra i partecipanti e non tra gli spettatori era stata voluta e imposta da Costantino, ma lei aveva l'impressione che il motivo fosse ascrivibile soprattutto a Crispo: il padre voleva che il figlio partecipasse alla marcia come buon auspicio per un futuro da successore al trono.

Ai lati del corteo, due ali di folla acclamavano i due sovrani e gridavano il nome degli altri due in Occidente, presumendo che in quel momento, a Milano, Massimiano stesse seguendo la stessa procedura. Minervina riconobbe perfino alcuni cristiani della comunità cittadina, che aveva iniziato a frequentare non appena era giunta nella residenza imperiale. Era oltre un anno, tuttavia, che non si avvicinava più a loro, per espressa proibizione di Costantino. C'era stato un incendio, alla residenza di Diocleziano, e da allora la discriminazione si era trasformata in una vera e propria persecuzione. Gli editti contro i cristiani si erano succeduti uno dopo l'altro mentre l'imperatore era uscito di scena per una lunga malattia, e Galerio, ormai vero e proprio sovrano assoluto dell'Oriente romano, aveva reso sempre più feroci i provvedimenti: la religione cristiana non era più accettata come lecita, e venivano mandati a morte anche i laici, oltre che i sacerdoti, nel caso si rifiutassero di sacrificare agli dèi e agli imperatori.

Costantino non le aveva mai detto una parola contro i cristiani, e Minervina lo amava anche per questo; ma, per la sua sicurezza, le aveva chiesto di non frequentarli, finché non fosse passata la bufera che, ne era certo, si sarebbe spenta presto. Ma intanto, sentiva parlare di supplizi atroci, comminati a chi manteneva le proprie posizioni: si parlava addirittura di una piccola città della Frigia con una popolazione in maggioranza cristiana, cui era stato dato fuoco, facendo perire tra le fiamme uomini, donne e bambini mentre invocavano Dio. La gente con cui parlava non ce l'aveva con i cristiani, anzi ne aveva perfino compassione, e non capiva come mai gli imperatori autorizzassero torture di ogni sorta, decapitazioni e roghi contro persone giudicate forse un po' strane, ma non pericolose e tutto sommato rispettose delle leggi.

La sua attenzione fu attirata da una serie di patiboli eretti nei pressi della collina. C'erano almeno una decina di persone appese, con le mani legate dietro la schiena, e sotto ciascuno di loro un soldato inginocchiato girava un rullo su cui scorrevano le corde legate ai loro piedi. Rimase orripilata dall'orrido spettacolo di quei corpi, esposti lì e in quel giorno. Non poté fare a meno di osservare meglio i suoi sventurati correligionari. Si rese conto con sgomento che qualcuno era ancora vivo, nonostante le braccia spezzate e la posizione innaturale del corpo. E fu disgustata dall'atteggiamento di alcuni cittadini, che si erano avvicinati a loro tirando sassi, sotto lo sguardo beffardo dei soldati. Altri presero a insultarli, mentre un uomo si avvicinò con un randello a uno di quelli con gli occhi ancora aperti. Le guardie si limitarono a osservarlo, lasciandolo fare. E l'uomo iniziò a bastonare alle gambe il cristiano, ormai talmente debole da riuscire a emettere solo qualche sommesso lamento.

Nel giorno della sua ascesa al trono supremo, il nuovo augusto Galerio aveva voluto lanciare un preciso messaggio ai suoi sudditi: lo Stato non tollerava dissidenti. Minervina si sentì assalire dalla vergogna: anche lei era cristiana, eppure se ne stava tranquilla ad assistere ai supplizi dei suoi correligionari senza palesare la sua fede. Aveva sentito di moltissimi, che i più intransigenti definivano "apostati", i quali si erano affrettati a rinnegare Cristo, pur di aver salva la vita. Lei non ne aveva avuto neppure bisogno: come concubina del figlio di un cesare, nessuno aveva mai osato chiederle nulla. Era una privilegiata, e si chiese cosa sarebbe successo se fosse rimasta a Roma. Aveva la vocazione al martirio?

«Celebriamo il sacrificio dei nostri fratelli!», sentì urlare un uomo. «Essi non si sono piegati all'Anticristo e hanno atteso con fiducia il momento della salvezza. Chiunque offra incenso agli immondi demoni si è separato da Cristo, come un ramo marcio gettato nel fuoco. Moriranno anche loro tra i più atroci tormenti, ma senza raggiungere la salvezza!». Un individuo anziano con indosso un saio si era arrampicato su una delle forche e cercava di attirare l'attenzione della gente.

«Fedeli! Non lasciatevi travolgere dalle terribili tempeste da cui sarà travolta la terra, da tribolazioni mai viste dal tempo della creazione, quando il maligno e i suoi seguaci verranno distrutti. E con essi terminerà quel mondo che hanno contribuito a creare, non i campi, non gli alberi né le vigne daranno frutto, il sole sarà oscurato, la luna verrà eclissata dal sangue, le stelle cadranno in gran numero e la luce scomparirà dal cielo, le alte montagne sprofonderanno nelle pianure e i mari diventeranno innavigabili. Il giudizio di Dio sta arrivando, decretando la fine di Roma e dei suoi falsi idoli, e…».

Una pietra lo colpì, tramortendolo e facendolo cadere a terra. Subito due soldati gli furono addosso, frustrando ogni suo tentativo di rialzarsi. Lo presero a calci, poi una guardia tolse dalla forca uno dei cristiani già morti e fece segno ai commilitoni di portargli l'uomo. Quelli lo sollevarono e, tutti insieme, lo legarono alle corde del patibolo, issandogli infine le braccia dietro la schiena. Il cristiano urlò per il dolore, spingendo istintivamente Minervina a portarsi le mani alle orecchie per non sentire le sue grida. Ma la donna non poté coprire il senso di vergogna che le montava dentro per quel martirio spontaneo, che le sembrava quasi un'accusa verso la sua codardia.

Poi, quando i piedi del martire furono agganciati al rullo e i soldati cominciarono a tirare, le sue ossa si spezzarono, e le mani di Minervina non poterono più coprire neppure le sue urla di dolore.

Sesto Martiniano corse in un angolo della stanza e vomitò di nuovo. Era la terza volta dal risveglio, e non aveva più niente nello stomaco. La pozza che si formò per terra andò ad aumentare il fetore di cui era impregnato l'ambiente. Gli lacrimarono gli occhi e fu costretto a correre verso la finestra per respirare aria pura.

«Tu, mammoletta, ma chi ti ci ha mandato?», gli gridò il carceriere, esortandolo con un cenno della mano a tornare ai suoi doveri. Nel frattempo, altri due soldati portavano via agonizzante l'uomo cui avevano infilato canne appuntite sotto le unghie delle mani e dei piedi, fino a scalzargliele e a scavare nella carne delle dita.

Sesto guardò le carni bruciate sulla schiena del prigioniero e fece una smorfia. Già, chi l'aveva mandato lì? Ordini dall'alto, si era limitato a dirgli il suo comandante, quando lo aveva inserito nella squadra dei soldati addetti a costringere i cristiani a bruciare l'incenso. E i suoi compagni erano la feccia della guardia pretoriana: uomini dimostratisi codardi in battaglia, sorpresi ubriachi in servizio, afflitti da debiti di gioco.... Andare a torturare quegli sventurati era una sorta di punizione, e lui era stato tra i prescelti.

Detestava i cristiani già prima che allontanassero Minervina da lui: li detestava perché rifiutavano tutto ciò che aveva reso grande Roma e l'impero nel quale, con somma ipocrisia, vivevano e prosperavano. Adesso li odiava; ma non sarebbe mai arrivato a infliggere loro, di sua iniziativa, quello che i suoi capi pretendevano da lui. Fare l'aguzzino non era il suo mestiere; era un soldato, oltre che un uomo di nobile estrazione, e inoltre pensava che perfino loro non meritassero supplizi del genere. Lui i cristiani li avrebbe semplicemente espulsi oltre i confini dell'impero, spedendoli tra i barbari dove meritavano di stare, dato che sputavano tanto nel piatto in cui mangiavano.

«Cosa aspetti? Muoviti con quell'incudine!», gli intimò ancora il carceriere. Sesto sospirò e pose sul fuoco l'incudine di piombo poggiata su un tavolo, attese che si sciogliesse e guardò il metallo fuso colare nel recipiente appena sotto la brace. Quando il contenitore fu sufficientemente colmo, lo estrasse con delle pinze, lo afferrò con delle pezze bagnate e lo sistemò sul sostegno posto accanto al prigioniero. Adesso gli toccava la parte più insopportabile; quella per cui beveva fino a tramortirsi, prima di ogni giorno in cui era previsto che svolgesse quell'immondo lavoro.

Guardò negli occhi il vecchio che aveva davanti, seduto su uno sgabello e a torso nudo, con le mani legate dietro la schiena. Provò pena. Non aveva bevuto abbastanza, evidentemente; quella sera avrebbe dovuto ricordarsi di tracannare qualche bicchiere in più, per non correre rischi il giorno dopo. «Tu quindi saresti Marcellino, giusto? Eri il capo dei cristiani, qui a Roma, e quindi di tutta la cristianità, secondo le vostre convinzioni», disse sospirando.

Il vecchio annuì, mantenendo il silenzio. Lo guardò tuttavia con fierezza, e Sesto capì che anche con lui avrebbe dovuto ricorrere a mezzi che gli ripugnavano. Ringraziava gli dèi ogni volta che trovava qualcuno sufficientemente terrorizzato dalla minaccia di tortura da accettare di bruciare incenso. Sapeva benissimo che nel loro intimo quegli uomini rimanevano cristiani, a dispetto del sacrificio che si costringevano a fare. Era consapevole che si trattava di una faccenda puramente formale; per questo trovava folli coloro che si rifiutavano a oltranza, mostrandosi disposti a subire il martirio nei modi più feroci che i giudici potessero escogitare.

«Tu hai consegnato i vostri libri sacrileghi allo Stato, quando ti sono stati chiesti. Perché adesso ti rifiuti di sacrificare agli dèi?», gli chiese.

«Allora fui indotto in errore da consigli sbagliati e dalla mia debolezza», rispose il vecchio. «Ma il Signore mi ha dato la forza per sopportare ciò che hanno già saputo affrontare confratelli più coraggiosi di me».

«Hai visto cosa ha passato l'uomo che hanno portato via adesso. Vuoi subire tormenti anche peggiori?», insisté lui.

«Se questo è il destino che Dio ha stabilito per me, sono felice di seguirlo».

Sesto sospirò ancora. «Lo fai per orgoglio? Per dimostrare qualcosa? Perché i tuoi seguaci se lo aspettano?», lo incalzò. Proprio non comprendeva cosa potesse spingerlo a tale follia. Quando aveva provato a rifiutare il ruolo che il suo comandante gli aveva assegnato, gli aveva risposto che sarebbe stato trattato alla stregua di un cristiano e condannato a essere sbranato dalle bestie feroci nell'anfiteatro. Così, aveva deciso che non valeva la pena fare una brutta fine per gente che lo aveva rovinato. Perché per quel vecchio, invece, era così importante fare una morte tanto orribile?

«Lo faccio semplicemente perché un uomo che non sia disposto a difendere le proprie convinzioni fino alla morte non è un uomo», rispose Marcellino.

Sesto ebbe l'impressione di essere stato colpito da un pugno. Si chiese per cosa sarebbe stato disposto a morire. Per chi, lo sapeva: Minervina, almeno prima che lo lasciasse. Per cosa, per quale ideale, per quale causa, non ne aveva idea. Aveva perso ogni convinzione da quando la sua vita era precipitata in un abisso di abiezione e autocommiserazione.

«Fa' quello che devi, soldato», lo esortò il vecchio, prima ancora del carceriere, che poco dopo fece eco a Marcellino.

Sesto rifletté ancora sulle parole del cristiano. No, almeno una convinzione l'aveva: non era un uomo che torturava la gente. La uccideva, se necessario, ma non la torturava. E per questo sarebbe stato disposto a morire, adesso. Grazie a Marcellino, aveva appena capito di aver fatto un errore ad accettare l'incarico. Spinto dalla paura di essere a sua volta ucciso, e dallo spirito di rivalsa nei confronti dei cristiani, era venuto meno ai suoi principi, che gli avevano sempre imposto di non infierire sui deboli.

«Hai detto bene, vecchio: sono un soldato», rispose. «Combatto e proteggo, niente altro». Poi mosse verso l'uscita dello stanzone.

Ma il carceriere gli sbarrò il passo. «Dove credi di andare?»

«Dovunque, ma non qui», replicò.

Il carceriere fece un cenno col capo a un altro soldato, che si affrettò a prendere un mestolo e a tirare su il piombo fuso dal contenitore. Subito dopo lo versò sulla schiena del prelato, che per quanto si sforzasse non riuscì a soffocare l'urlo straziante di dolore. Poi ne prese un altro e passò di fronte al vecchio che si contorceva. Gli sollevò il mento e gli verso il contenuto tra le gambe. Altro grido di dolore, stavolta senza neppure il tentativo di controllarlo. Sesto non poté fare a meno di gettare un'occhiata alla schiena del cristiano, che gli apparve un mantello di lana rossa fatto a brandelli.

Guardò il carceriere negli occhi e lo scansò con un braccio, facendosi largo verso l'uscita senza che quello, spaventato dalla sua espressione determinata, tentasse di fermarlo. Però gli gridò dietro: «Non te la caverai così. Chi di dovere saprà!».

Ma Sesto non badò alla minaccia. Non si sarebbe dimostrato meno coraggioso di un vecchio: se non si voleva che i cristiani prevalessero, se si voleva evitare che corrompessero e falsassero lo spirito che aveva reso grande Roma, era inutile tormentarli. Bisognava, piuttosto, superarli in coraggio e determinazione. E dimostrarsi migliori di loro.

Costantino poté distintamente vedere la statua di Giove in cima alla colonna sulla sommità della collina. Gli parve che tutta la guarnigione della città di Nicomedia fosse schierata intorno all'altura, dove intanto erano arrivati Diocleziano e Galerio. Fissò con un moto di sfida tutti i più accreditati candidati al ruolo di cesare, che i due imperatori avevano tenuto riservato perfino ai loro più stretti collaboratori. C'erano proprio tutti, ciascuno convinto che di lì a poco il sovrano supremo avrebbe pronunciato il proprio nome. Era stata una vera e propria corsa al trono durante l'ultimo anno e mezzo, ovvero da quando, durante i Vicennalia, i due augusti avevano annunciato di voler rispettare la legge sulla successione. E da allora, non c'era stata esclusione di colpi da parte di nessuno dei favoriti dei sovrani. Per un anno si era temuto per la vita di Diocleziano, che era scomparso dalla vita pubblica delegando al cesare tutte le responsabilità supreme, e solo di recente il vecchio imperatore era tornato sulla scena, ma solo per provvedere al passaggio di consegne.

Per Costantino, l'ascesa sempre più prepotente di Galerio era stata una vera disdetta. Con Diocleziano ancora lucido e attivo, avrebbe avuto la speranza di essere giudicato per il suo valore e le sue imprese, che aveva continuato a collezionare anche nell'ultimo torno di tempo; ma il cesare aveva due buoni motivi per non prenderlo in considerazione: detestava suo padre Costanzo, e anche solo per dispetto mai avrebbe promosso il figlio; inoltre, Costantino era stato tra i più tenui sostenitori della sua spietata politica anticristiana, in una corte dove tutti si affannavano a compiacere il cesare mostrandosi feroci e intransigenti quanto lui. Galerio sapeva che lui aveva una concubina cristiana, e non aveva nascosto il suo biasimo, richiedendogli più volte di obbligarla a sacrificare agli dèi. E il giovane principe si era limitato a dirgli di averlo fatto, sebbene lo ritenesse un gesto talmente vacuo che a Minervina non lo aveva neppure chiesto.

Tuttavia, il giovane non disperava. Suo padre Costanzo si era tenuto in contatto con Diocleziano. Inoltre, Costantino si era procurato tra i soldati un consenso più vasto di qualsiasi altro pretendente: era più giovane e valoroso degli altri, condivideva più dei contendenti la vita della truppa e più volte i legionari lo avevano acclamato, sul campo di battaglia come in quelle delle esercitazioni. Inoltre, suo padre era una leggenda tra i soldati, che non facevano mistero di preferire suo figlio a chiunque altro. Diocleziano era un uomo che teneva al parere dei militari, sui quali aveva costruito il proprio potere, e più volte aveva lodato le sue gesta: se il vecchio sovrano aveva ancora la personalità e la forza di resistere all'invadenza di Galerio, era probabile che avrebbe sostenuto il suo nome. Soprattutto se il cesare avesse insistito su Massimino Daia, suo nipote: se l'Oriente fosse stato retto dalla famiglia di Galerio, un imperatore saggio come Diocleziano non avrebbe potuto fare a meno di bilanciarne il peso assegnando l'Occidente alla famiglia di Costanzo Cloro.

Questo almeno pensavano i soldati, che salutavano Costantino con entusiasmo al suo passaggio, suscitando il fastidio degli altri candidati; il principe si sentiva addosso gli occhi di chiunque, dei suoi subordinati che lo ammiravano, e dei rivali che lo temevano, ma si accorse che aveva bisogno di nutrirsi di entrambi i sentimenti contrapposti, per trarne forza e affrontare qualunque cosa la sorte gli avrebbe riservato nel periodo cruciale che lo attendeva in ogni caso. Suo padre gli aveva fatto pervenire una lettera nella quale lo esortava a prepararsi a partire, qualora non fosse stato nominato cesare, per raggiungerlo in Gallia, dove era costantemente impegnato in operazioni di confine contro i popoli che premevano lungo le frontiere. Avrebbe solo dovuto attendere la sua richiesta ufficiale, che sarebbe dovuta seguire alla proclamazione dei cesari; gli aveva confidato di non aver avuto alcuna parte nella scelta, e che neppure Massimiano era stato interpellato: come Costantino aveva sempre sospettato, la successione era un affare gestito esclusivamente a Oriente, anche se riguardava un cesare dell'Occidente.

Ma da tempo, ormai, tutti tacevano. Diocleziano e Galerio avevano appena terminato di celebrare il sacrificio a Giove, quando l'augusto salì sulla tribuna approntata tra l'altare e la colonna, levando il braccio tremante per chiedere il silenzio assoluto.

Come se ve ne fosse bisogno.

Costantino lo studiò. La malattia lo aveva provato più ancora degli anni trascorsi al potere, rendendolo un sessantenne emaciato e pallido, l'ombra dell'uomo vigoroso che era stato un tempo. Se anche non avesse previsto una legge per l'abdicazione, era decisamente tempo che passasse la mano.

«Cittadini! Soldati!», esordì l'imperatore, e dalla voce tremante, che non udiva da tempo, Costantino poté constatare una volta di più il suo logorio. Gli parve anche di vederlo versare qualche lacrima. «Gli dèi ai quali siamo stati sempre devoti ci hanno protetto e ci hanno aiutato in questi lunghi anni d'incessante lavoro, nel quale abbiamo posto il bene dello Stato sopra ogni cosa e sopra ogni ambizione personale. Facendoci ammalare e rendendoci infermi, ci hanno anche ricordato che ci meritiamo un giusto riposo. Per fortuna, gli dèi ci hanno anche ispirato a predisporre un apparato di governo che assicurasse stabilità all'impero, e garantisse una successione senza traumi, permettendoci di lasciare lo Stato in mani più giovani e vigorose, ma già sperimentate da oltre un decennio di amministrazione. Galerio, nostro genero qui presente, e Costanzo Cloro, hanno dimostrato con il loro giusto governo e le loro grandi vittorie sui nemici di Roma di essere persone affidabili e capaci. Con loro l'impero continuerà a prosperare, e le sue frontiere rimarranno saldamente presidiate sotto il loro controllo: i popoli che hanno sperimentato la loro perizia militare si guarderanno bene dal minacciare di nuovo i nostri confini, e i malfattori sapranno che lo Stato non tollera chi non rispetta i doveri cui è tenuto ogni cittadino che ne faccia parte. D'ora in poi, quindi, saranno loro due i vostri augusti, e a loro dovrete il rispetto che avete sempre tenuto nei confronti miei e del nostro collega Massimiano!».

La voce strozzata dall'emozione e dallo sforzo, Diocleziano sospese il discorso e si fece dare dell'acqua, lasciando che i soldati prorompessero in un'ovazione nei confronti dei nuovi imperatori. Galerio salì a sua volta sul palco per raccogliere il tributo della truppa, che salutò con entrambe le braccia alzate. Quindi si fece di nuovo da parte, lasciando che il sovrano uscente riprendesse a parlare e facesse l'annuncio che tutti attendevano. Costantino si sentì salire il cuore in gola: il momento per il quale si era tanto a lungo battuto era arrivato.

«Ma, come abbiamo imparato in questi anni, anche i più validi amministratori hanno bisogno di altrettanto validi collaboratori, per un impero tanto vasto», riprese Diocleziano, la voce sempre più insicura e flebile. «Gli dèi e la fortuna, dodici anni fa, hanno donato a noi e a Massimiano due cesari che hanno soddisfatto in pieno le nostre aspettative; così, sono certo che ci abbiano dato altrettanta saggezza nello scegliere i due nuovi cesari da affiancare agli augusti cui spetta la suprema responsabilità dello Stato. Con la suprema ispirazione divina e la protezione di Giove ed Ercole, nominiamo cesare per l'Oriente Massimino Daia; per l'Occidente, con la responsabilità diretta di Pannonia, Italia e Africa, Severo!».

Diocleziano continuò a parlare, ma Costantino non lo ascoltò più. Molti non lo ascoltavano più. Tra i soldati, si levarono mormorii, e il giovane sentì che molti chiedevano conferma dei nomi che avevano udito. Qualcuno si chiese se Costantino non avesse per caso cambiato nome in "Massimino", altri erano convinti di aver capito male, e consideravano lui il nuovo cesare per l'Oriente. Un paio di legionari si spinsero perfino a salutarlo a distanza facendogli i complimenti.

Ma lui era convinto di aver capito bene: Massimino Daia e Severo. Massimino, quell'imbelle e incapace, che in guerra non aveva mai combinato nulla di eclatante, e con il solo merito di essere il nipote di Galerio; e Severo, l'uomo che aveva tradito la sua fiducia e al quale era stato proprio lui a far fare bella figura, all'epoca della campagna contro i blemmi, quasi dieci anni prima…

Costantino sentì montare dentro di sé una rabbia devastante. Era stato Galerio a scegliere, era chiaro, e lui non aveva mai avuto alcuna possibilità. Adesso l'impero sarebbe stato per tre quarti amministrato dal nuovo augusto o da uomini a lui fedeli. Chissà, col tempo avrebbero anche accerchiato suo padre Costanzo e lo avrebbero costretto ad abdicare.

Peggio di così non poteva andare. La delusione era cocente, e il giovane avrebbe voluto dare del vecchio rimbecillito all'imperatore, che aveva permesso al genero una gestione così palesemente scorretta e sbilanciata della successione. Intanto, molti soldati si chiedevano chi fosse Massimino Daia, e alcuni manifestavano apertamente il loro dissenso, fischiando e inveendo contro l'augusto. Costantino si guardò intorno, rendendosi conto all'improvviso che, per come si erano messe le cose, la sua vita era in pericolo.

XIX

«Chiedo scusa, augusto, ma non dovremmo parlare della lettera che hai ricevuto da mio padre?», chiese Costantino a Galerio, mentre l'imperatore, sdraiato sul suo triclinio, sbocconcellava un uovo sodo. I convitati al banchetto, che si trovavano sui tre triclini intorno alla mensa dell'augusto, s'irrigidirono e nella stanza calò il silenzio. Tutti erano consapevoli che il giovane figlio di Costanzo Cloro aveva appena affrontato un argomento scottante, e Costantino non ebbe dubbi che fossero tutt'orecchie. Aveva deciso di mettere l'imperatore con le spalle al muro, e il modo migliore per farlo era costringerlo a dargli una risposta davanti a testimoni.

Galerio non nascose il suo fastidio. «Non ci sembra questo il momento di affrontare certe questioni. Siamo qui per divertirci e rilassarci, stasera», rispose seccamente.

«Perdonami se insisto, ma non sembra mai essere il momento. È un mese che hai ricevuto la missiva e che ti chiedo udienza per parlarne, ma hai sempre cose più urgenti da trattare, oppure, quando ho occasione di parlarti, differisci la questione o adduci dei pretesti per trattenermi...», azzardò.

«Evidentemente è così: abbiamo cose più urgenti da trattare», si giustificò Galerio; «Abbiamo appena assunto la più alta responsabilità dell'impero, nel caso ti fossi dimenticato... Prima di occuparci di un cittadino che non ha alcun ruolo ufficiale, dobbiamo occuparci delle nomine e dei compiti di tutti quelli che ne hanno uno».

«Il tuo collega ha richiesto la mia presenza alla sua corte. Cosa c'è di tanto complicato da decidere? E perché questo dovrebbe rappresentare un problema?», insisté Costantino, ben consapevole, invece, del problema. Ma voleva che fosse l'augusto a dichiararlo esplicitamente, e davanti a tutti.

Galerio sbuffò e guardò i commensali, imbarazzati. «Il nostro illustre collega ha i suoi buoni motivi per volere con sé suo figlio, ma noi abbiamo i nostri per trattenerti qui a Nicomedia. Il tuo valore e il tuo ascendente sui soldati ci saranno molto utili nelle prossime campagne», rispose diplomaticamente, per poi scolarsi per intero una coppa di vino. Costantino calcolò che fosse almeno la terza, dall'inizio della cena.

«In questo momento le frontiere occidentali sono molto più sottoposte a pressione di quelle orientali», obiettò Costantino. «A mio padre farebbe comodo il mio aiuto. La Britannia è sotto assedio da parte delle popolazioni oltre il Vallo, per esempio, e gli farebbero comodo buoni ufficiali».

«Allora diciamo che i buoni ufficiali preferiamo tenerli qui con noi, per assicurarci che profondano tutto il loro impegno in favore dello Stato. Talvolta, nella storia di Roma, per alcuni alti ufficiali l'affetto dei soldati è stato uno sprone per... ambire a cariche che non gli spettavano».

Be', se non altro gli aveva fatto ammettere pubblicamente per quale motivo lo tratteneva con sé. «Credo di aver dimostrato ripetutamente la mia fedeltà all'impero e alla tua persona, augusto. E mi mortifica apprendere che mi pensi capace di tradire la tua fiducia», rispose, fingendo indignazione.

Galerio si affrettò a ritornare sui suoi passi. «Ma no, Costantino, sai bene che ti abbiamo in grande considerazione! Ma quando la truppa inneggia a un uomo come imperatore, come è accaduto più volte in tempi recenti, anche il personaggio più puro e retto potrebbe sentirsi indotto a tentare la sorte. Ogni uomo è sensibile alla vanità...».

Costantino era certo che gli avrebbe fatto pesare l'atteggiamento dei soldati. Ma dall'epoca dell'abdicazione di Diocleziano e Massimiano, a Nicomedia non si parlava d'altro: il suo nome era sulla bocca di ogni legionario, e non ce n'era uno che non si meravigliasse della sua esclusione dalla successione; in alcuni casi, la truppa aveva perfino interrotto le arringhe degli ufficiali per inneggiare al suo nome. Era quello cui aveva sempre puntato per spingere Diocleziano a prenderlo in considerazione, ma ora che non era accaduto, la cosa rischiava di ritorcerglisi contro. «Così, vuoi tenermi qui quasi come un prigioniero? E magari, fare in modo che mi succeda qualcosa per toglierti un fastidio?», lo provocò.

«Stai scherzando, spero!», stavolta fu Galerio ad apparire indignato, mentre tutti gli altri commensali si godevano il dialogo. «Pensi davvero che permetteremmo che accadesse qualcosa al figlio del nostro collega? E credi che rischieremmo la nostra popolarità presso i soldati ingenerando in loro anche solo il sospetto di averti nuociuto? Non capisci che è questo il motivo per cui con noi sei al sicuro?».

No, non ne era affatto certo. Anzi, era consapevole che Galerio lo avrebbe preferito morto fin da quando era con lui contro i sassanidi. E anche Diocleziano, in fin dei conti, lo aveva considerato un fastidio, una personalità troppo ingombrante che solo per rispetto al cesare che aveva scelto non aveva eliminato; e tutti, a corte, nel corso degli anni si erano augurati che dalle sue imprese belliche tornasse tra i caduti, non tra i più premiati. «Ma non pensi che il tuo collega potrebbe prendere come uno sgarbo l'aver eluso la sua richiesta?», lo incalzò. Aveva notato che l'augusto era leggermente alticcio, e se aveva una speranza di estorcergli l'autorizzazione, poteva essere solo quando era meno lucido.

«Spero che capisca le responsabilità di cui dobbiamo farci carico».

«Ma non è giusto. Lui non ha un tuo figlio in ostaggio. La vostra posizione è sbilanciata».

«Uff… questa discussione ci sta annoiando…», sbuffò Galerio tagliando corto, mentre uno schiavo serviva a lui e a tutta la tavolata un capretto con fagioli. «Mangiamo, amici miei, divertiamoci e conversiamo d'altro. Affronteremo discorsi seri in un'altra occasione».

«Ma io non posso divertirmi, sapendo che mio padre ha bisogno di me e non posso raggiungerlo», replicò lui.

«Costantino, se ci tieni tanto vai, per gli dèi! Basta che non ci tormenti più!», sbottò finalmente l'imperatore.

Costantino volle farglielo ripetere. «Allora posso partire? Con la mia famiglia?», dichiarò ad alta voce, perché sentissero anche i più distratti, magari anche i convitati degli altri triclini.

«Ma sì, ma sì… va'… sei più fastidioso e tenace di quei cristiani…», rispose spazientito l'imperatore, tornando a dedicarsi al cibo.

«Ma… augusto, sei sicuro che sia una buona idea? Hai espresso delle valide argomentazioni per trattenere il principe qui con te». Costantino si era stupito che Licinio non fosse ancora intervenuto a dire la sua. E naturalmente, lo faceva per penalizzarlo. Anche lui era tra i delusi delle nomine, e non tollerava che un rivale diretto si ritagliasse una pur remota possibilità di costruirsi una carriera superiore alla sua.

Galerio ebbe uno scatto di nervi. «Abbiamo detto che adesso non vogliamo più sentir parlare di questa faccenda! Cosa dobbiamo fare per farvelo capire?». A quel punto tutti a tavola tacquero, e perfino Licinio abbassò il capo e mangiò in silenzio. Da allora, il banchetto procedette verso una conversazione sempre più frivola, cui Costantino non prestò alcuna attenzione. E quando giunse il momento del commiato di tutti gli ospiti dal palazzo imperiale, fu certo che l'imperatore sarebbe presto tornato sui suoi passi, o sarebbe stato indotto a farlo. Quando tornò a casa, sul far della sera, la prima cosa che disse a Minervina fu: «Prepara immediatamente la tua roba e il bambino, e prendi il minimo indispensabile. Voglio tutto pronto in due ore, e non dire nulla ad altri schiavi che non siano la tua ancella e la nutrice. Partiamo stanotte per raggiungere mio padre».

La donna s'inginocchiò tra l'ilarità generale. I suoi correligionari, invece, arretrarono davanti all'avanzare delle belve nell'arena, lanciando urla di terrore e stringendosi gli uni agli altri. Osio la vide congiungere le mani e mormorare quella che doveva essere una preghiera. Sembrava l'unica a non avere paura, tra i condannati.

«È la prima volta che sottoponiamo alla damnatio ad bestias dei laici, ed è una vera delusione», commentò Massenzio, rivolgendosi a Osio, che sedeva accanto a lui nel palco riservato alle autorità. «I loro sacerdoti sì che mostravano fegato! Non ne ho mai visto uno arretrare di un passo, davanti alle fauci di un leone; e l'unico suono che gli usciva dalla bocca erano le loro litanie: nessun urlo di terrore. Io pensavo che questi fossero determinati quanto loro: in fin dei conti, li hanno pescati in flagranza di reato, mentre celebravano una delle loro messe. Così ho deciso di dare l'esempio e di mandarli qui nel Colosseo per direttissima: ma spero di non doverlo fare spesso, altrimenti mi rimarranno ben pochi cittadini da amministrare».

Osio accennò a un sorriso. «E dovresti vedere come se la fanno sotto durante gli interrogatori. Le stanze di tortura puzzano di feci e urina, oltre che di sangue e carne bruciata. Basta minacciarli con un paio di pinze perché siano disposti a sacrificare agli dèi. Sono pochi quelli disposti a sopportare qualunque pressione per il loro dio, alla fine».

«Già... In Oriente tendono a esserci più fanatici», commentò Massenzio. «Forse perché il loro Cristo è nato da quelle parti, e da lì provengono tutti i loro profeti, Saulo, Pietro...».

Osio annuì. Ma non gli disse che l'ammorbidimento delle posizioni cristiane a Roma era merito suo e di Milziade, che avevano convinto i credenti a mostrare un'esteriore adesione alla religione ufficiale, per salvare la pelle in attesa di tornare a manifestare più apertamente la loro vera fede. E non intendeva dirglielo; altrimenti, avrebbe dovuto spiegargliene il motivo, che non aveva nulla a che fare con l'incolumità dei cristiani. La salvaguardia della chiesa di Roma era la base su cui costruire il potere di Costantino e quindi il suo, prevedendo nel contempo la rovina dello stesso Massenzio.

«Il nuovo cesare avrà le sue gatte da pelare, dunque», disse Osio, consapevole d'introdurre un argomento scomodo per il suo interlocutore.

Infatti Massenzio sbuffò. Intanto, una tigre più intraprendente, o solo più affamata delle altre fiere, si avventò sulla donna inginocchiata, che non emise un suono né mosse un muscolo quando le fauci dell'animale si chiusero sulla sua spalla, scaraventandola a terra nella polvere. Subito dopo, brandelli di carne vennero via e il pubblico ululò impressionato. La donna si rotolò lentamente nella sabbia, mentre altre belve le si avvicinavano. Gli animali le si chiusero intorno in un attimo, senza permettere al pubblico di vedere come la riducevano in pezzi. Dalla sua posizione, Osio poté distinguere solo i suoi arti, o parti di essi, fluttuare nella bocca delle belve dopo averli strappati via.

«Affari suoi. Galerio ha preferito suo nipote al suo genero, ma lo prevedevo; Massimino è stato sempre accanto a lui a fargli da cagnolino, in questi anni. Sapevo che non sarebbe servito a nulla sposare sua figlia...», sentenziò Massenzio.

Tra le tante caratteristiche che detestava di Massenzio, Osio non poteva tollerare soprattutto la sua apatia. Era stato escluso dalla successione, lui che era figlio di un augusto e genero di un cesare, e non s'indignava nemmeno. Continuava con la sua vita da giovane rampollo viziato, che si godeva le sue ricchezze e i privilegi, senza mai aver rivestito una carica ufficiale né essersi assunto una responsabilità amministrativa o militare.

Ma non era ciò che serviva ai suoi progetti. Era necessario un Massenzio più ambizioso, ed era pronto a sfruttare la stima che si era guadagnato presso di lui per convincere quel debosciato che il suo era un destino da imperatore. «La prendi con filosofia», commentò. «Ho saputo invece che tuo padre ha fatto davvero fatica a rinunciare al suo ruolo di augusto, a

Milano. È vero che una volta sul palco, ha esitato a lungo prima di pronunciare il discorso di addio, tanto che i soldati, a un certo punto, hanno cominciato a inneggiare al suo nome esortandolo a rimanere al suo posto?»

«Così mi ha scritto», ammise Massenzio. «Ma ha sempre subito la personalità di Diocleziano. D'altra parte, se si fosse rifiutato di abdicare, cosa gli avrebbero fatto? Galerio e Diocleziano sarebbero stati disposti a rischiare una guerra civile?».

Proprio quello che serviva a Osio. «Credo di sì. Forse per questo alla fine ha rispettato la legge. Ha a cuore il benessere e la stabilità dell'impero», dichiarò, «più di quanto abbia a cuore il destino del figlio: se fosse rimasto imperatore, avrebbe potuto creare te cesare, e Severo, che usurpa il ruolo che spetterebbe a te, non avrebbe potuto far molto per impedirtelo...».

«Adesso sono il padrone di Roma, tuttavia», dichiarò Massenzio. «Severo si stabilirà a Milano, come mio padre, e se me ne sto buono senza protestare spero che almeno mi faccia prefetto dell'Urbe. In fin dei conti, è quello che m'importa: gli altri possono dire tutto quello che vogliono, ma è Roma che ha dato vita a quest'impero, e la storia ricorderà chi vi risiede e ne ha la responsabilità. Quindi a me basta».

Povero sciocco, si disse Osio. E come lo detestava... Aveva già tutto per aspirare al potere supremo, eppure non faceva nulla per guadagnarselo. Lui, invece, aveva dovuto iniziare dal basso, costruirsi appoggi e pianificare una strategia. Lo meritava mille volte più di lui, e lo avrebbe ottenuto, in un modo o nell'altro. Usando lui, che ne era palesemente indegno.

«E cosa mi dici di quel pretoriano che mi hai suggerito di assegnare agli interrogatori dei cristiani?», gli chiese Massenzio. «Quello che durante i Vicennalia fece quella figura da imbecille... Mi hanno riferito che si è rifiutato di partecipare alle torture, ieri. Come mai non è lì nell'arena con i cristiani, se ritiene che non meritino di essere convinti con le cattive, quando non vogliono con le buone?».

«Ha un curriculum bellico di prim'ordine, principe», si giustificò Osio. «Ho pensato che, se le cose dovessero mettersi male e Severo ti togliesse tutto quello che hai per paura che tu possa rappresentare una minaccia, ti faranno comodo tutti gli uomini di valore, in futuro. Ma ho già dato disposizioni perché venga adeguatamente punito».

258

Massenzio annuì, evidenziando di aver esaurito l'interesse per l'argomento, e Osio tirò un sospiro di sollievo. L'uomo che aveva allontanato sua moglie da lui non poteva cavarsela con la morte dell'arena. Doveva, piuttosto, sprofondare sempre più nel fango, e soddisfare ogni giorno la sua voglia di rivalsa. Lo aveva prescelto come il giocattolo da seviziare e con cui divertirsi a proprio piacimento, sfogando su di lui tutte le sue frustrazioni, e se ne sarebbe servito fin quando fosse stato possibile. E a Massenzio aveva detto la verità, almeno su una cosa: aveva già preso provvedimenti per punirlo della sua insubordinazione.

La sua attenzione fu attirata da un canto corale. Si voltò di nuovo verso l'arena e vide i cristiani avanzare verso il cadavere dilaniato della donna che aveva dimostrato fermezza davanti alla morte. Camminavano tenendosi tutti per mano e formando una linea unica, uomini, donne e bambini, levando gli occhi al cielo e lodi al Cristo redentore. Le belve smisero di contendersi i resti del cadavere e iniziarono a muoversi nella loro direzione. Il pubblico sospese le urla e osservò la scena col fiato sospeso. Il salto di un leone addosso a un vecchio costituì una sorta di segnale per gli altri animali, che lo imitarono scegliendosi ciascuno una preda.

I cristiani si fecero aggredire e dilaniare continuando a tenersi per mano e a cantare finché gli fu possibile. Osio vide una donna inginocchiarsi e pregare mentre, a una spanna da lei, una tigre divorava un bambino che doveva essere suo figlio. E quando fu il suo turno, gli parve perfino che sorridesse.

Erano dei fanatici, ma per fortuna c'erano anche molte persone dal senso pratico come Milziade, tra loro. E a lui servivano gli uni e gli altri; sarebbero stati l'esercito inconsapevole che lo avrebbe condotto al potere.

Minervina non riusciva a capire la ragione di tutta quella fretta. Né osava chiedere spiegazioni a Costantino, che vedeva molto agitato e concentrato su quella che aveva tutta l'aria di una fuga. Il giorno prima se ne stava tranquilla a casa a badare al suo Crispo, con la vaga prospettiva di dover un giorno tornare in Britannia, dove era stata imperatrice dieci anni prima; adesso si sentiva una fuggiasca senza un perché, e vagava raminga per l'impero con la speranza di raggiungere un posto sicuro. Costantino si era limitato a dirle, infatti, che sarebbero stati in salvo solo in Gallia;

pertanto, non avrebbero dovuto mai fermarsi più di qualche ora nelle stazioni di posta, esortandola a dormire quanto più possibile sul carro.

Avevano viaggiato tutta la notte facendo correre il mezzo quasi al ritmo di un cavallo, scortati solo dalle quattro guardie del corpo, tre barbari e un cittadino romano, che Costantino si era portato dietro, vestite però in abiti civili e con le sole spade addosso come armi. A dispetto del suggerimento del compagno, non era riuscita a dormire, ma in compenso, cullato dai movimenti del carro, c'era riuscito perfettamente Crispo. L'alba l'aveva sorpresa quasi stordita, per l'agitazione e la mancanza di riposo. Si stupì di essere già arrivata a Bisanzio, dove Costantino si diresse spedito al porto. Quando furono sul molo, Minervina aprì le tende e ammirò il paesaggio che le offriva la vista sulla Propontide. Dall'altra parte c'era la Tracia, di cui vedeva affiorare le coste nella foschia mattutina d'inizio estate. Costantino richiamò l'attenzione del capitano di una nave da carico e contrattò con lui un passaggio dall'altra parte, offrendogli un cospicuo quantitativo di denaro e pretendendo una partenza immediata, ma senza rivelargli la sua identità.

Minervina si chiese perché non gli dicesse il suo nome: l'uomo si sarebbe senza dubbio attivato subito, e forse non si sarebbe neppure fatto pagare. Si rafforzò in lei il timore che dovessero sfuggire a qualcosa o a qualcuno, e fu assalita dalla paura. Poi sentì Crispo emettere dei versi: si era svegliato e forse voleva essere cambiato. O magari aveva fame. O, più probabilmente, entrambe le cose, si disse, cercando di mantenere la calma. E mentre fuori sentiva Costantino perdere la pazienza, si sforzò di concentrarsi sui suoi compiti di madre. Era quello che il compagno si aspettava da lei, e non l'avrebbe deluso facendosi prendere dal panico. Doveva sempre ricordare a se stessa di essere stata imperatrice e di essere la donna di un personaggio che aspirava a diventare imperatore.

Come spesso faceva, volle farsi carico in prima persona delle incombenze legate al bambino, e lo cambiò passando alla nutrice i panni sporchi. Quindi prese dalla donna la ciotola della pappa e iniziò a dar da mangiare a Crispo, quando la sua attenzione fu distratta da quello che Costantino stava dicendo a una delle sue guardie del corpo appena fuori del carro.

«Non è possibile che ci abbiano già raggiunti, ti dico», sussurrava il suo compagno. «Semmai mi verranno a prendere stamattina e, accorgendosi che non ci sono più, manderanno qualcuno a inseguirmi. Magari lo stanno facendo adesso. Per questo voglio salpare subito: attraversando la Propontide, acquisirò un vantaggio decisivo su chiunque Galerio mi sguinzagli dietro».

«E invece io sono sicuro che quel tizio ci sta osservando ed è qui per avvertire l'imperatore», gli disse il soldato, presumibilmente indicando un uomo non distante da loro. «Lo deve aver mandato subito dopo il banchetto, per controllare le tue mosse. Magari era con qualcuno che, a questo punto, sarà tornato indietro ad avvertire l'augusto, mentre lui è rimasto a sorvegliarti. Galerio è consapevole che saresti passato da Bisanzio, perciò... Dammi retta: ho quasi il doppio dei tuoi anni e sono stato abituato fin da giovane a seguire le piste e le tracce nelle foreste, dalle mie parti. Lo capisco quando qualcuno insegue una preda».

«Se è così dobbiamo sincerarcene», rispose Costantino. «Andatelo a prendere».

Minervina non udì risposta, ma un rapido e pesante scalpiccio le fece capire che il barbaro era scattato via per eseguire l'ordine di Costantino. Non dovette attendere molto per sentirlo tornare. Il principe sussurrò: «Portatelo dentro al carro, così non ci vede nessuno mentre lo interroghiamo». Poi Costantino si sporse dentro il mezzo e le intimò di scendere insieme al figlio, all'ancella e alla nutrice. Minervina avrebbe voluto chiedere spiegazioni, ma Costantino non sembrava disposto a darne e lei non osò insistere, rendendosi conto che doveva essere un momento delicato. Obbedì e, una volta fuori, vide salire il compagno insieme ai due barbari e a un uomo svenuto che non aveva mai visto.

Si rassegnò ad attendere qualunque cosa Costantino avesse intenzione di fare. Lasciò che fosse la nutrice ad accudire il figlio e tese le orecchie, nel tentativo di carpire qualche parola dall'interno del carro. Ma udì solo mormorii sommessi e, dopo un po' di tempo, urla soffocate. Preoccupata, avrebbe voluto entrare per vedere cosa succedeva, ma poi si bloccò, per timore di far arrabbiare Costantino. E dopo un tempo che le parve interminabile, il suo uomo uscì dal carro con uno dei barbari. Minervina notò sulla sua veste qualche schizzo di sangue, mentre lui le diceva: «Salite sulla nave a piedi, voi; non c'è tempo da perdere».

«Siamo in pericolo, Costantino?», gli chiese.

Lui la guardò duramente, poi la sua espressione di ammorbidì all'improvviso; le si avvicinò, la accarezzò, diede un bacio al figlio e disse: «Se ci sbrighiamo a partire, spero di no».

Minervina percorse insieme alle sue schiave la passerella che conduceva al ponte della nave, dove il capitano le mostrò come poter accedere alla stiva. Dopo di lei, salì anche Costantino, seguito dai barbari che tenevano il giogo dei cavalli cui era attaccato il carro. Il principe esortò perentorio il capitano a partire immediatamente, e l'uomo diede ai rematori l'ordine di iniziare a vogare. L'imbarcazione si staccò dal molo e, guidata dal timoniere, procedette verso l'imboccatura del porto, oltre la quale l'equipaggio issò la vela quadra sull'albero. Lei, intanto, insieme alle altre donne e al figlio, si ricavò uno spazio sottocoperta, sotto gli sguardi incuriositi di rematori e marinai.

Provò a distrarsi cullando il bambino, ma il rollio della nave iniziò a darle fastidio e fu assalita da un senso di nausea. Cercò di resistere ma presto ebbe la sensazione di dover vomitare. Pertanto, lasciò Crispo alla nutrice e decise di salire sul ponte. Il contatto con l'aria aperta e il vento di prua la fece stare meglio. Tuttavia si spostò verso poppa per evitare di essere vista nel caso avesse bisogno di rigettare. Quando giunse dall'altra parte dell'imbarcazione, notò il suo carro sistemato accanto a cataste di merce, e si avvicinò all'impavesata. In quel momento, scorse due barbari e Costantino che issavano un corpo oltre il parapetto; notò per un istante che aveva il volto tumefatto e il naso ridotto a un'escrescenza informe; le parve anche che al posto di un orecchio vi fosse un grumo di sangue.

Ma non poté dirsi sicura di ciò che aveva visto: un attimo dopo, l'uomo sparì oltre l'impavesata, e un tonfo attestò che era sta risucchiato dalle profondità del mare.

Solo allora Costantino si voltò e la vide. La fulminò con un fugace sguardo, prima che un sorriso rassicurante si aprisse sul suo volto. «Dimentica quello che hai visto, Minervina», le disse con forzata dolcezza. «Non sono cose per te. Ti basti sapere che quell'uomo rappresentava una minaccia anche per nostro figlio».

Minervina gli rispose con un sorriso ancor più forzato. Era senz'altro così, si disse. *Doveva* essere così; anche lei sarebbe ricorsa a gesti estremi, per salvare suo figlio.

«Dammene un altro», biascicò Sesto barcollando contro il bancone della taverna dove aveva preso l'abitudine di cercare l'oblio. E quella sera più che mai, aveva bisogno di dimenticare ciò che lo aspettava.

Probabilmente la morte.

La donna addetta alla distribuzione delle bevande esitò qualche istante. «Non ne hai bevuti abbastanza, per stasera?», gli chiese.

Sesto la guardò incredulo. Ebbe difficoltà a mettere a fuoco i contorni del suo viso, ma gli parve una ragazza molto giovane e mediamente piacente. Non doveva avere più di vent'anni. «Chi sei, mia madre?», le rispose astioso.

L'ostessa assunse un'espressione contrita. «Scusa. Sono una che non si fa mai gli affari suoi», rispose, più dispiaciuta che offesa, gli parve.

«Pessima abitudine», replicò lui, pentendosi subito dopo. Ma non aggiunse altro, perché lei gli aveva passato il bicchiere, e in quel momento il suo contenuto diventava la sua priorità: voleva essere del tutto incosciente per quando lo sarebbero venuti a prendere. Perché era sicuro che sarebbero venuti.

Vuotato il bicchiere guardò la donna, che stava lavando alcune stoviglie. «Non ti ho mai visto qui», le disse, più che altro per farsi perdonare il comportamento scostante di poco prima. «Sei nuova?».

Lei gli si avvicinò. «Non proprio. È il mio turno settimanale di servire al banco. Di solito sto lì dietro», rispose, indicando con un cenno del capo la porta che conduceva al lupanare annesso alla locanda.

«Strano. Sono venuto quasi tutte le sere e non ti ho visto».

«Non mi hai notato, forse. Ma di sicuro mi hai visto, perché ti ho servito anche le altre sere, soldato».

Sesto la guardò meglio, cercando di mettere a fuoco la vista ormai appannata dal vino. Non gli diceva nulla. Ma non la trovava sgradevole. «Quindi, di solito intrattieni i clienti in un altro modo…».

«Proprio così».

Strano, si disse. Quasi ogni sera passava dalla taverna al lupanare, cercando una donna che gli regalasse le stesse sensazioni che aveva provato con Minervina, ma inutilmente; e non ricordava di averla vista neppure lì. «E noi abbiamo mai…».

La donna annuì. «Due volte».

Sesto scosse la testa. «E… come è andata?»

«Maluccio, direi. Forse eri troppo ubriaco per rendere al meglio…».

Il pretoriano fece una smorfia. Poco dopo la partenza di Minervina, era riuscito a sapere che se n'era andata con il figlio del cesare Costanzo Cloro, Costantino, a Nicomedia. Aveva perfino meditato di raggiungerla in Oriente, prima di rendersi conto che sarebbe stato inutile: lei sarebbe tornata. Non poteva stare troppo a lungo senza di lui, come lui non poteva vivere senza di lei. Non poteva provare con nessun altro quello che provavano insieme, e presto sarebbe rimasta delusa da ciò che le dava il suo nuovo amante; Costantino poteva anche aspirare a diventare un imperatore, ma non l'avrebbe mai fatta sentire una regina come aveva fatto lui. E aveva atteso a lungo, almeno finché non era venuto a sapere che aveva avuto un figlio. Solo allora ogni resistenza si era sgretolata e si era messo a cercare lei nelle altre donne.

Ma le prime volte in cui era andato con delle prostitute non era neppure riuscito a eccitarsi. Quando iniziavano a toccarlo, provava quasi un moto di repulsione nel sentire un odore e un sapore diversi da quelli della sua amante, e tutto gli pareva più blando. Talmente blando che, se anche le più esperte sapevano come condurlo all'eccitazione, ogni fiamma si spegneva dopo breve tempo, per il disorientamento che provava ogni fibra del suo corpo. Palpava un seno e non era il suo, baciava delle labbra e non le ricordavano neppure lontanamente le sue, infilava il sesso ovunque gli fosse consentito e non sentiva che una lontana eco di ciò che provava quando lei glielo rapiva nelle profondità del suo magnifico corpo.

Lei aveva dei doni, che aveva scoperto con lui e che le consentivano di amplificare a dismisura il loro piacere. Qualunque altra donna, anche la più abile e la più passionale, non era stata dotata dagli dèi di quei poteri magici, e per quanto si sforzasse di dargli piacere, ciò che Sesto provava era solo una pallida ombra dell'estasi cui si era ormai abituato, e si esauriva presto, lasciandolo sempre insoddisfatto, perfino frustrato.

Così, aveva cominciato ad andare nei lupanari ubriaco, sperando che il vino potesse dargli l'illusione di provare almeno una parvenza delle emozioni vissute con Minervina. Ma non aveva funzionato neppure in quel modo. Eppure continuava. Continuava a cercare, nella speranza di trovare qualcuna dotata dei suoi stessi, rari doni. Ma si rendeva conto che neppure quello gli sarebbe bastato; gli sarebbero mancati anche il suo entusiasmo, la sua ingenuità, l'insostituibile piacere di guardare il mondo attraverso i suoi occhi da eterna bambina, e il contrasto straordinario e unico tra la sua sensualità da femmina all'ennesima potenza e la sua indole fanciullesca e perennemente incompiuta.

«Possiamo sempre riprovarci…», disse infine. Quella ragazza gli stava dando calore, ed era più di quanto avesse ricevuto da quando Minervina era partita.

Lei gli sorrise. «Mi chiamo Melissa», rispose. «Stacco tra un'ora. Se riesci a non crollare sul bancone, raggiungimi nel lupanare».

Sesto stava per risponderle, quando si sentì afferrare la spalla e strattonare con violenza. Fu costretto a voltarsi, e davanti a sé gli parve di riconoscere quattro commilitoni. «Tu adesso vieni con noi», gli disse uno di loro. Erano feccia, i peggiori soldati che avesse mai conosciuto da quando era entrato nel corpo dei pretoriani, e non a caso erano stati anch'essi assegnati al ruolo di carnefici.

Si rese conto di essersi dimenticato per un po' del destino che lo attendeva. Guardò la donna con un sorriso forzato e le disse, alzando le spalle: «Peccato. Credo proprio che non avremo un'altra occasione. Grazie, comunque, di avermi fatto sentire decentemente almeno per una volta». Gli parve che le si fossero inumiditi gli occhi, ma non ebbe il tempo di verificarlo. Lo afferrarono per le braccia e lo trascinarono fuori dal locale. Era buio e pioveva, e la cascata d'acqua da cui fu improvvisamente investito lo fece sentire curiosamente rinfrancato.

«Ai nostri comandanti non piace chi disubbidisce, amico dei cristiani», disse uno dei ceffi che lo avevano preso in custodia.

«Portatemi dentro e risparmiatemi le prediche, avanzi di galera!», replicò, nello stesso modo in cu li avrebbe trattati se fosse stato ancora tribuno.

Appena conclusa la frase, un pugno allo stomaco lo fece piegare in due, togliendogli per un istante il respiro. Prima che cadesse a terra, un altro gli sferrò un nuovo pugno, stavolta in pieno volto. Sentì una vampata di calore allo zigomo, e l'occhio corrispondente cessò di vedere. Lo stato di ubriachezza non gli consentì di rimanere in posizione eretta; si accasciò, ma uno dei pretoriani lo rimise in piedi e lo sostenne, mentre gli altri iniziarono ad accanirsi con pugni, gomitate e schiaffi contro di lui. In breve, gli parve che non vi fosse più un punto del suo corpo, dalla cintola in su, che non fosse stato colpito. Si sentì come se una frana gli fosse rovinata addosso, con tanti massi quanti erano le botte che riceveva. Poi l'uomo che lo sosteneva lo lasciò all'improvviso. Crollò nel fango e nell'acqua che scorreva sulla strada, e quando pensò che fosse finita, i colpi ricominciarono, stavolta con i calzari. Un nugolo di calci si abbatté su di lui. Sentì pulsare membra, frantumarsi vertebra e ossa, sangue sgorgare più copioso della pioggia che rimbalzava sul suo corpo, finché non rimase che il dolore.

Non seppe quanto tempo restò, ancora cosciente, sotto la pioggia, senza essere in grado di muoversi, prima di sentire una voce femminile che gli sussurrava all'orecchio di stare tranquillo. Provò ad aprire l'occhio che ancora era in grado di vedere, ma pioggia e sangue gli velarono la vista. Né riuscì a portare la mano al viso per pulirsi. Ma la voce gli parve familiare. Poi ricordò che l'aveva appena udita nel locale. Era quella donna con cui aveva parlato. Come si chiamava? Non riusciva a ricordarlo. Ma gli parve di capire che voleva aiutarlo.

Sperò di aver capito bene.

«Solo il tempo di mangiare qualcosa e fare scorta di cibo. Non ci fermeremo per altri due giorni!», ordinò Costantino a due dei suoi compagni, non appena il piccolo gruppo di fuggitivi si fermò davanti alla stazione di posta. Il principe si affacciò nel carro per sincerarsi delle condizioni del figlio e di Minervina; Crispo dormiva, la donna appariva stanca e spaurita. Cercò di rassicurarla con un fugace sorriso, poi prese con sé gli altri due uomini e andò in perlustrazione tutt'intorno all'edificio. Era la prima stazione che incontrava in Tracia dopo una giornata di folle corsa per allontanarsi dalla costa, e non intendeva rischiare. Ormai a Nicomedia sapevano della sua fuga, ed era certo di avere qualcuno alle calcagna. Probabilmente erano già approdati sul continente europeo.

"Maledetto Licinio!", pensò, giurando a se stesso, ancora una volta, che un giorno gliel'avrebbe fatta pagare. Quel che aveva appreso torturando quell'uomo a Bisanzio lo aveva lasciato stupefatto, ma non troppo: fin dal banchetto con Galerio si era accorto che il generale si era fatto un punto d'onore di mettergli i bastoni tra le ruote. Licinio aveva intuito fin da subito il suo proposito di partire quella notte stessa, e aveva mandato due uomini a Bisanzio per verificare la sua fuga; e, come aveva previsto la sua esperta guardia del corpo, uno dei due era già tornato indietro ad avvertire il suo comandante. Costantino ignorava se a quell'ora Galerio fosse stato coinvolto nella faccenda e avesse anch'egli mandato gente sulle sue tracce; ma era evidente che la sua fuga immediata avrebbe dato all'imperatore conferma dei propri dubbi sulle sue ambizioni e scatenato una caccia all'uomo per tutto l'impero; tanto più che l'augusto poteva contare su un altro cesare a lui fedele, Severo, sovrano dei territori in cui Costantino si accingeva a passare.

Se non fosse stato per Crispo, sarebbe partito da solo, galoppando instancabilmente finché non fosse stato al sicuro in Gallia. Ma il figlio era la sua eredità, colui che lo avrebbe fatto sopravvivere dopo la sua morte; inoltre, poteva costituire un elemento di ricatto, se lo avesse lasciato a Nicomedia; e un bambino così piccolo aveva bisogno della madre, pertanto era stato costretto a portarsi dietro tutti, con la conseguenza di dover viaggiare con un carro che rallentava di molto l'andatura, rispetto agli inseguitori.

Esaminò l'edificio, costituito dalla locanda con l'albergo annesso, un magazzino e una stalla. Entrò e contò una trentina di cavalli. Parlò con lo stalliere e ne acquistò un terzo, contrattando lo sconto per la consegna dei propri. Poi portò gli animali freschi presso il carro e si fece aiutare da quell'uomo a sostituirli con quelli che aveva sfiancato, cambiando anche la propria cavalcatura e quelle dei suoi uomini. Quindi attese che i soldati inviati a provvedere al vettovagliamento tornassero. I due barbari uscirono con altrettanti sacchi, facendogli cenno di aver trovato tutto a posto; a quanto pareva, nessuno li aveva preceduti, per il momento.

Minervina, che nel frattempo ne stava approfittando per sgranchirsi le gambe e far fare un po' di movimento a Crispo, gli chiese: «Ripartiamo adesso, vero?».

«Voi sì. Io vi raggiungerò a breve», le rispose. La donna gli lanciò una sguardo interrogativo, ma era abituata a non mettere in discussione le sue decisioni, e chinò il capo annuendo. Costantino assegnò al carro due uomini di scorta e osservò il mezzo allontanarsi. Consumò un frugale rancio fuori dalla taverna, in piedi, perché nessuno desse una sua descrizione agli inseguitori, poi scrutò la posizione del sole e, dopo aver calcolato che fosse passata almeno un'ora dalla partenza di Crispo, fece cenno ai suoi due uomini di seguirlo. Sapevano già cosa dovevano fare, pertanto si limitò a dirigersi verso la stalla. Entrò nel caseggiato, si avvicinò allo stalliere, estrasse la daga e lo tramortì con un colpo in testa, mentre i barbari si occupavano dei cavalli. Uno dopo l'altro, agli animali furono tranciati i garretti, e solo quando non ne rimase più nemmeno uno a disposizione degli inseguitori per il cambio, Costantino diede ordine di lasciare la stalla, rimontare a cavallo e partire alla volta della successiva stazione di cambio.

Dove avrebbe dovuto ripetere l'operazione.

Si lanciò al galoppo verso il carro di suo figlio, fiducioso di poter finalmente raggiungere il padre e iniziare così una nuova fase della sua esistenza, non più come ostaggio ma come un vero e proprio principe ereditario, comandante di eserciti, eroe di guerra e amministratore di uno Stato.

Correva incontro al suo destino senza lacci, finalmente, e si sentì felice.

XX

«Posso provarci io?», chiese Osio al carnefice, cercando di sovrastare con la propria voce le urla del prigioniero. L'uomo annuì e gli offrì i due strumenti con i quali aveva iniziato a scorticare il cristiano legato sulla superficie del tavolo. Osio afferrò il coltello con la destra e la spatola con la sinistra e si avvicinò al petto della vittima, che intanto si dibatteva cercando di divincolarsi dalle cinghie che lo tenevano bloccato. Dalla parte opposta al cuore, osservò l'incisione praticata dal torturatore, che aveva sollevato un sottile lembo di pelle, ripiegato su se stesso e adagiato sul corpo come una foglia. Si meravigliò di quanto poco sangue uscisse dall'ampia ferita.

«Devi stare attento a non spingere troppo, senatore», gli spiegò l'uomo, interpretando i suoi pensieri. «Altrimenti lo dissanguerai subito, facendogli perdere i sensi e uccidendolo. E non è quello che vogliamo, se il nostro scopo è redimerlo».

«Quindi», proseguì afferrandogli le mani e guidandogliele delicatamente sul prigioniero, «incidi col pugnale in obliquo, non in verticale, e scava subito dopo con la spatola lungo l'incisione che hai praticato, ma sempre in obliquo, senza lasciarti distrarre dalle sue grida e dai suoi movimenti. E sta' attento, perché uno scatto, tuo o suo, potrebbe compromettere il lavoro».

Osio annuì e piazzò il coltello dove terminava l'incisione praticata dal carnefice. «Allora, buon uomo: devo spingere o ti dichiari disposto a sacrificare agli dèi?», si sentì in obbligo di dire al cristiano. Con la speranza che mantenesse la sua ostinazione: doveva scoprire se il perverso piacere che provava nel veder torturare un uomo era solo un assaggio di quello che avrebbe provato infliggendo personalmente il supplizio, oppure se sarebbe stato troppo, per lui. Era nella condizione di poterlo fare: si era conquistato il privilegio di dirigere le operazioni contro i cristiani, e intendeva trarne il massimo vantaggio possibile, anche in termini di conoscenza della propria indole, per vedere fino a che punto fosse capace di reggere la pressione su faccende per le quali ci voleva uno stomaco fuori dal comune.

Il cristiano urlò più volte il suo diniego, e Osio soffocò a stento un sadico sorriso. Iniziò a spingere contro la pelle, scavando nel solco tracciato dal suo predecessore. Le grida dell'uomo aumentarono immediatamente d'intensità, ma si accorse di non esserne influenzato. Anzi, trovava perfino piacevole esserne la causa senza temere conseguenze; trovava eccitante fare di lui quel che voleva. Si concentrò sul lavoro di scorticamento, ponendo attenzione a rispettare le indicazioni del boia. Ma si accorse di stare incidendo troppo delicatamente, ottenendo il solo effetto di lacerare la pelle, senza riuscire a sollevarla. Provò a inclinare ancor più il coltello e a spingere maggiormente, poi si aiutò con la spatola per scalzare la sezione cutanea che aveva inciso. Quando vide finalmente sollevarsi un ben pezzo di pelle sorrise soddisfatto, ma si rabbuiò di nuovo quando fu investito da schizzi di sangue.

Guardò imbarazzato il carnefice, che gli fece cenno con la mano di andarci piano. Poi guardò il cristiano negli occhi: sentì il bisogno di farlo, per nutrirsi del suo dolore e usarlo come lenitivo per le proprie frustrazioni. Per un istante, immaginò che fosse Sesto Martiniano, e il pensiero gli provocò un brivido di piacere lungo la schiena, che si diffuse lungo tutto il corpo quando il suo coltello staccò un lembo ancor più ampio di pelle. Per un istante immaginò di mandare un fantoccio fatto della cute del pretoriano a Nicomedia, perché Minervina lo vedesse e lo riconoscesse; ma probabilmente, ormai, non le avrebbe fatto alcun effetto. Era innamorata di Costantino, al punto di averci fatto un figlio; e in ogni caso, con Sesto lui aveva appena iniziato a divertirsi.

Sapeva di dover andare via. Aveva dato appuntamento a Milziade proprio fuori del carcere, e probabilmente il sacerdote lo attendeva all'esterno. Ma si dilettò nel suo nuovo balocco per un altro po', prendendoci sempre più la mano. Quando si fermò a contemplare la sua opera, che gli aveva permesso di staccare la pelle del pover'uomo su quasi tutto il petto e lo stomaco, si rese conto che da qualche tempo il cristiano non si lamentava più. Lo guardò in viso e gli parve svenuto. Attirò l'attenzione del carnefice, in quel momento impegnato a strappare le unghie a un altro cristiano, e l'uomo venne a vedere. Tastò il collo del condannato, poi scosse la testa. «Il cuore ha ceduto. A volte capita», disse con noncuranza, tornando alle sue occupazioni.

Osio fece un gesto di stizza. Proprio ora che stava prendendoci gusto... Si spostò dove era andato il boia e gli chiese: «Vorrei subentrare anche con questo.

«Ma a questo qui sto strappando le unghie. Te la senti di farlo tu?», disse l'altro.

Osio guardò le mani del cristiano. Due dita della mano destra terminavano con un'escrescenza tumefatta e sanguinolenta. «No. Vorrei impratichirmi con lo scorticamento», disse, godendosi l'espressione di puro terrore che comparve sulla faccia della vittima.

«Come vuoi. Il capo sei tu», rispose il carnefice alzando le spalle.

«Ebbene», Osio si rivolse subito al cristiano con un ghigno. «Hai la fortuna di guadagnarti la salvezza eterna oggi stesso, senza dover aspettare il deperimento in cella dopo aver perso l'uso di mani e piedi... Come ti chiami?»

«Mi chiamo Silvestro, e temo più di tradire nostro Signore che di morire in suo nome», rispose il cristiano, ma intanto guardava terrorizzato il coltello in mano a Osio e, alternativamente, il suo correligionario, appena morto sotto la lama del senatore. Osio pensò che probabilmente lo avrebbe bloccato dopo le prime incisioni, e temette di non potercisi impratichire abbastanza. Ma poi gli venne in mente qualcosa.

«Silvestro... Ma tu non ti sei preso cura di una donna di nome Minervina, accompagnandola anche al battesimo?».

L'uomo lo guardò stupito. «Come lo sai?».

Osio depose il coltello e la scatola. Non poteva torturare un uomo a cui Minervina aveva detto di essere molto affezionata. E poi sua moglie lo aveva descritto come un uomo buono e sincero; avrebbe potuto rivelarsi utile in futuro, quando gli sarebbe servita gente manovrabile per sostenere il potere di Costantino e quindi il suo.

«Tu!», chiamò il carnefice. «Va' a chiamare l'uomo che aspetta davanti al carcere e fallo venire da me. Poi rimani fuori; non voglio altra gente qui dentro. Conto di convincere quest'uomo a desistere dalla sua follia e a manifestare il rispetto dovuto agli dèi e allo Stato».

Il carceriere lo guardò perplesso, ma non poté far altro che obbedire.

Osio non disse nulla a Silvestro, finché non comparve Milziade, che fece senz'altro entrare, facendo chiudere la porta alle sue spalle.

Quando il suo amico entrò, Silvestro s'irrigidì. «Tu!», esclamò. Anche Milziade si mostrò sorpreso, e pure infastidito con Osio. Il senatore si affrettò a tranquillizzare entrambi. «Calmati, Silvestro, e anche tu, Milziade. Qualunque dissidio sia intercorso tra voi, dovete sanarlo per il bene della Chiesa».

«Quest'uomo non è un uomo di Dio», protestò Silvestro. «È stato il primo tra noi a consegnare i Vangeli e a bruciare incenso per i demoni! E ora vedo che è amico di uno dei nostri più feroci persecutori!».

Milziade, evidentemente furioso con Osio, che aveva svelato il legame tra loro, stava per aprire bocca, ma il senatore lo interruppe. «Sbagli due volte, Silvestro: Milziade *è* un uomo di Dio, e io non sono un persecutore. Ma il tuo collega ha a cuore le sorti della Chiesa cristiana molto più di quanto faccia tu, che ti preoccupi solo del tuo martirio e non pensi alla sopravvivenza del vostro credo. Io, d'altra parte, sto lavorando più di chiunque altro perché i cristiani superino questa tempesta, l'ennesima che si è scatenata sul loro capo, e tornino più potenti e influenti di prima, con un imperatore che li protegga e li faccia prosperare».

Silvestro lo fissò, visibilmente confuso. «Voi state distruggendo la nostra religione, altro che storie! Cristo non accettò alcun compromesso con i farisei e i romani, e s'immolò sulla croce per non dover rinunciare alla sua missione…».

«Ma, che io sappia, Saulo di Tarso, che voi venerate quasi al pari di Cristo, ha cercato una strada per conciliare le esigenze di cristiani e non cristiani… Com'è quella storia del "date a Cesare quel che è di Cesare…"?», obiettò Osio. «Milziade ha ritenuto, saggiamente, che aiutare lo Stato a prosperare, mediante sacrifici agli dèi che lo hanno portato al massimo della sua potenza, fosse del tutto compatibile con l'essere cristiani. E quando questa persecuzione si esaurirà, voi potrete tornare a celebrare indisturbati i vostri riti, e ringrazierete la gente come me che vi ha aiutato a sopravvivere».

«È così che ci aiuti a sopravvivere, senatore?», rispose Silvestro, indicando con un gesto del capo l'uomo scuoiato vivo.

«Sono stati i più fanatici tra voi a provocare questa persecuzione», rispose deciso. «La loro intransigenza e le loro minacce sulla fine del mondo avrebbero preoccupato qualunque governante. Dovete imparare a essere più tolleranti e ad andare d'accordo con la società in cui avete scelto di vivere. Milziade e molti di voi lo hanno capito. Ci terrei che lo facessi anche tu; ti sei preso cura dell'anima di mia moglie Minervina, e lei mi ha sempre parlato bene di te. Non voglio sacrificarti, se non mi obbligherai a farlo. Pertanto, mettete da parte le vostre assurde dispute e cercate di lavorare insieme per affermare il vostro credo».

Silvestro tacque per qualche istante, guardando ora lui ora Milziade. Osio si rivolse a quest'ultimo: «Spiegagli cosa abbiamo intenzione di fare. Senza fare nomi».

Milziade lo fissò costernato, ma lui annuì. Il diacono si rassegnò. «Ebbene, abbiamo avviato contatti con un personaggio che, un giorno, potrebbe ascendere al trono. Non è un cristiano ma non ha pregiudizi nei nostri confronti. Se noi lo aiuteremo a guadagnarsi la corona, lui aiuterà noi. È semplice: abbiamo bisogno di un protettore molto in alto per consolidarci e portare il messaggio di Cristo a chi ancora lo ignora, finché il cristianesimo non sarà la più importante, se non l'unica, delle religioni dell'impero».

«Ah sì? E tu magari, Milziade, ci guadagni la tiara di vescovo di Roma, nel frattempo», commentò acidamente Silvestro.

«E che male ci sarebbe? È stato il più lungimirante tra voi, e a capo della vostra comunità ci vuole un politico, proprio come lo è lui», intervenne Osio. «Non sarà adesso, magari: gli ho suggerito di tenersi in disparte e di non promuovere alcuna elezione, ora. Un vescovo sarebbe il primo che verrebbero a prendere le autorità. Quindi terrete un profilo basso finché non ve lo dirò io».

«Non mi piacciono questi giochi di potere. Cristo è umiltà, e non deve servire per soddisfare le ambizioni personali di chi agisce in suo nome», continuò a protestare Silvestro.

«Be', io la possibilità di cavartela te l'ho data», si arrese Osio. «Vorrà dire che, invece di richiamare il carceriere e dirgli che, con l'aiuto di un tuo correligionario più ragionevole, ti ho convinto a bruciare incenso, riprenderò in mano gli arnesi con cui ho iniziato a fare pratica e tu dovrai solo pregare il tuo dio che ti faccia venire un infarto, come a quello lì».

Silvestro lo osservò riprendere il coltello e la spatola, con uno sguardo che si fece da un istante all'altro di nuovo terrorizzato. «Io... d'accordo… chiama il carceriere», disse infine, quando i due strumenti furono a una spanna dal suo petto.

La Tracia, la Mesia, e poi la Dalmazia, quindi i territori sotto la giuri-sdizione di Severo: Pannonia, Norico, Vindelicia e Rezia. Era stato un viaggio interminabile, duro e stancante come mai si sarebbe aspettata, attraverso quasi tutte le province danubiane dell'impero. Minervina era estenuata, e spesso aveva dovuto soffocare crisi di pianto per non farsi vedere da Costantino in uno stato che lui avrebbe deplorato. Cercava di mostrarsi forte, ma il suo uomo non sembrava aver notato i suoi sforzi; pareva costantemente preoccupato e teso, e solo di rado si concedeva un momento di tenerezza nei suoi confronti. Più frequenti erano le manifestazioni d'affetto verso Crispo, che talvolta portava addirittura a caccia con sé, isolandosi con lui per ore. Non sentiva il bisogno, invece, di ritagliarsi degli spazi d'intimità con lei, in nessuno dei due carri con cui avevano iniziato a viaggiare dalla Tracia. E talvolta, a Minervina veniva in mente che Sesto avrebbe trovato il tempo e il modo, in ogni circostanza. Ma Sesto non era un aspirante imperatore, e nella sua testa poteva sempre conservare un cantuccio per lei.

Costantino non si era confidato granché, ma la donna aveva avuto modo di capire che se non avessero raggiunto il padre Costanzo Cloro avrebbero rischiato guai seri. Il suo uomo si era limitato a spiegarle di avere molti nemici a corte che lo volevano morto, e che l'augusto avrebbe potuto farsi convincere a perseguitarlo. A lei pareva impossibile che il figlio di un altro augusto corresse rischi simili, ma ammetteva di non sapere molto sugli equilibri di potere; certo, era stata imperatrice, ma quasi per gioco, come le aveva spiegato una volta Osio, e di un piccolo regno virtuale.

A ogni modo, non vedeva l'ora di arrivare in Britannia e riprendere la sua vita di sempre. Certo, su quell'isola un po' negletta, soggetta a invasioni barbariche e per certi versi meno civilizzata delle altre province, sarebbe stata alla periferia dell'impero, e avrebbe condotto un'esistenza meno sfarzosa che a Nicomedia, o anche a Roma; ma dopo un viaggio come quello che stava portando a termine, qualunque residenza le sarebbe parsa una reggia, almeno per un po' di tempo.

Costantino le aveva annunciato che entro la giornata sarebbero arrivati ad Abusina, sull'Alto Danubio. Il fiume marcava il confine tra la diocesi della Pannonia e la provincia della Germania Superiore, che faceva parte della diocesi gallica. E una volta oltre, avrebbero potuto considerarsi in salvo. Ciò voleva dire che, al di là della frontiera, la aspettavano, finalmente, un bel pasto caldo e una notte di riposo su un comodo letto in una dignitosa locanda, e non una delle bettole in cui si era fermata solo fugacemente per cambiarsi e rifocillarsi. E magari, avrebbe anche potuto usufruire delle comodità di una grande città gallica, perfino le terme, dove avrebbe potuto rilassarsi e ritemprarsi, prima della traversata del mare che l'avrebbe portata da Costanzo Cloro. E forse, finalmente, Costantino avrebbe trovato il tempo e la voglia di trascorrere qualche ora da sola con lei.

Si sentì restituire le energie quando udì uno dei barbari urlare che la frontiera era in vista. Al di là del fiume si vedeva, urlò, il profilo del forte che difendeva il confine della Germania. Prese le mani di Crispo e iniziò a dondolarle, cantando sorridente al figlio una filastrocca. Il bambino, da giorni annoiato e nervoso, insofferente all'ambiente angusto del carro e perfino, le pareva, alla sua compagnia, accolse con diffidenza quell'improvvisa manifestazione di allegria. Più volte, nelle precedenti settimane, non osando sfogare la tensione su Costantino, Minervina l'aveva riversata sul figlio, che talvolta aveva fatto piangere senza volerlo. Si era sentita una madre inadeguata e aveva presto ripreso il controllo di sé, per riperderlo però un'altra volta, e un'altra ancora, quando le ansie e le angosce di quel viaggio la assalivano senza che Costantino si preoccupasse di fugarle.

Stava per riuscire a fargli cambiare umore, quando da fuori sentì una frase che la fece sussultare: «C'è un posto di blocco sulla strada, prima del forte!».

«Allora sono riusciti a precederci... Severo deve averne messo uno alla fine di ogni strada di accesso al Danubio. Questo vuol dire che non possono essere tanti. Riesci a vedere quanti sono?», chiese Costantino.

«Aspetta... meno di una decina, mi pare».

«Sempre troppi», valutò il principe. Per un po' vi fu un teso silenzio, che indusse Minervina a mettere la testa fuori dal tendaggio, per rendersi conto della situazione. Quindi Costantino aggiunse: «Rimane una sola cosa da fare», e lo disse con una sicurezza e una rapidità che lasciava supporre come avesse considerato la soluzione fin dall'inizio. «Voi continuate a procedere verso quegli ausiliari. Io, mio figlio e la madre, invece, faremo un giro largo e cercheremo di raggiungere il forte più a monte. Se v'interrogano, direte di essere dei soldati inviati da me a mio padre Costanzo Cloro, e che due di voi sono accompagnati dalle mogli. Loro s'insospettiranno sicuramente, e supporranno che tu, Patrizio, possa essere me, poiché rispondi alla descrizione che potrebbero dare di me, e una delle donne nel carro Minervina. Si domanderanno dov'è mio figlio, ma tu gli dirai che non c'è alcun bambino. Vi fermeranno per accertamenti, e se poi vorrete fargli perdere altro tempo, direte che un bambino è morto di stenti durante il viaggio. Non credo che rischierete più di tanto: dopo aver appurato che nessuno di voi è Costantino, potrebbero pensare che non avete nulla a che fare con la mia partenza e vi lasceranno andare. Se invece non vi crederanno e proveranno a farvi parlare con le cattive, ditegli che vi siete divisi da noi a Vindobona e che non sapete che fine abbiamo fatto».

Nessuno dei soldati obiettò, mentre le altre due donne, sentendo il discorso del principe, si mostrarono agitate. Minervina non poté fare a meno di rimanere ammirata dal piano del compagno: aveva davvero preordinato tutto fin da Nicomedia, se tra le quattro guardie del corpo che aveva scelto aveva optato per un cittadino romano che gli somigliava.

Poi però l'agitazione subentrò anche in lei. Cosa avrebbero fatto adesso, da soli?

Sesto Martiniano si svegliò con il consueto mal di testa. E, come al solito, impiegò del tempo per rendersi conto dell'identità della donna che giaceva con lui nel letto. Era Melissa, e lo fissava con due occhi da innamorata che lo mettevano in imbarazzo. Doveva essere sveglia a guardarlo da un pezzo. Senza dire nulla, la abbracciò e cercò di ricostruire mentalmente cosa era successo la sera prima. Un tempo, quando era tribuno, poteva dormire nelle sue proprietà quando gli andava, ma adesso, da soldato semplice, poteva evitare di lasciare la caserma di notte solo corrompendo il suo centurione, cui versava regolarmente una sorta di paga perché lo lasciasse rimanere fuori una o due volte a settimana. Era in quelle serate che approfittava per andare in un lupanare a inseguire le sue ombre. Da quando aveva conosciuto Melissa, non andava più in quello suo, per non dover rendere conto di quando aveva voglia di un'altra donna che, sperava, gli avrebbe fatto provare le sensazioni che cercava. Ma ormai con una certa regolarità tornava da lei, pagava profumatamente il suo lenone e se la portava a casa, dove trascorreva la notte ubriacandosi e facendo l'amore.

Melissa lo amava, e lui le aveva dato innumerevoli possibilità per conquistare il suo cuore. Ma la donna, pur esperta a letto e dolce quando gli era accanto, non gli restituiva che in minima parte le sensazioni provate con Minervina. Tornava sempre da lei perché aveva un disperato bisogno di sentirsi amato, in un'esistenza che non gli dava più alcuna soddisfazione; ma non poteva considerarla né una compagna né un'amante simile a quello che era stato l'amore della sua vita. Per lui era un'amica con cui trascorreva dei piacevoli momenti, ed era consapevole di essere per lei molto di più. Era certo che Melissa attendesse le sue visite con ansia, e fosse consapevole delle sue sortite in altri lupanari, ma non gli aveva mai fatto una scenata né si era lamentata in alcun modo.

Neppure quando le parlava di Minervina.

Non lo meritava, e talvolta le parlava di lei per ferirla intenzionalmente e farle capire che non poteva amare un uomo tanto indegno. «Ricordo quando mi svegliavo con lei», sentì il bisogno di dirle. «Cercavo subito le sue labbra, per poter assaporare il mondo magico che trovavo nella sua bocca. Non c'era modo più esaltante di aprire gli occhi e iniziare una giornata».

Melissa lo guardò con malcelata tristezza. «Anche a me piace svegliarmi con te. Mi fai sentire... importante», disse, e Sesto non capì se la sua fosse ironia o una considerazione seria. Le stava parlando di un'altra donna e questo la faceva sentire importante?

Sbuffò e scosse la testa, sorridendo amaramente. «Importante? Come è possibile, se non mi ci sento io stesso?», dichiarò.

«Per me lo sei», asserì lei convinta. «Fin da quando mi hai detto, nella taverna, che ti avevo fatto sentire bene. E poi, se hai amato tanto una donna, come io non potrò mai sperare di essere amata da nessuno, mi lusinga sapere che continui a cercarmi e a stare con me. Vuol dire che almeno in parte ti faccio rivivere quelle sensazioni».

Non era proprio così, si disse Sesto, ma decise di non infierire. Aveva davvero bisogno dei suoi sentimenti, e si accorse che essere importante almeno per lei era una consolazione di cui difficilmente avrebbe potuto fare a meno, in quel momento della sua vita.

La abbracciò, ma come sempre provò quel senso di frustrazione e incompletezza che avvertiva quando non sentiva fremere il proprio corpo come avrebbe voluto, al contatto con una donna. Con Minervina, avrebbe indugiato in quell'amplesso, ma con Melissa decise che era abbastanza. La accarezzò e si alzò, rivestendosi in fretta. D'altra parte, era tempo di rientrare in caserma. La salutò con un casto bacio, senza dirle quando sarebbe andato a trovarla la prossima volta, e ordinò a uno degli schiavi di riaccompagnarla al lupanare. Percorse a piedi le vie della città, riflettendo sulla dannazione cui era destinato: aveva avuto il privilegio di conoscere e amare una donna con dei doni particolari, ma anche la sfortuna di non possederla per sempre, il che lo condannava a non provare più un piacere e dei sentimenti adeguati alla sua indole. Né poteva compensare l'aridità del suo cuore e l'incapacità di godere delle soddisfazioni della sua carriera, che sembravano ormai precluse. Al momento, il suicidio gli sembrava la sola soluzione per non passare la vita a rimpiangere ciò che aveva perso.

Che senso aveva continuare a sopravvivere, d'altronde? Solo per farsi umiliare dai commilitoni, che lo ridicolizzavano per la sua carriera "al contrario"? Diocleziano aveva ridotto il corpo dei pretoriani a semplice guarnigione cittadina, e non c'era più occasione di distinguersi in guerra, recuperando così il rispetto dei superiori, che fin troppo in fretta avevano dimenticato cosa era stato capace di fare nella campagna in Britannia. E passare il tempo libero a ubriacarsi e commiserarsi non era esattamente il modo in cui aveva pensato di godersi la vita.

D'improvviso, gli parve l'unica via d'uscita. Era quasi arrivato al Castro Pretorio quando decise di farla finita. Il Tevere era dall'altra parte della città, ed ebbe un gesto di stizza: gli sarebbe piaciuto buttarsi nelle sue acque e lasciarsi andare a fondo, semplicemente scomparendo dalla faccia della terra e togliendo agli altri il disturbo di celebrare le sue esequie, o solo di togliere il suo cadavere dalla stanza in cui si sarebbe ucciso.

Iniziò a pensare a quando e come farlo. Ma poi la sua attenzione fu attirata dall'agitazione che sembrava regnare sulle torri del forte. Si urlava, ma non capiva cosa stessero dicendo. Le sentinelle si sporgevano oltre il parapetto e parlavano con i commilitoni nella corte, altri correvano lungo gli spalti. Incuriosito, aumentò l'andatura. Da tempo la vita nell'Urbe scorreva pigramente, e i pretoriani erano relegati a compiti di polizia, senza che accadesse mai nulla di esaltante o clamoroso. L'impero aveva davvero assunto una piena stabilità auspicata da Diocleziano con l'istituzione della tetrarchia e, al di là delle retate contro i cristiani e delle tensioni legate alla persecuzione – che per altro non interessavano la gran parte della gente – ben poco turbava l'ordine pubblico.

Quando varcò l'ingresso del campo permanente, vide sfrecciare davanti a sé un gran numero di soldati, che andavano ad ammassarsi davanti alla tribuna. Sul palco vide il prefetto Ruricio Pompeiano, che levava le braccia in alto per invitare al silenzio. Accorse anche lui in quella direzione e si fermò ai piedi della tribuna. «Ma che cosa è successo?», chiese a un commilitone al suo fianco.

«Una cosa terribile… terribile…», disse quello, scuotendo la testa.

«Ma cosa?», lo afferrò per un braccio e lo scosse.

«Siamo finiti…», si lamentò il soldato.

Stava per insistere quando finalmente il prefetto ottenne il silenzio e iniziò a parlare. «Soldati!», esordì. «Sono qui a confermarvi che la notizia di cui avete sentito parlare è vera, purtroppo. Siamo il corpo più prestigioso e vetusto dell'impero, abbiamo partecipato a campagne e guerre come quelle daciche e quelle gotiche, che hanno reso Roma più gloriosa e potente, ci siamo distinti al seguito dei più audaci sovrani, con una storia che nessun'altra unità dell'impero può vantare… Eppure, l'ingratitudine degli imperatori non conosce limiti. Non è bastato ai tetrarchi ridurci a guarnigione cittadina e toglierci la possibilità di guadagnarci allori in guerra, no! Solo pochi giorni fa il nuovo cesare Severo si è insediato nella sua capitale, Milano, e uno dei primi editti che ha deliberato è stato… lo scioglimento del corpo dei pretoriani!».

Un urlo corale di disapprovazione si sollevò dalle file dei soldati. Sesto si sentì turbato e se ne stupì: era convinto che non gliene importasse più niente, e invece teneva ancora visceralmente al corpo nel quale aveva fatto carte false per entrare.

Il prefetto chiese di nuovo il silenzio e lo ottenne a fatica. «Siamo vittime dei giochi di potere, senza dubbio! Severo, che non può stare a Roma perché deve sorvegliare le frontiere settentrionali della zona di sua pertinenza, non vuole nell'Urbe un esercito potente che sostenga un eventuale usurpatore, che potrebbe essere il nostro principe Massenzio. E infatti, invece di nominarlo prefetto, come sarebbe stato giusto, sta inviando qui un uomo di sua fiducia. Finché a Milano c'è stato l'augusto Massimiano, abbiamo potuto dormire sonni relativamente tranquilli perché nell'Urbe c'era suo figlio, da cui l'imperatore non aveva nulla da temere. Ma adesso, Severo ha paura che Massenzio voglia costituire un dominio tutto suo, e pur avendolo lasciato a governare Roma gli vuole togliere le truppe! Ma parlerò io stesso con il principe, per convincerlo a perorare la nostra causa, anche con la forza, se necessario. Severo si è appena insediato, e non rischierà una guerra civile solo per poterci cancellare dalla faccia della terra. È troppo debole, e Costanzo Cloro non lo aiuterà. Vedrete che riusciremo a mantenere alto il nostro vessillo e compiremo ancora molte grandi imprese!».

I soldati inneggiarono al nome di Ruricio Pompeiano, ma anche a quello di Massenzio, e Sesto si scoprì a unirsi ai cori. Stava cercando una ragione per vivere, e adesso l'aveva trovata: difendere il corpo di cui aveva voluto far parte e ricostruire la propria carriera attraverso le eventuali lotte che ne sarebbero scaturite.

Si sentì di nuovo vivo, finalmente.

«Lascia il cavallo. Da qui dobbiamo proseguire a piedi, se non vogliamo azzopparlo», disse Costantino a Minervina, La donna emise un lungo sospiro e obbedì. Poi guardò sconsolata il pendio roccioso e boscoso che avrebbero dovuto percorrere e disse: «E il bambino?»

«Lo terrò io» rispose Costantino, che prese in braccio Crispo, issandoselo sulla spalla. Il bimbo emise dei confusi suoni di approvazione, come sempre faceva quando sapeva di poter giocare col padre. Il principe si avviò, facendo un cenno con la testa alla donna di seguirlo. «Vedrai, ce la faremo», credette opportuno rassicurarla. «Al di là di queste rocce c'è il Danubio. Nessuno può più trovarci, ormai. Si tratta di fare un ultimo sforzo».

«Non temere, non ti rallenterò», rispose Minervina, e Costantino sperò che così fosse.

S'inerpicarono tenendo i cavalli con le redini, affondando i piedi nel sottobosco cosparso di fogliame e arbusti. Ma poi il pendio si fece aspro e mosso, costellato di massi, crepacci e forre, e la loro andatura rallentò ulteriormente. Ogni tanto si voltava per vedere se Minervina gli teneva dietro, e talvolta la aiutava a superare un punto più scosceso o un avvallamento. Nel complesso, era soddisfatto di lei; credeva che si sarebbe lamentata di più, durante un viaggio che avrebbe messo alla prova lo spirito di qualunque nobildonna, per nulla temprata a fatiche del genere. Come compagna non si era rivelata esaltante come aveva creduto: era infantile anche a letto, insaziabile, frenetica, priva di quella solida sensualità che possedevano donne più consapevoli del proprio fascino; inoltre aveva un paio d'anni più di lui, quindi era piuttosto anziana, tutto sommato. Pertanto aveva presto sentito l'esigenza di concedersi avventure e relazioni con altre donne, di cui aveva mantenuto sempre Minervina all'oscuro, per timore di ferirla: era fragile e ingenua, e la vedeva ancora molto innamorata di lui. E in fin dei conti, era pur sempre la madre di suo figlio: un merito che non sottovalutava; aveva quasi trent'anni, ormai, e sapeva apprezzare il valore di un erede.

Arrivati in cima, avrebbe voluto orientarsi guardando di sotto, ma la presenza degli alberi glielo impediva. Disse a Minervina di sedersi e riposarsi qualche istante; anche lui era stanco, soprattutto per aver portato in spalla il piccolo Crispo. «Deve esserci un villaggio, qui sotto. Chiederemo una barca a un pescatore e ci faremo portare dall'altra parte», le spiegò. «Dopodiché, raggiungere la cittadina sarà uno scherzo, e da lì basterà che mi presenti al decurione perché ci rifocilli e ci fornisca la possibilità di viaggiare comodamente fino alla costa gallica».

«Ne sono lieta. Questo viaggio sembra non finire mai…», considerò Minervina. «Un giorno la ricorderemo come la più emozionante delle nostre avventure».

Costantino sorrise, pensando a quante imprese ben più emozionanti aveva compiuto in guerra, e a quante si aspettava di compiere in futuro. Prima di ripartire, si rese conto che uno dei due cavalli si era azzoppato e dovette ucciderlo. Rimasero con un solo animale, con il quale iniziarono una discesa altrettanto difficoltosa della salita. Ben presto gli alberi iniziarono a diradarsi e Costantino poté intravedere tra le loro fronde lo scenario del grande fiume che scorreva sotto di lui. Scrutando lungo le sue sponde, vide dall'altra parte il forte di Abusina che intendeva raggiungere, e solo dopo un po' riuscì a scorgere il centro abitato che sperava di trovare sulla propria sponda. Affrettò il passo, scherzando con Crispo e incoraggiando Minervina, che gli sembrava ormai allo stremo; infine, dopo essere stato costretto a rinunciare anche al cavallo residuo, raggiunse i primi edifici: non sembrava che la civiltà romana avesse raggiunto quell'oscuro paesino di frontiera, contraddistinto per la gran parte da capanne di fango e paglia e caseggiati in legno, e da pochissime strutture in pietra.

Andrò dritto verso la riva, sotto lo sguardo incuriosito e diffidente dei pochi abitanti in giro, e chiese a un vecchio se tra loro vi fosse un traghettatore; allo stesso tempo, esibì un sacchettino che sventolò ostentatamente davanti al naso dell'interlocutore, facendone tintinnare il contenuto perché lo udissero tutti quelli che si erano fermati a fissare i nuovi arrivati.

«Uno vero e proprio non ce n'è. Ma se vai da Verso, lui ti ci porta di sicuro, se lo paghi bene», rispose l'uomo, che poi gli indicò dove andare. Bussò alla porta della casa di quel Verso, ma gli venne ad aprire una donna che gli disse di attendere che il marito tornasse dalla caccia. Costantino ne approfittò per chiederle qualcosa da mangiare per Crispo, e ne approfittò anche lui con Minervina.

Dopo circa un paio d'ore l'uomo si presentò a casa, e Costantino dovette intavolare una serrata contrattazione. Verso gli fece notare che la corrente era forte e l'impegno richiesto per traghettarli dall'altra parte enorme. Costantino non aveva intenzione di dargli tutto quello che si era portato dietro; poteva sempre servire al forte, dove contava comunque di ricevere dei prestiti dalle autorità. Ma non era tranquillo, con la presenza dei soldati del posto di blocco sulla strada più vicina; in fin dei conti aveva camminato poche ore, e non doveva essersi spostato più di tanto dal presidio. Così, dovette accettare un prezzo irragionevole, e solo allora l'uomo lasciò la sua casa e lo condusse sulla riva.

Mentre si avvicinava al fiume, Costantino si sentì afferrare il braccio. Si voltò e si accorse che era una donna anziana. «Sta' attento, se sei il principe che tutti cercano», gli disse. «Mio figlio serve in una legione di stanza a Nicomedia e mi ha fatto sapere di ammirare quel principe. Per questo ti dico che due giorni fa sono stati qui due uomini, che hanno promesso del denaro a chi avesse segnalato l'arrivo di un personaggio di rango con una donna e un bambino al seguito».

Costantino sperò che Minervina non avesse sentito; la guardò e si accorse che, per fortuna, era distratta da Crispo. Sorrise alla donna annuendo, e si affrettò a raggiungere il traghettatore, che aveva iniziato ad allentare le cime della sua imbarcazione, una chiatta da trasporto fluviale di modeste dimensioni, più utile per la pesca che per il carico. Fece cenno a Minervina di salire, e la donna si fece avanti col bambino. Era appena salita sulla barca quando Costantino udì l'inconfondibile rumore di zoccoli lanciati al galoppo. Guardò nella direzione da cui proveniva il suono e, lungo il fiume, vide arrivare due cavalieri. Fece un gesto di stizza per non aver trovato subito quel Verso; qualcuno aveva approfittato del tempo in cui si era rifocillato per andare al posto di blocco ad avvertire gli uomini di Severo, evidentemente.

«Salpa, su, forza!», gridò a Verso perché portasse donna e figlio fuori dalla portata degli inseguitori. Poi sguainò la spada e si preparò ad affrontarli, mentre Minervina gridava per il terrore. Avanzò verso di loro, con l'intenzione di infilarsi tra i due cavalli e sferrare un fendente ai garretti, che facesse cadere di sella almeno uno dei nemici. Ma quando furono prossimi, i due si distanziarono l'uno dall'altro, e un cavaliere si diresse verso l'imbarcazione; e mentre l'altro bloccava Costantino puntandogli contro una lancia, scese di sella e saltò sulla barca, puntando la spada alla gola di Crispo.

Il principe non poté fare altro che gettare la spada e alzare le mani.

Minervina non seppe cosa fare, di fronte alla lama puntata alla gola di Crispo. Stringeva il bambino tra le braccia, ma la punta della spada danzava davanti al viso del figlio senza possibilità di sfuggirle. E Crispo, che non si rendeva conto del pericolo, ci giocava con le dita.

La donna si sentì assalire dalla disperazione. Guardò Costantino, che le lanciò una fugace occhiata, per raccomandarle di restare immobile e di non commettere sciocchezze. Ma non intendeva far nulla; almeno, non con il figlio così esposto al pericolo.

«Qui c'è del denaro per voi, se ci lasciate andare», provò a dire Costantino, indicando una sacchetta alla cintola.

«Ce lo prenderemo comunque, dopo averti ucciso», fu la risposta di quello con la lancia.

«Vi hanno ordinato di uccidermi? Dubito che un comando del genere provenga dall'imperatore», replicò il principe. Minervina ammirò il suo sangue freddo, ma non vide come potesse fare a sottrarsi a un destino che sembrava già scritto.

«Arriva comunque da molto in alto. Ed è ben pagato», rispose il cavaliere.

«Da Licinio o da Severo, suppongo. Severo è il tuo capo, vero?».

L'uomo non rispose. Ma il suo silenzio era eloquente.

«Potreste scatenare una guerra civile, quando lo saprà mio padre. Siete sicuri di volerlo fare?», provò ancora Costantino.

«Non lo saprà nessuno. Scomparirai e basta».

«Qui ci sono dei testimoni», e Costantino indicò la gente del paese, che assisteva attonita e in silenzio alla scena.

«Non ci sarà più alcun paese, per colpa tua. Qui tra poco brucerà tutto, gli abitanti con i loro miseri quattro tuguri. Lasciando la strada principale, li hai condannati tutti», sussurrò l'uomo per non farsi sentire dagli spettatori. Ma le sue parole arrivarono alle orecchie di Minervina.

La donna guardò il nativo che li avrebbe traghettati dall'altra parte. L'uomo le restituì lo sguardo, mostrando di aver capito. Il soldato che teneva la spada su Crispo non si era reso conto che la minaccia aveva raggiunto anche le sue orecchie, e continuò a non badare a lui.

Minervina, da quel momento, tenne gli occhi fissi su Verso. L'uomo iniziò a sudare freddo, indeciso su come agire. Lei avrebbe voluto dirgli di far presto: l'altro soldato avrebbe trafitto Costantino da un momento all'altro.

«Be', ci hai provato, principe. È ora di finirla qui», disse l'uomo ancora a cavallo, e le sue parole sembrarono costituire un segnale per il nativo. Verso si avventò sul soldato, mentre Minervina, istintivamente, cercava di scambiarsi di posto col figlio. Il pescatore spinse il militare, che perse l'equilibrio e finì in acqua. Costantino si accorse della scena e, con uno scarto repentino, si mise di fianco rispetto all'asta che lo minacciava e la afferrò con entrambe le mani, dando un violento strattone. Il cavaliere perse anch'egli l'equilibrio e cadde dalla sella ma Costantino, invece di saltargli addosso, sguainò la spada e si precipitò vero l'altro soldato, che proprio in quel momento si stava rialzando dall'acqua e, con la spada in mano, si avventava su Verso.

Ma il nativo aveva staccato la barca dalla riva e, con Minervina e Crispo, cercava di allontanarsi da lui, portandosi nell'acqua sufficientemente alta da non permettergli di raggiungerlo. Tuttavia l'uomo lo inseguì, e riuscì ad afferrare il bordo con una mano. Subito dopo, però, Costantino afferrò lui, sferrando un fendente con la spada, che gli tranciò la casacca di pelle sul fianco, provocandogli un taglio dal quale schizzò del sangue. Quello emise un urlo ferino, si piegò su se stesso per un istante, ma poi riprese la posizione di difesa. Costantino lo aggredì ancora. I due combattevano con l'acqua quasi fino al petto, e intanto l'altro soldato si avvicinava alle spalle del principe.

«Attento!», gridò Minervina per avvertirlo. In quel momento, il nativo prese un remo e lo spinse addosso a quello ferito, che si sbilanciò in avanti, finendo dritto contro la spada del principe. La lama, stavolta, penetrò a fondo, ma questo rese Costantino impotente di fronte all'attacco da tergo. Fece allora leva sulla spada stessa per scambiarsi di posizione con la sua vittima, che ricevette così il colpo destinato a lui. Adesso Costantino ebbe il tempo di estrarre la lama. Il cavaliere fece altrettanto e i due si trovarono l'uno di fronte all'altro. Il principe prese a tempestare l'avversario di colpi per farlo retrocedere, e Minervina capì che lo faceva per farlo allontanare da Crispo e da lei. I duellanti arrivarono fin quasi a riva, ed era chiaro che il soldato non sarebbe riuscito a resistere, di fronte alla superiore prestanza fisica e alla maggiore abilità con la spada di Costantino. Il principe lo incalzò, pungendolo al braccio, che iniziò a sanguinare, poi alla coscia, dove si aprì uno squarcio. Giunsero vicino al cavallo del soldato, e l'uomo intravide una via di scampo. Mise la bestia tra sé e l'avversario e provò a balzare in sella, ma la ferita alla coscia gli impedì di avere lo slancio necessario per saltare.

«Attenti! Voleva bruciarvi vivi!», urlò Verso ai suoi compaesani. «Non lasciatelo scappare!».

Un gruppo di nativi formò subito un semicerchio di fronte alla traiettoria che avrebbe potuto percorrere l'uomo il quale, intanto, era riuscito a salire in sella. Il cavaliere diede di sprone, ma la corsa del cavallo si spense subito, una volta che fu circondato dai paesani. Ormai nel panico, iniziò a sferrare fendenti a destra e a sinistra, portando via la sommità del cranio a un uomo, la cui testa si aprì come un guscio. La sorte della vittima spaventò gli altri, che allentarono la morsa, e l'ausiliario sarebbe riuscito ad aprirsi la strada, se Costantino non gli fosse balzato addosso afferrandogli l'altra mano e tirandolo giù. Una volta a terra, il principe gli sferrò un calcio alla testa, tramortendolo. Ormai era in condizione di non nuocere e lo lasciò agli abitanti del villaggio che, inferociti, gli si fecero intorno gridando insulti.

Costantino ne prese da parte uno e gli disse: «Fate sparire subito i corpi e negate che io o qualcun altro sia passato di qui. Non vi faranno nulla, così». L'uomo annuì, poi andò a partecipare al linciaggio. Minervina udì un urlo straziante, poi vide issare da uno degli abitanti un braccio, con i brandelli e i filamenti penzolanti dove era stato mozzato dal busto.

Costantino non vi badò e si avvicinò alla barca rivolgendosi al pescatore. «Ti sei meritato i tuoi soldi, Verso. Bravo! E ora portaci subito in Germania, prima che ne mandino altri», lo esortò, salendo con loro e abbracciando compagna e figlio.

Minervina tirò un profondo sospiro di sollievo e si abbandonò a quell'abbraccio, desiderando che non finisse mai.

XXI

Britannia, luglio 306

«I caledoni non ci daranno noia per un bel pezzo, figlio mio», disse l'imperatore, vedendo i barbari arretrare di fronte alla spinta delle legioni. «Sei stato molto abile ad attirare il loro esercito a battaglia. Noi non c'eravamo riusciti mai, prima che arrivassi tu. Abbiamo sempre dovuto affrontare piccoli gruppi, e non eravamo mai riusciti a ottenere una vittoria decisiva».

«Ma questa vittoria sarà decisiva solo se riuscirò a tagliare loro la via di fuga, padre», replicò Costantino, reduce dalla prima linea, il cavallo sfiancato dal continuo andirivieni con le retrovie per comunicare con l'augusto. «Permettimi di condurre all'attacco la colonna che ho disposto nei boschi di fianco al campo di battaglia, e vedrai che ti regalerò un trionfo».

«Lo regalerai a te stesso, ed è giusto così. Va', dunque!», replicò il padre con una voce ansimante. Costantino si chiese se non sarebbe stato meglio, per Costanzo, rimanere lungo il vallo ad attendere l'esito della campagna, invece di percorrere quelle lande inospitali, fredde e spoglie, nelle quali potevano trovarsi a loro agio solo quei selvaggi pitturati di blu. Non stava bene e si vedeva. Fin da quando lo aveva raggiunto sulla costa gallica, lo aveva trovato invecchiato e più gonfio, e nei mesi seguenti non aveva fatto che peggiorare. Ed era molto preoccupato non solo per la sua salute, che sembrava irrimediabilmente minata, ma anche per la sua debolezza, che accentuava sensibilmente la sua condizione d'inferiorità nei confronti degli altri tetrarchi, tutti solidali tra loro e suoi nemici giurati. C'era perfino da temere che si coalizzassero e invadessero i suoi territori. Nelle sue condizioni, Costanzo non sarebbe stato in grado di resistergli.

Bandì quei pensieri dalla sua mente e si gettò di nuovo in battaglia, imponendosi di concentrarsi solo sul combattimento. Salì su un cavallo fresco e si lanciò al galoppo verso il contingente di ausiliari alemanni che aveva celato alla vista del nemico, proprio sul fianco del terreno su cui aveva attirato i caledoni. Entrò nel bosco e rimase all'interno quel tanto che bastava per non farsi vedere, intravedendo tra gli alberi i movimenti delle truppe imperiali, che schiacciavano gli avversari ormai in fuga. Bisognava far presto; in caso contrario, l'armamento leggero dei barbari, che li aveva penalizzati nello scontro contro i legionari equipaggiati pesantemente, avrebbe consentito loro di squagliarsela alla svelta e di evitare di perdere il grosso dei guerrieri.

Raggiunse gli alleati e si avvicinò al loro re, Croco. «Seguimi, amico mio, e ti condurrò alla tua più grande vittoria!», gli gridò.

«Sono con te, principe!», gli rispose il sovrano, un vecchio arcigno e imponente, il viso ricoperto di cicatrici.

Costantino si pose alla testa della colonna, come aveva fatto in tutte le operazioni militari che il padre gli aveva permesso di condurre come comandante in seconda da quando era arrivato, e ordinò l'attacco. Gli alemanni avanzarono tra gli alberi cercando di mantenere la coesione a dispetto della presenza dei tronchi, e quando irruppero nella piana dove si svolgeva la battaglia si ritrovarono oltre la linea caledone. Costantino controllò che le singole unità si ricompattassero, poi le guidò ancora in avanti, per tagliare il campo di battaglia in orizzontale e creare una barriera di fronte alla fuga dei barbari. I caledoni si resero conto di stare andando incontro al nemico e iniziarono a rallentare e a fermarsi, incerti sul da farsi; alle loro spalle, infatti, stavano sopraggiungendo i legionari.

Costantino ordinò agli alemanni di avanzare affiancati l'uno all'altro, con calma e inesorabilmente, per chiudere in una morsa il nemico. Non appena i barbari al suo comando iniziarono a marciare, molti caledoni furono presi dal panico e gettarono le armi, guardandosi intorno per cercare una via di fuga. Qualcuno tentò la via dei boschi, ma gli inseguitori alle spalle si stavano chiudendo a mezzaluna su di loro, e in breve non avrebbero avuto scampo neppure ai lati. Alcuni, vistisi spacciati, lanciarono un ruggito di guerra e si lanciarono singolarmente contro la barriera alemanna. Ma i barbari attaccarono senza alcun coordinamento tra i ranghi, uno o due alla volta, e i loro assalti s'infransero uno dopo l'altro contro la barriera ausiliaria. Frattanto, i legionari alle loro spalle li stringevano sempre più da presso.

Gli alemanni avevano facile gioco sugli esagitati che si scagliavano contro di loro; li trafiggevano o li falciavano con i fendenti in due o tre contemporaneamente, e quando i guerrieri avversari cercavano di scavalcarli spiccando impressionanti balzi atletici, la seconda fila issava le spade in alto e i nemici ricadevano sulle lame, finendo impalati. I torsi nudi tinti di blu si chiazzarono di rosso, e davanti alla barriera di alemanni iniziarono a formarsi cataste di morti. Costantino continuava a incitare i suoi guerrieri, falciando a sua volta chiunque, tra i caledoni, lo avvicinasse pensando di potersi fregiare dell'uccisione di un generale romano. Poi vide cavalcare contro le sue linee un uomo a cavallo, uno dei pochi, e il solo che disponesse di cotta di maglia e di elmo. Doveva essere il loro re, o almeno un capo importante. Notò che Croco usciva dalle proprie file e avanzava verso il prestigioso avversario. Allora diede di sprone e cavalcò verso il re alamanno, lo avvicinò gridandogli: «Lascialo a me!», e proseguì al galoppo verso il nemico.

Con la coda dell'occhio, vide il vecchio sovrano annuire e sorridergli con orgoglio, poi rivolse tutta la sua attenzione al caledone. Era un uomo massiccio, che troneggiava sul proprio cavallo. In prossimità dello scontro, il barbaro s'issò sulla groppa della bestia, si diede lo slancio e, con la spada in mano, saltò su di lui. Costantino cercò di scartarlo, ma era troppo tardi. Se lo vide piombare addosso con tutto il suo peso, e l'impatto lo scagliò a terra. I due piombarono nel fango quasi nello stesso istante, rotolando per alcuni passi e tenendosi avvinghiati.

Avevano entrambi perso le rispettive armi nell'impatto, e presero a tempestarsi di pugni. Tutt'intorno gli uomini si bloccarono e osservarono il duello, come se da quello dipendesse l'esito della battaglia. Il caledone riuscì a infliggere a Costantino una potente testata, senza potersi dare troppo slancio, ma sufficiente a fargli quasi esplodere uno zigomo. Il romano rimase tramortito un istante, di cui l'avversario approfittò per staccarsi e allungarsi a raccogliere la propria spada. Il principe si riprese dal momentaneo torpore giusto in tempo per rotolarsi sul fianco ed evitare il fendente che gli sferrò il barbaro quasi a colpo sicuro. Il caledone, con un ruggito di frustrazione, continuò a mulinare la spada, ma ormai Costantino era fuori dalla sua portata e si era rimesso in piedi. Tuttavia, la sua spada era alle spalle dell'avversario, e non sapeva come difendersi; né intendeva fuggire tra le sue linee.

L'uomo avanzò verso di lui ritrovando un piglio sicuro e ghignando, certo ormai di averlo in pugno. Su ordine di Croco, un alemanno si avvicinò e scagliò verso il romano una spada, che andò a conficcarsi nel terreno a pochi passi da lui. Ma Costantino decise di ignorarla: se voleva conquistarsi il cuore degli uomini doveva cavarsela da solo. Fissò lo sguardo sulla spada del caledone e ne seguì i movimenti cercando momento e traiettoria per il colpo successivo. L'uomo gli arrivò addosso e caricò il braccio: Costantino si tolse l'elmo e lo calzò sul pugno sinistro, che andò a scontrarsi con la lama fungendo da scudo. Provò un acuto dolore, ma poté approfittare dello sconcerto dell'avversario per scattare di lato e precipitarsi sulla propria spada, che raccolse rapidamente mettendosi subito in posizione di combattimento.

Senza dare il tempo al caledone di riprendersi, lo attaccò con una serie di fendenti. L'uomo ne parò alcuni e ne scartò altri, ma non aveva recuperato stabilità sulle gambe e la foga di Costantino era tale che finì per sbilanciarsi. Dovette appoggiare un ginocchio a terra, e fu allora che il romano lo raggiunse alla spalla, aprendogli un vistoso squarcio nella cotta di maglia. Il caledone emise un urlo ferino e si contorse, offrendo l'altra spalla. Costantino non esitò e colpì di nuovo, all'altezza della scapola. L'affondo fu sferrato talmente da vicino e con tale potenza che perforò il ferro e si conficcò nell'osso, provocando un'esplosione di sangue al momento dell'estrazione della lama. L'uomo stramazzò a terra, sussultando agonizzante, gli occhi spalancati e altro sangue che gli usciva dalla bocca. Un istante dopo non si muoveva più.

Dalle file dei romani e da quelle degli alemanni si levò all'unisono un grido: «Costantino cesare! Costantino cesare!».

Per loro era lui il cesare legittimo.

Era arrivato il momento, dunque. Sembrava che ci fossero ormai tutti gli elementi per mettere in atto quanto concordato con Elena, rifletté Costanzo Cloro guardando la sua giovane moglie e i suoi figli. Teodora era attorniata dalle figlie, Costanza, Eutropia e Anastasia, e dai figli Costanzo e Dalmazio, da cui si era voluto far raggiungere a Eboracum, appena sotto il vallo. Era stato tutto il giorno con loro, ci aveva giocato e li aveva studiati, per cercare di capire chi, in futuro, avrebbe potuto competere in determinazione e valore con Costantino, e se meritassero di partecipare alla spartizione dell'impero. Ma aveva concluso che erano davvero troppo piccoli perché ci si potesse formare di loro un'opinione. Avrebbe dovuto fare affidamento sulla lealtà di Costantino e sull'aiuto del Sole invitto, perché avessero un destino degno dei figli di un imperatore.

Costantino aveva inflitto un'umiliazione decisiva ai caledoni, ma i popoli oltre il vallo erano sempre in fibrillazione, e non avrebbero impiegato molto tempo a riorganizzarsi e ad approfittare delle scarse risorse a disposizione dei romani sull'isola per rinnovare le razzie. Lungo il Reno erano sempre più frequenti gli sconfinamenti dei franchi, degli alemanni e dei brutteri, e un sovrano non poteva essere ovunque. E l'impero, ormai, era nelle mani di Galerio, che aveva posto a capo degli altri due settori uomini di sua fiducia. Costanzo si sentiva accerchiato da nemici esterni e interni, e non aveva più la forza per fronteggiarli, né per difendere i suoi cinque figli e sua moglie.

Non dubitava che gli altri tetrarchi avrebbero approfittato della sua debolezza, in un modo o nell'altro. E i suoi figli avrebbero pagato più di ogni altro. Se i sovrani non stavano già pianificando qualche azione congiunta contro di lui, era solo perché non aveva lasciato trapelare la sua malattia; ma le voci giravano, nell'impero, e qualche dignitario o messo venuto alla sua corte per loro conto negli ultimi tempi doveva aver riferito di non averlo visto in gran forma. Chissà, magari Galerio sarebbe stato capace di emettere, "per il bene dell'impero", un provvedimento per destituirlo ed eleggere un augusto di suo gradimento, quando fosse stato certo che lui non sarebbe stato in grado di reagire. Da quando Diocleziano aveva abdicato per stanchezza, sembrava lecito che un imperatore rinunciasse al potere se non era più in grado di gestirlo.

E lui non era più in grado.

Costantino, invece, era di ben altra tempra. Era della stessa fibra di cui era fatto lui alla sua età, ma aveva qualcosa in più in ogni campo: era più determinato, più forte, più ambizioso, più spietato, più intelligente, più valoroso... Il figlio primogenito era la sola risorsa di cui ancora disponesse per salvare ciò che aveva costruito e la sua famiglia. A patto che facesse convogliare su di lui tutto il potere di cui aveva bisogno.

Sentì che stava arrivando. Lo capiva dalle acclamazioni dei soldati, che lo salutavano entusiasti al suo passaggio. Era stato preceduto dalla sua fama, quando era arrivato in Gallia, e l'aveva perfino consolidata nei mesi in cui aveva combattuto al suo fianco, assumendo sempre più autonomia nelle operazioni belliche e dimostrandosi un comandante dalle doti eccezionali: infaticabile, lungimirante, valoroso, acuto. Adesso doveva sapere se era anche disposto a tutto, pur di realizzare le proprie ambizioni, perché solo se si fosse rivelato tale, avrebbe potuto fronteggiare ciò che lo aspettava: un compito perfino superiore a quello che aveva affrontato lui per raggiungere il trono supremo dell'Occidente.

«Mi hai fatto chiamare, padre?». Costantino irruppe nel triclinio con il suo consueto incedere impetuoso.

Costanzo lo guardò ammirato: era come se il mondo intero dovesse piegarsi davanti a lui al suo apparire. «Figlio, abbiamo bisogno di parlarti. Andiamo nel mio tablino», gli rispose, alzandosi e muovendo verso il suo studio.

«Abbiamo fatto parlare i prigionieri caledoni. Potrebbero condurci fin nei rifugi dei loro compari. Potremmo organizzare una spedizione al nord, così da scongiurare una volta per tutte altri attacchi e potercene tornare sul continente in tutta tranquillità», suggerì Costantino.

«Ogni cosa a suo tempo, figlio».

«Ma… Ho letto la corrispondenza dei tuoi legati… Sul Reno c'è bisogno di noi subito», obiettò il giovane.

«*Dappertutto* c'è bisogno di noi. E noi siamo troppo malati per essere ovunque».

«Ebbene, lascia me qui e va' tu sul continente. O viceversa», insisté Costantino.

I due erano ormai arrivati nello studio. Costanzo prese posto alla sua scrivania, mentre il figlio si sedeva di fronte. «Faremo di più», replicò l'imperatore. «Faremo in modo che tu possa andare dovunque, e con tutta la legittimità possibile».

Costantino lo guardò senza capire.

Costanzo tirò fuori da un contenitore sul tavolo una boccetta, la poggiò sulla superficie della scrivania e la spinse lentamente verso il figlio. «Questo è un veleno, che ci farà passare dal sonno alla morte senza che noi ce ne accorgiamo. Vogliamo che tu ce lo dia, adesso».

Il giovane sgranò gli occhi. «Stai scherzando, naturalmente», disse, quando si riprese dalla meraviglia.

«Niente affatto. Potremmo assumerlo noi. Ma vogliamo che sia tu a farlo, consapevolmente».

«Primo: perché vuoi farlo? Secondo: perché vuoi che lo faccia io?»

«Vogliamo farlo perché stiamo morendo, ma troppo lentamente, e la nostra debolezza ci espone alle ambizioni degli altri tetrarchi. E vogliamo che lo faccia tu perché dobbiamo essere certi che saprai sempre fare quanto è necessario per difendere il tuo potere», rispose.

Costantino si alzò di scatto dalla sedia e iniziò a passeggiare a capo chino nella stanza, riflettendo.

«Abbiamo visto come ti adorano i soldati», proseguì il padre. «Sta' pur certo che ti considererebbero il loro imperatore, come se fossimo noi. Abbiamo parlato con i capi ausiliari, e anche con i nostri legati: ti ammirano tutti, incondizionatamente, e se fosse per loro avresti dovuto essere nominato cesare. Inoltre, abbiamo fatto loro capire che saresti un comandante generoso. Negli ultimi tempi abbiamo messo da parte molto denaro, in previsione di una tua lauta elargizione alla truppa. Croco è un nostro vecchio amico e sa già cosa fare, quando sarà il momento».

«Sarei un usurpatore, per Galerio…», considerò Costantino.

«Non saresti né il primo, né l'ultimo, da queste parti», sbuffò Costanzo. «Ma saresti un usurpatore più potente e temibile dell'attuale imperatore legittimo, ovvero di noi. E questo renderebbe molto difficile attaccarti. Se noi adesso ti facessimo cesare e rimanessimo in vita, aggiungeremmo un sovrano alla tetrarchia, venendo meno alla parola data a Diocleziano, e tutti si coalizzerebbero per attaccarci. Se invece rimarrai solo tu, Galerio dovrà venire a patti con te: non è più un uomo che affronti rischi gratuiti, e dovrebbe accettare il fatto compiuto. Tanto più che sa bene quale ascendente hai sulle truppe, ed è consapevole che le tue legioni combatterebbero fino alla morte per difendere il tuo diritto al trono. E in fin dei conti, sareste sempre in quattro».

Costantino continuò a riflettere. «Mi chiedi di fare qualcosa che mi peserà tutta la vita, padre», disse.

«Non se le cose andranno come speriamo», spiegò deciso Costanzo. «A noi avrai risparmiato una lunga agonia, a te un destino oscuro e immeritato, e ai nostri altri giovani figli la morte, forse».

«La morte?», chiese meravigliato il figlio.

«Sei un giovane intelligente, Costantino: pensi davvero che questo sistema di governo reggerà dopo la morte di Diocleziano?», lo incalzò. «Se non è già andato in malora, è solo per rispetto al vecchio. Massimiano non ha mai accettato di rinunciare al potere, suo figlio Massenzio ha le tue stesse aspirazioni, e col tempo saranno sempre di più i figli, i nipoti, i cognati e i parenti dei tetrarchi che riterranno un loro diritto ascendere al trono. L'idea di Diocleziano era buona per restaurare l'impero, ma per mandarlo avanti e mantenerne la coesione ci vuole un imperatore solo e una sola dinastia, o al massimo due, per l'Oriente e per l'Occidente. Invece, così, presto i potenziali eredi cominceranno ad ammazzarsi tra loro, e i più deboli soccomberanno. E al momento, i figli di Teodora sono i più deboli, ma tu sei il più forte: vogliamo metterti in condizione di proteggere loro e te stesso».

Costantino sospirò. Ma Costanzo conosceva abbastanza il figlio per sapere che era molto attratto dalla proposta.

«Non potrei più guardare mia madre in faccia, se collaborassi alla tua morte», commentò.

Costanzo sorrise. «Non solo tua madre è d'accordo, ma ha avuto lei l'idea», replicò, sicuro adesso che il figlio lo avrebbe assecondato.

Costantino inarcò un sopracciglio. Costanzo fu certo che la smorfia della sua bocca fosse un sorriso a stento soffocato.

«Dammi questa boccetta, allora», rispose finalmente il giovane. «Poi, visto che te ne andrai stanotte, avrò il tempo di raccontarti il piano che ho concordato con la nuova forza dell'impero per rendere più solido il mio potere».

E Costanzo sospirò di sollievo, soddisfatto per aver fatto la scelta giusta.

I soldati, disposti su due file, batterono ritmicamente le impugnature delle spade sugli scudi non appena la pira funebre si accese. Il cadavere di Costanzo I Cloro, augusto dell'impero di Roma, iniziò a bruciare e un forte odore d'incenso si espanse nell'aria. Minervina seguì lo sguardo del figlio Crispo, come ipnotizzato dal crepitare delle lingue di fuoco, che salivano al cielo portandosi via i resti mortali di suo nonno.

Costantino aveva appena terminato l'orazione funebre, nella quale aveva elogiato i tanti meriti del padre e celebrato i suoi trionfi, il suo equilibrio e il senso della giustizia che aveva contraddistinto tutte le sue azioni. Si era augurato pubblicamente di poter conseguire almeno una parte dei suoi successi, ma Minervina era certa che intendesse perfino superarli, e di molto. Non era certa di conoscere a fondo Costantino: era un uomo talmente sfuggente che nessuno, credeva, sarebbe mai stato in grado di accedere ai suoi pensieri più reconditi. Ma di una cosa era sicura: non era un uomo che si sarebbe accontentato facilmente, e questo la faceva stare sempre sulle spine; per quanto lo amasse, era convinta di non essere alla sua altezza, di non essere degna di lui, e non per il lignaggio. Semplicemente, non si sentiva abbastanza forte e capace da poter stare al fianco di un uomo di tale valore, e temeva continuamente di perdere il suo amore. In qualche modo, quell'insicurezza la induceva ad attaccarsi ancor più a lui, e a rendersi sempre più disponibile e condiscendente; e soffriva nel vedersi poco considerata, spesso quasi dimenticata, una sensazione che non aveva mai provato con Sesto Martiniano, a dispetto di quello che poi aveva saputo su di lui.

Dal giorno precedente, per esempio, non le aveva quasi rivolto la parola. Si vedeva che c'era qualcosa che lo turbava e assorbiva la sua attenzione, ma come sempre non aveva voluto condividerla con lei. Evidentemente, ancora una volta non l'aveva ritenuta all'altezza di essere messa a parte delle sue riflessioni. Poi, la mattina era arrivata la notizia della morte dell'imperatore. Se n'era andato nel sonno, e Teodora, sua moglie, le aveva confidato in lacrime che la sera prima si era comportato con un'affettuosità, verso di lei e i loro figli, che mai aveva dimostrato in precedenza. Era stato, aveva detto, come se avesse presagito la sua fine e avesse voluto salutare i suoi congiunti nel modo più degno, mettendoli sull'avviso riguardo ai pericoli che li attendevano e raccomandando loro di affidarsi con cieca fiducia a Costantino, nel caso fosse accaduto qualcosa a lui.

Adesso, quindi, erano tutti nelle mani del suo compagno e signore. Da quanto aveva capito, però, lo stesso Costantino non si trovava in una posizione sicura, e il primo su cui gravavano dei pericoli era proprio lui. Cosa sarebbe successo, ora che era scomparso l'uomo che gli aveva offerto riparo e protezione dai suoi nemici?

«Costantino augusto!». Un urlo isolato si levò dalla folla dei soldati e dei guerrieri ammassatisi intorno alla pira.

«Costantino augusto! Costantino augusto!». Le grida si moltiplicarono.

Presto divennero un unico coro, così potente da squassare il terreno intorno alla città di Eburacum. I soldati volevano il suo uomo come imperatore! Era un'eventualità che non aveva minimamente previsto e che la sconvolse. Poi vide una colonna composta dagli ausiliari, con il loro tipico abbigliamento multicolore, le tuniche a righe sotto le casacche di pelle, i nodi ai capelli e gli scudi variopinti, le asce riposte nella cintola, entrare di prepotenza tra le due ali schierate di soldati romani. Alla loro testa c'era il re Croco, che spesso aveva visto al fianco dell'augusto. Si diressero verso la pira funebre, dove ormai ardevano solo le braci, anche loro inneggiando a Costantino augusto.

Il figlio dell'imperatore deceduto era in piedi davanti al rogo, imponente e statuario nella sua massiccia figura. Gli alemanni lo circondarono gradualmente, finché Minervina non ebbe più modo di vederlo. Crispo le chiese cosa stessero facendo e perché suo padre fosse scomparso; aveva occhi solo per lui, e a quasi tre anni mostrava già un marcato spirito di emulazione nei suoi confronti. La donna non seppe cosa rispondergli, ma presto lo rivide di nuovo: spuntò sopra le teste dei barbari, issato su una testuggine di scudi, mentre le grida che associavano il suo nome al ruolo d'imperatore aumentavano di intensità. Quando i legionari lo videro sollevato in alto, le loro acclamazioni crebbero ancora. Alcuni ruggirono di gioia, altri continuarono a battere le spade sugli umboni, altri ancora avanzarono verso di lui nel tentativo di toccarlo. Sembravano veramente felici alla prospettiva di averlo come comandante supremo e sovrano.

Minervina si chiese cosa passasse per la testa di Costantino in quel momento. Accettare le loro esortazioni avrebbe significato rendersi un usurpatore. E lei era già stata legata a un usurpatore, e proprio in Britannia. Sembrava proprio che il Signore le desse una nuova opportunità, e forse non per caso. Al suo fianco, adesso, avrebbe potuto fare molto di più per i cristiani, sebbene nella parte d'impero sottoposta a Costanzo non avesse mai avuto bisogno di intercedere presso la famiglia imperiale per restituire dignità ai suoi correligionari: al di là di alcuni cristiani rimossi da incarichi di prestigio, nulla di odioso era accaduto.

Indicò a Crispo il padre che veniva portato sugli scudi. Gli alemanni, nel frattempo, avevano ripreso a muoversi, formando di nuovo una colonna che si stava ingrossando con la presenza dei legionari. Ne venne fuori un corteo spontaneo, che si diresse verso la tribuna del campo delle esercitazioni, annesso all'accampamento a ridosso di Eburacum. Il bambino indicava smanioso il padre, divertito dalla sua curiosa posizione; Costantino si teneva in precario equilibrio sugli scudi, cercando di mantenersi almeno seduto, levando spesso un braccio e salutando i soldati che più lo acclamavano o che riconosceva, chiamandoli per nome. Infine lo depositarono sul palco, dove il giovane salì con grande sicurezza, levando poi entrambe le braccia in alto per chiedere silenzio. I soldati si disposero intorno alla tribuna e le loro acclamazioni decrebbero fino a diventare un brusio.

«Soldati!», gridò Costantino. «In questo momento di grande dolore per me, mi date una grande gioia manifestandomi il vostro affetto, e ve ne sono grato. Dopo aver appena concluso l'elogio funebre per mio padre, mi trovo costretto a parlarvi di nuovo, e stavolta di me stesso. Perché un uomo che gode della considerazione di soldati come voi, che si sono forgiati sotto il comando di un generale abile come mio padre, può davvero arrivare ovunque e compiere qualunque impresa. L'impero patisce gravi minacce, e quel che serve per preservarlo da chi lo vuole distruggere è proprio una grande coesione e un affiatamento tra un generale e i propri soldati. Non so quanti altri comandanti di Roma possano vantare un tale privilegio; a giudicare dalle vostre manifestazioni di affetto, io posso, e questo mi rende adatto a difendere l'impero quanto chi già lo governa!».

Il giovane fece una pausa lasciando che i soldati lo acclamassero, poi a un suo cenno calò di nuovo il silenzio. Minervina notò che pendevano dalle sue labbra. «In questo momento», riprese, «Roma si trova priva di qualcuno che si assuma la responsabilità di tutelarla in Gallia e in Britannia, e non è un lusso che l'impero possa permettersi. Il solo augusto rimasto, Galerio, impiegherà del tempo per nominare un quarto tetrarca, ed è difficile che riesca a scovare un uomo che si dimostri valido come mio padre, che fu scelto dal grande Diocleziano in persona e che ha dimostrato ripetutamente di non disattendere, come amministratore e come generale, le aspettative che il suo mentore aveva riposto in lui. In questo lasso di tempo le popolazioni barbariche, venute a sapere della scomparsa di Costanzo Cloro, potrebbero approfittarne per lanciare i loro attacchi. E l'impero potrebbe subire danni irreparabili, prima che la burocrazia faccia il suo corso. Volete che le vostre famiglie e i vostri amici in Gallia o qui sull'isola corrano pericoli solo perché abbiamo le mani legate?».

L'urlo di diniego fu globale.

«E allora, c'è una sola soluzione da adottare. Mi avete proposto come augusto: ebbene, mi faccio carico di questo compito e, contestualmente alla notizia della morte di mio padre, recherò subito a Galerio anche quella della vostra decisione di eleggermi imperatore in sua vece, chiedendogli di ratificarla. Sarò il quarto tetrarca, se lo vorrete! E auguriamoci, per il vostro benessere e la sicurezza delle vostre famiglie, che l'augusto abbia il buon senso di capire che è la soluzione migliore e più razionale, e ci dia la sua approvazione. Se non lo farà, gli dimostreremo con i fatti e col nostro valore di meritare il ruolo che gli abbiamo richiesto! Da questo momento, dunque sono il vostro imperatore, e la mia prima cura sarà di premiarvi per il rispetto che avete dimostrato per la memoria del mio illustre padre, tributandogli un funerale degno dell'uomo che è stato!».

Minervina si sentì investire da un'ovazione di un'intensità senza precedenti, e le venne istintivo coprire con le mani le orecchie di Crispo. Dunque, era di nuovo la compagna di un imperatore. O meglio, di un usurpatore. Ma stavolta, si disse, non sarebbe stata una donnetta inconsapevole del privilegio che le era capitato, ignava e abulica come era stata in precedenza con Alletto. Stavolta avrebbe agito da imperatrice, chiedendo espressamente al suo uomo di legittimare la sua posizione e poi aiutandolo come avevano fatto le più grandi donne della storia romana, a cominciare da Livia Drusilla, moglie di Augusto.

Costantino valeva infinitamente di più di Alletto, e meritava una donna molto più in gamba di quella che aveva sposato Alletto. Non lo avrebbe indotto a cercarsi un'altra donna. Sarebbe stata lei, quella di cui aveva bisogno. A costo di cambiare indole.

XXII

«Ma questo è inaudito!». Massenzio balzò fuori dalla piscina del calda-
rium delle sue terme private e si fece dare un panno con cui asciugarsi,
mentre Osio, esaltato dalla piega che avevano preso gli eventi, elaborava
le parole per spingerlo dove voleva condurlo.

«Esci in strada tu stesso a guardare, se non ci credi», rispose al figlio di
Massimiano. «Ti dico che sta sfilando una processione delle immagini dei
nuovi tetrarchi, e Costantino è cesare insieme a Massimino Daia. Galerio
ha riconosciuto la sua usurpazione ma non il titolo di augusto, che gli
avevano conferito i soldati, e che ha assegnato a Severo, naturalmente».

«Per gli dèi... adesso chiunque abbia a disposizione un pugno di
soldati può farsi eleggere imperatore, e mio suocero è troppo pavido
per metterlo in riga... Sono passati solo tre mesi dalla sua usurpazione,
e invece di invadere i suoi territori, Galerio ratifica il suo crimine...»,
commentò amaramente Massenzio.

«Be', anche tu hai un pugno di soldati... e della miglior specie, visto
che si tratta di pretoriani», insinuò Osio.

Massenzio lo guardò, perplesso. «Cosa vorresti dire? Io non ho fatto
niente!».

«Magari è proprio questo il tuo torto...».

Il principe rifletté. «Vorresti dire che avrei dovuto comportarmi anch'io
come Costantino?», disse infine.

«Be', i pretoriani sono molto scontenti per il trattamento ricevuto dal
nuovo augusto» precisò Osio. «Li ha declassati e umiliati a polizia cittadina, decurtandogli gli stipendi al livello di semplici legionari; si tratta di
un corpo dotato di un forte orgoglio, e sono certo che accoglierebbero
con gioia l'opportunità di tornare in auge sostenendo le ambizioni di
un principe di sangue imperiale. Tanto più che amavano tuo padre, e
combatterebbero volentieri per suo figlio».

Massenzio sospirò. «Qui si tratta di scatenare una guerra civile, e io sarei l'unico pretendente al trono a non avere esperienza militare», ammise. «Soccomberei, parliamoci chiaro. Credo sia questo il motivo per cui Galerio, a suo tempo, non mi ha preso in considerazione nonostante fossi suo genero. Vuole soldati, lui».

Osio aveva sempre detestato l'atteggiamento rinunciatario di quell'imbelle rampollo di un augusto. Costantino era davvero di un'altra pasta. Eppure, sia a lui che a Costantino serviva un Massenzio più ardimentoso. «Ma tu sei a Roma, gli altri no», insisté. «Hai la tradizione dalla tua parte. E se nutri dei dubbi sulla tua perizia militare, richiama in causa tuo padre; sono certo che coglierà al volo l'occasione di rientrare in gioco, non fosse altro che per sostenere la tua candidatura».

Massenzio continuò a riflettere. «Ma Severo è a Milano. Ci metterà poco a reagire», obiettò.

«E tuo padre è in Lucania, in un riposo che gli sta molto stretto. Inoltre, i soldati di cui dispone Severo sono quelli che hanno militato sotto Massimiano, e non combatteranno volentieri per un illustre sconosciuto, contro il loro stimato comandante».

«Ma i pretoriani devono obbedienza al vicario di Severo, Abellio. È il loro prefetto. Non riuscirò a convincerli», continuò a frignare Massenzio.

«Hai forse dei dubbi che accoglierebbero volentieri una tua proposta di sbarazzarsi di lui e un ricco donativo per convincerli che fai sul serio? Una volta al potere, che Galerio lo riconosca o meno, potresti attingere all'erario e ripristinare i loro abituali emolumenti. Con promesse del genere, ti sosterrebbero a spada tratta, soprattutto se dici loro che hai provveduto a chiedere il consiglio di tuo padre».

«E secondo te dovrei andarmene tranquillamente al Castro Pretorio e dire ai loro tribuni di ribellarsi e sostenermi? Abellio mi farebbe arrestare immediatamente». Massenzio era ancora scettico.

«Se mi permetti, potrei occuparmene io», lo incalzò Osio. «Non credo di avere difficoltà a sensibilizzare con discrezione i loro tribuni alla tua causa. Quanto poi ad Abellio, è chiaro che devi metterlo prima in condizione di non nuocere. Ma anche in questo caso posso pensarci io; ho un buon rapporto con Luciano, il responsabile della distribuzione di carne alla cittadinanza, e so come metterlo in difficoltà. Tu dovrai solo scrivere a tuo padre per convincerlo ad aiutarti, e prepararti un discorso per i soldati. Ma questi compiti non dovrebbero risultarti difficili: sei un buon retore».

Massenzio lo guardò, improvvisamente con diffidenza. «E perché mai tu dovresti esporti così? Anche tu rischieresti la testa...».

«Ma lo farei per una buona causa», rispose prontamente Osio, che sapeva di doversi dimostrare convincente. «Io servo te e tuo padre da anni, e non vedo perché a occupare il trono d'Occidente debba essere un oscuro soldato, e non tu. Quando vi ho aiutato a ripulire Roma dai fanatici e dai facinorosi cristiani, l'ho fatto per voi, non per l'ultimo arrivato. E poi, rammenti che Costantino mi ha sottratto la moglie? Tu saresti la mia rivincita nei suoi confronti, in un certo modo... e in futuro potresti dargli filo da torcere».

«Ah! Galerio non osa attaccarlo nei suoi domini, e dovrei farlo io? E solo per soddisfare la tua smania di rivalsa? Sei pazzo!», commentò con disprezzo Massenzio.

«Ogni cosa a suo tempo», rispose calmo Osio, «Ora pensiamo a prendercelo, il potere. Poi vedremo come meglio usarlo».

Massenzio parve rilassarsi. «E sia dunque. Proviamoci. Io interrogherò gli oracoli sibillini per capire se gli dèi mi sono favorevoli», disse.

Osio sospirò sollevato. La prima parte del gigantesco affresco che stava realizzando aveva preso il via. Annotò mentalmente di parlare anche con l'aruspice di Massenzio e di dover sprecare del denaro anche con lui; quel credulone del principe non si sarebbe mosso, senza l'approvazione degli dèi.

Adesso, tuttavia, doveva passare a muovere la seconda pedina. Ed era un compito particolarmente sgradevole, poiché si trattava di Sesto Martiniano.

Sesto Martiniano sapeva di dover rientrare in caserma. I soldi che aveva dato al centurione non sarebbero bastati per coprire una libera uscita anche di mattina. Ma non riusciva proprio ad aprire gli occhi, resi pesanti dal vino che aveva tracannato la sera precedente. Allungò la mano e sentì la presenza di un corpo femminile accanto a sé; ma non riuscì a ricordare se si fosse portato a casa Melissa o una meretrice qualunque. Poi però avvertì il fiato della donna che gli alitava in viso, e capì che si trattava di lei: solo Melissa si piantava a guardarlo mentre dormiva o

301

riposava, come se lui fosse la cosa più bella del mondo e valesse la pena contemplarlo per ore.

«È l'alba?», chiese, con voce impastata, senza essere certo di essersi reso comprensibile.

Ma Melissa, ormai, lo conosceva bene. «Ben più dell'alba, tesoro. Il sole sarà sorto da almeno tre ore, ormai».

E c'era da giurarci che lei lo stesse scrutando da allora, si disse Sesto. «Allora forse è meglio se vai, adesso», la esortò. «E anche io».

«Come vuoi tu», rispose acquiescente la donna. Non faceva mai storie. Andava da lui quando glielo chiedeva, anche con un breve preavviso, e lo lasciava quando glielo ordinava, contenta di avergli potuto regalare qualche ora di svago. Non chiedeva nulla, pur dando tutto. Eppure, non era stata in grado di scalfire neppure in minima parte il ricordo di Minervina. E si sentiva spinto a sfuggire al suo amore spassionato e disinteressato, continuando ad andare anche con altre donne per ricordare a se stesso che non avrebbe mai potuto sostituire la sola che avesse amato. Ma non era capace di stare senza Melissa per più di una settimana; quando si accorgeva di essere sprofondato ancor più nell'abiezione, tornava da lei per nutrirsi del suo sentimento e sentirsi di nuovo un essere umano decente.

La usava, e se ne vergognava. Nonostante fosse una meretrice, non lo meritava.

Prima di andarsene, Melissa, sempre premurosa, lo aiutò a rivestirsi. Quando fu uscita, si fece radere la barba da uno schiavo e si preparò per raggiungere il comando. Ma il custode gli annunciò una visita. Non appena gli chiese chi fosse, dietro l'uomo apparve una figura che conosceva fin troppo bene.

«Sono andato al Castro Pretorio e mi hanno detto che eri in libera uscita, Sesto Martiniano», disse Osio sorridendo. «Avevo urgenza di parlarti e così mi sono permesso di disturbarti».

Sesto rimase impietrito. Mai avrebbe pensato che il suo peggior nemico potesse far ingresso a casa sua, e apparentemente senza intenzioni ostili. Non si erano mai incontrati e tanto meno erano stati a tu per tu, da quando erano a Roma: d'istinto, fissò il pugnale che teneva abitualmente sullo scrittoio che era stato di suo padre. Sarebbe stato facile usarlo, in quel momento…

«Non ci pensare neppure», Osio intuì quel che stava pensando. «A parte le due guardie che mi attendono qui fuori, e che non te la farebbero passare liscia, sappi che uccideresti l'unico uomo che può consentirti di invertire la rotta che hai intrapreso e offrirti la possibilità di recuperare la tua dignità».

«E tu come fai a conoscere la rotta che ho intrapreso?», rispose sprezzante.

«Ti seguo da molto tempo, anche se non lo sai».

«Ah sì? E perché? Per guardarti le spalle, ovviamente. Temi che ti faccia pagare le tue colpe, prima o poi...», insisté.

«No. Non si teme un relitto come te. Ma lo si studia, per capire cosa è disposto a fare per risalire la china e riconquistare ciò che ha perduto».

«Vuoi usarmi, dunque. E pensi che mi lascerei usare... da te, per di più?».

«Perché no? Tu useresti me per lasciarti dietro la vita miserabile che stai conducendo. A meno che non ti piaccia, beninteso... Nel qual caso, ho sbagliato persona e posso anche andarmene subito. Sono venuto non dall'ubriacone e puttaniere, scansafatiche e privo di ambizioni che sei adesso, ma per rivolgermi a quanto è rimasto in te del pretoriano fiero di appartenere al proprio corpo, valoroso e bramoso di ascendere ai più alti gradi che eri un tempo. Ma forse costui non c'è più...», disse Osio, voltandogli le spalle e accennando a uscire.

Sesto si morse le labbra e strinse i pugni dalla stizza, ma anche roso dal dubbio. Osio era un personaggio infido, un viscido verme senza morale né scrupoli, e lui avrebbe dovuto tenersi alla larga. Ma era disperato. Non aveva davvero più nulla da perdere, e Osio aveva ragione nell'etichettarlo con i termini assai poco lusinghieri con cui lo aveva apostrofato.

«Perché sei venuto da me e non da altri?», gli chiese infine, prima che l'interlocutore sparisse oltre la soglia della stanza.

«Sono venuto da te perché abbiamo due cose in comune».

Sesto lo guardò con aria interrogativa.

«L'amore per Minervina e l'essere stati abbandonati da lei», dichiarò solennemente Osio.

Sesto lo guardò trasecolato. «Io... non capisco», balbettò, senza capire come facesse l'uomo a sapere di lui e della moglie.

«Lo sapevo da molto tempo, Sesto Martiniano», proseguì Osio. «E non ho mai fatto nulla perché la vedevo felice, con te. Come non lo era mai stata con me. Ma lei, dopo aver conosciuto Costantino, non ci ha pensato due volte e ha lasciato sia me che te».

Sesto si sentì confuso.

«Tu credi che non l'amassi? L'amavo eccome, e l'amo tuttora, mia moglie», proseguì Osio. «E ricorda che pur essendo la concubina di Costantino, è pur sempre mia moglie».

«Tu... Non sei stato tu a costringerla a interrompere la nostra relazione».

«Niente affatto. Le faceva bene, e io volevo la sua felicità più di ogni altra cosa», rispose, e sembrava sincero. Gli parve anche che gli s'inumidissero gli occhi, mentre parlava di lei. Proprio come a lui.

«Ma non ha più voluto vedermi ben prima che Costantino arrivasse a Roma».

«Credo siano stati i cristiani, a farla sentire in colpa. L'adulterio è una colpa ancor più grave che per noi che seguiamo la religione dei nostri padri, sai. Poi, la passione che si è scatenata in lei per Costantino deve averle fatto trascurare anche i precetti della sua fede...», argomentò Osio.

Poteva essere, si disse Sesto, che ora trovava una spiegazione a molte delle domande cui non aveva saputo dare risposta. E improvvisamente, per la prima volta da quando l'aveva visto uccidere suo padre, si sentì vicino a Osio. Era il solo che potesse comprendere i suoi sentimenti e il suo stato d'animo, in fin dei conti. E lui aveva un disperato bisogno di essere compreso.

«Cosa sei venuto a propormi, Osio?»

«Un'impresa che restituirà ai pretoriani l'onore che hanno perduto da quando Severo è imperatore, e a te la dignità che ti serve per risollevarti», replicò il suo visitatore, mettendosi finalmente a sedere un attimo prima che Sesto lo invitasse a farlo.

«Per che ora gli hai dato appuntamento?», chiese Osio a Elena, staccandosi da lei ancora ansimante, dopo aver fatto l'amore nel modo breve ma intenso cui si erano abituati i due amanti.

«Dovrebbe arrivare da un momento all'altro», rispose Elena, alzandosi per rivestirsi. «E di solito è puntuale».

Osio non la osservò. Fissò il soffitto, riflettendo su quello che doveva pianificare con Milziade. «Allora, quando arrivano gli altri correligionari, intrattienili tu finché non abbiamo finito. Faranno a meno del loro diacono per un po'».

«Ma certo. Ormai è qualche mese che metto la mia casa a disposizione per le riunioni tra cristiani, e Milziade ha preso molto a cuore la mia formazione. Tra due anni, forse, potrò ricevere il battesimo. Quindi non temere: mi trovo a mio agio con loro».

Osio non le disse che era stato lui a esortare Milziade a prendersi cura di Elena. Che la madre di Costantino, già simpatizzante con i cristiani, aderisse del tutto alla loro religione, poteva essere solo un vantaggio per i suoi piani, grazie all'influsso che avrebbe potuto avere sul figlio nel mantenerlo solidale col suo credo. «Me ne compiaccio. Sono sempre più convinto che il cristianesimo sia la religione del futuro», commentò. «Non vedi che qui in Occidente la persecuzione è già andata scemando, di fronte all'impossibilità dello Stato di estirpare la nuova fede? Vedrai che presto ne prenderanno atto anche in Oriente...».

«Già», ammise Elena. «E spero che mio figlio se ne renda conto, aderendo alla vera fede, prima o poi. Da parte mia, farò di tutto per convincerlo ad adottare una politica di favore nei confronti dei cristiani», aggiunse, dando conferma a Osio dei suoi auspici.

«Quel che non capisco», proseguì la donna, «è perché tu, pur essendo tanto favorevole ai cristiani e vantando amicizie tra di loro, come Milziade, non ti fai cristiano...».

«Sai che sono un uomo molto prudente, Elena», rispose pesando le parole, «e anche molto ambizioso. Per questo mi sono legato a tuo figlio: so che è un vincente, e a quanto pare lo sta dimostrando, con la sua iniziativa più che tempestiva, che ha messo l'imperatore con le spalle al muro. Preferisco quindi non compromettere la mia carriera con l'adesione a una fede che al momento, almeno ufficialmente, non è ritenuta lecita; sono uno dei consiglieri più stretti di Massenzio, e se diventassi cristiano questo comprometterebbe il mio ruolo, che per tuo figlio è molto prezioso. Quando sarà il momento e avremo ottenuto tutti i nostri obiettivi, allora prenderò seriamente in considerazione una mia conversione».

Elena fece una smorfia. «L'adesione alla fede non è una faccenda di calcolo politico... Non credere che non mi dispiaccia, vedere te e Costantino usare i cristiani per le vostre ambizioni...».

Osio sbuffò. «Vuoi che tuo figlio diventi l'uomo più potente dell'impero?», le chiese con un pizzico di astio.

«C-certo», mormorò Elena, intimidita dalla sua reazione.

«E allora lasciami fare», replicò seccamente.

Turbata, la donna gli si avvicinò e lo accarezzò sul braccio, cercando comprensione nel suo sguardo. «Mi dispiace di aver messo in dubbio le tue intenzioni... È che... prima mi hai detto di stare spingendo Massenzio alla rivolta, e a volte temo che tu non stia lavorando per mio figlio...».

Osio sbuffò, ma la abbracciò. Non voleva tensioni con la madre dell'uomo su cui aveva basato tutto il proprio futuro. Per questo le aveva confidato almeno una parte dei suoi piani: non voleva che sorgessero fraintendimenti. Si dispose a spiegare. «Vedi Elena, il caos può solo essere favorevole a tuo figlio. Se Massenzio diventa un usurpatore, indebolisce Severo perché gli sottrae una parte del suo regno. Questo significa che Costantino diventa più forte di loro, e loro due si logoreranno in una guerra civile di cui tuo figlio non potrà che approfittare. Se si annullano a vicenda, Galerio sarà costretto a farlo augusto; se vince Severo, comunque uscirà indebolito dalla lotta; se vince Massenzio – e con l'appoggio del padre potrebbe –, sarà un avversario assai meno temibile per Costantino, quando tuo figlio riterrà giunto il momento di impossessarsi anche del resto dell'Occidente che non rientra nella sua giurisdizione. E qualunque cosa accada, Galerio potrà ben poco: in Oriente è un sovrano quasi assoluto, ma qui conta in modo relativo. E l'incontro con Milziade mi serve anche per dare a tuo figlio un partito di sostenitori ben organizzato, che mini dall'interno il potere di Massenzio».

Elena sospirò, annuendo. Osio era certo che avesse capito: la donna voleva il meglio per il figlio, e a suo modo era capace di mettere da parte gli scrupoli anche lei, pur di vederlo trionfare. Proprio allora, tuttavia, uno schiavo annunciò l'arrivo di Milziade, e Osio ne approfittò per sottrarsi alla scomoda conversazione per recarsi nel tablino, dove lo attendeva il prelato.

«Caro amico, dobbiamo prepararci», esordì. «Se vuoi che il momento dei cristiani, il *tuo* momento, arrivi presto, devi darti molto da fare. Da adesso in poi, gli avvenimenti si succederanno con rapidità, e dovremo essere pronti a cogliere tutte le occasioni per consolidare la vostra comunità e renderla capace di sostenere una guerra».

«Una guerra?», ripeté Milziade, spaventato. «Non siamo soldati».

«Non è la guerra a cui siete abituati ad assistere, quello che vi chiedo», proseguì Osio. «È una guerra trasversale, inedita, oscura, quella che mi aspetto combattiate, senza essere soldati, ma con gente disposta anche a morire, se necessario, per permettere alla vostra fede di affermarsi in modo definitivo, senza più correre il rischio di persecuzioni o anche solo di discriminazioni. Il primo passo che devi compiere è quello di rendere coesa la tua comunità; una solida struttura militante, con una scala gerarchica, in grado di fornire aiuto a chi vorrà servirsene per comuni vantaggi».

«È una parola...», si lamentò Milziade. «Adesso che la persecuzione si è allentata, stanno sorgendo dispute tra coloro che si sono mostrati intransigenti e quanti, come me, hanno scelto di scendere a compromessi con le autorità... Quell'Eusebio, per esempio, mi perseguita, e non sono riuscito a farlo beccare dalla polizia...».

«*Risolvile, queste dispute!*», sibilò stizzito Osio. «La posta in gioco è troppo importante perché vi dissanguiate in futili questioni di principio! E dopo questo primo passo, voglio gente pronta a immolarsi con la stessa determinazione dimostrata dai martiri nell'anfiteatro, ma stavolta senza clamore, e non per guadagnarsi il regno dei cieli, ma un regno in terra, proprio come i soldati che combattono per gli imperatori. E proprio per un imperatore dovrete combattere, ma anche per voi stessi, non solo per la sua gloria».

«Guarda che i più fanatici li abbiamo in gran parte eliminati. E quelli rimasti non scenderanno a compromessi», precisò Milziade.

«Non aspiri forse a essere il pastore del tuo gregge? Ebbene, se i tuoi sono pecore, sono certo che ne troverai diversi disposti a farsi convincere...», disse Osio, che poi lo esortò a raggiungere i fedeli, considerando per il momento concluso il colloquio.

E conclusi i suoi compiti: aveva manovrato Massenzio, Sesto Martiniano e i tribuni pretoriani, Milziade. Adesso era tempo di fermarsi e di vedere se il meccanismo che aveva messo in moto avrebbe prodotto i frutti sperati.

Quando tutti i tribuni pretoriani furono entrati nel suo ufficio, il vicario imperiale Abellio li squadrò a uno a uno e fece loro cenno di sedersi.

Sesto notò che era molto seccato. Osio aveva fatto in modo che fosse assegnato alla sua scorta personale ed era uno dei pochi soldati semplici presenti alla riunione che, lo sapeva bene, costituiva il preludio alla catena di eventi che si sarebbero succeduti di lì a poco.

E di cui lui sarebbe stato uno dei principali artefici.

«Signori, avrete saputo cosa sta accadendo all'annona», esordì il vicario senza neppure salutare. «Sono tre giorni che il responsabile Luciano non distribuisce ai romani la carne di maiale. Ho provveduto due volte a sollecitarlo con delle lettere, e mi ha sempre risposto in modo elusivo, lamentando l'assenza di alcuni suoi collaboratori, che gli impedirebbe di lavorare a pieno regime. Ma intanto la cittadinanza rumoreggia, e pensa che sia colpa dell'augusto se non mangia più carne di maiale».

«E cosa pensi di fare, al riguardo?», chiese Ruricio Pompeiano, uno dei tribuni.

«È mia convinzione che Luciano mi stia mettendo in difficoltà intenzionalmente, probabilmente proprio per porre in cattiva luce l'augusto», spiegò Abellio. «E io ne ho abbastanza di aspettare i suoi comodi. Per giunta, tutta la carne macellata e giunta a Roma da fuori starà andando a male, e non possiamo permetterci di sprecarla. Pertanto, voglio che costituiate squadre con i vostri uomini; alcune provvederanno a mantenere l'ordine pubblico, altre aiuteranno i miei uomini in una sollecita distribuzione della carne. Io andrò al deposito ad arrestare Luciano. È tutto. Ora alziamoci e mettiamoci al lavoro. Vi voglio operativi immediatamente».

Sesto osservò le reazioni dei tribuni. Erano tutti consapevoli del loro ruolo nella congiura e attenti a non lasciar trapelare nulla: il vicario disponeva di parecchi soldati fornitigli da Severo, e non potevano rischiare una guerra per le strade. Dovevano cogliere gli imperiali di sorpresa, e per questo il suo ruolo era fondamentale. Doveva attendere il momento giusto. Si alzarono tutti, annuendo, e uscirono insieme ad Abellio dall'ufficio. Nella corte del Castro, si sentivano dall'esterno le grida della folla tumultuante, e si percepivano chiaramente gli insulti diretti all'imperatore, ai suoi rappresentanti e agli altri componenti del collegio tetrarchico. Gli ufficiali composero le squadre e in pochi istanti tutte le coorti mobilitate furono pronte e incolonnate davanti all'ingresso. Il primo a uscire fu Abellio, alla testa di una squadra composta dai suoi uomini, immediatamente seguito da altre due squadre pretoriane.

La folla tutt'intorno ammutolì non appena il vicario si fece vedere con i soldati al seguito, e iniziò lentamente ad arretrare. Poi uscirono anche gli altri soldati, che sciamarono in più direzioni, alla volta dei punti nevralgici della città. La colonna del vicario, di cui Sesto faceva parte, passò in mezzo ai cittadini, che guardavano con astio i militari. La tensione montante si percepiva distintamente, tagliando l'aria come una coltre di fumo, e Sesto temette che gli eventi sfuggissero al controllo dei congiurati, anticipando ogni sua mossa.

Quando arrivò la prima pietra, non poté dire che fosse giunta imprevista. Colpì un soldato di Abellio sull'elmo, facendolo vacillare. Subito dopo la gente prese coraggio e ne arrivarono altre, mentre si levavano nuove urla. In pochi istanti, i soldati furono sommersi da proietti di ogni sorta, e Abellio comandò di tenere in alto gli scudi e di affondare le lance verso i più facinorosi. Sesto guardò il tribuno Ruricio Pompeiano chiedendosi cosa avrebbe fatto: le disposizioni dei capi della congiura prevedevano che i pretoriani non partecipassero alle repressioni verso la popolazione, per marcare la loro differenza coi soldati di Severo. Ma disobbedire all'ordine di Abellio significava entrare subito in conflitto con lui, e in quel momento i pretoriani erano in inferiorità numerica rispetto alle sue milizie. Il piano prevedeva che agissero una volta al deposito, dove li aspettava un'altra squadra di pretoriani che avrebbe fatto pendere l'ago della bilancia a loro favore.

Avrebbe voluto parlare con Ruricio per sapere come intendeva comportarsi, ma la calca e la sua temporanea assegnazione ad Abellio gli impedivano di allontanarsi dal vicario. Il tribuno cercava anch'egli il suo sguardo, ma gli spintoni aumentavano e diventava sempre più difficile comunicare. Abellio, intanto, si accorse che i pretoriani si tenevano sulla difensiva e ribadì l'ordine, mentre i suoi avevano già trafitto un uomo particolarmente esagitato, che si era fatto troppo vicino.

Ruricio incrociò ancora lo sguardo di Sesto, che cercò di interpretarlo. Cosa voleva che facesse? Poi Abellio se la prese anche con lui: «Tu! Perché non sistemi questi sediziosi? Che ti hanno assegnato a fare alla mia scorta? Vuoi che mi ammazzino?», gli urlò.

Sesto si sentì assalire dal panico. Si era preparato a ucciderlo più avanti, dove era stato pianificato che agisse e sotto la protezione degli altri pretoriani; ma in quel momento il suo gesto rischiava di compromettere tutta l'operazione, e di dare agli imperiali il pretesto per scatenare una repressione anche nei confronti dei pretoriani. Per non parlare di lui: si trovava in mezzo ai soldati di Abellio, e la sua vita non sarebbe durata che un istante in più di quella della sua vittima.

Eppure, forse era proprio questo che voleva Ruricio. Forse non potevano più aspettare di arrivare al deposito, che era ancora lontano. Avvertì del tremore lungo tutto il corpo. Percepiva che la sua vita futura sarebbe dipesa dalle sue scelte nei prossimi istanti. Gli parve di vedere Ruricio sgranare gli occhi, forse per incitarlo ad agire. E pazienza se gli uomini di Abellio lo avessero ucciso subito dopo. Forse anche Osio aveva scelto lui non perché lo sentiva vicino a sé per il sentimento comune verso Minervina, ma perché lo considerava sacrificabile; anzi, perché *lo voleva* sacrificare.

«Maledizione! Idiota, vuoi darti da fare o no?». Il grido non provenne da Ruricio, ma da Abellio. Le vittime provocate dai suoi soldati non solo non avevano dissuaso la gente dal pressare la colonna, ma anzi ne avevano intensificato la protesta.

Sesto lo prese come un segnale. Strinse l'impugnatura della spada, controllò che Ruricio lo guardasse, si spostò oltre Abellio, per mettere il vicario tra sé e i suoi uomini, e sferrò il colpo.

Alla gola.

L'esplosione di sangue che si produsse lasciò interdetti i soldati come i civili. Per un istante, tutti rimasero pietrificati, mentre Abellio crollava a terra con la testa penzolante. Sesto fece un passo indietro, verso la gente, sperando che sapesse distinguere i pretoriani dagli ausiliari e che non lo linciassero, e che Ruricio agisse con tempestività. Il tribuno si era accorto del suo gesto. Prontamente urlò degli ordini ai propri soldati, che si aprirono a ventaglio e, disinteressandosi della folla, circondarono gli uomini del vicario. Questi ultimi apparivano del tutto disorientati e tardarono a reagire.

Nel frattempo, la gente tutt'intorno riprendeva ad agitarsi, aumentando la confusione. C'era chi aveva capito che i pretoriani stavano agendo contro i rappresentanti imperiali, e chi vedeva tutti i soldati come aguzzini. I pretoriani dovettero badare sia agli imperiali davanti a loro che alla gente alle loro spalle. Questo diede agli uomini del vicario l'opportunità di reagire. Qualcuno iniziò a mulinare la spada contro i pretoriani più vicini, che però disponevano di armature squamate, contro le semplici dalmatiche degli avversari, e nel corpo a corpo erano avvantaggiati.

I soldati più vicini a Sesto si scagliarono contro di lui, ma la gente aveva visto cosa aveva fatto, e lo protesse risucchiandolo tra le file della folla. Le lance dei soldati trafissero almeno un paio di civili, ma nel frattempo i pretoriani più vicini ebbero modo di avvicinarsi agli avversari alle spalle e infilzarli a loro volta. Ormai sempre più persone si rendevano conto che gli uomini del pretorio stavano sostenendo la rivolta popolare, e li lasciavano stare, riversando tutta la loro rabbia sugli altri. Alcuni soldati gettarono le armi e si consegnarono spontaneamente ai pretoriani, prima di rischiare il linciaggio da parte della folla.

«Stiamo andando a costringere gli imperiali a distribuirvi la carne! Ripristineremo i vostri e i nostri diritti! Lasciateci passare!», si sgolava Ruricio per calmare i più esagitati. Intanto Sesto era incalzato da due guardie, che erano riuscite a farsi largo nella calca; le loro spade avevano costretto anche i più volenterosi a ripiegare, e alla fine si ritrovò solo davanti alle due lame, mentre la gente accalcata dietro di lui gli impediva non solo una via di fuga, ma anche i più elementari movimenti per sottrarsi ai loro fendenti. Dovette difendersi opponendo la lama e lo scudo ai loro colpi, nella speranza che i suoi commilitoni venissero a soccorrerlo. Ma li vedeva impegnati con gli altri imperiali, e nessuno sembrava più curarsi di lui; a quanto pareva, doveva cavarsela da solo.

Rimase in difesa, ma la gente alle sue spalle, pur facendo il tifo per lui, non si rendeva conto di ostacolarlo. La pressione dei due antagonisti divenne talmente forte che capì di dover contrattaccare, se non voleva soccombere. Con lo scudo spinse verso l'esterno un fendente, aprendo la guardia dell'avversario, addosso al quale si gettò sbilanciandolo, mentre con la spada parava l'inevitabile affondo dell'altro. Compì un giro su se stesso e si ritrovò alle spalle dell'uomo in equilibrio precario. Senza indugiare un istante, sferrò un affondo che colpì l'avversario appena sotto la scapola. Il soldato urlò e rimase un attimo pietrificato, prima di stramazzare a terra. Ma già l'altro era addosso a Sesto, che dovette scartare un fendente arcuando lo stomaco. La spada gli passò a un soffio dall'inguine, mentre lui estraeva la sua dalla propria vittima. Poi la gente si scagliò contro l'uomo agonizzante a terra, frapponendosi tra lui e l'avversario.

Poté così rifiatare, mentre i civili si avventavano sul soldato. L'altro non si diede per vinto e rimase pronto a cogliere il momento opportuno per rinnovare i suoi attacchi, e proprio allora una spinta involontaria di un gruppo di persone fece perdere l'equilibrio a Sesto, che cadde a terra. Il suo avversario ne approfittò e gli fu subito sopra, pronto a sferrare il fendente fatale. Martiniano guardò in alto e incrociò i suoi occhi iniettati di sangue, ma un attimo dopo l'intero viso dell'uomo si tinse di rosso, e una lama gli trapassò il collo. Stramazzò su di lui, col sangue che zampillava da sotto l'elmo.

Subito dopo, glielo tolsero di dosso e lo aiutarono a rialzarsi. Erano un suo commilitone e Ruricio. Il tribuno gli disse: «Sei stato in gamba, soldato», e se ne andò a coordinare le operazioni di disarmo degli imperiali.

E Sesto pensò che era la prima volta, da molto tempo, che qualcuno gli faceva un complimento.

XXIII

«Sono tanti», commentò Massenzio dagli spalti delle mura aureliane, dove insieme al padre Massimiano, a Osio e al suo stato maggiore, osservava i movimenti dell'esercito assediante. Le truppe di Severo si erano accampate lungo un arco che andava dal Tevere, all'altezza di Porta Flaminia, al Castro Pretorio, più a est. I prati e i boschi intorno alla città brulicavano di uomini, tende, cavalli, carri e macchine ossidionali; le rive del fiume e del suo affluente Aniene erano affollate come non accadeva da tempo: l'ultimo che aveva marciato contro l'Urbe con un esercito era stato, un secolo prima, Settimio Severo. Curiosamente, lo stesso nome dell'attuale assediante: ma tra quell'imperatore e quello attuale, pensò Osio con un sospiro di sollievo, c'era un abisso.

«Non abbastanza per assediare l'Urbe in tutta l'estensione della sua cerchia muraria», commentò Massimiano col suo occhio esperto. «Non a caso, sono lì da due giorni e non hanno ancora tentato un assalto».

«Chissà cosa aspettano, allora», considerò il figlio.

«Severo pensa che facendo sfoggio del suo esercito possa spaventarci e indurci ad accettare un accordo», intervenne Osio. «È probabile che sia venuto convinto di conquistarci facilmente, e quando ha visto che c'eri tu, augusto Massimiano, ha dovuto tener conto dell'affetto che i suoi soldati nutrono per il loro vecchio comandante. E adesso spera di stipulare una pace, magari offrendo a tuo figlio il posto di prefetto…».

«Prefetto? Ma io sono un cesare, ormai, per gli dèi!», esclamò indignato Massenzio. A Osio non era sfuggito il fastidio che l'usurpatore aveva mostrato quando aveva definito "augusto" suo padre. L'aveva detto apposta, d'altra parte.

«Forse dovremmo uscire ad affrontarli e farla subito finita», aggiunse Massenzio.

«Niente affatto. Le mura di Roma sono inespugnabili, e finché rimaniamo qui dentro, Severo non può far nulla», dichiarò Massimiano.

«Ma può affamarci, alla lunga, se non facciamo qualcosa. E allora nascerebbero ribellioni che avremmo difficoltà a sedare», si permise di dire Osio.

«Anche lui avrà difficoltà ad approvvigionarsi, se manterrà l'assedio a lungo», fece Massimiano.

«Non ne sarei così sicuro. Ha le retrovie a suo favore. L'Italia settentrionale è con lui», obiettò Osio.

«Ah sì? E allora cosa suggeriresti, tu?», chiese astioso l'ex imperatore. «Mio figlio ha ragione: sono tanti, comunque».

«E allora, se sono tanti, diminuiamone il numero», dichiarò, sollecitando la curiosità di tutti.

Gli astanti rimasero ad aspettare che proseguisse, provocandogli una fitta di piacere. Godeva nel vedere la gente pendere dalle sue labbra; era uno degli aspetti più piacevoli dell'essere a capo di qualcosa di grande, come aveva sempre desiderato.

«Ebbene, siete disposti a stanziare un bel po' di denaro per un po' di donativi ai tuoi ex soldati, augusto? L'affetto va bene, ma se è corroborato dai soldi, diventa amore...», dichiarò infine.

Massenzio e Massimiano si guardarono. «Io credo che basti la stima che hanno nei miei confronti. Severo non riuscirà a farli combattere contro di me. Non c'è bisogno d'altro», disse il vecchio imperatore.

«Osio non ha torto, però», obiettò Massenzio. «Non possiamo rischiare. Con tutto il rispetto, padre, ormai sei fuori dai giochi da un bel po', e la gente è volubile. Credo che sarebbero soldi ben spesi».

Massimiano si mostrò infastidito. «Ma cosa mi hai chiamato a fare, allora? Ricorda che sono stato imperatore, fino a solo due anni fa, e per ventidue anni: non puoi usarmi solo come un feticcio da sventolare sulle mura!», protestò.

Massenzio si affrettò a recuperare un po' dell'affetto filiale. «Ma no, padre! Io ho il più assoluto rispetto per te. Ma non posso rischiare uno stallo. Galerio potrebbe inviare rinforzi a Severo, e quelli sarebbero soldati che non sono mai stati legati a te. Dobbiamo far franare il terreno sotto i piedi dell'augusto prima che sia troppo tardi».

Massimiano fece una smorfia, ma non trovò nulla da obiettare. Osio represse un sorriso: il sotterraneo dissidio che stava aprendosi tra padre e figlio meritava di essere fomentato. Massimiano non riusciva a celare la propria soddisfazione per essere tornato sulla breccia, e scalpitava per recuperare la sua passata dignità; ma nel frattempo il figlio, da quando si era proclamato imperatore, aveva acquisito coscienza del proprio ruolo e non vi avrebbe rinunciato per nulla al mondo.

Da quando aveva assunto la porpora, solo pochi mesi prima, Massenzio si era lasciato dietro l'atteggiamento da rampollo indolente e aveva accettato con convinzione la responsabilità del suo impero, che per il momento si riduceva alla sola città di Roma. Governava con scrupolo e prendeva molto sul serio il legame che, stando a capo dell'Urbe, aveva costituito con la illustre tradizione della città. Pensava in grande e aveva già avviato un programma edilizio con basiliche, templi, mausolei e circhi che avrebbe fatto sfigurare molti grandi imperatori del passato. Aveva provveduto a sue spese a effettuare numerosi restauri di monumenti ed edifici in disfacimento, e incrementato le distribuzioni di cibo gratuito ai cittadini, per ingraziarseli e condividere con loro l'orgoglio per la loro storia. Inoltre, nel tentativo di farsi riconoscere da Galerio, si era limitato ad attribuirsi solo il titolo di cesare; ma la risposta dell'augusto orientale era davanti ai suoi occhi, sotto forma di migliaia di soldati ai piedi delle mura della sua città.

Aveva perfino sospeso ogni persecuzione contro i cristiani, tollerando che tornassero a riunirsi neppure troppo segretamente, e lasciando correre i loro mancati sacrifici agli dèi. E questo complicava un po' il piano di Osio, che non apprezzava affatto la sua tolleranza: Costantino era lontano, Massenzio vicino, e se i cristiani avessero visto nel figlio di Massimiano un governante comprensivo, c'era il rischio che sostenessero lui. Così, Osio si era proposto di fare qualcosa al riguardo, quando fosse passata la crisi con Severo.

Una crisi che aveva intenzione di far finire molto presto. C'erano davvero troppi imperatori in giro, adesso, con l'entrata in scena di Massenzio e Massimiano, oltre ai quattro tetrarchi; e sebbene questo favorisse Costantino e i suoi piani, era ora di cominciare a toglierne di mezzo qualcuno.

La donna non aveva più una pancia. Avevano scavato tra le sue ossa, strappando pelle e carne, e tagliando viscere, che avevano avvolto intorno al collo del cadavere, appeso per le braccia agli stipiti della porta, e usato come cappio per strozzarvi il suo piccolo bambino, che pendeva sul suo petto. Costantino pensò che i franchi dovevano essersi divertiti a farlo assistere al supplizio della madre, prima di uccidere anche lui. Ai loro piedi, giaceva il corpo di un uomo, probabilmente il capofamiglia: aveva la bocca piena delle sue dita, che gli erano state tagliate dalle mani, ed era difficile stabilire se fosse morto soffocato o dissanguato.

L'abitazione, una modesta casa in legno, era il solo edificio che i razziatori non avessero dato alle fiamme nel villaggio, con tutta probabilità intenzionalmente, per creare l'affresco con la famiglia massacrata, a beneficio dei soldati del forte più vicino. Le macerie ancora fumanti facevano da cornice a un terreno cosparso di cadaveri bruciacchiati o decapitati, di ambo i sessi e di tutte le età: una comunità contadina che aveva sempre vissuto lungo il confine con la barbarie, nella convinzione che i presidi nei forti di frontiera l'avrebbero tutelata. Costantino scosse la testa: avrebbe dovuto incrementare le guarnigioni confinarie, in futuro, per poterle rendere più efficienti e capaci di intervenire ovunque ve ne fosse bisogno, senza dover centellinare gli uomini. Nel frattempo, avrebbe dovuto fare i conti con la propria coscienza, per non aver saputo difendere gente che si era affidata a lui per la protezione.

Essere imperatore non voleva dire solo soddisfare le proprie ambizioni, ma anche e soprattutto pensare al benessere e alla salvaguardia dei propri sudditi. Nei pochi mesi che aveva trascorso al fianco del padre augusto, aveva imparato che un sovrano amato e rispettato ha più possibilità di dare stabilità al proprio regno, potendo così contare su solide basi per espanderlo o difenderlo da attacchi esterni. Se nessun tetrarca aveva osato attaccarlo, fino ad allora, era proprio perché godeva dei benefici della solida costruzione eretta da Costanzo; ma era tempo che iniziasse a consolidarla a sua volta, conquistandosi la fiducia della gente comune così come si era conquistato quella dei soldati.

Da quando era tornato in Gallia, stabilendo la sua capitale a Treviri, lungo il confine renano, si era dato da fare per costruire altri forti, ma la frontiera era talmente ampia che i barbari provenienti dalla sponda opposta del Reno potevano ancora agire indisturbati in ampi settori. Aveva pertanto deciso di radunare un'armata e passare al contrattacco, rastrellando tutti i razziatori che avrebbe sorpreso sulla riva gallica del fiume. Ma i barbari erano rapidi e si muovevano in piccoli gruppi; quando i romani arrivavano, erano già spariti, lasciandosi dietro una lunga scia di devastazione. Quello in cui Costantino si trovava era solo l'ultimo di una lunga serie di villaggi saccheggiati e distrutti che aveva incontrato lungo il cammino. Con la differenza che, in questo, le macerie erano ancora fumanti.

«Per quanto strano possa sembrare, lo fanno per dimostrare ai romani di essere guerrieri valorosi e spietati, tanto da meritarsi un ingaggio come mercenari», gli disse Croco, che camminava al suo fianco in quel paese devastato.

«Lo so. E li recluteremo. Ma dopo aver inflitto loro una severa lezione. Sarebbero dei mercenari assai indisciplinati, altrimenti», rispose deciso, osservando un cadavere squarciato in verticale in due esatte metà.

«Cosa intendi fare?», gli chiese l'alleato. «Probabilmente sono appena approdati sulla sponda opposta del fiume: gli incendi sono davvero recenti. Ma una volta dall'altra parte, sicuramente si sono uniti ad altre bande di razziatori che hanno agito più a nord».

«Meglio. Li sorprenderemo tutti insieme», replicò Costantino.

«Allora dovrai traghettare tutto l'esercito che ti sei portato dietro da Treviri. E per quando avrai trasferito tutti i soldati, i franchi si saranno addentrati nei loro territori, e sarà difficile stanarli», spiegò con un pizzico di condiscendenza il vecchio sovrano. Talvolta, pensò Costantino, lo trattava come un ragazzino sprovveduto, trascurando l'esperienza che, nonostante avesse solo trent'anni, aveva accumulato in tante campagne.

«So bene, amico mio», gli rispose, «che su mio padre, un vecchio e navigato soldato, non nutrivi alcun dubbio, mentre io devo ancora dimostrarti tanto. Ma abbi fiducia in me. Ho ereditato le sue capacità. Per questo, ti dico che io e te, con i tuoi alemanni e una coorte di legionari, varcheremo subito il fiume e li arpioneremo, in attesa che sopraggiunga il resto dell'armata».

Croco lo guardò come se fosse impazzito. «Stai scherzando? Sono franchi. Hai visto cosa sono capaci di fare?», si lamentò. «Non sappiamo quanti ne troveremo, sull'altra riva: vuoi finire alla loro mercé?».

Costantino lo guardò con compatimento. «So quel che faccio, Croco», rispose. «Non mi serve a nulla sgominare una singola colonna franca. Noi saremo l'esca che, una volta sparsa la voce, attirerà tutte le bande addosso a noi. E quando ci saranno tutti quelli che hanno agito in queste settimane su questa sponda, arriveranno anche le mie legioni, e a quel punto la vittoria sarà definitiva».

«Lo spero per te, cesare. Lo spero davvero», si limitò a replicare Croco, stringendosi nelle spalle.

Costantino si augurò di avere ragione. Si stava rendendo conto di avere una forte propensione al rischio. Ma l'aveva avuta anche Giulio Cesare, e le sue imprese gli avevano dato ragione. Solo mostrandosi disposto a giocarsi il tutto per tutto in ogni sfida, avrebbe potuto ottenere tutto.

E lui voleva tutto.

Offrirsi volontario. *Sempre*. Per qualunque impresa, non importava quanto suicida. Sesto Martiniano era consapevole che il drappello di uomini alle sue spalle lo stava maledicendo per la sua iniziativa, ma si augurò che almeno una parte di tutti gli altri soldati dell'armata di Massimiano lo stesse ringraziando per essersi assunto l'onere di accorciare quell'assedio infernale tra i miasmi della palude ravennate.

Quella notte lo scacchiere era ancor più impressionante. Il cielo, coperto di nubi che avevano cancellato dalla volta celeste luna e stelle, era nero come la pece, e senza l'aiuto di fiaccole, la sola cosa appena distinguibile tutt'intorno al gruppetto di scorridori era lo scuro profilo delle mura di Ravenna. E l'unico rumore percepibile in mezzo al gracidare delle rane e al ronzio delle zanzare, era lo sciacquio del calzari che affondavano nella melma a ogni passo. Quell'umidità penetrava nelle ossa, provocava dei brividi anche in piena estate, e Sesto non riusciva a immaginare come l'esercito assediante – qualunque esercito assediante – sarebbe riuscito a resistere per più di qualche settimana senza perdere centinaia di uomini per malaria.

Si convinse ancor più che la sua azione fosse l'unico modo per chiudere una volta per tutte la questione in sospeso con Severo. In alternativa, Massimiano si sarebbe dovuto ritirare, così come l'augusto aveva dovuto rinunciare ad assediare Roma. E così come Massenzio era rimasto al sicuro entro le mura dell'Urbe, così Severo sarebbe stato imprendibile entro quelle di Ravenna, non altrettanto poderose di quelle costruite da Aureliano pochi decenni prima a Roma, ma difese da uno scacchiere naturale con pochi eguali al mondo.

Sesto era sempre stato in avanguardia, durante l'inseguimento a Severo, che se n'era dovuto andare via dall'Urbe con la coda tra le gambe e solo un quarto dell'esercito al seguito: tutto il resto della sua armata era passata da un giorno all'altro al servizio di Massimiano, dopo la distribuzione di denaro e gli appelli promossi da Osio in nome di Massenzio. Ed erano stati gli stessi uomini che Severo aveva comandato davanti alle mura di Roma a incalzarlo, mentre cercava riparo a Ravenna. E dopo una settimana appena di assedio, Massimiano si era reso conto di rischiare la stessa fine, per il pericolo che i suoi soldati fossero decimati dalle malattie provocate da quel clima insalubre. L'ex augusto aveva pertanto intavolato delle trattative con Severo, promettendogli salva la vita se avesse rinunciato al suo titolo. Ma, nell'attesa che l'imperatore decidesse se accettare la sua proposta, aveva anche pianificato col suo stato maggiore un'incursione notturna di pochi soldati all'interno della città, per catturare l'antagonista e porre fine una volta per tutte alla contesa, lasciando il figlio unico padrone della parte meridionale dell'Occidente romano.

A parte lui, naturalmente, che non si capiva ancora quale ruolo avrebbe assunto in futuro.

E Sesto non aveva avuto esitazioni: quando avevano cercato ufficiali volontari, si era proposto subito. Dopo aver svolto un ruolo decisivo nella ribellione a Roma, si era guadagnato i gradi di optio, ma era solo il primo passo nella scalata alla gerarchia: ormai non gli rimaneva altro, per allontanare pensieri suicidi, che puntare a salvare il corpo dei pretoriani dalla distruzione e la sua carriera dall'oblio.

Sarebbe morto? Pazienza, continuava a dirsi scrutando nell'oscurità: meglio morire combattendo che per propria mano, ammettendo di essere stato sconfitto dalla vita.

La sagoma delle mura si faceva sempre più incombente. Adesso erano diventate uno schermo nero a breve distanza da lui. Fece cenno ai suoi di essere più cauti. Rallentò ulteriormente l'andatura e poggiò i piedi con maggior circospezione. «Attenzione!», sussurrò bloccandosi all'improvviso. Come immaginava, era arrivato al fossato. Fece cenno di portare avanti la speciale scala che aveva fatto preparare. Era più spessa di quelle che abitualmente i soldati utilizzavano per varcare le mura, e più lunga. La fece poggiare sulla sponda del fossato e scorrere in avanti, finché non toccò il bordo opposto. I soldati dovettero sforzarsi per orientarla più in alto, finché non raggiunse la base delle mura. Allora Sesto si mise carponi sulla scala e, utilizzandola come una passerella, avanzò. Raggiunta la sponda opposta, attese che gli altri facessero altrettanto, pregando gli dèi che nessuno cadesse di sotto, allertando le sentinelle con l'inevitabile tonfo nell'acqua.

Quando l'ultimo dei suoi lo ebbe raggiunto, tirò un sospiro di sollievo. Quindi fece tirare la scala e scrutò in alto. Abituatosi all'oscurità del fossato, trovò più distinguibile il profilo delle merlature, e intravide perfino passare una sagoma umana. Attese che si allontanasse per completare la ronda del settore di sua pertinenza, poi fece issare la scala. Salì per primo, tenendosi il più possibile rasente i pioli. Quando fu in cima, si acquattò guardando oltre. La sentinella che aveva visto era ancora di spalle, le altre erano più lontane; ne poteva chiaramente vedere la posizione dalle torce che illuminavano pressoché tutti i settori degli spalti.

Disse ai suoi di bloccarsi. Si affrettò a catapultarsi dentro e poi si sdraiò addosso al parapetto, dove supponeva di non essere visto. Osservò la sentinella venire inconsapevolmente verso di lui. I passi del soldato risuonavano nelle sue orecchie poggiate al pavimento di pietra. Strinse nella mano il pugnale che aveva alla cintola, lo estrasse lentamente e, quando il nemico fu a due passi da lui, spiccò un balzo felino e lo colpì alla gola. L'uomo non ebbe neppure il tempo di rendersi conto di quel che gli stava accadendo; una cascata di sangue investì Sesto, che sostenne la sua vittima adagiandola nella posizione in cui si era acquattato lui. Subito dopo, fece cenno ai suoi di salire e si mise davanti a loro, nascondendoli alla vista della sentinella meno distante mentre accedevano anch'essi sugli spalti.

A quanto pareva, gli dèi erano dalla sua parte. Soddisfatto, diede disposizioni perché di guardia rimanesse un soldato, simulando il movimento di ronda delle altre sentinelle. Quindi fece cenno agli altri di seguirlo e discese la rampa, affrettandosi a guadagnare la copertura offerta dai primi caseggiati. Conosceva a menadito la pianta della città: se l'era studiata a lungo sulla mappa che gli avevano messo a disposizione nello stato maggiore. Sapeva pertanto dove dirigersi e camminò con sicurezza alla testa del drappello, confidando nell'assenza d'illuminazione nelle strade e sul fatto che i pochi civili in cui si fossero imbattuti non avrebbero considerato i suoi soldati come appartenenti all'esercito assediante.

Poco dopo, infatti, un conciatore che girava col proprio carro, dal quale emanava un fetido odore di urina, li vide e voltò la testa dall'altra parte, ignorandoli ostentatamente nel timore di evitare guai.

Aveva scelto un settore di mura vicino al palazzo che i disertori avevano indicato a Massimiano come residenza di Severo, e vi giunse in poco tempo. L'ingresso era illuminato da due torce e presidiato da altrettante guardie. Spiegò sottovoce ai suoi che cosa intendeva fare; quelli annuirono, quindi si pose di nuovo alla testa della colonna e, in formazione di marcia, con grande sicurezza avanzò verso i due soldati che, disorientati, tesero le lance in avanti. «Chi siete?», domandò uno di loro. Sesto non rispose, ma le spade dei suoi uomini raggiunsero subito la gola delle guardie, che stramazzarono a terra con un gorgoglio comune. L'optio bussò al portone, e quando uno schiavo venne ad aprire, gli puntò la spada alla gola e lo spinse dentro. E mentre gli altri soldati lo seguivano portando dentro i cadaveri, due legionari rimasero a sostituire le guardie uccise, per dare ai passanti l'impressione che tutto fosse come al solito.

Sesto si sentì pervadere dall'esaltazione. Stava andando tutto liscio, come meglio non poteva sperare; l'accurata preparazione dell'azione stava dando i suoi frutti, e il grado di centurione non gliel'avrebbe tolto nessuno. «Conducimi dall'imperatore, svelto!», intimò allo schiavo.

«N-non è qui», balbettò l'uomo, terrorizzato.

Troppo terrorizzato per mentire, si disse Sesto, sgomento. Comunque, provò lo stesso a insistere, anche se l'istinto gli suggeriva che fosse inutile. Spinse la punta della lama sotto il mento dell'uomo, facendogli uscire un rivolo di sangue. «Vuoi morire?», ribadì.

«Te lo assicuro. Non c'è più, qui», confermò lo schiavo.

Sesto guardò i suoi uomini. E adesso?

«Eccoli! All'attacco, subito!», esclamò Costantino, nel vedere la banda di razziatori intenta a bivaccare sulla riva germanica del Reno. «Ma lasciatene scappare qualcuno. Devono avvisare i compagni che siamo sul loro territorio!».

Croco diede l'ordine ai suoi uomini, e gli alemanni emisero all'unisono il loro grido di guerra, prima di lanciarsi in una carica scomposta correndo lungo la sponda. Il loro re si pose in testa alla colonna e, nonostante l'età, rimase davanti a tutti anche durante l'avvicinamento al nemico. Costantino osservò la disposizione dei franchi. Erano in numero pressoché equivalente ai suoi alemanni, ma non si aspettavano l'attacco ed erano per lo più disarmati. Il cesare aveva saggiamente scelto di attraversare il Reno a valle del villaggio in cui i barbari erano appena stati, e si era avvicinato al loro punto di approdo marciando lungo la sponda, senza farsi vedere se non all'ultimo momento.

Gli avversari reagirono gettandosi alla rinfusa sugli equipaggiamenti, che avevano ammassato in un unico punto. In breve si creò una ressa intorno al cumulo di cotte di maglia, scudi, lance e spade, nella quale i guerrieri si ostacolavano a vicenda, si spintonavano, sgomitavano e si spingevano perfino nel fiume, pur di raggiungere prima dei compagni un'arma qualsiasi e opporsi alla carica degli alemanni. Chi riusciva a equipaggiarsi non cercava di costituire una linea con i compagni, ma si lanciava subito al contrattacco, affrontando da solo e alla spicciolata la carica nemica. Croco e i suoi falciarono con facilità chiunque venisse loro incontro, finché non giunsero a ridosso del grosso delle truppe nemiche, dove regnava il caos. Travolsero i fuochi di bivacco e i cumuli di bottino, e si gettarono sui guerrieri franchi ancora impegnati nella ricerca delle proprie armi. La violenza dell'impatto risuonò fino a farsi sentire dai legionari di Costantino, che nel frattempo avevano iniziato ad avanzare a loro volta, col cesare in testa.

Molti franchi si sparpagliarono, cercando scampo chi nella foresta, chi nel fiume. Altri si difesero a mani nude, con pugni e calci, con il solo risultato di vedersi tranciare di netto gli arti dalle spade alemanne. Gli uomini di Croco presero a infierire con violenza e ferocia, approfittando della debolezza dei rivali per far esplodere la rabbia accumulata in decenni di faide tra le due confederazioni, che a lungo avevano stazionato fianco a fianco lungo i confini dell'impero romano. Quando Costantino arrivò con i suoi romani, si trovò di fronte scene raccapriccianti quanto quelle cui aveva assistito nei villaggi visitati dai franchi in Gallia. Alemanni che tenevano bloccato un franco sul terreno mentre un altro lo evirava, mercenari che accecavano nemici scavando i loro occhi con pugnali, per poi spingerli nel fiume; e poi, fuggitivi inseguiti fin dentro le acque del Reno, afferrati e affogati tenendogli la testa sotto la superficie, franchi feriti trascinati per i capelli e calpestati da un nugolo di alemanni, vittime scalpate con sommari fendenti di coltello.

L'occhio gli cadde su Croco; i suoi guerrieri tenevano bloccato un uomo al quale il re stava infilando la spada nel retto, affondandola e roteandola tanto più quanto sentiva le urla strazianti della sua vittima. Incrociò lo sguardo del cesare e sembrò giustificarsi, quando gli disse: «Quest'uomo è il capo di un clan che fece uno sgarbo al padre di mio nonno. Speravo di incontrarlo e di regolare i conti, prima o poi».

Costantino provò un misto di disgusto ed eccitazione. Con uomini tanto sanguinari e feroci, sarebbe potuto andare ovunque, a patto di riuscire a indirizzarne la ferocia verso scopi più pratici che non il puro gusto della distruzione. Al pari dei cristiani, avevano un enorme potenziale, che avrebbe potuto sfruttare per creare un impero nuovo, più potente, più spietato, come c'era bisogno che diventasse per resistere a tutte le spinte di dissoluzione, che provenivano tanto dall'esterno come dall'interno. I romani erano roba vecchia, si disse guardando i suoi legionari osservare quasi intimiditi lo scempio compiuto davanti ai loro occhi. Avevano fatto il loro tempo, non avevano più fame di gloria, di ricchezze, non credevano più fermamente nel divino e non temevano la punizione degli dèi, erano dissoluti e stanchi di combattere, ignavi e pigri, e s'illudevano che il loro dominio sarebbe durato per sempre anche se non avessero fatto nulla per mantenerlo.

Per costituire un impero solido e per rinnovare quello decadente in cui aveva l'impressione di vivere, ci volevano la convinzione dei cristiani e la spietatezza dei barbari, ed era sempre più certo che su quelle due componenti avrebbe fondato il proprio potere. Anche Diocleziano aveva avuto la percezione che, così com'era, Roma non potesse resistere a lungo, e aveva adottato drastiche contromisure per salvarla. Ma la sua tetrarchia e la persecuzione contro i cristiani, con cui aveva creduto di stabilizzare le frontiere e ricostituire i valori fondanti degli antenati, erano solo palliativi che stavano già mostrando ampie ed evidenti crepe. Serviva qualcosa di ancor più radicale. E solo lui aveva la lungimiranza e il coraggio di realizzarla.

«Devo scusarmi con te, cesare». Croco gli si era avvicinato, ebbro di sangue altrui e soddisfatto. «Altri comandanti ci avrebbero considerato carne da macello e avrebbero adottato il tuo piano usandoci come esca», gli disse. «Se anche i franchi ci avessero massacrato, a loro non sarebbe importato. Ma tu sei venuto con noi su questa sponda del Reno, sei stato disposto a diventare un'esca tu stesso, condividendo con noi il rischio. I miei uomini pensano molto bene di te… e anch'io. Ti seguiremo ovunque: sei il solo romano che valga la pena seguire non solo per denaro».

Costantino avrebbe voluto abbracciarlo. Ma si limitò a restituirgli un sorriso di gratitudine. Gli parve un segno del destino, o divino, che il re alemanno lo confortasse con quelle parole proprio quando rifletteva sul valore della nuova linfa vitale che aveva scelto per rinverdire i fasti dell'impero.

E fu certo di essere sulla strada giusta. Sperò solo che Osio, a Roma, stesse facendo la sua parte.

XXIV

«Dimmi dov'è…», intimò Sesto allo schiavo cui teneva la spada puntata alla gola.

«È scappato via dalla città stanotte…», rispose tremante l'uomo.

«Quando? Da dove?», lo incalzò.

«Un'ora fa circa… Dalla porta di Classe. S'imbarcherà al porto».

Sesto lo spinse via. Aveva due scelte, adesso: tornare da dove era entrato sperando che non gli impedissero di uscire, e provare a raggiungere il campo di Massimiano per confessare il suo fallimento, oppure inseguire l'imperatore facendosi strada con la forza, se necessario.

Gli fu sufficiente un istante per accantonare ogni dubbio.

«Usciremo da lì… combattendo, e cattureremo Severo», disse ai suoi uomini. «Chiunque non se la senta, sappia che se non gli faranno la pelle qui dentro, ci penserò io una volta che lo rivedrò al campo. Siamo pretoriani, e non ci tiriamo mai indietro!». E, per quello che aveva lasciato sugli spalti, si limitò a sperare che ridiscendesse dalla scala con cui era salito, quando avesse sentito il rumore dei combattimenti. I soldati annuirono alle sue parole, chi più chi meno convinto. Fece loro cenno di seguirlo e iniziò a marciare a passo sostenuto verso la porta di Classe. I pochi civili che incontrò si scostavano al passaggio di un gruppo di soldati decisi. Si augurò solo di non dover sostenere combattimenti prima di arrivare alla porta, che avrebbero attirato su di loro l'attenzione di tutti i militari presenti in città. Tuttavia, la notte buia e profonda induceva i soldati a rimanere in caserma, facendo circolare solo pochi uomini addetti alla sorveglianza dei punti chiave; scelse pertanto delle strade secondarie, dove riteneva improbabile imbattersi in eventuali avversari. In ogni caso, disse ai quattro arcieri ausiliari che si era portato dietro di tenere le frecce incoccate e di tenersi pronti a tirare, nel caso fosse comparso qualcuno in grado di segnalare la loro presenza.

Procedette con sicurezza, rallentando solo in occasione di qualche crocevia per fare mente locale sul percorso da tenere. E fu al terzo incrocio che vide due ombre con una sagoma che gli parve quella di soldati, con tanto di elmo e scudo. La coppia vide lui e i suoi uomini e sembrò indecisa sul da farsi. «Ora!», mormorò Sesto abbassando il braccio. Proprio in quel momento, le ombre si voltarono per scappare; dovevano aver capito che qualcosa non andava. Si udirono quattro sibili, a breve distanza l'uno dall'altro, e le ombre si accasciarono al suolo. Sesto si avvicinò alle due figure, che osservò agonizzanti sul selciato; uno era un soldato, ma l'altra era una donna. Il primo giaceva con una freccia nella schiena, la seconda aveva due dardi conficcati nel corpo, alla spalla e alla natica.

Sentì gli arcieri discutere su chi di loro avesse mancato il bersaglio, li zittì e riprese a marciare spedito. Non trovò più ostacoli finché non giunse a ridosso della porta. Si fermò proprio dietro l'angolo dell'ultimo edificio prima delle mura e valutò la consistenza del presidio. Tra uomini sulla torre e quelli accanto al portone, ne contò almeno una ventina, di cui un paio civili. Lui disponeva di quindici uomini soltanto, ma con l'aiuto del fattore sorpresa poteva farcela.

«Tu e anche tu, buttatevi direttamente sulla porta, sbloccate la trave di sbarramento e aprite i battenti», disse a due dei suoi. «Voialtri cinque li supporterete tenendo occupati e uccidendo i serventi e i legionari più vicini. Il resto con me, dritti sui soldati. A quelli sulla torre penserete voi arcieri, prima di venire a darci manforte; colpiteli non appena iniziamo a correre, altrimenti daranno l'allarme. Ma se non lo daranno loro, saranno i combattimenti ad attirare l'attenzione; per questo è essenziale non perdere tempo: chi non ce la fa verrà lasciato indietro, pretoriani. Sono stato chiaro?».

Tutti annuirono. Facendo appello al loro orgoglio di pretoriani, sperava di cavare il meglio da ciascuno dei suoi compagni. Alzò il braccio e, quando lo abbassò, tutti scattarono in avanti. In breve tempo coprirono la distanza che li separava dal presidio, e quando arrivarono a contatto col nemico, solo alcuni dei soldati di Severo avevano sguainato le spade. Sesto trafisse al costato un uomo che aveva appena messo mano all'impugnatura della sua arma e poi, nell'estrarre la lama, parò il colpo di un altro. Stava per contrattaccare, quando qualcosa cadde dall'alto frapponendosi tra lui e il suo avversario. Era una delle sentinelle della torre, centrata da un dardo in piena fronte; gli arcieri avevano fatto la loro parte.

Reagì prima dell'antagonista alla sorpresa del cadavere piovuto dal cielo. Lo colpì mentre aveva ancora la guardia bassa, con un fendente che gli squarciò una coscia, facendolo crollare a terra, poi lo finì con un altro colpo di taglio al collo. Intorno a lui ferveva lo scontro; gettò un'occhiata agli uomini cui aveva assegnato il compito di aprire il portone. Stavano sollevando la sbarra, ma un soldato nemico riuscì a sgusciare tra i loro difensori e a trafiggerne uno alla schiena. Sesto si precipitò sull'avversario prima che uccidesse anche l'altro; sgusciò tra i duelli ingaggiati davanti alla porta e si frappose tra l'uomo alla trave e il nemico. Incrociò le spade con quest'ultimo, spingendolo contro il battente; quando ne bloccò il braccio armato alla parete con la propria lama, gli sferrò una testata sul viso che lo tramortì, poi lo costrinse ad accasciarsi con una ginocchiata tra le gambe, infine gli infilò la spada tra spalla e collo, facendo zampillare un fiotto di sangue.

A quel punto, si frappose tra uno dei combattenti e il suo antagonista, intimando al proprio subalterno di pensare al portone, e riprese a duellare. L'avversario cercò di colpirlo con un fendente orizzontale all'altezza del collo, lui lo intuì e si abbassò, sferrando a sua volta un colpo che portò via di netto la gamba del nemico. L'uomo crollò ai suoi piedi urlando a squarciagola e lui passò a un altro, che aveva appena trafitto uno dei suoi, infilzandolo al fianco mentre era ancora impegnato a estrarre la lama dalla sua vittima.

Stava per andare ad affrontarne un altro, quando si sentì chiamare: «Optio, ci siamo!». Si voltò per un istante e vide che tra i due battenti si era aperto un varco. Poi si guardò intorno. A terra giacevano numerosi cadaveri, oppure uomini che si reggevano monconi di arti o viscere penzolanti dalla pancia. Vide cadere un altro avversario e si rese conto che era l'ultimo. Diede pertanto il segnale della ritirata, e attese che tutti i suoi fossero passati attraverso lo stretto pertugio. Dopo essersene visti sfrecciare sette davanti, si rese conto che non ce n'erano più; aveva perso la metà degli uomini. Sperò che ne fosse valsa la pena. Dagli spalti vicini vide scendere altri nemici e si affrettò a uscire; presto avrebbero avuto alle calcagna una buona parte della guarnigione.

Una volta fuori, esortò i superstiti della sua colonna a correre verso il mare. Ma si rese conto che la sola strada carrozzabile era stata allagata dagli assediati, per evitare di essere pressati dal lato marittimo. Tutt'intorno si stendeva una pineta che avrebbe, se non altro, contribuito a far perdere le loro tracce agli inseguitori.

Erano stanchi, laceri e contusi, il terreno sotto i loro piedi era più pesante e acquitrinoso che mai, e i fitti alberi del bosco li costringevano a compiere un percorso tortuoso. Sesto sentiva il cuore martellargli nel petto, per lo sfiancamento e per l'ansia di essere raggiunto o di non riuscire a raggiungere l'imperatore fuggitivo. Gli pareva che le sue gambe affondassero sempre più nel pantano a ogni passo, e che la palude lo risucchiasse. Più si avvicinavano al mare, più la consistenza del terreno veniva meno. Iniziò a barcollare e strusciò il braccio contro la corteccia di un pino, lacerandosi la pelle. Crollò in ginocchio, affondando fin quasi al bacino, e si rialzò appesantito e inzuppato, trascinandosi verso uno spazio che gli sembrava più aperto. Anche gli altri arrancavano e, paradossalmente, la vista dei suoi compagni nelle stesse condizioni incoraggiò Sesto; non erano posti dove si potesse portare un cavallo, e di sicuro anche Severo doveva essere scappato a piedi. Pertanto, l'imperatore doveva aver avuto le stesse difficoltà, e non poteva essere lontano.

Nessun chiarore lo accolse quando si lasciò alle spalle la pineta e davanti a lui si aprì una piatta distesa di sabbia ghermita dagli ultimi tentacoli del mare. Guardò ai lati per capire dove fosse il porto, e gli parve di scorgere sagome di navi e il profilo di un molo più lontano, alla sua destra. Se Severo era ancora lungo la riva, di sicuro stava procedendo in quella direzione. Stremato, fece cenno ai suoi di seguirlo, ma non c'era più terreno solido su cui procedere e dovette muoversi vincendo la pressione dell'acqua che gli arrivava fino alle ginocchia, l'instabilità del fondale cedevole e gli ostacoli rappresentati da canneti e alghe.

La vista gli si appannò per lo sforzo, rendendo ancor più confuso ciò che riusciva a distinguere nell'oscurità. Per questo, non fu certo di quel che vedeva quando gli parve di notare tre figure umane che si muovevano davanti a lui. Dovette arrestarsi un istante, rifiatare, strizzare gli occhi e aguzzare lo sguardo per capire se c'erano davvero degli uomini o se li stava immaginando. Quando ne distinse di nuovo le sagome, si sentì assalire da una nuova linfa e riprese a camminare con lena ancora maggiore. Si accorse di guadagnare terreno con facilità, e a mano a mano che si avvicinava si rendeva conto che due di quelle figure procedevano abbracciate, l'una a sostenere l'altra, che si muoveva con difficoltà.

Sguainò di nuovo la spada ed esortò in silenzio gli altri ad affiancarlo. Le tre sagome iniziarono a muoversi più freneticamente, col porto ormai a breve distanza da loro; ma non riuscirono ad aumentare l'andatura, e Sesto fu presto in grado di sentire il loro ansimare per l'affanno. «Fermi!», gridò, ma i tre proseguirono. Recuperò ancora terreno, e quando fu per raggiungerli, uno di loro si voltò e lo aggredì con la spada. Si muoveva come un soldato, e Sesto faticò a evitare il suo abile affondo. Prima di replicare, lo scrutò in viso per capire se fosse Severo, ma era troppo giovane e scartò subito l'ipotesi.

La sua esitazione consentì al nemico di avventarsi su un suo compagno che, sorpreso dalla vitalità di un uomo fino a un momento prima a stento in grado di trascinarsi negli acquitrini, si fece trafiggere da un affondo alla spalla, crollando nella melma con un urlo strozzato. Sesto si biasimò per aver permesso quella perdita gratuita e si avventò sull'avversario, sbilanciandolo con una raffica di fendenti. Anche gli altri gli furono addosso, e l'optio non fu in grado di capire se la sua spada lo avesse trafitto prima delle altre due lame che lo penetrarono pressoché contemporaneamente.

Nel frattempo, gli altri fuggitivi si erano affrettati a distanziare gli inseguitori, ma uno dei due continuava a sostenere l'altro e non avevano fatto molta strada. A Sesto e ai suoi compagni fu sufficiente procedere senza sforzarsi troppo; nell'arco di pochi istanti li raggiunsero e i due non opposero più resistenza, fermandosi ansanti. Il porto era davvero a pochi passi. Sesto gli si mise di fronte e li scrutò; uno dei due non poteva poggiare una gamba a terra.

«Perché ci inseguite? Siamo solo gente che vuole sfuggire alle privazioni di un assedio», disse l'altro.

Sesto guardò ancora l'uomo e gli sorrise, rispondendo a lui invece di quello che aveva parlato. «Già. Gente tutt'altro che comune, però: un imperatore e le sue guardie del corpo. Ma gli dèi, Severo, hanno deciso che tu non potessi continuare la tua lotta e ti hanno azzoppato per consentirci di raggiungerti, a quanto pare...», concluse beffardo.

«Ne stanno arrivando altri!», gridò la vedetta correndo trafelata da Costantino.

«Quanti sono?», chiese l'imperatore, lanciando rapide occhiate allo scacchiere operativo, per valutare come disporre i propri uomini alla battaglia.

«Direi almeno un migliaio», rispose il soldato.

Costantino si rivolse a Croco. «E così, con quelli che sono arrivati qui intorno negli ultimi due giorni, siamo più o meno a cinquemila. Il rapporto è di cinque a uno a loro favore. Penso proprio che attaccheranno. È arrivato il momento».

Il re alemanno annuì e diede disposizioni ai suoi guerrieri. Subito dopo, una piccola imbarcazione salpò alla volta della riva gallica. Nel frattempo, Costantino richiamava le varie unità di legionari e ausiliari e le distribuiva sul terreno. Costituì rapidamente un quadrato, dando per scontato che i franchi avrebbero fatto valere la loro schiacciante superiorità numerica cercando di circondarli e attaccandoli da tutte le parti. Gli uomini si disposero pertanto con una linea rivolta al fiume, una alle foreste, e due alla pianura che si stendeva davanti e dietro di loro. Costantino distribuì i legionari in seconda fila su ciascun lato, perché costituissero l'ultimo baluardo di difesa per evitare lo sfondamento della formazione, facendo affidamento sul loro armamento più pesante rispetto agli alemanni.

Poi attese.

Volle che gli uomini rimanessero in piedi, vigili, e quando i franchi iniziarono ad avanzare, tutti erano già pronti per sostenere l'impatto del nemico. Com'era prevedibile, i barbari spuntarono da tergo e di fronte, e poi anche dai boschi circostanti, facendosi precedere dal lugubre suono dei manici delle spade battuti ritmicamente sugli umboni degli scudi. Costantino guardò Croco, che gli sorrise e poi sputò all'indirizzo dei franchi. I barbari avanzarono lentamente da tutti i lati tranne da quello del fiume, e a mano a mano che si avvicinavano, l'imperatore poté meglio distinguere le loro figure statuarie e la varietà di fogge che contraddistingueva il loro equipaggiamento. La gran parte erano privi di elmo e armatura. Portavano capelli annodati sulla testa e ampi e lunghi baffi, tuniche variopinte, spesso a strisce dai colori vivaci, e scudi rotondi. Moltissimi impugnavano la francisca, la grossa ascia che i soldati romani temevano sempre di affrontare.

Ma non gli alemanni, che avevano a che fare con quell'inquietante arma da molto tempo. Costantino osservò Croco e i suoi, e li vide fremere, ansiosi per lo scontro imminente. Il re pareva aver accantonato ogni dubbio espresso sulla strategia imperiale: non gli importava più se si fosse ficcato in una trappola o meno; bramava il combattimento, e anelava a uccidere quanti più nemici possibile. Erano proprio quelli gli uomini che gli servivano, pensò Costantino, nuovamente costretto a fare un impietoso confronto con i suoi legionari, visibilmente turbati ed esitanti.

I franchi si fermarono a due tiri di lancia dalle linee romane. Costantino poteva distinguere le loro espressioni feroci, gli occhi iniettati di sangue; pregustavano una strage, la vendetta per quei compagni che gli alemanni avevano torturato e ucciso due giorni prima. L'imperatore raccomandò ai suoi di mantenersi coesi, gli scudi attaccati al corpo e a quelli dei compagni accanto. Per i barbari, individualisti e indisciplinati, i ranghi serrati erano quasi contro natura, ma si trattava di resistere a una carica concentrica, e non c'era altro mezzo. Sperò che Croco lo avesse fatto capire ai suoi uomini.

Quando i franchi partirono all'attacco, temette che i suoi mercenari reagissero avanzando d'istinto a loro volta. Invece li vide attendere a piè fermo l'urto. Molti nemici sciamarono tra gli imperiali e il letto del fiume, per chiuderli da tutti e quattro i lati. Costantino ebbe la sensazione che quattro muri si stessero chiudendo su di lui per stritolarlo. Nonostante le esortazioni di Croco e dei suoi legionari, che lo avevano invitato a starsene all'interno del quadrato insieme alle salmerie, occupava la posizione d'angolo a destra della formazione, dove riteneva dovesse trovarsi un comandante supremo. Fu tra i primi, pertanto, a essere investito dal torrente di legno e metallo che si gettò addosso agli imperiali. Riuscì ad approfittare dell'assalto scomposto dell'avversario diretto per sferrare un fendente che gli squarciò tunica e petto. Il franco rovinò su di lui a peso morto, ostruendo lo spazio al compagno che lo seguiva. Costantino si sbilanciò nell'impatto, ma l'alemanno alle sue spalle lo sostenne, mettendolo in grado di parare con lo scudo il colpo repentino del barbaro che, nel frattempo, si era liberato del cadavere del commilitone.

Il quadrato vacillò, ma non si sfaldò. Costantino vide che la linea alemanna era ancora uniforme, e centinaia di armi s'incrociavano in serrati duelli. Era già un successo che gli uomini di Croco non avessero ceduto in alcun punto, di fronte all'impatto con una formazione di profondità infinitamente maggiore. Tuttavia, gli avversari erano tanti, troppi, e non appena quelli in prima fila fossero caduti o si fossero stancati, altri più freschi avrebbero potuto dar loro il cambio.

Nelle sue orecchie risuonò il clangore delle migliaia di lame che lo circondavano, pari al clamore delle grida dei combattenti. Si ritrovò di fronte un franco che impugnava l'ascia a due mani e fu subito impressionato dall'abilità e dalla rapidità con cui la roteava. Ma si era fatto spiegare dai guerrieri di Croco come affrontare guerrieri equipaggiati in quel modo, e non si scompose, avanzando di un passo, appena oltre la linea dei suoi due scudieri. Osservò i movimenti del guerriero e seguì la traiettoria del fendente, posizionando lo scudo in modo che il colpo ne prendesse un punto vicino al bordo. Quando il metallo della francisca arrivò a segno, Costantino sentì il proprio braccio vibrare tanto forte da avere l'impressione che si stesse distorcendo. L'ascia frantumò il legno dello scudo e vi passò attraverso, quindi l'imperatore diede uno strattone, che strappò l'arma di mano al franco, poi affondò la spada nel torace dell'avversario. Il barbaro lo fissò con sguardo vuoto, un istante prima di crollare ai suoi piedi.

Un altro ne prese il posto, e con la medesima arma. Il fendente del franco passò a una spanna dal naso di Costantino, rischiando di staccargli la testa. L'imperatore si predispose a usare la stessa tecnica che si era rivelata vincente col precedente avversario, ma i suoi due scudieri, che nel frattempo avevano recuperato la posizione, si chiusero sul nemico e lo sbilanciarono, spingendolo con entrambi gli scudi. Costantino ne approfittò per affondare il suo colpo, e un istante dopo la sua spada era rossa anche del sangue della nuova vittima.

Si guardò intorno e vide che alcuni alemanni erano caduti, ma quelli della seconda fila erano subentrati al loro posto, mantenendo stabile la linea. Tuttavia, in un settore la difesa sembrava in difficoltà, almeno sul lato che l'imperatore era in grado di vedere senza voltarsi ed esporre così la propria schiena al nemico: i franchi si erano aperti la strada e combattevano per allargare il varco, mentre i romani provavano a ricacciarli indietro con la sola pressione degli scudi. Non ci voleva. Non così presto. Poi, però, d'improvviso, si levarono delle urla dalle file franche, e subito dopo la loro spinta si smorzò. L'imperatore non sapeva cosa si dicevano, ma gli fu sufficiente un'occhiata verso il fiume per capire a cosa si riferissero: le acque brulicavano in lontananza di centinaia di zattere, che si erano appena staccate dalla riva opposta. E non dovevano averci messo molto a capire che erano cariche di soldati romani.

Costantino sbuffò per il sollievo. Il suo piano stava funzionando. Aveva tenuto il grosso del suo esercito nascosto nelle foreste a ridosso della riva gallica, che aveva fatto diboscare per creare imbarcazioni con cui varcare il fiume. Gli alemanni mandati ad avvisare l'armata avevano già compiuto la traversata, e subito dopo era scattata l'offensiva.

Come previsto, i franchi esitarono qualche istante e poi iniziarono a ripiegare. Ma non era così che doveva andare. Doveva schiacciarli una volta per tutte. Era il momento per la seconda parte del piano: la più difficile. Diede l'ordine, che si propagò di settore in settore.

«Tutti verso il bosco! Formiamo una fila unica e sbarriamo loro la via di fuga!».

Mille uomini che avrebbero dovuto bloccare la strada a cinquemila. Era questo il punto debole del piano…

Osio si chiese se avrebbe mai più sfilato in un trionfo. Era stato un buon generale, e un tempo erano stati quelli i suoi sogni di gloria. Ma poi aveva scoperto di essere più tagliato per la politica e per l'intrigo; pertanto, avrebbe raggiunto il potere senza combattere, ma facendo combattere gli altri. E se adesso Massenzio sfilava per le vie di Roma esibendo come prigioniero colui che era stato per pochi mesi imperatore, era per merito suo. Se l'usurpatore e il padre Massimiano fossero stati onesti e corretti, avrebbero dovuto farlo marciare al loro fianco: Massenzio era stato indotto a ribellarsi e ad assumere il titolo di cesare da lui, e Massimiano poteva celebrare nuove vittorie grazie a lui, che gli aveva permesso di sottrarre a Severo l'esercito durante l'assedio di Roma. Ed era stato lui, infine, a motivare Sesto Martiniano, l'uomo che si era reso protagonista della rocambolesca cattura a Ravenna dell'augusto deposto, e che ora sfilava tra le prime file dei soldati con il nuovo grado di centurione.

Eppure, Massimiano e Massenzio si pavoneggiavano per strada, nutrendosi dell'entusiasmo della gente, come se scongiurare un assedio all'Urbe, espugnare una città imprendibile come Ravenna e catturare un imperatore fosse stato solo merito loro. Gli avrebbe fatto pagare anche questo, un giorno. E non sarebbe stato neppure troppo difficile: bastava guardarli e osservare le loro reazioni, per capire come avrebbe dovuto agire, da allora in poi. Massenzio aveva iniziato quell'avventura con mille perplessità, pieno di scrupoli e paure, ma adesso che aveva visto le cose andare bene, ci aveva preso gusto; forse s'illudeva perfino che Galerio sancisse la sua usurpazione, come aveva fatto con Costantino. Ma il giovane padrone di Roma si dimenticava di essere stato, al contrario di Costantino, responsabile della deposizione di un augusto eletto da Galerio. Da parte sua, Massimiano non attendeva altro che un pretesto per tornare sulla scena, e il figlio glielo aveva fornito; probabilmente s'illudeva che, una volta eliminato Severo, Massenzio rimettesse il potere nelle sue mani, riconoscendo la sua superiore esperienza.

Osio seguì con lo sguardo l'espressione del vecchio augusto, che proprio in quel momento passava davanti alla sua postazione lungo le pendici del Campidoglio, dove Massenzio si apprestava a salire per celebrare il tradizionale sacrificio a Giove. Costretto a procedere un passo dietro di lui, alla testa degli altri comandanti, Massimiano fissava torvo il figlio, chiaramente infastidito dalle immeritate ovazioni che i romani gli tributavano; solo quattro anni prima, lui aveva celebrato a Roma un trionfo vero, dove insieme a Diocleziano era stato l'indiscusso protagonista, e adesso era costretto a fare poco più che la comparsa.

Come tutti i senatori, Osio abbandonò il suo posto e seguì i due protagonisti della cerimonia fino alla sommità del colle, dove non badò molto al rito sacrificale, che aveva visto fare con ben altra valenza un quadriennio prima; ricordava bene l'espressione contrariata che Massimiano aveva mostrato allora, quando era stato costretto da Diocleziano a dare l'annuncio della sua futura abdicazione; ebbene, non era diversa da quella che l'ex augusto teneva adesso, stando in prima fila insieme agli altri generali a osservare il figlio celebrare un sacrificio che senza dubbio pensava dovesse spettare a lui.

«Guardalo, che arie che si dà Massenzio... Sembra quasi che abbia vinto lui Severo...», disse un senatore vicino a lui.

«Facciamo finta di crederci... ti ricordi com'era la situazione, qui, quando governava il padre. Spera solo che non tornino quei tempi... il figlio non può essere peggiore di lui», gli ripose un altro.

«Ma adesso non può certo rimandare il padre in Campania. Dubito che

Galerio rimarrà a guardare, e Massimiano è l'unico che potrebbe opporglisi», intervenne un terzo senatore.

«Infatti, secondo me Massenzio lascerà vivo Severo. È pur sempre un'arma di ricatto nei confronti dell'augusto; se lo ammazzasse, perderebbe ogni possibilità di accordarsi con Galerio. E lui combatte così, con le armi dell'intrigo e della diplomazia; non è un soldato come il padre», dichiarò il primo.

«Mah... non so se abbiamo fatto un affare. Qui si rischia un secondo assedio, e chi ha battuto i persiani ha più probabilità di espugnarci di quante ne avesse un suo ufficiale».

Osio ascoltava con attenzione i dialoghi tra i padri coscritti, nessuno dei quali seguiva quell'insulsa cerimonia. I suoi colleghi condividevano i suoi pensieri; c'era l'incognita della reazione di Galerio, e se Massenzio ancora blandiva il padre era solo perché temeva che l'augusto avrebbe lanciato una nuova guerra civile, e non poteva permettersi di mandarlo di nuovo in pensione. Da parte sua, Osio concordava con chi riteneva improbabile un accordo con Galerio; e lo sperava: a lui serviva che Massimiano rientrasse sempre di più nel gioco di potere, per rompere gli schemi e mantenere quel caos di cui si sarebbe valso Costantino. Chiunque indebolisse Massenzio e Galerio rafforzava il figlio di Costanzo Cloro; se poi si trattava di un vecchio patetico, che mai avrebbe potuto minare la posizione di Costantino stesso, sarebbe stato ancor meglio.

I senatori fecero tacere i loro mormorii solo quando Massenzio, concluso il rito, fece segno di voler parlare. «Illustri padri coscritti», disse, «al termine di questa commovente cerimonia, che rinverdisce i fasti della nostra gloriosa tradizione, vogliamo ringraziare pubblicamente nostro padre, che ha mostrato grande umiltà nel mettersi a disposizione come un qualsiasi generale, per eseguire i nostri ordini e aiutarci a vincere una dura battaglia contro un uomo indegno del posto che occupava. Gli dèi ci consegnano ora l'impero, che tenteremo di rendere stabile con una pace duratura con l'augusto Galerio; li pregheremo pertanto di saperlo consigliare rettamente, inducendolo ad abbandonare la sua pretesa di considerare l'impero stesso una sua proprietà personale, assegnandone il governo senza alcun criterio, anzi sulla base della semplice amicizia, e non per merito o per eredità e lignaggio».

Fece un segno con la mano invitando qualcuno tra gli spettatori a raggiungerlo. «Questo oscuro personaggio di nome Severo, come saprete, ha tentato un'ignominiosa fuga durante le trattative per trovare un accordo; se fosse riuscito nel suo intento, non avremmo celebrato questo trionfo e noi non potremmo proclamarci cesare davanti agli dèi. In questa occasione desideriamo quindi ringraziare chi, con coraggio, costanza e valore, è riuscito a catturarlo, mostrando ancora una volta che i pretoriani sono l'ausilio più prezioso per un imperatore, e rispondendo pertanto con i fatti a chi, come lo stesso Severo, li voleva mettere in disparte. Senatori, tributate un ringraziamento al valoroso centurione Sesto Martiniano!».

E mentre scrosciavano gli applausi, Osio pensò, indispettito, che Sesto era andato ben oltre le sue aspettative e andava ridimensionato; non aveva inteso premiarlo, ma solo usarlo, con la speranza che si rendesse utile e poi crepasse in qualche azione disperata per riguadagnarsi la stima dei superiori. Ma intanto Massimiano, visibilmente irritato per il giubilo mostrato verso un semplice centurione e non verso di lui, aveva abbandonato il suo posto a capo chino. Osio si affrettò a intercettarlo; era adesso che doveva iniziare a lavorarselo.

«Non te ne avere a male, augusto», gli disse non appena lo ebbe davanti. «Tuo figlio non è un soldato, e per questo gli serve un eroe che lo rappresenti, per farsi accettare e benvolere dai romani. Lo sta usando, saggiamente, come non potrebbe mai usare un personaggio prestigioso come te».

Massimiano sbuffò. «Sono stato io a catturare Severo, non lui!», esclamò stizzito. «E ho ideato io il piano per farlo entrare in città…».

Osio annuì comprensivo. «Non avevo dubbi, e non ne hanno neppure gli altri padri coscritti», dichiarò solennemente. «Sappiamo tutti chi è il vero stratega della vittoria. Tu, se mi consenti, sei come Scipione l'Africano quando seguì in Asia suo fratello Lucio, e senza una carica ufficiale lo aiutò a sconfiggere Antioco di Siria. Sapevano tutti che il vero stratega della campagna era lui, ma si tenne in disparte per dare risalto al fratello…».

«È passato mezzo millennio da allora, Osio», replicò Massimiano, «e i tempi sono cambiati: non siamo più nella repubblica, quando un grande condottiero era obbligato a tornare nell'ombra dopo il suo mandato. Siamo nell'impero, e i grandi condottieri hanno l'obbligo morale di farsi carico delle responsabilità finché ce la fanno, ottenendo le giuste ricompense…».

Osio annuì lentamente. Era proprio il genere di risposta che si era augurato.

«Davanti agli alberi! Mettetevi davanti agli alberi!», urlava Costantino, esortando i suoi a schierarsi prima della foresta, per tagliare la strada ai franchi e obbligarli ad attendere l'arrivo del grosso dell'esercito romano, che intanto si avvicinava alla sponda del Reno sulle zattere. Ma i suoi soldati tendevano a concentrarsi, lasciando così ampi varchi attraverso cui passare.

No, così non poteva andare. Se gran parte dell'armata franca fosse riuscita a scappare, la campagna avrebbe fallito il suo scopo. La tenaglia che aveva ideato non avrebbe funzionato, senza uno sbarramento efficace. «Estendetevi! Assottigliate le file e allargatevi finché potete. Non fateli passare! Teneteli impegnati! I nostri stanno arrivando!», continuò a sgolarsi, arrivando a spingere i suoi per sparpagliarli. Ma era anche consapevole che, assottigliando la linea, la marea umana dei barbari l'avrebbe sfondata più facilmente, causandogli per giunta un alto numero di caduti. Gli uomini stessi se ne rendevano conto, e continuavano a riunirsi in piccoli gruppi per darsi manforte a vicenda; non era facile separarli e quando anche ci riusciva, istintivamente tornavano ad aggregarsi.

E intanto i franchi passavano, addentrandosi nella foresta dove sarebbero stati irraggiungibili. Si facevano largo facendo volteggiare le loro asce, o sgusciando a destra e a sinistra dei raggruppamenti d'imperiali. Maledizione!, pensò Costantino, sarebbe bastato resistere appena un po'…

Raccolse le forze e scattò in avanti, lasciandosi dietro gli scudieri. Aggredì un franco colpendolo al fianco col bordo dello scudo e attirando la sua attenzione. Il guerriero lo squadrò con odio e non esitò a sferrare un colpo con la sua francisca. Costantino adottò la stessa tecnica che gli aveva consentito di eliminare altri nemici e si fece agganciare lo scudo, ormai ridotto in brandelli ma ancora utile allo scopo. Lo strattone che diede poco dopo che l'ascia vi si era incagliata non gli permise di strappare l'arma dalla mano dell'avversario, ma di sbilanciarlo. Ne approfittò comunque, sferrando un fendente dall'alto in basso che tranciò di netto l'avambraccio del franco.

Costantino si piegò e raccolse l'arto, liberò il manico dell'ascia delle dita, rinfoderò la spada e iniziò a volteggiare la francisca. Vide un franco sgusciare via poco oltre e gli corse incontro. Quello lo notò ma cercò di svincolarsi, Costantino lo rincorse e infine riuscì a sbarrargli la strada, costringendolo a combattere. L'altro sferrò un colpo in orizzontale con l'ascia, che il romano evitò a stento: il metallo gli lacerò la carne lungo la coscia, provocandogli un bruciore che lo fece vacillare e piegare. Si riebbe in tempo per evitare un altro fendente, stavolta dall'alto, che terminò sul terreno a mezza spanna dal suo piede. Non diede al nemico il tempo di rialzare il braccio: vibrò un colpo in pieno viso dal basso in alto, aprendogli la faccia in due metà all'altezza del naso. Stupitosi della facilità con cui quell'arma micidiale frantumava ossa, si voltò verso i suoi e gridò: «Visto? Possiamo batterli anche in duelli singoli! Che aspettate ad allargarvi?».

Gli uomini lo fissarono imbarazzati, poi si guardarono l'un l'altro. Finalmente Croco, emettendo un ruggito, si staccò dai suoi e si spostò sul fianco, pressoché da solo, disponendosi ad affrontare i franchi in procinto di arrivare. Un altro mercenario si spostò verso di lui e lo superò, schierandosi appena oltre. Poi la marea li investì. Costantino li vide combattere con accanimento, poi dovette difendersi a sua volta, mentre gli altri alemanni si disponevano anch'essi a ventaglio. Alla fine si schierarono pure i legionari, e il fronte si allargò abbastanza da obbligare la gran parte dei franchi a compiere un giro largo per superarlo, col rischio di dare al grosso dell'esercito romano il tempo di sorprenderli da tergo, o a combattere.

Costantino continuò a mulinare la sua francisca e i barbari davanti a lui si fermavano prima ancora di affrontarlo, frenati da una sorta di timore reverenziale nei confronti di un comandante che non dimostrava alcuna remora a usare la loro arma nazionale. Poi si orientavano verso altri avversari, finendo però per ostacolarsi a vicenda. Lo sbarramento, per quanto sottile, sembrava funzionare: i barbari si accalcavano davanti alla linea imperiale, vanificando così la loro superiorità numerica; gli alemanni e i romani poterono quindi combattere pressoché ad armi pari. Molti di loro inevitabilmente soccombevano, ma solo dopo aver opposto una strenua resistenza. Approfittando della sua imponente statura, Costantino gettò un'occhiata al fiume, oltre le teste dei nemici, e vide che i primi legionari stavano sbarcando. Esortò i suoi a tenere duro ancora per un po' e approfittò dell'ammassamento dei nemici per fracassare teste, mozzare arti, squarciare busti, senza neppure la necessità di prendere la mira.

Quando si videro circondati, i franchi raddoppiarono gli sforzi per sfondare, ma si ammassarono ancor più gli uni agli altri e finirono alla mercé degli imperiali di fronte come di quelli da tergo. La morsa si strinse su di loro e molti si affrettarono a gettare le armi. Costantino si sgolò perché i soldati li risparmiassero, ma non tutti gli alemanni gli diedero retta; sull'onda dell'esaltazione della battaglia e dell'istinto di vendetta per le vecchie rivalità reciproche, continuarono a massacrare anche i nemici disarmati, finché non furono i romani stessi a frapporsi tra loro e i prigionieri per far cessare la strage. Infine, gli imperiali formarono un gigantesco recinto entro il quale finirono tutti i franchi che non erano riusciti a guadagnare i boschi prima del loro arrivo.

Ed erano tanti.

Costantino contemplò soddisfatto le sue prede. Forse un quinto dell'armata nemica gli era sfuggito, ma si trattava comunque di una vittoria trionfale, e fu fiducioso che i franchi sarebbero stati disposti a stipulare un trattato di pace e a fornire contingenti per le sue campagne. Percorse il campo di battaglia per rendersi conto delle proprie perdite e si arrestò solo quando vide un capannello di alemanni, in piedi intorno a un cadavere. Li raggiunse e scrutò il corpo, ricoperto di squarci e sangue.

Riconobbe Croco e fu assalito da un'immediata commozione, che neppure cercò di celare. Lacrime gli sgorgarono spontanee dagli occhi, pensando a come quell'uomo fosse, dopo suo padre, quello al quale più doveva la sua carica d'imperatore.

XXV

«Stanno passando, signore!», gridò la staffetta prima ancora di fermare il cavallo.

Sesto Martiniano vide Massimiano fremere d'eccitazione. Il generale levò il braccio e gli disse: «Molto bene. Martiniano, di' ai tuoi tribuni di porsi in avanguardia con i pretoriani e di marciare paralleli alla via Flaminia, attraverso i boschi e le colline, cercando di non farsi vedere ma osservando costantemente i movimenti dell'esercito di Galerio. Quando sarà sfilato del tutto, piazzatevi sulla strada e sbarrate all'augusto la via della ritirata all'altezza di Saxa Rubra. Io arriverò col grosso dell'armata a chiudere tutti i varchi nei dintorni».

Sesto annuì, ammirato dalla strategia ideata dal suo comandante. Galerio era disceso in Italia per assediare Roma, liberare Severo e riaffermare la propria autorità, rigettando ogni tentativo di accordo da parte di Massenzio e portandosi dietro molte più truppe di quanto avesse fatto il collega augusto. Massimiano aveva fatto appostare una serie di esploratori alla frontiera, che lo avevano avvertito anticipatamente dei movimenti del nemico, poi aveva radunato a sua volta un'armata e con essa si era appostato a nord dell'Urbe, in attesa dell'arrivo di Galerio. Ma non aveva alcuna intenzione di affrontarlo: il numero soverchiante delle truppe nemiche lo avrebbe condannato a un'inevitabile sconfitta. Quel che aveva intenzione di fare, invece, era indurlo ad assediare Roma e poi stringerlo da tergo, rendendolo a sua volta assediato ed estorcendogli così delle concessioni.

Ma Sesto aveva l'impressione che volesse estorcergliele per se stesso, più che per il figlio.

Ma non era di questo che si preoccupava, adesso. Era di nuovo nel cuore di una guerra, e la faccenda lo esaltava. Tutto il corpo dei pretoriani lo era. Sesto percepiva l'entusiasmo dei suoi compagni per essere di nuovo impiegati in prima linea, dopo essere stati relegati per anni all'inazione come pura guarnigione cittadina. E se per tutti i pretoriani una guerra civile, nell'attesa di affrontare i barbari che premevano lungo le frontiere, era un'occasione per mettersi alla prova e rendersi degni della illustre tradizione cui appartenevano, per lui un conflitto militare aveva un significato ancora più importante: gli offriva anche la possibilità di riscattare i suoi errori e di lenire il senso di abbandono che ancora provava per aver perso Minervina.

E poco dopo, mentre costeggiava la via Flaminia osservando dall'alto delle colline la lunga colonna dell'esercito imperiale snodarsi lungo la strada, poté percepire l'eccitazione dei suoi commilitoni, sia dei più giovani che dei veterani. I primi non vedevano l'ora di mettersi alla prova come soldati veri e propri, mentre i secondi raccontavano alle reclute le proprie gesta passate, magari enfatizzando ciascuno il proprio ruolo negli ultimi conflitti che avevano visto i pretoriani protagonisti, come lo sfondamento delle linee di Alletto in Britannia dodici anni prima; Sesto ripensò con tenerezza a quell'episodio, cui aveva assistito personalmente da componente dell'esercito regolare: era stata proprio quella memorabile carica a fargli desiderare di far parte del corpo.

«Visto che quell'imbecille di Galerio ha indotto Severo a sciogliere il nostro corpo, io gli dimostrerei di che pasta siamo fatti, amici!», disse all'improvviso il suo tribuno Ruricio Pompeiano. «Aspetterei quasi prima di chiamare Massimiano e farei sperimentare all'augusto le nostre capacità di resistenza, nel caso gli venga in mente di toglierci di mezzo».

«Che vuoi dire?», gli chiese espressamente Sesto.

«Che potremmo lasciarlo sfilare e poi attestarci a Saxa Rubra come dice il generale, ma attirare subito l'attenzione di Galerio e sfidarlo a sfondare le nostre linee prima ancora che giunga in nostro soccorso Massimiano. Tanto, dovrà guardarsi le spalle dalle probabili sortite provenienti da Roma, e non potrà mandarci contro tutto il suo esercito. E intanto, noi gli faremo ingoiare le sue deliberazioni sul nostro scioglimento».

Un mormorio di approvazione si levò tra le file della colonna pretoriana. Nessuna voce di dissenso per quel piano folle. Sesto si accorse che l'entusiasmo aveva contagiato anche lui, e si scoprì ad approvare l'idea, nonostante i pretoriani fossero solo cinque coorti, circa duemilacinquecento uomini, di fronte a un'armata stimata in almeno trentamila effettivi.

«Solo quando li avremo respinti almeno una volta chiameremo Massimiano! D'accordo, compagni?», aggiunse Pompeiano.

Sesto osservò ancora la lunga teoria di truppe in fondo alla valle. Erano un'infinità, e al loro comando c'era un uomo che si era dimostrato tutt'altro che imbecille.

Eppure, non poté fare a meno di dire: «D'accordo!», come tutti gli altri.

Il conducente della carrozza chiese a Osio se dovesse cambiare strada. Ma lui gli fece cenno di fermarsi dietro l'angolo e rimase a osservare la scena. Contò almeno una quarantina di persone, e a giudicare dai loro indumenti, dovevano appartenere agli strati sociali più disparati. Ma avevano tutti la stessa espressione. Gli occhi iniettati di sangue e i muscoli del volto contratti in una smorfia d'odio. Notò che molti avevano un coltello, altri bastoni, altri ancora stringevano in mano delle pietre, e un uomo era già riverso sul selciato, agonizzante in una pozza di sangue.

Osio scosse la testa con una smorfia di disgusto. L'aveva ben previsto, con Milziade, e aveva fatto bene a suggerirgli di tenersi fuori dalla disputa per l'elezione del nuovo vescovo di Roma, dopo quattro anni di sede vacante. C'era davvero il rischio di perdere il suo uomo, e di dover ricostruire da capo la paziente strategia che stava intessendo da anni, e che aveva nel prelato romano uno dei punti cardine. Osservò l'uomo che i cristiani avevano voluto solo pochi mesi prima come loro capo, e lo vide incitare i suoi seguaci a infliggere una severa lezione ai contestatori, che si erano radunati dall'altro lato della strada. I suoi si scagliarono contro gli antagonisti, scatenando una rissa feroce, i cui partecipanti erano pervasi da istinto omicida.

Era incredibile si disse Osio, che in una città dove gli abitanti avrebbero dovuto presto occuparsi di fronteggiare un assedio, si trovasse il tempo di scannarsi per questioni religiose; e nell'ambito dello stesso credo, per giunta. Da quel che gli aveva detto Milziade, il nuovo vescovo Eusebio, un integralista che era riuscito a salvarsi dalle stragi del periodo più duro delle persecuzioni, aveva dato inizio a una purga nei confronti di quelli chiamati "apostati", o traditori, che avevano consegnato i libri sacri e fatto sacrifici agli dèi pagani, abbandonando la loro fede per salvarsi la vita.

Osio non riteneva che fosse giunto il momento di procedere a una nuova elezione e attirare di nuovo l'attenzione dei governanti. Lo aveva detto a Milziade, ma il sodale non era riuscito a impedire che i più oltranzisti, incoraggiati dall'atteggiamento tollerante di Massenzio, ripristinassero struttura gerarchica e ritualità come se nulla fosse accaduto nei drammatici anni precedenti. Eusebio, in particolare, scalpitava da tempo per prendere le redini della comunità, e aveva fatto in modo di farsi eleggere; e uno dei primi compiti che si era assunto era stato quello di regolare i conti con chi considerava un traditore, gli aveva confidato Milziade, consapevole di essere uno dei suoi bersagli.

Erano esaltati, si disse, ed era utile che lo fossero. Ma avevano bisogno di essere guidati da uomini razionali, capaci di indirizzare quella loro prorompente energia verso il conseguimento di un'affermazione politica del loro credo, come avevano appunto intenzione di fare lui e Costantino.

Vide lo stesso vescovo, un vegliardo pieno di vitalità, incitare un suo seguace a infierire su un ragazzo che aveva azzoppato con una randellata. L'uomo sferrò un altro colpo, che mise in ginocchio la vittima, quindi abbatté il bastone sul cranio dell'avversario, che crollò a terra. Il cristiano proseguì a battere sulla testa ormai squassata, dalla quale in breve fuoriuscì materia organica, che andò a spargersi sul selciato. Nel frattempo, uno degli apostati cercava di scagliarsi contro il vescovo, ma un uomo si frappose tra i due, prendendosi una coltellata allo stomaco. Il ferito barcollò, e l'avversario ne approfittò per accoltellarlo di nuovo, sempre nello stesso punto, abbracciandolo al collo con l'altro braccio e tirandolo verso di sé per permettere alla lama di scavare ancor più in profondità. Quando si staccarono, la vittima stramazzò a terra mentre, tra le sue dita strette sulla pancia, penzolavano viscere e filamenti.

Quando arrivarono i pretoriani per sedare il tumulto, Osio pensò che, se avessero atteso ancora un po', avrebbero potuto risparmiarsi il lavoro. Per terra giacevano già parecchi cristiani, e non erano stati gli esecutori degli editti imperiali e i carnefici a farne scempio, ma loro stessi. I soldati si disposero a ventaglio e andarono a occupare tutte le vie di fuga dalla piazza in cui si svolgeva lo scontro. Poi iniziarono a convergere sui facinorosi con le lance puntate in avanti, stringendo sempre di più il cerchio su di loro. Molti dei cristiani, di ambo le fazioni, erano stati talmente impegnati a massacrare gli antagonisti, da essersi accorti solo in ritardo della presenza dei pretoriani, e nessuno era riuscito a guadagnare le strade limitrofe in tempo. Destinati a finire tutti nella rete dei soldati, si strinsero gli uni agli altri dimenticando il loro dissidio, e alcuni seguaci di Eusebio intonarono degli inni. Quelli che li avevano combattuti li imitarono subito dopo, probabilmente per dimostrare che, in quanto a forza della fede, non erano secondi a loro, a dispetto del loro tradimento precedente.

I pretoriani non stettero a perdere tempo lanciando minacce. Agirono direttamente, affondando le loro lance su chiunque gli capitasse a tiro. I cristiani finirono infilzati uno dopo l'altro e tutti, gli apostati come i fautori del vescovo, si strinsero intorno a Eusebio, che intanto lanciava anatemi contro i soldati, farneticando di una "fine dei tempi" nella quale Dio li avrebbe puniti per i loro peccati. Le sue parole gli morirono in bocca quando una lancia, trapassando da parte a parte il corpo di un suo seguace appena davanti a lui, raggiunse anche il suo stomaco, costringendolo a emettere un urlo strozzato. Il vecchio crollò in ginocchio, sforzandosi di tenere le mani giunte mentre intanto, sui suoi indumenti, si espandeva una macchia di sangue. E mantenne le mani unite perfino quando un'altra lancia lo raggiunse alla schiena, spingendolo a terra dove, di lì a poco, cessò di muoversi e respirare.

Era finita. Una nuova sommossa era stata sedata ed erano stati eliminati altri integralisti che, in futuro, avrebbero potuto compromettere il processo di assorbimento dei cristiani nell'impero, che Osio aveva avviato. Milziade si era rivelato ancora una volta prezioso, il giorno prima, nell'indicargli dove e quando gli esponenti delle due fazioni si sarebbero scontrati per regolare i loro conti. Lui si era affrettato a dirlo a Massenzio, che aveva fatto intervenire i pretoriani con il solo scopo di mantenere l'ordine pubblico; da quando Galerio aveva iniziato la sua marcia di avvicinamento a Roma, i pretoriani avevano dovuto sedare tumulti quasi ogni giorno, ma quasi sempre per placare gli animi esagitati dal razionamento del pane.

Osservando i corpi dei cristiani, e quello di Eusebio in particolare, tingere di rosso il selciato, gli venne in mente che, probabilmente, Milziade lo aveva avvisato proprio per liberarsi del suo rivale. Anzi, non era escluso che non avesse ostacolato la sua elezione proprio per attirare l'attenzione su di lui e toglierselo di mezzo. Se così era, poteva dire di essere stato usato dall'astuto prelato.

Ma anche se fosse stato, si compiaceva di aver scelto un collaboratore uguale a lui. Quando fosse diventato troppo pericoloso e di ostacolo ai suoi piani, non ci avrebbe messo molto a toglierlo di mezzo.

Le frecce tornarono di nuovo a sibilare all'alba, dopo aver mietuto un alto numero di vittime il giorno prima. Era il preludio al nuovo attacco da parte delle truppe di Galerio. Sesto Martiniano udì il tribuno Pompeiano ruggire ordini cavalcando lungo tutta la linea. Era un buon capo, Ruricio Pompeiano: coraggioso, determinato, lucido anche nei frangenti più difficili; se i pretoriani fossero stati ancora truppe operative, avrebbe potuto vantare una fulgida carriera; invece, fino ad allora era stato poco più di un burocrate con il compito di redigere rapporti su ubriachi in vena di distruzioni o di sedare proteste di piazza.

I pretoriani se ne stettero acquattati dietro la barriera che avevano costituito all'altezza del borgo di Saxa Rubra, unendo tra loro con materiale di risulta, massi e tronchi d'albero e sterpaglie, i pochi edifici che sorgevano ai lati della strada, e sbarrando la via con le suppellettili requisite nelle case; avevano così creato una sorta di fortino, le cui propaggini si estendevano, sui fianchi, fino alle colline circostanti, impedendo agli uomini di Galerio l'aggiramento.

Aveva funzionato, fino ad allora. Sesto e i suoi compagni avevano resistito agli assalti nemici per tutto il pomeriggio della giornata precedente, al termine della quale gli uomini di Galerio si erano dovuti ritirare senza essere riusciti a creare una breccia nello sbarramento. Solo allora Ruricio aveva dato ordine che venisse avvertito Massimiano, ma il tempo che serviva all'ex augusto per raggiungerli stava dando a Galerio la possibilità di rinnovare gli attacchi. E con le perdite subite il giorno prima, era molto improbabile che i pretoriani sarebbero risultati vittoriosi dopo un secondo giorno di lotta, senza l'arrivo del grosso dell'esercito.

Ma Sesto non temeva la morte, né la temevano i suoi compagni. Era come se combattessero con il peso di tutti i pretoriani che li avevano preceduti nel corso dei secoli; come se i loro più celebri prefetti, e coloro che avevano affiancato imperatori come Traiano, Marco Aurelio e Domiziano nelle campagne lungo il Danubio, li stessero guardando e giudicando. E ciascuno dei presenti si era sentito in obbligo di dare tutto se stesso, moltiplicando le proprie forze come se dentro di lui fosse entrato lo spirito dei commilitoni che avevano dato la vita per l'impero.

Così, ogni volta che gli avversari si erano gettati sullo sbarramento, li avevano sempre respinti, mulinando spade e affondando lance con un'energia inesauribile, tanto che non c'era stato neppure bisogno di darsi il cambio. Ciascun pretoriano era rimasto al suo posto senza chiedere di poter rifiatare, e Ruricio aveva potuto così distribuire le truppe che aveva disposto di riserva lungo tutta la linea, presidiandola in ogni suo settore. E quando qualcuno era caduto, i compagni si erano stretti intorno al suo cadavere chiudendo ogni varco e raddoppiando gli sforzi. Galerio, come previsto, non aveva potuto impiegare che una parte delle sue truppe negli assalti, nel timore di qualche sortita dalle mura di Roma. Alla fine, l'augusto aveva dovuto ordinare la ritirata, e il terreno oltre Saxa Rubra era rimasto costellato di cadaveri, mentre decine e decine di feriti venivano trascinati via dai compagni esausti.

Ma adesso sarebbe stata un'altra storia, e tutti, tra i pretoriani, ne erano consapevoli. Una notte di riposo non era bastata per recuperare le forze, e gli effettivi si erano ridotti di almeno un terzo, tra caduti e feriti. Inoltre, Galerio disponeva di truppe sufficienti da poter mandare all'attacco soldati freschi, lasciando a riposo quelli che avevano combattuto il giorno prima.

Sarebbe finita presto, se Massimiano non fosse arrivato.

Gli scudi non si serrarono a testuggine come il giorno prima, e qualche dardo s'insinuò negli interstizi tra i bordi, mietendo diverse vittime. Urla di dolore si levarono dalle linee difensive in più punti, e Sesto notò un compagno poco lontano accasciarsi sulla catasta di sterpi che lo proteggeva, con una freccia conficcata in gola. Ma dovette pensare a ripararsi dalla seconda raffica, che giunse immediatamente dopo sorprendendo i soldati impegnati a spostarsi per serrare le file. Dopo un'altra raffica ancora, si crearono ampi spazi vuoti, contro cui il nemico si preparò a dare l'assalto.

Sesto gridò agli uomini della sua centuria di tenersi pronti ad aprirsi non appena i fanti avversari fossero stati abbastanza vicini da impedire ai loro arcieri di tirare ancora. Si sporse appena oltre la barriera e, protetto dallo scudo, osservò i movimenti dei soldati di Galerio. Giunsero ancora tre raffiche, le cui frecce si conficcarono per la gran parte nelle masserizie della barriera e sugli scudi, tra cui quello dello stesso Sesto; poi le trombe diedero il segnale d'attacco. Il centurione ripeté ai suoi di disporsi a maglie più larghe, ma la marea nemica avanzante era talmente numerosa che ogni pretoriano avrebbe dovuto affrontare più di un avversario contemporaneamente.

Gli uomini di Galerio corsero contro le linee nemiche con la guardia scoperta, senza temere alcun proietto; fin dal giorno prima avevano capito che i pretoriani non disponevano né di arcieri, né di giavellotti. La loro avanzata fu sostenuta da altre raffiche, che costrinsero i difensori a sguarnire settori sempre più ampi dell'improvvisato fortilizio. In pochi istanti gli assalitori furono a ridosso della barriera, dandosi lo slancio per superarla con un balzo. Sesto ne trafisse uno all'inguine mentre era ancora in volo, ma un altro riuscì a piombare al suo fianco. Tuttavia, quando l'avversario riprese l'equilibrio, il centurione aveva fatto in tempo a piazzarsi di fronte a lui; con un ampio movimento del braccio sinistro, fece in modo che la freccia conficcata nel proprio scudo graffiasse il viso del nemico, che si portò la mano agli occhi e non poté impedire che Sesto lo trafiggesse alla clavicola, frantumandogli le ossa tra braccio e petto e provocandogli un'esplosione di sangue.

Ormai ogni pretoriano era incalzato dagli avversari che si addensavano sulla barriera, chi cercando di scavalcarla, chi di scalzarla. Sesto si rese conto che i suoi compagni non combattevano con lo stesso ardore del giorno precedente, e probabilmente se ne stava accorgendo anche il nemico, che ne traeva grande morale. Nonostante le esortazioni di Ruricio e quelle dei suoi ufficiali, gli uomini erano più lenti, i loro movimenti più pesanti, e la loro difesa meno efficace. Stavano dando tutto, ma non era abbastanza, dopo la battaglia del pomeriggio precedente.

Andò ad aiutare uno dei suoi subalterni, impegnato da un avversario che lo teneva a distanza con la lancia, mentre altri due spostavano delle suppellettili sormontate da sterpaglie. Nel frattempo, notò che gli assalitori approfittavano dell'atteggiamento passivo dei pretoriani per accatastare i cadaveri dei compagni, rimasti sul campo dal giorno prima, a ridosso della barriera, usandoli per risalirla più facilmente. Scosse la testa; per quanti potessero respingerne, il numero avrebbe consentito ai nemici di prevalere molto presto.

Si arrampicò egli stesso sulla catasta di detriti, sorprendendo l'uomo che stava duellando con il suo compagno; quello non si accorse che troppo tardi della sua iniziativa, e si ritrovò con un braccio sinistro tranciato dalla spada di Sesto; il centurione afferrò la lancia del soldato, gliela strappò di mano e la scagliò con violenza contro uno degli altri due nemici, conficcandogliela nel ventre. L'uomo cadde riverso all'indietro, mentre Sesto esortava il proprio compagno ad aiutarlo a ricostituire la barriera nel punto in cui l'avevano scalzata. Ma non appena quello venne avanti per affiancarlo, l'altro soldato impegnato con le masserizie lo trafisse alla spalla destra, facendogli cadere di mano la spada. Il pretoriano non si dette per vinto e, pur con uno squarcio da cui fuoriusciva copioso il sangue, avanzò con lo scudo sul braccio sinistro e uscì dalla barriera, afferrando il piede del nemico ucciso da Sesto e trascinandolo in mezzo ai detriti. Il centurione annuì e fece altrettanto con l'altra sua vittima, accatastandola sull'altra e chiudendo il varco con i due cadaveri. Ma intanto il suo compagno, rientrando, veniva raggiunto alla schiena dalla spada dell'avversario ancora in piedi, e crollava egli stesso sui due corpi, aumentando l'altezza della catasta.

Prima che giungessero altri nemici, Sesto osservò la battaglia lungo tutta la fronte. I pretoriani stavano dando fondo alle loro energie residue, compiendo incredibili atti di valore e, come lui, ricostituendo la barriera ogni volta che i nemici la abbattevano. Ma in un punto vide che gli uomini di Galerio avevano sfondato. Era appena più a monte rispetto a lui, e presto da quel varco si sarebbero insinuati a decine, a centinaia. I primi a oltrepassarlo erano già in numero superiore rispetto ai pretoriani che si erano raggruppati per arginarli, e presto la loro superiorità sarebbe stata schiacciante. Fu tentato di andare ad aiutare i compagni, ma se avesse lasciato sguarnito il settore di cui, come centurione, aveva la responsabilità, i nemici non avrebbero tardato ad approfittarne. Si rassegnò pertanto all'inevitabile e si predispose a difendere la zona di sua pertinenza, ignorando quel che accadeva altrove.

Ma non poté fare a meno di notare, poco dopo, che nel settore della breccia a crescere era stato il numero dei difensori, non degli attaccanti. Ne seguì i movimenti e si rese conto che ne stavano affluendo altri, da dietro. Molti altri. Guardò oltre, e vide che tutta la linea si stava rinforzando. Si voltò, e ammirò con grande soddisfazione la marcia compatta dell'armata di Massimiano.

«Domina! Il cesare Costantino è di ritorno! Vittorioso, ancora una volta: i brutteri sono stati domati e il confine è stato stabilizzato», annunciò il gran ciambellano entrando nella sala delle udienze.

Minervina, seduta sul trono e impegnata a dirimere una contesa tra due convenuti, cercò di mantenere il contegno che ci si sarebbe aspettato da un'imperatrice; frenò pertanto la gioia per il nuovo successo del suo sovrano e signore, ma soprattutto per il suo ritorno, che aveva atteso con ansia: non solo per il legittimo desiderio di rivederlo, ma anche per quello di manifestargli le sue idee, che aveva appena messo in pratica.

«Signori, dobbiamo sospendere il giudizio», disse ai presenti. «Il nostro imperatore deve essere degnamente accolto, pertanto v'invito a tornare domani alla stessa ora: emetterò senz'altro un giudizio definitivo e inappellabile sulla questione che vi riguarda».

I due uomini, un architetto e il suo committente, che non si erano messi d'accordo sul prezzo di una ristrutturazione edile, la guardarono perplessi, chinarono il capo in segno di deferenza e si ritirarono. A dir la verità, pensò Minervina, si erano dimostrati perplessi fin dal loro ingresso nella sala, dove probabilmente si erano aspettati di trovare un uomo, magari un aristocratico cui pensavano che il cesare avesse delegato le funzioni di giustizia spiccia durante le sue assenze, come talvolta accadeva per altri imperatori. Avevano esposto le loro rispettive argomentazioni con scarsa convinzione, probabilmente non ritenendo valido il procedimento, né ufficiale, ma cercando di assecondarla nel timore di scontentare la concubina dell'imperatore.

Se ne rendeva conto benissimo, e lo aveva ben previsto, quando aveva deciso che il modo migliore per sentirsi e rendersi utile era di dirimere le contese. Ne aveva parlato col gran ciambellano, che aveva cercato di dissuaderla, o di esortarla almeno a parlarne prima con il cesare. Ma Costantino era lontano da settimane, e per chissà quanto tempo sarebbe stato ancora assente: passava la gran parte del tempo, da quando era diventato imperatore, lungo le frontiere ad arginare le scorrerie barbariche. Minervina aveva pertanto insistito col dignitario di corte, che aveva dovuto arrendersi. Si erano quindi messi d'accordo perché, intanto, giudicasse le cause di basso profilo, quelle che comunque l'imperatore avrebbe delegato ai suoi collaboratori. Quelle di maggior peso, che Costantino conduceva da solo o presiedendo un tribunale, non le avevano neppure prese in considerazione.

Ma Minervina era fiduciosa che il compagno, una volta constatata la sua buona volontà e i risultati conseguiti durante la propria assenza, le avrebbe concesso di emettere giudizi di maggior importanza. E finalmente si sarebbe sentita utile, si sarebbe data un ruolo che, fino a quel momento, non era affatto definito: Costantino non l'aveva resa sua moglie, né le aveva dato altri compiti, e perfino l'educazione di suo figlio era affidata a una serie di personaggi che gravitavano intorno alla corte, sottraendole ogni possibilità di forgiarne il carattere.

Era accanto a un uomo straordinario, uno dei più grandi del suo tempo, destinato a diventare probabilmente il più grande di tutti, eppure lei non era nessuno e non faceva niente di significativo. In una parola, era insignificante, ed era consapevole delle dicerie dei cortigiani, che la consideravano il balocco di Costantino, una bambolina con la testa vuota, pigra e incapace, che il cesare teneva a palazzo esclusivamente per il proprio piacere.

Era la sua puttana. Per tutti.

Era ricorsa all'aiuto di Cristo per darsi forza e affrontare gli sguardi diffidenti di chi la circondava. Aveva pregato, e pregato, e pregato, finché non aveva trovato il coraggio di mettersi in gioco e di sfidare l'ottusità comune. Avrebbe dimostrato a tutti di valere molto più di quanto credevano. Anzi, pensava di aver già iniziato a far ricredere i suoi detrattori, con l'equilibrio di cui aveva dato prova nei giudizi emessi fino ad allora.

Sentì il rumore degli zoccoli risuonare nella corte del palazzo imperiale. Corse alla finestra e si affacciò. Era lui, in testa a una piccola colonna formata dalle sue guardie del corpo, tutte germaniche, ormai, con le loro figure imponenti e le chiome dorate. Costantino adorava fare la sua irruzione in scena, equipaggiato di tutto punto, con un'armatura a squame dorata, un elmo tempestato di gioielli e il mantello color porpora. Si fermò, scese da cavallo e varcò l'ingresso. Come sempre, Minervina si sentì pervadere dall'emozione. L'avrebbe salutata con trasporto, stavolta? A ogni ritorno di Costantino dalle sue campagne, lei lo scrutava in ogni suo movimento per capire se era contento di vederla, valutava il suo umore e faceva di tutto per catturare la sua attenzione. Mandò a chiamare Crispo, ben sapendo che l'imperatore avrebbe cercato prima il figlio; se non altro, trovandoli insieme sarebbe stato costretto a fare le feste a entrambi.

«Crispo caro, tuo padre è arrivato. Anche stavolta ti racconterà una sua vittoria sui barbari», disse al bambino, non appena la schiava glielo ebbe portato.

350

«Quanti ne ha uccisi? Spero che li abbia massacrati tutti, così non ci disturberanno più», rispose Crispo, che a quattro anni mostrava già una spiccata propensione per il mestiere delle armi. Era vivace e determinato, e tra i coetanei sapeva farsi rispettare; talvolta teneva anche testa agli adulti, e Costantino lo adorava anche e soprattutto per il suo carattere irruento, che gli ricordava se stesso alla sua età.

«Te lo dirà lui», replicò lei, e in quel momento vide entrare l'imperatore, l'elmo sotto braccio, la figura prestante e statuaria.

Crispo corse verso il padre, che lo sollevò e lo contemplò orgoglioso. «Vedo che sei cresciuto, figlio mio, in questi mesi», esclamò soddisfatto.

«Abbastanza da venire a combattere con te?», rispose il bambino.

Costantino scoppiò in una franca risata. «Noooo! Ma abbastanza per rimanere qui a sorvegliare tua madre e la mia casa!», replicò, guardando Minervina, che gli rivolse un ampio sorriso.

«Bentornato, mio signore. Le notizie delle tue vittorie ti hanno preceduto», disse la donna.

«È andata bene, sì», commentò Costantino con aria soddisfatta. «I brutteri non dovrebbero più rappresentare un problema, per l'impero. Ne abbiamo anche reclutati un po' per le nostre armate. Diventa sempre più difficile trovare romani che abbiano voglia di fare il servizio militare… Lo sapevi che c'è gente che si taglia i pollici per non fare il soldato? E non sono i cristiani…».

Minervina sospirò. Non era particolarmente espansivo nei suoi confronti, ma se non altro era abbastanza loquace. Forse affrontare subito il discorso che le premeva, ora che sembrava di buonumore, era una buona idea.

«Da una parte c'è gente che non vuole compiere il proprio dovere…», azzardò. «Dall'altra, c'è chi vorrebbe fare di più…».

Costantino alzò gli occhi al cielo. «Ancora questo discorso del "renderti utile", scommettiamo. Ma facci respirare, almeno!», rispose seccato.

«Ti assicuro, mio signore, che non intendo disturbarti affatto», replicò lei, sforzandosi di essere conciliante. «Infatti, proprio per non darti alcun fastidio, durante la tua assenza ho agito di mia iniziativa e mi sono assunta il compito di giudicare le vertenze più insignificanti, quelle di cui non ti faresti mai carico o che troveresti noiose…».

Costantino poggiò a terra il bambino e la guardò sgranando gli occhi. «Tu… cosa hai fatto?».

Minervina provò a sorridere, ma sentì un tremore pervaderla ovunque. «Puoi chiedere al gran ciambellano, che ha assistito ai dibattimenti. Sono stata scrupolosa e precisa, e ho emesso giudizi di cui non ti pentirai».

L'imperatore scosse la testa, apparentemente sconvolto. «Tu vuoi renderci ridicoli…», mormorò.

«Credimi, Costantino, io…».

Ma non le lasciò spiegare nulla. «Fare amministrare la giustizia a una concubina… Cosa penseranno di noi gli altri tetrarchi? Peggio di Nerone, o come Caligola che fa console un cavallo… Ma il gran ciambellano la pagherà!», gridò, uscendo a grandi passi dalla stanza.

Minervina non riuscì a trattenere il pianto.

Aveva sbagliato tutto, ancora una volta.

«Come sarebbe: non intendi attaccare Galerio?», esclamò Massenzio balzando in piedi dal trono. Osio trovò infinitamente paradossale la scena: il figlio, con indosso il mantello regale di porpora, era sul podio della sala delle udienze nel palazzo del Palatino, mentre il padre, un tempo supremo padrone dell'Occidente romano, era in piedi davanti a lui, sporco di polvere e di sudore, come un qualsiasi questuante. La differenza di carisma a favore di Massimiano era abissale, e chiunque non conoscesse la storia recente dell'impero avrebbe potuto pensare a uno scambio di ruoli.

«Te l'ho detto; non lo attaccherò», ribadì il vecchio condottiero. «È mia intenzione arrivare a un accordo. È l'augusto che ho creato io, e non disconoscerò il mio operato».

Massenzio scosse la testa, furioso. «È incredibile… Ce l'hai in pugno: lo hai chiuso tra le mura della città e il tuo esercito, e non vuoi approfittarne? Sei proprio invecchiato… Un tempo, non avresti esitato a dargli il colpo di grazia», lo provocò.

Massimiano si erse in tutta la sua massiccia figura, ancora imponente nonostante l'età e la tendenza all'imbolsimento. «Sono diventato più saggio, semmai: inutile rischiare il tutto per tutto, se puoi raggiungere i tuoi obiettivi col minimo sforzo e spreco di soldati. Vinceremmo, certo, ma a caro prezzo, e il nostro potere non rimarrebbe saldo».

«Ah sì? E cos'è che vuoi ottenere, esattamente?», lo incalzò il figlio. La domanda, si disse Osio, era legittima, di fronte alla determinazione del padre di ritornare sulla scena. Fino ad allora, Massimiano non aveva ancora esplicitamente detto dove voleva arrivare, ma era facile arguirlo. Poco prima, correva voce, le truppe lo avevano acclamato augusto.

Massimiano sbuffò. «Manca un augusto, adesso. Ho quindi preteso di essere reintegrato nella mia carica, per bilanciare la tetrarchia e scongiurare altre crisi istituzionali», rispose seccamente.

Ecco, finalmente l'aveva detto. Osio gongolò. Ormai era troppo tardi per far tornare Massenzio nell'angolo in cui l'aveva relegato il sistema voluto da Diocleziano.

Il principe, infatti, divenne rosso d'ira. «E... fammi capire», replicò avvicinandosi al padre. «Con te e Galerio come augusti, e Costantino e Massimino Daia intoccabili come cesari, quale sarebbe il mio ruolo?».

Massimiano tacque qualche istante, poi dichiarò: «Come Galerio ha un nipote quale cesare, io punterei ad avere mio figlio come erede...».

«Vuoi farmi credere che marceresti contro Costantino?», lo incalzò. «Ma se abbiamo sempre detto che Galerio stesso ha dovuto accettare la sua usurpazione perché destituirlo è un'impresa impossibile! Vuoi prendermi in giro?»

«Magari, con le forze unite di tutti i tetrarchi, potremmo farcela...».

«Ma a chi vuoi darla a bere?», insisté Massenzio. «Di' piuttosto che vuoi farmi uscire dalla contesa. Sono di troppo, anche per te. Lo sono sempre stato: non hai mosso un dito per difendere i miei diritti, come ha fatto Galerio con suo nipote, o Costanzo Cloro con Costantino...».

I cortigiani si guardavano tra loro imbarazzati. Nessuno osava intervenire. Osio assunse lo stesso atteggiamento, ma in realtà stava pensando a come fomentare la contesa.

Massimiano non si scompose, davanti a quello sfogo del figlio. «Ma Galerio non ha alcuna intenzione di sancire la tua usurpazione. Invece, se io rientrassi in gioco come augusto, un domani, quando morirò, mi assicurerò che tu subentri come cesare, mentre Costantino passerà a rivestire la carica di augusto...».

Massenzio era sull'orlo di una crisi isterica. «Ma certo! Pensi di tenermi buono in questo modo?», strepitò. «Mi credi tanto idiota da starmene zitto e tranquillo ad aspettare qualcosa che, forse, non avverrà mai? Tu hai deciso di farmi fuori fin dall'inizio, ecco la verità: e pensare che sono stato io a chiamarti, tirandoti fuori dal tuo letargo e dandoti una nuova occasione per sentirti importante… Dovresti ringraziarmi, e invece mi pugnali alle spalle… Ti sei servito di me…».

«Niente affatto. Ti assicuro che non ho pianificato nulla», si giustificò Massimiano. «Ti ero grato di avermi dato la possibilità di condurre di nuovo degli eserciti, ma proprio questo, e i miei successi contro Severo e Galerio, mi ha fatto capire che posso dare ancora un consistente apporto all'impero, con la mia esperienza. E mi sento ancora molto vitale e in salute, al contrario di Diocleziano, che è malato da anni e sentiva la necessità di riposarsi. Ha costretto anche me ad abbandonare la scena solo perché lui non ce la faceva più. *Ma io sto bene, per gli dèi!* Perché dovrei cedere il posto al quale mi hanno destinato gli dèi stessi?».

«Perché sei vecchio e perché la legge che tu stesso hai creato e sottoscritto te lo impone», rispose senza esitare Massenzio. «L'impero sarebbe meglio salvaguardato da sangue giovane. Ora è il mio turno. Il tuo tempo è finito».

L'espressione di Massimiano, fino ad allora controllata, cambiò di colpo. Il suo viso si fece feroce, come poteva esserlo quello di un uomo dai tratti tozzi e marcati. «Sono vecchio? E il mio tempo sarebbe finito? Dimostramelo, imbecille; prendi una spada e sfidami, e vedremo chi la spunta!».

Massenzio si fece paonazzo. Esitò però a rispondere, un chiaro segno, si disse Osio, di paura. «Non mi abbasso a tanto. Un imperatore non si mette a sfidare un soldato», dichiarò infine.

«Solo quando quel presunto imperatore non è mai stato un soldato», replicò Massimiano con un sorriso di scherno. «Se ti fossi degnato di partecipare a qualche campagna, non avresti tanta paura di affrontare un "vecchio". E hai appena dimostrato perché nessuno tra i tetrarchi ti ha scelto come imperatore. Ci vuole gente con spina dorsale, per difendere un impero. E Costantino ne ha senz'altro più di te!».

E prima che il figlio potesse replicare, avanzò verso di lui con passo deciso e gli strappò il mantello di porpora di dosso. «Questo non sei degno di portarlo, né ora, né mai!», aggiunse, scagliando a terra l'indumento e voltandogli le spalle. Poi si avviò verso l'uscita, fermandosi proprio sull'uscio. Si voltò e disse: «Ah, a proposito: Galerio ha rifiutato qualunque accordo che presupponga un mio reintegro nella carica di augusto. Ha proposto di indire una conferenza coinvolgendo lo stesso

Diocleziano, per dare una nuova sistemazione all'impero. Credo proprio che accetterò…». Solo allora varcò la soglia e sparì oltre.

«Maledizione… Se lo reintegrano, io sarò esposto alle vendette di tutti», mormorò Massenzio, senza rivolgersi ad alcuno in particolare. «E il guaio è che i soldati lo amano ancora, e sono con lui; se decide di rimanere augusto fino alla conferenza, io sono spacciato…».

Osio decise che era il momento di intervenire. «I soldati sono con chi li paga di più. E, nella tua posizione, sei tu ad avere i soldi, adesso, *cesare*», disse sottolineando il suo titolo, prima di accomiatarsi.

Ora era il momento di parlare anche con Massimiano.

XXVI

«Cesare… ehm… Non immagineresti mai chi è arrivato qui a Treviri per conferire con te…», annunciò a Costantino il nuovo gran ciambellano.

L'imperatore sollevò la testa dallo scrittoio del suo tablino, guardò spazientito l'uomo, poi fece un brusco cenno col capo per esortarlo a parlare. Non aveva ancora imparato a essere essenziale.

«L'augusto… ehm… l'*ex* augusto Massimiano».

Costantino si finse sorpreso, ma non lo era affatto. Grazie ai buoni uffici di Osio da Roma, all'indomani della sua rottura col figlio, Massimiano lo aveva già contattato, prima di andare al convegno di Carnunto con Diocleziano e Galerio; all'epoca, pochi mesi prima, il vecchio gli aveva proposto un accordo niente affatto disprezzabile che ora, dopo l'esito della conferenza, devastante per l'ex augusto, penalizzante per Costantino, diventava ancor più vantaggioso per entrambi. Lo era soprattutto per Massimiano, in realtà, ma anche Costantino avrebbe potuto trarne profitto, quando fosse arrivato il momento di levare di mezzo Massenzio.

«Fallo entrare nella sala delle udienze quando saremo pronti», rispose, «e intanto, disponi che gli schiavi ci portino la tenuta ufficiale». Doveva impressionare Massimiano e fargli capire che adesso l'imperatore era lui, e il vecchio un semplice questuante; pertanto si fece vestire con gli indumenti di porpora e cinse il diadema sul capo, prima di cambiare stanza e accomodarsi sul trono.

Non appena lo vide apparire al suo cospetto, Costantino rimase impressionato dall'aspetto di Massimiano. Era invecchiato tanto, dall'ultima volta che lo aveva visto. La sua sfrenata ambizione, che gli impediva di godersi il ritiro a vita privata come aveva fatto Diocleziano, doveva essere rimasto il solo sostegno a un corpo altrimenti piegato dal trascorrere del tempo.

«Massimiano! È un vero privilegio poter fruire così rapidamente di un resoconto di prima mano della conferenza che ha determinato i nuovi destini dell'impero!», esclamò, dopo che il vecchio ebbe fatto un inchino appena accennato, su cui l'imperatore ritenne di non dover polemizzare.

«Destini provvisori, spero che converrai con me. È una sistemazione che non piace a nessuno, se non a quel Licinio che si è ritrovato per le mani una nomina direttamente ad augusto del tutto inaspettata, credo», replicò Massimiano.

Costantino non riteneva che fosse inaspettata. Da quando lo conosceva, Licinio aveva sempre brigato per diventare imperatore, e di sicuro si era lavorato Galerio, negli ultimi anni, per essere il prescelto non appena fosse venuto a mancare uno dei tetrarchi. Lo considerava un proprio nemico personale, e non gli aveva fatto piacere sapere che finalmente Licinio aveva coronato il suo sogno; soprattutto perché Diocleziano e Galerio gli avevano assegnato i territori contigui ai suoi, ovvero quelli danubiani, l'Italia e l'Africa.

Quel che proprio non sopportava e non poteva tollerare, tuttavia, era che lui fosse stato lasciato nella carica di cesare, nonostante tutto quello che aveva fatto per rafforzare l'impero nel triennio in cui aveva rivestito il ruolo, eleggendo ad augusto quello spregevole individuo, che non aveva mai fatto parte del collegio tetrarchico.

«Questo nessuno potrebbe metterlo in dubbio», convenne. «Abbiamo un augusto, ovvero Licinio, che possiede realmente solo un terzo dei suoi territori: la Pannonia. Il resto è spartito tra Massenzio, che controlla l'Italia, e quel nuovo usurpatore, Lucio Domizio Alessandro, che si è preso l'Africa».

«E poi ci sono io...», precisò Massimiano. «Un augusto spodestato, di fatto».

«Ci par di capire che Diocleziano non ha dato ascolto alle tue richieste...», chiese, sinceramente curioso di capire come fossero andate le cose a Carnunto.

«Diocleziano è diventato un demente», replicò Massimiano senza mezzi termini. «Sembrava interessato solo ai cavoli che coltiva personalmente nel suo orto a Spalato. Se li è perfino portati dietro per farceli vedere, lo sai? E abbiamo permesso che fosse un demente a decidere come si regge un impero...».

«Ma Galerio è lucido. Con lui non hai potuto accordarti?».

Massimiano sbuffò. «Galerio si è guardato bene dal farmi rientrare in gioco, ben sapendo che la mia autorità avrebbe minato la sua; adesso è l'augusto più anziano e il più autorevole, e l'altro augusto e un cesare sono uomini suoi; con me di nuovo in campo avrebbe dovuto cedermi la supremazia».

Costantino annuì. Conosceva bene le ambizioni di Massimiano e sapeva che avrebbe dovuto fare i conti con lui, anche se si fossero alleati. Era il momento di vedere cosa l'ex augusto avesse deciso di fargli credere. «È questo che vuoi? La supremazia?»

«Non voglio prenderti in giro, Costantino», finse onestà Massimiano. «Non potrei accontentarmi di nulla di meno, per gli anni che mi restano da vivere. Insieme, riconquisteremo l'Italia e l'Africa, poi procederemo contro Licinio in Pannonia. Tu rimarrai cesare della Gallia, io sarò augusto dei territori attualmente divisi tra tre regnanti; e una volta che avrai sposato mia figlia, come mio genero, sarai il più legittimo dei successori a quel ruolo di augusto che gli altri tetrarchi si ostinano a non darti».

Costantino represse a stento un sorriso. Massimiano accusava Diocleziano di demenza, ma doveva essere lui il demente, se pensava di dargliela a bere. «Siamo onorati della tua proposta, sebbene l'essere figli di un augusto come Costanzo Cloro faccia già di noi un legittimo pretendente al ruolo di augusto», disse invece. «Ma non c'è dubbio che l'alleanza con te rafforzerebbe le nostre credenziali, e metterebbe Licinio, tuo figlio e Domizio Alessandro in condizioni difficili. Inoltre, siamo davvero felici di sposare tua figlia, che ci dicono essere deliziosa, oltre che molto giovane».

«Fausta è poco più di una bambina. E ti darà un nugolo di eredi… legittimi», convenne Massimiano.

I due rimasero per un istante in silenzio, scrutandosi. Costantino fu certo che entrambi fossero consapevoli della pantomima: ciascuno blandiva l'altro, ben sapendo tuttavia di avere di fronte un uomo le cui ambizioni andavano ben oltre quanto lasciava trasparire. Avrebbe dovuto sempre guardarsi le spalle da quell'individuo infido, intrigante, bramoso di potere, incapace di accettare il fatto che il suo tempo fosse finito. Glielo aveva detto il figlio, glielo avevano detto tutti i convenuti a Carnunto, eppure lui non si dava per vinto: e se non era disposto ad aiutare Massenzio a legittimare il suo potere e consolidarlo, non poteva certo aspettarsi che sarebbe stato più tenero nei confronti di un genero.

Ma su una cosa Massimiano aveva ragione. Intanto, avrebbe preso da lui quel che gli faceva più comodo: una sposa legittima e credibile, giovane e in grado di generargli numerosi eredi...

Adesso si trattava solo di liberarsi di Minervina.

Minervina trovò insolita la convocazione di Costantino. Non perché lui non la cercasse mai: l'aveva perdonata, o per lo meno sembrava non avercela più con lei, sebbene le avesse proibito di esercitare ancora la giustizia; ma non capitava mai che la chiamasse nel proprio studio. Di solito, s'intratteneva durante il giorno per fugaci istanti con lei e Crispo, e di notte, non più di un paio a settimana, veniva a trovarla nel suo cubicolo, faceva i suoi comodi e andava via prima dell'alba. Le dispiaceva essere trattata come un oggetto, ma si era rassegnata a essere la sua puttana, e trovava più gratificante essere tale che stare al fianco di un qualsiasi altro uomo mediocre e meno interessante di lui.

«Cara Minervina, come stai? Soffri ancora la delusione per essere stata privata della tua attività?», la accolse l'imperatore.

«Un po', mio signore. Sai quanto desideri rendermi utile. Oltre ad allietare le tue notti, intendo dire», rispose maliziosa, meravigliata che lui s'interessasse del suo stato d'animo. Non lo faceva mai, al contrario di Sesto e, talvolta, di Osio.

Costantino non raccolse. Rimase serio e proseguì: «Comprendiamo le tue esigenze. E ci rendiamo conto che il ruolo di concubina ti sta stretto. Per questo stavamo pensando di affidarti un compito».

Minervina s'illuminò. «Davvero?», cinguettò.

«Si tratta di un compito molto delicato ma che, siamo certi, saprai svolgere al meglio. Ci fidiamo di te, e la tua fede cristiana ti rende la persona ideale per questo incarico».

Minervina si sentiva sempre più entusiasta. «Sono a tua disposizione, cesare, lo sai», disse, piena di speranza.

«Ebbene... Noi, come tuo marito Osio, siamo convinti che i cristiani siano la futura forza motrice dell'impero», iniziò a spiegarle Costantino. «Sono coraggiosi, determinati, e credono in qualcosa che li spinge a pensare di doversi meritare la vita eterna. Questo li obbliga a comportarsi rettamente, e a combattere non solo per la propria fede, ma anche per chi si faccia promotore di essa».

«E tu vorresti farti promotore di noi cristiani? Mi riempi di gioia, cesare», replicò lei. «Avevo notato che nella tua parte d'impero non solo non ci sono mai state persecuzioni, ma neppure discriminazioni; ma non pensavo che ti spingessi addirittura a puntare su Cristo…».

Costantino sbuffò. «Adesso non esageriamo», spense i suoi entusiasmi. «Come sai, siamo un seguace del Sole invitto, come nostro padre, ma proprio come nostro padre troviamo che i cristiani siano gente che merita credito. Hanno tutti i diritti di venerare il loro dio, come tutti gli altri, e se esiste è un dio potente, perché ha consentito loro di superare la terribile persecuzione. Praticamente ormai nessuno più dei tetrarchi osa infierire sui cristiani: i nostri colleghi hanno constatato che sono troppi e ben radicati nel tessuto sociale, per poterli estirpare. E la gente comune non ha mai approvato le misure più drastiche nei loro confronti. Formalmente le discriminazioni permangono, ma in pratica non sono applicate che in modo blando. Insomma, la nostra è una presa d'atto, per ora; siamo un imperatore, e tu capisci che non possiamo prendere nettamente posizione a loro favore, senza alienarci il sostegno di coloro che credono ancora negli dèi tradizionali, e che sono la gran parte. Ma è anche un'apertura: nel nostro intimo, ci sentiamo spinti verso il vostro Cristo, lo stiamo cercando, si potrebbe dire, e se le condizioni politiche lo consentiranno, non è detto che lo raggiungiamo, un giorno».

Minervina si sentì felice. Aveva sempre apprezzato la sua tolleranza, e lo aveva amato anche per quella caratteristica, di cui Sesto era privo; ma adesso che apprendeva quanto fosse ben disposto verso la sua fede, sentiva di amarlo ancora di più. Si convinse che avrebbe fatto qualunque cosa, per lui. «E cosa vuoi che faccia, dunque?»

«Vogliamo che tu torni a Roma, intanto».

«Con te?», chiese.

«No. Da sola».

«Da sola con Crispo, intendi».

«No, proprio da sola. Crispo ti sarebbe d'impaccio, per quello che devi fare».

Minervina rimase interdetta. «Per quanto tempo?», lo incalzò.

Costantino allargò le braccia. «Questo non sapremmo dirtelo. Il tempo necessario perché i cristiani, grazie anche a te, imparino a nutrire fiducia nei nostri confronti e ci preparino il campo per quando saremo noi il loro sovrano, anche in Italia. Collaborerai con tuo marito, che ti è ancora molto affezionato e che già ha operato abilmente per prepararci il campo. Ma tu potrai lavorare ancor meglio a nostro favore: Osio non è cristiano, tu sì, e opererai all'interno della comunità».

Minervina accolse la spiegazione con emozioni contrastanti. L'entusiasmo per la considerazione di cui apprendeva essere oggetto non poteva farle dimenticare che avrebbe dovuto sia staccarsi dall'uomo che amava, sia rischiare di incontrare di nuovo Sesto ma, soprattutto, di abbandonare per qualche tempo Crispo. Fino ad allora, negli ultimi quattro anni aveva svolto solo il ruolo di madre, oltre che quello di puttana di Costantino, e non era certa di saper rinunciare tanto facilmente al figlio che aveva accudito in prima persona, rifiutandosi di affidarlo alle schiave come tutte le altre matrone romane.

«Ma... Crispo?», chiese timidamente.

«Crispo è il figlio di un imperatore. Sarà il bambino più seguito e tutelato dell'impero, finché starai via. Ma vedrai che non sarà per molto: abbiamo intenzione di colpire Massenzio molto presto», la rassicurò Costantino.

Minervina abbozzò un sorriso. Doveva convincersi che stare accanto a un grande uomo implicava anche grandi sacrifici, come faceva lui quando conduceva lunghe campagne, che lo tenevano lontano dagli affetti e dal riposo. D'altra parte, aveva tanto insistito per svolgere un ruolo più attivo, e ora non poteva tirarsi indietro: lo avrebbe reso fiero di lei.

Non appena varcò le porte d'ingresso di Roma, Minervina ringraziò il Signore che Costantino le avesse fornito delle guardie armate.

Non si aspettava neppure lontanamente la situazione nella quale si ritrovò catapultata da un momento all'altro. Aveva sentito dire che, da quando l'Africa era caduta nelle mani di un usurpatore, l'approvvigionamento granario nell'Urbe aveva subìto un brusco arresto. Ma non immaginava che le autorità avessero a tal punto perso il controllo della situazione. Roma le parve fin da subito una zona di guerra.

Passò attraverso il Campo Marzio e si accorse che i posti non erano più come li conosceva. Intorno a lei c'era soprattutto devastazione. I Giardini dei Domizi non sembravano più quelle rigogliose zone di verde dove aveva fatto passeggiate all'ombra di alberi ricchi di fronde. Adesso erano in parte brulli, i tronchi anneriti dagli incendi, così come le facciate degli edifici e dei muri che li delimitavano. E sullo sfondo, dalla Collina dei Giardini si alzavano fumi che testimoniavano come le devastazioni fossero in corso anche là. Procedette oltre. Il Mausoleo di Augusto aveva delle crepe lungo i muri di contenimento, e si vedeva chiaramente che era stato preso a picconate per cavarne sassi. Per terra, alla base dell'edificio, giacevano frammenti e detriti che nessuno si preoccupava di sistemare.

La via Flaminia era delimitata da cataste di rifiuti; Roma non era mai stata una città pulita, ma quel che vedeva adesso era molto peggio di ciò cui era abituata. E poi, altre facciate di muri bruciacchiate, sbeccate, e macerie sparse ovunque. Sentì delle grida e allungò il collo per vedere. «C'è una sassaiola, domina. I soldati!», la avvertì una delle guardie del corpo. E prima che la carrozza potesse cambiare percorso, un gruppo di persone la investì. Avevano le espressioni terrorizzate, i volti emaciati, i vestiti laceri; tuttavia, qualcuno ogni tanto si fermava e scagliava delle pietre contro gli inseguitori.

I pretoriani.

«Maledetti! Per voi il cibo c'è sempre, per noi no!», gridava qualcuno.

«Spartitelo con noi! Chissà quanto grano avete accumulato nei vostri magazzini!».

«Massenzio pretende di essere un imperatore, eppure non riesce neppure a nutrire i suoi sudditi. Dà da mangiare solo a quelli che lo mantengono al potere!».

Minervina vide i pretoriani schierati in modo compatto da un lato all'altro della strada, le lance spianate. Avanzavano a passo cadenzato, con le loro armature rilucenti e le espressioni indefinibili sotto gli elmi di bronzo. Forse, tra loro c'era anche Sesto Martiniano. Fu presa da un irragionevole terrore di rivederlo, misto a imbarazzo, e si rese conto che aveva più paura di incontrarlo che di finire coinvolta nel tumulto. Quando un sasso colpì il fianco della sua carrozza, iniziò a tremare. Le sue guardie si chiusero intorno al mezzo, esortando il conducente a prendere la più vicina via laterale. Ma il vicolo era a diversi passi di distanza, e ormai la via era ostruita. Le lance dei soldati avevano raggiunto i primi ribelli, e la donna vide con orrore un ragazzo, gracile e pallido, trafitto in pieno stomaco mentre i suoi insulti all'indirizzo dei soldati gli morivano in gola.

Un vecchio, forse il padre, si gettò sul suo cadavere, rivolgendo un ruggito ai pretoriani. Con lui non usarono neppure le lance; gli passarono semplicemente sopra, calpestandolo con i loro calzari chiodati e prendendolo a calci e pugni. Quando se lo lasciarono alle spalle, era ridotto a una poltiglia sanguinolenta, la testa spaccata e gli arti deformati.

Quegli uomini in armatura dorata le parvero angeli della morte, demoni crudeli e spietati che godevano nell'esercitare il loro potere. Ciascuno di loro le sembrò avere le sembianze di Sesto, che l'aveva presa in giro e tradita, da pagano intollerante e vizioso qual era.

«Minervina! Minervina!», si sentì chiamare.

C'era un uomo a ridosso di un edificio: più un semplice passante che uno dei facinorosi, le parve. Guardò meglio: era Silvestro, il suo vecchio maestro di fede! Con coraggio, il prelato accorse verso la sua carrozza, approfittando dello spostamento del tumulto poco oltre. «Ti credevo in Gallia… Hai scelto un pessimo momento per tornare a Roma, come puoi vedere», le disse.

«Caro amico», gli rispose, «sapessi quanto mi è stato di aiuto e conforto quello che mi hai insegnato… Sono qui per un compito molto importante».

«Qualunque sia, non so se riuscirai a svolgerlo. Qui è il caos. Andrai a stare da tuo marito?», le chiese Silvestro.

«Sì, se mi rivorrà ancora».

«Allora è meglio se ti affretti a raggiungere la sua abitazione. Come vedi, la situazione nelle strade non è sicura. Anche io mi sono pentito di essere uscito: ma dovevo raggiungere i miei confratelli per una riunione urgente su quello che sta accadendo ad Alessandria d'Egitto con quell'eretico… Ario».

«Allora portami con te!», esclamò Minervina entusiasta. «Non intendo perdere tempo, anche perché voglio tornare da mio figlio. Permettimi di parlare agli altri prelati e al vescovo di quello che intende fare Costantino per voi, per noi!».

Silvestro si mostrò perplesso. «Non so se è il momento, sorella. Come ti ho detto, ci sono diverse tensioni tra noi; qualcuno tende ad aderire alle teorie di Ario…».

Minervina non si fece scoraggiare. «Ma io non ho dubbi che quel che ho da dirvi vi compatterà! Ti prego, lasciami venire».

Il diacono rifletté ancora qualche istante. «Va bene», disse infine. «Almeno, con noi ti so al sicuro: chissà in quali altri guai andresti a cacciarti se ti lasciassi andare via adesso, con la città in subbuglio…».

Minervina ne fu felice. Le faceva piacere rivedere Osio, ma molto di più teneva a lavorare per Costantino, sia per compiacerlo, sia per portare a termine il suo compito e tornare da Crispo. Giunsero presto nell'elegante domus che qualcuno aveva messo a disposizione dei cristiani per le loro riunioni, e Silvestro le fece strada. Ma prima ancora di entrare nel tablino, sentirono urla e rumori di colluttazione anche lì. Silvestro la bloccò sulla soglia della stanza, indeciso se entrare o meno. C'erano una decina di sacerdoti, tra cui Minervina riconobbe Milziade, che discutevano animatamente. Così animatamente che uno di loro si era gettato sul triclinio di un altro e stava tentando di strozzarlo. Ed era stupefacente che nessuno intervenisse a favore dell'uomo a mal partito.

«Non osare più seminare queste empietà tra noi, eretico!», gridava quello che aveva preso l'iniziativa. «Che io non senta più dire che Cristo è privo di natura divina!».

L'altro, sebbene rischiasse di soffocare, continuava a parlare mentre tentava di allentare la stretta. «Non dico che non abbia natura divina… Solo che Cristo non può essere eterno, unico e indivisibile come Dio, poiché è stato da Lui generato…».

Un diacono intervenne finalmente a suo favore. «Volendo fare i sofisti, in effetti», disse, «se noi consideriamo Cristo "figlio" del Padre, ovvero di Dio, ammettiamo implicitamente che non sia eterno come Lui. In qualche modo, è subordinato a Dio. Quindi è lecito chiedersi quanto ci sia di divino e quanto di umano in Lui…».

La sua considerazione suscitò l'indignazione di altri prelati. «Non sono quesiti che un uomo di fede dovrebbe porsi», dichiarò uno di loro. «Lasciamole ai filosofi, queste domande! La divinità non si discute! Non è un caso se Ario è stato scomunicato dal suo patriarca da ben nove anni!».

«E poi, quell'Ario afferma che la natura è per se stessa unica e indivisibile», aggiunse un altro. «Quindi esclude che vi sia qualcosa di divino in Cristo. È proprio un eretico, e le sue teorie non dovrebbero essere prese neppure in considerazione. Chiunque lo faccia è un folle degenerato».

«Mi stai dando del folle degenerato?», disse quello che era intervenuto a favore dell'aggredito, che intanto ancora si dibatteva per sottrarsi alla stretta del suo aggressore.

«Fa' un po' tu…».

L'altro si alzò e gli diede uno schiaffo, per poi tornare a sedere. La sua vittima gli lanciò uno sguardo pieno d'odio. Allungò la mano, prese uno dei bicchieri poggiati sul tavolo accanto a lui, e glielo lanciò dietro. Lo colpì alla fronte, dalla quale uscì un fiotto di sangue, mentre il bicchiere cadeva a terra rompendosi in più pezzi. Anche costui aveva dei bicchieri accanto a sé, e reagì allo stesso modo. Centrò il rivale alla spalla, inducendolo a un ruggito di stizza, più che di dolore. Erano entrambi piuttosto anziani, e la loro furia li faceva apparire decisamente ridicoli; la scena parve a Minervina più comica che drammatica. Tuttavia si rivolse a Silvestro dicendo: «Forse hai ragione tu, amico mio. È meglio se vengo in un'altra occasione». Lo salutò e raggiunse le proprie guardie del corpo, senza che gli occupanti della casa, troppo impegnati a litigare tra loro, avessero notato la sua presenza.

XXVII

Osio nutriva sentimenti contrastanti a proposito della prima cena con la moglie dopo anni. Nel pomeriggio l'aveva accolta con gioia, che però poi si era spenta di fronte all'atteggiamento freddo di Minervina. Aveva dimenticato quanto si fosse distaccata da lui, prima ancora che Costantino comparisse all'orizzonte, e quanta amarezza gli avessero provocato i suoi continui tradimenti. E gli era tornata in mente la frustrazione che aveva provato di fronte ai suoi rifiuti, alla sua ritrosia, alla freddezza che aveva caratterizzato la sua condotta per lungo tempo. L'accordo con cui l'aveva ceduta a Costantino, quindi, gli era giunto come una liberazione, sebbene fosse consapevole che le sarebbe mancata: Minervina era così ingenua da instillare in lui un senso di protezione che lo faceva sentire un uomo migliore; sotto certi aspetti, aveva bisogno di lei. Perfino l'amore genuino che Elena, la sua amante, aveva nutrito per lui, non era valso a compensare quel che la partenza di Minervina gli aveva tolto. E ormai Elena era diventata più un'amica che un'amante. Qualunque cosa provasse per sua moglie, quindi, era il sentimento più puro e spontaneo che fosse mai stato in grado di provare nella sua vita.

Tuttavia, per quanto volesse il suo bene, scalpitava per informarla di quello che aveva saputo da Costantino. Appena arrivata, Minervina gli aveva riferito con convinzione il compito che riteneva l'imperatore le avesse assegnato, e lui l'aveva ascoltata con scetticismo; pensava di essere il solo a godere della fiducia dell'imperatore in quel progetto che lui stesso gli aveva suggerito, e non pensava che l'imperatore reputasse Minervina all'altezza di un simile incarico. Poi, dopo aver letto la lettera di Costantino, aveva capito. Il sovrano gli aveva infatti inviato una missiva, che all'insaputa della donna una delle sue guardie del corpo gli aveva consegnato, con le istruzioni su come comportarsi con Minervina. In parte, Osio godeva all'idea di distruggere il suo sogno d'amore, così come aveva tratto piacere dal rovinare il suo rapporto con Sesto Martiniano. E stavolta non aveva neppure bisogno di inventarsi una storia: Costantino gliela forniva già bell'e pronta.

Ma la notizia più bella era che doveva tenerla a Roma.

Per sempre.

Tornava sua, almeno nominalmente. E col tempo, forse, avrebbe capito che era l'unico uomo che valesse la pena amare.

«Mia cara, vedo che mangi di buon appetito. Il viaggio deve essere stato davvero stancante», le disse dopo un lungo e imbarazzante silenzio, osservandola divorare una coscia di pollo.

«Più che altro, sono rimasta turbata dal caos che ho trovato a Roma. Rivolte contro i pretoriani e contro l'imperatore, cristiani che litigano tra loro per faccende che francamente non comprendo. Come possiamo dibattere sulla natura di Cristo se possiamo solo ipotizzarla? Ci sarà bisogno di un gran lavoro da parte nostra per unire tutti i cristiani e renderli quella milizia di Cristo che vorrebbe Costantino», considerò.

Osio si schiarì la voce. «Ehm… A questo proposito, Costantino mi ha scritto e mi ha informato dei suoi programmi».

Minervina annuì contenta. «Bene!», disse, «quindi, come proponi di fare? Quando cominciamo?».

Osio guardò in tutte le direzioni, tranne che verso di lei. Costantino gli aveva ordinato di rendere il meno amara possibile la medicina. «Vedi… Subito dopo che sei partita, evidentemente, c'è stato un grosso cambiamento, che lo obbliga a modificare la sua politica», le spiegò. «Ha mandato qui un corriere della posta imperiale, che ti ha preceduto di qualche giorno. Ha tenuto a informarci subito, e questo dimostra quanto tiene a te», mentì.

Minervina assunse un'espressione sgomenta. «Significa che non se ne fa più niente e che devo tornare da lui? Mi dispiace, ma almeno rivedrò presto mio figlio…».

«No, non rivedrai tuo figlio. Non è possibile», precisò Osio. «Devi sapere che l'ex augusto Massimiano si è presentato dall'imperatore e gli ha proposto un'alleanza, che gli permetterà di conquistare prima e più facilmente Roma».

«Allora avevo ragione. Non c'è più bisogno del sostegno dei cristiani, quindi neppure del mio», allargò le braccia la donna.

«Moglie mia, il presupposto dell'alleanza è il matrimonio tra Costantino e la figlia di Massimiano, la giovanissima Fausta», dichiarò, scandendo le parole a una a una.

Minervina stava per ribattere, quando si rese conto delle parole pronunciate dal marito e si paralizzò. «Non… Non può essere…».

«È politica, mia cara. Solo politica. Sai quanto sia ambizioso Costantino».

Lacrime sgorgarono dagli splendidi occhi di Minervina. Osio avvertì una forte commozione e un desiderio di abbracciarla. Si alzò e andò verso di lei, ma la donna protese le braccia per tenerlo lontano. «E… non ha scritto a me. Ha scritto a te…», mormorò.

«Provava imbarazzo, evidentemente. E sa quanto io ti sia affezionato; senza dubbio è contento che io mi prenda cura di te», rispose, senza meravigliarsi della sua ingenuità: chiunque altro avrebbe visto un rapporto di causa-effetto tra il suo allontanamento e il matrimonio di Costantino. Ma lei si accontentava della spiegazione che le aveva dato, e non vedeva ragione per non crederci.

«E mi scarica così? Dopo avermi voluto a tutti i costi? Dopo cinque anni?». La sua voce stava assumendo toni disperati.

«Uomini del genere non possono permettersi di mettere i sentimenti al primo posto: dovresti saperlo. Forse non avresti dovuto riporre tante aspettative nel vostro rapporto. In fin dei conti, eri la sua concubina».

«*La sua puttana*, dicevano! E che ci vuole a scaricare una puttana? Niente!».

«Ma no… Sono sicuro che ci tenesse a te. Come può tenerci un uomo del genere, naturalmente. Non può vincolare le sue scelte e i suoi programmi a un amore. Non ti sentiresti un peso, per lui, se lo limitassi in qualche modo? Non ti sentiresti in colpa?».

Minervina singhiozzava. «S-suppongo di sì. Forse hai ragione», riuscì a dire tra le lacrime.

Osio osò di nuovo provare ad abbracciarla, e stavolta Minervina lasciò fare. L'uomo sentì un brivido al basso ventre, come non lo aveva mai provato con Elena, e sperò che la moglie se ne facesse presto una ragione.

«E mio figlio? Io… devo tornare a prenderlo», disse improvvisamente Minervina.

Osio fece un cenno di diniego con la testa. «Impossibile: è il figlio di un imperatore e deve crescere a corte. Su questo, Costantino è stato chiaro con me».

Minervina proruppe nuovamente in un pianto dirotto. «Ma come posso rinunciare a fare da madre?»

«Anche questa è politica, mia cara», le disse accarezzandola.

«Io però lo andrò a trovare spesso», dichiarò risoluta.

«Neanche questo è possibile. La tua presenza a corte sarebbe fonte di estremo imbarazzo, per Costantino. E indisporrebbe l'imperatrice. E noi non vogliamo che s'indisponga».

Minervina si accasciò sul tavolo, senza più neppure la forza di reagire. Sprofondò da un momento all'altro in una cupa depressione, lo sguardo perso nel vuoto.

Come se una parte di lei fosse volata via, pensò Osio, impressionato e preoccupato.

L'insegna non lasciava dubbi: un fallo con i relativi testicoli in rilievo. E appena sotto, la scritta "Qui abita la felicità". Minervina entrò risoluta, sperando di trovarvi l'oblio, invece.

L'uomo che incontrò appena varcato l'ingresso le parve terribilmente sgradevole. Meglio, si disse. Non doveva piacerle nulla di quel posto. Non aveva mai conosciuto dei lenoni, ma immaginava che fossero proprio così: indossava indumenti sfarzosi e di cattivo gusto, aveva i capelli acconciati in boccoli, orecchini e mani piene di anelli, braccia ornate di bracciali, numerose collane al collo, uno sguardo lascivo, una barbetta a punta e una pelle unta, forse più di sudore che di olio, anche se emanava una mistura di profumi che faceva lacrimare gli occhi.

Non si era fatta consigliare, anche perché non conosceva nessuno che potesse farlo, e poi se ne vergognava. Era semplicemente andata nella Suburra e si era messa a cercare insegne che indicassero la presenza di postriboli. Quello era il primo che aveva trovato, e non ne avrebbe cercati altri. L'uomo la squadrò da capo a piedi, con sguardo incuriosito e lascivo. «Cerchi qualche emozione forte con ragazze o ragazzi, bella signora?», le chiese, con una voce tale che, se i rettili ne avessero avuta una, avrebbe avuto proprio quel suono. «Oppure ti serve una ragazzetta per qualche festino, per te e tuo marito?».

Minervina non riuscì a celare il proprio disgusto. Con una smorfia, rispose: «Niente di tutto questo. Voglio una delle tue stanze in affitto per fare quello che fanno le tue ragazze. Per... diciamo tre, no, quattro ore al giorno, nel pomeriggio».

«Sei una dama di alto lignaggio, domina», replicò il lenone. «L'affitto, per te, è di venti follis ogni dieci giorni. Ma chi mi dice che non mi bloccherai la stanza e poi, turbata dalle prime esperienze, non mi mollerai? In quattro ore io posso fare un gran numero di clienti. Di solito, invece, voi aristocratiche fate le schizzinose e ne rifiutate tanti, prima di trovare quello di vostro gradimento».

«Bene. Allora sappi che, oltre l'affitto, metà dei miei guadagni saranno tuoi. E m'impegno ad accettare qualunque cliente tu voglia offrirmi. *Qualunque*», dichiaro solennemente Minervina.

«Uhm... Qui abbiamo una nuova Licista/Messalina, perché a quanto pare», e la squadrò di nuovo. «Sei troppo magra, secondo me, per fare furore; e un po' avanti con l'età. Ma hai un bel viso. Vedremo. Dipenderà da quanto ci sai fare. Quando vuoi cominciare?», le chiese.

«Subito», rispose lei, offrendogli il sacchetto che si era portata dietro. «Qui ce ne sono cento, di follis. Hai più di un mese anticipato. E ora portami nella mia stanza e mandami il primo cliente che ti capita».

Al lenone s'illuminò il volto e la sua bocca si aprì in un ampio sorriso che rivelò la presenza di pochi denti, oltretutto in gran parte marci. Afferrò il sacchetto con avidità, diede un'occhiata all'interno, poi le fece strada nel lupanare, attraverso una serie di fetidi corridoi che puzzavano di fuliggine, sudore e urina. A Minervina lacrimarono gli occhi. Si sentì soffocare e dovette reprimere l'impulso di fuggire. Arrivarono davanti a un tendaggio, lercio e pieno di strappi, che l'uomo spostò, rivelando una stanzetta grande poco più del letto, su cui stava, seduta, una ragazza con una profonda cicatrice lungo la guancia, con indosso solo una tunica trasparente. I muri erano pieni di graffiti e disegni osceni, in parte anneriti dalla fuliggine, che rendeva l'atmosfera del locale quasi irrespirabile.

«Fuori di qui, tu», intimò l'uomo alla ragazza, che si affrettò a ubbidire, la paura evidente negli occhi. «Aspetta un attimo, però», aggiunse il lenone. «Tu, domina, cos'hai portato da indossare?».

«Ehm... Nulla. Non ci ho pensato».

«Non fa niente. Tu, dalle la tua tunica», ordinò alla ragazza, che si tolse la veste e la offrì a Minervina. Il lenone le fece segno di indossarla, e lei lo guardò in tralice.

«Allora? Domina, ti ricordo che sei qui per farti vedere nuda da tutti. Vuoi farti problemi con chi curerà i tuoi interessi?», insisté il lenone.

Minervina esitò ancora, poi concluse che aveva ragione. Si tolse la palla, che buttò sul letto, poi la tunica, e rimase in perizoma e fascia pettorale. Quindi si accise a mettersi la veste.

Il lenone fece un cenno di diniego col capo. «La tunica è trasparente proprio per consentire ai clienti di ammirare le vostre fattezze. Lo so che voi signore siete abituate a tenere la fascia pettorale anche durante i momenti più intimi, ma in questo mestiere non si usa...», precisò severamente.

Minervina sospirò, poi si tolse fascia e, dopo qualche altra esitazione, il perizoma. Subì con una profonda umiliazione lo sguardo scrutatore del lenone, tra il lascivo e il professionale. Ma ormai non c'era nulla che potesse umiliarla più di quello che aveva subito. «L'avevo detto io, troppo magra», commentò. «Ma hai delle gambe molto lunghe, e delle tette piccole ma perfette, oltre che delle spalle ampie. Dovresti trovare parecchi clienti. E poi, se non ti dispiace, ti pubblicizzerò come la matrona che sei, così la gente di più bassa estrazione verrà con te anche se non gli piaci, solo per potersi togliere la soddisfazione di essersi scopata un'aristocratica».

Minervina fece spallucce e si guardò la veste: puzzava anch'essa, e qua e là scorse macchie inequivocabili. Le stesse che notò subito dopo anche sul materasso, sul quale non c'erano neppure le lenzuola. Vi si adagiò e percepì ancor più distintamente l'odore di sudore e umori maschili e femminili.

«Ti ci vuole un nome d'arte, però», aggiunse l'uomo. «Messalina si faceva chiamare Licista. Tu quale nome hai pensato?».

Minervina fece un cenno di noncuranza con la mano. «Non ci ho pensato. Sceglilo tu per me».

L'uomo corrugò la fronte, riflettè per qualche istante e poi disse: Spes. Sì, ti chiamerò Speranza. La speranza che tu mi faccia fare un sacco di soldi e renda il mio lupanare famoso».

Minervina riuscì a sorridere per l'ironia. Lei che non aveva più speranze, veniva chiamata Spes. Si adagiò sul letto, non appena l'uomo uscì tirando la tenda, cercando di vincere il ribrezzo che le provocava immergersi in quel fetido materasso. Fu tentata di addormentarsi, ma non trascorse molto tempo che la tenda si aprì. Il lenone la esibiva soddisfatto a un cliente. L'uomo, un vecchio grassone con la barba ispida e un alito da avvinazzato che si sentiva da quella distanza, la guardava con lascivia.

«...Una signora dell'alta aristocrazia, la nostra Spes», diceva il lenone. «Si chiama Speranza, ma è una certezza, te lo posso garantire: la certezza che ti farà godere, amico. È tutta tua: scommetto che non vedi l'ora di ficcare il tuo uccello in quel corpicino elegante. E guarda com'è atletica: vedrai che evoluzioni... Tu non dovrai fare altro che sdraiarti: al resto penserà lei».

"Evoluzioni". Già, era brava a danzare sul bacino degli uomini, come diceva sempre Sesto. E mentre il cliente iniziava a spogliarsi, ricordò a se stessa di fare come faceva con il suo antico amante, più che con Costantino. Solo con Sesto aveva liberato completamente la sua natura ferina.

Sperò solo di riuscire a farlo anche senza amore.

Gli ultimi prigionieri entrarono nell'arena dell'anfiteatro di Arelate con lo stesso portamento fiero che aveva caratterizzato la loro resistenza in battaglia. Sapevano ciò che li aspettava; scrutarono i resti dei loro compagni nella sabbia, ma non diedero a vedere di aver paura. Si strinsero al centro e attesero il loro destino, rivolgendo sguardi orgogliosi al loro vincitore. Costantino annuì e fece cenno alle guardie di far entrare le fiere. Poi si rivolse a Massimiano, che sedeva alla sua sinistra sul palco imperiale.

«Vedi che ossi duri che sono? Perfino adesso ci sfidano», commentò col suocero l'imperatore. «Credici, non saremmo arrivati al punto di massacrarne così tanti nel circo; avremmo preferito reclutarli per i nostri eserciti. Ma non ci hanno dato scelta: se non infliggiamo loro una lezione che ricordino a lungo, ce li ritroveremo sempre a premere lungo i confini».

Massimiano ne convenne. «Avrei fatto la stessa cosa», rispose. «Anzi, vorrei fare la stessa cosa, se mi dessi l'opportunità di condurre, da generale, una campagna sulle frontiere. Gli alemanni sono ancora in subbuglio, mi pare».

Costantino non ne aveva alcuna intenzione. Affidare un'armata all'ambizioso suocero equivaleva a metterlo in condizione di realizzare i suoi propositi: scalzarlo dal trono imperiale e insediarsi al suo posto. «Arriverà il tuo momento, signore», dichiarò diplomaticamente. «Con gli alemanni abbiamo un conto aperto: da quando è morto Croco, che riusciva a tenerli a freno, si sentono in diritto di metterci in difficoltà, e dobbiamo sconfiggerli, se vogliamo guadagnarci il loro rispetto e reclutarli di nuovo. Ci hanno molto soddisfatto come ausiliari: a loro dobbiamo molte vittorie e, oltretutto, l'elevazione al trono». Sapeva bene che Massimiano non si sarebbe accontentato della risposta: erano mesi che lo faceva pedinare, e le sue spie gli avevano riferito che spesso s'incontrava con alcuni tribuni e centurioni un tempo al suo servizio. La ragione era evidente: stava complottando per portare l'esercito dalla sua parte.

Le belve irruppero nell'arena prima che Massimiano potesse replicare. E i barbari non fecero una piega. Il pubblico, eccitato dal sangue che era scorso a fiumi in precedenza, si pregustò il gran finale.

«Si vede che sono i capi, questi qui. Sono i più nerboruti e possenti. E anche i più fieri», commentò Fausta, la moglie di Costantino, che sedeva alla sua destra. Il marito aveva notato il suo disagio di fronte a tutti gli smembramenti cui aveva assistito, ma anche il suo sforzo di mostrarsi imperturbabile, il che la rendeva una degna consorte, nonostante la giovanissima età.

«Tra i barbari si usa così. E, se sono fieri, è soprattutto perché devono dimostrarsi più coraggiosi dei loro subalterni, che sono morti sotto le zanne delle fiere prima di loro», spiegò Costantino. La famiglia imperiale era giunta solo per l'ultima parte dello spettacolo, che andava avanti dalla mattina, con il massacro di migliaia di prigionieri. Costantino rifletté; aveva detto la verità al suocero: gli dispiaceva sprecare tutti quei potenziali ausiliari, ma franchi e alemanni erano confederazioni talmente vaste di tribù che sconfiggerne alcune non significava intimidire le altre. Tuttavia, aveva bisogno di arginare qualunque minaccia alle frontiere, se voleva mettersi in condizione di affrontare i conflitti intestini che aveva intenzione di scatenare di lì a poco. E come Giulio Cesare, che aveva posto fine alle guerre galliche tagliando, a titolo di memento, la mano a tutti i difensori della roccaforte che aveva offerto la resistenza più tenace, così aveva deciso di dare in pasto alle belve del circo la gran parte dei prigionieri dell'ultima campagna. La voce si sarebbe diffusa oltre il Reno e, nel prossimo futuro, i barbari ci avrebbero pensato due volte, prima di avventurarsi nuovamente in territorio romano.

«Be', io non li ho mai visti perché ero troppo piccola, un paio d'anni fa», continuò Fausta, «ma mi dicono che i cristiani si siano dimostrati altrettanto coraggiosi. Forse non ugualmente fieri, ma coraggiosi; non si muovevano e pregavano, mentre le fiere li divoravano...».

«I cristiani sono una vera disgrazia per l'impero», intervenne il padre. «Ma ormai sono troppi per poterli debellare. In fin dei conti, abbiamo cose più importanti di cui occuparci, noi governanti», aggiunse, attribuendosi un ruolo che non aveva e non gli spettava più. «Non sono dei veri e propri ribelli, né hanno dato mai luogo a rivolte, anche se spesso creano disordini litigando tra di loro. Sono solo dei fanatici parassiti, che eludono i loro doveri verso lo Stato».

«I cristiani potrebbero essere una risorsa per l'impero, invece», obiettò Costantino. «La loro determinazione potrebbe risultare più utile, a "noi governanti", dell'ignavia dei tradizionalisti. Il loro dio è dinamico, il loro credo molto attraente per le masse, e soprattutto per chi non ha nulla da perdere in questa vita e vuole guadagnarsene un'altra più gratificante oltre la morte». Non aggiunse, per non indisporre il suocero e non svelare i propri piani, che quelle stesse masse avrebbero sostenuto più volentieri un comandante e un governante che combattesse e agisse in nome di un credo del genere, piuttosto che per qualunque altra religione che non prometteva alcun premio.

Ma Massimiano aveva perso interesse per il discorso. Era iniziata la mattanza e la vista del sangue risvegliava la sua natura belluina. I re barbari si erano stretti a falange al centro dell'arena, ed erano circondati da quattro tra leoni e pantere, che gli giravano intorno con passo felpato, studiando le loro prede. Fu una pantera a rompere gli indugi, spiccando un balzo spettacolare verso l'uomo che le era più vicino. Il barbaro si difese istintivamente mettendo le braccia davanti alla faccia. Un attimo dopo le zanne della belva si strinsero intorno a uno dei due arti e ne dilaniarono le carni. La pantera trascinò con sé nell'atterraggio la propria vittima, tirandola come fosse un pupazzo, finché non le staccò il braccio. Dal moncherino fuoriuscì uno zampillo di sangue, che aizzò le altre fiere. L'attacco fu pressoché simultaneo, quasi come fosse una tattica studiata. Gli uomini, che avevano pensato di difendersi a vicenda stringendosi gli uni agli altri, si trovarono a mal partito nel fronteggiare assalti da ogni parte, e chi non fu aggredito subito non riuscì ad aiutare in alcun modo chi aveva avuto la sfortuna di essere azzannato.

Qualcuno provò a lottare con una fiera saltandole addosso da tergo, mentre l'animale era impegnato a sbranare un altro barbaro, ma non ottenne altro che attirare la sua attenzione e diventarne vittima a sua volta. Nessuno corse per ritardare l'inevitabile, come spesso accadeva tra i condannati alle bestie. Il pubblico era ammutolito: delusi dal mancato divertimento di assistere agli inseguimenti delle belve e ai più curiosi tentativi di eluderle, da parte delle loro prede, gli spettatori erano al tempo stesso colpiti dalla forza d'animo dei barbari, che rimanevano sul posto tentando di lottare a mani nude contro zanne e artigli. Ma erano destinati a soccombere, e presto l'arena fu costellata nuovamente, come nelle serie precedenti, di monconi strappati e busti squarciati o sventrati, teste scavate e mani amputate di netto. Chi era ferito attendeva in ginocchio, facendo gesti teatrali con le braccia alla fiera più vicina, per invitarla ad attaccare ancora, urlando nella sua lingua e rivolgendo preghiere ai suoi dèi.

Durò meno di qualunque altra condanna alle bestie. Meno di quella dei compagni che li avevano preceduti, tra i quali molti avevano provato a sottrarsi ai morsi delle fiere, prolungando così il supplizio. Troppo poco per il pubblico, che quando fu morto l'ultimo barbaro, prese a fischiare. Costantino, invece, fu soddisfatto: i barbari si erano dimostrati coraggiosi come non lo sarebbe mai stato un romano. Coraggiosi quanto i cristiani.

Ancora una volta, si scopriva a stimare più barbari e cristiani, che i romani su cui avrebbe dovuto fondare il suo impero. E la risposta che si dava era sempre la stessa: lo avrebbe fondato sulle nuove leve. Erano loro ad avere quel che gli serviva.

Poté pertanto concedersi di pensare alla prossima mossa. «Dolce moglie, appena rientriamo a palazzo vorremmo parlarti di cose molto importanti», sussurrò a Fausta chinandosi verso il suo orecchio.

«Tutto quello che vuoi, mio signore», fu la confortante risposta della ragazzina.

Anche in quel caso, lei era proprio ciò che gli serviva.

Sesto Martiniano accolse la visita di Osio con lo stesso stupore di quella che aveva ricevuto, anni prima, ma con minor diffidenza. In fin dei conti, doveva al suo intervento – prima che al proprio valore – se era tornato in auge e aveva raggiunto il grado di centurione. Certo, non dimenticava che era stata la stessa persona a uccidere suo padre e frustrare la sua carriera; ma il comune sentimento che nutrivano verso Minervina, e l'altrettanto comune senso di abbandono che avevano provato quando se n'era andata con Costantino, gli impediva di considerarlo il nemico da uccidere a tutti i costi, come era accaduto in passato. Lo ricevette con cortesia e gli offrì da mangiare. Insieme, si sedettero nel triclinio dell'abitazione di Sesto, dove il centurione, grazie al suo grado, poteva ormai concedersi il privilegio di andare piuttosto spesso senza più bisogno di corrompere i superiori.

Fin dall'inizio lo vide sgomento e taciturno; non l'uomo tronfio e dall'aria spietata che era abituato a conoscere. Osio non si decideva a parlare; s'intrecciava le dita con aria imbarazzata e guardava ovunque tranne che nella sua direzione, s'inumidiva le labbra con la lingua e accennava ad aprire la bocca, poi però taceva. No, proprio non era da lui.

Decise di prendere l'iniziativa. «Cosa posso fare per te, senatore?», gli chiese a bruciapelo.

«Io… non credevo che ti avrei mai chiesto di fare qualcosa per …Minervina», mormorò.

Nell'udire quel nome, che non sentiva pronunciare da qualcuno da molto tempo, Sesto sussultò. «Le è successo qualcosa?», domandò con apprensione.

«Sì… direi di sì».

«Dimmi. *Dimmi*!», lo incalzò.

Osio sospirò e si passò le mani sul viso. «Costantino l'ha scaricata. Ha dovuto sposare la figlia di Massimiano, quindi l'ha cacciata via. Le ha tolto pure il figlio. E lei ha reagito molto male…», spiegò.

Una morsa gli attanagliò lo stomaco. «Lo prevedevo che non sarebbe durata. Quell'uomo pensa solo alla propria ambizione. Si è fatta del male?», chiese.

«Se ne sta facendo… e non lo sopporto».

Sesto si alzò e gli si avvicinò. Lo guardò fisso negli occhi per capire se mentiva, se non fosse per caso un tranello; gli sembrava assurdo che venisse a parlare di Minervina proprio a lui. Ma lo vide piangere. «Sapessi che pena mi fa…», si lamentò ancora Osio. «È una bambina. Non dovrebbe frequentare certi posti. Chiunque può approfittarsi di lei. Chissà cosa le stanno facendo…».

«Ma insomma, dov'è?», insisté, afferrandolo per l'orlo della dalmatica.

Osio lo guardò infastidito, ma poi allentò i muscoli del volto. E anche Sesto mollò la presa. «In un lupanare».

Sesto fu disorientato. «E cosa ci è andata a fare?», riuscì a dire, dopo aver stentato ad assorbire la notizia.

Adesso fu Osio a scattare. «Cosa pensi sia andata a fare? Quello che fanno tutte in quei posti!», gridò. «*Ci lavora*, a sentir lei! Si dà a tutti, a chiunque la paghi e paghi il ruffiano che gestisce quel posto infame…».

Sesto era sempre più confuso. «E perché mai dovrebbe fare una cosa del genere?», gli chiese. «Qualcuno l'avrà costretta; ho capito: sei stato tu, e adesso stai inscenando questa pantomima!».

«Non hai capito niente!», protestò stizzito Osio. «Si sta punendo per qualcosa, e anzi sospetto che tu non sia estraneo a questo suo modo di reagire a quella che considera una disgrazia».

Sesto fremette di sdegno, ma sentì dentro di sé che quello era il modo in cui avrebbe potuto reagire Minervina a un forte dolore. Aveva una tale energia sessuale in corpo, che un trauma le avrebbe potuto far liberare la bestia che era in lei, il lato oscuro che lui, in un modo o nell'altro, le aveva tirato fuori quando erano insieme.

Quindi, in un certo modo, Osio aveva ragione: era colpa sua.

Ma non glielo avrebbe mai detto.

«Perché hai deciso di condividere con me questa notizia?», disse invece.

«Perché ho provato di tutto per dissuaderla, per tirarla fuori di lì e accantonare questi insani comportamenti. Non mi dà retta».

«E vorresti che provassi io a convincerla?».

Osio annuì. Doveva amarla anche lui, tutto sommato, si disse Sesto.

«Vuoi che vada in Gallia a prenderla?», domandò.

«Non è in Gallia. È qui, a Roma».

XXVIII

Sesto irruppe nel postribolo con indosso l'equipaggiamento del centurione pretoriano. Non intendeva essere disturbato da nessuno, mentre si portava via Minervina, e la sua uniforme era sufficiente a intimidire anche il più spregiudicato dei lenoni. L'uomo che gestiva il lupanare, seduto a uno scrittoio pieno di fogli e registri, lo guardò diffidente. «Vuoi spassartela un po' con una delle mie ragazze, centurione? Ne ho di tutti i gusti», gli disse senza scomporsi.

«Sta' zitto, idiota, e conducimi da quella che chiamate Spes», replicò asciutto.

«Vedo che sei ben informato sulla merce… E che hai gusti raffinati», commentò l'uomo. «Anche tu sei venuto a provare questo fiore del piacere che fa parlare di sé tutta Roma… Ma dovrai attendere, centurione: i suoi clienti sono talmente tanti che dovrai prendere un appuntamento. Te lo posso dare… vediamo…», e si mise a consultare un libercolo che teneva appoggiato sul tavolo.

Sesto gli gettò sul tavolo un sacchetto di monete. «Questo dovrebbe bastare a farmi passare avanti immediatamente. Voglio vederla *ora*».

L'uomo prese il sacchetto, lo soppesò e gli luccicarono gli occhi. «Be', se il cliente con cui si trova adesso finisce presto, un buchetto prima del prossimo lo possiamo trovare. Ma breve», disse.

«Lo stabilisco io quanto dura. Indicami dov'è», gli intimò.

Il lenone parve finalmente impressionato. Si alzò e lo guidò attraverso uno stretto corridoio, in cui ogni tanto si apriva un loculo coperto da un tendaggio lercio. Si fermò e glielo indicò. «È qui dentro. Aspetta che esca il cliente e fa' velocemente i tuoi comodi», aggiunse.

Sesto non ne aveva alcuna intenzione. Sentì un roco ansimare da dentro e si affrettò a scansare la tenda. La scena che si offrì ai suoi occhi lo fece pentire di non aver atteso fuori. In mezzo a graffiti di falli giganti e vulve

378

spalancate, su un materasso pieno di chiazze, si destreggiava, nel modo che tanto lo aveva deliziato, Minervina, ricoperta del solo sudore; sotto di lei giaceva e sbavava, mugolando come un maiale, un vecchio rinsecchito.

Minervina dava le spalle all'entrata e non si accorse del pretoriano. Il vecchio non aveva occhi che per lei, ed era impegnato a strizzarle i seni con violenza, senza che la donna mostrasse alcun segno di fastidio.

Aveva il magnifico corpo di sempre, riuscì a notare anche in quel frangente. Più magra di come la ricordava, ma sempre elegante e statuaria, a dispetto dello squallore che la circondava. Si avvicinò, la cinse per un braccio e la sollevò di peso dall'uomo, provocando un urlo di frustrazione e di dolore da parte del vecchio.

«Ma che cazzo fai?», urlò il lenone, mentre Minervina istintivamente cercava di divincolarsi.

«Esci di qui, tu», intimò Sesto al cliente, poi si rivolse al gestore: «E tu, fila via subito e lasciami solo con lei».

«Ma chi sei, suo padre, per gli dèi?», rispose quello, ma uno sguardo truce di Sesto lo indusse a sgattaiolare via. Il vecchio, intanto, aveva spento le sue proteste nell'istante in cui si era reso conto di avere di fronte un ufficiale pretoriano; si affrettò a raccogliere i suoi vestiti, ammucchiati sulla sedia, e ad andare a indossarli altrove.

Minervina pose fine ai suoi tentativi di divincolarsi quando si rese conto della sua identità. Sesto la poggiò delicatamente a terra, si guardò intorno per offrirle un vestito, ma vide solo una veste trasparente appesa a un gancio infisso alla parete. La considerò superflua.

Si guardarono a lungo negli occhi, in piedi, in silenzio. Lei poi assunse un'espressione sprezzante e disse: «Già. Sei abituato alle irruzioni in questo genere di posti, non è vero? Voi pretoriani entrate qui e vi prendete chi vi pare...».

Sesto la guardò, disorientato. «Mai fatta una cosa simile, Minervina. Sono qui per portarti via».

Lei sbuffò e fece una smorfia. «Sì, certo...». Era bella come sempre. Anzi, quei sei anni in più le conferivano una maggiore sensualità, pensò Sesto, che la desiderò ardentemente. L'avrebbe presa lì, sul posto. Ma non era in quel tugurio per quel motivo.

Ma sentì il bisogno di manifestarle i suoi sentimenti. «Sei magnifica, Minervina. E non puoi buttarti via così. Ti prego, vieni via», le disse.

«Non mi sto buttando via. Sto facendo ciò per cui sono nata. Tu hai sempre detto che era la cosa che sapevo fare meglio…», rispose lei, sedendosi sul letto.

«Non dire sciocchezze. È solo una delle cose che sai fare. E, conoscendoti, so che non ti dà lo stesso piacere, con gli estranei», protestò Sesto.

«A Minervina non darebbe piacere. Ma a Spes sì».

«Con gente come quella con cui ti ho trovato ora?»

«Attrazione e repulsione sono due facce della stessa medaglia, per gente come me. Sono una puttana. Sono stata la puttana di Costantino, e prima ancora una delle tue puttane. È chiaro che devo fare questo, nella vita».

«No, tu devi rendere felice un uomo, e un uomo solo. È questo ciò che sai fare meglio e che ti rende felice sul serio. E non sto parlando solo del sesso».

Minervina sospirò. «Perché sei qui, Sesto, a fingere che t'importi qualcosa di me? Lasciami al mio destino, che è questo. Sono sempre capitata con uomini sbagliati, cui non importava niente di me. Ho sempre sbagliato, quando ho puntato a fare felice un uomo, quindi devo rendere felici tutti, indistintamente».

Sesto le si avvicinò e provò ad abbracciarla. Sentì vibrare tutto il proprio corpo e irrigidirsi il suo. Quell'odore… inconfondibile, perfino in quel fetore; non lo sentiva da tanto tempo, eppure gli era rimasto nelle narici. Come sempre, succedeva davvero qualcosa di straordinario, quando si toccavano. «Come puoi dire che non m'importa niente di te? Sono qui, ora. Sono venuto appena ho appreso della tua presenza. E non ho mai smesso di amarti».

Lei non badò alla sua dichiarazione d'amore. «Chi te lo ha detto?»

«Le voci corrono», mentì. «Nel tuo piccolo, sei diventata subito una celebrità e ho capito che questa Spes eri tu: con le tue caratteristiche… uniche, era difficile che ce ne fosse un'altra come te…».

Minervina scosse la testa. «Già, un frequentatore di postriboli come te, non poteva tardare a venirne a conoscenza…».

«Ma cosa dici?», esclamò indignato.

«Vorresti dirmi che non sei mai venuto in posti del genere?», insisté lei, l'espressione imperturbabile. Gli faceva male vederla così distaccata. E così a suo agio, sembrava, in quel tugurio maleodorante. Il suo atteggiamento era così diverso dai tempi in cui si amavano senza freni…

380

«Io… Se ci sono venuto, è stato dopo averti perso», ammise.

«Figurati! So bene che ci andavi anche prima!», esplose improvvisamente lei. «Magari proprio in topaie come questa… e poi venivi da me fingendoti innamorato».

Sesto era allibito. «Per tutto il periodo in cui siamo stati insieme, te lo giuro su tutti gli dèi, non ho neppure guardato una donna all'infuori di te! Ti amavo da impazzire e ti amo tuttora allo stesso modo!», gridò disperato.

«Ma cosa vuoi giurare, sui tuoi falsi dèi. È un giuramento che non ha valore, come non hanno valore le tue parole, bugiardo!», strillò anche lei. Poi si alzò e lo spinse oltre la tenda, che era rimasta aperta. Sesto stava per rientrare, quando si accorse che intorno si era formato un capannello di persone, tra meretrici e clienti, spettatori più interessati al loro litigio che a riprendere le loro attività.

E tra loro, Sesto notò Melissa. Si ricordò solo in quel momento che la donna veniva occasionalmente a esercitare anche in quel lupanare.

E gli parve che lo fissasse con un misto di disgusto e commiserazione.

La staffetta arrivò al galoppo. «L'ha fatto, cesare», gridò.

Costantino annuì, guardò gli ufficiali del suo stato maggiore e un attimo dopo, tutti insieme, senza bisogno di dirsi una parola, si fecero dare dagli attendenti quel che mancava loro per completare l'equipaggiamento e balzarono a cavallo. Squillarono le trombe e in breve anche la truppa si mise in assetto di marcia, incolonnandosi sulla strada che conduceva ad Arelate.

La staffetta cavalcava accanto a Costantino. «Ha espugnato facilmente Arelate? Ci sono stati combattimenti?» chiese l'imperatore.

«Nessuno, a quanto so. Gli ufficiali della guarnigione hanno fatto come hai detto e si sono arresi subito a Massimiano, quando ha imprigionato il prefetto con i soldati che aveva a disposizione. Tuo suocero, poi, ha tenuto un discorso davanti alle truppe e si è proclamato augusto…».

Tutto come previsto, pensò Costantino. Ed era facilmente prevedibile quello che avrebbe fatto suo suocero per prevenire la sua reazione. Sarebbe andato alla zecca e avrebbe preso il denaro per pagare tutti i soldati che poteva, quindi sarebbe andato di città in città a occuparle in proprio nome e radunando altre truppe, preparandosi per colpire il genero quando fosse tornato dalla sua campagna sul Reno contro gli alemanni.

Peccato che lui, sul Reno, non ci fosse andato affatto.

Era stata Fausta ad avvertirlo. La piccola, dolce e cara Fausta. Subito dopo il massacro dei barbari nel circo, le aveva chiesto di dirgli in tutta franchezza chi avrebbe scelto, tra lui e suo padre, in caso di conflitto. La ragazza non aveva avuto esitazioni: gli aveva buttato le braccia al collo, lo aveva baciato e gli aveva detto che lo amava. Forse era solo l'infatuazione di un'adolescente, ma comunque Costantino era consapevole che una ragazzina, in quella fase, era disposta a fare qualunque cosa per l'oggetto della propria passione.

Anche a tradire il padre.

L'aveva pertanto esortata a rivelare a Massimiano di essere profondamente infelice del proprio matrimonio, e di trovare ingiusto che lui, Costantino, fosse imperatore e l'ex augusto no. Nei suoi piani, queste confidenze avrebbero potuto spingere Massimiano a rivelarle i propri progetti, e così era accaduto. Fausta aveva informato il marito che il padre aveva intenzione di agire quando lui fosse partito per la spedizione punitiva contro gli alemanni. Così, Costantino si era organizzato per simulare la campagna. Aveva mandato sul Reno la gran parte del proprio esercito, facendo credere di essersi spinto fino al confine, e si era invece attestato in gran segreto a metà strada con il resto dei soldati, per poter aggredire il ribelle molto prima di quanto si aspettasse. Inoltre, aveva concordato con gli ufficiali della guarnigione di Arelate una linea d'azione, perché non reagissero, lasciando così venire allo scoperto Massimiano, e lo illudessero di poter ancora avere un ascendente sulle truppe. Era un cesare legittimo, e aveva tutto il diritto di perseguire un uomo che era stato ufficialmente destituito e agiva da privato cittadino; avrebbe incontrato l'incontrastato plauso degli altri tetrarchi. E se il solo Massenzio – che tetrarca non era neppure lui – non fosse stato contento, sarebbe stato solo perché il signore di Roma era consapevole di dover temere molto di più Costantino che non il vecchio e patetico padre.

Adesso era venuto il momento di togliere di mezzo anche Massimiano. Il matrimonio con sua figlia era servito a legittimare Costantino che, in quanto cesare, figlio di un augusto e genero di un ex augusto, era adesso il più accreditato a diventare imperatore supremo dopo la morte di

Galerio che, secondo certe voci, era prossima. E presto sarebbe toccato a Massenzio…

«È arrivato il momento di dare il via al nostro piano», dichiarò Osio non appena Milziade lo fece sedere nel suo tablino.

«Sai qualcosa che io non so?», chiese il prelato, scrutandolo negli occhi.

«Parecchie cose», specificò acido Osio. «Per esempio, che Massenzio sta per inviare in Africa un contingente per deporre Domizio Alessandro».

Altrettanto acidamente, Milziade rispose: «E questo cosa ha che fare con noi?»

«Ha *molto* a che fare con noi», precisò Osio. «Costantino si libererà presto di quel folle di Massimiano, Galerio è malato, e Licinio non è nelle condizioni di recuperare i suoi territori, tanto da non poter impedire che lo faccia Massenzio. Ma il nostro amico potrebbe anche andare incontro a una disfatta, e lasciare l'Italia con un vuoto di potere, facendo un favore a Licinio, che da tempo sta studiando il modo di prendersela, visto che come augusto gli spetterebbe di diritto. Noi quindi dobbiamo fare in modo che Costantino agisca prima di lui. Pertanto, è necessario che tu diventi vescovo. *Adesso*».

«Purtroppo un vescovo c'è già, e da pochi mesi…», obiettò Milziade, sconsolato.

«Be', questo, per un uomo delle tue ambizioni, non dovrebbe essere un problema, no? Non avete ancora problemi tra integralisti e apostati? O tra ortodossi ed eretici? O tra biondi o bruni? Non so, voi cristiani litigate per ogni sottigliezza…».

Milziade continuò a squadrarlo, e Osio ebbe l'impressione che lo detestasse. Attese un po', prima di rispondere. «Ne abbiamo ancora, in effetti», disse infine. «Ma non posso mettermi a creare tumulti tra noi proprio adesso che Massenzio ci lascia in pace. Rischierei di attirare di nuovo la sua attenzione e riattivare le discriminazioni, se non la persecuzione».

«Le risorse non ti mancano, amico mio», insisté Osio. «Sono certo che può capitare qualcosa di brutto al tuo vescovo, da un giorno all'altro».

Milziade fece una smorfia. «Non arriverei mai a questo punto!», protestò.

«Perché no?», obiettò Osio. «Se non vuoi farmi credere che lo faresti per la tua personale ambizione, pensa che hai un ottimo motivo per farlo in ogni caso: la sopravvivenza, anzi l'affermazione della tua religione. Il tuo vescovo è, di fatto, un ostacolo verso questi obiettivi. Non vorrete rimanere perseguitati o discriminati in eterno! E anche se non lo sarete, non vorreste che il cristianesimo fosse dichiarato lecito? O meglio ancora, che si affermasse come religione ufficiale dell'impero, col tempo? Sai bene che questo non accadrà mai se non ci sarà un imperatore che lo proteggerà e ne favorirà lo sviluppo. Un sovrano che vi sovvenzioni, vi doni edifici che potete trasformare in vere e proprie chiese, senza essere costretti in eterno a celebrare le vostre funzioni in cripte o in case private. Un sovrano che vi consenta di occupare i vertici dell'amministrazione, permettendovi di prendere decisioni politiche e di influenzare le sue scelte».

«Uhm… Tutte belle parole. Ma Marcello, il nostro vescovo, è considerato un apostata, come me. È della mia fazione, ed è gradito a Massenzio», obiettò Milziade.

«Be', mi risulta che credere in Cristo presupponga la disponibilità al sacrificio», insisté. «Non ci serve lui a capo della comunità; ci servi tu: solo così potremo impossessarci della città e consegnarla a Costantino prima che arrivi Licinio. Considera il tuo vescovo come un martire».

Milziade alzò le sopracciglia e annuì gravemente, sospirando preoccupato. Ma Osio non ebbe dubbi che lo avrebbe fatto. Gli aveva fornito un ottimo pretesto, parlando della necessità di affermare il cristianesimo, la cui posizione era ancora piuttosto precaria, nonostante ormai solo pochi governatori provinciali, e solo in Oriente, applicassero gli editti imperiali. In realtà, sapeva bene che Milziade desiderava quel soglio più di ogni altra cosa al mondo. Aveva dovuto attendere anni, per la caratura degli avversari, per le condizioni politiche, per le strategie elaborate in funzione di Costantino… e adesso mordeva il freno. Non si sarebbe tirato indietro, neppure di fronte alla necessità di uccidere un amico.

Era questa la gente di cui aveva bisogno.

Sesto poggiò il bicchiere con il vino e fissò Melissa, attendendo che lei si accorgesse della sua presenza, per vedere come avrebbe reagito. Ma lei continuò a servire ai tavoli e, se mai lo aveva notato, lo stava chiaramente ignorando. Rimase seduto da solo a lungo, senza che la donna lo degnasse di uno sguardo. Furono le altre due meretrici che servivano le vivande ad avvicinarlo, servirlo e fargli profferte, ma Sesto attendeva lei. Alla fine, poco prima che scattasse il turno di Melissa per andare a lavorare sul retro della locanda, intrattenendo i clienti in altro modo, si decise ad alzarsi e ad andarle incontro. La ragazza aveva un vassoio in mano, con una coppa e due bicchieri di vino, quando le si parò davanti.

«Forse sarebbe ora che parlassimo un po'», le disse con il tono di voce più gentile di cui poteva disporre.

Lei tenne il capo chino. «Sto lavorando, adesso», rispose asciutta, la voce rotta dall'emozione.

«Va bene. Ma tra poco ti seguo sul retro», replicò.

«Lavorerò anche lì», fece, lei, scartandolo, per poi raggiungere il tavolo dove doveva servire il vino.

Sesto attese che finisse di assecondare i clienti e la intercettò di nuovo, mentre tornava verso il banco della mescita. «Bene. Allora ti pagherò, così starai con me».

«Non ne ho voglia», disse, ma c'era un'incrinatura nella sua voce.

Sesto scosse la testa, andò dal lenone e mise sul banco una cifra tripla rispetto a quella che pagava di solito. L'uomo guardò Melissa in modo intimidatorio, e con un cenno della testa le indicò di andare subito sul retro. La donna sospirò e obbedì. Sesto la seguì, e insieme entrarono nel suo loculo.

Lei si spogliò pigramente, ma lui la bloccò. Adesso che aveva rivisto nuda Minervina, le altre donne gli interessavano ancor meno ed era certo che l'avrebbe trovata goffa. Non la baciò ma la fece sedere sul letto e la abbracciò con delicatezza, sentendola irrigidirsi. Si sentì sconsolato: era la seconda donna che s'irrigidiva al suo abbraccio in pochi giorni. E non avrebbe avuto altre possibilità per provarci ancora.

«Non pensavo che l'avresti presa così. Eppure ti avevo parlato più volte di lei», le disse.

«Già. Lo pensavo anch'io», rispose Melissa, guardando fissa di fronte a sé. «Ma sentirti dire quelle cose, vederti dimostrare quanto tieni a lei, e vederla... mi ha fatto male».

Sesto sospirò. «Mi dispiace. Non volevo ferirti», si giustificò.

«Lo hai fatto tante volte, parlandomi di lei».

«Scusami. Ma avevo bisogno di un'amica, evidentemente. Una donna che capisse i sentimenti che sono in grado di provare. E ti ho sempre considerato tale perché ho grande stima di te».

Finalmente lei lo guardò, a sua volta sconsolata. «È proprio questo che mi ha fatto innamorare di te, Sesto. Ho letto il tuo cuore e ho capito cosa sei capace di fare quando ami. E ho invidiato l'oggetto del tuo amore. Avrei voluto essere al suo posto e, per una volta nella vita, provare quello che lei evidentemente non merita: essere considerata una regina, una dea, da un uomo straordinario come te».

Sesto si sentì turbato dalle sue parole. Era consapevole di avere un grande ascendente su di lei, ma non fino a quel punto. Ma forse questo facilitava le cose. «Ci sono state molte incomprensioni tra me e Minervina... La fede diversa, suo marito, la sua fragilità. È una bambina, è confusa, ingenua e commette degli errori».

Melissa si stizzì. «Ti ho appena detto quello che provo per te e tu continui a dirmi quello che provi per lei! E a giustificarla! È una puttana, proprio come me, ma lei lo fa per piacere, non per necessità, ecco la verità!», gli urlò in faccia, poi crollò in un pianto dirotto.

Sesto si odiò per quello che le aveva detto. Era un rozzo soldato insensibile: sembrava che non potesse continuare a fare a meno di ferirla. Eppure aveva un disperato bisogno di lei.

Come amica.

«Perdonami, davvero. Io non posso farci niente», le spiegò. «Chiamalo sortilegio, chiamala ossessione, ma io non riesco a toglermela dalla testa, anche se non mi vuole. Da quel giorno in cui ci hai visto insieme, sono andato più volte a trovarla, cercando di convincerla del mio amore e ad abbandonare quella vita. Ma non vuole ascoltarmi. E ora non posso più farlo».

Lei lo guardò. «Perché?»

«Parto per l'Africa», le rivelò. «L'imperatore – Massenzio, intendo – ha deciso che per recuperare il consenso dei cittadini bisogna riconquistare l'Africa a tutti i costi. Abbiamo bisogno del grano che Domizio Alessandro ci nega. Invierà un piccolo distaccamento di pretoriani al comando del prefetto, e tra loro vuole che ci sia io: mi ha promesso il tribunato, se vinceremo. E in ogni caso, non posso rifiutarmi. Siamo tutti entusiasti di poter tornare sul campo e dimostrare di nuovo il nostro valore, dopo tanti anni. Se non fosse per Massenzio, il nostro corpo sarebbe stato sciolto da tempo, quindi gli dobbiamo una fedeltà assoluta, a prescindere da quanto ci paga e dal nostro ruolo».

Il modo in cui lei lo fissò gli fece capire che era disposta a perdonargli ogni cosa. «Quindi... va' in guerra...», mormorò spaventata. Poi, sorprendentemente, lo accarezzò.

Sì, lo amava davvero, si disse Sesto. Ora doveva vedere fino a che punto. Quando la baciò, le labbra di Melissa si schiusero bramose, avviluppando le sue in una stretta serrata. Avrebbe voluto dirle quel che aveva intenzione di chiederle, ma non ebbe la forza di bloccare la passione della donna, che si scatenò all'istante, e l'assecondò quando lei lo spogliò, lo sdraiò e, senza neppure togliersi la veste, si scostò il perizoma e si mise su di lui, cavalcandolo selvaggiamente.

Durò poco. Il suo membro non era particolarmente turgido, e il suo pensiero era di nuovo rivolto a Minervina; provò a immaginare l'amore della sua vita sopra di sé, ma il diverso modo di ansimare di Melissa, la sua stazza più massiccia e tutto ciò che le mancava glielo resero impossibile.

Ma quando si stesero l'uno a fianco dell'altra, lei sembrò soddisfatta.

«Spero di averti lasciato un piacevole ricordo da portarti in guerra», disse Melissa con un sorriso.

Lui decise che era arrivato il momento. «Certamente. Partirò sereno. E se vuoi che stia davvero tranquillo, vorrei che mi facessi un favore», azzardò.

«Dimmi pure. Tutto quello che vuoi», gli sorrise lei, giuliva.

Proprio quello che si augurava di sentirsi dire. «Vorrei che vegliassi su Minervina. Fa' in modo che non si lasci andare del tutto; quando tornerò, riprenderò ad aver cura di lei».

Melissa strabuzzò gli occhi, da cui uscirono copiose le lacrime.

Lui iniziò a rivestirsi. «Come puoi chiedermi questo?», protestò lei, la voce straziata dal dolore.

«Lo faccio perché so che hai buon cuore, e non saprei a chi altro chiederlo», rispose lui, baciandola sulla fronte e andandosene via, con la certezza che lo avrebbe fatto.

Costantino iniziò a osservare con attenzione il profilo delle mura di Massilia, studiandone i punti deboli, fin da quando lo vide apparire all'orizzonte. Riflotté, cercando di capire come costringere Massimiano, che si era rifugiato in città, ad arrendersi senza dover sostenere un lungo assedio. Non appena si avvicinò all'abitato, un drappello di suoi soldati condotto da un suo legato gli venne incontro: facevano parte dell'avanguardia che aveva mandato all'inseguimento del vecchio usurpatore, fuggito da Arelate non appena aveva appreso del suo arrivo.

«Massimiano è ancora dentro?», si volle assicurare Costantino.

«Senza dubbio, cesare. Gli siamo stati alle calcagna fin da quando è scappato da Arelate e non ha avuto certamente il tempo di organizzare una fuga. Ed è con suoi pochi seguaci, che hanno occupato la città. E dubito che la popolazione sia favorevole a questa complicazione», spiegò il suo generale.

«Si sa di quanti uomini dispone?», incalzò il subalterno.

«Non dovrebbero essere più di un migliaio».

«Allora il problema non è se riusciremo a conquistare la città in un eventuale assedio, ma di non farlo scappare», commentò. «Anche se non vediamo da chi potrebbe andare: neppure il figlio lo vuole più... Disponi che le tue e le nostre truppe si schierino a ventaglio lungo tutto l'arco della cinta muraria sul fronte terrestre».

«Sissignore».

«Ma dobbiamo trovare il modo di presidiare anche il mare, naturalmente», proseguì. «Abbiamo dato già ordine che la flotta raggiunga Massilia, ma dobbiamo assumere il controllo del porto prima che provi a salpare», disse.

«Potrebbe farlo già stanotte».

«Allora, visto che non possiamo accedere al porto, requisiamo tutte le imbarcazioni che si trovano al di fuori del porto, quelle dei pescatori e quelle di passaggio, e carichiamoci sopra un po' di soldati. Dopodiché schieriamole appena fuori dal porto».

Il legato annuì e scattò via a mettere in atto i suoi ordini. Ma nel tempo che avrebbe impiegato a reperire le imbarcazioni, considerò Costantino, Massimiano sarebbe potuto comunque scappare. Doveva agire, nel frattempo. E si rese conto che c'era una sola cosa da fare; anche se comportava un certo rischio per la sua persona.

Ordinò ai suoi scudieri di seguirlo, quindi cavalcò verso le mura. Quando fu prossimo alla città, non diede retta agli avvertimenti delle sue guardie del corpo, che gli gridavano di fermarsi, e avanzò ancora, finché non stimò di essere giunto a portata di orecchie dei difensori sugli spalti. La sua avanzata aveva fatto convergere davanti a lui parecchi soldati della guarnigione. Notò anche uno scorpione e una ballista, e fece cenno agli scudieri che gli si stringessero intorno. Ma sarebbe servito a poco, se i difensori avessero deciso di azionare le macchine belliche.

«Soldati di Massilia! Soldati di Arelate!», gridò. «Siamo Flavio Costantino, il vostro cesare. Il vostro *vero* imperatore! E siamo qui, davanti a voi, a parlarvi dell'uomo che vi ha indotto a seguirlo. È nostro suocero, lo conosciamo bene. Tutti lo conoscono, dato che ha retto l'impero per oltre vent'anni. Poi ha abdicato insieme all'illustre Diocleziano, cedendo il passo a eredi più giovani, forti e determinati. Uomini come noi, in grado di difendere l'impero come lui, vecchio e pieno di acciacchi, non può più fare! Sogna di fare come Gaio Mario: mai sazio di onori, a settant'anni quell'uomo voleva il settimo consolato a tutti i costi, e quando l'ha ottenuto, è morto immediatamente, e dopo aver causato guerre civili, distruzioni e lutti a non finire.

A cosa servirebbe dunque che Massimiano tornasse a essere augusto? Ha un'età che lo rende prossimo alla morte, e ancor più all'incapacità senile. Cosa potrebbe portare di buono all'impero? E cosa potrebbe portare di buono a voi, se non un po' di denaro che non fareste in tempo a godervi? È solo, non ha un solo tetrarca che lo appoggi: perfino l'altro usurpatore, suo figlio, non intende sostenerlo. Cosa può fare quel vecchio contro tutto l'impero, contro quattro imperatori e altri due usurpatori? Viceversa, il vostro imperatore può fare molto per voi. Può condurvi in una campagna lungo le frontiere con sé e ricompensarvi con un ricco bottino; oppure, può compensarvi, per esempio, se gli portate la sua testa…».

Notò dei movimenti sugli spalti. Aveva approfittato del disorientamento dei soldati, che lo avevano ascoltato con interesse; ma tra loro era inevitabile che ci fossero degli stretti sodali di Massimiano: costoro non avrebbero tardato ad approfittare dell'occasione per guadagnarsi la sua considerazione eliminandone il rivale.

Il primo sibilo di freccia gli diede conferma delle sue sensazioni. Quando un secondo dardo, più massiccio, centrò lo scudo di una delle sue guardie del corpo che, per la violenza del colpo, fu scagliata via di sella, si rese conto che era entrato in azione lo scorpione. Osservò il soldato, e vide che la punta del dardo aveva penetrato perfino la sua corazza, attaccando lo scudo al corpo. Diede ordine di ripiegare; il suo scopo lo aveva raggiunto, parlando alla guarnigione e insinuando nei soldati nemici il germe del dubbio. Ma notò anche che sugli spalti stavano armeggiando con la ballista. Un istante dopo, sentì uno schiocco. Seguì un pesante sibilo, poi, al suo fianco comparve improvvisamente un'enorme massa scura, che si schiantò sulla schiena di un'altra guardia del corpo, travolgendola insieme al suo cavallo. Uomo e animale finirono a terra, schiacciati da un macigno, che rotolò su di essi e proseguì per qualche altro passo.

Il drappello che proteggeva l'imperatore si lanciò al galoppo, ma intanto sfrecciarono altri dardi, e Costantino udì altre grida di dolore, nitriti strozzati, sibili maligni. Ma presto si portò fuori dalla portata del tiro dagli spalti e poté fermarsi. Si voltò e guardò cosa si era lasciato dietro. In basso, c'erano tre cadaveri e la carcassa di un cavallo, più un ferito, che era impossibile andare a riprendere senza rischiare la vita di altri soldati. In alto, c'era gran fermento sugli spalti. I difensori discutevano animatamente tra loro.

L'azione era riuscita alla perfezione. Ora non si trattava che di aspettare.

E non dovette attendere molto. La sera stessa, due inviati della guarnigione furono introdotti al suo cospetto con un dono.

La testa di Massimiano.

XXIX

«Stanno arrivando! Siamo sotto attacco!», esclamò una sentinella. Sesto Martiniano guardò il prefetto del pretorio, Rufio Volusiano. E fu certo che il suo comandante pensasse la stessa cosa che passava per la mente a lui: non erano nelle condizioni di sostenere un attacco nemico.

Solo una parte delle truppe era sbarcata, e lo scacchiere, scogliere frastagliate e scoscese, non favoriva la rapidità delle operazioni. Lui lo aveva suggerito, mentre erano in mare tra la Sicilia e l'Africa, di sbarcare in una zona più lontana da Cartagine, che il nemico non avrebbe presidiato e dove sarebbe stato più agevole prendere terra. Ma il prefetto non aveva voluto saperne: Massenzio, diceva, voleva una vittoria rapida, e aveva pensato che solo sbarcando a poche miglia dalla capitale della provincia avrebbe potuto sorprendere i ribelli e accorciare la campagna.

Questo era ciò che accadeva se le questioni strategiche di una guerra erano stabilite da un uomo che non aveva mai combattuto, come Massenzio, e non dai militari di carriera, come i pretoriani. Ci si condannava alla sconfitta ancor prima che iniziassero le operazioni di guerra.

Il prefetto latrò ordini per schierare i pochi soldati di cui disponeva al momento. Sesto si guardò intorno: era assurdo, ma l'esercito romano si apprestava ad affrontare la battaglia con appena un quinto delle sue forze. Poi scrutò l'orizzonte. Era tra quanti erano giunti in cima alla scogliera, e poteva avere una visione abbastanza corretta dell'armata nemica. Non sembravano in tanti; dovevano essere poco più dei soldati sbarcati di Rufio. Sentì gli ordini del prefetto e cercò di disporre gli uomini della sua centuria, tra le prime a sbarcare, in linea con le altre. Ma molti soldati, anche tra quelli della sua unità, si stavano ancora inerpicando lungo il pendio, e non avrebbero fatto parte dei ranghi quando lo scontro avesse avuto inizio.

«Prefetto! Non possiamo costituire una linea coesa se gli uomini continuano ad affluire in prima linea alla spicciolata», gridò a Volusiano, che annuì. Il prefetto era salito a cavallo su un modesto rilievo, e aveva una visuale ancora migliore rispetto alla sua. Cavalcò verso di lui e gli disse: «Anche loro, però, non sono a pieni ranghi. Sono solo le truppe inviateci contro in fretta e furia per ricacciarci in mare, o per tenerci impegnati finché non arriva il grosso dell'esercito. Davanti alle mura della città vedo brulicare altre truppe».

«Allora spostiamo un po' in avanti il raggio della nostra azione, così lasciamo spazio affinché i soldati, man mano che arrivano, possano schierarsi», suggerì.

«Buona idea!», ammise Rufio. «Pensaci tu, centurione: avanza con la tua centuria e le altre ti seguiranno. Ma mi raccomando: rimani sempre in prima fila. Sei un simbolo, per l'imperatore, e ti vuole sempre in testa allo schieramento. Ma non ti preoccupare: io farò altrettanto!».

Sesto non ebbe dubbi: non conosceva pretoriani codardi. Vide il suo tribuno Ruricio Pompeiano radunare a sua volta i soldati e avanzare come prevedeva l'ordine del prefetto. In breve si creò una zona vuota ai margini della sommità della scogliera, dove gli uomini si fermavano un istante a riprendere fiato, per poi raggiungere la prima linea. Ma poiché nessuno sapeva bene dove era andata a posizionarsi la propria unità, perdevano tempo a cercarla, seguivano direzioni diverse, s'incrociavano e nella fretta si ostacolavano a vicenda. Sesto doveva voltarsi in continuazione, per attirare l'attenzione degli uomini della sua centuria che dovevano ancora arrivare, e intanto tenere d'occhio il nemico, ormai prossimo.

Studiò la composizione delle truppe ribelli. Si trattava di uomini armati alla leggera, in gran parte cavalieri numidi dotati solo di giavellotti. Subito dietro, seguivano fanti mauritani, con piccoli scudi rotondi e spade. Se i romani avessero avuto ranghi compatti, ne avrebbero avuto ragione facilmente. I primi cavalieri giunsero a portata di tiro, e Sesto urlò ai suoi di stringersi gli uni agli altri con gli scudi. I soldati si compattarono poco prima che una raffica di giavellotti li investisse. Poi Sesto diede ordine di aprirsi e di avanzare contro il nemico, ma con cautela. I pretoriani si lasciarono dietro i morti e i feriti, avanzarono di un passo con le lance puntate, ma i cavalieri numidi avevano già arrestato il loro galoppo e fatto dietrofront.

In compenso, stava arrivando un secondo gruppo, che lanciò una nuova raffica, sorprendendo i romani in ordine sparso. I numidi centrarono diversi bersagli, poi tornarono indietro. Per fortuna erano meno dei compagni che li avevano preceduti, e Sesto non dovette lamentare troppe perdite, stavolta. Guardò al proprio fianco, e vide che altre unità avevano molti più uomini fuori combattimento. Chiamò a raccolta i suoi, che si ricompattarono di nuovo. Intanto altri combattenti affluivano tra i ranghi. Il centurione cercò la lucidità necessaria per mettere in atto una tattica più efficace: se avesse continuato a fare da bersaglio per i numidi, i legionari avrebbero dovuto affrontare i mauri in netta inferiorità numerica, quando fossero arrivati i fanti.

Vide i cavalieri pronti a caricare ancora. «Quando si avvicinano, spostatevi tutti verso sinistra o verso destra e poi incolonnatevi e avanzate veloci! Gli taglieremo la strada!», esclamò d'improvviso, indicando ai soldati chi dovesse andare a destra, chi a sinistra. Lui scelse la prima ala. Gli zoccoli dei cavalli presero a rombare sul terreno, sempre più forte. Sesto fissò i numidi che si avvicinavano al galoppo, i loro volti scuri contratti e concentrati, i lineamenti forti sempre più definiti.

«Ora!», gridò, e subito i pretoriani corsero verso l'esterno del campo di battaglia. Iniziarono a volare i giavellotti, ma i romani furono abbastanza veloci da trovarsi già oltre la loro traiettoria; solo gli ultimi della fila dovettero fare i conti con i proietti, e almeno un paio di soldati rimasero sul terreno. Sesto dispose i suoi in colonna e li condusse verso le linee nemiche, esortandoli a proseguire nella corsa. I numidi, disorientati, tardarono a fare dietrofront e persero tempo. Quando si decisero a spronare i loro cavalli e a tornare verso le proprie linee, era troppo tardi: i romani erano già oltre, e il secondo gruppo di tiratori era già ripartito al galoppo. I due gruppi si scontrarono, perdendo ulteriore tempo e dando ai pretoriani il modo di rischierarsi alle loro spalle, tagliandoli fuori dalla fanteria.

Sesto vide che le altre unità avevano intuito la sua tattica e la stavano replicando. Schierò quindi i suoi lungo la linea, appena in tempo per impedire ai numidi di passare. I cavalieri tentarono di lanciare i loro animali al galoppo, ma lo spazio si era ristretto e non riuscirono a prendere lo slancio. I romani usarono le loro lance per scalzarli di sella e finirli una volta a terra. Ne nacque una mischia nella quale i ribelli si trovarono penalizzati: privi di armatura e con giavellotti più corti delle lance romane, erano esposti al nemico e stare in posizione più elevata rispetto agli avversari non serviva a nulla, se non a rendersi un bersaglio più visibile. Sesto usava la spada, e perfino con quell'arma aveva buon gioco contro i nemici, neutralizzati dallo spazio ristretto. Spezzava aste, squarciava carni, tagliava arti, investito dai fiotti del sangue di uomini e animali.

I numidi, temibilissimi in campo aperto, nel corpo a corpo erano adesso alla completa mercé dei romani: semplici pupazzi indifesi, sballottati dal pesante armamento dei pretoriani, e dai loro cavalli imbizzarriti e sconvolti dall'odore del sangue, che sgorgava a fiotti ovunque arrivasse una spada o una lancia. Sesto smise di considerarli un problema. Guardò i commilitoni delle altre unità e vide che stavano prevalendo anche loro. Ma si accorse anche che i mauri della fanteria erano ormai prossimi.

Si voltò e notò che erano vicini anche alla sua centuria.

Si rese conto solo in quel momento che la prima linea romana si trovava tra i numidi da una parte e i mauri dall'altra.

Erano armati alla leggera, i mauri, ma erano tanti. E sarebbe bastato loro resistere un po', per dare tempo alle truppe pesanti uscite da Cartagine di raggiungerli e travolgere gli invasori. Quando giunsero all'impatto, per Sesto fu come essere pressato da due pareti: loro da una parte, i numidi con i loro cavalli e i loro morti dall'altra. Si sentì mancare il respiro durante il lungo momento dell'urto. Sebbene non vi fossero armature contro cui cozzare, il peso della massa di uomini che lo mandava a sbattere contro i suoi stessi compagni protetti da lorica e scudi, lo fece sentire come lapidato, investito da una scarica di pietre.

Mulinò la spada in apnea. Parò gli affondi dei mauri, che però erano pressati anche dai compagni alle loro spalle. I romani, infatti, non arretravano sotto la loro spinta, per via della presenza dei numidi, e i nuovi arrivati si ammassavano gli uni sugli altri a mano a mano che raggiungevano il punto d'intersezione tra i due schieramenti. Sesto poté conficcare la spada nell'inguine di un avversario, nella coscia di un altro, nello sterno di un altro ancora, prima che i nemici riuscissero anche a sollevare il braccio per sferrare il loro colpo.

I numidi, tuttavia, cedevano terreno e iniziavano a scappare, concedendo ai romani lo spazio per portare i loro colpi, senza doversi più guardare le spalle. Era una buona notizia, pensò Sesto, ma la massa dei mauri era ancora sufficiente ad ancorare i pretoriani nel punto dello scontro finché non fossero arrivate le truppe pesanti. Bisognava fare qualcosa per rompere il loro schieramento. Non appena ebbe un po' di spazio intorno a sé, usò il fischietto per attirare l'attenzione dei soldati e poi urlò: «Pretoriani! Tutti dietro a me, in colonna! Tentiamo lo sfondamento! Gli altri dalla scogliera ci verranno dietro!».

Continuò a duellare per tenere lontano gli avversari, coadiuvato dai compagni che gli erano più vicini. I pretoriani si passarono la parola e, aprendosi la strada combattendo, si radunarono alle spalle del loro centurione. In breve si creò un raggruppamento di soldati romani, attorniato ovunque da mauri. Ma l'equipaggiamento pesante e la compattezza dei ranghi permise ai pretoriani di sopportare la pressione nemica. Si strinsero sempre di più gli uni agli altri, affondando le lance e mulinando le spade, spingendo all'esterno con gli scudi, fino a formare una colonna di tre uomini per linea.

«Ora!», gridò Sesto dopo aver fischiato di nuovo, poi si mise a spingere con lo scudo in avanti, menando fendenti in continuazione. Gli uomini al suo fianco fecero altrettanto, affondando con le lance e trafiggendo i nemici che ostruivano il passo. Sulle prime, i romani non riuscirono ad avanzare; chiunque degli avversari cadesse, veniva immediatamente rimpiazzato dal guerriero alle sue spalle. E sembrava che il loro numero non diminuisse mai. Sesto vedeva fluttuare davanti a sé un'infinità di visi scuri; nelle sue orecchie rimbombavano i loro ululati di guerra, ritmici e lugubri, e le urla d'incitamento e di dolore che provenivano dalle loro file. Finalmente aprì una breccia facendo rovinare la sua nuova vittima – un guerriero cui aveva asportato con un fendente la parte superiore del cranio – addosso ai due che lo seguivano. Approfittò della perdita d'equilibrio degli avversari diretti per avanzare di qualche passo e, sullo slancio, spinse indietro insieme ai suoi compagni di prima linea quelli che gli venivano incontro.

Usò tutto ciò di cui disponeva, spada, scudo, testa, gomito per farsi strada, finché non si trovò a passare sopra ai corpi degli uomini che aveva abbattuto, ucciso, ferito o solo fatto cadere a terra. Vide morire il compagno accanto a sé, al quale un mauro spinse in gola un giavellotto. Ma alle sue spalle un altro pretoriano lo sostituì, e fece pagare al guerriero il suo gesto, trafiggendolo alla clavicola e roteando la lama nelle carni, per poi fare leva sull'arma per scagliarlo verso i guerrieri al fianco. La colonna romana iniziò a fendere il confuso schieramento nemico nel mezzo, mentre i mauri, spaventati dalla potenza prodotta da quegli uomini in armature squamate, si dimostravano sempre meno irruenti. Sesto poté vibrare un fendente a tutto braccio dall'alto in basso, tranciando in due metà la testa e poi il busto di un uomo, che si aprì come una mela, danzando in modo mostruoso davanti a lui, prima di crollare sui corpi dei compagni.

Le armature proteggevano i romani dai tentativi nemici di colpirli, e solo di rado un mauritano riusciva a raggiungerli nei punti non protetti dalle squame di metallo. Accadeva quando la pressione degli africani riusciva a provocare lo sbilanciamento di un pretoriano, facendogli perdere l'equilibrio e rendendolo vulnerabile. Sesto, tuttavia, iniziò a sentirsi stanco, e si rese conto che i suoi movimenti erano diventati più lenti. C'era un caldo devastante, e il suo pesante equipaggiamento gli dava la sensazione di combattere in una fornace, che gli stava gradualmente togliendo il fiato. Vide che anche gli altri soldati iniziavano ad arrancare; pregò gli dèi di aver fatto un calcolo giusto. Se dalle retrovie i legionari già sbarcati dell'esercito regolare non fossero intervenuti, la loro azione si sarebbe rivelata vana; anzi, si sarebbero consegnati da soli nelle fauci dell'esercito nemico ormai prossimo.

Ansimando, si accorse che ormai da qualche tempo si limitava a parare i colpi, invece di portarli. Fu tentato di ordinare la ritirata, ma il simbolo del regime di Massenzio non poteva fare una cosa del genere, e gridò anzi ai subordinati di tenere duro. Quando loro gli risposero con un grido di trionfo, si voltò e vide sopraggiungere gruppi di legionari. A quel punto i mauri, già disuniti, abbandonarono ogni tentativo di resistenza e presero a scappare prima di ritrovarsi circondati. Sesto li osservò dirigersi di corsa verso le proprie truppe pesanti, che avevano iniziato l'avanzata da Cartagine. Si fermò a rifiatare, lasciando sfilare i fuggitivi, che vide piombare in preda al panico sulle prime file nemiche, scompaginandone i ranghi.

Sopraggiunse Rufio Volusiano, che aveva combattuto a cavallo, e ordinò alle truppe di arrestarsi. No, non era una buona idea, si disse Sesto. Corse da lui, e gli disse: «Prefetto, bisogna approfittare subito della confusione generata dai mauri nell'armata nemica, prima che rientri nelle mura obbligandoci a un difficile assedio. Dobbiamo proseguire l'attacco! Ora!».

Il prefetto lo guardò perplesso. Sembrò riflettere sulla proposta del centurione.

«*Ora*, prefetto!», lo incalzò Sesto.

Rufio si guardò intorno, per valutare quanti uomini aveva a disposizione. Sesto lo imitò. Non erano molti, per affrontare un'armata, ma forse erano sufficienti per affrontarne una scompaginata. Se avessero atteso altri rinforzi dalla scogliera, i nemici si sarebbero riorganizzati o, peggio ancora, si sarebbero dileguati entro le mura. Alla fine, il prefetto fece squillare le trombe per rinnovare l'attacco. Sesto si sentiva scoppiare per il caldo e per la stanchezza; ma chiamò a raccolta tutte le sue forze e riprese ad avanzare, ripetendo in continuazione a se stesso che, se le truppe di Rufio avessero colto subito una vittoria decisiva, lui sarebbe potuto tornare prestissimo da Minervina.

Mentre inseguiva i mauri in fuga, Sesto Martiniano si chiedeva se fosse opportuno ucciderli. Erano bersagli facili, che offrivano la schiena, priva di ogni protezione, e non pensavano neppure a difendersi, ma solo a correre più veloce di ogni pretoriano. Tuttavia, più mauri fossero giunti a ridosso dell'armata nemica in avanzamento, più caos si sarebbe creato tra i suoi ranghi, facilitando il contrattacco romano. Fu tentato di frenare i suoi uomini, che si accanivano sui nemici più lenti, o impacciati dalle ferite, ma poi decise che valeva la massima di Giulio Cesare: mai frenare l'impeto dei soldati.

Si guardò indietro e vide che molti legionari regolari stavano seguendo i pretoriani. Ormai una buona parte dell'esercito d'invasione era sbarcata, e sebbene non fosse possibile impiegarla completamente per lo scontro imminente, la situazione tattica che si era venuta a creare avrebbe potuto comunque favorire la vittoria; una sconfitta, d'altro canto, per lo stesso motivo non sarebbe stata irrimediabile.

Anche se avrebbe complicato enormemente le cose.

Si sentì responsabile della decisione presa dal prefetto, cui aveva suggerito di attaccare subito: se le cose fossero andate male, avrebbe messo a repentaglio la reputazione acquisita a Ravenna, e sarebbe diventato sì un simbolo, ma della disfatta. E gliel'avrebbero fatta pagare, senza ombra di dubbio...

Queste considerazioni aumentarono la sua determinazione a far sì che i romani prevalessero subito. Era caduto in disgrazia già due volte, e due volte si era risollevato; non era certo di riuscirci ancora, in caso di fallimento. I pretoriani, intanto, correvano veloci, quasi ansiosi di conseguire la vittoria da soli, senza doverla condividere con i regolari. Erano pochi, rispetto ai nemici, ma tutti ansiosi di dimostrare di essere i migliori soldati al mondo. Sesto era certo che, come lui, anche i suoi compagni anelassero a suscitare l'ammirazione dei tetrarchi, facendoli pentire di aver voluto il loro scioglimento. Quando fu vicino ai nemici, capì che lui e i suoi potevano farcela: combattevano per se stessi, per il proprio orgoglio, la tradizione, la sopravvivenza, mentre gli avversari erano lì solo per opportunismo o costrizione.

E non erano in grado di reagire a un assalto deciso. Tra i suoi uomini e le truppe di Domizio Alessandro c'erano sempre i mauri, che, per sfuggire alle spade dei pretoriani, si avventavano sui loro compagni in equipaggiamento pesante quasi con la stessa violenza che se fossero stati nemici. I ranghi dei fanti usciti da Cartagine non erano più compatti come Sesto li aveva visti non appena avevano iniziato ad avanzare. I mauri cercavano di insinuarsi tra un uomo e l'altro, rompendo così lo schieramento, sgomitando e scalciando, sbilanciando i compagni e spesso costringendoli a respingerli con gli scudi, o addirittura mulinando le spade e affondando le lance.

Arrivati al contatto, i pretoriani presero a roteare a loro volta le spade, centrando un bersaglio a ogni fendente. Sesto aprì un profondo squarcio nella schiena di un mauro, che crollò allargando le braccia e bloccando il tentativo di contrattacco dei due legionari di Domizio. Il centurione ebbe così il tempo di colpirli entrambi, tranciando il braccio a uno e infilando la punta della spada nell'occhio dell'altro. I soldati ostacolarono a loro volta chi gli era alle spalle e di fianco, mentre altri mauri gli si accalcavano contro, cercando di scavalcarli. Ne calpestarono i corpi, mentre Sesto e i suoi compagni li usavano come scudi umani, per farsi aprire la strada e proteggersi da ogni tentativo di reazione nemica.

Le lance dei fanti avversari spuntavano nella calca confusa, tentando di raggiungere i pretoriani; ma quasi sempre un mauro ne deviava la traiettoria, costringendo involontariamente il compagno ad aprire la guardia e offrendolo alla spada di Sesto e dei suoi. Il centurione sentì più volte sbattere contro l'armatura le aste e le punte delle lance nemiche, ma nessun affondo aveva la forza e la direzione giuste per trapassare la corazza. Impacciati dai mauri, i fanti punici equipaggiati come legionari si muovevano goffamente, sembravano reclute inesperte e alle prime armi, e i romani avevano buon gioco nel penetrare i loro ranghi. Sesto si rese conto che pochi uomini stavano facendo indietreggiare una gran massa di soldati e, ancora una volta, si sentì fiero di appartenere al corpo dei pretoriani.

Gli ufficiali nemici si sgolavano, urlando ai propri soldati di riformare i ranghi e, se necessario, di sbarazzarsi di quegli inutili nativi. Qualcuno iniziò ad affondare le armi nei corpi dei mauri, liberandosi la visuale e il campo. Sesto vide il guerriero davanti a lui crollare, infilzato da una lancia proveniente dalla linea di Domizio, ma ne approfittò per sferrare il colpo prima che l'avversario estraesse l'arma e la usasse contro di lui. L'uomo crollò in ginocchio con la faccia dilaniata dalla lama di Sesto, che dovette scavalcare il corpo del mauro per procedere oltre. Ma adesso non c'erano più fuggitivi a ostacolare lo schieramento nemico. I legionari punici si erano liberati di quasi tutti i nativi, e badavano soprattutto a recuperare coesione.

Adesso arrivava la parte difficile: non solo limitarsi a resistere fino all'arrivo dei legionari, ma anzi esercitare un'ulteriore pressione per impedire agli avversari di ricostituire i ranghi scompaginati. La vittoria dipendeva dalla loro tenacia. Adesso diventava uno scontro a viso aperto, i pochi pretoriani contro i tanti uomini di Domizio, che avrebbero potuto far valere la loro enorme superiorità numerica. Ma Sesto non ebbe bisogno di urlare ordini ai suoi: sapevano cosa bisognava fare, e tutti continuarono a incalzare il nemico, cercando di tenersi vicini gli uni agli altri, per creare un cordone che evitasse loro di essere inghiottiti dalla calca.

Ma adesso le lance avversarie potevano seguire la traiettoria voluta da chi le stringeva in mano. Adesso, i colpi degli uomini di Domizio avevano la forza necessaria per penetrare da vicino le corazze dei pretoriani. Adesso, più soldati erano in grado di creare una formazione che subissasse di colpi un singolo pretoriano. Sesto iniziò a vedere i compagni crollare al suo fianco, e varchi si aprirono nella sottile linea che aveva creato. Egli stesso si ritrovò a duellare da solo con tre avversari, di cui dovette parare ed evitare gli affondi. Rischiò più volte di perdere l'equilibrio scartando i corpi dei caduti, ma riuscì a raggiungere all'avambraccio un antagonista, aprendogli uno squarcio che costrinse il soldato a lasciar cadere la lancia.

Continuò a battersi come un leone, e così notò che facevano i suoi commilitoni. Compì numerose giravolte su se stesso per disorientare i nemici, attaccandoli ora a destra e subito dopo a sinistra. Tenendosi in continuo movimento, si rendeva un bersaglio più difficile da centrare. Ma una punta di lancia lo sfiorò al polpaccio, provocandogli un bruciore sferzante, e facendogli perdere per un istante l'appoggio sulla gamba. Si piegò su un ginocchio e, poco prima di fargli toccare terra, sferrò quasi d'istinto un fendente da destra a sinistra, che aprì lo stomaco dell'avversario. Un'altra lancia, però, lo raggiunse alla spalla; il colpo, privo di forza per penetrare la corazza, fu tuttavia sufficiente a farlo sbilanciare. Un istante dopo si ritrovò a terra.

E sopra di lui, un nemico incombeva con l'ennesima lancia fluttuante nella sua direzione.

Il soldato avversario affondò la lancia a colpo sicuro. Sesto rotolò e la punta dell'arma gli graffiò la schiena, provocandogli un'altra fitta lancinante di dolore. Compiuto un giro su se stesso, vide di nuovo la lancia puntata su di sé. Sferrò il colpo con la spada di puro istinto e la lama incocciò nell'asta dell'arma nemica a poche spanne dal suo petto, deviandone la traiettoria. Con la coda dell'occhio, notò un altro punico avvicinarsi a lui, con l'espressione famelica di chi sa di avere una preda facile. Doveva rialzarsi subito, altrimenti sarebbe stato alla mercé di chiunque. Provò a farlo, ma un corpo gli piombò addosso e lo stese. Non capiva se l'uomo era morto o vivo, se fosse amico o nemico.

Ancora una volta d'istinto, lo utilizzò come scudo per parare il nuovo affondo avversario. La lancia si conficcò nella carne senza provocare alcun sussulto. Era un cadavere, e Sesto lo spostò portandosi via l'arma del nemico, rimasta infilzata. Il legionario era disarmato, e il centurione, da terra, lo sgambettò, facendogli perdere l'equilibrio. Rotolò accanto a lui evitando un'altra lancia e gli frantumò la guancia con un colpo del pomello della spada. Poi puntò entrambe le mani a terra e si alzò di scatto in piedi. Troppo tardi, però, per riuscire a fronteggiare lo slancio di un'asta che scorreva veloce verso di lui.

Si vide spacciato, e non riuscì a pensare ad altro se non a Minervina: non l'avrebbe più rivista. Non l'avrebbe più salvata. Non sarebbe più riuscito a farle ricordare quanto fossero stati bene insieme.

All'improvviso, quella lancia cadde a terra, e con essa chi la impugnava. Il soldato aveva la testa che pendeva in modo innaturale da un lato, mentre il sangue zampillava a profusione da uno squarcio sul collo. Sesto si voltò e vide i legionari investire la selva di soldati nemici. Finalmente insieme, pretoriani e regolari presero di nuovo a incalzare gli uomini di Domizio, che non furono in grado di sostenere l'improvvisa pressione. Da una parte c'era lo slancio dei nuovi arrivati, dall'altro il parziale sfaldamento delle file nemiche. Gli uomini dell'usurpatore africano iniziarono ad arretrare, cercando di combattere mantenendo la fronte rivolta ai romani, ma bastava che qualcuno di essi gettasse le armi e cominciasse a farsi largo per scappare, perché anche altri settori si facessero prendere dal panico, spezzando ancor più lo schieramento.

Di nuovo, Sesto tornò a vedere schiene sempre più frequentemente. In pochi istanti, l'inerzia dello scontro era cambiata: adesso i pochi avversari determinati a resistere si radunavano in gruppetti, che pian piano venivano circondati e fagocitati dalla marea avanzante dei romani. Sesto sentì gridare da un ufficiale nemico, che si affannava a tenere in piedi la sua unità, di resistere per permettere all'imperatore di riparare in città. Dunque, Domizio era fuori dalle mura. Bisognava catturarlo, e sentì che era compito dei pretoriani farlo: in caso contrario, i legionari avrebbero dichiarato ai quattro venti che la vittoria sul campo era stata merito loro. Eppure, se i legionari avevano affrontato un'armata sfaldata, era stato grazie al sacrificio dei pretoriani: per non farlo passare sotto silenzio, era necessario rendersi protagonisti della cattura del comandante nemico.

Chiamò a raccolta una decina dei suoi uomini più vicini. «Mentre i regolari sono impegnati a mettere in fuga l'armata, ragazzi, noi dobbiamo dedicarci all'usurpatore! Venite con me!», gridò, poi iniziò a correre parallelamente alla linea di battaglia, raggiungendo il limite estremo del combattimento. Gli avversari lo lasciarono stare: erano troppo impegnati a sottrarsi alle spade degli invasori e a cercare di guadagnare la salvezza entro le mura. Sesto poté quindi continuare ad avanzare indisturbato nella stessa direzione in cui scappavano i punici, verso la città, tenendosi ai margini del combattimento. Quando notò un drappello di cavalieri pesanti assiepati intorno a un vecchio con la clamide purpurea, fu certo di aver individuato Domizio Alessandro.

Era abbastanza prossimo alle mura, e la porta principale della città era semiaperta. Molti soldati già si accalcavano su di essa, ma i difensori formavano uno sbarramento e li ricacciavano indietro, probabilmente per permettere al loro imperatore di accedere prima di chiunque altro. Ma sebbene Domizio stesse anch'egli cercando di guadagnare riparo dentro alla città, la folla dei fuggitivi che erano stati più rapidi di lui gli ostruiva la strada. Ed era questo che offriva a Sesto una possibilità di intercettarlo.

Quando giunse alla sua altezza, fece cenno ai suoi di fendere la massa nemica. Vi passò attraverso senza che alcuno osasse affrontarlo. Quando si accorgevano dei pretoriani, i fuggitivi si spaventavano e, temendo di vedersi tagliare la via della ritirata, si allontanavano, prendendo altre direzioni. In tal modo, il centurione trovò campo libero e giunse rapidamente nei pressi dell'usurpatore, senza dover sostenere nulla di più che qualche breve collutazione. Le guardie del corpo di Domizio, impegnate a scrutare gli inseguitori alle loro spalle, si accorsero solo in un secondo momento della presenza di un gruppo di pretoriani sul fianco. Tre di loro provarono a correre verso Sesto e compagni, per bloccarlo mentre Domizio si avvicinava alla città.

«Apritevi in due ali, subito!», gridò Sesto ai suoi, che eseguirono prontamente. La manovra disorientò i tre ausiliari nemici, che tardarono a reagire, intercettando però i due uomini più all'interno. Sesto s'impose di non seguirne la sorte e continuò la sua corsa, spingendo e sgomitando, mulinando la spada, per aprirsi la strada. Per sua fortuna, Domizio si era tenuto ai margini del proprio schieramento, proprio per potersi muovere con maggiore agio, e non dovette addentrarsi troppo nella calca. Quando giunse a ridosso dell'usurpatore, si ritrovò davanti allo sbarramento di lance delle guardie del corpo, e una andò subito a segno, infilzando uno dei suoi uomini che, fin troppo irruento, si era avvicinato senza alcuna cautela.

Sesto cercò di spostarsi tra la città e Domizio, ma lì la calca era ancora maggiore. Si rassegnò a combattere le guardie del corpo dalla posizione in cui si trovava. Si guardò intorno badando a scansare gli affondi delle loro lance, poi intercettò un fante che cercava di guadagnare la salvezza e, approfittando della sua distrazione, lo tramortì con un violento colpo di manico sull'elmo e gli sottrasse la spada, passandosela nella mano sinistra. Quindi strinse la propria arma con la destra, prese la mira e la scagliò contro il viso della guardia più vicina, centrandolo in pieno.

L'uomo ondeggiò per un istante sulla sella, poi cadde a terra. Sesto si affrettò a prendere la sua lancia, che spinse nel ventre del cavallo su cui montava il guerriero più vicino. L'animale s'imbizzarrì, disarcionando il soldato, che cadde di sella. Fu un altro pretoriano a finirlo, sottraendogli a sua volta la lancia e adottando lo stesso sistema di Sesto. In pochi istanti, Domizio si ritrovò con la guardia dimezzata. Il centurione vide il terrore negli occhi del vecchio, un individuo esile e scarno, che sembrava trovarsi perfino a disagio in sella. Al suo fianco, Sesto notò che uno dei nemici era riuscito a trafiggere un pretoriano; ma gli altri, nel frattempo, lo avevano afferrato per i piedi e lo stavano trascinando giù dalla sella.

Un altro pretoriano finì sotto gli zoccoli di un animale, per essere poi abbattuto dal cavaliere. Sesto spiccò un salto raggiungendo la groppa del cavallo e cingendo da dietro l'avversario, cui tagliò di netto la gola con un movimento orizzontale della spada. Lo spinse via e si lanciò su Domizio, ormai solo mentre le sue guardie superstiti erano impegnate contro gli altri pretoriani. Mosse verso di lui e gli puntò la spada alla gola. «Gettate le armi!», urlò alle sue guardie del corpo. Quelle esitarono, bloccandosi e dando così modo ai rispettivi avversari di disarmarle o colpirle. In un istante, l'usurpatore non aveva più nessuno che lo difendesse.

«Soldati!», urlò Sesto. «Ho catturato l'uomo che vi ha condotti a questa follia! Lo ucciderò, se provate ad avvicinarvi. Vi conviene rinunciare e arrendervi subito, prima di finire massacrati: siete già in rotta!».

I suoi uomini sopravvissuti gli fecero eco, per far giungere la voce il più lontano possibile. Nel caos della battaglia, col clangore delle armi, le grida di dolore e d'incitamento, gli urti di armature e scudi, il suono delle loro parole raggiunse solo la cerchia più ristretta dei fuggitivi intorno a loro, che tuttavia iniziarono a gettare a terra le armi e ad arrendersi, ostentando le braccia alzate per non farsi uccidere. Quelli più lontani li notarono e, capito cosa stava accadendo, li imitarono alla spicciolata. Presto la voce della cattura si diffuse e settori sempre più ampi dell'esercito africano rinunciarono sia alla lotta che alla fuga, consegnandosi ai vincitori.

Sesto guardò gli uomini che lo avevano aiutato. Erano rimasti in tre. Sorrise, senza riuscire a celare la propria soddisfazione. Aveva ottenuto l'obiettivo che si era proposto; l'esercito di Massenzio aveva vinto, i pretoriani avevano fatto una gran bella figura, e la sua carriera avrebbe avuto un'ulteriore impennata.

Un buon viatico per ricucire lo strappo con Minervina.

XXX

«Galerio è morto e non c'è nessuno che si dia la pena di nominare nuovi tetrarchi. Presto Massenzio attaccherà Licinio. E allora diverrà più potente. Oppure, Licinio attaccherà Massenzio, e sarà lui a diventare più potente. Voglio farlo adesso». Le ultime parole della missiva di Costantino scossero Osio, ma gli provocarono anche dei brividi di eccitazione: sì, era ora di agire, finalmente, e di raccogliere i risultati della fitta tela che aveva pazientemente tessuto per anni.

Si mise a riflettere. C'era tanto da fare, per aprire la strada all'impresa di Costantino. Se voleva avere la certezza che riuscisse, doveva pianificare tutto in dettaglio, nei tempi e nei luoghi giusti. A dispetto delle previsioni, il regime di Massenzio non era crollato a seguito della campagna d'Africa. Paradossalmente, grazie soprattutto a Sesto Martiniano, il signore di Roma aveva vinto, fatto decapitare l'usurpatore e riportato l'Africa e il suo grano sotto l'autorità dell'Urbe. Ma poteva anche essere una buona cosa: come avversario, Massenzio era meno temibile di Licinio, ed era un bene che l'Italia fosse ancora sotto il suo dominio. Spettava a lui, Osio, indebolirlo ancora di più e offrire a Costantino la penisola su un piatto d'argento.

Chiamò uno schiavo e gli disse di andare da Milziade. Che venisse subito, specificò. Sapeva che Costantino si aspettava risultati, informazioni, indicazioni per una campagna di conquista dai rischi ridotti al minimo. C'era Licinio in agguato, e Massimino Daia stava a guardare in Oriente: chiunque degli altri tetrarchi superstiti avrebbe potuto approfittare di un suo passo falso, di una permanenza prolungata in Italia, per attaccarlo in Gallia e tagliarlo fuori dai suoi possedimenti. Nessun dettaglio doveva essere trascurato: non era necessaria solo una vittoria, ma una vittoria rapida e schiacciante, decisiva, che facesse di Costantino il monarca più potente dell'impero.

Quando il vescovo di Roma, tronfio nella veste sacerdotale che aveva anelato per tanto tempo, si presentò a casa sua, Osio gli andò addirittura incontro nell'atrio, impaziente di parlargli, e lo condusse nel tablino, dove lo fece accomodare davanti al suo scrittoio.

«Ci siamo», esordì. «Dobbiamo dare avvio al piano. Io farò la mia parte con Massenzio, tu la tua con la tua comunità».

Milziade si mosse sulla sedia, visibilmente a disagio. «Ora?», commentò «E perché?»

«Come sarebbe perché?», si meravigliò Osio. «Costantino ha deciso che è il momento, e questo ti basti».

«A me non pare, invece. Forse noi cristiani non abbiamo più bisogno di lui», replicò Milziade, mellifluo. «In fin dei conti, prima di morire Galerio ha emesso un editto che dichiara lecita la religione cristiana. Abbiamo recuperato tutti i diritti che ci erano stati tolti, non corriamo alcun pericolo e, anzi, alcuni di noi stanno risalendo velocemente la scala del potere. Presto ne avremo a corte e a capo della burocrazia, nell'esercito e nella politica. E ora che non temono più di essere perseguiti, i ricchi simpatizzanti hanno ripreso a farci cospicue donazioni, in denaro e beni. Quindi, perché mai dovremo mettere a rischio questa ascesa con atti che potrebbero attirarci il biasimo generale?».

Osio si alzò dalla sedia, furente. «Perché? Perché se non lo fai ci penserò io a usare l'ascendente che ho su Massenzio per fargli rinnovare le discriminazioni ai danni dei cristiani! E forse anche le persecuzioni!», sibilò. «Credi che non possa? Mettimi alla prova: potrei anche far concentrare su di te i suoi provvedimenti, farti perdere quella tiara che indossi tanto pomposamente, grazie soprattutto a me, e magari anche la testa, se mi gira».

Milziade impallidì. «Ma… devi capire che adesso la situazione per noi è tranquilla; i miei confratelli che avevo reclutato potrebbero non avere più voglia di mettersi in gioco… E non sarà facile convincerli…».

«E tu fallo lo stesso!», si stizzì Osio. «Fagli capire che si tratta di una missione per il vostro signore. Usa l'ascendente che hai su di loro come vescovo, maledizione! Di' loro che un conto è una religione lecita, uguale a tutte le altre, un altro è una religione *privilegiata*, come accadrebbe se vincesse Costantino. Per ora sono i privati a darvi denaro e case, ma in futuro potrebbe essere lo stesso imperatore, e tu potresti farti davvero ricco. Riesci a immaginare cosa questo significhi?».

Milziade non rispose, ma Osio era certo di aver colpito nel segno. Insisté: «Ti vanti di qualche tuo uomo che ha occupato un posticino nell'amministrazione di Roma; per giunta, non stiamo parlando di quella imperiale, ma di quella di un uomo considerato un usurpatore da tutti gli altri. Avete un gran ciambellano? Un responsabile della corrispondenza? Un segretario imperiale? Niente di tutto questo: i ruoli di vertice sono ancora riservati a coloro che venerano i vecchi dèi. Ma con Costantino tutto cambierebbe: si circonderebbe di consiglieri cristiani, o almeno assegnerebbe loro ruoli chiave, che vi permetterebbero finalmente di contare davvero, di partecipare alle decisioni di alto livello, di orientarle, addirittura. Adesso, al massimo qualche vostro funzionario può stabilire in quale foro si deve tenere il mercato settimanale...».

Il vescovo sospirò. Rassegnato, disse: «Quando vuoi che cominci?»

«Subito, direi. Iniziamo dalle fogne, poi ti dirò io come procedere. Massenzio dovrà sentirsi insicuro, in questa città. E sarà tua cura fare in modo che accada», ordinò perentorio Osio, pregustandosi la sensazione di potere che gli derivava dalla possibilità di determinare gli eventi che avrebbero cambiato il mondo romano per sempre.

Per ora, avrebbe agito nell'ombra, ma una volta che Costantino fosse asceso alle vette auspicate da entrambi, ben pochi sarebbero stati al di sopra di lui, nell'impero.

Forse nessuno.

Costantino congedò il segretario personale e rimase da solo nel suo tablino a visionare i documenti provenienti da Roma. Li esaminò con attenzione, uno dopo l'altro, apprezzando sempre di più l'acutezza di Osio, la sua efficienza e la cura che poneva nei dettagli. Vi trovò la consistenza numerica delle truppe non solo pretoriane, ma anche di quelle dislocate lungo tutta la penisola italica, unità per unità, guarnigione per guarnigione; una descrizione minuziosa dei flussi di approvvigionamento granario, la dislocazione delle fonti di materie prime di cui si servivano i romani fuori dalle città; la composizione degli abitanti e la percentuale di cristiani; i senatori e i notabili corruttibili, o solo quelli scontenti del corrente regime; l'ubicazione delle fabbriche d'armi di cui si serviva l'esercito di Massenzio; e poi, cosa ancora più interessante, il carattere dell'usurpatore, le sue abitudini, le sue paure e le debolezze; la sua famiglia, a cominciare dalla moglie Valeria Massimilla, ancora sconvolta e depressa dalla morte del loro figlio Romolo, avvenuta due anni prima; i suoi sostenitori più accesi e gli amici più intimi, la loro influenza su di lui e il loro grado di pericolosità; c'erano perfino le sue amanti, nell'elenco di personaggi che gravitava intorno a lui, il suo grado di coinvolgimento nei loro confronti.

Osio si stava rivelando un consigliere e un collaboratore prezioso. Forse il più prezioso che un imperatore potesse mai avere; non ne avrebbe potuto immaginare uno migliore anche in futuro, quando avesse governato su una parte più estesa del mondo romano; e poi su *tutto* il mondo romano. Apprezzò anche i suoi suggerimenti su come accattivarsi la simpatia dei cristiani. Al di là di quelli puramente pratici, che andavano dalle promesse di donazioni in denaro alla comunità cristiana di Roma alla costruzione di edifici ecclesiastici nell'Urbe, fino alla concessione di intere aree urbane, ce n'era uno in particolare che gli parve assai astuto. Non vedeva l'ora di metterlo in atto e vedere la reazione dei suoi soldati; ma lo avrebbe fatto durante il tragitto alla volta di Roma, si disse.

Con una messe simile d'informazioni, neppure un condottiero meno abile di lui avrebbe potuto fallire. Poteva permettersi di portarsi dietro un esercito contenuto, lasciando gran parte delle proprie truppe a guardia delle frontiere, per presidiarle contro i barbari che continuavano a minacciare il confine renano, ma anche contro eventuali colpi di mano degli altri tetrarchi. Valutò in ventimila gli uomini da portarsi dietro: un'armata di modeste dimensioni avrebbe favorito la velocità di movimento, fondamentale per sorprendere le guarnigioni ed espugnare le varie roccaforti italiche, e l'approvvigionamento, che in territorio ostile non era mai troppo facile assicurare.

A fare in modo che non si scontrasse mai con eserciti più consistenti avrebbe pensato Osio. La strategia era definita da tempo: la prima mossa sarebbe stata quella di impossessarsi dei porti di Sardegna e Corsica, per ostacolare le flotte di approvvigionamento granario dall'Africa verso l'Urbe; Roma doveva essere ridotta alla fame. Poi, si trattava di indurre Massenzio a uscire fuori dal guscio che gli aveva permesso di superare ben due tentativi di abbatterlo, con Severo e con Galerio. Bisognava spingerlo a disperdere le proprie forze, inducendolo a temere l'invasione e a tentare di arginarla con presidi avanzati, sguarnendo così la zona della sua capitale. E una volta giunti a ridosso di Roma, bisognava fare in modo di stanarlo fuori dalle mura, per combatterlo in campo aperto, senza dover affrontare le incognite di un assedio, in cui aveva fallito inesorabilmente chiunque ci avesse provato. Roma era inespugnabile e lui non si sarebbe giocato la propria reputazione di generale accettando una scommessa tanto rischiosa. Ma anche per questo c'era Osio.

E non aveva dubbi che Osio, vero maestro dell'intrigo, ci sarebbe riuscito.

Ma c'era una cosa che doveva assolutamente fare senza potersi valere del suo prezioso contributo. Una cosa sgradevole, ma senza la quale la campagna sarebbe stata rischiosa. I barbari non erano la sola minaccia che doveva temere se si fosse avventurato nel meridione d'Europa. Doveva neutralizzare anche le altre: una, in particolare, che avrebbe potuto rappresentare un grande fastidio durante l'operazione, ma anche dopo. Sospirò, richiamò il suo segretario e gli annunciò che gli avrebbe dettato una lettera per Licinio.

Con una proposta di matrimonio.

Minervina si fece portare dalla schiava una bacinella d'acqua e si affrettò a sciacquarsi le parti intime, traendo finalmente un po' di refrigerio. Sospirò a lungo. Il cliente appena uscito le aveva fatto male. Non gli aveva detto nulla, non gli aveva impedito di penetrarla con quegli attrezzi mostruosi che si era portato dietro, solo per mantenere la propria nomea di puttana disposta a tutto e in grado di assecondare ogni libidine, ma a un certo punto il dolore e l'umiliazione si erano fatti insostenibili. A tal punto da averle fatto ricordare le parole di Sesto, che era andato di nuovo a trovarla al ritorno dalla campagna d'Africa, dove si era distinto come il più valoroso dei pretoriani, tanto da guadagnarsi una promozione a tribuno.

Era stata contenta per lui, e perfino fiera. Ma, sul momento, non aveva dato troppo peso alle sue prediche. Le aveva detto che si stava buttando via, che stava sprecando le sue potenzialità, che c'erano tante altre cose che avrebbe potuto fare, oltre quella... e che lui l'amava sempre, anzi più che all'inizio. Lei aveva accolto le sue profusioni d'amore con molta diffidenza, e poi si era chiesta cosa provasse ancora per lui. Era certa di sapere cosa provava per Costantino, da cui sarebbe tornata all'istante, se glielo avesse chiesto – e non solo perché l'imperatore aveva suo figlio

– ma riguardo ai sentimenti per Sesto… be', la situazione era molto più confusa. Le venivano in mente, ogni tanto, i momenti di gioia che avevano trascorso insieme in un lontano passato, e che forse erano rimasti insuperati per spontaneità e intensità. In un angolo della sua memoria conservava la frizzante atmosfera dei loro incontri, l'energia che si sprigionava dai loro corpi al minimo contatto, il divertimento che provava nel parlare con lui, la sensazione di benessere che la avvolgeva quando i suoi occhi si poggiavano su di lei.

Un tempo pensava che fosse talmente avvinto da lei da non riuscire neppure a guardare un'altra donna. E invece, aveva scoperto che se la spassava con chiunque, e non avrebbe mai potuto perdonarglielo. Né poteva perdonargli l'insofferenza nei confronti della sua fede, che lo rendeva incapace di comprendere le sue necessità spirituali, importanti anche più di quelle materiali. Osio, per esempio, non era cristiano, ma rispettava il suo credo, e lei lo apprezzava molto per questo. Riusciva a stare ancora bene con Sesto, le piaceva sentirlo parlare, anche se ostentava indifferenza e talvolta disprezzo; ma qualunque cosa provasse per lui, si diceva, non doveva essere diversa dalla gratitudine che provava per averla resa davvero una donna.

Si guardò intorno, e per la prima volta si sentì soffocare dallo squallore di quel posto. Fissò le pareti annerite dalla fuliggine e piene di disegni osceni, il materasso lercio e rovinato, il tendaggio strappato che la celava agli sguardi libidinosi degli altri clienti, e si chiese come avesse potuto ridursi così in basso.

Costantino l'aveva allontanata. L'aveva illusa affidandole una presunta missione a Roma, e invece l'aveva scaricata. Non era riuscito a odiarlo neppure quando lo aveva scoperto; e adesso, iniziava a capire cosa significava la necessità di Stato di cui le aveva parlato Osio. Costantino era l'imperatore. Aveva responsabilità enormi come sovrano, tra cui quelle connesse alle relazioni politiche e alle alleanze. Il matrimonio con la figlia di Massimiano era stato necessario, e poteva capire come Costantino non avesse avuto il coraggio di comunicarglielo personalmente. Gli sarebbe costato troppo, e questo poteva darle la misura del suo amore. Se non gli fosse importato nulla di lei, gliel'avrebbe detto e basta, senza preoccuparsi delle conseguenze, suppose. Certo, adesso che Massimiano era morto avrebbe potuto divorziare da Fausta, se avesse voluto tornare con lei…

Ma era anche vero che Fausta era giovane, e gli avrebbe dato un erede dopo l'altro, mentre lei, ormai, difficilmente avrebbe potuto avere altri figli. E tra i doveri dei governanti c'era anche quello di assicurarsi una vasta discendenza.

Eppure non le aveva scritto neppure una lettera. Forse si vergognava, forse era troppo impegnato... Forse non aveva trovato il tempo. Era stata tentata di scrivergli lei, e forse lo avrebbe fatto. Magari, ricordandogli il loro amore, e la dedizione che lei gli aveva mostrato, l'imperatore si sarebbe commosso e avrebbe trovato il modo di richiamarla. Capiva che la sua presenza in Gallia avrebbe potuto suscitare imbarazzo, ma magari lui l'avrebbe fatta alloggiare in incognito in un'abitazione a portata di mano, per qualche incontro clandestino, che lei avrebbe considerato una benedizione. Soprattutto se gli avesse permesso di vedere Crispo.

Chissà, forse un giorno, quando avesse soddisfatto le proprie ambizioni e la sua presenza non fosse stata un ostacolo, Costantino avrebbe messo da parte Fausta e avrebbe richiamato lei. Sì, probabilmente avrebbe fatto così; era sicura che con quella ragazzina non avesse provato le stesse emozioni che lei gli aveva fatto vivere. Forse era stata la sua puttana; ma era stata una puttana imperiale.

Aveva ragione Sesto. Si stava buttando via. Non doveva sciuparsi facendosi mettere le mani addosso da vecchi bavosi, e invecchiando anzitempo a causa di una vita usurante e logorante. Doveva preservarsi giovane il più a lungo possibile, per essere pronta per quanto Costantino l'avesse ripresa.

Perché Costantino l'avrebbe ripresa. Ne era certa.

Sesto contemplò sconsolato il cumulo di detriti ammassato nella Cloaca maxima, cercando di sopportare il fetore nauseabondo che tormentava il suo olfatto. Camminava nei liquami, alla fioca luce delle torce, cercando di capire cosa fosse successo.

«È doloso, tribuno», gli venne incontro il centurione pretoriano che dirigeva il gruppo di manutentori incaricati di liberare l'ostruzione. «Lo si vede chiaramente: qualcuno ha piazzato uno sbarramento di legno, contro cui si è andata ad ammassare la montagna di detriti, provocando l'ostruzione».

Proprio come due giorni prima alla Cloaca alessandrina, pensò Sesto, che annuì. «Allora adesso è un dato certo: qualcuno sta sabotando le fogne», commentò.

«Già. Ma per quale motivo?», rispose il centurione. «Cosa ci guadagnano? E chi sono?».

Belle domande, si disse il tribuno. Domande alle quali avrebbe voluto poter dare una risposta. Era l'eroe della campagna di Ravenna, e ancor più l'eroe della campagna d'Africa, un tribuno fresco di nomina tra i più celebrati a Roma, e si sentiva in dovere di essere lui a presentare a Massenzio la soluzione del problema. La gente si lamentava per il malfunzionamento delle fogne, per le difficoltà di smaltimento dei liquami e il fetore nelle strade, e ce l'aveva con l'imperatore. Forse era proprio quello che volevano ottenere i sabotatori: il diffondersi del malcontento nei confronti del sovrano.

Si ripropose di riflettere sulla situazione quando avesse avuto tutti i dati; i suoi uomini stavano esaminando anche altre cloache. Adesso aveva un altro compito da svolgere. Uscì dalla fogna e si avviò verso casa di Osio e Minervina. Aveva ripreso a parlare con lei con una certa regolarità, da quando era tornato dall'Africa. Come amico, sempre come amico. Non l'aveva mai neppure avvicinata, per non lasciarsi risucchiare dal vortice della passione. Tuttavia la desiderava ardentemente, mentre parlavano, dapprima al lupanare, dove l'aveva trovata, e poi, quando ebbe finalmente abbandonato quell'orrido bordello, a casa sua, talvolta perfino con Osio presente. Usciva sempre da quegli incontri depresso, avvilito, frustrato, ma non si sentiva in grado di rinunciarvi, e ogni volta che si accingeva ad andare, prendeva a battergli veloce il cuore, guidato dalla mai sopita speranza che in lei rinascesse il sentimento di un tempo. E dopo, per lenire la sua tristezza, se ne andava da Melissa e faceva l'amore con lei, sforzandosi senza successo di immaginarla come Minervina.

La prostituta aveva davvero tenuto fede all'impegno che le aveva ingenerosamente richiesto, controllando la signora e cercando talvolta di arginare i suoi eccessi, nella speranza di conquistarsi l'amore di Sesto. Non c'era riuscita, naturalmente, ma si era procurata la sua stima, e più che mai il ruolo di surrogato di Minervina. Il tribuno era consapevole di usarla, ma si faceva meno scrupoli al riguardo quando pensava che lo sapeva anche lei, pur facendo finta di niente per non perderlo.

Bussò alla porta d'ingresso, riflettendo sull'ironia della situazione. Mai avrebbe pensato, in passato, che sarebbe arrivato un giorno in cui avrebbe amabilmente conversato con Minervina senza neppure sfiorarla, salutando Osio come un vecchio amico. Il mondo si era davvero rovesciato, ultimamente: con la donna svolgeva il ruolo di confidente e consolatore, ascoltando le sue interminabili glorificazioni di Costantino, di cui era ancora evidentemente innamorata; con Osio, l'assassino di suo padre, che aveva sognato di uccidere per anni, condivideva una comune visione politica e l'amicizia con Massenzio, oltre all'amore per la stessa donna.

«Ma prego, Sesto, accomodati pure!». La porta si aprì proprio mentre ne usciva il senatore, che lo salutò con un sorriso cordiale. «Siamo sempre onorati di ricevere la visita di uno dei grandi eroi di Roma».

«Salute, Osio. Non rimani con noi, oggi?», disse per pura cortesia.

«Mi piacerebbe, ma ho una seduta in Senato», rispose Osio. «Sai, si dice che Costantino voglia attaccare il nostro imperatore. Dobbiamo decidere quali contromisure adottare... Ma sono certo che Minervina si delizierà della tua presenza. Le fai così bene... E non finirò mai di ringraziarti per averla tirata fuori da quel tugurio immondo».

Sesto aveva sentito delle mire di Costantino. Costantino, sempre lui... Pareva proprio che quell'uomo fosse nato apposta per mettergli i bastoni tra le ruote. E pensare che un tempo riteneva che fosse Osio il suo nemico... «Non devi ringraziarmi per Minervina: sai bene che lo avrei fatto anche di mia iniziativa», rispose. «Riguardo Costantino, sono certo che sapremo trovare una soluzione per ricacciarlo indietro, come abbiamo fatto con Severo e Galerio».

«Ne sono certo anch'io. Soprattutto con te alla testa delle nostre truppe!», replicò Osio allegro, salendo sulla lettiga e facendo cenno agli schiavi di partire.

Esaurite le formalità col padrone di casa, Sesto si fece annunciare a Minervina e poi condurre nel triclinio, con la consapevolezza di dover subire altre delusioni, ma senza la volontà di sottrarvisi. La donna lo ricevette con cordialità e, come al solito, senza avvicinarsi, gli fece cenno di sdraiarsi sul triclinio opposto: Sesto lo considerava – *voleva considerarlo* – la prova che lei percepisse un turbamento, in sua presenza, e avesse paura di non sapersi controllare, una volta vicino a lui.

«Come ti senti, oggi?», le chiese con la consueta premura.

«Abbastanza bene, grazie. Ho un leggero mal di testa, ma è meno forte di quello di ieri».

«Ne ho piacere. Hai dormito, stanotte?». La domanda fatidica. Di solito era quella che introduceva l'argomento di conversazione più pericoloso: Costantino. Sesto sapeva che, facendola, le avrebbe offerto la possibilità di ferirlo, ma nello stesso tempo era sempre ansioso di rivolgergliela per sapere se, finalmente, quell'uomo fosse scomparso dai suoi sogni e dai suoi pensieri.

E come sempre, attese con trepidazione la sua risposta.

«Non molto, in verità», fu la replica che lo fece iniziare a tremare. «I ricordi della nostra vita insieme mi perseguitano… E mi chiedo se con Fausta si diverte allo stesso modo», disse Minervina, come sempre senza alcuna sensibilità nei suoi riguardi. Ma d'altra parte, si diceva Sesto per scusarla e per darsi un pretesto per rimanere ad ascoltarla, lui faceva lo stesso con Melissa. Quando si ama tanto una persona che ci ha lasciato, si diceva, non si può fare a meno di parlarne a chi ha orecchie per ascoltarci. E di solito, gli ascoltatori più attenti e disponibili sono coloro che sono innamorati di noi.

«Certamente no. Il suo è stato un matrimonio politico», la rassicurò, come sempre. «E comunque, nessuna donna è divertente ed eccitante come te. Quindi sono certo che si stia annoiando e ti stia rimpiangendo. E non è l'unico…», aggiunse.

Minervina non raccolse. Non raccoglieva mai. «Ah, di questo sono sicura! Prima o poi mi richiamerà, ne sono certa!».

«E se non lo facesse?».

Minervina si accigliò. «Lo farei io. Gli scriverò. Lo avrei già fatto, se non lo sapessi tanto impegnato; e poi, Osio mi ha detto che cercherà di conquistare Roma. E magari vuole venire a riprendermi».

S'illudeva, come sempre. Adesso, era arrivata a pensare perfino che Costantino volesse espugnare Roma per riprendersi lei. «Costantino è un uomo ambizioso, Minervina. Non ha tempo per l'amore», cercò di spiegarle.

«Per me ne ha avuto», affermò lei decisa.

«È stato un capriccio. E come tutti i capricci, è passato».

«Niente affatto, lo sento», diceva, tentando più di convincere se stessa, gli parve, che lui.

«Guarda che gli uomini come lui non amano. Non sanno amare altri che se stessi. Mi pare che te lo abbia dimostrato chiaramente».

«Ha fatto solo quello che era necessario per il suo impero. E poi, non è vero che non sa amare», protestò lei. «Costantino ama i suoi sudditi, apprezza i cristiani, vuole il benessere del suo popolo!».

Era difficile intaccare l'enorme considerazione che Minervina aveva per Costantino, senza rendersi odioso ai suoi occhi. Così, a un certo punto Sesto doveva fermarsi e lasciarla magnificare le lodi dell'imperatore, il più fulgido esempio di rettitudine morale, il più straordinario condottiero mai esistito, il governante più illuminato, l'amante più appassionato, il padre più tenero, e così via… Non ne poteva più di sentirlo incensare in quel modo ogni volta.

Eppure, sapeva che sarebbe tornato presto a trovarla, e a permetterle di fargli di nuovo del male.

Era l'eroe di Roma. Ma nello stesso tempo, si sentiva anche lo scemo del villaggio…

Massenzio si alzò in piedi e scagliò a terra lo scettro. «Non è possibile! L'altro ieri hanno demolito quel tratto di cloaca, oggi quest'incendio ai granai… E noi siamo qui impotenti, mentre qualcuno fa a pezzi la città!».

I presenti rimasero muti, immobili, imbarazzati. Il signore di Roma incontrò le loro espressioni attonite, poi si rese conto di aver perso il contegno cui si sarebbe dovuto attenere un sovrano; indicò a uno schiavo di raccogliere lo scettro, se lo fece dare, lo fissò per controllare che non si fosse rovinato, quindi si sedette di nuovo, cercando di assumere una posa dignitosa. «Qualcuno vuole metterci in difficoltà, è chiaro. Ma chi?», chiese al suo gruppo di consiglieri, senza rivolgersi a nessuno in particolare.

Osio ritenne che fosse arrivato il suo momento. «Sostenitori di Costantino, direi», intervenne.

«Di Costantino? Come fai a esserne sicuro? Non potrebbe essere solo gente che ci vuol male?», lo interrogò Massenzio.

Osio scosse la testa in segno di diniego. «La coincidenza di questi attentati con le notizie che ci danno il cesare in partenza per l'Italia mi pare fin troppo sospetta», spiegò. «Sembrerebbe che Costantino voglia minare il tuo potere in città per costringerti ad affrontarlo in campo aperto, così da non rischiare di fallire come è capitato a Severo e Galerio».

Uno dei cortigiani disse la sua. «Ma qui siamo di fronte a un'organizza-zione criminale di vaste proporzioni, in grado di provocare un disastro dietro l'altro senza mai farsi cogliere in flagranza di reato né lasciare tracce... E che vanta di certo delle coperture tra le alte sfere... Come può Costantino disporre di una rete tanto vasta e strutturata qui a Roma, se non c'è mai stato, in pratica?».

"Perché la rete di sostenitori se l'è trovata già bella pronta nella comunità cristiana", pensò Osio. «In effetti, non sembra trattarsi di un movimento spontaneo a suo favore. Deve aver preparato le cose con cura», disse invece.

«E se fossero i cristiani?», intervenne un altro membro del Consiglio. «Loro sì che sono un'organizzazione forte e sempre più potente».

Massenzio scosse la testa. «Lo riteniamo improbabile. Avevamo smesso di discriminarli già prima che Galerio emettesse il suo ultimo editto di tolleranza rendendo lecita la loro religione. Non hanno alcun motivo di lamentarsi di noi».

«Ma potresti metterli alle strette e scoprire qualcosa», insisté il con-sigliere.

«Col rischio di indisporli?», obiettò Osio. «Il nostro signore ha appena detto, giustamente, che sono potenti: se li tormentiamo di nuovo, c'è il rischio di metterceli davvero contro, e allora sì che avremo mezza città in stato di ribellione, per quando arriverà Costantino».

Massenzio annuì. «Siamo d'accordo. I responsabili vanno cercati altrove. Vogliamo che i pretoriani intensifichino le indagini. Ma vogliamo anche essere costantemente informati sulle mosse di Costantino. Cosa dicono i rapporti più recenti dalla Gallia?».

Fu Osio a parlare, ancora una volta, anticipando gli altri. Poteva valersi proprio delle relazioni degli agenti romani di stanza nei territori sotto la sovranità del cesare. Era riuscito a farsi assegnare l'incarico di valutarli, e lasciava filtrare solo ciò che voleva, ponendo l'accento su ciò che più riteneva potesse spaventare il sovrano. «Pare che sia quasi pronto per dare avvio alla campagna. Ha pensato soprattutto a guarnire le frontiere, quindi è anche inutile sobillare i barbari: non passerebbero. Ha mobilitato per la campagna forze relativamente limitate, un'armata che gli consenta di marciare rapido. E dovremo aspettarci l'attacco per l'estate».

«Eppure, abbiamo sempre pensato che sarebbe stato Licinio la minaccia più pericolosa per noi», valutò Massenzio. «Reclama l'Italia e l'Africa come suo possesso, da quando gli sono stati assegnati nella conferenza di Carnunto. E poco importa che quell'incontro non abbia alcun valore, per noi: lui ci crede».

«Ma Licinio, ora come ora, possiede solo la Pannonia, e non è abbastanza potente per sfidarti, mio signore», spiegò Osio. «È consapevole che, se non c'è riuscito Galerio, che disponeva di mezzo impero, mai potrebbe farcela lui. Ed è per questo che si accontenterebbe di quello che gli darebbe Costantino, se riuscisse a rovesciarti. Infatti i nostri agenti ci riferiscono di contatti tra i due sovrani. Puntano senz'altro a spartirsi i territori sotto la tua sovranità, signore; suppongo che Costantino darà all'augusto l'Africa, tenendosi l'Italia. Per Licinio è meglio di niente. Non escludo neppure che Licinio possa fornirgli truppe o agire di concerto, inviando una colonna di supporto dal fronte orientale».

«Una doppia invasione!», esclamò Massenzio spaventato.

Osio annuì gravemente, provando grande soddisfazione. Era proprio la reazione che si augurava, facendo leva sui suoi timori. «Non è da escludere. Per questo, ritengo che dovremo spostare le nostre difese verso l'Italia settentrionale. Una strategia del genere risponderebbe a un triplo scopo. Primo: sarebbe più adatta a fronteggiare attacchi da più direttrici. Secondo: costringere Costantino ad affrontare scontri lungo il tragitto potrebbe provocare alla sua ristretta armata perdite tali da impedirgli di assediare Roma con un numero sufficiente di truppe. Terzo: lo terrebbe lontano dall'Urbe dove, se mi consenti, la situazione non è tanto rassicurante, con tutti questi attentati».

Massenzio rimase in silenzio, valutando la situazione che Osio gli aveva prospettato. «Non possiamo darti torto, Osio. Sei lucido, come sempre. Valuteremo la tua proposta e la consistenza delle truppe con cui presidiare l'Italia settentrionale. Ma intanto vogliamo che i pretoriani pattuglino le strade giorno e notte, per impedire questi attentati o per cogliere sul fatto chi li commette».

Tutti i presenti annuirono e Osio, dentro di sé, gongolò per la soddisfazione.

Tutto procedeva secondo i piani. Provò un brivido di onnipotenza e si sentì un genio politico e strategico al pari di Augusto. Meritava davvero di dominare l'impero.

XXXI

La luce dell'alba filtrò attraverso le fessure della tenda, investendo a spicchi la branda di Costantino. Ma l'imperatore era già sveglio da un pezzo. Ascoltava i rumori prodotti dal suo esercito che si rimetteva in moto, dopo una notte di riposo nel campo di marcia, lungo il confine tra la Gallia e la Rezia. Il suo attendente, come d'accordo, lo sarebbe andato a chiamare solo quando tutti fossero stati pronti per la partenza, radunati in uno spazio ristretto prima che l'armata si snodasse in una lunga colonna, per riprendere il cammino verso l'Italia.

Suoni familiari di ferraglia, nitriti e sbuffi di cavalli, muggiti e ragli di bestie da soma, imprecazioni dei soldati assonnati, ordini urlati dai centurioni... Era la musica che preferiva ascoltare, quando si alzava al mattino. E quel giorno in particolar modo. Ripassò mentalmente le parole che aveva intenzione di dire ai soldati, in gran parte suggeritegli da Osio per lettera, e le trovò efficaci. Sperò di riuscire a motivare anche i più refrattari sostenitori del vecchio ordine: i suoi uomini gli servivano tutti, e per questo aveva prospettato loro ingenti premi, al termine della campagna, assicurandosene il sostegno, a prescindere dai suoi moventi politici, religiosi e ideali.

Quando ricevette la vista del suo attendente, era già pronto. L'uomo si limitò solo ad aiutarlo a indossare il suo equipaggiamento migliore: voleva apparire come uno sfavillante semidio, al cospetto della truppa. Uscì dalla tenda, mentre gli addetti subentravano per smontarla, e osservò il sole affiorare oltre la linea della boscaglia a oriente. Si girò e guardò in direzione del suo obiettivo, l'Italia; vide il profilo degli alti monti che costituivano la barriera alpina, illuminato dalla tenue luce dell'aurora, e immaginò di essere già oltre, in una marcia trionfale attraverso la penisola, a raccogliere la resa delle città e delle guarnigioni.

L'attendente gli portò il cavallo. Salì con un agile balzo e cavalcò verso la truppa, ormai pronta per la partenza. Quando lo videro, i soldati levarono grida di saluto e la loro reazione lo galvanizzò. Si avvicinò fino a pochi passi dalla linea di armati e tirò le redini. Era pronto.

«Soldati!», annunciò. «Siamo lanciati verso una delle più grandi imprese che la storia ricordi! Ci accingiamo a superare armate e guarnigioni per giungere al cospetto della città che nessuno ha mai conquistato, se non, sette secoli fa, i barbari galli. Ma allora Roma non era ancora cinta di mura, quelle possenti mura costruite dall'imperatore Aureliano che hanno impedito a Severo prima, e a Galerio dopo, di espugnare la città. E sebbene l'usurpatore Massenzio sia un uomo da poco, dedito più ai piaceri della vita che ai doveri e alle responsabilità, sebbene sia un principe che non ha mai combattuto una sola battaglia nella sua vita, né partecipato a una singola campagna, le mura lo proteggono e gli hanno consentito di prevalere su avversari ben più abili ed esperti di lui. Le sue immeritate vittorie devono farci riflettere sul sortilegio da cui è avvinto quel luogo, sacro a tutti i cittadini dell'impero, che per magia è rimasto inviolato. I nostri predecessori Severo e Galerio hanno chiamato a raccolta gli dèi perché sostenessero la loro impresa, ma gli dèi si sono disinteressati delle loro ambizioni. Ma forse, perché non hanno fatto ricorso agli dèi giusti!».

Fece una pausa per vedere quale effetto producessero le sue parole sull'uditorio. I soldati parevano incuriositi e si chiedevano senz'altro dove volesse arrivare.

Proseguì. «Quegli dèi cui si sono rivolti, infatti, sono quelli che hanno fatto la fortuna di Roma, e hanno scelto di proteggere la città, non chi vuole espugnarla! E se ci sono divinità a guardia della vecchia capitale dell'impero, ci vogliono dèi altrettanto forti per contrastarla! Stanotte, miei prodi, abbiamo ricevuto in sogno una visione, chiara, inequivocabile, netta, e da allora abbiamo riflettuto sul suo significato, per metterne a parte voi, che condividete con noi questa impresa così densa di rischi e incognite. Ci è apparso un segno che forse molti di voi hanno visto: si tratta della lettera greca X, con i bordi superiori ripiegati. Sapete cosa rappresenta: rappresenta il simbolo di Cristo, il dio dei cristiani!».

Stavolta, nella nuova pausa, si levò un mormorio. Costantino sapeva che c'erano dei cristiani tra le sue file, ma erano un'insignificante minoranza; la gran parte dei soldati aveva assistito con soddisfazione alla persecuzione di Diocleziano, dopo essere stati convinti che le vittime erano sabotatori, codardi e inutili come combattenti.

«Ci siamo chiesti per ore, stanotte, che significato avesse questo sogno, e poi abbiamo capito», riprese. «La visione ci ha ricordato di quanto tenace si sia rivelato questo dio dei cristiani, che ha permesso loro di superare le punizioni terribili inflittegli dallo Stato, fino a convincere l'augusto Galerio a riconoscergli il diritto di praticare la loro religione in piena libertà, come tutte le altre. Questo dio ha sconfitto un imperatore, capite? È un dio potente, forse il solo capace di sgominare quelli che governano veramente l'Urbe in luogo di quel tiranno che è Massenzio».

Altri mormorii. Ma anche molti cenni di approvazione, soldati che annuivano con la testa, realmente messi in soggezione dalla potenza del dio dei cristiani. Sapeva di dover far leva proprio su quei timori, quando si trattava della soldataglia.

«Noi sappiamo, soldati, che ciascuno di voi ha i propri dèi cui si rivolge per ricevere protezione e conforto. Chi segue Mitra, chi il Sole invitto, chi un dio tradizionale in particolare... Ebbene, vi chiediamo di aggiungere alle vostre consuete preghiere anche quelle a Cristo, affinché ci aiuti in quest'impresa. E perché questo dio così potente sappia che aneliamo alla sua protezione, sappiate che stasera, quando vi riposerete, daremo ordine che sui vostri scudi, su tutti i vostri scudi, venga dipinto il segno di Cristo».

Stavolta dalle file si levarono velate proteste. Ma l'aveva immaginato. Qualcuno scosse la testa in segno di diniego.

«Non abbiamo nulla da perdere, soldati», insisté, «anzi abbiamo tutto da guadagnare. Molti di voi, durante la persecuzione, hanno potuto apprezzare il coraggio dei cristiani divorati dalle belve feroci. Ed erano persone insignificanti, che non avevano mai né combattuto né lottato, nella loro vita. Voi siete soldati, invece. Non vi piacerebbe avere anche voi quella determinazione divina? Potete solo immaginare quanta spinta potrebbe darvi, in combattimento, quale forza motrice possa rappresentare. Siete soldati, e dovete usare tutte le armi a vostra disposizione; e tra queste c'è il sostegno della divinità. Se c'è ancora qualche dio che appoggia il tiranno, ma solo perché sostiene Roma, allora noi richiederemo l'aiuto di un altro dio, che si è dimostrato potente. È questo, siamo sicuri, il significato del nostro sogno, e appena desti ci siamo affrettati a raccontarvelo, perché siete i nostri compagni, la nostra risorsa, il sostegno del nostro impero, i nostri più fedeli sostenitori!».

Si sollevò qualche grido di acclamazione dalla folla. Urla isolate, cui fecero seguito altre, più corali. Il volto di Costantino s'illuminò di un ampio sorriso, che rischiarò l'alba ancora segnata dalla foschia. E infine tutti lo osannarono come il loro imperatore.

Il condottiero li contemplò soddisfatto. Era tempo di mandare subito un messaggero a Roma, per far sapere in nome di chi avrebbe combattuto il legittimo regnante. E per Massenzio non ci sarebbe stata altra scelta che affrontarlo in campo aperto.

Minervina era seduta su una panca in giardino, all'ombra di un platano le cui fronde si estendevano su una fontana, nell'elegante domus di Osio, e leggeva delle odi di Orazio, quando ricevette la visita di Sesto Martiniano. Il tribuno le parve subito preoccupato; vedendolo arrivare, non vide sul suo viso la consueta espressione di tenerezza che assumeva sempre al suo cospetto.

«Ho l'impressione, Sesto, che tu oggi non sia venuto a conversare con me del più e del meno...».

Il pretoriano si accomodò sulla panca accanto a lei. La scrutò intensamente negli occhi, prima di risponderle. «No, infatti», disse con una smorfia. «Roma è in pericolo».

A Minervina prese a battere forte il cuore. «Costantino?», chiese ansiosa.

Sesto annuì. «È stato più veloce di quanto pensassimo. È già entrato in Italia, ha conquistato Susa massacrando la guarnigione e sconfitto la nostra armata più avanzata nei pressi di Torino. Milano gli ha aperto le porte e vi si è già insediato».

Minervina era consapevole che avrebbe dovuto mostrare sgomento, ma non si sentì in grado di celare il proprio entusiasmo. Le s'illuminò il viso, alla prospettiva di rivedere l'imperatore, cullandosi nell'illusione che l'avrebbe ripresa con sé. E aveva davvero bisogno di un amico con cui confidarsi. Pensò che avrebbe potuto andare dal diacono Silvestro, ma era impaziente, e ritenne che Sesto fosse un ascoltatore altrettanto comprensivo.

«Ti confesso che una grossa parte di me spera che vinca», disse infine, provocando un immediato sgomento nel suo interlocutore. «Così mi riprenderà con sé, permettendomi di ricongiungermi a mio figlio».

«Ma… non puoi dire sul serio! E proprio a me, poi», balbettò allibito Sesto.

«Mi dispiace, ma penso a lui continuamente, e mi auguro di rivederlo presto», dichiarò senza esitare. Aveva davvero bisogno di dirlo a qualcuno.

«Ma a Costantino non importa nulla di te, te l'ho già detto. Viene a Roma per allargare il suo impero, non certo per te. Ti stai solo illudendo…».

«E come fai a saperlo?», esclamò stizzita. «Sei solo geloso…».

Vide Sesto fremere di sdegno, ma sforzarsi di contenersi. «Chiunque lo capirebbe… Se non fossi così ingenua, così accecata dalla tua assurda infatuazione… ti accorgeresti del vero amore, di chi ti è stato sempre vicino senza fare troppe storie, indipendentemente da quello che gli dai», dichiarò in tono querulo.

«Mio marito, intendi? È vero, e gli sono molto grata per questo. Ma anche lui ha capito che amo Costantino».

«Ma non è amore, lo capisci o no?»

«Questo non può certo saperlo un uomo che passa da un bordello all'altro, da un'amante all'altra, senza mai manifestare i suoi veri sentimenti», lo staffilò. «Credi che non sappia che te la fai con quella puttana, Melissa?».

Sesto batté un pugno sulla panca. «Solo perché adesso ho una relazione con una prostituta, non significa che sia un puttaniere. E sai bene che è un ripiego… perché la donna che vorrei è innamorata di un altro».

«Ah, bene: glielo dirò, allora. Le farà molto piacere».

Sesto sbuffò. «Io non voglio che tu soffra ancora, illudendoti su Costantino. Quell'uomo è spregiudicato, e ormai tu appartieni al passato, per lui. Ti ha cancellato. Ti ha usato, come ha fatto con tanti altri e come farà in futuro, se noi pretoriani non glielo impediamo».

«Ah sì? E come pensi di impedirglielo? Lui è un valente condottiero, il tuo Massenzio un imbelle, oltre che un usurpatore…».

«Non è più un usurpatore», precisò il tribuno. «Quando ha appreso che Costantino si era alleato con Licinio, promettendogli in sposa la sua giovanissima sorellastra Costanza, Massenzio ha preso contatti con l'augusto Massimino Daia, che lo ha legalmente investito del ruolo di imperatore. C'è di nuovo una tetrarchia, ed è Costantino che la sta violando!».

«Tetrarchia?». Minervina scoppiò in una sonora risata. «Guarda che non sono del tutto sprovveduta. Osio mi parla di politica, ogni tanto. Ci sono quattro imperatori, è vero, ma nulla che somigli al sistema ideato da Diocleziano, dice mio marito. I quattro sovrani si fanno guerra tra loro, si alleano a due a due, invadono l'uno i territori dell'altro, oppure occupano i territori di un altro. Non c'è alcuna concordia, ed è difficile immaginare che rimarranno in quattro a lungo».

«Su questo non posso darti torto», convenne Sesto. «Ma se lasciamo fare Costantino, alla lunga rimarrà soltanto lui».

«Lo spero, allora. È il più meritevole, il più capace, il più favorevole ai cristiani. Ho sentito dire che ha fatto mettere il segno di Cristo sugli scudi dei suoi soldati. Ciò dimostra quanto sia retto e puro: Cristo è amore».

Sesto scosse la testa, disperato. «Te l'ho detto: tutto quello che Costantino fa, lo fa per calcolo. Non crede davvero in nulla, e ti darà altre delusioni, ti farà ancora soffrire».

Minervina scosse la testa con decisione, in segno di diniego. Sapeva che tutto lasciava pensare che le parole di Sesto fossero vere, ma dentro di sé sentiva che qualcosa tra lei e Costantino era rimasto, e che quando lui l'avesse rivista il fuoco sotto la cenere sarebbe riarso. Doveva crederci, per darsi una speranza, uno scopo di vita. Era fatta per amare, gliel'aveva detto lo stesso Sesto più volte, e aveva scelto Costantino.

Il tribuno le prese dolcemente le mani, le sollevò il mento e la guardò fissa negli occhi. «Ascolta, Minervina», le disse. «Non so se potrò tornare a trovarti. La città sta iniziando a soffrire per la penuria di grano, dopo il blocco dei porti operato da Costantino, e noi pretoriani siamo in allerta giorno e notte per tutti gli attentati che si stanno verificando da qualche tempo a questa parte. Stiamo perdendo anche le riserve di grano, per gli incendi ai magazzini. E a noi sono affidate le difese di Roma e la salvaguardia dell'imperatore. L'ultima nostra speranza per impedire a Costantino di arrivare a Roma e assediarla risiede nel prefetto Ruricio Pompeiano, attestato con un esercito a Verona. Dobbiamo solo sperare che vinca, o almeno che perda infliggendo un forte numero di perdite all'invasore. Perché se Costantino arriva a Roma, con tutti i problemi che abbiamo in città, non so in che condizioni lo affronteremo…».

«Perché mi dici queste cose, Sesto?»

«Perché potremmo non vederci più, per un pezzo o per sempre, se dovremo affrontarlo sul campo di battaglia. E voglio che tu sappia che il solo amore sincero che tu abbia conosciuto nella tua vita non è stato quello di tuo marito, e tantomeno quello di Costantino, ma il mio. Ti ho amato dal primo momento in cui ti ho visto, e ho continuato a farlo in ogni circostanza, a dispetto delle apparenze. Qualunque cosa ti abbiano detto di me, non è vera: *io volevo te*. E voglio tuttora te. So che tu non provi più per me quello che provavi una volta, ma io sono certo che è solo perché sei accecata dall'infatuazione per Costantino. Quando avrai subìto una nuova delusione da lui, allora sentirai di nuovo il mio cuore che batte, e forse udirai anche il tuo, che magari ha continuato a battere un po' anche per me, senza che te ne accorgessi. Stavamo così bene insieme, che non è possibile recidere un legame del genere; quando sarai più lucida te ne renderai conto. Spero solo che non sia troppo tardi, a quel punto…».

Subito dopo, l'uomo avvicinò le labbra alle sue e la baciò. Minervina s'irrigidì istintivamente, ma un istante dopo assaporò quella piacevole sensazione che aveva dimenticato di provare quando le loro bocche si fondevano. E si abbandonò con sorpresa a quel tepore, di cui si accorse di avere bisogno. Quando Sesto si staccò, le dispiacque, ma non riuscì a dire nulla. Il tribuno si alzò, le sorrise, si voltò e si allontanò in silenzio.

Sentì l'impulso di corrergli dietro e di abbracciarlo. Se per gratitudine, per affetto, per amore o desiderio, non sapeva dirlo.

Ma non fece nulla.

«Sono più di noi, cesare!», esclamò il tribuno più vicino alla postazione di Costantino, vedendo sciamare le truppe nemiche fuori dalle porte di Verona e schierarsi oltre l'Adige.

L'imperatore studiò le forze del prefetto del pretorio di Massenzio, Ruricio Pompeiano, e fu colto dal dubbio di riuscire a sconfiggerle. Sapeva bene, grazie alle informazioni di Osio, di quanti uomini disponesse l'avversario, e lo aveva spinto a riparare in città con la speranza di obbligarlo alla resa per fame; Verona non avrebbe potuto sostenere a lungo l'approvvigionamento di un'armata tanto imponente. Non aveva considerato che Ruricio potesse tentare il tutto per tutto con un tentativo di sfondamento delle linee d'assedio. La mossa del prefetto, adesso, lo obbligava ad affrontare una battaglia campale contro forze nettamente superiori, dovendo rinunciare a una parte della propria armata per mantenere il blocco alle mura.

«Su due linee, presto!», ordinò con una punta di apprensione nella voce, che avrebbe voluto nascondere ai suoi subalterni. Le trombe squillarono e i soldati si disposero come richiesto, con l'efficienza di cui avevano dato prova innumerevoli volte nelle campagne lungo il Reno. Ma quando lo schieramento fu completato, Costantino, che osservava le due armate da un'altura a lato del proprio esercito, poté rendersi conto della differenza numerica. La linea del fronte della sua formazione era molto più corta di quella nemica, e rischiava seriamente l'accerchiamento, con i fianchi molto esposti. Anche il prefetto doveva essersene reso conto, perché aveva già iniziato ad avanzare, meditando, evidentemente, di assalirlo prima che Costantino vi ponesse rimedio.

«Che la seconda linea avanzi sui fianchi della prima!», urlò, e i suoi ufficiali eseguirono i comandi. Con rapidità, i soldati delle file posteriori sciamarono in avanti allargandosi e posizionandosi ai lati. La fronte raddoppiò quasi di estensione, e Costantino valutò che fosse pressoché identica a quella nemica.

Ma era molto più sottile, adesso. Il prefetto disponeva di uno schieramento molto più profondo, e nell'urto imminente avrebbe avuto facilmente la meglio, sfondando ovunque avesse voluto. Non a caso, Costantino vide l'armata nemica cambiare configurazione e addensarsi al centro: Ruricio era intenzionato a fendere in due l'esercito nemico, isolando una metà dall'altra.

Ebbene, si disse Costantino, gli avrebbe rivoltato contro la sua stessa tattica.

Diede di sprone al cavallo e si precipitò nella piana, seguito dalle sue guardie del corpo barbariche. Galoppando lungo la linea, esortò la metà sinistra ad aprirsi ancor più verso l'esterno, poi giunse all'altezza della metà destra e la spinse ad allargarsi a sua volta, incitando gli uomini a fare presto. «Lasciateli passare, e quando saranno oltre, ruotate di quarantacinque gradi e aggrediteli di fianco!», gridava agli ufficiali a capo di ogni unità. Quando giunse al margine dello schieramento, si fermò e attese insieme alla truppa l'arrivo del nemico che, nel frattempo, stava avanzando con una disposizione sempre più simile a un cuneo, con il vertice al centro. Se il prefetto si era accorto della sua contromanovra, ormai non poteva fare più nulla per modificare il proprio schieramento, nel quale i soldati si stavano ammassando nel settore centrale, senza più spazio per movimenti che non fossero in avanti.

Costantino mosse lentamente verso l'esterno, assecondando la direttrice seguita dalle sue truppe e ordinando l'alt quando vide che al centro si era creato un varco abbastanza grande da permettere al nemico di passare. Se mai Ruricio Pompeiano aveva letto Tito Livio, si disse Costantino, aveva capito che il suo antagonista stava replicando la tattica di Annibale a Canne, ma non poteva farci più niente: un ordine di arresto avrebbe solo creato più confusione, a quel punto della carica.

I nemici erano così vicini, ormai, che poteva distinguere le espressioni dipinte sui loro volti: erano disperati, consapevoli che l'alternativa allo scontro sarebbe stata la morte per inedia. Qualcuno degli ufficiali, notò, aveva compreso la sua tattica, e cercava di rallentare i suoi uomini, con il solo risultato di attenuarne la spinta e farli ammassare alle sue spalle. In una circostanza, vide un centurione addirittura travolto, subito dopo essersi arrestato. Presto gli uomini di Ruricio iniziarono a sfilare oltre la linea di Costantino, scontrandosi solo con i soldati nemici ai margini del varco e travolgendoli con facilità. Iniziarono a rallentare solo dopo essere passati oltre. Quelli alle loro spalle gli finirono addosso, e lo stesso accadde ai legionari che venivano ancora più dietro. Il cuneo nemico si trasformò in una massa disorganica di armati, che si ostacolavano gli uni con gli altri.

Era il momento. Costantino esortò gli ufficiali a far ruotare i propri uomini. I legionari più all'esterno dello schieramento presero quindi ad avanzare, seguiti a mano a mano dai compagni più all'interno, finché non si formò una colonna parallela al fianco del cuneo nemico. Costantino non pose altro tempo in mezzo: gli uomini di Ruricio non avevano spazio di manovra, e non potevano rischierarsi per affrontare la minaccia laterale. Incitò i suoi ad attaccare, e per motivarli al massimo fu lui stesso a lanciare l'assalto, cavalcando contro i ranghi avversari. Spalleggiato dalle sue guardie del corpo, investì i fanti nemici travolgendone le file, mulinando la spada a destra e a sinistra e aprendo all'istante un varco. Subito dopo, i suoi legionari aggredirono i rispettivi avversari, che non

Altrimenti, potrebbero pensare che sei un debole e scegliere di sostenere Costantino da dentro la città…».

Massenzio annuì, pensieroso. «Anche questo è vero…». Sesto si maledisse per la sua incapacità retorica, che risaltava ancor più di fronte all'abilità di Osio.

«E sia, allora», dichiarò infine l'imperatore. «Sesto Martiniano, prendi con te il presidio all'interno della corte e conducilo a dare manforte ai pretoriani là fuori. Date una bella lezione a quei facinorosi! E bada che ti osserveremo da qui: vogliamo vederli scappare tutti come lepri!».

Sconsolato, Sesto annuì. Guardò in tralice Osio, che si limitò ad alzare il sopracciglio. Scese le scale e raccolse il drappello di soldati nella Sala delle guardie, poi proseguì verso l'ingresso. Gli si parò di fronte una folla impressionante, contro la quale le sentinelle di guardia si limitavano ad agitare le lance, tenendo a distanza i più esagitati. Ogni tanto qualcuno si avvicinava e scagliava un sasso, contro le guardie o contro l'edificio; in quei casi, i pretoriani si univano a due a due e caricavano con gli scudi, spingendo indietro i civili. Poi vide che, sui due soldati che avevano preso l'iniziativa per ultimi, si chiusero numerose persone, che li circondarono e li aggredirono. I pretoriani non poterono far altro che difendersi, soprattutto con gli scudi: la mischia impediva loro di utilizzare le lance, ma anche di estrarre le spade dai foderi. Quando riuscirono a svincolarsi e a recuperare la linea dei commilitoni, avevano l'elmo ammaccato ed erano sanguinanti in più punti, pieni di graffi ed ematomi ovunque.

Era il momento: l'imperatore lo guardava. Sesto fece aprire il cancello, comandò ai suoi uomini di schierarsi a cuneo e invitò gli altri più vicini a entrare nella formazione. Quindi lanciò la carica levando e abbassando il braccio con un urlo. I pretoriani percorsero in un istante il breve tratto che li separava dalla folla e, mantenendo le lance puntate in avanti, si scagliarono compatti addosso alla gente. Abbatterono in pochi attimi chiunque trovassero sulla loro strada, travolgendo, infilzando, calpestando, fendendo la calca fino a creare un corridoio. Sesto, che era in testa alla colonna, trovò ripugnante che la sua spada calasse su teste, arti e busti di gente inerme, e provò un senso di nausea. Ma il suo mestiere, come quello di tutti i pretoriani, si disse, era difendere l'imperatore, e non aveva scelta, in quel momento. Quando giudicò di essere arrivato abbastanza in profondità, si arrestò e fece ruotare i suoi uomini verso l'esterno. Dalla formazione emersero aculei su ogni lato, che si protesero sulle persone più vicine.

La ressa cresceva. Dal momento in cui i pretoriani avevano travolto una parte dei facinorosi, la gente non aveva pensato ad altro che a scappare. Ma il pendio, piuttosto scosceso dalla parte del foro, e la calca fecero perdere l'equilibrio a una quantità enorme di persone, che travolsero chi li precedeva e finirono calpestate da chi li seguiva. Per ogni uomo o donna che un soldato colpiva, almeno altri cinque subivano ferite o morivano a causa degli spintoni e delle botte dei compagni. Alcuni arrivavano a devastare di pugni e schiaffi chiunque ostacolasse la loro fuga.

Sesto ritenne di aver fatto abbastanza. Infierire era inutile. Ordinò l'alt e rimase a guardare la gente che scappava. Poco dopo, le pendici del Palatino erano ricoperte di morti e contusi, pochi dei quali effettivamente colpiti dai pretoriani.

Era stata una strage, pensò il tribuno. E non ne sarebbe venuto nulla di buono, per Massenzio.

Ombre. Ormai erano soltanto ombre, che vagavano sul campo di battaglia, muovendosi con una lentezza esasperante, trascinando le membra esauste, senza più emettere un grido, neppure quando venivano colpite a morte.

Costantino poteva distinguerli tutti, i soldati, dopo aver abituato gli occhi all'oscurità combattendo tutta la notte. Poteva distinguere un amico da un nemico, grazie al simbolo di Cristo che aveva fatto dipingere sugli scudi dei propri uomini. Poteva capire come stava andando la battaglia come se fosse giorno, sebbene lo sforzo ininterrotto di un pomeriggio e una notte gli facesse girare la testa, pulsare le tempie, annebbiare la vista.

Era diventata una battaglia innaturale, tra spettri. Si udiva solo il clangore delle lame che cozzavano, ma a un ritmo lento e blando, e il respiro affannoso dei soldati stremati. Ogni tanto qualcuno alzava le mani in segno di resa, ed erano sempre gli uomini di Ruricio Pompeiano. I ranghi del prefetto si assottigliavano sempre di più, e da tempo Costantino poteva dire di aver annullato la superiorità numerica dell'avversario. Si arrendevano perché si vedevano spacciati, o solo perché ne avevano abbastanza. Non aveva mai avuto dubbi sulla tempra dei suoi: erano veterani forgiati da tante campagne lungo il Reno, in luoghi selvaggi e inospitali, dal clima rigido e insalubre, tra acquitrini e foreste; i soldati del prefetto, invece, erano in gran parte reclute, che tutt'al più avevano combattuto qualche volta nelle lande fertili della penisola o dell'Africa. Erano pochi, tra loro, i veterani di Massimiano, che comunque avevano dato molto filo da torcere ai suoi in quella interminabile notte.

Si fermò per riprendere fiato, osservando un duello tra ombre che si svolgeva a pochi passi da lui. Erano due soldati di corporatura massiccia, e si muovevano pesantemente, come se combattessero nell'acqua. Erano ricoperti di ferite, eppure nessuno dei due mostrava di volersi arrendere. Grugnivano, sospiravano, ansimavano, e i loro colpi andavano a vuoto più spesso di quanto incrociassero le lame; e quando si toccavano con le spade, lo facevano così debolmente da non riuscire a infliggere ferite decisive. All'improvviso, uno dei due crollò in ginocchio, tuttavia continuò a mulinare la spada. L'altro cercò di approfittarne, ma barcollò caricando il braccio per vibrare il colpo, e crollò in ginocchio a sua volta. I due si ritrovarono l'uno di fronte all'altro. Si guardarono per qualche istante, mostrandosi un mutuo rispetto, poi sollevarono le spade, che sembravano pesare come macigni, e si prepararono a menare un nuovo fendente.

Costantino si avvicinò di qualche passo per osservare meglio. Subito dopo, le due lame s'incrociarono sopra le teste dei combattenti. I due soldati spinsero con tutta la forza che gli rimaneva, per abbattere le difese dell'avversario, ma le risorse di cui ancora disponevano dovevano essere equivalenti, perché rimasero immobili: due statue di granito nella foschia della notte. Finalmente uno dei due prese l'iniziativa e spinse di lato la spada dell'antagonista. Le due lame s'incrociarono di nuovo, ma a terra. Quando cercarono di rialzarle per menare un nuovo fendente, incontrarono la spada di Costantino, che le bloccò.

«Ora basta», disse l'imperatore. «Vi siete dimostrati entrambi valorosi e meritate di vivere. Tu sarai nostro prigioniero», specificò, rivolgendosi al soldato di Massenzio, che dopo un attimo di esitazione chinò il capo in segno di deferenza, mentre le guardie del corpo di Costantino lo circondavano e lo disarmavano, prendendolo in consegna.

Il cesare riprese a camminare per il campo di battaglia. Lunghe file di prigionieri sfilavano verso il suo accampamento, trascinandosi stancamente quanto i loro carcerieri. Il terreno era ricoperto di cadaveri e un sommesso lamento dei feriti sembrava emergere dal sottosuolo. Piccoli gruppi di soldati combattevano qua e là, con gesti meccanici e stentati, come fantocci cui una magia aveva dato un'animazione precaria. Costantino si spostò verso l'Adige, sulle cui rive si ammassavano mucchi di corpi. Molti soldati avevano cercato scampo nelle sue acque, dopo ore e ore di lotta, ma non ci erano arrivati. Altri ancora annaspavano nel letto del fiume, le armature rilucenti alla pallida luce lunare.

Notò un uomo di Ruricio battersi ancora contro tre dei suoi. Si era rintanato dietro una catasta di morti e si difendeva con perizia dagli assalti dei suoi avversari. Ma altri due nemici gli giunsero alle spalle, puntandogli le lance alla schiena e immobilizzandolo. Un attimo dopo si univa a una colonna di prigionieri. Un gruppo di soldati del prefetto cercava di aprirsi la strada verso l'Adige, bloccata da una formazione di Costantino. Combattevano sempre in silenzio, e ogni tanto qualcuno crollava a terra o nel fiume. L'imperatore passò oltre e raggiunse un settore dove i corpi si erano accatastati in un cumulo esteso, irregolare, nel quale si muovevano ancora alcuni feriti e si udiva qualche lamento. Costantino riconobbe l'epicentro dello scontro, dove si era ammassato l'esercito di Ruricio, i cui soldati si erano immolati quasi impotenti davanti alle spade mulinanti dei suoi uomini.

Osservò i detriti umani, consacrati alla sua ambizione, gli arti spezzati e disposti in modo innaturale, le membra tranciate, le gole squarciate, le teste aperte, le viscere sparse ovunque, sul terreno cosparso di sangue e altri liquami. Non ne ebbe alcuna compassione. Era così che andavano le cose, da quando era nato l'uomo: tutto era stato costruito sul sangue di migliaia di esseri umani. E lui si accingeva a fondare la cosa più impegnativa di tutte: un impero saldo e coeso sotto il suo scettro, dove nessuno dovesse più temere aggressioni barbariche, dove tutti avrebbero mangiato e nessuno sarebbe più stato perseguitato per il suo credo religioso.

Un centurione lo avvicinò. «Cesare, un prigioniero ha riconosciuto il corpo del prefetto del pretorio. Ruricio Pompeiano è tra i caduti», gli disse.

Costantino valutò l'annuncio e annuì. Questo sanciva la sua vittoria una volta per tutte. Presto i suoi avrebbero domato le ultime sacche di resistenza e, con la sconfitta dell'esercito, anche la guarnigione di Verona non avrebbe potuto fare a meno di arrendersi.

E adesso Roma, dunque. Presto avrebbe ricacciato in gola a Massenzio la protervia che gli aveva mostrato nove anni prima, quando gli aveva proposto un'alleanza.

Osio raggiunse il palazzo di Domiziano sul Palatino e si fece dire dov'era Massenzio. Lo portarono alle Terme di Severo, sulle pendici orientali del colle, dove vide l'imperatore fare un placido bagno nel tepidarium.

«Eccoti qui, mio caro Osio», lo accolse Massenzio. «A quanto pare, ci siamo. Sta arrivando».

«Hai notizie fresche?», domandò il senatore.

«Freschissime», replicò Massenzio, «Una staffetta è arrivata solo un'ora fa dal presidio di Spoleto. Ha già passato la città…».

Osio si mostrò meravigliato. «Per gli dèi! È stato di una rapidità impressionante… Solo pochi giorni fa era nella pianura padana, oltre l'Appennino!», esclamò.

«Per forza», disse sconsolato Massenzio. «Dopo la clemenza dimostrata a Susa e a Verona, i centri abitati gli aprono le porte e non deve perdere tempo ad assediarli… Arriverà qui con l'armata pressoché integra. Ventimila veterani che non si fanno spaventare da nulla…».

«E tu sei spaventato, cesare?», gli chiese. Come sempre, era sulle sue paure e le sue frustrazioni che doveva far leva.

«Certo che lo siamo. A te possiamo dirlo. Sebbene queste mura ci abbiano protetti in passato contro Severo e Galerio, non siamo sicuri che ci riescano stavolta… La situazione, qui a Roma, è talmente tesa…».

«E allora affrontalo in campo aperto!», lo esortò.

Massenzio lo guardò come se fosse impazzito. «Stai scherzando? Sarebbe un suicidio! Che senso ha affrontarlo se disponiamo delle mura più solide del mondo?», dichiarò.

«Le mura saranno anche solide. Ma tu stesso hai fatto notare che qui dentro non sei al sicuro. La gente soffre per la penuria di cibo, hai nemici ovunque, e ti saboterebbero. Non puoi fronteggiare una ribellione e un assedio contemporaneamente. Rischi di meno uscendo fuori ad affrontarlo, credimi».

Massenzio valutò le sue parole. «Sì, è vero. Qualcuno potrebbe aprirgli le porte nottetempo, per come stanno andando le cose qui in città, pur di risparmiarsi i rigori di un assedio», dichiarò sconsolato. «Credo che ben pochi, ormai, siano disposti a sacrificarsi per noi. Ci odiano perché non li nutriamo. Ma cosa possiamo farci, noi? Danno la colpa a noi, ma è a lui, a Costantino, che dovrebbero darla!».

«Tu hai fatto tutto il possibile, cesare», lo blandì. «Ma ora devi rischiare il tutto per tutto in una battaglia campale. In fin dei conti, Ruricio Pompeiano è andato molto vicino alla vittoria, e aveva meno truppe a disposizione, rispetto a te: Costantino ha dovuto combattere tutto un pomeriggio e una notte per averne ragione».

«Anche ammettendo che accettiamo la tua idea...», valutò cautamente Massenzio, «a chi faremmo comandare le nostre truppe? Il prefetto è morto davanti a Verona, e il solo condottiero che potrebbe condurle alla vittoria è Sesto Martiniano. Ma non possiamo elevare un tribuno a prefetto da un giorno all'altro...».

«Potresti comandarle tu stesso», suggerì. «Pensa cosa sarebbero capaci di fare i pretoriani, se vedessero alla loro testa l'imperatore stesso. Combatterebbero fino alla morte, pur di dimostrarti sul campo il loro valore, e andrebbero più che mai fieri incontro al nemico».

Massenzio proruppe in una fragorosa risata. «Ah! E quale esempio potremmo dare? Non siamo mai stati su un campo di battaglia, non abbiamo mai tenuto una spada in mano, o almeno non negli ultimi anni... Non siamo neppure certi di come potremmo reagire, alla vista del sangue e del combattimento... No, rischiamo di scoraggiarli, i nostri uomini, se ci uniamo a loro».

Questo non andava bene. Doveva uscire da Roma. «Non importa che tu combatta», gli disse. «La gran parte degli imperatori degli ultimi secoli non lo ha fatto. Basta che tu stia in una posizione strategica e osservi lo scontro, dando ordini sulla disposizione delle truppe e facendo le opportune correzioni durante la battaglia».

Massenzio rifletté, poi scosse la testa. «No, non funzionerebbe. Forse è davvero meglio promuovere Martiniano».

Osio s'innervosì. La situazione gli stava sfuggendo di mano. «Perdonami, cesare, ma in passato in molti hanno fatto il confronto tra il valore militare di tuo padre e la tua mancanza di perizia bellica», insinuò. «I tuoi uomini, che hanno combattuto con entusiasmo per Massimiano contro

Severo e Galerio, potrebbero chiedersi se valga la pena sacrificarsi per un imperatore che se ne sta sempre chiuso nel palazzo senza condividere le loro glorie. Tuo padre ti ha lasciato un'eredità pesante e la gente pensa che tu debba sforzarti di esserne degno».

L'imperatore tacque per qualche istante, infine sospirò profondamente. «A quanto pare, gli dèi ci mettono di fronte al nostro destino. Non possiamo più sfuggirgli», commentò. «Adesso si vedrà, dunque, se eravamo predestinati a dominare Roma o se ci siamo capitati per caso».

«Quindi uscirai alla testa dell'esercito?», si assicurò Osio.

«A questo punto vorremmo; ma temiamo che se lo facessimo, la gente penserebbe che usciamo dalla città perché non siamo sicuri in casa nostra», obiettò. «E allora tutti quanti, dai cittadini ai soldati, ci considererebbero solo un imperatore traballante, precario. Non è un granché per il morale delle truppe...».

Osio rifletté. Aveva ragione, dal suo punto di vista, si disse. «E allora, inventati un pretesto per uscire», suggerì. «Che so, un vaticinio...».

Massenzio s'illuminò. «Questa sì che è un'idea!», esclamò. Ma poi si rabbuiò di nuovo. «Però dovremmo convincere un aruspice a dire quello che vogliamo noi, in un sacrificio...».

Osio fece spallucce. «Non sarebbe la prima volta che un imperatore fa una cosa del genere. Ma può anche non essercene bisogno, se ci appelliamo ai Libri sibillini...», dichiarò.

Massenzio recuperò di nuovo il suo entusiasmo. «Ma sì! Nessuno potrà mettere in dubbio la nostra interpretazione! Troviamo subito una formula che giustifichi uno scontro campale!», aggiunse, uscendo dall'acqua, finalmente risollevatosi dallo stato di torpore e depressione in cui Osio l'aveva trovato.

Osio tirò un sospiro di sollievo. Ancora una volta, ebbe un brivido di piacere nella sensazione di trionfo che provava quando riusciva a manovrare una persona.

XXXII

Sesto osservò i genieri al lavoro sui ponti e si chiese se Massenzio avesse adottato la strategia giusta. Come pretoriano, era contento di poter dimostrare il proprio valore in una vera battaglia in campo aperto, e non c'era un suo commilitone che non provasse la stessa soddisfazione; ma come ufficiale dell'imperatore, nutriva seri dubbi sulla scelta. Rinunciare ad approfittare dalla protezione offerta dalle mura di Aureliano sembrava un follia... Ma Massenzio aveva pubblicamente dichiarato che, secondo i Libri sibillini, colui che commetteva qualcosa a danno dei romani sarebbe andato inevitabilmente incontro a una triste morte; pertanto, certo che l'oracolo si riferisse all'aggressore, si era sentito incoraggiato a uscire allo scoperto e ad affrontarlo in campo aperto, sicuro della vittoria.

Sesto avrebbe voluto esserne altrettanto sicuro. A lui pareva che i vertici del comando stessero facendo di tutto per complicarsi la vita. Se era vero che gli dèi avevano decretato la vittoria dei difensori di Roma, era altrettanto vero che non si poteva mettere troppo alla prova la loro pazienza rendendo sempre più difficoltosa l'impresa.

Non meno folle, infatti, gli era parsa la scelta di disporre l'esercito davanti al Tevere, senza vie di fuga. E stavolta non c'erano giustificazioni religiose, al riguardo. L'intento di Massenzio era di costringere i soldati a combattere, nel timore che lo abbandonassero durante lo scontro e alle prime difficoltà: con Roma in preda ad attentati e rivolte, non si fidava più di nessuno, ma soprattutto non si fidava delle tantissime reclute inesperte che componevano la sua armata. E poi, temeva l'enorme forza di attrazione di Costantino, un vincente sotto il quale tutti sarebbero stati fieri di servire.

Sentì un tonfo violento a breve distanza da lui. Subito dopo, l'acqua del Tevere si sollevò, e qualche schizzo raggiunse anche lui, refrigerandolo. Dopo un lungo e intenso picconamento, la sezione centrale di Ponte

Milvio era crollata sul letto del fiume. Tirò un sospiro di sollievo: aveva temuto che non avrebbero fatto in tempo. Per due giorni, due squadre di genieri avevano lavorato ininterrottamente, giorno e notte, ciascuna partendo da una sponda, per tagliare il ponte. Ogni squadra aveva demolito il punto appena oltre l'ultimo pilone prima del centro, finché non si era staccata tutta la parte centrale, priva di piloni di sostegno.

Adesso che il ponte di cui si valevano i viaggiatori provenienti dalla via Flaminia era inutilizzabile, il solo modo per attraversare il Tevere e raggiungere Roma era quello di usare il ponte di legno di cui altre squadre di genieri stavano ultimando la costruzione. Si spostò appena pochi passi più in là e vi salì sopra, saggiandone la consistenza. Era più stretto del ponte di pietra, con tralicci di sostegno al posto dei piloni di pietra, e la piattaforma era costituita da passerelle che si univano nella sezione centrale mediante ganci di ferro. Qualche genio aveva suggerito a Massenzio di costruirlo così per poterlo tagliare con facilità, staccando i ganci quando l'esercito di Costantino vi fosse passato sopra. Era l'unica via di fuga per l'armata di Massenzio, che era già transitata in gran parte sulla riva opposta a Roma, accampandosi nei pressi del fiume. Sesto temeva che quell'infido sistema si sarebbe ritorto contro di loro se, pressati dal nemico, fossero stati costretti ad ammassarsi sul ponte per ripiegare.

Più ispezionava la zona e più nascevano in lui delle perplessità; aveva l'impressione che Massenzio avesse costretto i suoi uomini a combattere con le spalle al muro: una bella differenza con quella che immaginava essere la situazione nell'armata di Costantino, dove l'imperatore aveva cieca fiducia nei suoi veterani, e li lasciava liberi di sprigionare tutta la loro potenza.

Una volta sceso dal ponte, rimontò a cavallo e galoppò verso il presidio avanzato di cui aveva la responsabilità, circa un miglio oltre il fiume. Non appena scese di sella, sentì il rumore di zoccoli di cavalli risuonare sul terreno. Aguzzò lo sguardo in direzione di Veio, poi tutt'intorno, e finalmente vide delinearsi lungo la via Flaminia, tra le colline boscose che la circondavano, le sagome dei cavalieri mauri e numidi inviati in avanscoperta. Galoppavano veloci, tutti insieme, come se qualcuno li stesse inseguendo, e provò un brivido lungo la schiena: la sua esperienza gli trasmetteva la percezione dell'imminenza dello scontro. E ancor prima che gliel'annunciassero, seppe che il nemico era arrivato.

«Tribuno, l'avanguardia di Costantino è a una quindicina di miglia da qui, a Saxa Rubra», gli annunciò il primo che giunse al suo cospetto. «Abbiamo dovuto ingaggiare uno scontro, ma ci siamo svincolati prima che facessero valere la loro superiorità numerica. Però si sono spinti in avanti per inseguirci, e ora sono sfilacciati...».

Sesto sentì i pretoriani intorno a lui fremere d'eccitazione. Tutti lo guardarono: era il più alto in grado, in quel momento e in quel settore. Ed era un simbolo di eroismo e valore.

Sapeva già cosa doveva fare.

Chiamò a raccolta la coorte di pretoriani che comandava, e tutti risposero prontamente, schierandosi equipaggiati di tutto punto intorno a lui, in pochi istanti. «Che ne dite, ragazzi», gridò. «Vogliamo fargli subito vedere di che pasta sono fatti i pretoriani, a questi barbari venuti dal settentrione?».

I soldati risposero in coro in modo affermativo, prima ancora che terminasse la frase, e un attimo dopo Sesto era alla testa di una colonna che marciava rapida lungo la via Flaminia. Il tribuno percepiva il clima di esaltazione che regnava tra le file dei suoi uomini. Tutti inneggiavano a Roma, all'imperatore, perfino a lui, ma soprattutto agli dèi tradizionali: si era diffusa la voce che le soldataglie di Costantino combattessero in nome del dio dei cristiani, con tanto di simbolo sugli scudi; un segno che, per molti pretoriani, era oggetto di battute e disprezzo, e sinonimo di viltà. Sesto non era certo che si potesse parlare di codardia per veterani come quelli che componevano le legioni e le unità ausiliarie del Reno, ma si guardava bene dall'incrinare la grande fiducia che i suoi nutrivano per lo scontro imminente.

Come tutti i suoi compagni, sentiva che stava per avere luogo uno scontro epocale. Quello contro Domizio Alessandro in Africa era stato poca cosa, al confronto, così come tutti quelli cui avevano partecipato i pretoriani in precedenza. Stavolta il suo corpo, stimato ed esecrato in egual misura per secoli, lottava davvero per la sopravvivenza. Tutti erano consapevoli che, in caso di sconfitta, Costantino avrebbe fatto pagare loro l'appoggio al rivale e avrebbe dato corso alle disposizioni degli altri tetrarchi, che avevano da tempo predisposto lo scioglimento del corpo. La fedeltà che i pretoriani nutrivano per Massenzio era dovuta alla gratitudine per averli non solo mantenuti in vita come unità d'élite delle armate imperiali, ma anche per averli rivalutati come soldati, sottraendoli alla pigra esistenza da guarnigione cittadina, cui li avevano relegati gli altri imperatori, dando loro fiducia nelle campagne militari.

Sapeva già che, quando fosse giunto in vista del nemico, non avrebbe avuto alcun bisogno di esortare gli uomini; semmai di frenarli, per evitare loro il rischio di affrontarlo senza la necessaria compattezza. E quando vide le sagome dei guerrieri avversari avanzare lungo la strada, si fermò e bloccò i suoi, facendoli passare all'istante dalla colonna di marcia alla formazione da battaglia: poco più di quattrocento uomini, che si disposero rapidamente su otto file da cinquanta, che attendevano solo il suo segnale per scattare all'attacco. Studiò il nemico. Erano ausiliari barbari, equipaggiati in modo molto vario, e avanzavano a ranghi aperti. Accortisi della presenza dei pretoriani, andarono assumendo una vaga formazione a cuneo e aumentarono il passo, fino a procedere di corsa.

Sesto alzò il braccio e iniziò a marciare anch'egli a passo svelto. I suoi lo seguirono compatti. E a mano a mano che le due colonne si avvicinavano l'una all'altra, i barbari perdevano compattezza, mentre i pretoriani la mantenevano. E prima ancora di arrivare all'urto, Sesto fu certo che l'impatto avrebbe frantumato ogni resistenza del nemico.

Costantino contemplò sconsolato i cadaveri che giacevano lungo la via Flaminia. Erano quasi tutti suoi ausiliari, che aveva assegnato all'avanguardia perché facesse da schermo al grosso dell'esercito; andando ben oltre le sue disposizioni, si erano spinti talmente avanti da finire coinvolti in uno scontro non solo con l'avanguardia nemica, che avevano facilmente messo in fuga, ma anche con una parte delle truppe pesanti di Massenzio.

Osservò il corpo di uno dei pochi nemici caduti. Aveva un'armatura squamata, e giaceva in ginocchio, sostenuto dalle tre lance che lo avevano infilzato sul posto. Era un pretoriano. Non poté fare a meno di notare che anche gli altri cadaveri avversari, tutti pretoriani, avevano la fronte rivolta al nemico.

A quanto pareva, il corpo che tutti, da tempo, consideravano degno di pensionamento, era ancora in grado di ruggire, e non andava sottovalutato. Anzi, i pretoriani erano addirittura venuti incontro alla sua avanguardia, invece di aspettare col resto dell'esercito: a quanto pareva, erano ansiosi di dimostrargli il loro valore e di smentire la nomea di truppe da parata che li aveva accompagnati nel corso degli ultimi decenni. E poi, sapevano che li avrebbe sciolti, disperdendo i loro componenti tra le legioni di frontiera. Avevano un'infinità di motivazioni per combattere al meglio e, forse, nell'esercito di Massenzio erano gli avversari più temibili. Per fortuna, il loro numero era limitato, nove coorti al massimo, e costituivano solo una piccola percentuale delle truppe nemiche.

Ma non si dolse più di tanto per quell'incidente di percorso. Era stato uno scontro di poco conto, una schermaglia, con pochi caduti da ambo le parti: di sicuro, però, i vincitori ne avevano tratto grande fiducia, e avrebbero abbassato la guardia.

Era molto, molto soddisfatto di come stavano andando le cose. La campagna non si sarebbe potuta svolgere meglio. Aveva espugnato con facilità Susa, poi vinto nettamente due battaglie, a Torino e a Verona, sottraendo a Massenzio una buona parte delle sue truppe, disperse in numerose armate e guarnigioni in Italia settentrionale. Poi, con la magnanimità dimostrata impedendo il saccheggio ai soldati entrati a Verona, si era guadagnato la resa incruenta di molte città italiche, evitando di perdere tempo e soldati in una serie infinita di assedi. Ormai, a Massenzio, era rimasta solo la metà meridionale della penisola e, a parte i pretoriani, disponeva in gran parte di reclute e di truppe africane, equipaggiate in armamento leggero e poco esperte, ma soprattutto, poco motivate: era certo che i suoi veterani e i truci barbari che si era portato dietro le avrebbero intimorite, perfino terrorizzate, e dubitava che sarebbero state disposte a morire per un uomo che non aveva più nulla da offrire loro, se non il suo destino ormai segnato.

Era una vittoria annunciata, per lui; con la collaborazione di Osio, aveva preparato la campagna con una strategia impeccabile, cui mancava solo il sigillo finale di una battaglia campale decisiva. E adesso Massenzio, l'unico, insieme ai pretoriani, a non aver capito da che parte tirava il vento, gliela offriva su un piatto d'argento. Il coronamento della paziente opera di Osio si era infatti compiuto: il rivale si era risolto ad affrontarlo in campo aperto, come aveva auspicato fin da quando aveva elaborato con il senatore romano il piano di rendere instabile il suo potere all'interno delle mura, che avevano rappresentato la sua arma vincente nelle precedenti campagne contro di lui.

Diede ordine di ripulire il terreno e segnalò agli ufficiali di proseguire. L'esercito nemico veniva dato dagli esploratori lungo il Tevere, intorno al Ponte Milvio, che era stato tagliato e sostituito con un ponte provvisorio. Massenzio non si fidava delle sue stesse truppe, se le costringeva a combattere senza vie di fuga. E loro non potevano fidarsi di un comandante che non aveva mai guidato alcun esercito in battaglia, anzi, che non aveva mai partecipato a una battaglia e neppure a una campagna.

Sì, era una vittoria annunciata.

Con la coda dell'occhio vide un paio di soldati trascinare via il cadavere di un pretoriano. Notò il suo petto squarciato, nonostante la consistenza dell'armatura squamata. Avevano dovuto trafiggerlo più e più volte, e da vicino, evidentemente, perché cedesse; doveva aver combattuto allo stremo, con una determinazione perfino superiore a quella dei suoi veterani più sperimentati.

Sì, era una vittoria annunciata.

Se non fosse stato per i pretoriani.

«È... arrivato?», domandò trepidante Minervina a Osio, non appena il marito rientrò a casa, la sera tardi.

«È arrivato, sì», rispose Osio, meravigliato che fosse rimasta alzata ad aspettarlo, e probabilmente che fosse venuta ad accoglierlo alla porta d'ingresso.

Ma Minervina non aveva paura di celare la sua apprensione. Osio conosceva benissimo i suoi sentimenti, ed era molto comprensivo. Gli voleva bene anche per questo. «E... che cosa ha intenzione di fare?», chiese.

Osio attese qualche istante prima di rispondere, camminò fino al tablino e finalmente replicò: «Di combattere, naturalmente. Oggi pomeriggio si è accampato a meno di un miglio di distanza dalle nostre posizioni sul Tevere, e credo proprio che darà battaglia all'alba. L'imperatore è pronto a raggiungere Ponte Milvio domattina. Sarà il giorno decisivo».

Minervina fu assalita dall'apprensione. «E tu... chi credi che vincerà?», azzardò.

«Difficile dirlo», ammise Osio. «Costantino è senza dubbio un comandante più esperto e i suoi uomini sono tutti veterani. D'altra parte, Massenzio dispone di un esercito più grande. In Senato siamo tutti sul chi vive, nessuno prende posizione. Chiunque vinca, sarà il signore di questa parte dell'impero ancora per molti anni: sono entrambi giovani…».

Minervina annuì e si accomiatò. Lei, però, non aveva dubbi: voleva fortissimamente che vincesse Costantino. Se fosse stato sconfitto, sarebbe tornato subito in Gallia e lei non avrebbe più avuto la speranza di vederlo. O, peggio ancora, sarebbe morto, e suo figlio sarebbe stato abbandonato a se stesso, oppure ucciso come pericoloso erede di un uomo tanto influente.

Andò a dormire con la paura di non vedere più l'uomo che l'aveva stregata. E non riuscì a chiudere occhio. Gli imperatori che avevano provato a conquistare Roma prima di lui avevano fallito… Per quanto abile fosse come condottiero, la sua era un'impresa difficile. Un conto era affrontare i barbari sul Reno, altro erano le truppe romane ben addestrate e addirittura in superiorità numerica. E non poteva permettere che finisse così, che non s'incontrassero più. Doveva sapere. Doveva sapere se l'aveva lasciata per necessità politica o perché si era stancato di lei. Doveva sapere se l'aveva amata come lei aveva amato lui, o se era stata solo un passatempo, un'infatuazione di poco conto. Doveva scoprire se era valsa la pena dedicargli tutti quegli anni, perfino quelli in cui era stata lontana da lui, lasciandosi andare e buttando via il suo corpo, la sua dignità e la sua anima per il dolore che le aveva provocato l'essere stata abbandonata.

La decisione prese forma nel buio e si consolidò ora dopo ora. All'alba, pur distrutta da una notte insonne, Minervina era pronta: pronta a raggiungere il campo di battaglia e cercare di incontrare Costantino.

Costantino si fece passare dall'attendente il suo elmo dorato intarsiato di gioielli, lo indossò e scrutò attraverso la densa foschia mattutina di ottobre. La combinazione della nebbia con l'incerta luce dell'aurora rendeva lo schieramento nemico davanti al Tevere una linea di spettri, pronti a ghermire i suoi uomini. Il frinire dei grilli e delle cicale accompagnava gli sbuffi dei cavalli e il rumore di ferraglia dei soldati, intenti a sistemarsi l'equipaggiamento.

Rifletté sul fatto che, in quel momento, ciascun soldato, in entrambi gli schieramenti, stava invocando il suo dio. I suoi, a dispetto del simbolo dipinto sugli scudi, ne avevano tanti: i barbari i loro dèi dei boschi e delle paludi, i romani spaziavano dagli dèi tradizionali a Mitra, al Sole invitto, a Cibele, oltre a Cristo, naturalmente. Desiderò appellarsi a qualche dio anche lui, e solo pochi anni prima sarebbe stato Sole invitto, come per suo padre… Ma l'esperienza accumulata lo aveva spinto a pensare che non vi fosse altro dio che quello interiore: una sorta di demone, che determinava la vita di un uomo condizionandolo nelle sue scelte. Forse esistevano tutti, gli dèi in cui credevano gli uomini, o forse non ne esisteva nessuno. E forse il dio dei cristiani, come aveva sostenuto per convincere i soldati a combattere in suo nome, era più potente degli altri; tuttavia, gli pareva che niente e nessuno fosse più potente della linea del destino che ogni uomo si tracciava da sé.

E quel giorno, si disse, era uno di quelli che il suo dio interiore aveva scelto per determinare il suo destino. La protezione divina? Era quella che aveva predisposto con la strategia accuratamente preparata nel corso di lunghi anni di trame e intrighi, ma anche di lotte per farsi largo tra i personaggi di potere.

Si voltò e guardò la sua armata. Alle sue spalle si stendeva a perdita d'occhio lungo la via Flaminia e ai suoi lati. I soldati erano lì con lui perché si era conquistato la loro fiducia con le sue vittorie e le sue gratifiche; ma era consapevole che lo avrebbero abbandonato, se avesse fallito: l'impero non mancava di uomini ambiziosi in grado di fare promesse a guerrieri disillusi. E poi, se avesse fallito, avrebbe perso credibilità presso i popoli che aveva sconfitto lungo le frontiere, e l'impero sarebbe stato di nuovo in pericolo. Il *suo* impero, di cui si era assunto la responsabilità e che aveva fortissimamente voluto guidare fin da bambino.

La nebbia autunnale andava diradandosi. Gli avversari parevano sempre di meno degli spettri, e sempre di più delle vittime sacrificali, uomini in carne e ossa, sangue e viscere, che presto avrebbero cosparso la riva del Tevere dei loro cadaveri dilaniati dalle spade degli invasori. Li osservò nella loro assurda disposizione, a ridosso del fiume: sarebbe bastato dar loro una spintarella per farli cadere in acqua e affogare, con le pesanti armature che indossavano.

Ebbene, era arrivato il momento di dar loro quella spintarella.

Levò il braccio, attirando l'attenzione dei trombettieri più vicini. I cavalieri al suo fianco e dietro di lui, all'ala destra dello schieramento, fecero scalpitare gli animali, disponendosi alla carica. Costantino attese ancora qualche istante, immobile, statuario, nel suo equipaggiamento dorato, che lo rendeva facilmente visibile nell'imminente battaglia ai suoi uomini, affinché sapessero che chi li comandava era sempre alla loro testa; ma anche un altrettanto facile bersaglio per i nemici, che si sarebbero tutti catapultati su di lui.

Abbassò il braccio all'improvviso, con un gesto secco, deciso. Diede di sprone al cavallo e fu il primo a partire al galoppo, immediatamente seguito dalle sue guardie del corpo, un drappello di cavalieri barbari in equipaggiamento pesante. Subito dopo, si lanciò all'attacco l'intera ala di cavalleria che l'imperatore guidava personalmente e, nell'arco di pochi altri istanti, anche l'ala opposta, mentre la fanteria al centro iniziava ad avanzare lentamente. Costantino si scagliò deciso contro l'ala sinistra nemica, costituita da cavalieri leggeri mauri e numidi, mentre la cavalleria sul lato opposto delle legioni puntava all'ala destra di Massenzio. E più si avvicinava, più l'imperatore iniziava a leggere nei volti dei cavalieri avversari dalla pelle scura la paura, di fronte alla prospettiva di essere investiti da una carica di cavalleria pesante. E fu certo che, per quando i suoi fanti fossero giunti a contatto con quelli avversari, questi ultimi si sarebbero già trovati coi fianchi scoperti e sarebbero stati facilmente aggirabili.

Ne vide alcuni scappare. Prima ancora dell'impatto. Dei mauri cercarono di voltare il proprio cavallo e svincolarsi, ma in alcuni casi trovarono l'opposizione dei compagni o, semplicemente, non trovarono spazio di movimento. E fu subito il caos: un attimo prima dell'impatto, Costantino constatò che solo una parte dei cavalieri offriva la fronte al nemico; gli altri si fecero sorprendere sul fianco, altri addirittura da tergo, mentre qualcuno era riuscito davvero a fuggire, lasciando un ampio varco nella linea.

Circondato dalle sue guardie del corpo, che stringevano gli scudi su di lui protendendo in avanti le lance, Costantino irruppe tra le file nemiche con facilità disarmante. Mauri e numidi si scansarono, invece di affrontarlo, per non essere travolti dalla sua irruenza, permettendogli di penetrare in profondità nel loro schieramento. Una volta dentro, ordinò ai suoi scudieri di allargarsi, per consentirgli di affrontare i nemici. Tutt'intorno a lui c'erano cavalieri in armamento leggero, con semplici tuniche, scudi piccoli in vimini e giavellotti, e non temette di esserne danneggiato. Puntò un cavaliere che lo guardava disorientato e con un fendente gli staccò di netto la testa, scartò il suo cavallo imbizzarrito e si avventò su un altro nemico tempestandolo di colpi. Quando cercò di opporre lo scudo e di colpirlo col giavellotto, Costantino lo raggiunse al braccio, provocandogli uno squarcio che lo obbligò a far cadere l'arma, poi lo trafisse al costato, affondando senza incontrare alcuna opposizione la lama tra vertebre, muscoli e carne.

Un numida sul fianco gli scagliò contro un giavellotto, ma uno degli scudieri fu pronto a intercettarlo, alzando lo scudo. L'asta sbatté sulla superficie e cadde per terra, lasciando disarmato il nemico, contro il quale si scagliò Costantino, sferrando un fendente che gli aprì tunica e carni dalla spalla sinistra alla parte destra dello stomaco. L'imperatore continuò a farsi largo tra le file avversarie, ma la gran parte dei guerrieri tendeva a voltare il cavallo e a sottrarsi allo scontro. Contemporaneamente, tuttavia, alcuni soldati, consapevoli di chi avevano di fronte, cercavano di farsi largo tra le loro stesse file per giungere a contatto con lui e affrontarlo, per fregiarsi della sua morte. Ma erano ostacolati dagli stessi compagni che non ne volevano sapere. Uno di loro riuscì a sgusciare tra gli ostacoli, ma le guardie del corpo lo trafissero prima che avvicinasse l'imperatore. Un altro, tuttavia, approfittò della distrazione dei barbari e si affiancò a Costantino. Brandendo il giavellotto, saltò in piedi sul dorso del cavallo e spiccò un balzo, superando la guardia più vicina all'imperatore. Costantino se lo vide arrivare addosso, ma fu pronto a mettere la spada con la punta in alto, e il numida vi atterrò sopra, finendo trafitto in pieno stomaco. Ma l'imperatore non poté evitarne il corpo, che ancora si contorceva per gli spasmi. Sbilanciato dall'impatto e dal suo peso, ondeggiò sulla sella e poi cadde a terra.

Per un istante, stordito dall'urto, non capì dove si trovava. Ma recuperò subito lucidità e cercò di rimettersi in piedi. Un calcio lo sbilanciò di nuovo. Lo zoccolo di un cavallo lo aveva colpito con violenza alla schiena, e solo la presenza dell'armatura gli consentì di reggere l'impatto, che tuttavia gli tolse il fiato. Prima ancora di riuscire anche solo a rimettersi in ginocchio, gli arrivò un terribile pestone da un altro zoccolo, che gli provocò un dolore atroce alla coscia. Le zampe di cavalli in quel settore erano così fitte che non aveva spazio per rialzarsi. Due guardie del corpo scesero di sella e gli si fecero intorno per proteggerlo. Costantino, adesso, aveva spazio, ma non riuscì a far leva sulla gamba malandata. I suoi cercarono di aiutarlo, ma erano sbilanciati a loro volta dagli urti con le bestie che li circondavano. Quando lo afferrarono per le braccia, finirono per trascinarlo dove li spingevano gli urti.

Costantino avvertì fitte lancinanti nei punti in cui era stato colpito, ma strinse i denti. Era di vitale importanza che tornasse subito a cavallo, per far vedere ai suoi uomini che era vivo e vegeto. Si fece forza e, dopo vari tentativi, si rimise in posizione eretta. I suoi volevano portarlo fuori dalla mischia, ma ordinò loro di aiutarlo a rimettersi in sella. Uno dei due afferrò le redini del suo cavallo che, privato dello spazio per scappare nitriva, sbuffava e scalpitava nei pressi; lo costrinse a star fermo mentre il compagno faceva avvicinare l'imperatore e lo sosteneva. Costantino cercò di darsi lo slancio, facendosi spingere dal subalterno, e montò in sella stringendo i denti, rimanendo senza fiato alcuni istanti. Poi allungò il braccio e levò al cielo la spada, sopportando il dolore alla schiena per la botta ricevuta; attirò così l'attenzione dei suoi uomini che, nel vederlo riemergere dalla mischia, levarono urla di giubilo. Per il momento non si sentiva ancora di tornare a combattere; ordinò alle sue guardie del corpo di chiudersi su di lui e di continuare a fendere lo schieramento nemico. L'importante era che rimanesse in prima linea e fungesse da esempio e da faro ai propri soldati.

XXXIII

Sesto ebbe la sensazione che si mettesse subito male. Troppo debole la cavalleria rispetto a quella di Costantino. Dal suo posto in prima fila al centro della fanteria, dove erano concentrati i pretoriani, assisteva impotente al disfacimento delle ali, sia a destra che a sinistra, mentre con un occhio seguiva l'avanzata lenta e cadenzata delle legioni nemiche. Vide i mauri e i numidi finire travolti dalla carica avversaria, ondeggiare all'indietro, sparpagliarsi verso l'esterno, finire addosso ai fanti più vicini e disgregarne i ranghi. Privi di spazio di manovra, i cavalieri africani finivano nel fiume, dove i cavalli ormai fuori controllo li sbalzavano di sella facendoli cadere in acqua. Alcuni venivano trascinati via dalla corrente, altri annegavano nei gorghi, altri ancora nuotavano cercando di raggiungere la riva opposta, e la loro fine toglieva coraggio ai compagni rimasti a fronteggiare la cavalleria pesante di Costantino.

Vedeva i cavalieri galli spingersi sempre più in profondità nelle schiere africane. Erano come un'onda che travolgeva tutto ciò che investiva. E la fanteria marciava sicura. Si sentì impotente, col fiume alle spalle, e il nemico sugli altri tre lati.

Fin dal primo momento apparve evidente l'assurdità della strategia voluta da Massenzio, che condannava il suo esercito all'immobilità. Se avessero avuto spazio alle spalle, i soldati avrebbero manovrato per attuare una difesa elastica, e sarebbero stati in grado di distaccare reparti di rinforzo nei settori minacciati. Così, invece, erano come statue condannate a subire ogni genere di oltraggio, e senza poter reagire sprigionando la forza di cui disponevano.

Nel tempo che impiegò a portare lo sguardo dall'ala alla fronte, e poi di nuovo all'ala, la situazione era definitivamente precipitata. Un attimo prima il fianco destro della fanteria era ancora protetto da numerosi africani dalla pelle scura, pressati dai nemici; poco dopo vi vide quasi tutti germani dalle chiome lunghe e bionde. E perfino l'elmo e l'armatura dorata dell'imperatore.

Fremette di sdegno, non sapeva dire se per la disfatta repentina di numidi e mauri, o se per l'apparizione dell'uomo che lo aveva separato da Minervina. Fu però certo che, se avesse potuto abbandonare la sua unità o farsi largo tra la massa dei soldati, avrebbe scelto di assalirlo e di fargli pagare una volta per tutte la sua sfrenata ambizione, ma soprattutto il male che aveva fatto alla donna che amava.

Guardò verso il ponte di legno. Massenzio non sembrava essere ancora arrivato sul campo di battaglia, ed era una vera disdetta. L'imperatore, da quel che si sapeva, aveva fin dalla sera prima deciso di raggiungere l'armata, in mattinata, ma Costantino aveva attaccato all'alba; per di più, il crollo repentino degli africani aveva affrettato i tempi dello scontro. La presenza del comandante supremo avrebbe potuto rincuorare gli uomini, motivarli, spingerli a compiere prodezze al suo cospetto, mentre, al contrario, la sua assenza sottraeva determinazione anche al più fiero dei veterani.

Ormai i cavalieri nemici potevano avventarsi sui fanti, investiti di fianco dalle loro cariche. Non c'era più alcuna protezione ai lati. Preoccupato, Sesto osservò di nuovo l'avanzata dei legionari di Costantino, e vide che stavano allargando lo schieramento, estendendo la fronte. Era chiaro l'intento di circondarli, adesso che i fianchi erano sguarniti. Avrebbe voluto gridare ai suoi uomini di allargarsi a loro volta, ma non c'era spazio: i cavalieri nemici continuavano a pressare i fianchi impedendo ai difensori di Roma di modificare la disposizione delle unità.

Il prefetto Fufio Volusiano, eletto dopo la morte di Ruricio a Verona, deteneva il comando in assenza dell'imperatore, e gridò ai soldati di avanzare al centro con tutti i pretoriani, per creare una formazione a cuneo e provare a spaccare in due lo schieramento nemico. Il contatto era ormai imminente, ma Sesto accelerò le operazioni, e in breve i suoi si spostarono in avanti andando a costituire la punta avanzata dell'armata. Ma sarebbero stati anche i primi a essere investiti dai legionari avversari.

Comandò ai suoi uomini di acquattarsi dietro gli scudi e di tendere le lance in avanti, per sostenere l'urto. Stavolta era legionari contro pretoriani, una sfida che coronava secoli di rivalità. Lanciò un urlo liberatorio un attimo prima che l'impatto avesse luogo, e subito dopo entrò in azione, sostenendo il violento contatto con i soldati nemici, in uno scontro fisico prima ancora che di abilità con le armi. Iniziò a menare fendenti quando era ancora sbilanciato dall'urto, parando i colpi dei legionari e cercando con pervicacia di raggiungere le loro parti non protette. Spinse di lato la lama di un soldato aprendogli la guardia e trafiggendolo all'ascella prima che quello facesse in tempo a opporre lo scudo, estrasse la spada, compì una giravolta su se stesso per evitare un fendente dall'alto e ne colpì l'autore con traiettoria orizzontale, squarciandogli il fianco.

Il clangore delle lame che si scontravano risuonava feroce nelle sue orecchie, il sangue zampillava copioso ovunque si girasse a guardare, in una girandola di spruzzi rossi che nebulizzava l'aria tutt'intorno e sopra di lui. E sentiva addosso il calore del sangue che provocavano i suoi fendenti e i suoi affondi, ricoprendolo e trasformandolo in un mostro vermiglio.

«Spingete! Spingete! Siamo pretoriani, valiamo più di questi qui!», gridò più volte, esortando i suoi a penetrare il più possibile lo schieramento nemico. Solo dividendolo in due avrebbero limitato gli effetti dell'accerchiamento ormai prossimo. Continuò a fare pressione sugli avversari di fronte, tempestandoli di colpi con spada e scudo e riuscendo a guadagnare qualche passo. Ma la massa nemica era imponente, e sciamava lungo i fianchi della sua unità ignorando i suoi uomini per puntare al resto dell'esercito di Massenzio. Si rese conto solo dopo essere avanzato ancora che rischiava di ritrovarsi isolato oltre le linee nemiche. E temette che si trattasse di un sacrificio vano: i pretoriani dovevano essere l'estrema difesa dell'imperatore, non tagliati fuori dalla battaglia fin dall'inizio.

Era lui a comandare quella che era diventata l'avanguardia dell'esercito di Massenzio. Spettava a lui decidere come agire. Si bloccò, gridando ai suoi di estendere la fronte. I pretoriani cercarono di spostarsi lateralmente, ma la pressione nemica era incalzante. Provò a voltarsi, per rendersi conto di quanto si fosse distanziato dal resto della linea amica. La prima cosa che notò fu che l'esercito nemico si era effettivamente diviso a metà, e questo aveva dato un po' di respiro all'armata che Volusiano era rimasto a comandare: i soldati potevano convergere al centro, dove avevano guadagnato spazio, sottraendosi almeno in parte alla pressione sui lati.

Ma vide anche che, alle spalle della sua colonna, c'erano soldati nemici.

Si era spinto talmente avanti da essersi separato dal resto dell'esercito. Proprio allora, udì dai ranghi dell'armata che Massenzio stava arrivando. Ed era senza i suoi pretoriani.

Costantino gridò alla sua fanteria di continuare a esercitare pressione sul fianco nemico. A dispetto del dolore acuto che provava dove lo avevano colpito gli zoccoli, insisteva nel voler rimanere in sella a incitare i suoi, facendo in modo non solo che vedessero il suo equipaggiamento dorato, ma anche che sentissero la sua voce. Attorniato dalle sue guardie del corpo, stava pertanto in mezzo a loro, chiamando per nome quelli che conosceva personalmente, ed esortando tutti a compiere atti di valore che sarebbero stati ben premiati. E i soldati, consapevoli della sua presenza, combattevano con tutta la determinazione possibile, senza mai mostrare segni di cedimento o di stanchezza.

«Tito, vecchio caprone, stai battendo la fiacca! Sembri una recluta! Devo mandarti forse in pensione?», urlava a un veterano che, invece, stava facendo il vuoto intorno a sé.

«Ezio, ricordi quando abbiamo circondato i franchi sul Reno, anni fa? Gli sei entrato sul fianco e gli hai tagliato la via di fuga! È così che devi fare anche stavolta!», gridava a un altro dei suoi soldati preferiti, che aveva già premiato in precedenza.

«Centurione Massimo, porta i tuoi uomini alle spalle del nemico, come quella volta contro i brutteri!», esortava un ufficiale con cui aveva condotto numerose campagne.

E tutti raddoppiavano le forze, nell'udire i suoi incitamenti, mulinando colpi contro un nemico spaesato, disorientato da tanto cameratismo tra comandante e subordinati. Molti avversari individuavano Costantino e cercavano di avvicinarlo per colpirlo, consegnandosi però alle spade dei suoi uomini più intraprendenti, che facevano da schermo tra l'imperatore e i suoi nemici. Il sovrano guardava fiero le sue creature, che in tanti casi aveva ereditato da suo padre e poi plasmato nella dedizione assoluta verso di lui, come Alessandro Magno aveva fatto col padre Filippo II.

Anche Massenzio aveva ereditato intere legioni dal padre Massimiano, e probabilmente molte erano presenti sul campo di battaglia. Ma a mancare era proprio Massenzio, che non era ancora riuscito a scorgere da nessuna parte. Se c'era, non era di sicuro in prima linea. Costantino fu perfino assalito da un senso di compassione, nei confronti dei soldati del rivale. Combattevano senza il loro comandante, e non c'era deterrente peggiore, per un militare.

La loro determinazione, infatti, si stava sgretolando inesorabilmente. Arretravano passo dopo passo, finendo sempre più ammassati lungo la riva del Tevere, dove si ostacolavano a vicenda spingendosi perfino in acqua tra loro, pur di liberare gli arti per usare le armi. I suoi li incalzavano, combattendo tra canneti e acquitrini, su fondi melmosi che paralizzavano le gambe, in un turbine di schizzi d'acqua che accompagnavano ogni movimento. Qualcuno cadeva, e non si rialzava più, rimanendo disteso sul letto del fiume, o lungo la linea di galleggiamento, mentre l'acqua intorno si tingeva di rosso. Qualcun altro cadeva e si rialzava, bagnato, ricoperto di fanghiglia, e riprendeva a combattere un nuovo avversario finché non lo uccideva o non ne veniva ucciso. Ma molti, tra gli avversari, cercavano anche di sottrarsi allo scontro, gettando le armi e tuffandosi in acqua, tentando la sorte con la corrente, che ne trascinava via la maggior parte.

Era una lotta serrata, ma con un esito scontato. I suoi soldati combattevano compatti, coordinati in piccoli gruppi, dandosi cambi regolari, con gli ufficiali a dettare ogni passo, mentre quelli di Massenzio badavano solo a difendersi con disperazione, ciascuno per proprio conto, in modo confuso, senza dar retta agli ordini degli ufficiali. E ogni tentativo, da parte loro, di creare delle linee di difesa, si infrangeva di fronte alla mancanza di volontà combattiva di alcuni soldati, e alla spietata efficienza della macchina da guerra di Costantino.

Sentì un grido, e poi un altro, e poi un altro ancora. Ed erano le grida che aveva sperato di sentire fin dall'inizio dello scontro: «L'imperatore! L'imperatore è qui! È venuto a combattere con noi!», dicevano i soldati di Massenzio. Guardò verso il ponte, a qualche centinaio di passi dalla sua posizione, e gli parve di vedere il rivale: doveva essere lui, in armatura dorata e avvolto da un mantello purpureo, con uno stuolo di guardie del corpo a cavallo al seguito. Percorreva il ponte al galoppo, procedendo verso il cuore della battaglia. Finalmente quel codardo si era deciso: lo spettro del padre Massimiano doveva essere andato a pungolarlo, facendogli sentire tutto il peso della vergogna che provava per un figlio del genere.

Costantino tirò un sospiro di sollievo. Aveva temuto che Massenzio se ne rimanesse rintanato in città, con una guarnigione ancora robusta; in quel caso, anche la vittoria campale non sarebbe stata sufficiente a procurargli il trionfo definitivo. Ma Osio era riuscito anche a farlo uscire dal suo guscio, e adesso il rivale, l'usurpatore, l'imbelle era davanti a lui, e presto lo avrebbe costretto a rivelare tutti i suoi limiti. Sentì le sue file acclamarlo, ma non tutte, e si disse certo che di lì a poco lo avrebbero esecrato, sputando sul suo cadavere.

Giurò a se stesso che mai e poi mai lo avrebbe lasciato rientrare in città. Non da vivo, almeno.

C'era di buono, si disse Sesto, che adesso poteva assalire i nemici alle spalle. Il cuneo che aveva costituito con i suoi uomini aveva portato i pretoriani ai margini della battaglia, e proprio nel momento in cui stava arrivando Massenzio. Adesso, l'imperatore aveva bisogno della sua guardia, e aveva anche bisogno di lui, dell'uomo che aveva eletto a eroe del proprio regime. Massenzio non poteva affrontare la prima battaglia campale della sua vita senza i pretoriani e Sesto al proprio fianco. Doveva affrettare il rientro nel cuore dello scontro.

La sua manovra aveva solo ritardato l'inevitabile accerchiamento delle forze romane. Dalla sua posizione, poteva vedere lo schieramento di Massenzio ondeggiare all'indietro, sempre più schiacciato verso il fiume e fagocitato dall'avanzante marea nemica. «Pretoriani! Forza, apriamoci la strada e andiamo a sostenere il contrattacco del nostro imperatore!», gridò. Fu il primo a gettarsi contro i guerrieri nemici, che premevano contro la fronte del grosso dell'armata romana. Dopo aver falciato almeno tre soldati alla schiena, provocò la reazione degli altri galli più vicini, che presero a voltarsi per affrontare i pretoriani. Un uomo levò il braccio per colpire Sesto, ma rimase pietrificato con l'arto sospeso, prima di crollare a terra. Alle sue spalle, l'avversario che aveva affrontato fino a quel momento ne aveva approfittato per trafiggerlo.

Sesto annuì al legionario e rivolse la propria attenzione ad altri nemici nei pressi. Adesso i soldati di Costantino in coda al loro schieramento si trovavano tra due fuochi: i pretoriani alle spalle, i legionari di Massenzio di fronte, mentre tutt'intorno, sulle ali, le forze galliche guadagnavano terreno. Ma bisognava spazzarli via subito, perché i pretoriani potessero raggiungere l'imperatore. Sesto si diede ad affondare la spada ovunque vedesse un bersaglio, con il solo scopo di aprirsi la strada, e dunque senza perdere tempo a infliggere colpi letali ai propri antagonisti. Si accontentava di metterli fuori combattimento, stordendoli con una spinta di scudo ben assestata, ferendoli alle cosce o ai polpacci, e poi tagliando braccia, mani, o colpendo di piatto l'elmo e facendoli svenire. E intanto teneva costantemente un occhio sui movimenti di Massenzio, che nel frattempo aveva raggiunto le retrovie dell'armata e si era attestato al centro, nel punto più lontano dal nemico pressante sui fianchi e sulla fronte.

Sesto continuò a menare fendenti e a portare affondi finché non si ritrovò davanti i legionari del proprio esercito. Si guardò intorno, e vide che non c'era più alcun nemico da abbattere. Quelli finiti nella morsa erano morti o si erano dileguati, raggiungendo i commilitoni più all'esterno. Adesso, nell'esercito di Massenzio si era riformato un cuneo, che divideva in due tronconi l'armata gallica. Ciò gli consentiva di muoversi senza il fiato sul collo del nemico; ordinò ai suoi di seguirlo e si fece largo tra i ranghi dei legionari per raggiungere le retrovie.

I soldati si aprivano davanti a lui e ai pretoriani in segno di rispetto, qualcuno si complimentava per la loro azione e li acclamava. Sesto provò un brivido di soddisfazione: da sempre i pretoriani erano invidiati, disprezzati, perfino odiati dai comuni legionari, e i suoi uomini avrebbero volentieri scambiato la paga di un mese con il tributo che gli altri rendevano loro in quel momento. Gonfio di orgoglio, percorse indisturbato tutto il tragitto che lo separava da Massenzio, mentre qualche centinaio di passi più in là si combatteva accanitamente.

Finalmente raggiunse l'imperatore, che trovò in sella al proprio cavallo pochi passi davanti alla riva del Tevere, non lontano dal ponte di legno. Massenzio lo salutò con entusiasmo, confortato dalla sua presenza. «Ci dicono, Sesto Martiniano, che se l'esercito nemico combatte in due tronconi è merito tuo, e che ne hai eliminati un bel po' tornando indietro, stringendoli tra i tuoi uomini e quelli di Volusiano», esclamò il sovrano. «Ben fatto! Ben fatto!».

Sesto chinò il capo in segno di deferenza. «Ma sapevo che avevi bisogno di noi, cesare, e sono tornato subito. Adesso potrai affrontare la battaglia con le tue guardie del corpo!», rispose.

Massenzio annuì. «Non ci troviamo in posizione favorevole, a quanto

453

pare», disse. «Ci hanno circondato e limitano il nostro spazio di manovra; ma non sono in grado di comunicare tra loro, e l'ala destra non sa cosa fa la sinistra; quindi non possono coordinare i loro movimenti, e noi potremmo approfittarne».

«Vero. Non possono attaccarci contemporaneamente, quindi possiamo esercitare più pressione su un'ala, provare a sgominarla e poi dedicarci all'altra», spiegò Sesto, non del tutto certo che l'imperatore capisse il senso delle sue parole. «Ma ti assicuro che è positivo che gli uomini possano vederti qui; ne trarranno sicuramente coraggio».

Massenzio tossì imbarazzato. Sesto non voleva fargli un indiretto rimprovero per la sua assenza fino a quel momento, ma probabilmente l'imperatore l'aveva presa proprio così. Il tribuno lo osservò meglio: il sovrano pareva a disagio, si voltava in continuazione ovunque, come se ogni rumore lo terrorizzasse. Non era mai stato su un campo di battaglia, e l'impatto con la morte diffusa, le ferite di uomini trasportati in continuazione nelle retrovie accanto a lui, con moncherini grondanti sangue, viscere penzolanti da stomaci squarciati, volti deturpati da armi da taglio, arti fracassati e orientati in modo innaturale, doveva averlo pesantemente turbato. Il suo atteggiamento appariva del tutto artificioso: si sforzava di apparire disinvolto, ma si muoveva a scatti, rigido, legnoso, la fronte imperlata di sudore, e i suoi sorrisi erano visibilmente forzati.

Aveva paura.

Sesto sperò che non la trasmettesse alla truppa.

Per quanto contento dell'arrivo di Massenzio, Costantino era furioso per il cambiamento tattico che si era verificato non appena era comparso. L'accerchiamento delle forze nemiche stava procedendo bene, e i pretoriani erano ormai tagliati fuori dalla battaglia. Prevedeva che in breve i soldati avversari finissero per arrendersi o per annegare nel fiume, verso il quale venivano costantemente spinti. Ma poi i pretoriani, con un'azione di sfondamento davvero sorprendente, erano riusciti a rientrare in gioco, piombando alle spalle delle sue unità al centro e spazzandole via, e spezzando in due il suo esercito, per poi ricongiungersi al loro imperatore.

Aveva avuto ragione a temerli. Erano truppe di grande valore, e gli sarebbe piaciuto averle dalla propria parte, quando tutto fosse finito. Ma non poteva: stavano dimostrandosi troppo attaccate a Massenzio per poterle considerare affidabili sotto un altro padrone. E ora più che mai, era sempre convinto di doverle sciogliere, una volta conquistata Roma.

Adesso diventava tutto più complicato. C'era il rischio che i suoi uomini, divisi in due tronconi, non riuscissero a chiudere a quelli di Massenzio lo spazio di manovra, e ciò avrebbe consentito loro di svincolarsi, o di tener duro fino al calar delle tenebre. E se la battaglia non fosse terminata quel giorno, la vittoria sarebbe stata a rischio.

La situazione era a uno stallo: i nemici non avevano sufficienti risorse per uscire dallo spazio angusto in cui erano stati confinati, ma i suoi uomini non ne avevano abbastanza per sferrare l'assalto decisivo. Doveva fare qualcosa, e subito, se voleva che l'impresa preparata con minuziosa cura per anni non andasse in malora. Il solo modo per recuperare il controllo dello scontro era di annullare la soluzione di continuità che i pretoriani avevano creato tra le due ali del suo esercito, ripristinando la coesione e consentendo così alle sue truppe di completare l'accerchiamento. Stava per dare l'ordine ai suoi legati di condurre cariche al centro, ma decise che doveva farlo lui: solo al suo cospetto gli uomini avrebbero profuso l'impegno necessario per sfondare il cuneo nemico.

Diramò gli ordini e radunò dietro di sé il nucleo della cavalleria, dietro il quale fece disporre una forte colonna di fanteria, concentrando le truppe preposte all'assalto su un fronte ristretto ma profondo. Quando tutto fu pronto, diede il segnale e partì ancora una volta all'attacco, cavalcando, sferzato dal vento, alla testa del distaccamento misto. I sobbalzi del galoppo infliggevano terribili fitte alle sue contusioni, ma si sforzò di assumere una posa eretta e fiera, cercando di non fare smorfie di dolore sul viso. Neppure i suoi scudieri dovevano accorgersi dei suoi patimenti.

Provò di nuovo l'eccitazione di lanciarsi in piena velocità contro una selva d'uomini, che lo vedevano come un proietto, come il masso scagliato da una catapulta, e tremavano di fronte alla sua avanzata. Gli piaceva assaporare la sensazione di potenza che gli dava essere alla testa di una carica, e vedere i suoi bersagli vacillare nel timore di esserne travolti. L'esaltazione che provava attenuò i dolori fino a farli scomparire, e quando si gettò addosso ai soldati di Massenzio, si sentiva ancora una volta onnipotente. Raggiunse la prima fila nemica, e mentre il suo cavallo travolgeva sotto i suoi zoccoli almeno due legionari, lui troncò il braccio di un altro con un fendente. La ressa costrinse l'animale a rallentare e poi a fermarsi, facendolo imbizzarrire. Si levò sulle zampe posteriori e Costantino dovette stringere le cosce per non cadere all'indietro, reggendo forte le redini. Quando le zampe anteriori toccarono di nuovo terra, l'imperatore fu pronto a scartare un affondo di lancia proveniente dal fianco, poi, con una torsione di busto, sferrò un nuovo fendente dall'alto in basso che tranciò di netto la mano che reggeva l'asta.

I suoi scudieri paravano altri colpi sui fianchi, e con le loro lance tenevano lontani i nemici più intraprendenti, ma intanto gli altri cavalieri contribuivano a pressare i fanti avversari, costringendoli a retrocedere di qualche passo. Il cavallo di una delle sue guardie del corpo venne però trafitto al ventre da una lancia e si accasciò su un fianco, travolgendo nella sua caduta la bestia accanto, che si imbizzarrì. Entrambi i cavalieri caddero a terra, dove furono subito vittime delle lance dei nemici, che li infilzarono e avanzarono verso l'imperatore. Costantino si guardò intorno per trovare un varco e sottrarsi all'assalto, ma ogni spazio era chiuso da armati di ambo gli schieramenti. Si risolse allora ad affrontarli, mentre gli scudieri superstiti cercavano di chiudere su di lui, con le difficoltà cui li costringeva la pressione della mischia.

Ne bloccarono alcuni, ma altri due erano già riusciti a passare. Protesero le loro lance verso Costantino, che cercò di voltare il cavallo per disporlo frontalmente rispetto agli avversari, e offrire così un minor bersaglio. Una lancia colpì a vuoto, l'altra ferì di striscio il collo dell'animale, che nitrì e si erse sulle zampe posteriori per un istante. Costantino sferrò un fendente a destra mentre la bestia ricadeva a terra, toccando con la punta della lama il soldato giunto al suo fianco. Quello fece cadere l'arma e tentò di estrarre la spada, ma aprì la guardia e l'imperatore ebbe il tempo di sferrare un secondo colpo, infilandogli la punta della spada in un occhio.

Ma l'altro, sul fianco opposto, lo afferrò per una gamba cercando di trascinarlo giù. Lo scalciò ma non riuscì a fargli mollare la presa, allora estrasse la spada dal cranio della sua vittima e sferrò un colpo in orizzontale torcendo il busto. La testa del suo aggressore si staccò di netto, anche se le sue mani rimasero ancora per qualche istante abbrancate alla coscia dell'imperatore, prima che il corpo crollasse a terra. Subito dopo, gli scudieri gli si strinsero attorno, permettendogli di rifiatare. Costantino ebbe il tempo di guardarsi intorno, accorgendosi di aver guadagnato terreno, così come gli altri cavalieri. La linea nemica si era spostata verso il fiume, riducendo di alcuni passi il cuneo che ostacolava il ricongiungimento delle due ali galliche.

Ora toccava alla fanteria spezzare definitivamente quell'ostacolo. Lui le aveva aperto la strada disgregando i ranghi nemici. Si voltò e la vide arrivare, a passo veloce. Urlò ai cavalieri di ripiegare, per lasciarle spazio. I suoi uomini si svincolarono con rapidità, senza che i legionari avversari potessero far nulla per bloccarli. Poco dopo, la fanteria gallica piombava addosso ai romani, già in uno stato di tale confusione che non riuscirono, al momento dell'impatto, a opporre lance e scudi al nemico. Furono abbattuti e calpestati come arbusti, oppure si affrettarono a ripiegare prima di essere raggiunti da un'arma avversaria. In un tempo sorprendentemente breve, lo schieramento di Massenzio era tornato a essere lineare, senza protuberanze o cunei. Costantino levò il braccio, e i settori più interni delle due ali poterono convergere verso il centro e riunirsi, eliminando ogni soluzione di continuità nell'accerchiamento.

Ora l'armata di Massenzio era una mezzaluna circoscritta nella parte curva dalle truppe nemiche, e in quella lineare dal fiume Tevere; ed era una massa indistinta e confusa, senza ordine tra i ranghi, a parte i pretoriani, facilmente riconoscibili per le loro armature squamate, che si erano accalcati intorno a Massenzio lungo la sponda del fiume. «Non vi fermate! Insistete! Pressate ancora! Non dategli il tempo di riorganizzarsi! Finiteli ora che sono in confusione!», urlò Costantino, esortando i soldati a rinnovare ogni sforzo per assestare al nemico il colpo finale.

E ad arrivare a Massenzio.

XXXIV

Stavano fuggendo tutti ormai. E chi non fuggiva gettava le armi e si arrendeva. Davanti allo schieramento dei pretoriani lungo il fiume, si stavano aprendo vuoti paurosi nell'armata di Massenzio, e il nemico si faceva sempre più vicino all'imperatore. Presto, si disse Sesto, sarebbe toccato di nuovo a loro.

Dal momento in cui i galli erano riusciti a ricongiungere il loro schieramento, i romani non erano stati più in grado di reggere la pressione. Il nemico aveva preso a stringere su tre lati, sempre di più, finché gli uomini di Massenzio non erano stati più in grado di difendersi. Adesso i pretoriani rischiavano di essere travolti dai fuggitivi, che cercavano scampo nel fiume, verso il ponte, o lungo la riva, correndo tra i canneti per guadagnare un guado ben oltre le linee nemiche. L'imperatore romano si sgolava in modo quasi isterico per esortare i legionari a fermarsi e combattere, ma nessuno gli dava ascolto. Gli passavano davanti terrorizzati e ansiosi solo di guadagnare la salvezza. Qualcuno però trovava il tempo di inveire contro di lui, accusandolo della scelta insensata di aver voluto combattere fuori dalle mura.

Sì, aveva sbagliato ad accettare la battaglia campale, per di più con il Tevere alle spalle, o anche solo a interpretare i Libri sibillini, si disse il tribuno. Ma era l'imperatore, e andava difeso a tutti i costi e fino alla morte: ancora una volta i legionari, che tanto disprezzo avevano mostrato nei confronti dei pretoriani, abbandonavano il campo prima di loro. Alcuni dei suoi uomini tentarono di fermarli, minacciandoli con le lance, ma Sesto intervenne gridando di lasciarli andare: avrebbero solo scompaginato i ranghi compatti dei pretoriani. E di lì a poco ci sarebbe stato bisogno di tutta la coesione possibile, per salvare l'imperatore.

Osservò le truppe galliche avvicinarsi. Falcidiavano i fuggitivi accanendosi con le lance sulle loro schiene, saltandogli addosso e sgozzandoli, senza trovare alcuna opposizione, massacrandoli senza pietà. Ai lati, li inseguivano fino nel fiume, tempestandoli di colpi anche dentro l'acqua. E mentre il numero dei legionari romani e degli ausiliari africani si assottigliava a ogni istante, sempre più galli spuntavano di fronte a lui. Comandò ai suoi di serrare le file e di accostare gli scudi, puntando in avanti le lance. Nel frattempo, Volusiano gridava all'imperatore di spostarsi verso il ponte e di tornare a Roma.

La marea arrembante di galli piombò sulla prima linea di pretoriani, ma quasi rimbalzò indietro, respinta dall'istrice che avevano costituito le guardie dell'imperatore. Sulle lance dei pretoriani rimasero molti nemici, trafitti e bloccati in piedi. I loro cadaveri ostacolarono gli uomini di Sesto, che impiegarono del tempo per sfilarli dalle loro armi, dando modo ai galli di rinnovare l'assalto. Non era necessario vincere, si disse il tribuno; bastava resistere, per dare modo all'imperatore di ripiegare. Sferrò colpi senza sosta, parandone con lo scudo altrettanti. Costretto ad affrontare più nemici contemporaneamente, iniziò a usare lo scudo stesso come arma d'offesa, ruotando il braccio per sferrare colpi in orizzontale. E mentre teneva a bada un avversario con la spada, fintò un fendente basso con lo scudo verso un altro nemico, poi alzò la traiettoria e portò il colpo all'altezza del collo, usando il bordo per recidere al soldato la carotide. Quindi tornò a dedicarsi all'altro avversario, che incalzò finché non lo sorprese all'inguine, quasi impalandolo.

I suoi se la cavavano altrettanto bene, e i galli non riuscivano più ad avanzare. Soddisfatto, Sesto si augurò che l'imperatore stesse approfittando del momento di stasi per svincolarsi. Riprese a mulinare fendenti con entrambe le braccia, incrociando le spade con un nemico e tenendolo bloccato, mentre gli assestava un colpo di scudo in faccia, facendolo crollare a terra. Respinse l'attacco di un altro con un pugno rafforzato dall'elsa della spada, poi gli strappò l'elmo e glielo sbatté in testa, provocando un profondo squarcio della cute.

Ma il numero dei nemici era soverchiante, e i pretoriani erano costretti a ripiegare combattendo. Presto non ci sarebbe stato altro spazio, e sarebbero finiti nel fiume. Ma nessuno voltava le spalle al nemico: Sesto vide uno dei soldati di cui aveva più stima crollare con la testa penzolante su una spalla. Dall'ampio squarcio sul collo zampillava una fontana di sangue. L'uomo che l'aveva ucciso venne trafitto all'inguine da un altro pretoriano, ma nel cadere finì addosso al suo uccisore, che perse l'equilibrio esponendosi all'affondo di un lanciere, finendo trapassato alla coscia da parte a parte. Crollò in ginocchio ma ciò nonostante continuò a mulinare la spada con un'espressione stravolta dal dolore sul volto, finché un altro avversario non gli spiccò la testa dal collo con un fendente ben assestato.

Sesto si rese conto che stavano cadendo tutti, a uno a uno, e presto sarebbe toccato anche a lui. Ma ogni pretoriano che cadeva si portava dietro almeno cinque avversari. Intervenne a sostegno di un optio in difficoltà contro due soldati nemici, trafiggendone al fianco uno. Estrasse la spada e si avventò sull'altro, colpendolo allo sterno mentre il suo subalterno lo infilzava appena sotto la cintola. Senza neppure dirselo, entrambi trovarono naturale fare leva contemporaneamente sulle lame, sollevarlo e scagliarlo contro altri nemici in procinto di gettarsi su di loro. Li sbilanciarono, approfittandone poi per avventarglisi addosso e tempestarli di colpi. Ne uccisero uno, ma gli altri due si difesero e ingaggiarono un serrato doppio duello.

Sesto incalzò l'avversario, obbligandolo a combattere da dietro lo scudo per sostenere la sua veemenza, mentre l'optio riuscì subito a ferire l'antagonista al braccio, obbligandolo a gettare via lo scudo e a combattere con la sinistra, il braccio destro grondante sangue. Quando quest'ultimo era ormai alla mercé del pretoriano, subentrò però un altro gallo, che aggredì l'optio sul fianco, ferendolo alla coscia. Il romano lanciò un urlo ferino e, zoppicando vistosamente, lo assalì martellandolo con la spada sul petto. L'uomo parò un colpo dietro l'altro, ma ogni volta la lama dell'avversario arrivava più vicina al volto, finché non gli portò via il naso. Il gallo si portò le mani al volto urlando di dolore, e l'optio ne approfittò per trafiggerlo allo stomaco. Ma prima ancora di estrarre la spada, fu raggiunto da una lancia appena sotto l'ascella, che lo penetrò per tutta la punta. Il pretoriano si voltò verso il nuovo aggressore, alzando debolmente il braccio per colpirlo, ma un'altra lancia lo trafisse sotto l'altra ascella. Crollò in ginocchio, e quando con uno strattone i galli estrassero le loro armi dal suo corpo martoriato, cadde a faccia in giù nel fango.

Sesto si liberò del proprio avversario con un colpo basso in orizzontale, che tranciò entrambi i polpacci del gallo. L'antagonista cadde gemendo sul terreno, ma dietro di lui ne apparvero altri tre, che si avventarono sul tribuno. Sesto si spostò verso quello alla sua destra, per tenersi fuori dalla portata dei colpi degli altri due, parò il suo colpo con lo scudo e ne sferrò uno di rimando, che raggiunse l'avversario al collo, provocando un'esplosione di sangue. Mentre il soldato sprofondava nella melma che ricopriva la sponda del fiume, gli altri due si fecero sotto. Sesto parò una gragnola di colpi, ma non poté evitare di essere raggiunto alla spalla sinistra, appena sopra lo scudo, dove si aprì uno squarcio da cui il sangue uscì copioso. Continuò a duellare, ma sentiva che le forze lo stavano abbandonando; erano ore che combatteva, sempre in prima fila e senza mai essersi fatto dare il cambio, e la perdita di sangue lo stava indebolendo.

Si difese ancora, con la forza della disperazione, che gli consentì di fintare un affondo alla figura dell'avversario più vicino. Quello ritrasse il ventre, ma così facendo protese in avanti la testa, e Sesto gli infilò la punta della spada in bocca, frantumandogli mandibola e ossa della nuca, da cui fuoriuscì la lama sollevando l'elmo. Ma mentre estraeva l'arma, continuando a rovistare nelle ossa della sua vittima, l'altro nemico ebbe il tempo di sferrargli un fendente alla coscia, che gli aprì una voragi-ne dall'inguine al ginocchio. Sesto barcollò e poi crollò in ginocchio, parando un altro fendente appena sopra la sua testa. Investito da un bruciore insostenibile, reagì sferrando un colpo con il bordo dello scudo al bassoventre dell'avversario, costringendolo a piegarsi su se stesso e poi menandogli un fendente sulla nuca, che fece crollare a terra il gallo con il collo squarciato.

Si rialzò a fatica, e proprio allora un soldato gli gridò: «Tribuno Mar-tiniano. L'imperatore ti vuole! Corri da lui!».

Sesto si voltò e vide che Massenzio era ancora al di qua del Tevere. Se ne chiese il motivo, poi annuì alla staffetta. Stava per andare, trascinandosi a fatica sulla gamba ferita, ma si soffermò un istante a guardare quel che stava accadendo intorno a lui. I pretoriani erano rimasti i soli soldati dell'esercito romano ancora in grado di offrire resistenza. Ma cumuli di morti si erano ammassati lungo la loro linea sempre più assottigliata; e molti avevano le armature squamate. In tanti combattevano ricoperti di sangue, con vistose ferite ovunque, zoppicando, senza scudo, con la spada nella mano sinistra, l'elmo ammaccato o addirittura senza, qual-cuno perfino in ginocchio. Si sentì stringere lo stomaco in una morsa.

Sarebbe dovuto rimanere lì, a morire con loro, come era giusto che facesse un alto ufficiale.

Ma Massenzio lo voleva con sé; forse intendeva allestire un nucleo di estrema difesa appena fuori dalla città, o magari dentro. Sentì lacrime sgorgargli dagli occhi. Gli costava abbandonare i suoi uomini. Non li aveva comandanti in molte imprese, ma quelle poche che avevano condiviso gli erano state sufficienti per affezionarsi a loro e stimarli come i migliori soldati del mondo. E lo stavano dimostrando: erano davvero, e di gran lunga, i migliori combattenti su quel campo di battaglia che, probabilmente, avrebbe deciso i destini dell'impero.

Si risolse ad andare. Si fece largo tra i commilitoni, salutandoli tutti, uno a uno, e ciascuno di essi gli diede una pacca sulla spalla. Nessuno lo seguì né arretrò di un passo, nonostante la pressione nemica; sapevano che ripiegava suo malgrado, e non si permettevano di mettere in dubbio il suo coraggio.

Raggiunse l'imperatore, che se ne stava a cavallo tra le sue guardie del corpo, lungo la riva del Tevere. «Cesare! Posso chiederti perché sei ancora qui?», gli chiese, con più aggressività di quanto avesse desiderato.

Massenzio assunse un'espressione altera. «Non volevamo abbandonare i nostri uomini fino a quando non avessimo visto che tutto era perduto», replicò. «Ora, non ci rimane che andare. Ma ti volevamo al nostro fianco, Sesto Martiniano».

«Rientriamo a Roma?», chiese ancora il tribuno.

«Sì, ma per poco. L'Urbe non è sicura. Prenderemo la nostra famiglia e usciremo subito dalla Porta Appia, andando nel meridione, dove salperemo per l'Africa. Sarà lì che porremo le basi per il nostro nuovo impero».

Sesto trovò il progetto ragionevole, sebbene dubitasse che Costantino avrebbe rinunciato a inseguirlo. Fu aiutato a montare sul cavallo che era stato preparato per lui. Lanciò un'ultima occhiata ai compagni, impegnati ad arginare con le loro ultime forze l'avanzata dell'armata nemica, quindi seguì il drappello verso il ponte di legno, dove già si stavano assembrando i fuggitivi dell'esercito romano. Trovarono l'ingresso ostruito dalla calca; i soldati, terrorizzati, non si scansarono neppure quando si accorsero che era l'imperatore a chiedergli strada. Né avrebbero potuto, anche volendolo: lo spazio era talmente ristretto che nessuno era padrone dei propri movimenti; molti, spintonati dalla folla, finivano in acqua, e rimanevano tagliati fuori dal passaggio. Il ponte era gremito di gente, e ondeggiava paurosamente sotto il peso dei soldati che lo percorrevano.

Massenzio ordinò alle sue guardie del corpo di fare spazio, e i cavalieri caricarono senza esitazione i loro stessi commilitoni, andandogli addosso con i loro animali. Affondarono le loro lance nella calca, trafiggendo indiscriminatamente chiunque gli capitasse a tiro, e fecero finire sotto gli zoccoli quelli che abbattevano con il peso della loro cavalcatura, proprio come se avessero attaccato un'armata nemica. Per sfuggire, molti si gettarono in acqua, altri andarono consapevolmente incontro al nemico gallico, finché non si liberò lo spazio sufficiente per accedere al ponte. Una volta sul tavolato, Sesto sentì le assi scricchiolare e la struttura ondeggiare. Il suo cavallo, come quello degli altri, nitriva, scalciava e sbuffava, reso nervoso dalla massa di gente che lo attorniava e gli ostruiva la strada. Il flusso di soldati scorreva a sussulti, e il tribuno si sentì doppiamente fortunato a stare in sella; con le sue ferite e la debolezza che lo aveva assalito, sarebbe stato costretto a soccombere agli spintoni e agli urti dei fuggitivi.

Tuttavia, a mano a mano che procedeva verso l'estremità opposta, sentiva il ponte ondeggiare sempre di più, e cigolii sempre più forti facevano da sfondo alle urla della gente e ai rumori degli urti tra gli equipaggiamenti. Tutti avrebbero voluto correre, ma il manufatto era stato costruito volutamente stretto per ostacolare l'eventuale passaggio di Costantino. Le guardie del corpo dell'imperatore, Massenzio e lui non potevano fare altro che seguire il flusso, senza poter scartare o superare chi li precedeva; i cavalli erano troppo ingombranti per sgattaiolare via, se anche fossero riusciti a guadagnare dello spazio.

A metà ponte, sentì cigolii trasformarsi nel suono di travi spezzate. La superficie ondeggiò, e un tuono prolungato di legno sbriciolato precedette un'improvvisa inclinazione del tavolato in avanti. Sesto sentì il vuoto sotto di sé, e vide gli uomini davanti a lui scivolare oltre, e poi di sotto.

E di fronte a sé vide l'acqua del Tevere.

Quando Costantino individuò Massenzio nella ressa intorno al ponte, ebbe un gesto di stizza. Stava scappando, e c'era il rischio che non lo riprendesse più. Per colpa dei pretoriani, che avevano offerto una strenua resistenza, i suoi non erano riusciti a sfondare le ultime difese in tempo né ad aggirare lo schieramento nemico e tagliargli la strada. Si sentì impotente come mai gli era capitato in battaglia prima di allora. Stava conseguendo una netta e franca vittoria, con la gran parte dell'esercito avversario ormai nelle sue mani, sul terreno, nel fiume, ma la fuga del rivale la rendeva solo interlocutoria.

Avrebbe voluto dare di sprone e raggiungerlo personalmente, ma c'era da superare lo schermo costituito dagli ultimi pretoriani, e non avrebbe fatto in tempo. Si avvicinò tuttavia alla linea di combattimento e incitò i suoi uomini ad accentuare la pressione. Ma i pretoriani combattevano anche in ginocchio, da terra, su una gamba sola, con un braccio solo, con un eroismo che glieli faceva ammirare e odiare al tempo stesso.

All'improvviso udì accentuarsi le grida sul ponte. Il manufatto prese a ondeggiare furiosamente e poi si aprì in due metà, che si inclinarono verso l'interno precipitando nel fiume tutti quelli che si trovavano al centro.

E tra loro, anche Massenzio. Distinse il rivale abbattersi contro il parapetto con il cavallo e sfondarlo, quindi finire sbalzato dalla sella e cadere in acqua. Lo osservò annaspare insieme a tutti quelli che erano nel Tevere con lui, le sue braccia protese oltre la superficie del fiume in movimenti convulsi, cercando di afferrare i relitti delle travi spezzate per mantenersi a galla, e disputarseli con altri soldati a suon di schiaffi e pugni. Ma il peso dell'equipaggiamento trascinava giù chiunque avesse una corazza, e il primo a scomparire tra i flutti fu proprio lui. Fissò il punto in cui era andato giù, per essere certo che non riemergesse, poi lo rivide riaffiorare, appena più in là, riconoscendolo per l'elmo crestato. Ma fu un attimo: subito dopo era di nuovo scomparso. Rimase a lungo a guardare, e quando fu certo che fosse affogato, provò un brivido di trionfo. Era finita.

Si avvicinò ancora, per osservare lo scempio che stava avvenendo intorno al ponte. Molti cercavano di risalire il tavolato, alcuni aiutati dai compagni che erano riusciti a rimanere sopra, altri respinti dagli stessi commilitoni, che avevano paura di essere tirati in acqua. Altri soldati in armamento pesante, soprattutto pretoriani, affioravano di tanto in tanto dall'acqua per poi scomparire sotto i flutti, mentre i romani rimasti al di qua del Tevere si spogliavano dell'equipaggiamento e si buttavano a nuoto per raggiungere l'altra riva. Ma molti non facevano in tempo, e venivano sorpresi dalle truppe galliche, che li uccidevano o li facevano prigionieri con facilità.

Costantino chiamò uno dei suoi tribuni e gli assegnò il compito di costruire un ponte di barche accanto a quello distrutto, per poter passare sull'altra riva il prima possibile e procedere verso Roma. Poi ordinò ad altri due ufficiali di andare a dare manforte, con le loro unità, a quelle che ancora combattevano contro i pretoriani, che non volevano saperne di arrendersi; sembravano non essersi accorti di aver perso non solo la battaglia, ma anche il loro imperatore.

Tutti gli altri reparti erano ormai impegnati nel rastrellamento dei nemici in fuga e nella detenzione dei prigionieri. L'esercito di Massenzio era distrutto, e Roma lo attendeva per celebrare il più grande dei suoi trionfi. Gli venne in mente che non poteva festeggiare senza esibire la sua vittima più illustre, e ordinò a un altro ufficiale di formare una squadra per la ricerca del cadavere di Massenzio, scandagliando il letto del fiume; gli suggerì di allestire un cordone a valle del ponte, per impedire che la corrente lo trascinasse via.

Rimase a osservare lo straordinario spettacolo dei pretoriani che si immolavano fino all'ultimo uomo. Rifiutavano le proposte di resa degli ufficiali galli che, ammirati dal loro valore, li esortavano a salvarsi, e si scagliavano anche da soli e ricoperti di ferite contro i nemici, per finire invariabilmente trucidati da cento lame. E quando l'ultimo difensore, in ginocchio e ricoperto di sangue, fu decapitato da una spada pietosa, Costantino avanzò fino alla riva passando in mezzo a un terreno cosparso di cadaveri. Tutti trafitti davanti, tutti accostati l'uno all'altro, tutti distanti dall'acqua, in cui nessuno di loro aveva osato tuffarsi per guadagnare la salvezza. Le loro armature squamate ricoprivano il suolo formando una sorta di tappeto dorato, deturpato dal sangue e dal fango, dalle viscere e da liquami organici ed escrementi.

La loro resistenza aveva reso memorabile lo scontro, altrimenti dall'esito scontato, banale nel suo svolgimento e prevedibile, grazie alla scriteriata disposizione di Massenzio e alla sua incapacità di comando. E dentro di sé fu immensamente grato a quei prodi soldati per aver reso nobile, con il loro sacrificio, la sua vittoria.

Non appena Minervina vide il corpo di un soldato affiorare negli acquitrini intorno al Tevere, senza un braccio e con il volto deformato da un taglio che gli aveva aperto la guancia, si rese conto di non aver mai visto un campo di battaglia, in precedenza. Si sentì assalire da un senso di nausea, cui seguì un bruciore allo stomaco. Non poté impedirsi di rigettare, e subito Melissa la abbracciò reggendole la fronte e sostenendola in piedi. Minervina si liberò, poi le sorrise per farle capire che era tutto a posto. Ma non era tutto a posto: sollevò lo sguardo e vide, accanto al Ponte Milvio in parte demolito, colonne di soldati che ammassavano cadaveri in cataste lungo entrambe le rive del Tevere. E si chiese a quale orribile spettacolo stesse andando incontro.

Fu grata a Melissa di averla accompagnata. Subito dopo essersi alzata dal letto, all'alba, le erano mancate le forze per avventurarsi sul luogo dello scontro e aveva deciso di chiedere alla donna di Sesto di andare con lei, facendo leva sulla sua apprensione per la sorte del tribuno. Melissa aveva acconsentito volentieri, ed era salita sulla carrozza che si erano lasciate appena più dietro ad attenderle, con l'intenzione di cercare il proprio uomo con la stessa determinazione con cui lei anelava a incontrare Costantino. In realtà, le dava fastidio che la ragazza manifestasse tutto quell'interesse per Sesto. Era stato il suo, di uomo, e tollerava a stento che qualcun'altra lo considerasse il proprio. Ma si era imposta di non biasimarla troppo; in fin dei conti, per lei era Costantino che contava, adesso.

Attraversarono il ponte di barche e giunsero in quello che, lo capirono subito, era stato l'epicentro del combattimento. Il terreno era ancora cosparso di cadaveri, corpi deturpati e deformati, spezzati, tagliuzzati, sventrati, squarciati, immersi in un fetore di morte e decomposizione, di interiora sparse ovunque, di escrementi, che la spinse a rigettare di nuovo. Dovette sedersi su un corpo cui erano stati tagliati i piedi e aspettare di recuperare lucidità, prima di riprendere a camminare alla ricerca di Costantino. Notò che Melissa era impaziente di cercare Sesto, ma avevano convenuto che prima avrebbero parlato con l'imperatore, anche per farsi aiutare nella ricerca del tribuno, che poteva essere tra i prigionieri.

Si fecero indicare il padiglione dove si trovava il cesare, da un soldato impegnato con i compagni a spostare e ammassare corpi, mentre altre squadre scavavano fosse comuni lungo il fiume. Notarono che non erano le sole donne ad aggirarsi nei dintorni; molte altre erano uscite da Roma a chiedere notizie dei propri mariti, dei figli, dei padri e dei parenti che Massenzio aveva impegnato nella battaglia. Procedettero in quell'atmosfera sinistra, curiosamente allietata dal tono scherzoso dei vincitori, che facevano battute tra loro e festeggiavano il successo, ma marcata anche dal pianto dirotto delle romane, quando scoprivano la sorte dei loro congiunti.

Giunte al campo di Costantino, videro che davanti alle tende erano stati allestiti dei recinti per i prigionieri, che parevano a migliaia. Melissa la guardò e, senza bisogno di dirsi una parola, le due donne si separarono; la prostituta andò verso gli uomini catturati per cercare Sesto, Minervina si addentrò tra gli alloggi dei soldati spingendosi fino al centro, dove si trovava la tenda dell'imperatore. Fu assalita dal disappunto, quando vide che davanti all'entrata si assiepava un gran numero di dignitari romani, che si erano affrettati ad andare a rendere il loro personale omaggio al vincitore.

Si dispose ad attendere, e trasse coraggio nel vedere che ogni visitatore veniva liquidato in breve tempo. La fila scorreva veloce, e tra la gente in attesa notò anche il suo vescovo, Milziade. Quando toccò al prelato, il tempo di attesa fu più lungo e Minervina si fece più impaziente. Milziade uscì dopo parecchio tempo, e la donna si stupì di vederlo accompagnato da Osio che, evidentemente, era nella tenda fin da prima che iniziassero quegli incontri. Attirò l'attenzione del marito, che la guardò con meraviglia, accomiatandosi dal vescovo e spostandosi verso di lei.

«Che ci fai qui?», le chiese infastidito.

«Non lo immagini? Dovresti saperlo», rispose decisa, col cuore che le batteva sempre più forte.

Osio annuì gravemente. «Non vorrà vederti».

«Questo lo dici tu. Fammi provare», insisté.

«Lo metteresti in imbarazzo».

«Sono qui, a pochi passi da lui, e non me ne andrò finché non lo avrò visto».

Osio sospirò e, rassegnato, fece un gesto per invitarla a seguirlo. Si avvicinarono alla tenda e, quando uscì uno dei visitatori, il marito bloccò il prossimo della fila e fece cenno alle sentinelle di lasciarlo entrare. Minervina si meravigliò dell'influenza che esercitava sulla cerchia dell'imperatore, e concluse che, come sempre, Osio sapeva farsi benvolere da tutti, pur essendo stato uno dei più stretti consiglieri di Massenzio. Evidentemente, era stato il primo a rendere omaggio a Costantino dopo la vittoria, e aveva fatto in modo di rendersi prezioso ai suoi occhi.

S'infilarono nella tenda, e lo stomaco di Minervina ebbe un nuovo sussulto quando vide, dopo ben sei anni, l'uomo che aveva amato visceralmente. Costantino era diventato ancor più massiccio e, pur essendo rimasto un colosso dal fisico scultoreo, si era appesantito. I tratti del suo volto si erano induriti, e la sua espressione si era fatta più astuta e cupa.

Era sempre lui, ma in qualche modo era diverso dall'uomo di cui si era innamorata.

L'imperatore la fissò a lungo prima di rendersi conto della sua identità. E quando la riconobbe, distolse subito lo sguardo portandolo su Osio, che fissò in tralice.

No, non era contento di vederla.

«Non ho tempo per questioni che esulano dalla politica, Osio. Dovresti saperlo», osservò glaciale, senza guardarla.

Minervina sentì forte l'impulso di piangere, ma s'impose di non farlo davanti a lui. Avrebbe voluto dirgli un'infinità di cose, ma si rese conto che l'imperatore sarebbe stato sordo a ogni invocazione, tanto più a qualsiasi tenerezza. Fu certa che se ne sarebbe pentita, dopo, ma al momento non voleva sottoporsi a una nuova umiliazione. Osio stava per dire qualcosa, ma lei gli mise una mano sul braccio e si voltò per andarsene.

«Tuo figlio sta bene. Non sente la tua mancanza», sentì dire alle proprie spalle da una voce più profonda di quanto ricordasse.

Un attimo dopo era fuori dalla tenda, e le lacrime le sgorgarono tutte insieme.

«Te l'avevo detto, non era il caso», le disse Osio. «Ora scusami, ma devo rientrare. Non so quando sarò a casa, stasera. C'è molto da fare, ora, col cambio di regime».

Ma Minervina non lo ascoltava. Si rese conto che lei e Melissa erano venute a cercare anche Sesto, e si avviò verso il recinto dei prigionieri. La prostituta le venne incontro facendo cenni di diniego con la testa. Era in lacrime anche lei. Si guardarono vicendevolmente, poi si abbracciarono e, senza dirsi una parola, iniziarono d'istinto a guardare i cadaveri, cercandone uno con l'armatura anatomica da tribuno. Percorsero tutta la zona dove giacevano i pretoriani, inconfondibili con le loro corazze squamate, ma non riconobbero Sesto né sul terreno né tra i cadaveri già accatastati. Allora riguadagnarono il ponte, per cercare sulla riva opposta, anch'essa disseminata di corpi.

Minervina si accorse che il cuore le stava battendo ancora forte. Si chiese se Sesto non fosse tra i corpi che galleggiavano in acqua, o che i soldati galli stavano tirando fuori dal fiume. Si scoprì in apprensione anche lei, al pari di Melissa; forse, si disse, voleva impegnarsi in qualcosa che la distraesse dalla cocente delusione appena provata con Costantino. Giunte sulla sponda opposta, si diedero a cercare con un'ansia crescente, rivoltando qualunque corpo indossasse una corazza della foggia indossata dal tribuno. Un soldato dopo l'altro, Minervina accantonò l'orrore per quelle figure straziate, ma sentì crescere in sé il terrore di trovare Sesto nelle stesse condizioni. E quando Melissa lanciò un urlo, ebbe un sobbalzo al cuore.

La vide sorreggere la testa di un uomo sdraiato a terra. Accorse verso di lei e riconobbe Sesto, ricoperto di sangue, con squarci alla spalla e alla coscia, il volto tumefatto.

Ma vivo.

Si gettò su di lui e gli prese la mano. Sembrava solo parzialmente cosciente, e non pareva aver riconosciuto nessuna delle due. Melissa lo accarezzava lungo le tempie, sussurrandogli di stare tranquillo. Lei, invece, non fu in grado di dire nulla, paralizzata dall'emozione e dallo stupore per la propria reazione emotiva. Ma continuò a tenergli la mano, e sentì che lui gliela stringeva.

«Va' a prendere la carrozza, presto!», le disse Melissa, agitata.

Lei la guardò, instupidita. Fu tentata di far valere il suo rango e di ordinarle di andarci lei, ma non disse nulla. Si rassegnò e provò ad alzarsi, ma la mano di Sesto serrò la stretta. I loro occhi si incontrarono, e stavolta Minervina fu certa di essere stata riconosciuta. L'uomo le sorrise debolmente, con tenerezza, e a lei venne in mente quando lui la fissava stupito, sul letto, sdraiati l'uno accanto all'altra, come se non avesse mai visto una cosa tanto meravigliosa.

Minervina guardò Melissa, e notò delle lacrime scenderle lungo le guance. Le due donne si guardarono, ancora una volta senza dire una parola. La prostituta assunse un'espressione triste, sconfitta. Annuì, e appoggiò dolcemente la testa di Sesto a terra. Si rialzò e si allontanò in silenzio, il capo chino e le spalle curve, schiacciata dal peso della delusione.

Minervina si sostituì a lei, risollevando la testa del tribuno e sorridendogli, per la prima volta felice dopo tanti anni.

EPILOGO

Ritto in piedi accanto a Milziade e a tutti i maggiorenti cittadini sulla sommità del Campidoglio, Osio contemplò la sua opera. Costantino si avvicinava, guidando il corteo trionfale, seguito dalla testa di Massenzio issata su una lunga picca. Subito dietro, iniziava la lunga fila di soldati, legionari comuni che la gente era abituata a vedere, e guerrieri germanici dall'equipaggiamento e dal vestiario, perfino dalle capigliature, insolite per i cittadini che non avevano mai viaggiato fuori dalla penisola. Sembrava un'invasione di barbari, e invece era solo il sintomo dei tempi che cambiavano. Il nuovo imperatore arrivava dal lontano settentrione, disponeva di milizie inedite, era favorevole alla religione cristiana, e intendeva cambiare le cose.

Gli spettatori, assiepatisi lungo la via Sacra e alle falde del colle, guardavano l'armata che sfilava con un misto di curiosità e timore, perfino di diffidenza, ma il tripudio era generale: troppo a lungo avevano sofferto i romani per la fame e gli attentati, sotto il governo di Massenzio, per non essere ben disposti verso un nuovo dominatore, di cui tutti avevano sentito parlare come di un vincente. Costantino era il difensore dell'impero, il figlio di un sovrano amato come Costanzo Cloro, un governante saggio e lungimirante, e un soldato di cui fin da giovanissimo si celebravano le imprese. Tutti lo acclamavano, tutti inneggiavano al suo nome, e le donne gli mostravano i loro figli, in un delirio collettivo di gioia che tradiva un senso di liberazione per i patimenti subiti. E alle grida di giubilo si mischiavano quelle di esecrazione nei confronti del tiranno, la cui testa era oggetto di insulti e motteggi.

Osio lanciò uno sguardo a Elena, la sua amante e madre del trionfatore, che attendeva Costantino poco distante da lui. La donna gli sorrise compiaciuta, ostentando tutto l'orgoglio che provava in quel momento per quel figlio straordinario, in procinto di iniziare una nuova avventura come imperatore più potente tra quelli sopravvissuti alle guerre civili. Avrebbe voluto che ci fosse anche Minervina, ma in fin dei conti poteva anche permettersi di lasciarla andare; quando la donna, il giorno prima, gli era andata a dire di voler partire insieme a Sesto Martiniano, non aveva saputo dirle di no; una volta raggiunto il proprio obiettivo, si era accorto che tutto il resto gli appariva meno importante: era felice, soddisfatto di sé, e voleva che lo fosse anche lei, se possibile. Così, le aveva fornito un lasciapassare, le aveva dato del denaro e l'aveva esortata a iniziare una nuova vita col tribuno nei domini di Licinio o di Massimino Daia, dove sarebbero stati al sicuro dalla vendetta di Costantino contro tutti i pretoriani superstiti.

Adesso poteva concentrare tutte le sue forze nel governo dell'impero. Era quello cui aveva sempre aspirato e ora, grazie a Costantino, diventava realtà. L'imperatore si fermò davanti a lui, scese dal cocchio trainato dai quattro cavalli bianchi e si avvicinò ai senatori che lo attendevano schierati davanti al tempio di Giove Capitolino. Aveva il viso dipinto di rosso, secondo la tradizione che prevedeva che il trionfatore sfilasse a immagine del padre degli dèi; era una concessione al Senato, ancorato agli antichi valori. Ma Costantino aveva anche combattuto in nome del dio dei cristiani, e la prima persona che andò a salutare fu Milziade, il vescovo di Roma; al campo, due giorni prima, l'aveva rassicurato che avrebbe non solo rispettato l'editto di tolleranza di Galerio, ma anche fatto di tutto per incrementare l'importanza della Chiesa cristiana nei suoi domini.

Il disappunto dei senatori per il suo gesto fu mitigato dalla consapevolezza che l'imperatore avrebbe proseguito la cerimonia nel solco della tradizione, celebrando il consueto sacrificio a Giove. Ma Osio non sarebbe stato presente. Guardò Milziade e, mentre Costantino rendeva omaggio agli altri maggiorenti dell'Urbe, andò via insieme al prelato. Durante il tragitto che dal Campidoglio li portò sull'Aventino non parlarono. Lui e l'imperatore si erano detti tutto due giorni prima, nella tenda di Costantino. Si trattava solo di formalizzare l'accordo con il solo tassello mancante.

Quando arrivarono nella domus adibita a chiesa, trovarono gli altri sacerdoti ad attenderli. Raggiunsero l'atrio, dove si era radunato un gruppo di fedeli, in attesa intorno all'impluvio, che avrebbe svolto il ruolo di fonte battesimale. Il diacono Silvestro aveva già predisposto tutto per la cerimonia, e lui aveva mandato a memoria i passi fondamentali della liturgia. Osio s'inginocchiò accanto alla piscina, mentre Milziade indossava i paramenti sacri. Infine il vescovo si sistemò dietro l'altare allestito poco oltre, levò le braccia e disse: «Fratelli e sorelle, siamo qui riuniti, in questo giorno di letizia, per accogliere tra noi e in Cristo un nuovo fratello, Osio, che oggi io battezzerò, nel nome del Signore, e poi consacrerò vescovo di Cordoba...».

"Vescovo di Cordoba...". Osio ripeté mentalmente il suo nuovo ruolo. Costantino gli aveva assegnato una diocesi in Spagna, di cui era appena deceduto il responsabile. Avrebbe mostrato a tutti che il suo consigliere personale era un alto prelato della Chiesa cristiana, rafforzando così la credibilità e l'influenza della religione in nome della quale aveva sconfitto Massenzio.

Osio non riuscì a celare un ghigno di soddisfazione. Era il consigliere personale del sovrano, adesso, il secondo uomo più potente dell'impero. E Milziade il terzo, probabilmente. La Chiesa romana sarebbe stata ripagata per l'appoggio fornito a Costantino in quegli anni, e un fiume di denaro si sarebbe riversato nelle sue casse, per costruire chiese, per opere di carità, e per sovvenzionare l'attività missionaria. Ma anche per tenere avvinti all'imperatore gli esponenti più influenti del credo. E tutto quel denaro sarebbe passato attraverso le sue mani. Lui ne sarebbe stato responsabile, e avrebbe deciso come e con chi usarlo.

Quel giorno, Costantino era sfilato in trionfo. Ma avrebbe avuto ragioni altrettanto valide per farlo anche lui.

Finalmente, dopo decenni di tentativi, dopo essersi preparato con cura la strada, aveva trovato il modo di essere al vertice dell'impero.

POSTFAZIONE DELL'AUTORE

I protagonisti di questa storia sono tutti realmente esistiti, sebbene, tetrarchi a parte, di loro si sappia ben poco. Ciò mi ha consentito di costruirgli una vita su misura per le mie esigenze di narratore. Minervina è stata la prima moglie o la concubina di Costantino, e non si sa se fu scaricata in occasione del matrimonio politico dell'imperatore con Fausta, la figlia di Massimiano, o se sia morta di parto in occasione della nascita del figlio Crispo. Se sopravvisse dopo essere stata ripudiata, è lecito che sia caduta nel dimenticatoio; d'altra parte, se Costantino non fosse diventato ciò che fu, anche sua madre Elena, scaricata da Costanzo Cloro in occasione del suo matrimonio, anch'esso politico, con Teodora, sarebbe scomparsa dal palcoscenico della storia. Forse, se suo figlio Crispo fosse asceso al trono, sarebbe ricomparsa anche lei, Minervina, nelle cronache che ci sono giunte come fonti primarie.

Sesto Martiniano è citato pochissimo nelle fonti, ma svolse un ruolo importante, ancorché effimero, nelle guerre civili che verranno narrate nel prossimo volume di questa saga. Osio di Cordoba, infine, fu un vescovo tra i più stretti consiglieri di Costantino il Grande. Milziade fu effettivamente vescovo di Roma all'epoca della battaglia decisiva, ed era davvero uno dei prelati emersi dalle feroci lotte tra integralisti e apostati (o traditori – *traditores*, in latino, erano "coloro che consegnavano" i libri sacri). Perfino di Costantino sappiamo ben poco, prima che si facesse imperatore: che abbia combattuto in Egitto e in Persia, al seguito, rispettivamente, di Diocleziano e Galerio, è però certo.

Ma altrettanto importanti dei protagonisti sono, in questo libro, le vicende che fanno da palcoscenico alle loro gesta: i tentativi di salvare l'istituzione imperiale con il sistema tetrarchico, la restaurazione diocleziana, le lotte per la sopravvivenza del cristianesimo prima, la sua affermazione dopo, i grandi contrasti tra vecchie e nuove religioni, il sempre maggior peso degli immigrati barbarici nell'impero: sono tutti grandi temi cui spero di aver dato spazio sufficiente per far comprendere al lettore quanto epocali fossero i cambiamenti in corso all'inizio del IV secolo d.C. nell'impero romano.

La questione della presunta conversione di Costantino, infine, prima della battaglia di Ponte Milvio, è tuttora oggetto di acceso dibattito, e qualunque soluzione si scelga di adottare in un romanzo è del tutto arbitraria. Posso solo segnalare che il primo cronista che ne parlò fu Lattanzio, già nel 314, ovvero appena due anni dopo lo scontro. E Lattanzio parla solo di un sogno dell'imperatore, dal quale sarebbe scaturita l'idea di far contrassegnare gli scudi dei suoi uomini con il simbolo di Cristo in greco. Molti anni dopo, nel 338, Eusebio di Cesarea avrebbe scritto, nella sua *Vita di Costantino*, che i suoi soldati avrebbero visto in cielo una croce luminosa, con le parole *In hoc signo vinces*; la notte stessa, il Signore avrebbe esortato nel sonno l'imperatore ad apporre il proprio simbolo sulle insegne, creando quello stendardo chiamato labaro che, in realtà, sarebbe stato il simbolo degli imperatori bizantini solo in epoca posteriore. Va anche aggiunto che un altro cronista, Nazario, narra l'episodio prima di Eusebio, ovvero nel 321, e non fornisce particolari molto diversi da quelli raccontati da Lattanzio. Zosimo, poi, che è un autore pagano vissuto a cavallo tra V e VI secolo e che è sempre pronto a biasimare Costantino, pur parlando piuttosto in dettaglio della campagna italica dell'imperatore, non cita né la visione né il sogno.

Par dunque lecito dedurre che Eusebio si sia assunto l'onere di conferire alla campagna italica di Costantino una valenza simbolica più rilevante, "infiorettando" l'episodio in un'epoca in cui, ormai, il cristianesimo aveva assunto un peso molto maggiore nella società romana. Ma potrebbe perfino non essere stato lui a parlarne: il sospetto di una più tarda interpolazione si fa forte ove si pensi che, nella sua *Storia Ecclesiatica*, Eusebio non fa menzione della visione diurna della croce, né ne parlano gli scrittori cristiani successivi.

In presenza di elementi così discordanti, dunque, mi sono permesso di fare una ricostruzione "politica" dell'avvicinamento di Costantino al cristianesimo. Lascio al lettore decidere se sia plausibile o meno. Ma anche se non gli apparisse tale, in fin dei conti questo non è altro che un romanzo, e l'importante è che, al termine della lettura, se ne sia fatto avvincere.

INDICE

Di Andrea Frediani la Newton Compton ha pubblicato:

Romanzi storici

300 guerrieri. La battaglia delle Termopili
Jerusalem
Un eroe per l'impero romano
Dictator. L'ombra di Cesare - Il nemico di Cesare - Il trionfo di Cesare
Marathon. La battaglia che ha cambiato la storia
La dinastia
Il tiranno di Roma
Gli invincibili. Alla conquista del potere
La battaglia della vendetta. La saga degli invincibili
300. Nascita di un impero
Guerra sui mari. Il dominio su Roma
Sfida per l'impero
300. La saga
I 300 di Roma
Roma Caput Mundi. L'ultimo pretoriano

Saggi

101 segreti che hanno fatto grande l'impero romano
Le grandi battaglie dell'antica Grecia
Le grandi battaglie di Alessandro Magno
Le grandi battaglie di Giulio Cesare
Le grandi battaglie di Napoleone
Le grandi battaglie di Roma antica
Le grandi battaglie tra Greci e Romani
I grandi condottieri che hanno cambiato la storia
I grandi condottieri di Roma antica
Guerre, battaglie e rivolte nel mondo arabo
Le grandi battaglie del Medioevo
Le grandi famiglie di Roma antica. Storia e segreti (con Sara Prossoma-
    riti)
La storia del mondo in 1001 battaglie

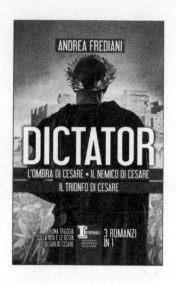

Andrea Frediani
Dictator
L'ombra di Cesare
Il nemico di Cesare
Il trionfo di Cesare

Volume rilegato di 864 pagine. € 9,90

Andrea Frediani, uno dei più affermati autori italiani di romanzi storici, ripercorre la vita e le gesta di Cesare; ridisegna con impeccabile verosimiglianza storica, ma allo stesso tempo con una sorprendente potenza narrativa, le epiche battaglie che lo hanno reso leggenda, gli amori, le passioni... Dall'incontro d'infanzia con Labieno, che al fianco di Cesare combatterà fin dalle prime campagne militari, alla loro separazione; dal passaggio del Rubicone, con cui il dittatore prenderà possesso della penisola, alla lotta contro Pompeo; dalla grande vittoria di Farsalo alla campagna africana e infine a quella iberica; la trilogia *Dictator* ripercorre le tappe principali della guerra gallica e di quella civile. Sullo sfondo, intrighi, tradimenti e intrecci amorosi, nel romanzo definitivo sul più grande uomo di Roma antica.

NEWTON COMPTON EDITORI